Georg Bühren

Mondriaans letzter Baum

Georg Bühren

Mondriaans letzter Baum

Achterland Verlagscompagnie
Bocholt & Bredevoort
2021

Erste Auflage Nov. 2021

Umschlaggestaltung: Georg Bühren

Printed in Germany

ISBN 978-3-933377-40-1

1

Warten war für Oldenburg eine Qual. Das langsame, ereignislose Verstreichen der Zeit machte ihm Angst. Das Leben war kurz, sein eigenes vermutlich sinnlos. Darüber wollte er nicht nachdenken. Jetzt nicht und eigentlich nie.

Die Maschine aus Berlin hatte Verspätung.

Er hielt sich nicht lange zwischen den Wartenden im kleinen Terminal des Flughafens Münster-Osnabrück auf. Er wollte nur sehen, wann die Landung erwartet wurde. Eine Viertelstunde später, das war noch kein Problem.

Er ging zurück nach draußen, auf den fast leeren Platz für Kurzparker, zahlte am Automaten die Gebühr und setzte sich in sein Auto, das so alt war, wie er selbst: Baujahr 1975, ein altes, silbergraues Mercedes Benz Cabrio SL 280. Langsam fuhr er am Rollfeld vorbei in Richtung Greven, bog nach rechts in die Hüttruper Straße ein und wartete auf einem kleinen Parkplatz am Waldrand, unweit der Landebahn, gut versteckt zwischen den Eichen. Nicht nur das Auto hatte Gerd Oldenburg von seinem Vater geerbt, auch dessen Umsicht und seine übergroße Vorsicht, seine Angst vor kleinen Fehlern und falschen Entscheidungen, die größere Katastrophen nach sich ziehen konnten.

Das laute Turbinengeräusch einer landenden Maschine kündigte das Ende des Wartens an. Nein, Oldenburg wartete nicht gern. Es ging ihm besser, wenn etwas passierte. Er brauchte eine gewisse Spannung, ein Risiko, das leichte Kribbeln auf der Haut, die etwas schnellere Herzfrequenz. Er war ein Spieler, er brauchte das Glück. Mit eigenen Leistungen hatte er seinen strengen Vater nie beeindrucken können, er hatte es nicht einmal fertiggebracht, die Banklehre bei der örtlichen Sparkasse abzuschließen. Bis zum Tod des Vaters hatte er ihm vorgegaukelt, ein eigenes, erfolgreiches Finanzmaklerbüro zu führen. Das war, gelinde gesagt, maßlos übertrieben.

Langsam näherte sich ein Toyota Pickup-Truck. Es war das weiße, verdreckte Baustellenfahrzeug einer Dortmunder Firma, die die

Brücken entlang des Dortmund-Ems-Kanals erneuerte. Die beiden Insassen kannte Oldenburg nicht, zumindest konnte er sich nicht erinnern, sie bei früheren Übergaben bereits gesehen zu haben. Er hielt sie für russische Ingenieure oder Vorarbeiter, denen der Wagen schon am Flughafen bereitgestellt wurde. Sie hatten zwei Handgepäckkoffer dabei, ihre beiden großen Reisekoffer lagen auf der kleinen Ladefläche des Pickups. Auf den Etiketten der Gepäckabfertigung erkannte er neben dem Kürzel FMO auch die drei Buchstaben SVO. Sie mussten über den Moskauer Flughafen Scheremetjewo eingereist sein. Als sie ihre Handkoffer öffneten, sah er technische Instrumente, vermutlich empfindliche digitale Messgeräte, passgenau in hartem Schaumstoff gebettet. Mit wenigen Handgriffen nahmen sie das gesamte Innenleben aus den Handkoffern und darunter erschienen die rotbraunen Päckchen russischer 5000-Rubel-Scheine, zusammengehalten von weißen Banderolen mit lila Rändern. Oldenburg nahm zwanzig dieser Päckchen in Empfang, legte jeweils fünf davon in Plastiktüten und verstaute die Blöcke hinter der Verkleidung seines kleinen Kofferraums.

Sie verabschiedeten sich grußlos, und Oldenburg machte sich auf den Weg. Über Nordwalde erreichte er die B54, die ihn bis zur Grenze brachte. Die Fahrt war im Grunde risikolos, aber vor drei Monaten war er zwischen Enschede und Hengelo in eine Kontrolle geraten und hatte seinen Kofferraum öffnen müssen. Doch die Drogenhunde der niederländischen Beamten waren nicht auf russische Rubel trainiert. Oldenburg machte es nichts aus, den Umweg durch das Hündfelder Amtsvenn Richtung Haaksbergen zu fahren, um nördlich von Goor wieder die niederländische A1 zu erreichen. Das war sicherer. Die zwanzig Geldscheinpäckchen in den sorgsam präparierten Verstecken hinter der Verkleidung hatten zurzeit einen Gegenwert von etwa 110 000 Euro.

In den wenigen Momenten, in denen Gerd Oldenburg zur Ruhe kam und ehrlich zu sich selbst war, wusste er, dass er den Absprung längst verpasst hatte. Seine Ein-Mann-Firma *Oldenburg-Inter-Finanz,*

OIF, schrieb immer noch gute Gewinne, auch wenn die Spitzenerträge der Jahre 2018 und 2019 nicht mehr erreicht wurden. Aber bei Lichte besehen war ihm klar, dass er im Grunde nur einen kleinen, leicht zu ersetzenden Verschiebebahnhof betrieb. Noch waren die Konditionen in Ordnung, aber die Weichen konnten jederzeit anders gestellt werden. Dann würde der Geldsegen ausbleiben.

Er hatte seine eigentlichen Auftraggeber nie kennengelernt, wusste aber, dass das einträgliche Geschäft mit dem Durchreichen all der Tausende aus unklaren Quellen einem Pakt mit dem Teufel glich. Bislang war alles gutgegangen. Nur ein kleiner Teil seiner einsamen Arbeit war mit einem echten Risiko verbunden. Der größte Teil fand im virtuellen Raum statt: Zulieferungen und Transferleistungen für zwei Frauen, die eine neue Bitcoin-Währung aufgelegt hatten. Die Bargeld-Transfers und das Weiterreichen hoher Beträge internationaler Einzahler, an denen er prozentual beteiligt war, hatten stark abgenommen, seit das kleine, georgische Unternehmen vor etwa einem Jahr in die Kritik geraten war. Zum Glück hatte er in den Jahren zuvor einige kapitalkräftige deutsche Interessenten gewinnen können, die mit jeweils 200 000 Euro eingestiegen waren. Seine Vermittlungsgebühr lag bei satten zehn Prozent.

Aber er selbst war Fachmann genug, um sich von den Versprechungen dieser sogenannten *Double-Coins* nicht blenden zu lassen. Alles, was er über diese neue Kryptowährung gehört und gelesen hatte, klang – so ehrlich war er sich selbst gegenüber dann doch – nicht besonders seriös. Konnte es gar nicht sein, sonst hätte es nicht zu seinen Aufgaben gehört, Bargeld in großen Mengen über die deutsch-niederländische Grenze zu schaffen, meistens mit dem Auto auf seinen sorgsam ausgetüftelten Schleichwegen durch das Achterland zwischen Zwillbrocker Venn und den Lüntener Wäldern nördlich von Vreden. Selbst wenn sie eines Tages die Grenze wieder dichtmachen sollten, würden sie ihm dort nie auf die Schliche kommen.

Er liebte das leichte Kribbeln bei diesen Fahrten. Das war etwas anderes, als größere Summen mit ein paar Mausklicks einer niederländischen Bank in Amsterdam oder auf das Konto einer Briefkastenfirma auf Sint Maarten zu überweisen. Diese Botendienste mit echten Banknoten bargen ein kleines Risiko, wurden aber auch entsprechend hoch honoriert. Anfangs hatte er das Geld bis in den Amsterdamer Holzhafen gebracht, wo es am *Pier 13* von den Angestellten eines Restaurants in Empfang genommen wurde.

Es war selbstverständlich, dass äußerste Verschwiegenheit das oberste Gebot war. Das hatte er schnell kapiert. Dazu gehörte auch, dass ihm alle Recherchen zu den wahren Auftraggebern untersagt waren. Daran hatte er sich gehalten, sie interessierten ihn nicht, solange sie diese Kurierdienste so fürstlich bezahlten.

Krisen und Fehlentscheidungen konnte es immer geben, das war Alltagsgeschäft, auch Börsenkurse waren letztlich immer unkalkulierbar. Wann steigt der Kurs und wann steigt man am besten aus? Er war bisher nicht ausgestiegen, glaubte aber, alle Vorkehrungen für einen schnellen, sicheren Absprung getroffen zu haben. *Be prepared* oder *Allzeit bereit*, das alte Pfadfindermotto.

Vor etwa einem Jahr hatten man offenbar plötzlich kalte Füße bekommen und die Route geändert. Er fuhr jetzt nicht mehr nach Amsterdam, sondern nur noch bis zum Hafen von Lelystad, an der Nahtstelle zwischen IJssel- und Markermeer, wo die Koffer von einer kleinen privaten Yacht, einem Segelboot mittlerer Größe, abgeholt wurden. Mit dem Bootsbesitzer hatte er einmal gesprochen, wusste aber nicht, ob der sich mit richtigem Namen vorgestellt hatte. Angeblich hieß er Heebing und war von Beruf Rechtsanwalt. Er gab an, Deutscher zu sein, sprach aber akzentfrei Niederländisch und war sicherlich kein einfacher Winkeladvokat, denn seine Segelyacht taxierte Oldenburg auf eine halbe Million Euro. Sie waren über das Thema Schiffe ins Gespräch gekommen. Oldenburg besaß ein altes, kleines Motorschiff. Auch das hatte er von seinem Vater geerbt, ein liebevoll restaurierter holländischer *Weekender* mit Schlafplatz und kleiner Küche. Er lag im Kanalhafen von Fuestrup, nur neun Kilometer von seinem Haus entfernt. Oldenburg lebte allein und nutzte nur selten die Gelegenheit, den alten Kahn auf dem Dortmund-

Ems-Kanal bis in den münsterschen Hafen oder gen Norden ins Emsland zu fahren. In kritischen Phasen war es allerdings sehr praktisch gewesen, Lieferungen mit diesem Boot zu erledigen. Sein neues Haus lag direkt am Kanal, im Ortsteil Schmedehausen, nicht einmal fünf Kilometer vom Flughafen-Terminal entfernt, unweit der Autobahnabfahrt an der A1. Er war dann mit dem Boot den Kanal hinauf Richtung Norden gefahren, sie hatten die Übergabepunkte jeweils gewechselt, meist irgendwelche kleineren Anlegestellen und Yachthäfen, wie den von Sautelersiel kurz vor Emden, wo die Ems in den Dollart fließt.

Aber seit einem Jahr gab es nur noch die direkte Route mit dem Auto nach Lelystad, wo Heebing dann übernahm. Hin- und Rückweg waren mit dem Auto in wenigen Stunden zu schaffen.

Sie hatten sich gut verstanden, waren sich beide klar darüber, dass Heebings angebliche *Freundschaftsdienste* das Gleiche waren wie Oldenburgs Kurierdienste, ohne dass es dafür großer Erklärungen oder vertraulicher Eingeständnisse von beiden Seiten bedurft hätte. Allerdings hatte diese einzige längere Begegnung zwischen ihnen mit einer eindringlichen Ermahnung Heebings geendet: Die Zeiten würden härter werden, und absolute Verschwiegenheit sei nun das oberste Gebot.

Lelystad war kein schöner Ort, fand Oldenburg. Nur die Nachbildung eines Segelschiffes aus den glorreichen Zeiten des Ostindienhandels erinnerte an Geschichte – die Stadt selbst war erst 1967 gegründet worden. Sie hatten sich für 15:30 Uhr am Yachthaven an der Norder-Schleuse verabredet, wie immer, aber Heebing war nicht da. Oldenburg war trotz seines Umweges durch den Achterhoek recht pünktlich gewesen, nur etwa eine Viertelstunde zu spät. So wie er Heebing kannte, war das kein Grund, eine so wichtige Verabredung nicht einzuhalten. Er schrieb ihm eine SMS, erhielt aber keine Antwort.

Oldenburg schritt die Stege des Yachthafens ab, konnte aber Heebings Boot nicht entdecken. Er hatte den Namen vergessen und erinnerte sich auch nicht an irgendwelche Details, die es in der

Vielzahl der anderen Schiffe erkennbar machten. Etwas beunruhigt schlenderte er über die Strandpromenade, ging dann zum Parkplatz zurück, wo er seinen Mercedes geparkt hatte und vergewisserte sich zum vierten Mal, ob die Türen verschlossen waren. Als eine weitere Nachricht unbeantwortet blieb, versuchte er, Heebing direkt anzurufen, bekam aber nur die niederländische Mitteilung, dass der Teilnehmer zurzeit nicht erreichbar sei. Nach einem Cappuccino in einer Kaffeebar ging er ein letztes Mal zur Norder-Schleuse und beschloss dann mit sehr gemischten Gefühlen, die Rückfahrt anzutreten. Er hatte über eine Stunde gewartet, das war bisher nicht vorgekommen. Irgendetwas stimmte nicht.

In der Dämmerung erreichte er die Autobahn. Alles in ihm ermahnte ihn, das geringe Risiko einzugehen und einfach über Enschede auf die B54 Richtung Münster zu fahren, aber wie unter einem Zwang verließ er die A1 und fuhr bei Goor über die Landstraßen bis Haaksbergen. Ja, er war ein zwanghafter Mensch, alle rationalen Erklärungen nutzten ihm nichts, er musste den alten Weg fahren, seinen Geheimweg über die Landwirtschaftswege im Venn, den Weg, den er immer fuhr und der ihm immer Glück gebracht hatte.

Aber heute war etwas anders. Er war auf dem relativ schmalen Alsteedseweg, der Alstätter Straße, noch auf niederländischem Gebiet, als er in der beginnenden Dämmerung einen sehr hellen Scheinwerfer ausmachte, der einen in den Graben abgesackten Traktor samt Anhänger ausleuchtete. Drei Männer versuchten die schwere Maschine mit einem noch größeren Traktor wieder auf den asphaltierten Weg zu ziehen. Als er näher heranfuhr, war ihm klar, dass dieses Manöver noch Stunden dauern konnte. Traktor und Anhänger hatten sich verkeilt und ließen sich offenbar nicht voneinander lösen. Im roten Overall kam ein niederländischer Bauer auf ihn zu. Nach Aarloh solle er fahren, das sei die beste Strecke: zurück, an der nächsten Straße rechts und nach etwa vier Kilometern links, dann ...

Oldenburg hatte dankend genickt, aber die komplizierte Wegbeschreibung im selben Moment wieder vergessen. Es war schwer genug, auf dem schmalen Weg eine Stelle zum Wenden zu finden, dann bog er, wie empfohlen, links in die nächste Straße ein ... oder hatte der Bauer rechts gesagt? Sein innerer Kompass sagte links, sein Handy sagte nichts, der Akku war leer und er fand das Ladekabel für den Zigarettenanzünder nicht. Die kleinen Fehler ... Fluchend fuhr er den schmalen Weg entlang und brach innerlich fast zusammen, als er sich mitten im Wald wiederfand. Es irritierte ihn, dass der graue Asphaltstreifen im Scheinwerferlicht irgendwo im Dunkel plötzlich zu enden schien. Tatsächlich hörte nach wenigen hundert Metern die feste Fahrbahn auf, und sein altes Auto machte einen kleinen Satz, als es in die ersten Löcher des Waldwegs sackte. Nur ein winziges Licht weit entfernt gab ihm die Hoffnung, dort auf ein bewohntes Haus und vielleicht auch wieder auf einen festeren Weg zu stoßen.

2

Martin Gerwink, Dorfpolizist in Aarloh oder vornehmer und offizieller: *Beamter im Bezirksdienst*, hielt an seiner alten Gewohnheit fest, sooft er es einrichten konnte mit dem Fahrrad eben jenen Bezirk zu erkunden, der ihm vor zwanzig Jahren zugeteilt worden war und den er liebte, samt all den einfachen, merkwürdigen und skurrilen Menschen, den Normalen und den Neunmalklugen, den Gescheiten und Gescheiterten, den kauzigen Eigenbrötlern und gelegentlich auch den kriminellen Schlitzohren. An die sprichwörtliche *Ruhe auf dem Lande* hatte er schon aus eigenen Erfahrungen seit seiner Jugend nie geglaubt, er war hier aufgewachsen. Dennoch schien sich der Vers eines Dichters nicht aus den Köpfen vertreiben zu lassen: *Die Ruhe auf dem Lande ist oft stille Wut.* Ein belesener Referent hatte ihn kürzlich als Motto seines Vortrags auf die Leinwand projiziert. Martin hatte nur die Brauen hochgezogen und seinen Nebenmann angesehen, einen Hauptkommissar aus Greven bei Münster. Der hatte bestätigend gegrinst und ihm zugeraunt: „*Stille Wut*? Den sollten wir mal zu uns auf die Wache einladen, eine Woche hospitieren ... jede Wette, dass er danach aufhört, so 'n Schmonzes zu verbreiten."

Vor wenigen Tagen erst war er auf diesem Symposion gewesen, ängstlich hatte er in einer abschließenden Podiumsdiskussion gesessen und über *seinen Fall* erzählen sollen, den bundesweit durch die Presse getriebenen *Skandal von Aarloh*, bei dem ein Drogenlabor in einem westmünsterländischen Bauernhof aufgeflogen war. Aufgeflogen, wie ein Rabe, der lange versteckt im hohen Gras gesessen hatte – er war in doppelter Hinsicht daran beteiligt gewesen: an der Aufklärung, aber auch an der Entstehung dieses Vorfalls, denn er hatte sich zeitlebens bemüht, gewisse Vorgeschichten, die letztlich zu diesem *Skandal* geführt hatten, unter Verschluss zu halten. Und nur mit Glück waren ihm die Geschehnisse, die schon vor über dreißig Jahren die Saat für diese Großrazzia auf dem Hof des allseits anerkannten und bewunderten Bernhard Droste-Terhahn gelegt hatten, nicht am Ende selbst um die Ohren geflogen. Er, der langjährige Dorfpolizist, hatte ein unrühmliches Kapitel seiner Jugend im Moor des Schwarzen Venns begraben. Dabei, so hatte er dreißig Jahre lang geglaubt, war ein Mann gestorben. Aber der vermeintliche Tote hatte nach all der Zeit seine Auferstehung gefeiert und grausam Rache genommen.

Davon erzählte er allerdings den Seminarteilnehmern nichts, als er oben auf dem Podium saß. Die langen Schatten der Vergangenheit schreckten ihn nun nicht mehr, die Geschichte hatte letztlich einen guten Ausgang genommen, auch wenn er selbst und seine Lebensgefährtin Marie dabei fast das Leben verloren hätten.

Die Ruhe auf dem Lande ...

Im Grunde war es ein Witz, dass ihn das Medienecho nun vom Klischee des eher langweiligen Dorfbullen befreit und ihn zum *Experten für effektive Polizeiarbeit im Bezirksdienst* gemacht hatte. Das war er sicher nicht, und er hatte, ehrlich wie er war, alles getan, um dieses Bild in seiner Darstellung zurechtzurücken, aber letztlich den Kampf aufgegeben. Gewiss, er hatte Erfahrungen und als jemand, der hier aufgewachsen war, ein sicheres Gefühl dafür, was die Menschen in dieser Grenzregion umtrieb und wo Gefahr im Verzug war. Aber er hatte sich gleich zu Anfang seines Auftritts vor den Kollegen dagegen gewehrt, plötzlich als Fachmann gehandelt zu werden. Er tat hier nur seine Arbeit, Routine, und, wenn man ehrlich war, tatsächlich zu 90 Prozent langweilig. Dienst eben. Dennoch konnte er nicht leugnen, dass ihn die eine entscheidende Frage seit den Ereignissen des Spätsommers stärker als früher interessierte: Wie erkannte man die Anzeichen dafür, dass sich manchmal im Kleinen das Große spiegelte? Dass wenige Kilometer von hier beispielsweise südamerikanisches Kokain durchaus neben holländischen Tulpen die Grenze passierte? Durch die Ereignisse in Aarloh sensibilisiert, hatte man in kurzer Folge große illegale Hanfplantagen in vermeintlich stillgelegten niederländischen Gewächshäusern entdeckt und unweit der deutschen Region Achterland und des niederländischen Achterhoeks eine *Wäscherei* in einer leerstehenden holländischen Scheune ausgehoben. Dort war kokaingetränkte Kleidung in einem ausgeklügelten Reinigungsprozess ausgewaschen worden. Die vermeintlich harmlosen Altkleider stammten aus Kolumbien, und nachdem sie fachgerecht gewaschen waren, blieben hochwertiges Kokain und nahezu wertlose Textilien übrig, die als recycelte Rohstoffe unauffällig in der Papierindustrie verschwanden.

Nicht einmal das auf solche Aktivitäten spezialisierte *Grenzübergreifende Polizeiteam GPT* in Borken, das sein Bruder Walter leitete, hatte den geringsten Verdacht geschöpft. Aber einem niederländischen Finanzbeamten waren die relativ hohen Einnahmen eines Bauern aufgefallen, dessen Hof längst stillgelegt war. Als die Zollfahnder in einer nächtlichen Aktion die Kokainwäscherei aushoben und in einem gut versteckten Lager fast eine halbe Tonne des Rauschgifts sicherstellten, war es mit der Ruhe auf dem Lande vorbei. Auch Martins Grevener Kollege Eugen Veerkamp wusste von einigen ähnlich gelagerten Fällen zu berichten, die lange Zeit unentdeckt geblieben waren, nicht in der Anonymität der Großstadt, sondern dort, wo angeblich jeder jeden kannte, wo Fuchs und Hase sich *Gute Nacht* sagten, in der gemütlichen Ruhe auf dem Lande, die manchmal eben doch keine war. Aber sicher auch keine *stille Wut*, sondern schlicht kriminelles Kalkül.

Es gab kein Rezept dafür, die Veränderungen, die zu solchen Fällen mit überregionaler Bedeutung führten, frühzeitig zu erkennen. Martin Gerwinks Konzept ließ sich mit zwei Worten beschreiben und stand – allerdings sehr viel wortreicher erklärt – in den neueren Empfehlungen und Dienstanweisungen für den Beamten im Bezirksdienst: *Augen auf!*

An diesem Nachmittag gab es zwei Beobachtungen, kleine Irritationen, denen er nachzugehen gedachte. Die erste war ein Reflex der tiefstehenden Sonne auf der Wand einer alten Scheune, die sich seines Wissens im Besitz der Familie Hintfeld befand. Backsteine reflektieren kein Sonnenlicht. War das ein nagelneuer Briefkasten aus Edelstahl? Wozu? Er stellte sein Fahrrad ab und ging durch das nasse, hohe Gras auf die mittlerweile völlig überwucherte Einfahrt zu. Anders als viele inzwischen ungenutzte Remisen und vom Einsturz bedrohte, hölzerne Unterstände, die früher einmal landwirtschaftlichen Zwecken gedient hatten, stand dieses Bauwerk auf einem soliden Fundament. Die Mauern zeigten keine durchgehenden Setzrisse, das Dach war zwar geflickt, aber vermutlich dicht.

Martin ging um die Scheune herum. Die Fenster waren teils aus Milchglas, teils so dreckig, dass man dahinter nichts erkennen konnte. Es war höchst verwunderlich, dass hier gewerblich gearbeitet wurde, wie das neue Schild über dem Briefkasten nahelegte. Martin fotografierte das Firmenschild – eine Platte aus gebürstetem Edelstahl, mit einer Grafik, die aussah, wie ein rundes Vogelauge über einem nach unten gebogenen, spitzen Dreieck und dem Namen *Aquila Unity*, darunter in kleinerer Schrift: *Self-Defense & Technical Gear*. Einige dieser Worte konnte er selbst übersetzen, andere lieferte die Übersetzungs-App seines Smartphones: *Aquila* war der Adler – auch die Grafik war mit etwas Phantasie als Adler-Schnabel zu deuten. Im Italienischen stand *Aquila* laut Übersetzungs-App aber auch für das Genie. Martin entzifferte weiter: *Unity*, die Einheit, dann Selbstverteidigung, und Gear stand für Gerätschaften aller Art, hier also etwa *taktisches Zubehör*. Was war darunter zu verstehen? *Adler Einheit, Selbstverteidigung und taktisches Zubehör*? Nach seiner Kenntnis handelte niemand in der Gegend mit Ausrüstungsmaterial für Selbstverteidigung oder mit taktischem Zubehör, was immer das sein sollte. Wen kannte er im Vredener Gewerbeaufsichtsamt? Niemanden, aber auch das Internet würde ihm sicher weiterhelfen. Die Scheune war zwar unter Umständen als Lager geeignet, aber es gab nur eine schmale Zufahrtsstraße, und die ungepflasterte Fläche vor dem Tor zeigte keine Reifenspuren kleinerer oder größerer Transporter. Es waren überhaupt keine Reifen- oder Fußabdrücke zu erkennen. Auch derjenige, der das neue Schild angeschraubt hatte, schien nicht die geringste Spur hinterlassen zu haben. Martin musste dem nachgehen, er notierte sich ein paar Beobachtungen als Memo und fotografierte das Hoftor mit der überwucherten Einfahrt.

Die frühe Dämmerung und die nasse Kälte ließen den Dorfpolizisten seine Fahrt in schnellerem Tempo fortsetzen. Bewegung würde ihn aufwärmen. Hinter dem Wald am *Schwatten Gatt*, wo der Naturlehrpfad begann, hielt er aber doch noch einmal an. Seit wann war die Pension der Witwe Böhler wieder in Betrieb? Früher hatten sich hier Wanderer und Vogelbeobachter einquartiert, die bescheidene Herberge lag am Rande des Venns und war schon seit Jahren nur noch gelegentlich von zugereisten Naturfreunden oder Radwanderern aufgesucht worden. Seines Wissens war das aber schon lange nicht mehr vorgekommen und schon gar nicht im Winter.

Heute stand ein blauer VW-Passat vor dem Haus, und in einer der Dachmansarden brannte Licht. Ungewöhnlich, aber er gönnte der alten Ida Böhler die Abwechslung in ihrem vermutlich sonst ereignislosen Alltag, und auch die zusätzlichen Einnahmen. Es war bekannt in Aarloh, dass die alte Dame nach dem Tod ihres Mannes von einer eher schmalen Witwenrente leben musste, seit der Pensionsbetrieb nicht mehr so gut lief. Möglich schien ihm auch, dass Ida Böhler inzwischen einen Hilfsdienst in Anspruch nahm. Aber der käme dann sicher nicht in einem Leihwagen mit Münchner Nummernschild. Oder hatte sie inzwischen ihr Haus verkauft? Die

Recherche würde hier keine Probleme bereiten: Carola Witte, die in Aarloh den einzigen noch verbliebenen Tante-Emma-Laden betrieb, wusste bestimmt Bescheid. Mochte der Liebe Gott auch alles sehen – Carola hörte, sah und ahnte sehr viel mehr. Oder sollte er doch klingeln und kurz bei der alten Dame nach dem Rechten sehen? Kaum vorstellbar, dass sie noch in der Lage war, Gäste zu bewirtschaften ...

Die Scheinwerfer eines Autos irritierten ihn. Es kam über den Waldweg hinter Ida Böhlers Pension und blinkte erst rechts, dann links ... da musste sich jemand hoffnungslos verfahren haben. Gerwink setzte sich auf sein Fahrrad und fuhr dem Wagen entgegen, einem Mercedes Cabrio älteren Baujahrs, völlig untauglich für die holprigen Wanderwege des Naturschutzgebiets. Er stellte sich in den Weg. Der Fahrer sprang hektisch aus dem Wagen, als wollte er zurück in den Wald laufen.

„Ein Unfall, ich konnte ja nicht ...", erklärte er, wild gestikulierend „also ein ... ein Traktor lag im Graben, da musste ich ja ..."

„Ein Unfall? Nun mal langsam, bitte, ganz ruhig", bat Martin den völlig kopflosen Herrn im feinen Anzug, der da nervös vor ihm herumtanzte, als müsste er sich für ein Kapitalverbrechen rechtfertigen.

„Sie sind hier durch ein Naturschutzgebiet gefahren, aber das haben Sie vermutlich nicht absichtlich gemacht. Ist nicht so schlimm, beruhigen Sie sich."

„Nein, nein, das war ja nur ... die haben mir gesagt, ich soll drehen und Richtung ... wie heißt das hier?"

„Aarloh."

„Ja genau, Aarloh ... aber ... erst links, dann rechts? Was weiß ich, da war ich dann ..."

Der Fahrer mied den Blick des Dorfpolizisten.

„Wohin möchten Sie denn?"

„Die haben den ja nicht rausgekriegt, der hatte sich total verkeilt, mit dem Anhänger."

Gerwink wiederholte seine Frage und wunderte sich über die Nervosität des Fahrers und dass der überlegen musste, wohin er denn eigentlich wollte.

„Coesfeld", sagte er schließlich. „Oder so ... Münster ... grobe Richtung."

Martin ging um den ziemlich verdreckten Wagen herum.

„Alter Mercedes ... schönes Auto!"

„Ja, ja, hat meinem Vater gehört!"

Der Fahrer schien froh zu sein, dass der Dorfpolizist das Thema auf sein Auto lenkte.

„Baujahr 1975"

„Schön, schön. Aber ohne Navi, was?"

„Ja, genau, da landet man dann plötzlich im Gelände. Tut mir leid."

„Kein Problem, kann passieren", beruhigte ihn der Dorfpolizist erneut. „Das hier ist der Lüntener Wald. Wenn Sie immer auf dieser Straße bleiben, kommen Sie nach Aarloh, kleiner Ort. Da fahren Sie durch, am Ortsausgang gibt es ein Schild Richtung Vreden."

„Vreden, ja", bestätigte der Fahrer und nickte heftig.

„Von da aus müssen Sie nach Stadtlohn, und dann sind Sie schon fast in Coesfeld. Also Vreden, Stadtlohn, Coesfeld. Alles klar?"

„Ja, ja, alles klar. Vielen, vielen Dank."

Mein Gott, dachte Gerwink, *der tut gerade so, als sei er der lange vermisste Mister Livingston und ich hätte ihn aus dem undurchdringlichen afrikanischen Urwald geholt.* Der verwirrte Mann stieg hastig wieder ein und startete, ließ dann aber die Kupplung so schnell kommen, dass die Reifen durchdrehten. Er schoss über den schmalen Weg, als sei er auf der Flucht und ließ den Dorfpolizisten kopfschüttelnd zurück.

3

Agnieszka stand am Fenster und begann wieder zu lachen. Sie winkte Elena heran, schob die Gardine einen Spalt beiseite und zeigte auf den uniformierten Polizisten, der unten auf der schmalen Straße mit seinem alten Fahrrad stand und auf einen PKW-Fahrer einredete, der sich offenbar verfahren hatte.

„The policeman!", sagte sie japsend, „on the police-bicycle! The Task Force!" Agnieszka kriegte sich kaum wieder ein, ließ aber die vergilbte Synthetikgardine fallen und trat schnell nach hinten in den Raum zurück, als Martin Gerwink interessiert zum Fenster aufblickte.

Elena setzte sich kopfschüttelnd aufs Bett und widmete sich wieder ihrer Lieblingsbeschäftigung: dem Auseinandernehmen und Zusammensetzen ihres neuen Präzisionsgewehres, dessen Einzelteile auf der geblümten Bettdecke lagen. Mit wenigen schnellen Handgriffen war die russische Waffe der Marke *Lobaev*, wieder zusammengebaut.

Es mochte an den bunten Pillen liegen, die die beiden Frauen gelegentlich einwarfen – sie lachten und giggelten, seit sie auf dem kleinen Flughafen Münster-Osnabrück gelandet waren. Nahezu alles erschien ihnen witzig.

Viele Gemeinsamkeiten hatten sie eigentlich nicht. Agnieszka zweifelte auch manchmal daran, dass das verbindende Band zwischen ihnen wirklich so etwas wie Liebe sein konnte. Im Grunde verband sie nur die diebische Freude daran, all diese dummen, protzigen Männer mit ihren ererbten, erschlichenen oder gestohlenen Millionen um den Finger zu wickeln und ihnen dann eine hässliche Fratze zu ziehen, sobald deren Geld auf dem Konto der Frauen war.

Sie sprachen nicht dieselbe Sprache und hatten sich auf Englisch geeinigt. Agnieszka kam aus Polen, kannte aber die Gegend seit ihrer kurzen Verbindung mit Werner, dem Sohn des Großbauern Bernhard Droste-Terhahn, den sie ihrer Freundin gegenüber als einen dummen, großspurigen Möchtegerngangster geschildert hatte. Nur ein einziges Mal war sie in Aarloh gewesen. Sie hatte im Vredener Standesamt mit gefälschten Papieren und einem nur leise hingehauchten *Ja* pro forma die Ehe mit dem fast zwanzig Jahre älteren Bauernsohn geschlossen, schnell und unromantisch. Sein Vater hatte missmutig den Trauzeugen gespielt – denn anders als der etwas naive Werner, hatte er die Geschichte schnell durchschaut und nur widerwillig zugestimmt. Die Hochzeitsgeschenke, die Agnieszka zur Bedingung gemacht hatte, waren selbst für den reichen Dorfbaron verdächtig kostspielig gewesen: eine Finca auf Ibiza, wo sich die beiden kennengelernt hatten, und ein PS-starkes Cabrio erschienen ihm als eine viel zu üppige Mitgift. Agnieszka hingegen hatte damals gedacht: *Besser als nichts*, denn eigentlich hatte sie auf das Vermögen des vornehmen und weltgewandten Schwiegervaters spekuliert und den dummen Burschen nur zähneknirschend in Kauf genommen, der zu allem Überdruss auch noch ein lausiger Liebhaber gewesen war. Das hatte diese Ehe zur Kurzehe werden lassen und Agnieszka in die Arme dieser wunderbaren Frau getrieben, Elena Newjana Vladkova. Die geniale, gerissene Elena, die ihr zum Verkauf der Finca und des Autos geraten hatte und mit diesem Anfangskapital und einer verblüffend einfachen und dreisten Geschäftsidee in wenigen Monaten weltweit Millionen abkassierte.

Elena, die Magierin, die Illusionistin und Entfesselungs-Artistin. An der Seite dieser Frau hatte sich Agnieszka zum ersten Mal in ihrem Leben sicher gefühlt. Selbst jetzt, da das lukrative Unternehmen nicht weitergeführt werden konnte, hatte Agnieszka keine Angst vor der Zukunft. Das Geld war gesichert, es mussten nur noch ein paar *Aufräumarbeiten* erledigt werden, bevor das neue Leben beginnen konnte. Das auf nichts als Lügen und Betrug aufgebaute Imperium durfte nicht wie ein Kartenhaus in sich zusammenfallen, sie konnten sonst doch noch von den herumfliegenden Trümmern getroffen werden und das Geld unwiederbringlich verlieren. Aber das würde nicht passieren. Ein paar wichtige Unterlagen waren sicherzustellen, einige ältere Herren einzuschüchtern, einige Spuren zu verwischen ...

Und dann zurück in die Sonne, heraus aus diesem kalten Novembernebel, den Moorwiesen und Sümpfen des Achterlands, zurück ins großzügige Appartement an der Schwarzmeerküste im bulgarischen Warna und mit etwas Glück direkt weiter bis in die Karibik, wo auf der Insel Antigua schon der Zweitwohnsitz hergerichtet wurde.

Es klopfte.

„Möchten Sie heute Abend etwas essen?“, fragte die dünne Stimme von Ida Böhler hinter der Tür.

Elena stopfte hastig das Gewehr in die grüne, gepolsterte Hülle und nickte Agnieszka zu, die die Tür einen Spalt öffnete.

„Essen?", wiederholte die Witwe und suchte nach dem englischen Wort, aber Agnieszka hatte sie schon verstanden. Sie drehte sich zu ihrer Freundin und fragte: „Would we like dinner?"

Elena überlegte kurz und nickte. Als sie sah, dass die Wirtin sich hinter Agnieszka ins Zimmer geschoben hatte, wollte sie schnell die Bettdecke über die Waffe ziehen, aber es war schon zu spät.

„Sie sind Jäger?", fragte die alte Dame lächelnd und schaute Agnieszka an, in der Hoffnung, sie habe sie verstanden.

„She wants to know if we are ..." Agnieszka musste einen aufkeimenden Lachanfall unterdrücken. „... if we are hunting."

Auch Elena konnte sich kaum im Zaum halten. „Yes, hunting, yes."

Ida Böhler lächelte konspirativ. „Mein Mann hat das auch gemacht, heimlich, Enten, aber ist ja jetzt streng verboten, Naturschutzgebiet... no hunting ..." Ida Böhler erhob die Stimme, als könnte die Lautstärke die Suche nach den richtigen Worten ersetzen. „Natur ... also Naturschutz ... Naturschutzgebiet ... not good ... verboten, verstehen Sie?"

Sie legte die beiden Handgelenke übereinander, um Handschellen zu simulieren. Agnieszka verstand sehr wohl, und auch Elena war kurz davor, lachend zu explodieren.

„Essen dann um halb sieben, ja?"

„Yes, thank you, six-thirty, yes."

Ida Böhler schaute noch einmal neugierig durch den Raum und wunderte sich nicht nur über zwei Metallkoffer, die nicht nach Reisegepäck aussahen, sondern auch über das tosende Lachen der beiden Gäste, nachdem sich die Tür hinter ihr geschlossen hatte. Sie blieb auf der Treppe stehen und lauschte. Im schallenden Gelächter glaubte sie die Worte „Yes, we are hunting, definitely!" zu verstehen.

Aber sie verstand den Witz nicht.

4

Als Ari Wardenaar an diesem nebligen Novembermorgen seinen Klappspaten in die halbgefrorene Erde des Lüntener Waldes senkte, hatte er nicht die leiseste Ahnung, dass er gerade begonnen hatte, sein eigenes Grab zu schaufeln.

Er stand vor einer mächtigen Eiche, die hier schon gewiss mehr als ein Jahrhundert überdauert hatte und legte die dicken Wurzeln am Fuß des Stammes frei. Zwischen den armdicken Strängen wanden sich die kleineren Wurzeln wie Schlangen auf dem Haupt der Medusa. Genau dieses Gewirr brauchte er für seine Vorzeichnungen. Aus dem Nebel traten die grauen und schwarzen Linien hervor. Dunkel und kräftig die Äste im Inneren der Krone. Fein und grau, im Nebel fast verschwindend, die filigranen Enden der blattlosen Zweige. Im Grunde waren sie das gespiegelte Abbild des unterirdischen Geflechts der Wurzeln, die Wasser und Nährstoffe aus dem Erdreich nach oben leiteten. Das war das Wesentliche. Ein Baum bestand nicht nur aus dem Sichtbaren, sein organisches Wesen, das Zusammenspiel von oben und unten, war nur darstellbar, wenn man auch die unsichtbaren Strukturen darstellte und dafür eine künstlerische Umsetzung fand.

Das Wesentliche. Wer würde es später erkennen? Wer würde nachempfinden können, dass ein Maler in diese Kälte ging und in dicke Winterkleidung gehüllt, die rechte Hand in einem halben Handschuh, der die Finger frei ließ, vor seiner Feldstaffelei saß und das Wesentliche suchte, das er in groben und feinen Strichen zum Vorschein bringen wollte?

Die Zeichenkohle glitt über den grauen Karton und hinterließ knirschend ihre Spuren, manchmal zischte sie bei diesen Bewegungen wie Sandpapier auf Holz, mal quietschte und pfiff sie. Wie die Kreide des Lehrers auf der schwarzen Schultafel der Zwergschule in Steenbeek oder wie die Griffel auf den Schiefertafeln, wenn die jüngeren Schüler Blütenblätter, Stempel und Staubgefäße vom großen Bild am Kartenständer abzeichneten, während der Lehrer gleichzeitig den Älteren das Bruchrechnen beibrachte. In der kleinen Achterhoek-Schule saßen 1958 drei Jahrgänge in einer Klasse.

Ari Wardenaar war kein guter Schüler gewesen, dafür aber schon damals der beste Zeichner und Maler der Klasse. Aber selbst wenn er manchmal das Privileg genoss, nach dem Unterricht, auf dem Stuhl des Lehrers stehend, schematische botanische Zeichnungen, für die es kein Kartenmaterial gab, vergrößert und mit farbigen Kreiden für den nächsten Tag aus dem Lehrbuch an die Wandtafel zu bringen, bedeutete es dem Lehrer Verheyen nicht viel. Er selbst hatte dadurch weniger Arbeit, aber dass es hier ein Talent zu fördern gab, kam ihm nicht in den Sinn. Daran änderten auch Aris Aquarelle nichts, die fein schattierten und farblich sehr genauen Blüten, die er anfangs noch dem Lehrer stolz gezeigt hatte, bald aber lieber darauf verzichtete. Verheyen hatte nur noch ein schnelles *Ja, ja, sehr schön* dafür übriggehabt. Nein, man musste diesen Jungen nicht dafür loben. Verheyen hielt es vielmehr für seine Pflicht, den drohenden Irrweg des Kindes zu verhindern. Man musste den Ambitionen des Vaters entgegenwirken, der selbst viel Zeit mit dem Zeichnen von Karikaturen verbrachte. Und waren etwa die Spaziergänge mit dem Onkel, einem anerkannten Heimatmaler, der die Bauernhöfe der Umgebung und die Flusslandschaften an der Berkel skizzierte, um sie in seinem Atelier in große Ölgemälde zu verwandeln, die doch niemand haben wollte – war das alles der Entwicklung eines jungen Mannes wirklich zuträglich? Ganz abgesehen von den Malstunden mit seiner Großtante Agatha Zethraeus? Deren Bilder hingen manchmal in kleineren regionalen Galerien, aber nicht in namhaften Museen. Sie hatte aber zeitlebens keine Gelegenheit ausgelassen, um ihre Seelenverwandtschaft mit Piet Mondriaan zu unterstreichen. Ja, mit dem großen Mondriaan war sie befreundet gewesen, bis an dessen Lebensende. Mit ihm hatte sie zusammen gemalt, lange bevor er mit seinen abstrakten roten, blauen und gelben Rechtecken zwischen schwarzen Gittern weltberühmt geworden war.

Weltruhm für uninspirierte Handwerkskunst, wie sie jeder Anstreicher besser hinbekam? Verheyen war das unbegreiflich.

Konnte das die Bestimmung eines Lebens sein? Die Beschäftigung mit Linien und Farben das einzige Ziel eines Lebensweges? Sicher nicht. Die Abbildung der Welt hatten doch längst Fotografie und Film übernommen, demnächst würde es auch in dieser abgelegenen, bäuerlichen Grenzregion des Achterhoeks in jedem Haus einen Fernseher geben.

Und die Reaktionen seiner Mitschüler waren für die charakterliche Entwicklung des Jungen sicher auch nicht förderlich. *Mädchenkram.* Und hatte das schmächtige Kerlchen die Bilder überhaupt selbst gemacht oder hatten Vater, Onkel und Großtante Agatha ihm dabei die Hand geführt? Zeichnen und Malen waren wie Stricken und Häkeln. Sie konnten die viel wichtigeren Leistungen in Sport, Rechnen, Lesen und Schreiben keinesfalls ersetzen.

Das Wesentliche wuchs stets im Schatten oder unter der Erde, die er nun soweit abgetragen hatte, dass das Gewirr der Wurzellinien darstellbar wurde. Nein, er hatte es damals nicht als schlimm empfunden, keine Freunde zu haben. Was hatte er mit den Gleichaltrigen zu schaffen? Er war klein, nicht besonders mutig, nicht schlagfertig genug für die nicht immer harmlosen Späße der anderen. Während sie nachmittags ihren Spielen nachgingen, saß er lieber über seinen Zeichnungen und Aquarellen, um sie später seiner Großtante zu zeigen. Er besuchte Agatha Zethraeus so oft es ging an den Wochenenden und fuhr mit dem Zug von Winterswijk nach Zeist, südlich von Utrecht, um ihr seine neuesten Werke zu zeigen. Vater und Onkel waren strenge Lehrmeister, aber seine Großtante konnte er mit seinen Bildern begeistern, zumindest hatte Ari dieses Gefühl. In jedem Fall war es Agatha, die ihn in seiner ganz entschiedenen Absicht, Künstler zu werden, stets bestätigte.

Ja, Ari Wardenaar, war aus der Zeit gefallen, das wusste er selbst.

Und er wollte es so.

Bewegung tat gut. Marie hatte sich ein forsches Schritttempo angewöhnt. Sie liebte diese klare Luft, die weiß gefrorenen Ränder

der Wassertümpel im Venn, das Knistern des vom Raureif überzogenen Grases in den Schattenflächen der Bäume, wenn sie abseits der Sandwege querfeldein lief.

Das neue Leben, dachte sie oft und erschrak dann selbst vor dem Pathos, das in diesen drei Worten lag. Aber es war ja wahr: Das schnelle Eingreifen des Sondereinsatzkommandos hatte sie vor nunmehr drei Monaten aus den Fängen des niederländischen Drogendealers Henk Verbeek, genannt *Henk der Henker*, befreit und vor dem sicheren Tod bewahrt. Auch ihr Freund Martin, der Dorfpolizist, der zur gleichen Zeit gefesselt im brackigen Moorwasser des Schwarzen Venns gelegen hatte und fast ertrunken wäre, hatte im Grunde ein zweites Leben bekommen. Jetzt aber freuten sich beide auf die gemeinsamen neuen Wege und das bisher nicht gekannte Gefühl einer echten Lebensgemeinschaft. Eine neue Nähe. Ja, das Leben war trotz der schrecklichen Vorfälle schöner geworden.

Hinter dem Weißen Venn, schon auf niederländischem Gebiet, öffnete sich der Wald zu einer größeren Lichtung, auf der sich in der Mitte die schwarzen Konturen eines prächtigen Baums im Gegenlicht abzeichneten. Marie rätselte noch, ob die blattlosen Äste und Zweige zu einem Ahorn, einer Eiche oder einer Linde gehörten, als sich zu ihrer Überraschung hinter dem Stamm etwas zu bewegen schien. Sie ging in einem weiten Bogen um den Baum herum und sah einen Mann, der vor einem Zeichenbrett an einer Staffelei saß. Als Stuhl diente ihm ein ausklappbarer Sitz an einem Handstock, wie ihn Jäger benutzten, die auf Wild ansaßen. Der Mann mochte um die siebzig sein, vor seinem weißen Bart wehten im Gegenlicht die Atemfahnen in der Kälte. Sie näherte sich vorsichtig, aber der Zeichner war so vertieft in seine Arbeit, dass er Marie nicht zu bemerken schien. Auf dem großen Zeichenblatt erkannte sie ein Gewirr von Linien und die schwarze Fläche des Stamms, der sich am unteren Ende des Blattes, wie ein Trichter auszuweiten schien.

„Kommen Sie gern näher!“

Marie erschrak und überlegte, ob sie das Angebot annehmen sollte. „Nur Mut, ich beiße nicht!“, sagte der Mann und blieb weiter konzentriert in seine Arbeit vertieft. Aus dem halben Wollhandschuh seiner rechten Hand schauten die Finger heraus, die ein Stück Zeichenkohle hielten und emsig über das Papier fuhren, um dann wieder für einen kurzen Moment innezuhalten.

„Nein, ich beiße wirklich nicht!", wiederholte der Mann, ohne den Blick von seinem Blatt abzuwenden. „Es ist nur mein verbissener Gesichtsausdruck bei der Arbeit. Berufsbedingt. Haben Sie also keine Angst und sagen Sie mir einfach, was Sie sehen, wenn Sie so freundlich sein wollen."

Der Mann hatte etwas Liebenswürdiges in seiner tiefen Stimme und einen Akzent, der ihn eindeutig als Niederländer auswies.

„Na gut, danke für die Einladung", sagte Marie und näherte sich. „Also, was sehe ich ...? Sie haben da unten die Wurzeln freigelegt in der Erde, die scheinen Ihnen also wichtig zu sein."

„In der Tat, das war ich und nicht die Wildschweine."

„So wie es aussieht ...", Marie suchte nach den passenden Worten, „ich denke ... vielleicht ging es Ihnen um die Entsprechungen ... das Gewirr der Äste oben und das Durcheinander der Wurzeln unten, dazwischen der schwarze Stamm in den alles mündet ..."

Jetzt sah der Zeichner doch von seinem Blatt auf und legte die schwarze Zeichenkohle in eine Holzschachtel zu seinen anderen Stiften und Kreiden. Er schaute Marie an, lächelte und nickte wohlwollend.

„Genau so ist es. Sie haben es erkannt! Man vergisst immer, dass der Baum unter der Erde eine ebenso große Ausdehnung hat wie überirdisch. Ein Organismus, die Wurzeln wie Adern, Kabel, wenn Sie wollen, Energiekanäle, über- und untereinandergelegt nach einem undurchsichtigen Plan, verworren, aber die Lebensbedingung für die breite Krone oben ... entschuldigen Sie, ich beginne zu dozieren."

„Nein, nein, ich finde das durchaus interessant", beruhigte ihn Marie, während sie überlegte, woher sie diese Stimme und diese Art zu reden kannte.

Der Künstler nahm nun eine blaue Pastellkreide, mit der er die Konturen des Stammes und die Struktur der Rinde betonte.

„Ja, *blaue Baumrinde*?, werden Sie sich fragen. Aber sehen Sie, es kommt noch schlimmer." Er legte den blauen Stummel zurück in den Kasten und suchte nach einem anderen. Zu Maries Verwunderung fügte er kurze rote Striche und kleine zitternde Linien hinzu, die dem Stamm plötzlich ein Volumen gaben und ihn rund aussehen ließen. Er stand auf, nahm Abstand und neigte sich schräg zur Seite, als wollte er hinter sein Zeichenbrett schauen. Dann schüttelte er leise stöhnend den Kopf, ging beherzt auf seine Staffelei zu und riss in einer heftigen, fast aggressiven Bewegung das Blatt vom Block.

„Halt, stopp!", schrie Marie. „Sie wollen doch nicht etwa ..."

„Doch, genau das will ich", entgegnete der Zeichner und wollte das große Blatt zerreißen.

„Warten Sie!", bat Marie. „Schmeißen Sie es nicht weg, ich würde es gern haben."

„Was wollen Sie denn damit? Was sehen Sie denn darin, was gefällt Ihnen?"

„Die Art, wie Sie mit den wenigen farbigen Akzenten den ganzen Charakter des Baums verändert haben."

„Charakter? Seit wann haben denn Bäume einen Charakter, ich meine, im Sinne einer moralischen Kategorie?"

„Gut, nennen wir es Volumen, Gewicht, Stärke ..."

„Ja, da kommen wir der Sache schon näher! Das war in der Tat meine Absicht, aber es funktioniert nicht so, wie ich es mir vorstelle ... mein Gott, verzeihen Sie, es kommt gar nicht so oft vor, dass sich jemand für meine Arbeit interessiert ... und ich bekomme dann diese Lehrerhaltung, ja, ich weiß das. Schlimm! Einmal Lehrer, immer Lehrer! Aber noch lange kein Grund, wildfremden Menschen seine Gedanken aufzuzwingen."

Er ließ das Blatt ganz und reichte Marie die farbverschmierte Hand. „Wardenaar, Adrian Wardenaar."

Maries Stirnfalten verrieten eine Mischung aus Überraschung und Zweifel. „Wardenaar?", fragte sie, „Ari Wardenaar?"

Jetzt zeigte Aris Gesicht den gleichen Gesichtsausdruck. „Kennen wir uns denn?"

„Ja, Ari Wardenaar, Gymnasium Vreden, 1986, wenn ich mich recht erinnere."

„Sie waren eine Schülerin von mir?"

„Allerdings!"

Marie sah den jüngeren Wardenaar vor sich. Meist in grauer Breitcordhose, in der er hoffnungslos versank, die Hosenbeine umgeschlagen über hellgrünen oder babyblauen Socken und hellbraunen Halbschuhen mit Budapester Lochmustern; im schwarzen Samtsakko mit lauter kleinen Farbflecken und der Baskenmütze auf dem Kopf, die er auch jetzt trug und die so aussah, als sei sie noch die gleiche wie vor fünfunddreißig Jahren.

„Aber als wir Abitur machten, da waren Sie schon weg."

„Ja, ich habe es nicht lange ausgehalten im deutschen Schulwesen. Das war nichts für mich. Das niederländische übrigens auch nicht."

Jetzt streckte ihm Marie ihre Hand entgegen. „Marie Gerster."

Wardenaar schien in seinem Gedächtnis zu kramen. „Gerster? Die Tochter des Dorfarztes von Aarloh?"

„Fast. Mein Vater war dort Tierarzt."

„Ja, die Welt ist klein."

Wardenaar warf noch einmal einen kurzen Blick auf seine Zeichnung, dann rollte er sie zusammen und überreichte sie Marie. „Na, meinetwegen – ein echter Wardenaar ... aber ohne Signatur."

„Das macht nichts. Danke!"

„Es ist einfach noch nicht das, was ich will."

Er setzte sich wieder auf seinen merkwürdigen Handstockschemel mit der ausklappbaren Lederfläche, suchte ein passendes Stück Zeichenkohle aus seinem Holzkasten und begann von neuem. Mit vorsichtigen, leichten grauen Strichen zuerst, dann kräftiger. Einige Flächen zwischen den dickeren Linien verwischte er mit dem Zeigefinger.

„Die Zeichnung ist ja nur die Vorstufe, ich brauche dieses besondere Licht hier draußen, jetzt im November, die Skizze muss so gut sein, dass ich mich zu Hause an die Lichtstimmungen und die Kontrastverhältnisse erinnere. Die farbigen Teile, so klein sie auch sein mögen, sind entscheidend, vor allem die Farben in den Schatten. Wenn Sie damals was gelernt haben sollten bei mir, dann auf jeden Fall, dass Schatten nie grau oder schwarz sind, da ist immer ein Farbanteil darin. Das können diese groben Pastellkreiden gar nicht wiedergeben, das muss ich zu Hause dann mit Ölfarben machen."

„Sie arbeiten an einem Ölgemälde?"

„Ja, das hier ist ein Kompromiss: Ich versuche, hier in der Kälte sozusagen Notizen zu machen. Eigentlich müsste ich hier natürlich vor einer Leinwand stehen, mit Pinseln und Ölfarben. Aber nun bin ich ja schon etwas älter, die Kälte macht den Fingern zu schaffen, ganz abgesehen von der Arthrose, die sich langsam in den Gelenken ausbreitet ... und die mich irgendwann lähmen wird. Aber soweit sind wir noch lange nicht. Es sind immer diese Momente, Frau –"

„Gerster, oder Marie, wenn Sie mögen ..."

„Ja, gern, Ari ... also diese kurzen Momente, Marie, sehen Sie: Die Sonne steht jetzt noch hinter dem Nebel, sieht eher aus wie der Mond, und dann diese leichten Farbtöne in den Schatten, das versuche ich mir mithilfe der Skizze zu merken und dann in meinem Atelier umzusetzen."

„Aber Sie haben kein Atelier in Aarloh, oder? Dann wären wir uns doch sicher schon einmal begegnet."

„Nein, mein Haus ist weiter nördlich, oben bei Lünten, im Grunde ziemlich genau auf der Grenze. Ein altes, verschachteltes Bauernhaus, mit einer großen Tenne, umgebaut zum Atelier ... Sie dürfen mich da gern mal besuchen." Er fischte eine Visitenkarte aus seinem Malkasten, verziert mit einem Baummotiv, wie ein Holzschnitt mit farbigen Akzenten, darunter sein Name und seine Profession in zwei Sprachen: *Schilderen en Restauratie / Malerei und Restaurierung.*

„Wohnen Sie denn noch in Aarloh?", fragte er, während die Kohle quietschend über das neue weiße Blatt glitt.

„Ja, seit kurzem in dem schicken weißen Bungalow am Rande des Droste-Hofs, vielleicht kennen Sie das Haus. Wenn Sie hier durch Wiesen und Wälder laufen, ist es eigentlich kaum zu übersehen. Der flache schneeweiße Bau hinter dem Kiefernwäldchen. Wir mussten einige der Bäume fällen lassen, jetzt ist es von Süden her sichtbar."

Der Maler hielt plötzlich inne, drehte sich zu Marie und legte seine Zeichenkohle in den Kasten.

„Ja, natürlich, der weiße Bungalow. Ich komme meistens mit dem Bus, ich habe kein Auto. Dann laufe ich von der Landstraße querfeldein ins Weiße Venn. Der Droste-Hof, ja, ja ..."

Wardenaar hatte die Stimme gesenkt. Seine Gesichtszüge wurden weicher, die angespannte Konzentration des Zeichners war verschwunden.

„Sagen Sie, Marie, dann müssen Sie doch den alten Bernhard Droste-Terhahn gekannt haben. Sind Sie etwa mit ihm verwandt?"

„Nein, nach seinem Tod ... wie soll ich sagen ... nun, es ist einiges passiert ... und vieles ist anders geworden ..."

„Ja, davon weiß ich. Ich war sogar auf seiner Beerdigung, sein Tod ist mir nahegegangen."

„Kannten Sie ihn gut?"

„Ja, ganz gut. Er war ja trotz seiner – wie soll ich sagen – Landherren-Attitüde eigentlich auch ein kunstsinniger Mensch. Ganz im Gegensatz zu seinem Sohn, der das Geld lieber in alte Autos steckte."

„Der Werner ... der ist inzwischen auch gestorben."

„So? Na ja, kann nicht sagen, dass es mir um ihn leid täte. Habe mich oft gefragt, was der wohl mit Bernhards Kunstsammlung machen wird. Der hatte ja so gar keine Ahnung, hat sich immer über uns lustig gemacht.

Marie stutzte. „Das heißt ... Sie kannten ihn auch?"

„Nein, nicht wirklich. Wenn wir zu den Matineen kamen ... lange ist's her, hat er immer kleine Witzchen gerissen, über uns und über unsere Frauen, die er wohl alle für Flittchen und Aktmodelle gehalten hat. Ein grober Kerl, vor allem, wenn ihm der Champagner zu Kopf stieg. Sein Vater, der Bernhard, der war eine gute Seele. Der hatte ein Herz für uns Künstler. Ich habe einmal einige seiner Bilder restauriert. Der hatte da einige echte Schätze. Das hätte eine bedeutende Privatsammlung werden können!"

Marie begann intuitiv zu strahlen. Sie hatte den richtigen Mann gefunden. Wardenaar sah ihr glänzendes Gesicht. „Sie sehen aus, als hätten Sie gerade eine Erleuchtung, Marie!"

„Ja ... also ... nein. Ich freue mich nur, Sie getroffen zu haben. Und über die Erleuchtung reden wir später. Jetzt erfrieren mir langsam die Füße, und ich störe Sie bei der Arbeit. Wenn Sie mögen, komme ich Sie besuchen!"

Marie schaute auf Wardenaars Visitenkarte.

„Bestimmt?", fragte der Maler zweifelnd.

„Ganz bestimmt! Schon in den nächsten Tagen. Ich rufe Sie vorher an."

„Na schön, ich freue mich. Aber ich muss Sie warnen: Mein Haus ist eine völlig chaotische Malbude! Erwarten Sie also nicht zu viel, bitte."

„Doch, doch, meine Erwartungen sind groß. Und machen Sie sich keine Sorgen – ich kann mit chaotischen Zuständen bestens umgehen."

Marie lachte, rollte die Zeichnung etwas enger zusammen und machte sich auf den Weg durch das Venn. Vom Waldrand aus wollte sie dem Maler noch einmal zuwinken, aber als sie sich nach ihm umdrehte, war Wardenaar schon wieder so in seine Zeichnung vertieft, dass er die Welt um sich herum vergaß und auch Maries lauten Abschiedsgruß nicht hörte. Er musste schnell sein und das besondere Morgenlicht einfangen, bevor das härtere Licht der Mittagssonne die vielfarbigen Schatten in schwarze Löcher verwandelte. Aber es war schon zu spät. Das Gespräch mit der neuen Unbekannten hatte ihn von der Arbeit abgehalten. Dennoch hatte er es genossen, endlich wieder jemanden zu treffen, der sich für seine Arbeit interessierte.

Der Dunst verflog, und aus dem milchigen Mondkreis wurde die grelle Sonne. Zeit, die Zeichenutensilien einzupacken und den Heimweg anzutreten, den Packen aus Zeichenmappe, der eingeklappten Feldstaffelei und dem Kasten mit Kohle, Graphit und farbigen Ölkreiden auf den krummen Rücken zu laden und wie ein armer

Reisigsammler früherer Zeiten in sein kleines Reich zurückzukehren.

5

Selbst Carola Witte, Inhaberin des einzigen Tante-Emma-Ladens im Ort und damit auch Chefin des Aarloher Nachrichtendienstes, konnte nicht sagen, woher die beiden exotischen Vögel stammten, die mit ihren bunten Gewändern durch die engen Straßen des Dorfes flatterten. Noch nicht! Das war nur eine Frage der Zeit. Sie waren kichernd durch ihren Laden geflogen und hatten ohne erkennbaren Grund so viel Spaß an Schwarzbrot gehabt, dass sie sich gleich zwei Pakete gekauft und eines davon noch im Laden aufgerissen und das Brot probiert hatten. Was war so besonders an Pumpernickel? Carola beobachtete sie, wie sie hüpfend über den Marktlatz gingen, kurz innehielten, um sich zu orientieren und dann in Richtung Droste-Hof zu gehen.

Auch dort ließen die freiwilligen Helfer, die gerade mit der Einrichtung des neuen Bauernhof-Cafés beschäftigt waren, ihre Arbeit ruhen und beobachteten interessiert, was die heiteren, nicht mehr ganz jungen Damen wollten, die sich aufführten wie Schulmädchen nach der letzten Unterrichtsstunde. Die drei Altgesellen des heimischen Konditorhandwerks standen hinter der Theke und beobachteten, wie sich die beiden Frauen fragend an etwas verlegene Helfer wandten, aber nur Schulterzucken ernteten. Jetzt kamen sie auf Heinrich Brockmann zu, im Ort allgemein als *Törtchen* bekannt. Aber auch Törtchen-Brockmann schüttelte nur den Kopf und leitete die Frage gleich weiter an Friedhelm Dierkes, genannt *Schoko*. Der wusste auch nicht weiter und fragte in die große Runde:

„Wohnt hier irgendwo ein Wörner?“

Wieder kam nur Kopfschütteln oder Schulterzucken als Antwort.

Die Kleinere der beiden Frauen wiederholte ihre Frage noch einmal – in einem kaum verständlichen Zungenschlag, der ein wenig wie Englisch mit russischem Akzent klang. „We are looking for Wörner. Wörner Drosti, you know him?“ Sie fragte Egon Schulte, genannt *Sahne.*

„Wörner Drosti?“, wiederholte er. „Ich glaube, die wollen zu Werner Droste-Terhahn. Was soll ich denen denn jetzt sagen?“

„Sag ihr, wie's ist: Der liegt auf dem Friedhof!“, schlug Törtchen vor.

„Kannste nicht machen, Heinrich“, warnte Schulte. „Ist zu brutal. Wer weiß, was die mit dem verbindet ... frühere Freundin, Halbschwester ...?“

„Ach wat!“ Törtchen schlug die höfliche Zurückhaltung in den Wind. „Wat heißt denn Friedhof auf Englisch?“, fragte er in die Runde.

„Sag ihr einfach, der ist tot“, schlug einer vor, und krähte es auch gleich heraus: „Däd!“

„Yes“, sagte die Größere, „and his dad, Börnhard, the farmer.“

„Börnhard“, wiederholte einer. „Die meint beide, den Alten auch.“

„Das ist praktisch“, meinte Törtchen und übernahm ohne Rücksicht auf Pietät und Einfühlsamkeit die Übersetzung.

„Dead“, sagte er laut, als spräche er mit Schwerhörigen, aber die beiden Damen nickten nur. „Yes, Wörner – son! And Börnhard – his dad.“

„Drosti junior, Drosti senior“, ergänzte die Kleinere und versuchte, sich mit Gesten verständlich zu machen, indem sie die linke Hand für den Vater, die rechte für Werner Droste-Terhahn ausstreckte und wiederholte: „Drosti junior ... Drosti senior: son and his dad.“

„Yes, dead!“, rief Törtchen um so lauter und machte eine hässliche Geste, indem er sich mit der Handkante über den Kehlkopf fuhr, den Kopf schräg legte und die Zunge heraushängen ließ. Schoko versuchte das abzumildern und zeichnete mit seiner rechten Hand ein Kreuz in die Luft. „Dead“, sagte er noch einmal und ließ es teilnahmsvoll klingen wie ein Bestattungsunternehmer.

Die Frauen schienen endlich zu verstehen. Sie sahen sich an, machten aber nicht den Eindruck, als habe diese traurige Nachricht etwas Enttäuschendes für sie.

„Was heißt denn Grab?“, fragte Törtchen die Helfer.
„*Grave*, glaube ich.“
„Ja, und Friedhof heißt *graveyard*“, ergänzte ein anderer, wurde aber von einem Dritten korrigiert, der meinte, es hieße *cemetery*.
„Zimt ... Zement ... was?“ Törtchen lehnte genervt ab. „Zu kompliziert!“ Er streckte die Hand in Richtung Kirche aus und versuchte *graveyard* zu sagen, was aus seinem Mund aber wie Krähen-Gekrächze klang, *kreefjarrt*, mit hartem K und rollendem R. Die Frauen verstanden es trotzdem und machten sich unter den interessierten Blicken der versammelten Männer auf den Rückweg über den Kirchplatz.

Es gehörte zu den nirgendwo vertraglich festgelegten Aufgaben, dass Heiner Wienkämper, Angestellter des Vredener Grünflächenamtes, auch den Friedhof der kleinen Nachbargemeinde Aarloh betreute. Er war dafür übergangsweise freigestellt. Diese *Übergangszeit* war, wie so viele Provisorien, zur Dauerlösung geworden. Jetzt richtete er das Grab für den alten Eversmann her und dachte an das traurige Schicksal des vereinsamten Witwers, der lange Jahre mit einer schmalen Rente in der windschiefen Fachwerkkate hinter der Kirche gewohnt hatte. Der Alkohol hatte seinen Niedergang beschleunigt. Die meisten Aarloher hatten ihn gemieden, obwohl er selten auffällig oder gar unangenehm geworden war. Manchmal hatte Heiners Freund, der Dorfpolizist Martin Gerwink, seine schützende Hand über ihn gehalten, aber letztlich war der alte, gebrechliche Mann an Einsamkeit gestorben. Eversmanns Altersgenossen, mit denen er seinerzeit gern in Vronis Heidekrug Doppelkopf gespielt hatte, waren der Reihe nach in kurzen Abständen gestorben. Es war an der Zeit, dass die Dorfgemeinschaft für dieses Problem sensibilisiert wurde. Seit es keinen Pfarrer mehr gab und die sozialen Dienste unterbesetzt waren, kümmerte sich im Grunde keiner mehr um die Alten. Heiner musste das in einer der nächsten Donnerstagssitzungen auf dem Droste-Hof zur Sprache bringen.

Während er die Ränder der Grube mit grünem Kunstrasen auslegte, hörte er ein Lachen. Es war kein unbefangenes Kinderlachen, was da an sein Ohr drang, während in seinem Kopf die Bilder des alten Eversmann aufschienen ... die enge Wohnstube seines uralten Hauses, in der sie immer gemeinsam Kaffee getrunken hatten, wenn Heiner ihm zwei, dreimal im Jahr die lange Hecke geschnitten und das Nötigste in seinem großen Garten erledigt hatte ... der verwirrte und suchende Blick des alten Mannes in seinem verdreckten Trenchcoat, den er sommers wie winters trug, wenn er merkte, dass er mitten auf dem Marktplatz seines Heimatdorfes die Orientierung verloren hatte und Carola Witte ihm mit freundlichen, plattdeutschen Worten die Richtung wies.

Es hatte den Anschein gehabt, dass Eversmann sein nahes Ende geahnt oder sogar bewusst herbeigeführt hatte. In seinem schwarzen, besten Anzug hatte er auf dem Bett gelegen, um ihn herum mehrere Flaschen des billigen Cognacs aus Carolas Laden, der am Ende seine Hauptnahrung gewesen war.

Dieses Lachen störte Heiner. Es war nicht das hühnerhafte Gegicker von Teenagern, es war das volle, haltlose Lachen zweier erwachsener Frauen, das sich nun zu einem atemlosen Japsen steigerte, dem er Einhalt gebieten wollte. Er stieg verschmiert und mit lehmverkrusteten Händen aus dem frischen Grab und ging von hinten auf die Frauen zu, die offenbar vergessen hatten, was sich gehörte und die stille Welt des Friedhofs mit einem Kindergeburtstag verwechselten.

„Kann ich Ihnen helfen?“, fragte er mit drohendem Unterton. Die beiden drehten sich erschreckt um, verfielen aber beim Anblick des verdreckten Friedhofsgärtners in einen noch schlimmeren Lachkrampf.

„Ich muss doch wohl bitten!“, setzte Heiner nach, aber die beiden Frauen winkten nur ab. Sie hatten Mühe, sich selbst vor dem Erstickungstod zu bewahren und ließen den kopfschüttelnden Heiner irritiert zurück. Ihr Lachen war noch zu hören, als sie schon hinter der Kirche verschwanden.

Heiner Wienkämper schaute auf das Droste-Grab und suchte nach einem Anlass für das ungebührliche Lachen. Hatte jemand einen Scherzartikel auf der schwarzen Marmorplatte hinterlassen, unter der Bernhard Droste-Terhahn neben seinem Sohn Werner die letzte Ruhe gefunden hatte? Er fand nichts. Das Grab war stets gut gepflegt, dafür sorgte – trotz allem – Bernhards Tochter Eva. Die Aarloher wussten das zu würdigen, denn es war nicht einfach für die Tochter gewesen. Das Bild ihres Vaters als ein allseits geschätzter, einflussreicher Großbauer, mit besten Verbindungen zu höheren Kreisen diesseits und jenseits der Grenze war nur die eine Seite seiner Persönlichkeit gewesen. Die Kehrseite hatte, wie inzwischen auch die meisten Aarloher wussten, deutlich anders ausgesehen. Sie erinnerten sich ungern an die Großrazzia vor wenigen Monaten, bei der man die kriminellen Beziehungen des altehrwürdigen Agrarbetriebs zum Drogenhandel nachgewiesen hatte. Sein Sohn Werner hatte diese Kontakte letztlich mit dem Leben bezahlt. Jetzt lagen die beiden nebeneinander im Familiengrab, und die tiefe Verunsicherung, die dieser Skandal bei den Aarlohern hinterlassen hatte, legte sich nur langsam. Viele gaben dem draufgängerischen Sohn Werner die Hauptschuld, andere bezweifelten das oder beteiligten sich überhaupt nicht an Schuldzuweisungen und Spekulationen, sondern halfen aktiv beim Umbau des alten Vierständerhofes mit, der nun auf Initiative der Tochter zu einem Kultur- und Gemeinschaftszentrum werden und dem Dorf den alten, kaum noch spürbaren Gemeinschaftssinn und den Zusammenhalt zurückgeben sollte.

Heiner Wienkämper war von Natur aus neugierig. Daraus machte der Heimatforscher und Schatzsucher gar keinen Hehl. Er hatte bereits große Teile des Weißen und des Schwarzen Venns mit seinem Metalldetektor nach historischen Fundstücken abgesucht, die die Geschichte dieser interessanten Grenzregion erzählen konnten. An diesem Tag war es aber eine einfache, rein menschliche Neugier: Woher kamen diese bunt gekleideten, fremden Frauen, die sich auf dem Friedhof so kindisch und pietätlos benahmen? Was wollten sie hier? Gut, Bernhard Droste-Terhahn war genau das gewesen, was man hier unter einem *Lebemann* verstand. Er war zu Lebzeiten viel gereist und hatte als passionierter Großwildjäger möglicherweise nicht nur ausgestopfte Trophäen mit nach Hause gebracht. Sicher war, dass er eine uneheliche Tochter gehabt hatte, mit einer elsässischen Weingutbesitzerin. Möglich, dass auch das nicht die ganze Wahrheit war.

Heiner sah, wie die beiden Frauen immer noch laut lachend über den Kirchplatz liefen und in ihr Auto stiegen. Münchener Kennzeichen und das dezente Logo eines großen Autoverleihers an der Heckklappe – das führte nicht weiter. Aber er war gewiss nicht der Einzige, dem diese beiden Damen aufgefallen waren. Die Dynamik des Dorflebens würde schon bald das Mosaik aus Beobachtungen und Begegnungen zu einem plausiblen Bild zusammenfügen.

6

Gerd Oldenburg hatte an diesem Tag wenig zu tun. Er war immer noch beunruhigt wegen der geplatzten Geldübergabe. Kein Lebenszeichen von Heebing. Das untätige Warten machte ihn krank. Er stand am Fenster und blickte über den zentralen Platz in der Grevener Innenstadt, unweit der Kirche. Es war ein warmer, sonniger Tag im November, vielleicht einer der letzten des Jahres mit nahezu sommerlichen Temperaturen. Er überlegte, ob er das Büro früher verlassen konnte. Eine kleine Fahrt mit dem offenen, alten Mercedes-Cabrio nach Münster würde ihn ablenken. Vielleicht bewirteten die Restaurants noch draußen auf dem Prinzipalmarkt oder am Ufer des Aasees ...

Ein seltenes Fahrzeug und die Geste eines Mannes am anderen Ende des großen Platzes irritierten ihn und erstickten mit schwelenden Angstgefühlen die Vorfreude auf einen netten Nachmittag. Der Mann zeigte eindeutig auf sein Fenster. Er stand mit zwei anderen, dunkel gekleideten, jüngeren Männern an einem bulligen schwarzen Van mit gelbem, niederländischen Kennzeichen. Es musste ein

Chevrolet oder Cadillac sein. Die drei stiegen wieder ein und setzten das schwere Fahrzeug langsam in Bewegung. Oldenburg konnte das tiefe Wummern des starken Motors durch das geschlossene Fenster hören. Sie überquerten den fast leeren Platz, bis sie auf einem Parkstreifen vor dem schmucklosen Backsteinneubau hielten, in dem er sein kleines Büro hatte. Sie stiegen aus, zwei von ihnen trugen Alukoffer. Wieder schaute der Ältere zu seinem Fenster hinauf. Oldenburg trat einen Schritt zurück, als müsste er sich vor diesem Blick schützen. Seine Angst wuchs. Es kam so gut wie nie jemand in sein Büro, er arbeitete allein und empfing hier ganz selten Besuch, schon gar nicht unangemeldet. Was war in den beiden Alukoffern? Eine neue Bargeldlieferung? Nein, das machte keinen Sinn, wenn die Männer schon aus den Niederlanden kamen, wie es das Kennzeichen nahelegte. Er blickte hektisch auf seine Regale, dann auf den Schreibtisch. Was musste, was konnte er noch schnell verbergen ...? Dann schoss es ihm durch den Kopf: Sie wollten das Geld, die Rubel-Lieferung, die Heebing nicht in Empfang genommen hatte. Bis jetzt gab es keine Antwort auf seine Fragen an ihn. Was sollte er tun? Ihnen das Geld aushändigen? Waren sie gefährlich?

Sie mussten schon im Haus sein. Er schloss seine Tür ab. Dann griff er nach seinem Handy und wählte die Notrufnummer, aber er zitterte, die Männer waren schon auf dem Flur. Die harten Schläge gegen seine Tür waren kein friedliches Klopfen. Er erschrak so heftig, dass ihm sein Handy aus der Hand fiel und irgendwo unter dem Schreibtisch verschwand.

Sie würden die Tür aufbrechen, Oldenburg würde sich nicht wehren können. Er hatte das Büro am Ende des Flurs, die meisten Büros in diesem neuen Gebäude waren noch nicht vermietet. Niemand würde ihm helfen. Er schloss auf und öffnete die Tür einen Spalt, aber der Ältere drückte sie weiter auf und schob Oldenburg einfach nach hinten. Er hatte ein fast asiatisches Gesicht und schaute Oldenburg nicht an. „Go!", sagte er, während sich seine beiden Kollegen eilig an dem noch laufenden Computer zu schaffen machten. „Leave the room, now! Go!", brüllte der Alte.

„You want the money?“

Der Alte blickte Oldenburg irritiert an, dann drehte er sich lächelnd zu seinen Kollegen um und sagte einen vermutlich russischen Satz, den Oldenburg nicht verstand, der aber die beiden jungen Komplizen in heftiges Gelächter ausbrechen ließ.

„Money?“, fragte der Alte, „What do you mean?“

Oldenburg beantwortete seine Frage nicht, sondern öffnete in vorauseilendem Gehorsam seinen Safe. Die zwanzig Päckchen mit jeweils einhundert 5000-Rubel-Noten lagen dort noch in ihren Plastiktüten, so, wie er sie in der Verkleidung seines Autos versteckt hatte.

Der Alte lachte aus voller Kehle.

„Thank you, thank you, mister!“, sagte er mit gespielten Verbeugungen und reichte seinen Kollegen die Tüten, die sie kopfschüttelnd und kichernd in die Alukoffer packten.

Das Gesicht des Alten wurde wieder härter.

„And now: leave!“, befahl er.

Oldenburg verstand nicht. Waren sie gar nicht wegen des Geldes gekommen?

„Leave!“, schrie der Alte ihn wieder an, und als Oldenburg all seinen Mut zusammennahm und mit einer beruhigenden Geste anfangen wollte zu diskutieren, reichte ein kurzer Blick: Einer der beiden Jüngeren nahm eine Pistole aus seinem Koffer und richtete sie auf den Finanzmakler. Der stand noch immer zögernd und hilflos da und überlegte, was es noch zu retten gab. Aber da wurde er schon unsanft aus seinem eigenen Büro geworfen.

„And no Police!“, warnte der Ältere und deutete die Konsequenzen mit einer eindeutigen Handbewegung an. Er zog die ausgestreckten Finger seiner rechten Hand über den Kehlkopf. Dann schob er ihn unsanft hinaus und schloss von innen die Tür ab.

Oldenburg stand auf dem Flur und wusste nicht weiter. Unschlüssig verließ er das Bürogebäude, mit nichts in den Taschen als seinen Wohnungsschlüsseln und einem Portemonnaie mit seinen Ausweisen und Kreditkarten. Er fühlte sich hilflos. Sollte er so schnell alles verloren haben, was er in den vergangen sechs Jahren aufgebaut hatte? War der befürchtete Tag X schon heute und er hatte den Absprung endgültig verpasst? Er musste nach Hause und von dort aus seine Konten sperren lassen. Als er in sein Auto stieg, schaute er noch einmal hinauf zu seinem Bürofenster. Dort stand der Ältere, fixierte ihn und wiederholte seine eindeutige Geste.

Oldenburg raste nach Hause. Er ließ telefonisch seine Konten sperren. Dann lief er unruhig in der Wohnung umher, ging nach draußen auf die Terrasse und rauchte. Was konnte er tun? Nichts mehr. Er hätte im Büro kurz vorher alle Stecker ziehen sollen, jetzt hatten sie leichtes Spiel, sie brauchten nicht einmal sein Passwort.

Er musste schnell sein, schneller als die drei Eindringlinge, woher sie auch immer kamen. Wie ernst stand es um ihn? Was konnte er tun, wer konnte ihm helfen? Eugen vielleicht? *No police!*, hämmerte es in seinem Kopf.

Heebing hatte ihn gewarnt, die Zeiten würden härter werden ... jetzt war er nicht zu sprechen, schon seit der missglückten Geldübergabe nicht. Lebte er überhaupt noch? *No police!*

Doch, Eugen Veerkamp! Der musste ihm jetzt helfen, auch wenn ihre Freundschaft im Grunde nicht mehr bestand. Egal was passiert war, der Grevener Hauptkommissar Veerkamp war verpflichtet, einzugreifen, wenn er ihm den Überfall etwas dramatischer als nötig schilderte. Wenn Veerkamp schnell war, konnten sie die drei noch erwischen. Er wählte noch einmal die Nummer der Grevener Polizeidienststelle und ließ sich nicht abwimmeln, bis er Veerkamp direkt am Apparat hatte. Aber der blieb erstaunlich ruhig, zu ruhig, wie Oldenburg fand.

„Was heißt denn *eingedrungen*?“, fragte Veerkamp ohne jedes Anzeichen von Alarmbereitschaft. „Haben die die Bürotür aufgebrochen?“

„Nein, das nicht, aber sie haben mich mit einer Waffe bedroht und mich gezwungen, mein eigenes Büro zu verlassen.“

„Das heißt, du hast sie reingelassen ...“

„Was sollte ich denn machen? Der eine hat seinen Koffer aufgemacht und eine Pistole rausgeholt.“

„Ja, so ist das, Gerd: Die Geister, die man ruft ... Ich hab' dich gewarnt damals, als mein Geld plötzlich weg war. Eigentlich hätte ich dich anzeigen müssen."

„Scheiße, Eugen!", fluchte Oldenburg.

Eugen Veerkamp hatte jeglichen Kontakt zu ihm abgebrochen, nachdem Oldenburg 55 000 Euro für ihn angelegt und restlos verzockt hatte. Aber er bat ihn ja jetzt nicht um irgendeinen Gefallen, er sollte dienstlich werden, und zwar vorsichtig und gut überlegt. Er war schließlich mit einer Waffe bedroht worden, drei Männer waren in sein Büro eingedrungen und räumten es gerade aus.

„Jetzt lass doch mal die alte Geschichte und setz deine Leute in Gang. Ich hab' dir gesagt, dass bei mir gerade eingebrochen wird und ich erwarte –"

„Eingebrochen stimmt ja nicht", unterbrach ihn der Polizist, „du hast ihnen aufgemacht."

„Schick deine Leute los!", schrie Oldenburg wütend durchs Telefon, „aber vorsichtig, die sollen von hinten reingehen, nicht vom Marktplatz aus –"

„Jetzt ist's mal gut, Gerd. Du erzählst mir nicht, wie und wann ich hier zu arbeiten habe. Wenn die bewaffnet sind, muss ich sowieso die Münsteraner informieren, und die gehen sicher durch die Vordertür."

„Die bringen mich um, Eugen, glaub's mir!" Oldenburg schrie nicht mehr. In seiner Stimme lag leise Verzweiflung. Er legte auf. Wieder stand ihm das Bild des Alten vor Augen, der ihn vom Fenster seines eigenen Büros anstarrte ... die Fingerkuppen, die er über seine Kehle gleiten ließ.

Die drei ungebetenen Besucher durchwühlten die Aktenbestände und Schubladen, sie fanden eine Reihe USB-Sticks, einen Server und eine große externe Festplatte. Die beiden internen Speicher des Computers bauten sie aus. Dann klingelte Oldenburgs Handy irgendwo auf dem Boden. Der Ältere ging auf die Knie und hielt es nach wenigen Augenblicken in der Hand. Er schmunzelte: Der Klingelton war das rhythmische Kassengeräusch aus Pink Floyds *Money*. Er nahm das Gespräch an, sagte aber nichts.

„Polizeidienststelle Greven, Sie haben gerade den Notruf gewählt, was können wir für Sie tun? ... Hallo, mit wem spreche ich? ... Hier ist die Polizei ..."

Der Alte sprach kein Deutsch, kannte aber sehr wohl das Wort *Polizei*. Er beendete die Verbindung, schüttelte nur den Kopf und befahl seinen beiden Komplizen den sofortigen Rückzug.

Veerkamp wollte ihn zappeln lassen. Er konnte nicht leugnen, dass es Rache war. Er mochte es nicht, von angeblichen Freunden nur dann angerufen zu werden, wenn man ihn dringend brauchte. Und nur seine Loyalität hatte ihn damals davon abgehalten, Oldenburgs verdächtiges und möglicherweise kriminelles Finanzgebaren an höhere Stellen weiterzuleiten. Außerdem wäre es ihm peinlich gewesen, wenn unter den Kollegen seine kläglich gescheiterte Geldvermehrung bekannt geworden wäre. Oldenburg war in seinen Augen ein kriminelles Windei und kein seriöser Finanzmakler. Und jetzt sollte er plötzlich seine Mannschaft mobilisieren, um einen angeblich bewaffneten Überfall auf dessen Ein-Mann-Büro zu beenden? Von Männern, die er selbst reingelassen hatte? Wie stellte Oldenburg sich das vor?

Veerkamps Geld war weg. Er hatte es für das Studium seiner Tochter zurückgelegt. Nach Oldenburgs blumigen Versprechungen, er könne sein Geld innerhalb von fünf Jahren verdoppeln, waren nur noch Vertröstungen, dumme Ausreden und Lügen gekommen. Er unterstellte ihm nicht, dass er sein Geld einfach beiseitegeschafft hatte, aber es fiel ihm schwer zu akzeptieren, dass Oldenburgs Spekulationen zum gesamten Verlust seiner Ersparnisse geführt hatten, während sein ehemaliger Freund reicher und reicher wurde. So reich, dass er sich ein feines, neues Haus direkt am Kanal auf einem der begehrtesten Grundstücke der Region hatte bauen können.

Veerkamp fluchte noch einmal leise, dann rief er ihn doch an. Seit Oldenburgs Anruf war bereits eine halbe Stunde vergangen. Jetzt ging er nicht ran, und auf die Mailbox seines Handys wollte Veerkamp nicht sprechen. Auch die Festnetzverbindung in seine Privatwohnung kam nicht zustande.

Er schickte zwei Beamte in Oldenburgs Büro, es gebe Hinweise auf einen Einbruch. Aber die Polizisten kamen schon nach einer halben Stunde zurück und konnten nur berichten, dass es keine Spuren eines Überfalls gebe. Die Tür des Büros sei ordnungsgemäß verschlossen gewesen, ohne jegliches Anzeichen eines gewaltsamen Eindringens. Veerkamp hatte seine Pflicht getan. Er hatte seine Leute nach dem Rechten sehen lassen, sie hatten nichts gefunden, basta!

Dennoch rumorte Oldenburgs Notruf weiter in ihm. Sie kannten sich schon seit der Schulzeit, stammten aus derselben Bauerschaft, waren gemeinsam bei den Pfadfindern gewesen, aber nach dem Verlust seiner Ersparnisse hätten sie sich fast geprügelt. *Kursschwankungen, volatile Fonds, höhere Gewinne bei größerer Risikobereitschaft* ... all die Geschichten und Ausreden des Finanzmaklers hatten ihm den Rest gegeben. 55 000 Euro verschwanden nicht einfach so am Stück, wenn, dann in kleinen oder auch größeren prozentualen Schritten, aber dann stieg man eben rechtzeitig vorher aus. War der Mann unfähig oder schlicht ein Betrüger? Er hatte Oldenburg gewarnt, mehrfach. Jetzt bekam er die Quittung. Wer sich auf dubiose Geschäfte mit osteuropäischen Geldhändlern einließ, musste sich nicht wundern, wenn sie eines Tages vor der Tür standen und nicht besonders freundlich waren. Seine 55 000 Euro waren irgendeiner georgischen Bank zum Opfer gefallen, die sich danach angeblich in Luft aufgelöst hatte. Sollte er das widerstandslos schlucken? Georgien! Machte man als seriöser Finanzmakler Geschäfte mit einer Bank in Georgien? Vermutlich waren diese drei Leute, die ihm nun gedroht hatten, tatsächlich brandgefährlich.

Was musste er tun? Was konnte später auf ihn zurückfallen und ihm dienstlich schaden? Veerkamp fluchte immer noch leise vor sich hin. Er überlegte, ob er zwei Leute zu Oldenburgs Privatwohnung in Schmedehausen schicken sollte. Oder sollte er selbst hinfahren, allein? Dagegen sträubte sich alles in ihm. Und wenn Oldenburg dort telefonisch nicht erreichbar war, machte es ja auch gar keinen Sinn. Etwas anderes begann in seinem Kopf Gestalt anzunehmen. Eine Idee, die er zu unterdrücken versuchte, gegen die er sich aber nicht wehren konnte. Für jeden Spieler kam irgendwann der Moment, wo es eng wurde, wo die Märchen nicht mehr helfen wollten, wo alle Vertröstungen und Erklärungen ihre Wirkung verloren. Und heute war dieser Zeitpunkt für Oldenburg erreicht. Heute würde er ihm die Rechnung präsentieren. Er würde ihm helfen, aber Oldenburg musste kooperieren.

Der Finanzmakler war nach Fuestrup gefahren und hatte sein Boot geholt. Er fuhr damit die wenigen Kilometer zurück nach Schmedehausen und machte unweit der Brücke über die Ostbeverner Straße in einer Parkbucht für die Kanalschiffe fest. Dann eilte er ins Haus und holte die wichtigsten Papiere. Die geldwerten Dokumente seiner eigenen finanziellen Wertanlagen befanden sich in sicheren Bankschließfächern, da kam niemand ran. Aber wenn sie nicht auf das Geld aus waren, musste er die Kopien der wichtigsten Dokumente und Bilanzen, die er in weiser Voraussicht in den letzten Jahren regelmäßig angefertigt und mit nach Hause genommen hatte, ins Boot herübertragen. *Be prepared!* Dann würde er noch am Abend mit seinem kleinen Schiffchen zurück nach Fuestrup fahren, wo man ihn zwischen all den anderen Booten nicht finden würde. Dort würde er einfach für die nächsten zwei Tage untertauchen und dann Heebing in Amsterdam kontaktieren, um die nächsten Schritte zu planen.

Oldenburgs Telefon läutete. Er erkannte die Nummer im Display, es war Veerkamps Handynummer.

„Habt ihr sie?“

„Wen?“

„Na, die drei, die mein Büro überfallen haben.“

„Nein, meine Leute waren da, haben aber nichts Verdächtiges gefunden.“

„Na super! Warum rufst du mich denn an?“

„Weil die vielleicht noch unterwegs sind, auf dem Weg zu dir, oder sie kommen morgen ... wer weiß."

„Ja, herzlichen Dank, Eugen, ganz wichtige Information, hilft mir echt weiter ..."

„Ja, ich kann dir vielleicht tatsächlich helfen."

„Vielleicht?"

„Ich mache dir ein Angebot."

„Angebot? Was redest du denn da? Ihr sollt hier anrücken, in Mannschaftsstärke, ich bin gefährdet, verdammt, ich brauche kein Angebot."

Oldenburg hörte sein Gegenüber nur atmen. Dann sagte Veerkamp:

„Du hast Schulden bei mir, Gerd. 55 000."

„Fang nicht wieder mit dem Scheiß an! Ja, das ist blöd gelaufen damals, es war sehr aussichtsreich, hat aber nicht geklappt – so ist das öfter an der Börse!"

Wieder entstand eine längere Pause.

„Wieviel Bargeld hast du im Haus?"

„Es geht denen nicht um Bargeld, die wollen –"

„Mir geht es um Bargeld, Gerd!", unterbrach ihn der Hauptkommissar.

Oldenburg überlegte, ob er ihn richtig verstanden hatte.

„Das ist nur gerecht!", fuhr Veerkamp fort. „55 000, Gerd, meine gesamten Ersparnisse, die du verzockt hast."

„Du spinnst ja komplett!"

„Denk drüber nach. Du bist so oder so geliefert, entweder kriegen dich diese Tschetschenen oder Georgier ... oder ich liefere dich ans Messer. Ich kenne einige Kollegen, die das Geschäftsgebaren deiner kleinen Firma gerne mal näher unter die Lupe nehmen würden."

Oldenburg musste diese offenen Drohungen erst einmal verdauen.

„Besorg das Geld, ich halte die Klappe und stelle dich unter Polizeischutz."

„Unmöglich, selbst wenn ich wollte ..."

„Wieviel hast du denn? Es muss bar sein, keine Überweisung."

„25 vielleicht 30 ...“

„Na, bitte, das ist doch ein Anfang. Zähl das Geld. Jetzt ist es halb sechs. Um Punkt sieben bin ich bei dir. Verhalte dich still, schließ dich irgendwo ein. Sobald ich das Geld habe, setze ich meine Kollegen in Bewegung. Du bekommst Polizeischutz, auch für die nächsten Tage.“

Hatte der Polizist den Verstand verloren? Sollte er auf diese Ungeheuerlichkeit wirklich ernsthaft reagieren? Oldenburg überlegte.

„Gut, Eugen. In Ordnung. Du bekommst das Geld, die genaue Summe kann ich dir nicht sagen, muss ich wirklich nachzählen, ich denke es sind so um die 27 000. Mehr hab’ ich nicht.“

„Über den Rest reden wir dann später, wenn du wieder in Sicherheit bist. Punkt sieben bin ich bei dir!“

Oldenburg machte weiter. Die externen Festplatten mit den gesicherten Daten passten in seine Jackentaschen, aber die Papiermengen der Sicherheitsakten waren einfach zu groß, er konnte sich nicht entscheiden, sie füllten mehrere Regale. Schon zwei Mal war er zwischen dem Boot und seiner Wohnung hin und her gelaufen, konnte dabei aber nur jeweils fünf seiner Ordner tragen.

Was bildete sich dieser Hauptkommissar ein? Er brauchte Veerkamps Hilfe nicht, im Gegenteil: Alles, was er an Bargeld hatte, musste er selbst behalten. Er wusste nicht, was in den nächsten Tagen passierte. Er würde losfahren, wenn die wichtigsten Akten im Boot waren. Es wurde hohe Zeit, wahrscheinlich waren die drei dunklen Herren schon auf dem Weg zu seinem Haus. Dann kamen die Polizisten, die Veerkamp versprochen hatte, ohnehin zu spät. Nein, das Geld brauchte er selbst.

Oldenburg schaute noch einmal auf sein Aktenregal. Die Kopien der Unterlagen zu den *Double-Coin*-Einzahlern schienen ihm am wichtigsten zu sein, weil es dabei um die größten Summen ging, die er bisher jemals verschoben hatte. Er trug sie nach oben, sah sich um und öffnete die Terrassentür. Das dumpfe Dröhnen eines Achtzylinders irritierte ihn.

Der schwarze Cadillac-Van überquerte die Brücke fast im Schritttempo. Der Fahrer starrte auf den Bildschirm seines Navigationsgerätes und legte den Finger auf einen Punkt am anderen Ende der Kanalüberquerung.

Sie wechselten die Richtung und parkten auf einem kleinen Parkplatz unterhalb der Brücke. Der Alte sprach mit dem Dritten. Der beugte sich vor, um die Umrisse auf dem Navigationsbildschirm besser erkennen zu können. Als ihm die Situation klar war, schraubte er den Schalldämpfer auf den Lauf seiner Langwaffe und schob sie in ein Futteral, das einer langen Angeltasche glich. Dann zeigte er auf die Stelle, die er am Bildschirm als seine Schussposition gewählt hatte. Der Alte nickte, fuhr mit dem Finger auf einer Linie direkt am Kanalufer entlang. Das musste ein schmaler Fuß- oder Radweg sein. Nach etwa drei Kilometern in Richtung Münster verlief dieser Weg sehr nah an einer Landstraße, dort würden sie auf ihn warten. Er stieg aus und ging gelassenen Schritts ans andere Ende der Brücke, während seine beiden Komplizen an ihm vorbeifuhren.

Ein letztes Mal noch wollte er es wagen. Oldenburg entschied sich für die *Double-Coin*-Ordner der Jahre, 2018 und 2019. Er suchte nach einer Schnur, mit der er sie zu einem Paket zusammenschnüren konnte, fand aber nichts. Hastig lief er in seinen Werkraum und griff sich eine Rolle Klebeband, das aber nicht sehr stabil war und eigentlich zum Abkleben beim Anstreichen gebraucht wurde. Im Safe lagerten tatsächlich 28 000 Euro in größeren Scheinen und zwei Goldbarren mit jeweils 250 Gramm, die nach aktuellem Kurs zusammen etwa 25 000 wert waren. Das sollte fürs Erste reichen. Er zog seinen Anorak an und stopfte sich die Geldbündel in die großen Taschen, die mit einem Reißverschluss versehen waren. Die Goldbarren steckte er in zwei kleinere Innentaschen.

Wie lange würde er sein Haus verlassen müssen? Er traute sich nicht hinauszugehen. Das Geräusch des Achtzylinders, das er vorhin gehört hatte, glich dem Geräusch des Cadillacs auf dem Grevener Innenstadtplatz. Er löschte das Licht und öffnete die Terrassentür einen Spalt weit. Draußen war es still. Die kleine Stichstraße, die zu seinem Neubau führte war leer, oben auf der Brücke war kaum Verkehr, und auf dem Radweg am Kanalufer direkt an seiner Grundstücksgrenze trabte nur ein einsamer Jogger vorbei. Sonst war niemand zu sehen. Oldenburg schloss mit sehr gemischten Gefühlen die Terrassentür ab. Wie lange würde er untertauchen müssen? Konnte er je zurück? Er hievte das schwere Aktenpaket auf seine Unterarme. Von Norden näherte sich ein größeres Kanalschiff. Das kam ihm gerade recht. Wenn sie schon da waren und ihn vom anderen Ufer aus beobachteten, würde ihm das langsam vorbeifahrende Schiff Deckung geben. Die fünf Akten auf seinen Armen wogen immer schwerer, lange würde er sie nicht mehr halten können. Gemächlich tuckernd näherte sich das Kanalschiff. Er rannte los, als der Bug das gegenüberliegende Ufer verdeckte. Mit einem kurzen, schnarrenden Geräusch riss das Klebeband unter dem Gewicht der Akten, sie fielen auf den Rasen. Er versuchte sie aufzuschichten und hochzuheben, aber sie entglitten ihm wieder. Konnte er noch zweimal laufen oder sollte er sie einfach liegen lassen? Nein, er durfte keine Spur legen, sicher würde Veerkamp die Akten finden, wenn er um sieben kam.

Er schaute zum kleinen Tor am Ende seines Gartens, das Schiff war schon fast vorbei. Bis zu seinem Boot mochten es vielleicht noch 50 Meter sein.

7

Wenn Theu Bierkens den kleinen Oehlrich-Hafen bei Ladbergen passierte, musste er an den strengen Winter vor zehn Jahren denken. Damals war nichts mehr gegangen auf dem Dortmund-Ems-Kanal. Schwerer Eisgang hatte seine *Regenboog* aus Delfzijl hier eine ganze Woche festgehalten. Die einzige Abwechslung waren die großen Flugzeuge gewesen, die tief über dem Kanal schwebten, um auf dem nahegelegenen Flughafen zu landen.

Heute war der Novemberabend nicht eisig, sondern angenehm warm. Vor dem Nassen Dreieck bei Bevergern, wo der Mittellandkanal in den Dortmund-Ems-Kanal mündet, musste man auf 30 Kilometern sechs Schleusen passieren, danach ging es 28 Kilometer lang ohne Zwangspausen bis nach Münster. Alles lief gut, sie würden die Schleuse am Schiffahrter Damm noch bequem vor der Schließung um 22 Uhr erreichen. Er war mit seinem neuen Steuermann Jan unterwegs, einem kräftigen jungen Mann, dessen Ehrgeiz sich nicht nur darauf beschränkte, in Kürze selbst das Schiffsführerpatent zu erlangen. Jan nutzte jede freie Minute, um sich mit Hanteln und diversen Kraftübungen fit zu halten. Freizeit war auf einem Schiff dieser Größe und zwei Mann Besatzung allerdings rar. Theu empfand es als sehr angenehm, dem jungen Kollegen nicht nur Anweisungen erteilen zu müssen – der sah zum Glück die notwendigen Arbeiten selbst. Gerade war er dabei, die Rohre und Ventile des Tankschiffs zu reinigen. Ölige Flecken auf dem Deck konnten zu gefährlichen Unfällen führen. Aus dem Steuerstand beobachtet Theu Bierkens, wie sein Kollege plötzlich innehielt und gebannt auf eines der neuen Häuser am Kanalufer starrte. Dann ließ Jan seinen Eimer stehen, kam zum Steuerstand und klopfte aufgeregt ans Fenster. Theu verstand nicht, was er wollte, drosselte aber vorsichtshalber die Fahrt. Jan riss die Tür auf und schrie: „Trek langzaam naar rechts!"

Das fast 70 Meter lange Schiff war mit 600 Tonnen Schmieröl beladen und verlangsamte nur unmerklich seine Fahrt. Der Schiffsführer sah, wie sein junger Kollege im Spurt auf der rechten Seite des Decks zum Bug rannte und mit einem großen Sprung die Uferkante erreichte, aber abrutschte und sich nur mit Mühe zum Radweg hinaufziehen konnte, wo Bierkens im schwachen Schein der Brückenbeleuchtung einen Angler zu erkennen glaubte. Zu seiner Verwunderung stand Jan schon mitten auf dem Radweg, als das Schiff an ihm vorbeiglitt. Warum fing er denn jetzt Streit an? Jan hatte den Angler gestoppt und versuchte, ihm die lange Angeltasche von der Schulter zu reißen, aber der andere wehrte sich und schob den Steuermann beiseite. Was gab es da für einen Konflikt? Langsam wurden die beiden Kontrahenten in der Entfernung kleiner, so schnell war das Schiff nicht zu stoppen.

Jan hielt den Fußgänger an der Jacke fest, aber der vermeintliche Angler schien ein Kickboxer zu sein und hatte den Schiffer mit wenigen Schlägen und Tritten am Boden. Als sich Jan noch einmal aufrichtete, traf ihn der fast tänzerisch ausgestreckte rechte Fuß des dunkel gekleideten Mannes am Kinn und beförderte ihn zurück in den Kanal. Inzwischen hatte das Schiff die Streitenden längst hinter sich gelassen, Theu Bierkens konnte seinen Steuermann nun nicht mehr erkennen und griff zum Fernglas. Zu seinem Schrecken entdeckte er ihn an der Spundwand des Kanals. Das Schiff war inzwischen so langsam geworden, dass Bierkens die Maschine rückwärts anlassen und das Boot zum Stehen bringen konnte. Bierkens sprang ans Ufer und lief zurück in Richtung Brücke. Im Licht seiner starken Akkulampe entdeckte er Jan an der Spundwand. Er sprach ihn an, aber die Antwort des jungen Mannes klang schwach und gequält. Bierkens lief zum Heck und kam mit einer Rettungsstange zurück. Jan bat um einen Moment Geduld und sammelte seine Kräfte, dann griff er nach der Stange. Bierkens konnte den schweren, kraftlosen Körper nicht heben, aber der Steuermann fand so viel Halt, dass er sich langsam und mit einigen Pausen am steilen Ufer emporziehen konnte. Keuchend blieb er im Gras liegen. Sein Brustkorb hob und senkte sich in schnellem Rhythmus. Er war nicht in der Lage, die Fragen des Bootsführers zu beantworten.

Obwohl Jan sehr gut Deutsch sprach, hatten die Beamten der münsterschen Wasserschutzpolizei am Wilhelmshavenufer der Kanalschleuse große Schwierigkeiten, den Vorfall zu Protokoll zu nehmen. Nicht, weil sie den jungen Steuermann so schlecht verstanden – seine Geschichte kam den Beamten so unwahrscheinlich vor, dass sie mehrfach den Kopf schüttelten. Der Schiffsführer konnte wenig zur Erhellung beitragen, Theu Bierkens war selbst überrascht gewesen und hatte ja alles nur in der Dämmerung beobachten können.

Jan war zunächst ärztlich versorgt und mit heißem Tee und einem leichten Abendessen bewirtet worden. Er fühlte sich gut, hatte keine Anzeichen einer Gehirnerschütterung, und dennoch mussten die Beamten mehrfach nachfragen. Die Geschichte des jungen Bootsmannes wollte ihnen einfach nicht plausibel erscheinen. Am Ende ergab sich folgendes Bild: Jan hatte in Höhe der Kanalbrücke unter der Ostbeverner Straße im langsamen Vorbeifahren einen Mann in seinem Garten beobachtet, der dort am Boden hockte und verlorene Bücher oder Papiere aufzusammeln schien. Der Mann habe sich kurz aufgerichtet, sei aber direkt wieder zusammengebrochen. Gleichzeitig wollte der junge Steuermann unter der Brücke den dumpfen Schlag eines abgedämpften Schusses gehört haben. Dann habe das Kanalschiff die Brücke passiert und er habe vom Heck aus einen dunkel gekleideten Mann gesehen, der etwas in eine lange Tasche gepackt habe und recht schnell hinunter zum Radweg gelaufen sei, wo er dann in normalem Tempo weitergegangen war. Der Mann im Garten musste erschossen worden sein, Jan hatte keine Sekunde daran gezweifelt, dass er den Schützen dabei beobachtet hatte und war über die rechte Deckseite zum Bug gerannt, auf die Böschung gesprungen, um den Mann zu stoppen. Auf die kritische Frage des Beamten, ob es nicht ein großes Wagnis gewesen sei, die Konfrontation mit einem möglichen Killer zu suchen, antwortete Jan, die Waffe sei ja gut verpackt gewesen, keine Chance sie direkt einzusetzen.

Theu Bierkens schmunzelte. Die Beamten kannten seinen Steuermann nicht! Der war nicht nur leicht erregbar, er ging auch selten einer Konfrontation friedlich aus dem Wege. Hier allerdings hatte er offenbar seinen Meister gefunden. Der andere hatte direkt und wortlos zugeschlagen. Wohin er dann verschwunden sei, habe er nicht mehr mitbekommen. Auch Theu Bierkens hatte den Gegner seines Steuermanns nicht mehr gesehen. Der musste irgendwo in den Büschen verschwunden sein. Er hatte auch nicht darauf geachtet, weil seine einzige Sorge die Rettung des angeschlagenen Kollegen gewesen sei, der Mühe hatte, sich an der Spundwand festzuhalten.

Die Beamten blieben skeptisch. Die Wahrscheinlichkeit, dass der vermeintliche Schütze tatsächlich nur ein harmloser, aber kampfbereiter Angler gewesen war, schien ihnen erheblich höher als die Tat eines Psychopathen oder Killers.

Weder bei den Kollegen am Flughafen noch in Greven waren Notrufe eingegangen, die in diesen Zusammenhang gepasst hätten. Eine Streife vor Ort überprüfte die in Frage kommenden Häuser am Kanal, meldete aber eine Stunde später nichts Verdächtiges.

Dennoch wurde alles mit den recht präzisen Zeitangaben der Schiffer zu Protokoll genommen. Für den mutmaßlichen Anschlag wurde 17:20 vermerkt.

Die Glocken der Schmedehausener Kirche *Zu den Heiligen Schutzengeln* schlug sieben, als Eugen Veerkamp seinen Dienstwagen vor Oldenburgs Haus parkte. Er schellte, aber drinnen blieb alles dunkel. Veerkamp entsicherte seine Waffe und ging auf die Rückseite. Durch die Fenster des Wintergartens konnte er in die Küche schauen, sah aber nur die grün leuchtenden Anzeigen des Herds. Etwas Helles auf dem Rasen irritierte ihn. Er ging näher heran, nachdem er sich vergewissert hatte, dass er nicht beobachtet wurde. Alles war still. Kein Schiff auf dem Kanal, kein Verkehr auf der Brücke, keine Spaziergänger auf dem Kanalweg.

Ein leichter Wind spielte mit den Blättern einer aufgeschlagenen Akte. Dann erkannte er Oldenburg. Er lag mit dem Gesicht im kurzen Gras. Das Taschenlampenlicht von Veerkamps Handy fiel auf eine große offene Wunde in Oldenburgs Hinterkopf. Er kam zu spät. Veerkamp zog seine Gummihandschuhe an und versuchte den Oberkörper zu drehen. Die Kugel hatte die rechte Schläfe durchbohrt und war am unteren Hinterkopf ausgetreten. Oldenburg war tot.

Veerkamp dachte nach. Die letzten Gespräche mit Oldenburg hatte er über sein privates Handy geführt, sie waren nicht über die Zentrale gelaufen. Vorsichtig drehte er Oldenburg nach hinten und vergewisserte sich, dass alles um ihn herum ruhig war. Das Haus war das letzte in der Straße, das einzige Grundstück mit direktem

Zugang zum Kanalweg. Dort war niemand. Es gab keine gegenüberliegenden Häuser. Er zögerte, schaute sich nervös noch einmal um und löschte das Licht seines Mobiltelefons. Dann öffnete er Oldenburgs Jacke und durchsuchte seine Taschen. Er fand das erste Päckchen mit Banknoten und suchte mit zitternden Händen weiter, den Blick nach hinten, um den Weg am Kanal zu kontrollieren. Er zuckte kurz zusammen, ein schneller Radfahrer fuhr über die Brücke Richtung Ostbevern, aber er sah nur dessen Rücklicht. Das zweite Geldpaket wanderte in Veerkamps Tasche, kurze Zeit später auch die beiden Goldbarren.

Es gab also doch eine ausgleichende Gerechtigkeit. Er musste seinen Fund in Sicherheit bringen, bevor er die Kollegen informierte.

Aber musste er sie überhaupt informieren?

Das kleine Dorf war absolut ruhig. Hier hinter dem Haus war er nur von der Kanalseite aus zu sehen. Vorsichtig drehte er Oldenburgs leblosen Körper wieder zurück. Es war schlauer, keine Meldung zu machen. Morgen früh würde ein Radfahrer oder ein Jogger die Leiche finden, dem konnte man dann auch die Fußspuren anhängen, die Veerkamp hinterlassen hatte. Sein Blick fiel auf die aufgeschlagene Akte, er wagte nicht, das Handylicht noch einmal einzuschalten, erkannte aber verschnörkelte Buchstaben einer fremden Schrift. Arabisch war das nicht, aber vielleicht ja Georgisch? Hatte es das Schicksal so gewollt, dass sich sein persönlicher Verlust auf wundersame Weise kompensierte? Er riss die Seite heraus, faltete sie zusammen und steckte sie ein.

Veerkamp hatte Angst, aber keine Schuldgefühle. Er hatte Oldenburg nicht erschossen. Der hatte Pech gehabt, nicht ganz unverschuldet, aber er hatte quasi noch zurückgezahlt, was er Veerkamp vor drei Jahren abgenommen hatte. Das war durchaus gerecht. Und der alte Freund hatte nach so langer Zeit tatsächlich wieder Wort gehalten und das Geld, wie vereinbart, dabeigehabt. Dass Veerkamp nun nichts mehr für ihn tun konnte, tat ihm fast leid.

8

Moordorf – Morddorf. Die reißerische Schlagzeile einer Boulevardzeitung vom September würde, so war zu befürchten, der kleinen 600-Seelen-Gemeinde am äußersten nordwestlichen Rand des Münsterlandes noch lange anhängen. Die Großrazzia auf dem Droste-Hof hatte Aarloh erschüttert wie ein Erdbeben. Wie konnte es sein, dass in dem stillen Grenzort solche Machenschaften möglich gewesen und lange Jahre unentdeckt geblieben waren? Ein Drogenlabor auf dem Hof des hochgeschätzten Bernhard Droste-Terhahn?

Die Koordination des Großeinsatzes hatte bei Walter Gerwink gelegen, dem Bruder des Dorfpolizisten, seines Zeichens leitender Hauptkommissar der Borkener Gruppe des Grenzübergreifenden Polizeiteams GPT, in dem niederländische, westfälische und niedersächsische Beamte kooperierten.

Die Leute hatten auch aufgehört, über die oft unkonventionelle, familiäre Zusammenarbeit der Gerwink-Brüder zu lächeln. Martin Gerwink hatte zuvor in dem Ruf gestanden, seine Arbeit als *Beamter im Bezirksdienst* nicht allzu ernst zu nehmen und dienstlich nur mit Hilfe seines älteren Bruders zurechtzukommen. Nun aber brachten viele Aarloher ihrem Dorfpolizisten echtes Mitgefühl und Bewunderung entgegen.

Nicht so die von Oswald Potthoff zusammengewürfelte Schar des *Heimatschutzes Aarloh*, inzwischen offiziell auch als Freie Wählergemeinschaft politisch aktiv. Sie nutzten die lange Zeit unentdeckten Machenschaften in ihrer Dorfmitte als Beweis für die Unfähigkeit der Polizei vor Ort und als legitime Aufforderung, die Sicherheit ihres Heimatortes selbst in die Hand zu nehmen.

Potthoff zeigte sich neuerdings in der Öffentlichkeit gern mit Siegfried Sass, einem angeblich promovierten Sozialwissenschaftler. Dr. Sass hielt Vorträge im *Heidekrug*, zum *Heimatschutzgedanken als Stütze sozialer und nationaler Interessen.* Vroni Kamps, die klardenkende und aufrechte Wirtin, sah mit Sorge, dass die Zahl der rechts-gesinnten Besucher dieser Veranstaltungen anstieg. Dem neuen Doktor an Potthoffs Seite, von dem keiner so genau wusste, warum er sich aus Sachsen-Anhalt in diese abgelegene Moorgegend begeben hatte, wurden Ambitionen nachgesagt, verschiedene rechte Wählergemeinschaften und Vereinigungen im Westmünsterland zu einer neuen, überregionalen Partei zu bündeln. Das aktuelle Ziel war nun vor allem, die geplante Flüchtlingsunterkunft auf dem neuen Droste-Hof zu verhindern. Man habe ja bereits gerade dort gesehen, wohin es führte, wenn ausländische, als Erntehelfer getarnte Drogenköche ungehindert ihrer illegalen Arbeit nachgingen.

Auf Eva van den Goore, geborene Droste-Terhahn, lastete dieses Erbe schwer. Sie hatte den betrieblichen Teil des väterlichen Hofes verpachtet und den alten Vierständerhof aus dem 17. Jahrhundert samt seiner Scheunen und Remisen sowie eines schlichten Neubaus, in dem bislang die Erntehelfer und Saisonkräfte untergebracht waren, in eine gemeinnützige Stiftung verwandelt. Der in Misskredit geratenen Hof ihres kriminellen Vaters und ihres großmäuligen, leichtsinnigen Bruders sollte ein neues Image bekommen. Im Rahmen der Initiative *Neuer Droste-Hof Aarloh* sollte das erstarrte Dorfleben neue Impulse erhalten. Es war aus Evas Sicht nicht von der Hand zu weisen, dass die zweifelhafte Dorfruhe einen negativen Effekt für die Gemeinschaft hatte. Jeder hatte vor sich hin gelebt, die letzten Geschäfte schlossen die Türen, seit es das Internet und Lieferdienste gab, die Vereine schliefen, und es war vor allem *über* die Leute geredet worden, nicht *mit* ihnen.

Nicht nur Eva war klargeworden, dass das Wegschauen und Stillschweigen ein guter Nährboden für Heimlichtuer, Demagogen und Rattenfänger aller Art war. Die schöne Idee ihres ambitionierten Vorhabens war von vielen Politikern vollmundig gelobt worden, erwies sich in der Praxis aber als anstrengend und teuer. Immer neue Hindernisse auf dem ohnehin schon steinigen Weg mussten mit viel Diplomatie und manchmal auch mit nicht eingeplanten, kostspieligen Maßnahmen aus dem Weg geräumt werden. Der Umbau der schlichten Behausungen für die ehemaligen Saisonarbeiter in menschenwürdige Flüchtlingswohnungen erforderte größere Investitionen, die Anwaltskosten und Gebühren erreichten eine Höhe, die Eva van den Goore den Schlaf raubte. Dazu kamen Oswald Potthoffs Boykottaufrufe gegen ihre Initiative, mit denen sie noch nicht recht umzugehen verstand, obwohl sich zum Glück bisher keine negativen Folgen daraus erkennen ließen. Im Gegenteil, das Projekt *Neuer Droste-Hof* aktivierte immer mehr Freiwillige, sowie Vereine und kirchlich orientierte Gruppen auch aus den umliegenden Gemeinden. Dennoch trieb Eva die Sorge um, wie lange diese Anfangseuphorie noch anhalten würde. Denn selbst erfahrenen und mit den Niederungen behördlicher Alltagsschikanen vertrauten Kämpfern ging schon langsam die Puste aus.

Auch Heiner Wienkämper war der Verzweiflung nahe. Er war inzwischen zum Kreisheimatpfleger aufgestiegen und genoss wegen seiner akribischen und fachkundigen Sucharbeit, die letztlich auch wesentlich zur Aufdeckung der illegalen Machenschaften in Aarloh beigetragen hatte, überregionale Anerkennung. Auf der wöchentlichen Donnerstagssitzung des Stiftungskreises musste er von seiner sechsten, wiederum nahezu ergebnislosen Besprechung mit dem zuständigen Sachbearbeiter des Denkmalamts berichten, der *Obersten Denkmalbehörde*, wie Heiner in ironischer Untertänigkeit gern sagte. Er hatte in einem alten Unterstand die Sandsteinblöcke, Bodenplatten und Fachwerkbalken eines alten Backhauses entdeckt, das nun wieder auf dem Gelände des Droste-Hofs aufgebaut werden sollte. Der vierteljährlichen Zeitschrift des Westfälischen Heimatbundes war diese Aktion sogar einen längeren Artikel wert gewesen. Die Fotos zeigten eindrücklich eine bunte Gemeinschaft, die mit viel Sachverstand und Spaß bei der Arbeit war. Der Autor feierte das Projekt als gelungenes Beispiel für zeitgemäße Heimatarbeit und bürgerliches Engagement. Dann aber hatten die Mühlen der Bürokratie langsam zu mahlen begonnen: Feuerschutzverordnungen, Gutachten zur Statik und zur Tragfähigkeit der alten Eichenbalken, ja selbst der unverwüstlichen Sandsteinblöcke sollten als nötige Voraussetzung für den Wiederaufbau in Auftrag gegeben und sorgfältig geprüft werden. Immerhin handle es sich hierbei nicht um ein privates, sondern um ein historisches Gebäude im öffentlichen Raum. Außerdem sei der genaue Standort des ehemaligen Backhauses nicht bekannt.

„Jetzt soll ich die Gegend und die Archive nach dem ehemaligen Standort absuchen!", klagte Heiner Wienkämper, „Da kannst du schneller 'ne Nadel im Heuhaufen finden. Was hat denn der Nachweis eines ehemaligen Standortes mit dem sinnvollen Wiederaufbau zu tun?"

Auch der Wagemut der drei arbeitslosen Altgesellen des Bäcker- und Konditorenhandwerks, die ihr ereignisloses Dasein an Vronis Theke im Heidekrug gegen das Abenteuer eines eigenen Cafés im neuen Droste-Hof eingetauscht hatten, wurde einmal mehr auf eine harte Probe gestellt.

Törtchen, Sahne und Schoko hatten sich auf die zusätzliche Attraktion eines historischen Backhauses neben ihrem künftigen Café gefreut. Brot aus einem echten Steinofen, das versprach zusätzliche Werbung, denn am Ende musste hier Umsatz gemacht werden, es musste im wahrsten Sinne Brot auf den Tisch. Das sollte aber, nach Ansicht des Gewerbeaufsichtsamtes (im Verbund mit den Denkmalhütern) aus einem modernen Edelstahl-Elektro-Ofen kommen, wenn es dann später kommerziell über die Theke gehen sollte, schon der Hygiene wegen. Den Vorschlag der Beamten, von dem Heiner Wienkämper an diesem Abend berichtete, nämlich den alten Backhausofen nur zu Demonstrationszwecken anzuheizen und die reguläre Verkaufsware mit einem modernen, amtlich genehmigten Gerät herzustellen, betrachteten die Drei als faulen Kompromiss.

„Ja, es ist schwierig und es geht entschieden zu langsam", begann Eva in der wöchentlichen Donnerstagssitzung ihre Antwort auf all die verständlichen Klagen, „das ist leider so, und ich verlange von euch – das weiß ich wohl – sehr viel Geduld und Frustrationstoleranz. Aber schaut mal auf das, was wir in den letzten drei Monaten alles schon angestoßen und auf den Weg gebracht haben ... lasst uns bitte weiterhin positiv denken, auch wenn dieser Weg lang wird.

Ganz konkret: Die Wohnungen, die wir für die Geflüchteten eingeplant haben, müssen als erstes renoviert werden, sonst bekommen wir die Genehmigung nicht. In den verdreckten Buden hatte mein Bruder seine Saisonarbeiter untergebracht, die haben da zu viert in einem Zimmer gehaust, und dafür hat er sie auch noch zahlen lassen, beziehungsweise Lohn einbehalten. Offiziell über einen Subunternehmer, aber der steht nur auf den garantiert gefälschten Rechnungen. Kein Wunder, dass es da jetzt so aussieht. Die Sanitäranlagen müssen eigentlich komplett raus, und wenn die Statik das zulässt, sollten wir unten an jeweils zwei Stellen die Wände durchbrechen und dann drei dieser engen Kammern zusammenlegen, dann hätten wir am Ende vier vernünftige Wohnungen, in denen wir auch Familien unterbringen könnten."

„Ich hab' mir das schon angeschaut, ist statisch kein Problem." Hermann Breukers hatte mal eine kleine Baufirma geleitet und war ein Mann der Tat. „Also erst die Keramik raus, dann die Durchbrüche. Wenn wir's so schnell organisiert kriegen, fangen wir damit am Freitagnachmittag an, dann sind wir am übernächsten Wochenende mit dem Gröbsten fertig. Container für den Bauschutt besorg' ich."

Ein dankbares Lächeln glitt über Evas Gesicht. Das war der Teamgeist, mit dem das Großprojekt gelingen konnte. Marie Gerster tippte die Eckdaten in ihr Notebook und fragte nach weiteren Aktivitäten. Nach den Maurerarbeiten würden die freiwilligen Maler unter Anleitung von Josef Bramkamp anrücken, dann die Klempner. Mit etwas Glück und viel gutem Willen konnten die Wohnungen dann im Frühjahr bezogen werden.

Eva bedankte sich erleichtert bei Breukers und Bramkamp, sie war froh, die Sitzung mit einem positiven Ausblick beenden zu können.

Sie räumte den überbordenden Schreibtisch in ihrem Hofbüro auf, das sie sich provisorisch in einem der ehemaligen Ställe links und rechts der großen Tenne eingerichtet hatte. Gegenüber lagerten die Gegenstände des bäuerlichen Alltags früherer Jahrhunderte, die Heiner Wienkämper von umliegenden Bauernhöfen zusammengetragen oder bei ebay für wenig Geld ersteigert hatte. Die Tischlergruppe, darunter zwei ältere Meister, restaurierte die Spinnräder, Wagennaben, Haspel und Windfegen nach und nach als Ausstellungsstücke für das entstehende Hofcafé. Heiner wollte sie dort in großen Vitrinen präsentieren. All das bestärkte Eva darin, dass ihre Idee realisierbar war, trotz aller Schwierigkeiten, Verzögerungen und Rückschläge. Sie schätzte auch die enge Zusammenarbeit mit Marie Gerster, sie war ihr eine wichtige Stütze. Marie ging gerade die aufgehäufte Post durch, fand aber heute keine Mahnungen und Fristsetzungen darin, sie bestand zum größten Teil aus Prospektmaterial und Angeboten.

„Diese Lohnkosten kann doch kaum noch einer bezahlen!"

Eva schüttelte den Kopf und heftete einen Kostenvoranschlag in einem der Ordner ab. „Wir können froh sein, dass unsere rüstigen Rentner vieles selbst machen, sonst wäre unser Stiftungskapital schon in Kürze verbraucht ... Ach, Marie, manchmal kann ich nachts schon nicht mehr schlafen. Ich fürchte, das schöne Projekt wächst mir langsam über den Kopf."

„Uns, Eva, *uns*! Glaub mir, du bist nicht allein. Ich weiß, dass es bereits einen harten Kern gibt, Leute, die zupacken können und keine Angst haben, sich die Hände schmutzig zu machen. Die haben in ihrem Arbeitsleben gelernt, mit Stress und behördlichen Widerständen umzugehen. Jetzt ist das für sie Freizeit, die gehen richtig auf in dieser Arbeit. Ich glaube wirklich, dass das unser eigentliches Kapital ist."

Sie ging zu Eva auf der anderen Seite des Tisches und legte ihr den Arm auf die Schulter.

„Das wird gut, Eva, glaub mir, du hast da eine mutige und kluge Entscheidung getroffen. Die stehen alle hinter dir. Hundertprozentig. Das Projekt hat unser Dorf längst aus dem Dornröschenschlaf geholt, und mit jedem Teilerfolg verblasst das hässliche Bild vom *Drogen-Hof*. Deine Droste-Stiftung wird Modellcharakter haben, davon bin ich fest überzeugt. Wir müssen nur den nötigen langen Atem behalten."

„Fällt manchmal schwer, vor allem mit leerem Magen."

Eva schaute ihrer Freundin ins Gesicht und lächelte. „Glaubst du, Vroni macht uns noch was zu essen?"

„Bestimmt!"

9

Viele der auf dem Hof engagierten Vereine und Freiwilligen gingen nach ihren Einsätzen zu Vroni in den *Heidekrug*. Es war an diesem Abend fast so voll, wie es in den besseren Zeiten vor etwa zehn Jahren gewesen war. Neu war allerdings, dass Törtchen, Schoko und Sahne nicht mehr wie festgenagelt unbeteiligt auf ihren Thekenhockern saßen und ihre Beobachtungen gelegentlich mit scharfzüngigen, zynischen Kommentaren versahen. Jetzt saßen sie zwischen den Tischlern und fachsimpelten über eine geeignete, maßgeschneiderte Thekeneinrichtung für ihr künftiges Café.

Eva und Marie beobachteten das Treiben mit großer Zufriedenheit und auch Vroni Kamps, die Wirtin des Heidekrugs, sparte nicht mit anerkennenden Worten, als sie den beiden ihre Bratkartoffeln mit Schnitzel und Spiegelei servierte, *Heidekrug spezial.*

„Es tut mir manchmal leid für die Leute", begann Eva „dass ich auf den Sitzungen immer soviel Bürokratisches und so wenig Positives zu verkünden habe. Über die eigentlichen Probleme wage ich gar nicht zu sprechen. Sind auch eher meine Probleme."

Marie schaute sie besorgt an. „Nun mal raus damit, wo liegen sie denn, die *eigentlichen* Probleme."

„Die Finanzen, Marie, wir finanzieren das alles hier vom Eingemachten. Dabei darf das Stiftungskapital dafür eigentlich gar nicht eingesetzt werden. Bei der nächsten Prüfung fliegt uns das um die Ohren. Bei Stiftungen sind sie besonders pingelig, ist juristisch 'ne heikle Rechtsform und oft missbraucht worden."

„Ist es so schlimm?"

„Auf dem Papier haben wir mit den Gebäuden und den Grundstücken an die drei Millionen, aber darauf kann ich keine Hypothek aufnehmen und schon gar nicht das Land verkaufen. Was uns fehlt sind laufende Einnahmen."

„Was ist denn mit dem neuen Pächter und den Einkünften aus der Biogasanlage?"

„Ja, der leistet regelmäßig seine Abschläge, wie vereinbart, kann aber sein, dass davon im kommenden Jahr wieder was zurückfließen muss. Kommt auf die Gewinne an, die er macht. Wenn die geringer ausfallen als vorher geschätzt, müssen wir die Differenz ausgleichen, das war seine Bedingung für das erste Jahr. Wir müssen aber flüssig bleiben! Überleg mal, allein die neuen Sanitäranlagen und die kleinen Küchen, die in den Flüchtlingsunterkünften eingebaut werden sollen, dann das Hofcafé ... klar, die meisten Arbeiten machen die Leute selbst, aber das Material ... allein die Einrichtung fürs Café, da müssen Profi-Geräte rein, Backöfen, Kaffeemaschinen, kleine Küche ... da sind allein schnell mal 50, 60 Tausend weg, du hast die Kostenvoranschläge ja gesehen."

Eva hatte viel zu hastig gegessen, jetzt legte sie das Besteck beiseite und verschränkte ihre Hände hinter dem Kopf, um die verspannte Halsmuskulatur zu entlasten.

„Ach, Marie, vielleicht hab' ich das Ganze doch viel zu schnell gemacht, aber du kennst mich: Zögern, zehn Mal nachrechnen, kalkulieren und bedenken, das ist nicht meine Sache." Sie tippte auf den schwarzen Aktenordner neben ihr. „Meinem Mann darf ich das alles hier gar nicht zeigen. Ruud unterstützt mich, wo er kann, macht auch fast den ganzen Hofbetrieb alleine zurzeit ... achtzig Pferde, Marie, vier feste Angestellte, das alles läuft nur durch die Mitarbeit unserer Kinder, das sind zum Glück zwei sehr gute Betriebswirte. Aber die Enkel, ich müsste mich viel mehr um die Enkelkinder kümmern ... jedenfalls kann ich da unmöglich noch mehr privates Geld reinstecken, sonst gefährde ich unsere eigene Existenz."

Marie dachte nach, während sie Vronis Bratkartoffeln bis auf den letzten Rest genussvoll zu Ende aß.

„Wir hätten ja noch bewegliches Kapital, Eva."

„Ich wüsste nicht wo?"

„Na, die Bilder!“

Auf Evas Stirn bildeten sich neue Sorgenfalten.

„Das sollte unsere Notreserve sein! Und solange wir nicht wissen, was die Sammlung wert ist ... wir wissen ja nicht mal, wo der Rest steckt, laut unseren Unterlagen müssten das über sechzig Bilder sein. Und wieviel hast du davon im Haus gefunden?“

Marie griff sich ihre Mappe und begann zu blättern. Dann zählte sie leise, während ihr Zeigefinger langsam über eine Tabelle fuhr.

„32 von 68, also fast die Hälfte. Schau mal hier!“ Sie ließ den Finger auf einer Position in der Tabelle liegen, während sie Eva den Ordner rüberschob. „Allein der Richter hier - das Bild, das im großen Wohnzimmer hängt ... Die Preise auf dem Kunstmarkt sind in den letzten zehn Jahren wie bescheuert gestiegen, Gerhard Richter zählt zu den teuersten Malern weltweit. Wenn wir das verkaufen, sind die neuen Klos und Duschen für die Flüchtlingswohnungen, die Backöfen und Profigeräte fürs Café ... die sind damit locker bezahlt.“

„Du meinst, wir sollten verkaufen?“

„Täte mir sehr leid um das Bild, ich mag das sehr. Aber wenn es nicht anders geht ... Hast du noch neue Unterlagen gefunden? Wissen wir inzwischen, wer deinen Vater bei diesen Ankäufen beraten hat? War das ein Gutachter, eine Galerie oder ein Kunstagent?“

Eva erschrak kurz und schlug sich mit der Hand vor die Stirn.

„Mein Gott, Marie, entschuldige ... natürlich ... in all dem Stress hätte ich fast vergessen, dir die Kopien zu geben.“ Sie beugte sich zu ihrer großen Tasche zwischen den Tischbeinen und zog ein Bündel Papiere heraus. Vroni kam, um die Teller abzuräumen und schaute auf den Stapel.

„Es gibt noch keinen Feierabend, wie ich sehe. Möchtet ihr noch was trinken?“

„Für mich dürfte es ein großes Pils sein“, sagte Marie.

„Kaffee wär’ gut, Vroni, sonst schlafe ich unterwegs noch ein.“

„Bloß nicht! Wie lange fährst du denn bis Nijverdal?“

„Knappe Stunde. Ich muss auch bald los, sonst macht sich Ruud Sorgen. Bringst du uns dann bitte auch die Rechnung?“

„Nix, nix, Rechnung ..."
Vroni nahm die Teller vom Tisch und sagte im Weggehen:
„Ihr seid meine Gäste, und da bin ich stolz drauf!"
„Sollst sehen, Eva, die machen dich hier noch zur Ehrenbürgerin!" Marie wollte Eva mit diesem Scherz aufmuntern, aber es gelang nicht.

„Ach, Quatsch", wehrte Eva ab und lenkte Maries Blick auf eine der kopierten Rechnungen. „Diese Galerie Nijkerk, Winterswijk, kommt öfter vor. Von denen hat es mehrere Verkäufe an meinen Vater gegeben."

Marie blätterte interessiert weiter.

„Hier, das müsste das Richter-Bild sein, 64 000 Euro, 2018. Das ist heute vermutlich das Vierfache wert."

„Also offenbar eine gute Anlage ... ja, auch wenn er mit Kunst nichts am Hut hatte, aber für wundersame Geldvermehrungen hatte mein Vater immer eine Nase. 64 000! Woher kam bloß das ganze Geld, das er in den letzten Jahren für Kunst ausgegeben hat? Er hatte doch gerade die neue Biogasanlage bauen lassen, und er musste den Kredit für den Bungalow abbezahlen ..."

Vronis Serviererin brachte Bier und Kaffee. Eva nahm die Tasse und trank einen Schluck. „Ach, ich sollte nicht so viel Kaffee trinken, Marie, und ich sollte nicht so viel Zeit mit Zahlen und Grübeleien verbringen. Das Private kommt viel zu kurz und nachts kann ich nicht schlafen, dann geht die Grübelei weiter. Aber sag mal, wie kommt ihr denn zurecht, ihr beide, in der neuen Umgebung."

„Das ist ein ganz, ganz großes Geschenk, Eva, das du uns da gemacht hast, dafür kann ich dir gar nicht genug danken."

„Ja, ja, hör mal auf ... Ist der Dorfpolizist nett zu dir?"

„Sehr nett, dieses ... Drama, das hat uns wirklich richtig zusammengeschweißt."

„Drama? Du wärst fast draufgegangen, und Martin auch."

„Ja, da gibt es natürlich noch Nachwirkungen, klar, ich habe, ehrlich gesagt, fiese Albträume und schlaflose Nächte. Aber Martin ist sehr, sehr fürsorglich. Ich genieße das. Und dank deiner Großzügigkeit muss ich jetzt nicht mehr die rasende Reporterin für den

Vredener Landboten spielen oder gelangweilten Kindern im Venn die Natur erklären."

„Ich bin gar nicht die große Wohltäterin, Marie. Du arbeitest für mich, da werde ich dir nicht noch 'ne monatliche Miete abknöpfen. Geld interessiert mich im Moment nur insofern, als ich dieses Projekt hier realisieren will, den *Neuen Droste-Hof*, mit Betonung auf *neu*. Wie und wo der Alte sein Geld gescheffelt hat ... eigentlich will ich's gar nicht wissen. Sicher nicht mit Ackerbau und Viehzucht. Ich hänge auch nicht an diesen Bildern - wenn daraus kurzfristig Kapital zu machen wäre, dann soll es mir recht sein."

Marie blätterte weiter in den Kopien.

„Die Sammlung deines Vaters zeigt keine Vorlieben, auch keine Strategie oder einen Plan beim Sammeln, da ist kein erkennbares, übergeordnetes Thema, das geht kunterbunt durcheinander ... Wenn wir im Rahmen des Projekts eine ständige Sammlung daraus machen wollen, fehlt uns der Schwerpunkt. Haager Schule, wäre denkbar, niederländische Impressionisten der Jahrhundertwende ... aber dann brauchten wir mehr davon. Von den 32 Bildern, die im Bungalow sind, taugen nur vielleicht fünf oder sechs davon."

Eva nahm sich die Mappe, blätterte durch und zählte leise mit.

„Warum sind das nur diese 32? Vielleicht hat er die anderen dann schon vor seinem Tod wieder verkauft ... keine Ahnung."

Sie blätterte weiter.

„Immer wieder Galerie Nijkerk, Winterswijk."

Marie hatte sich herübergebeugt. „Stopp mal", unterbrach sie Evas schnelle Durchsicht und ging mit der Nase tief auf das Papier.

„Vielleicht sind wir aus dem Schneider, Eva."

Sie zeigte der verblüfften Freundin, was sie in den neuen Unterlagen entdeckt hatte.

„Diese beiden Bilder hier, angekauft 2018, könnten uns weiterhelfen." Eva schaute auf den Kaufpreis. Der war mit 82.000 für beide Bilder relativ hoch gewesen, aber ihr fragender Blick zeigte, dass sie nicht verstand, warum damit schlagartig irgendein finanzielles Problem gelöst sein sollte.

„Dein Vater war vermutlich doch ein Fuchs! Oder er hat gute Berater gehabt. Diese beiden Bilder hier sind von keinem Geringeren als Piet Mondriaan."

„Mondriaan ... gut, den Namen kenn' ich, es gibt dieses Mondriaan-Museum in Winterswijk, aber hilft uns das?" Sie zog die Schultern hoch.

„*Boom in het avondlicht, 1911*", las Marie vor, „ein frühes Werk, davon gibt's einige in Den Haag, die hab' ich gesehen. Die sind entstanden, bevor er nur noch abstrakt gemalt hat – langweiliges Zeug, wenn du mich fragst, farbige Rechtecke in Gitterlinien. Die allerdings heute in den berühmtesten Museen der Welt hängen. Und wenn mal eines auf den Markt kommt, werden zweistellige Millionenbeträge dafür geboten. Aber Bäume, Landschaften, Impressionismus, das widerspricht dem Klischee des strengen, äußerst reduzierten, ja revolutionären Mondriaan. Nur das langweilige Spätwerk zählt, die Frühwerke wollte bislang keiner so recht haben. Das hat sich geändert, und wenn dein Vater darauf spekuliert hat, lag er richtig, denn inzwischen werden auch dafür sechsstellige Summen bezahlt."

Eva zog die Brauen hoch. War ihr Vater doch ein Kenner gewesen? Unwahrscheinlich.

„Sechsstellige Summen?"

„Ja, ich glaube, eines seiner frühen Baumbilder ist unlängst für 640 000 Dollar bei Sotheby's in New York versteigert worden."

„Na super, dann lass uns die verkaufen!" Eva war begeistert, ihr Gesicht verfinsterte sich aber sofort wieder, als Marie sagte: „Die Sache hat nur einen Haken ..."

„Wär' ja auch zu schön gewesen, wenn dieser Tag mit einem echten Hoffnungsschimmer geendet hätte."

„Nicht verzweifeln, Eva, vielleicht ist ja alles gut!"

„Vielleicht?"

„Ja – zuerst müssen wir diese beiden Bilder *finden*, denn im Bungalow sind sie nicht. Und wenn du keine weiteren Unterlagen über Verkäufe hast, dann sind sie vielleicht in irgendeinem Depot, das wäre gut."

„Unwahrscheinlich. Bernhard Droste-Terhahn war extrem misstrauisch. Wenn der sein Geld in Goldbarren angelegt hätte, dann wären die garantiert eher in seinem Garten vergraben worden, als dass er sie dem Tresor der Sparkasse Vreden anvertraut hätte."

Marie nahm noch einmal den Ordner zur Hand und blätterte. „Hier Galerie Nijkerk, Catharinastraat 7, Winterswijk ... da fahr' ich einfach mal hin. Dieser ... wie heißt der Mann? ... Gerrit, Gerrit Nijkerk, der hat so viel an deinen Vater verkauft, der wird sich erinnern."

„Ja, Marie, schön wär's ..." Eva machte den Eindruck, als sei die plötzliche Seifenblase vom unverhofften Reichtum für sie schon längst zerplatzt. „Meine Erfahrung sagt: Wenn Geld im Spiel ist, dann hört die Informationsfreudigkeit auf, ab einer gewissen Summe sowieso."

Marie sah die Freundin an und versuchte, sie mit spitzbübischem Grinsen aufzuheitern. „Ich werde dem Herrn Galeristen erstmal ein Foto von unserem Gerhard-Richter-Bild zeigen und mich naiv und dumm stellen. Einen echten Richter aus Privatbesitz, von der unbedarften Vermittlerin einer ebenso unbedarften Erbin, die gar nicht weiß, was sie da für einen Schatz besitzt und die man deswegen leicht über den Tisch ziehen kann ... Das Richter-Bild ist mein Köder, Eva, danach wird er schnappen, angeborener Kunsthändler-Instinkt. Die Äuglein des Herrn Gerrit Nijkerk werden leuchten und sich in Dollarzeichen verwandeln, er wird sich dann plötzlich doch an den Namen Droste-Terhahn erinnern, *ganz alter Kunde*, wird er sagen, seine Zunge wird sich lockern und er wird singen wie ein Vögelchen."

Jetzt lachte auch Eva. Sie schloss ihre Freundin lange in die Arme und küsste sie mehrfach auf die Stirn. Dann sah sie sich scheu im immer noch gut gefüllten Lokal um. Aber die Gäste waren entweder in Gespräche vertieft, schauten auf ihre Teller oder auf die Displays ihrer Smartphones. Neue Gerüchte im Dorf waren nicht zu befürchten.

10

Es war halb neun geworden, als sich Marie von Eva verabschiedete. Sie hoffte, der Freundin am Ende doch noch etwas Positives mit auf den Weg zurück nach Nijverdal gegeben zu haben. Dort hatte Eva mit dem Betrieb ihres großen Reiterhofs gewiss weitere Probleme zu lösen und ein großes Pensum an Alltagsarbeiten zu bewältigen. Um so höher rechnete Marie ihr an, dass Eva sich das Droste-Projekt zusätzlich aufgeladen hatte. Und es lief doch eigentlich sehr gut, sah man von den üblichen behördlichen Verzögerungen und dem drohenden Finanzloch einmal ab. In anderen Orten der Umgebung hatten sich die Bürger zusammengeschlossen, um mit eigenen Mitteln und Spenden etwa ein traditionsreiches Gasthaus vor dem Abriss zu bewahren oder ein gemeinnütziges Seniorenzentrum zu errichten. Dabei waren in beiden Fällen mehrere Hunderttausend Euro zusammengekommen. Warum sollte das im Ernstfall nicht auch in Aarloh gelingen? Und die ersten Erkenntnisse zur Bildersammlung des alten Droste-Terhahn ließen brachliegendes Kapital vermuten, mit dem sicher das ein oder andere Finanzloch zu stopfen war.

War es nur ein frommer Wunsch oder hatte sich das Miteinander im Dorf bereits positiv verändert? Marie war oft Gegenstand des Dorftratsches gewesen, das wusste sie und es war ihr eigentlich immer egal gewesen. Marie Gerster, die noch immer ledige Tochter des Tierarztes, der über den Kälbermastskandal des Jahres 1988/89 nicht nur gestrauchelt war, sondern seine Zulassung verloren hatte; Marie, die langjährige *Geliebte* des Dorfpolizisten, den sie bis vor kurzem noch als arbeitsscheu und unfähig abgetan hatten.

Carola Witte war eine freundliche, liebenswerte Frau, aber sie war beim Gerüchte streuen und Kunden ausfragen früher auch nicht gerade zimperlich gewesen. Manchmal ändern sich die Menschen. Carola schloss gerade ihren Dorfladen, als Marie den Kirchplatz überquerte. Jetzt winkte sie ihr zu.

„'n abend, Marie! Alles gut?"

„Ja, danke, alles gut bei mir. Bei dir auch?"

„Konn wall en Pund bääter, aber es läuft, eigentlich kann ich nicht klagen. Viel Arbeit halt, aber die habt ihr ja jetzt wohl auch, Eva und du."

„Ja, aber alle ziehen mit, es ist toll, das zu erleben."

„Gut, dass hier jetzt ein anderer Wind weht. Die Leute bewundern euch, glaub mir."

„Schön, dass du das sagst, Carola, danke."

„Mein' ich auch so! Mach's gut, bis morgen!"

„Ja, schönen Feierabend!"

Carola winkte noch einmal, dann rollte sie die Seitentür ihres alten VW-Bullis zu und fuhr in einer großen Kurve über den Platz. Als sie an Marie vorbeifuhr, bremste sie und ließ die Scheibe herunter.

„Soll ich dich schnell nach Hause fahren?"

„Nee, danke, Carola, das ist nett, aber ich hab' den ganzen Nachmittag gesessen, ich lauf ganz gern. Hab's ja jetzt auch nicht mehr so weit wie früher."

„Alles klar!"

Der Abend war kühl, aber Marie genoss die frische Luft. Auch nach zwei Monaten kam ihr der neue Heimweg immer noch etwas fremd vor. Schon von weitem war der langgezogene weiße Flachbau in der Dunkelheit zu erkennen, den ein Berliner Architekt mit viel Gefühl und Sachverstand auf zwei Ebenen in den sanft ansteigenden Hügel am Rande des Droste-Hofes gesetzt hatte.

In der Küche brannte Licht. Martin hatte gekocht. Sie hätte ihn anrufen sollen, bevor sie mit Eva in den *Heidekrug* gegangen war. Auch daran musste sie sich erst gewöhnen – an den neuen wunderbaren Zustand ihres Zusammenlebens mit dem Mann, der ihr all die Jahre viel mehr als nur ein Freund gewesen war. Seit den Ereignissen des Spätsommers war er im Grunde ihr Mann, auch wenn sie keine Ringe trugen.

Sie waren beide nur knapp dem Tod entronnen und wussten nun, was sie für einander empfanden und dass sie für einander da sein wollten.

„Entschuldige bitte, Martin", bat Marie und unterstrich ihr Bedauern mit einem Kuss. „Wir haben nach der Sitzung bei Vroni im Heidekrug gegessen, Eva und ich. Sorry, ich hätte dich anrufen sollen. Muss ich noch lernen."

„Gar nichts musst du lernen – schau!" Er zeigte auf die Auflaufform im Backofen, auf der sich eine goldbraune Kruste bildete. „Lasagne, natürlich nach meinem umwerfend guten Rezept, aber die schmeckt morgen vielleicht sogar noch besser als heute."

Dieser Martin Gerwink war – zum Glück – nicht mehr der alte. Es war, als sei mit dem Tod von Henk Verbeek eine große Altlast von seinen Schultern gefallen. Er war ausgeglichener, fröhlicher, witziger als früher. Seit sie gemeinsam in diesem wunderbaren Haus wohnten, hatte sie ihn noch keinen Tag depressiv oder grüblerisch und stumm erlebt.

Maries Blick fiel auf ein Buch, das aufgeschlagen auf dem Küchentisch lag. „Aha, du lernst Niederländisch?"

„Ja, ich dachte, es wäre mal an der Zeit, meine Sprachkenntnisse wieder aufzufrischen ... De kapper kappt knap, mar de zoon van de kapper kappt nog knapper dan de kapper kappt."

Marie lachte. „Kannst du noch mehr Kunststückchen?"

„Noch nicht, aber bald. Möchtest du Wein? Ich habe eine Flasche Rioja aufgemacht."

„Sehr gern!"

Sie war es nicht gewohnt, bedient zu werden, sie war es auch nicht gewohnt, mit einem Lachen und einem Scherz begrüßt zu werden, sie war es nicht gewohnt, in eine Wohnung zu kommen, deren Architektur und Ausstattung etwas Offenes und Beruhigendes hatte. Und darin dieser wunderbare Mann, der Freund aus Jugendzeiten, der Kumpel, Beschützer, der zärtliche Liebhaber. Alles hatte sich geändert. Sie hatte bislang in ihrem Elternhaus gewohnt, ein nicht besonders ästhetischer Backsteinbau aus den 1970er-Jahren. Und zeitlebens hatte ihr das Geld gefehlt, darin große Veränderungen vornehmen zu können. Marie hatte ihren Vater gepflegt, dessen Einkünfte nach seiner Verwicklung in den Kälbermastskandal weniger als gering waren. Das Leben einer freien Journalistin und einer überwiegend ehrenamtlichen Naturschützerin erlaubte keine größeren Sprünge, also war sie auf dem Boden geblieben. Artikel für die Lokalpresse, längere Essays in deutschen und niederländischen Magazinen zur Kunst der Jahrhundertwende, die Wiederentdeckung zu unrecht vergessener holländischer Malerinnen – das alles brachte nur das Nötigste ein, sie hatte sprichwörtlich von der Hand in den Mund gelebt. Dass sie nun hier kostenfrei wohnen durfte und durch die Vermietung ihrer eigenen Wohnung regelmäßige monatliche Einnahmen hatte, betrachtete sie als Privileg. Zum ersten Mal in ihrem Leben hatte sie die Freiheit, eigenen Themen und Projekten nachzugehen, auch der Vision einer eigenen *Galerie im Neuen Droste-Hof.* Das war die sonnige Perspektive – durch die nur manchmal die dunklen, drohenden Wolken zogen ... traumatische Spätfolgen des Mordversuchs von Henk Verbeek, dessen grausame Rache an Marie und Martin zum Glück nicht erfolgreich gewesen war.

„Du bist so still, Marie. Erzähl mal, wie war dein Tag, wie war's auf der Sitzung?"

„Bin nur etwas müde. Gut war's, prost!" Sie stießen an, und Marie nahm einen größeren Schluck, als müsste sie Energie für ihren Bericht tanken.

„Also ... mein Tag begann mit einer sehr schönen Begegnung. Ich war zu Fuß im Venn unterwegs und habe einen interessanten Mann kennengelernt."

„Na toll!" Martin spielte den Entrüsteten. „So habe ich mir das vorgestellt: Ich gehe meiner Fronarbeit nach, und sobald ich das Haus verlassen habe, läufst du interessanteren Männern hinterher."

„Viel zu alt, Martin, keine Gefahr."

„Aber interessant?"

„Ja, insofern, als es sich im Grunde um einen alten Bekannten handelt. Adrianus Wardenaar."

„Holländer?"

„Ja, und vor etwa vierzig Jahren eine Zeitlang Kunstlehrer am Gymnasium in Vreden."

„Warte mal ... Adrianus? Am Georgianum?“

„Kleiner Tipp: Wir haben ihn eigentlich nie so genannt. Für uns war er Ari.“

Martin suchte in seinem Gedächtnis nach einem passenden Gesicht zu diesem Namen und wurde fündig. „Na klar, der verrückte Ari ... Künstler durch und durch, als Lehrer völlig ungeeignet. Die arme Sau hat sich damals viel von uns gefallen lassen müssen, wir waren nicht besonders nett zu ihm.“

„Wir auch nicht. Der hatte einen richtigen Hass auf alles Moderne, vor allem auf das Gegenstandslose, Abstrakte. Und dann sollte er uns Picasso erklären. Paul Klee, das ging gerade noch bei ihm, aber wir wollten Andy Warhol.“

„Wo hast du den denn getroffen?“

„Du wirst es nicht glauben: auf einer Lichtung im Weißen Venn, saß da vor einer dicken Eiche und zeichnete.“

„Heute Morgen schon? Bei der Kälte? Das können maximal vier, fünf Grad gewesen sein.“

„Er hatte so einen halben Handschuh an, rechts. Hat ziemlich hastig gezeichnet, mit Kohle und Pastellkreiden. Er hatte sogar die Wurzeln freigelegt und wollte wohl ...“ Marie hielt kurz inne. „Warte, er hat mir eine der Skizzen geschenkt.“

Marie verschwand kurz in ihrem Arbeitsraum und entrollte das Blatt auf dem Küchentisch, stellte ihr Glas auf die obere Kante des Bildes und hielt das untere Ende fest. Martin verrenkte den Hals und neigte den Kopf erst nach links, dann soweit er konnte nach rechts.

„Wo ist denn da oben und wo unten?“

„Gut erkannt! Er wollte wohl zum Ausdruck bringen, wie sich die Krone – also hier, die Zweige und Äste ...“, Marie deutete auf die obere Hälfte des Bildes und bewegte dann die flache Hand langsam abwärts, „wie sich also im Grunde die gleiche Struktur in der Erde unten fortsetzt, im Wurzelwerk.“

„Dann ist dieser fette Klotz in der Mitte wohl der Stamm?“

„Ja, in dem vereinigen sich dann die beide Bereiche, aus der Luft und aus der Erde.“

„Meinetwegen, das kriege ich ja noch zusammen. Aber diese Farbstriche am Stamm, dieses Rot und das Blau ...?"

„Es ging ihm auch um das Licht. Es war noch sehr neblig, die Sonne kam nicht durch, dieses besondere Novemberlicht, ich denke, das hat ihn interessiert."

Martin murmelte etwas Unverständliches, drehte noch einmal den Kopf und sah Marie an. „Wir hängen das aber nicht auf, oder?"

Marie spielte die Enttäuschte. „Ach, Martin! Das sollte doch eine Überraschung für dich werden! Ich will es rahmen lassen! Ich dachte, für dein neues Büro ..."

„Niemals! Tut mir leid."

„Aber ... ich habe doch den Rahmen schon bestellt! Komm, Martin, ein echter Wardenaar ..."

Sie bemühte sich um einen besonders traurigen Dackelblick, aber ihr gespielter Ernst brach in einem herzhaften Lachen zusammen. „Nein, keine Sorge. Es ging tatsächlich um die alte Frage: *Ist das Kunst oder kann das weg?* Ari wollte die Skizze eigentlich zerreißen, da habe ich sie mitgenommen ... Und wir haben uns verabredet! Ich werde ihn in seinem Haus besuchen, irgendwo Richtung Haaksbergen, hinter Lünten."

„Der Wardenaar ... Ari ... warte mal, der müsste aber jetzt die Siebzig schon hinter sich haben."

„Ja, bestimmt."

„Und malt immer noch ... Vorsicht, Marie, das war damals schon ein Spinner, und nach meiner bescheidenen Lebenserfahrung wächst sich das nicht raus, das wird vermutlich im Alter immer schlimmer."

„Sei nicht so ein Spießer, Gerwink! Der ist nun mal mit Leib und Seele Künstler, eine gewisse Weltfremdheit gehört da zum Berufsbild."

Martin antwortete nicht, zeigte aber keine Anzeichen, dass ihn das Wort *Spießer* beleidigt hätte.

„Willst du über ihn schreiben? Muss man den inzwischen kennen? Hat er Erfolg gehabt, irgendwie?" Martin blickte noch einmal mit skeptischer Miene auf die Zeichnung. „Mit so was da?"

„Ich glaube nicht." Marie rollte das Blatt zusammen. „Aber interessant ist der schon, das hab' ich irgendwie im Gefühl. Und Bernhard Droste-Terhahn war ihm nicht unbekannt. Ich habe die Hoffnung, dass er uns was über die Sammlung sagen kann."

„Hat Eva keine Unterlagen mehr dazu gefunden?"

„Doch. Das meiste ist über eine Galerie in Winterswijk gelaufen, da muss ich in den nächsten Tagen hin. Es ist nämlich so – und das musst du für dich behalten, ich will nicht, dass Heiner und all die immer noch begeisterten Handwerker die Lust verlieren: Eva hat kein Geld mehr."

„Oh, oh!"

„Wir werden vielleicht einige der Bilder verkaufen müssen."

„Nicht den schönen Richter, der bleibt hängen überm Kamin!"

„Sei vernünftig, Martin. Für das Bild zahlen Sammler inzwischen Hunderttausend! Eigentlich müssten wir dafür eine eigene Versicherung abschließen."

„Das müsste dann Eva machen. Wenn die so viel wert sind, kommst du mit der normalen Hausratversicherung im Ernstfall nicht weiter."

„Und ein solcher Ernstfall wäre was?"

„Na ja, ein Wasserschaden, ein Brand, ein Einbruch, Diebstahl ..."

Martin befüllte die Spülmaschine und drehte an den Knöpfen. Er sah nicht, wie sich Maries Gesicht verfinsterte.

„Einbruch, Diebstahl ...", wiederholte sie so leise, dass er zu ihr aufsah. Sie zitterte leicht.

„He, he ... entschuldige, ich wollte dir keine Angst machen." Er schloss sie in seine Arme, aber das Zittern wollte nicht aufhören. „Es ist alles gut. Das Haus ist rundum abgesichert, hier kommt keiner rein. Wir haben den Kiefernwald gelichtet, neue Kameras installieren lassen ..."

„Hör auf, Martin, die kommen überall rein, das haben wir doch erlebt ..."

„Ja, aber Bernhard Droste-Terhahn war ja nicht leichtsinnig. Der hat die anderen Bilder sicher deswegen aus dem Haus geschafft, vermutlich hat er die wertvolleren irgendwo deponiert."

„Und wieso hängt dann der teure Richter noch hier an der Wand?“

Martin nahm sie noch fester in den Arm.

Irgendetwas hatte Maries schwelenden Ängste wieder zu einem lodernden Feuer entfacht. Keiner wusste, was die Hintermänner des erschossenen Drogendealers Henk Verbeek noch vorhatten. Der Droste-Hof war ihre kleine Drogenfabrik gewesen, Bernhard Droste-Terhahn und sein Sohn Werner ihre Komplizen ... war es nicht naiv, zu glauben, dass mit Verbeeks Tod wieder Ruhe und Frieden eingekehrt wäre? Er war der Chef einer nie ganz enttarnten Organisation gewesen, die Spitze eines Eisbergs und möglicherweise bereits durch einen anderen ersetzt worden ... der Kopf einer Hydra, der zwei Köpfe nachwuchsen, wenn man einen abschlug.

Martin hielt sie noch immer fest im Arm. Es hatte etwas gedauert, aber inzwischen wusste er, dass er diese Frau liebte, wie niemanden auf der Welt. Er kannte ihre Ängste wie seine eigenen. Es hatte gar keinen Sinn, sie mit weiteren Worten zu trösten oder zu überzeugen. Die Sicherheitsvorkehrungen rund um das Haus waren brandneu, nach dem aktuellen Stand der Technik. Dennoch hatte es keinen Zweck, ihr diese Tatsache gebetsmühlenartig zu wiederholen. Er musste sie ablenken.

„Komm, Marie, lass uns noch einen Schluck trinken.“

Er goss ein, Marie lehnte nicht ab, schien aber noch immer abwesend. „Und dann zeige ich dir unseren neuen Mitbewohner!“

Jetzt schaute sie ihm fragend ins Gesicht. Was für ein neuer Mitbewohner sollte das sein? Ein lange vermisster Freund, der sich für längere Zeit einquartieren wollte? Ein Haustier? Er schob Marie ins Wohnzimmer.

Auf dem vom Kamin ausgehenden Sims stand ein schwarzes großes Rechteck. Maries Fragezeichen verschwand aus ihrem Gesicht und die Mundwinkel senkten sich ab. Eine gelungene Überraschung sah anders aus.

„Bisschen groß, dein neuer Dauergast“, sagte sie trocken.

„Heimkino, Marie!“, pries Martin seine Neuerwerbung an, „lange Abende mit den wichtigsten, nie gesehenen Filmen der Kinogeschichte, *Netflix* und *Amazon prime* sind schon vorinstalliert." Er drückte auf einen der vielen bunten Knöpfe der Fernbedienung und ein gestochen scharfes HD-Bild erleuchtete den Raum.

„Heimkino, Martin? Meinetwegen, aber das *heute journal* könnten wir auch auf einem kleineren Gerät ganz gut sehen."

„Ja, aber denk an deine geliebten Naturdokumentationen, an die Künstlerbiografien auf Arte ... ja, ja, ich habe auch an dich gedacht."

„Das ist wunderbar, mein Schatz!" Marie küsste ihn flüchtig im Vorbeigehen auf dem Weg zurück in die Küche. „Naturfilme, Künstlerdokumentationen, ja, prima. Aber machen wir uns nichts vor: Die Realität heißt Sportschau und Marietta Slomka."

Marie widmete sich jetzt doch der Lasagne und schob zwei Portionen auf die Teller, mit denen sie ins Wohnzimmer zurückging. Sie setzten sich ins Sofa und schauten beim Essen auf den Bildschirm.

„Nee, Martin, tut mir leid, für mich hätte das Ding gern zwei Nummern kleiner sein können."

„Und jetzt bist du sauer?"

„Nein, aber lass uns das bitte besser absprechen demnächst."

Martin schaute etwas beleidigt.

„Aber deine Lasagne ist wirklich gut. Endlich lerne ich mal deine Kochkünste schätzen."

„Na, wenigstens etwas." Martin spielte den Geretteten und pustete wie ein Ertrinkender, der festes Land erreicht hat. „Glück gehabt."

„Nicht beleidigt sein, Martin. Wir wohnen jetzt zusammen, das müssen wir beide erstmal lernen, ist doch klar."

„Stimmt", gab Martin zu, stellte seinen Teller ab und legte seinen Arm versöhnlich auf Maries Schulter, während Marietta Slomka einen Beitrag über einen neuen Fall international operierender Finanzschieber anmoderierte. Auch Marie stellte ihren Teller auf dem niedrigen Couchtisch ab und schmiegte sich an ihn.

„Der war im Angebot. Ein echtes Schnäppchen, da habe ich zugeschlagen. Aber ich bringe ihn morgen zurück."

„Nein, nein, lass nur, ich werde mich schon daran gewöhnen." Marie hatte ihr Lächeln wiedergefunden. „Und dann diese großartigen Naturfilme, daran habe ich natürlich nicht gedacht!" Sie spielte die Schwärmerische. „Die Flora und Fauna Patagoniens in 3D, 4K und Cinemascope ..."

„Ja, ja, mach dich nur lustig ... iss lieber meine Weltklasse-Lasagne, bevor sie kalt wird."

Marie griff nach ihrem Teller, vergaß aber sofort wieder das Essen, denn die Bilder, die dort detailscharf am Ende des *heute journals* über den Bildschirm liefen, ließen die beiden schlagartig erstarren. Mit großen Augen blickten sie auf eine alte Bekannte vor den Mikrofonen und Kameras der Journalisten. Emma Ammann, bis vor kurzem noch Walter Gerwinks *rechte Hand* im Grenzübergreifenden Polizeiteam, erläuterte die Details eines Mordfalls in Greven. In der Nähe des Flughafens Münster-Osnabrück war der Inhaber einer Firma für internationale Finanzdienste erschossen im Garten seines Hauses aufgefunden worden.

„Sieh an, sieh an", staunte Marie, „Frau Oberkommissarin Emma Ammann."

„Ja, Presseerklärung auf dem Flugplatz ... symbolischer Ort: der steile Weg nach oben, Höhenflug ..."

„Abwarten. Sind schon ganz viele Aufsteiger auch ganz schnell wieder abgestürzt. *What goes up, must come down ...* "

„Wir haben ja geahnt, dass sie hoch hinauswollte, aber aus der Provinz direkt in die Landeshauptstadt ...?"

Unter ihrem Namen wurde jetzt *LKA Düsseldorf, Abt. Cyberkriminalität* eingeblendet.

„Der unaufhaltsame Aufstieg der Emma A.", murmelte Marie mit vollem Mund. „Aber meinen Vater lässt sie schön in Frieden ruhen, sonst gerät sie in ungeahnte Turbulenzen."

Marie hatte nicht vergessen, dass die aufstrebende Oberkommissarin während ihrer Arbeit in Borken ihren verstorbenen Vater im Visier gehabt hatte, den sie für einen der Drahtzieher im Kälbermastskandal von 1988/89 hielt.

Ihren Recherchen nach hatte es damals einen Todesfall im Zusammenhang mit der Beschaffung illegaler Mastmittel gegeben, der immer noch nicht aufgeklärt war. Sie wollte die Ermittlungen nach über dreißig Jahren wieder aufnehmen.

„Ja, die gute, nette, freundliche Emma hat leider einen ungesunden Hunger nach Geltung, Aufstieg und Macht." Martin fällte dieses Urteil mit einem fast bedauernden Unterton in der Stimme. „Aarloh und unsere ganze Umgebung sind für sie vermutlich immer noch ein großer, korrupter Sumpf."

„Ich fürchte, sie lässt da nicht locker."

„Vielleicht, aber jetzt hat sie offenbar Wichtigeres zu tun. Und den medienwirksamen Termin in Sachen Kälbermastskandal wird sie verpassen. Der wäre im August, 30 Jahre nach der Urteilsverkündung damals."

„Der trau ich alles zu!"

Emma Ammann war im Unfrieden gegangen und hatte angedroht, eben jenen Aarloher Sumpf trockenzulegen und dabei als erstes den Kälbermastskandal noch einmal aufzurollen, bei dem seinerzeit Zigtausende Kälber getötet werden mussten, weil sie ihr Schlachtgewicht vorzeitig dank Salbutamol erreicht hatten. Leider hatte Maries Vater, der Veterinär Dr. Ludwig Gerster, dabei keine ruhmreiche, sondern eine durchaus kriminelle Rolle gespielt. Ihn allerdings mit einem angeblich ungeklärten Todesfall in Verbindung zu bringen, war absurd.

Aber Martin hatte recht, nun hatte Emma Ammann Besseres und Medienwirksameres zu tun. Die beiden schauten sich überrascht an, als Marietta Slomka von den internationalen Dimensionen eines Verbrechens im undurchsichtigen Bereich neuer Kryptowährungen sprach und neben einem weltweit agierenden Konsortium mit Sitz in Dubai auch jene Firma in Greven nannte, deren Gründer offenbar nun das Opfer eines Mordanschlags geworden war.

Martin schüttelte den Kopf. „Dubai und Greven? Da passt doch irgendwas nicht zusammen, oder?"

„Wir leben schon etwas länger im Internet-Zeitalter, Herr Dorfpolizist. Du sagst doch immer, dass sich das Große auch manchmal im Kleinen spiegelt. Ist noch Wein da?"

Die beiden gingen zurück in die Küche und teilten den Rest des Rioja auf, während hinter ihnen auf dem Bildschirm eine Weltkarte mit drei markierten Orten zu sehen war, Greven, Dubai und eine Karibikinsel; darunter sehr schlechte Phantombilder zweier Frauen, die, wie es hieß, der Tat *dringend verdächtig* waren.

„Auf uns!", sagte Marie. Die beiden stießen noch einmal an. „Ich finde es übrigens ganz gut, dass sich dein Hunger nach Geltung, Aufstieg und Macht in Grenzen hält und dass du Beamter im Bezirksdienst geblieben bist."

„Ja, Dorfbulle mit Leib und Seele! Andererseits ...", Martin grinste, „ich bin erst Anfang 50, da ist noch alles drin."

„Untersteh dich!", warnte Marie lächelnd und küsste ihn.

11

Das Morgenlicht fiel durch die großen Fenster auf der Südseite des Ateliers auf Wardenaars Skizzen. Mit einem Becher Kaffee in der Hand suchte Ari nach dem *Wesentlichen*, das er gestern hatte darstellen wollen, aber heute nicht mehr fand. Das Astwerk war viel zu grob geraten, das freigelegte Wurzelwerk dagegen viel zu filigran, der Stamm stand wie ein erratischer schwarzer Block dazwischen, ein Fremdkörper, der Ast- und Wurzelwerk eher trennte als harmonisch verband, da halfen auch die farbigen Akzente nichts. Sie hellten die Schatten etwas auf, trugen aber nicht zu einem harmonischen Gleichgewicht bei, das er in den Baumbildern seines Meisters Piet Mondriaan spüren konnte. Nein, das war nicht die Ausgewogenheit des *Grauen Baums* oder des *Roten Baums im Abendlicht*, aus Mondriaans impressionistischer Phase an der Grenze zur Abstraktion, die der Maler um 1912 herum endgültig in Paris überschritten hatte.

Vielleicht war es auch sein Alter, dachte Wardenaar. Zwei Jahre nach seinem 70. Geburtstag hatte das angefangen, eine Schwäche in den Handgelenken, ein Zittern, das auch in der Wärme des Kamins nicht verschwand, der das ganze verschachtelte Haus heizte.

Er trat zurück und setzte sich in seinen alten Ledersessel. Nein, er hatte das Wesentliche noch nicht getroffen. Die Ölfarben über den schnellen Strichen seiner Vorzeichnung konnten die Kraft des Baumes und seine organische Einheit nicht wiedergeben; sie waren einfach nur grob und bei genauem Hinsehen an manchen Stellen auch unentschieden und zittrig.

Vielleicht war es ja nicht seine beginnende Gebrechlichkeit, vielleicht hatte ihn die Begegnung mit dieser Frau irritiert, und seine Verunsicherung war in den kraftlosen, verhuschten Linien zu erkennen.

Er trank den Kaffee aus und ließ seinen Gedanken freien Lauf. Marie Gerster ... er hatte keine Erinnerung mehr an die Namen und Gesichter aus seiner kurzen, unglücklichen Lehrerzeit. Sie schien ihm nicht unbedarft, hatte die richtigen Fragen gestellt und ein gewisses Verständnis für malerische Belange gezeigt. Dass sie allerdings nun in Bernhard Droste-Terhahns Bungalow wohnen sollte, kam ihm merkwürdig vor. Aber vielleicht würde sie ihn ja wirklich demnächst hier besuchen, dann würde er Neues erfahren. Was war aus seinen Bildern geworden? Dort mussten ja noch einige seiner Werke sein, er hatte gut verkauft damals.

Ari war erst 17 gewesen, als seine Großtante Agatha gestorben war, aber damals schon fest entschlossen, ihren Weg weiterzugehen und nichts anderes zu werden als ein aus der Zeit gefallener Maler, ein später Impressionist und Anhänger der Haager Schule, die nunmehr bereits seit über 100 Jahren Geschichte war. Darum ging es nicht. Agatha Zethraeus hatte recht gehabt: Es gab Irrwege in der Kunstgeschichte, Moden, die sich zu Zielen und Epochen aufspielten, ohne erkennbare Kriterien und ohne einen Rest von Sinnlichkeit. Aus dem talentierten, feinsinnigen Impressionisten Mondriaan war ein seelenloser Grafiker geworden, mit dem Lineal gezeichnete, rechtwinklige Gitter, hinter denen er monochrome Farbfelder in den Grundfarben Gelb, Rot und Blau einsperrte. Dafür zahlten die Leute achtstellige Summen, für sein Frühwerk aber interessierte man sich nur, wenn der inzwischen millionenschwere Name sich darauf als Signatur befand. Da waren der Inhalt des Bildes und die Intention des Malers einerlei. Waren Mondriaans Uferlandschaften an der Geint, die Straßenbilder aus Winterswijk, die Bilder aus dem Achterhoek und von der Halbinsel Walcheren in der Provinz Zeeland nicht hundertmal interessanter als die Entdeckung des rechten Winkels und die angebliche Reinheit der Grundfarben?

Agatha Zethraeus hatte ihrem Piet diesen künstlerischen Irrweg nie verziehen, war dem Freund aber ihr ganzes Leben lang treu geblieben, bis zu seinem Tode im Jahre 1944 in New York. Ein letzter Brief des – wie die Mondriaan-Biografen einhellig urteilten – *künstlerischen Revolutionärs* und *Meisters der Reduzierung* an seine Freundin hatte neben seinem Sterbebett gelegen.

Ari Wardenaar versuchte, die Erinnerungen und die trübe Vorstellung davon, wie denn wohl seine eigene letzte Lebensphase enden sollte, zu vertreiben. Es half nichts, sich selbst zu bemitleiden und sich im Gestern zu verlieren. Heute und Morgen galt es zu bestehen, mit beherzten Taten, mit Arbeit, mit neuen Chancen, die er erkennen und nutzen musste. Marie Gerster konnte vielleicht so eine unerwartete Chance, eine letzte glückliche Wendung seines Lebensweges werden. Möglicherweise führte diese neue Wegmarke über die Vergangenheit in die Zukunft: Wenn sie zuständig war für die Droste-Terhahnsche-Kunstsammlung, dann konnte sie doch vielleicht auch weitere Werke ankaufen. Was war mit seinen Zeichnungen zu Dantes Inferno? Warum hörte er nichts mehr von Gerrit Nijkerk? Wozu brauchte man einen Galeristen, wenn er die Werke seiner Künstler nicht aktiv vertrat und verkaufte? Ari würde ihm eine letzte Chance geben, lehnte er endgültig ab, würde er den Dante-Zyklus direkt Marie Gerster anbieten, sicher würde sie ...

Er hatte den Gedanken noch nicht zu Ende gedacht, als der Zweifel in ihm aufstieg. Wie weit war er schon gekommen, dass eine zufällige, kleine Begegnung seine größte Hoffnung wurde?

12

Agnieszka lachte nicht mehr. Sie langweilte sich. Elena hatte die Kommunikation eingestellt. Dabei hatte Agnieszka auf der langen Fahrt Richtung Nijverdal nur gefragt, was sie denn da tun wollten und eine äußerst knappe Antwort erhalten: „Plan B“. Dabei wusste sie nicht einmal, was der Plan A war. Sie hatte eingesehen, dass es notwendig war, klare Verhältnisse auf dem Droste-Hof in Aarloh zu schaffen. Schließlich war Werner offiziell ihr Ehemann gewesen und der Schwiegervater, Bernhard Droste-Terhahn, einer der ersten, der mit größeren Summen eingestiegen war.

Das Projekt *Double-Coin* hatte in kürzester Zeit 220 Millionen Dollar generiert, nun, nach vier Jahren war es ebenso plötzlich und spurlos aus dem Netz verschwunden, wie es dort aufgetaucht war. Auch alles andere musste verschwinden und die Beteiligten aus der Anfangsphase, die noch sehr gut verdient hatten, mussten darauf eingeschworen werden, alle Unterlagen und E-Mails zu vernichten, alle Verbindungen sicher zu löschen.

Die Droste-Terhahns, Vater und Sohn, brauchten sie nicht mehr nachdrücklich ins Gebet zu nehmen, der gnädige Tod hatte diese Arbeit bereits erledigt. Sie mochten in ihrem Aarloher Familiengrab in Frieden ruhen, solange alle Nachweise auf das damals schnell verdiente Geld unsichtbar waren.

Die Illusionsmaschinerie einer neuen virtuellen Währung war perfekt angelaufen damals. Kaum jemand hatte wirklich verstanden, warum Bitcoins die heißeste Anlageform seit der Erfindung des Internets waren und kaum einer war bei der ersten Variante dieser Kryptowährung dabei gewesen. In den Köpfen war nur hängengeblieben, dass die Pioniere damals mit Bitcoins unglaublich reich geworden waren.

Es gab viel Geld auf dem Markt, vor allem Schwarzgeld aus dubiosen russischen Quellen, aus dem Drogen- und dem illegalen Waffenhandel. Die Illusion, mit der Neuauflage eines noch besseren Systems nun gleich am Anfang mitmachen zu können und so zu den

Großverdienern zu gehören, hatte vor allem deswegen funktioniert, weil eine zweite Illusion parallel lief: der uralte Mythos des Goldes. Für jede unsichtbare Münze dieser neuen Kryptowährung, so die Philosphie der Gründerin, sei echtes Gold hinterlegt, das System könne nicht zusammenbrechen. Das war blanker Unsinn. Auf Nachfragen hatte Elena das System der *doppelten Kette* für ihre *Double-Coins,* mit teilweise erfundenen, aber nach geheimem Spezialwissen klingenden Formulierungen aus dem Pseudo-Nirwana neuer Cyber-Bank-Geschäfte mehr vernebelt als erklärt. Erst als immer mehr Interessenten nach Details ihrer Blockchain fragten, hatte sie einen norwegischen IT-Spezialisten ins Vertrauen gezogen. Der hatte laut gelacht, als seine zielgerichteten Fragen an Elena ihm klargemacht hatten, dass es für *Double-Coins* gar keine Blockchain gab. Wie sollte er denn nachträglich für all die bereits eingezahlten Millionen ein mathematisches Verschüsselungssystem aufbauen? Unmöglich. Die angeblich neue Kryptowährung *Double-Coin* war nichts anderes als eine Luftnummer, ein riesengroßer Betrug.

Dieser Norweger war der erste gewesen, der spurlos verschwunden war.

Elena war eine Geschichtenerzählerin. Es war erstaunlich, was die Vorstellung eines Berges von Goldbarren, angeblich bombensicher versteckt irgendwo auf dem Meeresgrund, in den Köpfen auslöste. Aber es war ebenso erstaunlich, mit welcher Präzision und eiskalten Energie sich in diesem kleinen Kopf mit den krausen dunklen Locken die Rädchen drehten. Elena Newjana Vladkova, Majorin des bulgarischen Heeres, Kämpferin für die Gleichstellung der Frauen in der Armee, Scharfschützin.

Vielleicht war das der eigentliche Grund dieses Ausflugs: Elena wollte schießen. Hier in der hügeligen Heidelandschaft des Sallandse Heuvelrugs fielen ein paar Schüsse wenig auf, das konnten Jäger sein, die die stetig wachsende und nun von der Afrikanischen Schweinegrippe befallene Wildschweinpopulation dezimierten. Also schleppten sie den Koffer mit der Waffe und den kleineren mit der Drohne den sandigen Hügel hinauf. Zur Rechten blickte man durch die Kiefern auf einen großen Hof unten im Tal, zur Linken erstreckte sich eine ebene Heidelandschaft mit Wildrosenbüschen und Wacholderbäumen. Agnieszka hatte keine Ahnung, warum sie ausgerechnet hier die Drohne auspacken und in die Luft bringen sollte. Zur Übung, hatte Elena knapp behauptet, man müsse sich – altes militärisches Gesetz – ständig vergewissern, ob alle Systeme jederzeit einsatzbereit seien. Also ließen sie das kleine Fluggerät in den Himmel steigen und beobachteten auf dem Display des Mobiltelefons aus der Vogelperspektive, was sie nach Agnieszkas Ansicht auch vom Hügel aus sehen konnten: einen Hof mit mehreren Gebäuden, großen Pferdekoppeln, einer alten Villa im Zentrum, die Zufahrtstraße, die von der Hauptstraße durch eine lange Allee führte, eine Eisenbahnlinie in einiger Entfernung.

Elena nahm einen Schluck aus ihrer Cola-Dose und kniete sich neben den Waffenkoffer. Mit schnellen Griffen war das Gewehr zusammengesetzt und der Schalldämpfer angeschraubt.

Sie klappte die beiden Beine des Stativs unter dem langen Lauf aus, setzte das Zielfernrohr auf und legte sich hinter das Gewehr. Der Lauf zeigte in Richtung des Hofes. An einem Tümpel in einer der Pferdewiesen, die mit leuchtendweißen Zäunen begrenzt waren, hatte sich ein kleine Schar Enten niedergelassen. Ein paar Pferde grasten etwas weiter hinten.

„You want to shoot a horse?“, fragte Agnieszka lächelnd.

„Everyone can shoot a big horse.“ Elena schaute durchs Zielfernrohr. „I could shoot a duck. What's duck in German?“

„Ente“, übersetzte Agnieszka.

„Isch kann schießen Ente“, versuchte Elena auf Deutsch.

Agnieszka nahm ihr Fernglas. Die Enten waren zu dicht an den Pferden.

„Don't!“, sagte sie, „the horses are to close, they will go wild!“

„What's your problem?“ Elena verharrte hinter ihrer Waffe. „We are so far away, no one will see us.“

„Please, don't“, bat Agnieszka. Durch ihr Fernglas konnte sie sehen, wie eine Frau aus dem Haupthaus kam, aus der vornehmen alten

Backsteinvilla, mit Sandstein-Einfassungen und einer großen Treppe vor dem Eingang. Elena richtete die Waffe auf die Frau und verfolgte ihren Gang im Zielfernrohr. Dann richtete sie die Waffe wieder zurück auf den Eingang. Agnieszka sah mit dem bloßen Auge, wie ein kleines Mädchen fröhlich hüpfend hinter der Frau herlief und betrachtete mit Sorge, dass Elena mitschwenkte. „No!", schrie sie.

Elena richtete sich auf und sah sie mit einem Lächeln an, dann reichte sie ihr die leere Cola-Dose und drehte das Gewehr in die entgegengesetzte Richtung.

„Go!", befahl die ehemalige Majorin.

Agnieszka zögerte.

„Go!" wiederholte sie und wies mit der ausgestreckten Hand die Richtung. „This way!"

Agnieszka setzte sich in Bewegung und lief über Heidekraut und Sandflächen auf ein entferntes Kiefernwäldchen zu. Hinter ihr lag die Freundin an der tödlichen Präzisionswaffe. Sie kannten sich jetzt fast drei Jahre und zum ersten Mal spürte Agnieszka, wie das Vertrauen Risse bekam. Solange sie gemeinsam lachten, war die Welt in Ordnung. Aber in letzter Zeit hatte es immer wieder Phasen gegeben, in der sie die alte Vertrautheit, die Wärme zwischen ihnen vermisst hatte. Was hatte Elena vor? Wozu brauchte sie ein solches Gewehr? „Lobaev, russian!" hatte Elena ehrfurchtsvoll gesagt, als sie die Waffe im gut versteckten Lager eines Waffenhändlers abgeholt hatten. Sie wusste nicht wo, aber es konnte gar nicht so weit weg sein. Der Mann hatte ihnen während der Hin- und Rückfahrt in seinem Jeep die Augen verbunden. Aber die Fahrt hatte nur jeweils eine halbe Stunde gedauert und es war in einer eher städtischen Umgebung gewesen, wie Agnieszka schnell an den Verkehrsgeräuschen erkannt hatte. Elena hatte mit glänzenden Augen wie ein Kind an Weihnachten zärtlich über das metallene Gehäuse und den Lauf gestrichen und schwärmerisch gesagt, diese Waffe mache sie unsichtbar. „The best you can get for money. Makes me invisible."

Es war immer nur von Einschüchterung die Rede gewesen und von Spurenbeseitigung. Verdächtiges Material sollte sichergestellt werden. Agnieszka hatte begonnen, an der Mission zu zweifeln. Vielleicht ging es nicht nur um Festplatten und Belege, vielleicht ging es auch um gefährliche Zeugen, die beseitigt werden mussten? Jetzt, da die Millionen sicher gebunkert waren, musste sich das Projekt *Double-Coin* vollständig in Luft auflösen, es durften nirgendwo Hinweise darauf gefunden werden, wo die Millionen sicher deponiert waren. Und es ging nicht nur um die Behörden und lästige Zeugen. Es war abzusehen, wann die ersten kriminellen Verfolger auftauchten – wenig zimperliche Killer russischer Geheimorganisationen, die die in gutem Glauben eingezahlten Millionen ihrer Auftraggeber zurückholen sollten. Sie würden den Weg des Geldes zurückverfolgen und Elena zwingen, es wieder herauszugeben. Jene Millionen, mit denen sie beide – das hatte Elena ihr versprochen – in wenigen Tagen die neue Zeit beginnen lassen wollten, auf Antigua in der Karibik, wo das von dem Geld gekaufte Anwesen schon hergerichtet wurde. So weit weg und so geheim und so abgesichert, dass keinerlei Gefahr mehr drohte.

Agnieszka blickte sich um. Elena war nicht mehr zu erkennen, sie mochte jetzt ungefähr hundert Meter hinter ihr sein, unsichtbar hinter der Waffe im Heidekraut versteckt. Sie lief weiter, sie wusste, dass Elena mindestens 300 Meter brauchte um die Genauigkeit und die Einstellungen ihres Zielfernrohrs zu testen. Das Gelände war eine Art Hochebene, ein abgeflachter großer Sandhügel, mit Heideflächen und kleineren Kuhlen. Sie versuchte die Richtung beizubehalten, musste aber größeren Büschen ausweichen. Elena brauchte ein freies Schussfeld. Es wurde immer schwerer, das Heidegelände in gerader Linie zu durchqueren.

Plötzlich stieg eine bisher nicht gekannte Angst in Agnieszka auf. War sie ihrer Freundin inzwischen vielleicht schon lästig, war die Vorstellung von einer gemeinsamen Zukunft nur eine Illusion? Sie blickte sich um. Jetzt mochten es etwa zweihundert Meter sein, keine Entfernung für eine geschulte Scharfschützin. Elena war aufgestanden. Ihre heftigen Armbewegungen bedeuteten, dass sie weiterlaufen sollte. Agnieszka begann zu rennen. Weglaufen? Einfach durch das dichte Gehölz, bis sie eine Straße erreichte ...? Sich der Polizei stellen? Ein gedämpfter Schuss, mitten in dieser winterlich menschenleeren Gegend – es könnte Monate dauern, bis man Agnieszkas Leiche fand. Sie lief wie ein Hase in schnellen Wendungen und suchte dichte Büsche als Deckung.

„Stop! Stop now!"

Erst als sie die entfernten Rufe hörte, blieb sie stehen. Elena war nicht mehr zu sehen. Sie lag wieder gut getarnt flach auf dem Sandboden hinter einem niedrigen Busch. Agnieszka zitterte, sie reckte sich und stellte die Cola-Dose in eine Astgabel. Sie hatte ihre Hand kaum zurückgezogen, als die Dose mit einem blechernen Knall aus dem Baum flog und weit hinten im unzugänglichen Dickicht landete. Eine Sekunde später hörte sie das abgedämpfte Schussgeräusch. Sie musste mehr als 300 Meter entfernt sein. Agnieszka atmete heftig und schnell. Die Todesangst hatte ihr das Adrenalin in die Adern gejagt. Aber als sie Elena ganz von fern lachen hörte, verwandelte sich ihre Angst in Aggression. Sie rannte mit geballten Fäusten zurück. Die Wut verlieh ihr Kraft, sie übersprang die niedrigen Büsche, brach durch das dünne Geäst kleiner Birken und stürzte sich am Ende wütend auf die immer noch lachende Scharfschützin. Sie trat mit den Füßen nach ihr und trommelte mit den Fäusten auf ihre Arme, dann holte sie zu einem Schlag ins Gesicht aus, aber Elena griff Agnieszkas Faust im Flug und drehte ihr den Arm um. Eine Sichelbewegung mit dem Bein schlug Agnieszka die Füße vom Boden. Elena hielt sie an der Erde, indem sie ihr das Knie auf die Brust drückte.

„Stop it! Nothing happened!"

Nein, es war nichts passiert. Kleinere Ziele auf eine Entfernung von 350 Metern zu treffen, war für eine Scharfschützin kein Problem. Der Schuss hatte nur eine leere Dose durchbohrt – aber eine große Illusion endgültig zerfetzt und eine große Liebe in Angst verwandelt.

13

Pier 13 ... Paul Hahnemann war nicht abergläubisch, aber er hatte nie verstanden, warum sich DeWitt immer hier mit ihm treffen wollte und nicht im altehrwürdigen und nobel ausgestatteten Firmensitz seiner Bank in der Amsterdamer Heerengracht.

Das Restaurant *Pier 13* im Holzhafen war vielleicht ambitioniert renoviert und mit Architekturpreisen ausgezeichnet worden, für ihn aber hatte es immer noch die ungemütliche Anmutung eines schon vor hundert Jahren ausgemusterten Frachters. Der riesige Ofen mitten im Gastraum sah aus wie der Kessel eines mittelgroßen Dampfschiffes. Nacktes Eisen und die geschwungenen Träger eines Frachtraums, die langen Reihen der Vernietungen – wie eine geheime Botschaft in Blindenschrift für einen Riesen ...

Was wollte ihm der Bankdirektor in Anwesenheit seines Anwalts an neuen Geheimnissen verraten, hier, wo alles nach Eisen, Rost und dem Schweiß muskulöser Seeleute roch, die die Kohlen unter den Kessel geschaufelt hatten? Teile der Ankerwinden und Ketten hatte man dekorativ im Eingangsbereich platziert. Überall Stahl und eiserne Härte – nicht Hahnemanns Welt.

War es Zufall, dass er hier der einzige Gast war?

DeWitt war so alt wie er. Dessen Welt bestand aus Spekulationen und nicht immer legalen Finanzgeschäften, das wusste Hahnemann, und er konnte nicht leugnen, dass Geld und die Insignien eines sichtbaren Erfolgs auch in seinem eigenen Leben eine Rolle gespielt hatten. Er kam aus einfachen Verhältnissen und hatte in der Kunstgeschichte den Platz gefunden, an dem seine Eloquenz und Phantasie am besten zu ihrem Recht kamen. Hoogleraar Kunstgeschiedenis aan de Universiteit Twente in Enschede ... Auch in den Niederlanden war es etwas Besonderes, als Deutscher zu einer Hochschulprofessur zu kommen. Seine Bücher zur klassischen niederländischen Moderne standen in mehreren Sprachen in den Bibliotheken.

Was gab es noch groß zu bereden? Warum sollte das Ende einer recht langen und für alle Seiten lukrativen Geschäftsverbindung noch einmal beklagt oder nachträglich idealisiert werden? Gut, man musste aufpassen, dass keiner der Beteiligten einen dummen Fehler machte. Er hatte seinen Beitrag dazu geleistet, Ari Wardenaar stand unter seiner persönlichen Beobachtung, und Gerrit Nijkerk hatte die etwas heikle Lage längst erkannt. Niemand hatte etwas in der Hand, mit dem er den Anderen erpressen konnte. Zum Glück war bisher alles gutgegangen, es war an der Zeit, dass er wieder mehr wissenschaftlich arbeitete und sich auf sein Renommee als Kunsthistoriker besann. Er war nicht DeWitts Mann fürs Grobe, er würde sich wieder ganz in den Dienst der Wissenschaft stellen.

Durch ein Bullauge schaute Hahnemann auf die maroden Docks des alten Hafens. In der Ferne ragten die modernen Hochbauten der neuen Amsterdamer Skyline über die löchrigen Dächer der Lagerschuppen mit ihren über und über mit Graffitis beschmierten Wänden und den eingeschlagenen Fenstern. Warum ließ man ihn warten? Er fühlte sich unwohl in diesem Restaurant inmitten der Hafenödnis. Das schöne, das goldene Amsterdam seiner späten Jugend, als er in den großen Museen vor den Originalen studiert und in einer kleinen Dachwohnung am Leidseplein an seiner Doktorarbeit geschrieben hatte, war so weit weg, dass er die eigenen Erinnerungsbilder kaum noch chronologisch sortieren konnte. Wann hatte bei ihm der feste Glaube an das Schöne, Wahre und Gute nachgelassen? Wann hatte die Gier angefangen heller zu leuchten als der schöne Schein der Bilder?

DeWitts Ankunft riss Hahnemann aus seiner Grübelei. Er betrat das Restaurant wie immer in Begleitung seines Rechtsanwalts Cornelius Heebing. DeWitt wurde vom Personal des Restaurants wie ein alter Bekannter begrüßt, seine fahrigen, nervösen Gesten deuteten aber schon an, dass er heute nicht zu einem entspannten Geschäftsessen gekommen war. Sein suchender Blick durch den Schiffsladeraum fand den Professor in einer hinteren Ecke. Er ging auf ihn zu und begrüßte ihn mit den Worten: „Wir haben einiges zu bereden, Paul, aber nicht hier drinnen."

Sie waren noch immer die einzigen Gäste. An der Theke wählte er im Vorbeigehen ohne lange zu suchen und zu diskutieren ein Gericht aus, und fragte die anderen beiden nur kurz, ob sie mit Seezunge und Fjordforellen einverstanden seien. Die nickten, und er schob sie freundlich nach draußen.

Die Mittagssonne war warm, aber das helle Licht, das sie auf die umliegenden Ruinen warf, konnte das marode Gesamtbild nicht aufheitern. Immer wieder schaute DeWitt sich um. War das Verfolgungsangst oder nur seine übersteigerte Nervosität?

„Ich denke, da es nicht so kalt ist“, begann er, „können wir ein paar wichtige Dinge vor dem Essen hier draußen besprechen, hier hört uns niemand.“

Der Professor zog die Stirn kraus, es ging also um etwas Ernstes.

„Was ist denn passiert?“, fragte er angespannt.

„Noch nichts. Jedenfalls nichts, was uns direkt anginge. Aber – wie soll ich sagen? – da draußen braut sich möglicherweise etwas zusammen, das uns sehr schaden könnte.“

„Wen genau meinst du mit uns? Und warum hast du deinen Rechtsanwalt mitgebracht?“

„Später, Paul, später! Sag mir zunächst: Bernhard Droste-Terhahn ist ja nun tot – was passiert mit seinem Erbe?“

„Wird eine Stiftung, wie man hört.“

„Auch seine Sammlung? Oder wird die verkauft?“

„Keine Ahnung. Alleinerbin ist seine Tochter, was die damit vorhat, weiß ich nicht.“

Hahnemann überlegte kurz, dann kam ihm eine Idee.

„Sag mal, kann es sein, dass der alte Droste die Bilder damals auf Pump gekauft hat und ihr jetzt bei der Erbin die Schulden eintreiben müsst? Das wäre doch kein Problem, der ganze Hof muss doch Millionen wert sein.“

„Nein, nein, nein. Es geht um ganz andere Dinge. Wie soll ich es sagen ...“

Der Rechtsanwalt setzte an, eine Erklärung zu liefern, wurde aber von DeWitt gleich mit einer deutlichen Geste zurückgepfiffen.

„Offiziell weiß unsere Bank überhaupt nichts von unseren damaligen gemeinsamen Geschäften, und das muss auch so bleiben. Wenn die Erbin jetzt anfängt, Bilder zu verkaufen, dann hoffe ich, dass sie einer erneuten Prüfung standhalten."

„Meine Expertisen sind über jeden Zweifel erhaben!"

„Das hoffe ich, Paul, es sollte nicht der geringste Verdacht aufkommen, denn dann werden sie auch prüfen, woher das Geld gekommen ist, mit dem Bernhard Droste-Terhahn seine Bilder gekauft hat, und es ist von höchster Priorität, dass sie genau das nicht rausfinden."

„Drogengelder?"

„Ja auch ... aber vielleicht sogar schlimmer ..."

Der Bankier sah in das zerknirschte Gesicht des Professors, während der Rechtsanwalt sich an die Kante des Piers begab und unbeteiligt aufs Wasser schaute. DeWitt setzte neu an.

„Hast du von dem Mord in Greven gehört?"

„Nein. Greven bei Münster?"

„Ja! Mein Gott! Liest du keine Zeitung, siehst du keine Fernsehnachrichten?"

DeWitt hatte sich in seiner Nervosität etwas im Ton vergriffen.

„Nicht so aggressiv, bitte! Warum sollte ich mich für jeden regionalen Skandal interessieren, für jede Lokalposse? Da hätte ich viel zu tun!"

„Lokalposse? Wenn vor deiner Haustür ein Finanzmakler erschossen wird und die Behörden inzwischen international ermitteln?"

„International?"

„Ja, weltweit! OIF Greven, Oldenburg-Inter-Finanz, das war eine unserer gut getarnten ... wie soll ich sagen ... eine Eingangspforte, über die ..."

Heebing drehte sich nervös um und schüttelte mahnend den Kopf.

„Jedenfalls schaute da keiner so genau hin", fuhr DeWitt fort, „das war praktisch, es gibt einen Flughafen, Verbindungen nach München, Berlin, Schiphol ... das war gut für unsere Kunden ..."

„Was soll das, Herman, was willst du mir erzählen?", blaffte ihn Hahnemann an.

„Was hab' ich denn mit deinen Geld-Schiebereien zu tun?"

DeWitt trat nahe auf ihn zu, sorgsam beäugt von seinem Anwalt.

„Eine ganze Menge, Paul! Du hast davon profitiert!" DeWitt begann, sich in Rage zu reden. „Du magst das Geld-Schieberei nennen, aber es war meine Strategie, mein ziemlich genialer Plan. Als sich Sint Maarten aus dem Antillenverband löste und ich meine Bank dort aufbaute, da hatte das noch keiner auf dem Plan, da schauten alle noch neidisch auf die Cayman-Inseln, ich war da der Pionier, Herr Professor, und auch deine Anteile sind über Sint Maarten –"

„Was Herr DeWitt sagen will –", unterbrach ihn Heebing, „jede neue Untersuchung seiner Transaktionen könnte auch Ihnen persönlich schaden!"

Hahnemann lächelte arrogant. „Ich bin, wie Sie inzwischen wissen sollten, Herr Heebing, ein angesehener Kunsthistoriker. Kein Richter dieser Welt wird mir unterstellen wollen, dass die Honorare für meine Tätigkeiten aus Drogengeldern stammten." Er sah den Bankier lächelnd an und zog die Schultern hoch. „Davon habe ich einfach gar nichts gewusst. Muss ich auch nicht. Ich muss glaubhaft begründen können, ob ein Bild echt ist oder nicht ... und es hat nie ein Problem gegeben, nicht einmal bei Sotheby's oder Christie's."

DeWitt sprang auf.

„Es geht hier nicht um ein paar Zehntausende aus Bernhard Drostes Drogenküche. Das sind peanuts!" Er ging auf Hahnemann zu. „Aber ignorant, wie du bist, hast du natürlich auch nichts von der falschen Bitcoin-Währung gehört, wegen der unser Mann in Greven erschossen worden ist. Die fackeln nicht lange, Paul, die sind gefährlich und wir sollten alles ... jedenfalls will ich nicht der Nächste sein ... wir haben Gelder international operierender –"

Heebing war schnell auf DeWitt zugegangen, jetzt legte er ihm die Hand auf die Schulter. „Ich glaube, das reicht!"

DeWitt schwieg und ließ sich entkräftet auf der Bank nieder, während Heebing wieder an die Kante des Piers trat und den Schiffen nachschaute während er sagte: „Sie können die Gefahr und die internationalen Dimensionen nicht ermessen, Herr Professor. Künftig wird nicht nur gefragt werden, woher das Bild stammt, sondern auch woher das Geld kommt, mit dem es gekauft werden soll ... woher es kommt und wohin es geht. Die Geldwege sind erheblich interessanter als Farbzusammensetzungen und der Duktus des Pinselstrichs."

„Lasst mich doch mit euren Geldwegen zufrieden!", schrie Hahnemann, „das ist euer Problem! Nochmal: Ich bin Kunsthistoriker, ich habe euch zugearbeitet, mehr nicht. Damals wart ihr mir dankbar, ich habe eben die Entwicklungen auf dem Kunstmarkt sehr früh erkannt, früher als eure Analysten und Fondsmanager! Davon haben wir alle profitiert. Ja, und ich habe für ein paar lukrative Geschäfte gesorgt, die lukrativsten liegen jetzt über fünf Jahre zurück, das ist juristisch alles längst verjährt!"

Jetzt setzte Heebing ein süffisantes Lächeln auf und drehte sich dem Professor zu.

„Sie haben also schon recherchiert, gut, gut. Ja, Betrug mit gefälschten Bildern, das verjährt in der Tat nach fünf Jahren. Sie sind Deutscher wie ich, und nach deutschem Recht wird das in der Tat so gehandhabt. Fünf Jahre. Aber freuen Sie sich nicht zu früh. Sie waren ein Trio: der Maler, der Galerist und der Professor. Das erfüllt den Tatbestand der bandenmäßigen Kriminalität, da liegt die Frist nach deutschem Recht bei zehn Jahren."

„Das heißt nichts anderes ..." DeWitt sprang auf und ging auf den Professor zu, senkte aber die Stimme. „Das heißt nichts anderes, Paul, als dass sie unsere gesamten Aktivitäten seit 2011 untersuchen können. Ich habe das Institut direkt nach der Autonomie von Sint Maarten dort gegründet, das war 2010. Einige Jahre später haben wir mit den Transaktionen angefangen."

„Zum allerletzten Mal –", sagte Hahnemann ruhig. „Ich habe mit diesen *Transaktionen,* wie ihr das nennt, nichts zu tun. Mir können sie nur anhängen, dass ich mich vielleicht in der Echtheitsprüfung eines zu teuer verkauften Kunstwerks geirrt habe. Das beschädigt meinen Ruf, aber es wird mich nicht den Kopf kosten."

„Sie sollten sich da nicht so verdammt sicher sein!" Auch der Rechtsanwalt wurde jetzt aggressiver. „Wir werden nicht zulassen, dass ein kleiner, alter Maler, der nochmal die große Kohle wittert, Staub aufwirbelt und die sorgfältig getarnten Geschäftsbeziehungen zu unseren Kunden ruiniert. Die müssen wir jetzt beruhigen! Denn, wenn die Unruhe und Chaos wittern, dann fragen die nicht lange nach, dann handeln die! Und wie, das haben wir bereits in Greven gesehen. Also sorgen Sie dafür, dass wieder Ordnung einkehrt. Und Stillschweigen. Spuren beseitigen, *tabula rasa*, Herr Professor!"

„Ich bin nicht blöd, das habe ich längst gemacht. Nijkerk weiß Bescheid und der Maler auch. Vielleicht solltet ihr auch mal ein wenig aufräumen und Ordnung herstellen. Ich bin vielleicht nicht so gut informiert wie ihr, aber von den Panama-Papers habe ich auch schon gehört. Also erstmal vor der eigenen Tür kehren, macht ihr mal *tabula rasa*, auch in Sint Maarten ..."

Hahnemann wunderte sich, dass DeWitt schallend zu lachen begann.

„Das hat doch Irma schon für uns besorgt!"

Wer sollte nun das wieder sein, die Frau fürs Grobe? Der Bankier sah das fragende Gesicht und erklärte lachend: „Irma, ein Wirbelsturm, der ist 2017 über die Insel gefegt, hat unsere Filiale und unsere Büros zum Einsturz gebracht und alles ins Meer gespült, Dokumente, Festplatten, alles. *Tabula rasa!*"

„Was Herr DeWitt sagen will", erklärte Heebing, „ist, dass wir uns vor Untersuchungen, die Sint Maarten betreffen, nicht fürchten. Wichtiger sind die Spuren vor Ort, hier und in euren Provinznestern an der Grenze. Spuren aus der Anfangszeit, vor allem die, die älter als fünf Jahre sind. Denn, wie gesagt, ihr seid zu dritt, da ist mindestens einer zu viel. Bei drei Beteiligten wird eure Staatsanwaltschaft auf bandenmäßige Kriminalität gehen, und damit zehn Jahre zurück. Das ist dann sehr wohl Ihr Problem, Herr Professor. Uns betrifft das nicht direkt, denn wir, nicht wahr ...", er schaute DeWitt lachend an, „wir haben beste Kontakte zur unserer Staatsanwaltschaft."

„Zum Glück!", bestätigte der Bankier.

Ein Kellner trat aus dem Eingang des Restaurants und winkte herüber.

„Das Essen ist fertig“, sagte DeWitt und fügte eine Bitte an: „Ich würde mich freuen, wenn wir das – sagen wir – etwas ernste und angespannte Gespräch beim Essen nicht fortsetzen würden.“

Die Männer aßen schweigend. Professor Dr. Paul Hahnemann, sonst ein Freund guten Essens und guter Weine, hatte keinen Appetit. Die Seezunge lag ihm schon jetzt schwer im Magen. In diesem stahlschwangeren Ambiente des Restaurants *Pier 13* und im Beisein dieser beiden Tischgenossen schmeckte alles nach Eisen. Wie eine blutende Wunde im Mund. Er stocherte lustlos in seinem Gericht herum, das die anderen beiden als hervorragend lobten. Wohin er schaute, drängte sich die Zahl Drei auf: Drei Gänge hatte das Menu, drei Gläser mit edlem Chablis leuchteten in der Mittagssonne auf dem weißen Tischtuch, drei Möwen saßen auf dem Geländer vor dem Fenster.

Mindestens drei brauchte es für eine kriminelle Vereinigung.

Aller guten Dinge waren nicht immer drei.

Drei ist keine gute Zahl, dachte Hahnemann, *drei ist einer zu viel, und die 13 ist sicher keine Glückszahl.*

14

Der Busfahrer begrüßte ihn freundlich, man kannte sich. Sein strenger Blick auf einige sich balgende Schüler genügte, und sie räumten ihren Platz für den Maler mit seiner großen Mappe.

Ari Wardenaar wischte mit dem Handschuh das beschlagene Busfenster frei. Er konnte sich noch immer über die stetig wechselnden Bilder der Natur freuen, über die weißen Raureifkronen der Bäume, die die kraftlose Nachmittagssonne noch nicht getaut hatte. Ari war froh, dass er gestern noch seine Skizzen draußen gemacht hatte, heute war es deutlich kälter. Der Winter kündigte sich an.

Wie oft hatte er schon diese Felder gemalt, diese Bäume dort am Ufer der Berkel, die hier in sanften Bögen durch das Grasland floss?

Wie oft hatte er in seinem Leben schon die Staffelei auf der kleinen Brücke vor der Flussinsel bei Rekken aufgestellt und die Landschaft im Wechsel der Jahreszeiten gemalt. Verkauft hatte er auch, kleine Formate an vorbeifahrende Radwanderer und Sonntagsausflügler, und allergisch reagiert, wenn er den Satz hörte: „Wissen Sie, ich male nämlich auch!" Nein, er malte nicht *auch*, Malen war sein Leben.

Ein scharfer kühler Wind wehte um die Backsteinfassaden der alten Winterswijker Giebelhäuser an der Catharina-Straat, Wardenaar hatte Mühe, seine Zeichenmappe festzuhalten. Schwer atmend stand er vor dem kleinen Schaufenster der Nijkerk-Galerie und schüttelte den Kopf. Reflektiert vom Fenster eines gegenüberliegenden Hauses fiel das rötliche Sonnenlicht auf das Bild einer Katze auf gelbem Grund. Es sah aus wie das Erstlingswerk eines fünfjährigen Kindes. Die Hinterbeine stachen wie die Spitzen zweier Handstöcke aus dem Hinterteil, das gesichtslose Tier schien zwei Münder, aber keine Nase zu haben, die Schnurrhaare waren in groben Strichen gleich doppelt gemalt.

Hinter der Scheibe erschien der Galerist, Gerrit Nijkerk, und nahm das Bild von der kleinen Tischstaffelei. Dabei fiel sein Blick auf Wardenaar, und es hatte den Anschein, dass er beim Anblick des Malers erschrak. Nach kurzem Zögern winkte er Ari herein. Ein feines Klingeln von Porzellanglöckchen begleitete seinen Eintritt in den kleinen Ausstellungsraum. Er suchte einen Sessel, fand aber keinen. Beim Blick auf seine Füße stellte er fest, dass er Spuren hinterließ. Die Erde der Achterhoekschen Felder, über die er gestern bis zur großen Eiche gelaufen war, klebte noch an seinen Stiefeln.

Er verhielt sich still. Gerrit Nijkerk führte offensichtlich ein aussichtsreiches Verkaufsgespräch mit einer älteren Kundin, deren faltiger Hals von den großen Perlen einer dreifachen Kette nur unzureichend verdeckt wurde. Breite goldene Armbänder und Ringe mit Steinen in der Größe von Mantelknöpfen ließen keinen Zweifel daran, dass Geld keine große Rolle in ihrem Leben spielte. Es war einfach da.

„Ich möchte meiner Enkelin ein Kunstwerk schenken", sagte die Dame und überlegte ihre Wortwahl sorgsam. „Ein Bild ... mit kindlichem Motiv, aber auf ... auf Augenhöhe, verstehen Sie?" Gerrit Nijkerk nickte dienstbeflissen. „Kunst soll sie nicht erschrecken, es soll ihr eher sagen: *Das kann ich auch.*"

„Sicher kein schlechter Ansatz", bestärkte sie der Galerist.

„Und sie liebt Katzen!"

„Um so besser, ich denke, dann machen Sie sicher nichts falsch. Und was die Investition angeht: Es ist ein echter Karel Appel, und wir haben in den letzten Jahren eine enorme Wertsteigerung bei den Malern der CoBrA-Gruppe erlebt."

Die Dame überlegte und lächelte. Die letzte Bemerkung des geschäftstüchtigen Galeristen hatte offenbar ihre Entscheidung besiegelt.

„Gut!", sagte sie mit einem tiefen Atemzug, der nach Seufzer klang, als sei ihr diese Entscheidung nicht leichtgefallen. „Nur ... eine Bitte noch ..."

„Ja?", fragte Gerrit Nijkerk, und sein Gesicht konnte die Angst, dass die Dame ihre Entscheidung zurücknehmen oder den Kaufpreis noch einmal verhandeln wollte, nicht verbergen.

„Wissen Sie, dieser Rahmen ... dieses schlichte Schwarz – es erinnert mich, ehrlich gesagt, an einen Trauerrand ... wenig kindgerecht, meinen Sie nicht?"

„Das lässt sich ändern, wir haben eine eigene Werkstatt, was haben Sie sich denn vorgestellt?"

„Nun ja, ich schwanke noch, aber ... ein goldener Rahmen vielleicht ... der würde meiner Enkelin sicher schnell klarmachen, dass es sich bei dem Bild um etwas Wertvolles handelt."

Nijkerk überlegte. Ari Wardenaar, der stille, amüsierte Beobachter, konnte sich ein Grinsen nicht verkneifen, drehte sich aber sofort zur Seite, als ihn Nijkerks strafender Blick traf.

„Ich zeige Ihnen mal, was wir haben." Nijkerk forderte sie gestisch auf, ihm zur Wand hinter dem großen Tisch zu folgen, auf dem in zwei sauberen Stapeln einige Papiere links und recht von einem aufgeklappten Notebook lagen. Er zeigte auf verschiedene Goldleisten zwischen schlicht und barock. Wieder brauchte die Dame eine Weile, dann sagte sie sehr bestimmt. „Nein, der blaue da! Gold ist vielleicht doch unpassend. Ihr Zimmer ist in Blau- und Gelbtönen eingerichtet. Aber ..." Sie zögerte, Wardenaar sah die Anspannung im Gesicht des Galeristen. „Vielleicht sollte ich doch besser noch einmal genau ... ich meine, meiner Erinnerung nach müsste dieses Blau dort –", sie wies mit dem schwer beringten Zeigefinger der rechten Hand auf eine kobaltblau lackierte Holzleiste, „das müsste passen, aber die Erinnerung ist ja manchmal –"

„Überhaupt kein Problem, Mevrouw Avenarius", kam ihr Nijkerk zuvor, „Sie gehen ja gar kein Risiko ein. Es ist selbstverständlich, dass wir Ihnen das Bild mit dem gewünschten Rahmen zunächst zur Probe liefern. Das muss man sehen, an der Wand und im Raum, wir können den Rahmen jederzeit in Farbe und Form ändern, kein Problem."

„Ja ... also ..." Wieder deutete sich ein Zögern an, und Wardenaar meinte ein leichtes Zittern in Nijkerks Mundwinkeln zu sehen. Die Angst des Tormanns beim Elfmeter, die Spannung des Jägers vor dem Schuss, das Flackern in den Augen des Spielers beim *rien ne va plus* am Roulettetisch.

„Gut, so machen wir es!", sagte die Dame endlich, und das Gesicht des Galeristen erhellte sich. Er ging zum Schreibtisch und legte ihr ein Papier vor, das wohl der Kaufvertrag war. Wardenaar konnte aus seinem Winkel die Summe nicht erkennen. Als er sich vorsichtig nähern wollte, während die Frau das Papier unterschrieb, traf ihn wieder der grimmige Blick des Galeristen, der ihm mit vorgestreckter Hand jede Annäherung verbot.

„Lieferadresse ist ja bekannt, ich freue mich sehr, auch für Ihre Enkelin, sie wird bestimmt Freude an dem Bild haben."

Nijkerk begleitete seine vermögende Kundin zur Tür. Sie warf im Vorbeigehen einen Blick auf Wardenaar, vor allem auf seine verdreckten Schuhe und verließ die Galerie.

„Kannst du nicht anrufen?"

Noch ehe die Türglöckchen verklungen waren, zischte Nijkerk den Maler an: „Was willst du denn?“

Das letzte Nachmittagslicht war aus der engen Gasse verschwunden, Nijkerk ging nach hinten, um die Lampen einzuschalten. Ari nutzte den kurzen Moment und schaute auf den soeben unterschriebenen Vertrag. 9200 Euro.

„Und wozu hast du deine Mappe mitgebracht? Du weißt doch, dass ich dir nichts abnehmen kann. Das gerade war der erste Verkauf seit drei Wochen. Ich kann den Laden bald dichtmachen.“

„War der Appel eigentlich echt?“

„Na klar, was denkst du denn!?“

„Gar nichts. Aber 9200? Da wäre mehr drin gewesen.“

Nijkerk ließ den Vertrag schnell in einer Schublade verschwinden.

„Das geht dich nun wirklich überhaupt nichts an!“

„Karel Appel ist leicht zu fälschen. Dicke Farben aus den 50er-Jahren, die gibt’s noch, die Leinwand etwas künstlich gealtert ... Übrigens stammt die Katze gar nicht aus der CoBrA-Phase.“

Wardenaar griff sich das Bild und wollte auf die Rückseite schauen, aber Nijkerk nahm es ihm aus der Hand und trug es in die Werkstatt.

„Was willst du, Ari?“

„Und außerdem hat Appel so viele Variationen dieses Katzenmotivs gemalt ... mit rotem Hintergrund, mit blauem ... jetzt weiß ich auch warum: Es muss zum Mobiliar eines jeden Kinderzimmers passen!“

„Was willst du?“, fragte er erneut und sein Ton wurde schärfer.

„Ach Gerrit!“, stöhnte Wardenaar. „Wohin sind wir gekommen? Du verkaufst reichen Damen Wandschmuck fürs Kinderzimmer ... IKEA für Besserverdienende ...“

„Ari, zum letzten Mal: Warum bist du hergekommen? Um meine Kundschaft zu vergraulen? Um meinen Laden zu verdrecken?“

„Nein, um dich an alte, glücklichere Zeiten zu erinnern.“

Ari setzte sich auf die Kante des Tisches, seine faltige Hand, auf der man die Spuren seiner letzten Malfarben erkannte, glitt über das lackierte Mahagoniholz.

„Damals, als über diesen Tisch noch echte Geschäfte liefen."

Er griff sich einen Vertragsentwurf von einem der Stapel. So schlecht schienen die Geschäfte gar nicht zu laufen.

Nijkerk riss ihm das Papier wütend aus der Hand. „Ich schulde dir nichts, Ari, gar nichts!"

„Dann nimm meinen Besuch einfach als spontane, nostalgische Anwandlung eines alternden Malers, der sich an seine glorreicheren Zeiten erinnert."

Nijkerk schaute ihn an. Sein Gesicht verlor die Strenge. „Ich weiß, dass es dir nicht gut geht, Ari. Aber mir geht es auch nicht gut, ich kann die Zeit nicht zurückdrehen."

„Aber du kannst dir meinen Dante-Zyklus nochmal anschauen." Wardenaar holte seine Mappe, legte sie auf den Tisch und öffnete sie. Nijkerk warf nur einen flüchtigen Blick auf das erste Bild der Sammlung.

„Bemüh' dich nicht, Ari. Den hast du mir 2015 schon mal angeboten, da war Dantes 750. Geburtstag, ja, ich weiß, jetzt ist sein 700. Todestag und du hast vermutlich nichts Neues daran gemacht."

„Doch, sonst würd' ich's dir nicht nochmal anbieten."

Wardenaar blätterte, bis er ein aussagekräftiges Blatt gefunden hatte, auf dem das leuchtende Rot des Höllenfeuers im Kontrast zu einem blauen Hintergrund stand, vor dem sich die grauschwarzen Zeichnungen dunkler Gestalten und Monster abhoben.

„Die Farben, Gerrit, die sind neu."

„Ach, Ari! Überleg doch mal: Wie viele Maler vor dir haben sich schon mit diesem Thema beschäftigt? Warum stellst du dich freiwillig in eine Reihe mit den Großen, den ganz Großen: Botticelli, Doré, Dalí ... die Liste lässt sich endlos fortsetzen. Versteh' mich doch, wem soll ich das denn verkaufen?"

Ari klappte seine Mappe zu. Eigentlich hatte er nichts anderes erwartet.

„Du kannst die Zeit nicht zurückdrehen, aber vielleicht kannst du mir dennoch eine Frage beantworten: Was passiert mit der Droste-Sammlung?"

Diese direkte Frage traf Nijkerk unvorbereitet. Er stutzte und fragte sich, warum der alte Maler das wissen wollte.

„Ich habe keine Ahnung. Ich weiß, dass er tot ist. Ich vermute, dass die Sammlung noch vollständig ist. Wenn die Erben irgendwas davon verkaufen wollten, hätten sie sich vermutlich an mich gewandt. Mein Name steht ja auf all den alten Rechnungen, das ist ja immer alles ordnungsgemäß abgewickelt worden, damals."

„Ordnungsgemäß ...?" Wardenaars bitteres Lachen ließ den Galeristen wieder aggressiver werden.

„Auch du hast davon profitiert, vergiss das nicht!"

„Wie könnte ich das? Das war ja quasi mein Lebenswerk. Andere Künstler schaffen ihr eigenes Œuvre, ich habe im Grunde im Stundenlohn gearbeitet, fremdbestimmt."

„Pah! Stundenlohn! Wir haben dich fürstlich beteiligt."

„Fürstlich mögen eure Gewinne gewesen sein, meine reichten nur für den Lebensunterhalt!"

Nijkerk schlug mit der Faust auf den Tisch. „Ja, nachdem du dir dein Luxushaus am Wasser gebaut hast. Wir haben dich gewarnt damals, Paul und ich, wir haben dir gesagt *Leg was zur Seite, Ari, das bleibt alles nicht so, das kann morgen schon zu Ende sein.* Das hast du in den Wind geschlagen. Nun kommst du und machst auf notleidender Künstler!"

Wardenaar blieb ruhig.

„Du bist mein Galerist, Gerrit. Ich erwarte von dir, dass du dich für mein Werk einsetzt! Ich bin besser als Karel Appel!"

„Gut oder schlecht, das sind schon seit mindestens fünfzig Jahren keine Kriterien mehr im Kunstgeschäft. Dafür kann ich nichts. Ich mache diese Preise nicht, ich bin nicht der internationale Kunstmarkt. Meinst du denn, die Dame hier gerade, die könnte zwischen gut und schlecht unterscheiden? Eine Wertanlage, im Kinderzimmer, für Kinder, die schon alles haben."

„So eine Appel-Katze mit verdrehten Füßen und Schnurrhaaren, die aussehen wie Reisigbündel, die male ich dir noch vor dem Frühstück! Kannst du bei mir bestellen, in allen erdenklichen Farben, kein Problem. *Ach, ihr Sofa ist burgunderrot? Dann schlage ich einen blauen Hintergrund vor, wegen des Kontrasts ... und den Rahmen dann vielleicht in Mauve? Sehr wohl, Mevrouw, stets zu Diensten!* Ach, das ist alles so erbärmlich ..."

Ari klemmte sich seine Mappe unter den Arm. „Ja, ja, dir geht's schlecht ... wenn ich mal Zeit habe, dann bedaure ich dich, Gerrit!" Er ging zur Tür.

„Warum, verdammt nochmal, bist du gekommen?"

„Mir geht es um meine Werke in der Droste-Sammlung. Ich will nicht, dass die so sang- und klanglos an irgendeine alte, reiche Dame weitergereicht werden – falls du das verstehst." Ari hatte die Klinke schon in der Hand, wandte sich aber nochmal dem Galeristen zu. „Nein, das verstehst du nicht, du verstehst etwas von Zahlen und Gewinnmaximierung. Ach, was soll's! Ich muss einfach begreifen, dass die alten Freundschaftsbande längst gerissen sind. Uns hält nichts mehr zusammen. Rette sich, wer kann!" Ari lachte wieder bitter. „*Bande*, das trifft's eigentlich ganz gut. Wie geht es eigentlich dem feinen Herrn Professor? Ist dem das egal, was mit der Droste-Sammlung passiert? Das sollte es nicht!"

Jetzt verdichteten sich Nijkerks Züge zu einer gefährlich ernsten Maske. Wardenaar hatte die Tür schon geöffnet, die Glöckchen bimmelten lieblich und steigerten sich zu einem aufgeregten Sturmgeläut, als Nijkerk den Maler beim Kragen packte und ihn zurück in den Laden zog.

„Du sagst mir jetzt sofort, was du vorhast, Ari! Was soll das Gerede von der Droste-Sammlung?"

„Ist kein Gerede. Da liegen meine Bilder. Weit unter Wert verkauft! Wir wissen beide warum. Aber jetzt bin ich blank und muss sehen, wo ich bleibe. Und ich werde einen Weg finden – auch ohne euch. Grüß den Professor von mir. Und jetzt lass mich los, ich muss den letzten Bus kriegen!"

Die Glöckchen fanden zu ihrem lieblichen Ton zurück, die Tür fiel ins Schloss. Nijkerk schaute dem Maler nach, wie er in seinem langen Mantel als schwarze Silhouette im Licht der Straßenlampe über das glänzende Kopfsteinpflaster ging, seine große Mappe unter dem Arm. Was mochte er im Sinn haben?

Eigentlich hasste er diese Künstler. Arrogant, wenn man ihnen zu Geld und Ruhm verhalf; devot und weinerlich, wenn sie einsehen mussten, dass nun andere im Zenith standen und ihre eigene, ach so große Zeit vorbei war. Und manchmal wurden sie auch intrigant und unberechenbar, wie Ari Wardenaar. Man musste ein Auge auf ihn haben.

15

Die Borkener Polizeikantine war kein Gourmet-Tempel und der Name *Edelfisch-Ragout auf exotischem Gemüsebett*, das heute gereicht wurde, eine schlichte Frechheit. Es bestand, neben undefinierbarem Gekröse, aus zu Tode gekochten Stücken von Lachs und Kabeljau, die in einer zähen Mehlpampe mit Dill versenkt waren. Aber die Aussicht, am Abend wieder gemeinsam mit Marie kochen zu können, stimmte Martin gnädig.

Seit den schrecklichen Ereignissen auf dem Droste-Hof lud Walter Gerwink in regelmäßigem Abstand zu gemeinsamen Besprechungen ein. Eine der Lehren aus diesem Fall war gewesen, dass man mehr Transparenz und Austausch unter den Kollegen schaffen musste – der Blick über den Tellerrand, bei dem die Dorfpolizisten oder *Beamten im Bezirksdienst* inzwischen eine wichtige Rolle spielten. Das sahen auch die Kollegen des Grenzübergreifenden Polizeiteams so. Es war keine Gefälligkeit des Hauptkommissars seinem Bruder gegenüber. Es war wichtig zu wissen, was im Kleinen vor Ort vorging, um die großen Zusammenhänge besser erkennen zu können. Darum saß auch die niederländische Kollegin Tessa van Loon mit am Tisch, die in Bredevoort eine mit Martins Dienststelle vergleichbare Polizeistation leitete.

Die gemeinsame Sitzung war für 14 Uhr anberaumt, die Gebrüder Gerwink hatten noch etwas Zeit für private Themen.

„Mal ehrlich, Martin", begann Walter, „hast du nicht das Gefühl, dass Marie sich übernimmt? Die ist so schwer traumatisiert, warum nimmt sie sich nicht noch etwas Auszeit?"

„Du weißt doch, wie sie ist, Walter. Der kannst du nicht einfach die Arbeit entziehen, das bringt gar nichts. Im Gegenteil, was sie jetzt für Eva und die Stiftung macht, das tut sie gern und mit Leidenschaft, das füllt sie wirklich aus und lenkt sie von Henk Verbeek ab."

„Da bin ich skeptisch. Selbst ich hab' immer noch diesen Karabinerhaken vor Augen. Bergsteigerseil und Karabinerhaken, der Typ war echt ein Psychopath."

„Ja, wir haben noch die Bilder im Kopf, Walter, aber Marie hat an diesem Seil gehangen, wenn auch zum Glück nur für wenige Sekunden, das ist was anderes."

„Sag' ich ja, darum braucht sie noch ganz lange, glaub mir."

„Sie ist in therapeutischer Behandlung, aber behalt das für dich, bitte."

„Wieso? Ist doch mehr als verständlich."

„Sie möchte aber nicht, dass darüber geredet wird. Du kennst doch die Aarloher."

„Kein Problem. Ich sag's nicht mal Anne."

„Ist denn bei euch nun alles wieder im Lot?" Martin lächelte verschmitzt. „Seit Emma Ammann nicht mehr deine rechte Hand ist und Karriere im LKA Düsseldorf macht, musst du doch sicher weniger Nachtschichten machen."

„Ich schlag' dir gleich das Tablett um die Ohren, Brüderchen. Das war rein dienstlich, damals!"

„Ja, ja, und die Erde ist eine Scheibe!"

„Emma Ammann ... ja ... dazu komme ich gleich noch ..." Martin kannte seinen Bruder lange genug, um an seinem Gesichtsausdruck zu erkennen, dass das nichts Gutes zu bedeuten hatte. Er fragte aber nicht, worum es ging.

„Das ist halt eine abgelegene Gegend, dieser Achterhoek." Walter Gerwink schob sein Tablett auf die Mitte des Tisches, er hatte kaum etwas gegessen. „Die kleineren Bauern verdienen nichts mehr und vermieten ihre Ställe und Scheunen. Scheint fast so, als hätte sie der illegale Nebenerwerb auf dem Droste-Hof erst auf die Idee gebracht."

„Du klingst ja fast so wie Emma ... ganz Aarloh und Umgebung ein einziger krimineller Sumpf ...?"

„Nein, nein, da war sie wohl etwas verblendet ... deswegen hab' ich sie ja auch rausgeschmissen damals. Übrigens ... Frau Oberkommissarin Emma Ammann ist heute Gast unserer Besprechung!"

„Wie bitte? Die kommt doch nicht freiwillig aus Düsseldorf zurück in die Provinz? Warum? Öffentliche Versöhnung zwischen euch beiden?"

Martin konnte sein ehrliches Entsetzen nicht verbergen.

„Ganz ruhig, Martin. Du kennst sie doch: Sie meint, wieder eine brandheiße Spur zu haben, und dann werden alte, vielleicht nützliche Kontakte wieder aufgewärmt, auch wenn man im Unfrieden gegangen ist. Es geht um diesen Mord in Ladbergen, da am Flughafen Münster-Osnabrück."

„Der Finanzmakler? Was sollen wir damit zu tun haben?"

„Wart's ab, das wird sie uns sicher gleich verraten. Komm, wir müssen los!"

16

Ari Wardenaars Vorräte gingen zur Neige. In wenigen Wochen würde er sich nicht einmal mehr zehn Kilo feiner Kreide leisten können, die er für seine speziellen Grundierungen brauchte. Wenn nicht ein Wunder geschah, würde er betteln müssen, nur um weiter arbeiten zu können. Aber bei wem? Nijkerk hatte ihm schon eine Abfuhr erteilt. Der Galerist hatte offenbar vergessen, wem er einen großen Teil seiner lukrativsten Geschäfte zu verdanken hatte. Dank und Großzügigkeit waren auch vom feinen Herrn Professor nicht zu erwarten, der sich so viel darauf einbildete, eine weltweit gefragte Koryphäe in Sachen abstrakter niederländischer Kunst des 20. Jahrhunderts zu sein.

Auf den großen Sandsteinplatten der ehemaligen Tenne lagen noch immer die Skizzen des Baumes im Lüntener Wald, die meisten davon als Kohlezeichnungen, andere in farbigem Pastell. Er sortierte die seiner Meinung nach brauchbaren aus und befestigte sie links und rechts von seiner Staffelei an den Balken dieses großen und bis zum Dach offenen Atelierraumes, der im Grunde sein Lebensraum war, sein Biotop. Kein Wohnzimmer, kein Malstudio – hier arbeitete er und weiter oben, schon unter den Dachschrägen schlief er, nur die kleine Küche und das Bad waren abgetrennt.

Das zukünftige Bild existierte schon mit allen Details in seinem Kopf, aber es würde ein weiter Weg werden, ein Versuchen und Probieren, Verwerfen und Reduzieren. Er hatte das Wesentliche in seinen Vorstudien noch nicht getroffen, aber er kam seiner Intention näher. Ari zog den kleinen Malwagen heran, auf dem die Pinsel, seine Palette und die Malmittel lagen und überprüfte den Bestand an Farben. Die Tube mit einem speziellen Ultramarinblau war schon so weit aufgerollt, dass nur noch ein kleiner Rest herauszuquetschen war. Er ging an seinen Farbenschrank, hinter dessen ausladenden Türen sich dreißig flache Schubladen befanden. Die Farbe, die er brauchte, war in all den Jahren seit dem Tod seiner Großtante hart geworden. Nur mit einer Zange ließ sich der Deckel abschrauben, aber herausdrücken konnte er nichts. Mit einem Messer schnitt er die alte Tube unten auf und schlitzte das Metall an der Seite soweit ein, dass er größere Brocken und Klumpen abbrechen konnte. Mit einem Mörser zerkleinerte er die harte Farbe in einer Porzellanschale und gab Terpentinöl dazu, dann verrieb er alles zu einem Brei und sicherte die so zurückgewonnene Malfarbe in einer frischen Tube. Das offene Ende hinten knickte er um und rollte es auf, bis die Luft entwichen war, dann klebte er ein Etikett auf und beschriftete es.

Genau dieser Blauton, vielleicht mit etwas Chromoxydgrün vermischt, würde den dunklen Stellen und den Schatten die richtige Wirkung geben, einen leichten Zug ins Grünliche. Sein Ziel war eine Baumdarstellung, wie sie Mondriaan in seiner letzten, impressionistischen Phase gemalt hatte – ein Winterbaum, ohne Laubwerk, die strengen, klaren Linien der Zweige in Korrespondenz zum erratischen Block des Stammes und dem Gewirr der sich wie Schlangen am Boden windenden dicken und dünnen Wurzeln. Mondriaans Baumserie aus den ersten Jahren des 20. Jahrhunderts hatte sich fest in sein Gedächtnis eingebrannt, seit er sie mit Großtante Agatha im Gemeentemuseum Den Haag gesehen hatte. Der junge Ari hatte versucht, durch Kopieren und eigene Versuche hinter das Geheimnis des Meisters zu kommen, hatte aber – genau wie Agatha Zethraeus – die Gefolgschaft in die totale Abstraktion verweigert.

Er hatte mehr geerbt von seiner Großtante als ihren Bestand an Ölfarben und Bildern. Die Mondriaan-Schülerin hatte ihn gelehrt, was in der Landschaftsmalerei wesentlich war. Mit ihr gemeinsam hatte er schon als Kind vor der Natur, *en plein air* gemalt, draußen, im Wechsel der Jahreszeiten und ihren unterschiedlichen Licht- und Farbstimmungen.

„Schau, Ari, das Wasser da sieht blau-grau aus, aber misch dir Mondriaan-Farben! Lebendig wird es erst, wenn du ein wenig Vanadium-Gelb beimischt oder Karmin."

Und er war ein gelehriger Schüler gewesen, auch ohne ständiges Lob, denn die Großtante hatte keinen Hehl daraus gemacht, dass sie Ari nicht für genial hielt, nicht einmal für besonders talentiert. Aber der Junge war ihr als Schüler recht gewesen. Von den anderen Kindern jener Wardenaar-Generation hatte es keines lange mit der strengen alten Dame ausgehalten.

Um so schwerer fiel es ihm jetzt, eines ihrer zahlreichen Werke auszuwählen – um es zu vernichten. Ein dunkler Gang und eine alte knarrende Tür verband den großen Atelierraum mit einem Anbau. Dort lagerten die großen und kleineren Formate seiner Großtante, die er wenige Jahre nach ihrem Tod im Jahr 1966 vor der Müllkippe gerettet hatte.

Agatha Zethraeus hatte sich nach ihrer Ausbildung an der *Dagteekenschool voor Meisjes* mit zusätzlichen Malstunden bei namhaften Künstlern in Amsterdam fortgebildet, darunter auch bei Mondriaan. In Familienkreisen war es kein großes Geheimnis gewesen, dass diese Beziehung zu Beginn des 20. Jahrhunderts wohl weit mehr war als nur eine kollegiale Freundschaft unter Gleichgesinnten.

Nun stand er vor den alten Bildern der Malerin und musste sich entscheiden. Wieder musste eines geopfert werden. Ari Wardenaar entschied sich schweren Herzens für eine Flusslandschaft, vermutlich in Schweden gemalt, der Heimat der Zethraeus-Familie. Kein wirklich gelungenes Bild, der Himmel wie ein faltiges, graues Tuch, das Wasser nun doch etwas zu farbig, als habe sie Mondriaans Lehrstunden allzu wörtlich genommen, ohne schon dafür die nötige Erfahrung gehabt zu haben.

Er ging mit dem Bild in die Werkstatt. Die Größe passte gut, etwa 70 mal 100 Zentimeter. Der Rahmen war alt, aber gut erhalten, ebenso die alten Aufkleber und handschriftlichen Notizen auf der Rückseite, die dieses Bild als Bestandteil der Zethraeus-Sammlung kennzeichneten.

Ari stand eine Weile unschlüssig vor dem nun über hundert Jahre alten Bild, dann nahm er ein Stück grobes Schmirgelpapier, faltete es auf eine Größe zusammen, die gut in seiner Hand lag und begann, die alte Farbe abzuschleifen. Jeder Zug des knirschenden Sandpapiers machte ihm eine Gänsehaut, er verdrängte die Erinnerungen an das Gesicht der Großtante und ihre strengen, strafenden Blicke, die nun vor seinem geistigen Auge wieder aufstiegen.

Langsam verblasste der Glanz der Firnis auf den alten Farbschichten unter der brutalen Folter, bis die Grundierung und das Gewebe der alten Leinwand durchschimmerten. Ein Frevel, der feine, unsichtbare Striemen hinterließ und ein Brennen auf seiner Haut, als geißelte er sich selbst. Aber er hatte keine andere Wahl.

17

Im Konferenzraum des Polizeigebäudes an der Burloer Straße in Borken haderte Emma Ammann mit dem Beamer an der Decke, der nur das Desktop-Bild ihres Notebooks auf die Leinwand warf, nicht aber die eigens erstellte Powerpoint-Präsentation. Walter ließ einen Techniker kommen, der umstöpselte und mit der Fernbedienung diverse Eingänge des Bildwerfers aktivierte. Ohne erkennbaren Erfolg.

„Gut!", begann Emma, „nutzen wir die Zeit, bis der Kollege eine Lösung gefunden hat. Gebraucht ihr diesen Beamer denn nie?", fragte sie in die Runde, schaute aber in wenig auskunftsfreudige Gesichter.

„Doch, doch", behauptete Walter, „nicht jeden Tag, aber wenn wir ihn brauchen, läuft er dann auch."

„Meistens", korrigierte ein niederländischer Kollege, was kleinere Lacher in der zwölfköpfigen Runde hervorrief.

Während der Kollege noch verschiedene Variationen und Einstellungen ausprobierte, stellte sich Emma Ammann vor und holte, während sie über sich und ihre Aufgabe in der neu eingerichteten Abteilung für Cyberkriminalität beim Landeskriminalamt Düsseldorf sprach, ein kleines, nur taschenbuchgroßes Gerät hervor, räumte hinter sich eine Blumenvase vom Sideboard und verkabelte den privaten Minibeamer mit ihrem Rechner. An der weißen Wand hinter ihr erschien nach wenigen Clicks das dunkle Bild einer Party oder Disko. Die Mitarbeiter des Grenzübergreifenden Polizeiteams sahen sich fragend an. Der Kollege, der sich ergebnislos mit der Haustechnik beschäftigt hatte, gab auf.

„Nein", sagte Emma, „das sind nicht meine privaten Party-Aufnahmen, das sind Szenen einer Veranstaltung auf Ibiza, die einer der Beteiligten mit seinem Handy aufgenommen und ins Netz gestellt hat. Ist dort auch noch immer abrufbar. Kommen Sie ruhig näher ran, das Bild ist leider etwas klein." Einige folgten ihrer Aufforderung und starrten interessiert an die Wand, wo jetzt auf einer professionell beleuchteten Bühne eine Frau in glitzerndem Kleid zu sehen war.

„Achten Sie bitte auf die Handbewegung der Frau in der Mitte."

Man sah eine schwungvolle Bewegung ihres Arms, die Hand blieb am Ende in der Luft. Aus dem kleinen Lautsprecher war Applaus und Gejohle zu hören, die Gäste der Veranstaltung gingen auf die Knie und tummelten sich am Saalboden.

„Irgendeine Idee, was die Frau da gemacht hat?", fragte Emma in die Runde.

„Hat die vielleicht was geworfen?", fragte eine Kollegin.

„Gut erkannt", lobte Emma, „diese Frau hat eine Goldmünze in die Menge geworfen, und ihr begeistertes Publikum sucht danach, obwohl die meisten der dort Versammelten sich vermutlich nicht mehr nach Münzen bücken müssten. Aber Geld war bekanntlich immer schon ein magisches Elixier und Gold ein ganz besonderer Lockstoff. Die Dame dort auf der Bühne ist inzwischen untergetaucht, vielleicht auch tot oder entführt, das wissen wir nicht. Jedenfalls ist sie verschwunden, und mit ihr geschätzte 200 Millionen. Es könnten auch deutlich mehr sein, das wissen wir ebenfalls nicht genau. Was wir wissen ist, dass es sich um die sogenannte *Double-Coin-Queen* handelt. Name im Grunde auch unbekannt, man kann davon ausgehen, dass alle ihre im Umlauf befindlichen Namen falsch sind." Emma ging noch einmal auf den Anfang der Videosequenz.

„Was wir hier sehen, ist im Grunde eine Verkaufsschau. Die Frau behauptet, sie habe eine neue Kryptowährung namens *Double-Coin* aufgelegt. *Doppel-Münze* deswegen, weil sie angeblich für ihre virtuellen Münzen den Gegenwert in Gold hinterlegt hat. Darum die Goldmünze, und die, die sich dort danach bücken und ihr applaudieren, sind die begeisterten Anhänger dieser Idee. Die meisten von ihnen – zumindest lässt das die aggressive Werbung für dieses Finanzprodukt erkennen – sind reiche Männer, überwiegend arabischer und russischer Herkunft, die die erste große Bitcoin-Welle verpasst haben, bei der sie tatsächlich hätten reich werden können, und die nun das Gefühl haben, sie könnten jetzt bei der neuen, völlig risikofreien *Double-Coin*-Kampagne ihren damaligen Fehler korrigieren, ja besser noch: risikofrei neu einsteigen. Denn Bitcoins sind, wie Sie vermutlich wissen, anfällig für sehr große Kursschwankungen. Und bei *Double-Coin*, so die Philosophie, kann man nicht verlieren, es gibt ja die Goldreserven."

„Geil!", rief ein niedersächsischer Kollege in die Runde, „kann man da noch mitmachen?"

Das allgemeine Gelächter verstummte, als Emma mit ernstem Gesicht sagte: „Das Einstiegskapital liegt bei 200 000. Hätten Sie die übrig?"

„Verkauf doch dein Reihenhaus, Erwin", rief einer in die Runde.

„Kann ich nicht empfehlen", warnte Emma mit sehr ernstem Gesicht, „wirklich nicht. Es ist alles nur Fake, und die ersten angeblichen Großverdiener sind vermutlich schon an ihrer Gier gestorben."

Es begannen leisere Zweiergespräche, begleitet von Kopfschütteln und Schulterzucken.

„Diese Dame hat die ganze Kampagne frei erfunden. Es gibt weder diese neue Währung noch die Goldreserven ... das alles gab und gibt es nicht, es gab nur gute Werbeveranstaltungen und – die Herren mögen es mir verzeihen – dumme Männer, die ohne mit der Wimper zu zucken, investiert haben. Warum solche Kryptowährungen interessant sind, muss ich Ihnen vermutlich nicht erklären: Jede einzelne virtuelle, aber echte Bitcoin-Münze ist in einer sogenannten Blockchain codiert und völlig anonym. Ein freies Feld für Geldwäsche und Darknet-Geschäfte aller Art. Aber für das Projekt *Double-Coin* hat es nie eine Blockchain gegeben. Es hat auch keiner danach gefragt, weil das Wesen und die Funktionsweise dieser neuen Internet-Währung immer noch für die meisten ein Buch mit mindestens sieben Siegeln ist.

Der versprochene Durchbruch, so die Verheißung, den jeder damit privat sollte erreichen können, war nichts als eine Illusion, nach allen Regeln der Kunst inszeniert, wie Sie gleich sehen werden. Und doch wurde das, was die Investoren damit erlebt haben, nicht der versprochene wirtschaftliche Durchbruch, sondern für die meisten bestenfalls ein Magendurchbruch, aus lauter Verzweiflung und Angst."

Emma bewegte den Mauszeiger auf ein anderes Icon.

„Zur perfekten Illusion gehört die Show, ein paar Kunststückchen, etwas Pyrotechnik, ein wenig Glanz ... Hier sehen Sie *Mister Breakthrough*, den personifizierten Durchbruch."

Auf der Raufasertapete über dem Sideboard war nun ein Mann im Karate-Anzug zu sehen, der eine Reihe von Ziegelsteinen mit der Handkante zerschlug und vor jedem Schlag einen Kampfschrei ausstieß, in dem man das Wort *breakthrough* hörte. Die Menge, die sich vorher noch nach dem Goldstück gebückt hatte, kommentierte jeden erfolgreichen Hieb wieder mit Applaus und Gejohle. Sein letzter *Durchbruch* durch ein paar Ziegelsteine tauchte die Bühne in einen Funkensturm, goldenes Geflitter fiel von oben herab, die perfekte Schau war vorüber und ging nahtlos in eine Tanzparty über, zu der man ein amerikanisches Pop-Sternchen eingeflogen hatte.

Wieder steckten die Polizisten die Köpfe zusammen und tuschelten, schauten aber dann auf eine Weltkarte.

„Ich habe hier auf der Karte drei Orte markiert, die wir in Verbindung mit *Double-Coin* bringen können. Hier in der Karibik, wir vermuten auf Antigua, muss es eine Briefkastenfirma geben, die ein zentraler Knotenpunkt bei der Verschleierung des Geldflusses zu sein scheint. Um mich ganz klar auszudrücken: Das Prinzip war, den Herren die Millionen zu entlocken und ihnen große Gewinne zu versprechen. Anfangseinstieg, wie gesagt, 200 000. Wer nicht nur einstieg, sondern auch noch andere Investoren animierte, bekam Bonuszahlungen.

Ein Schneeball-System, Piloten- oder Pyramidenspiel: Die ersten Geldgeber konnten schon bald mit Rückzahlungen rechnen, das waren aber keine wirklichen Börsengewinne – die Währung war ja nirgendwo notiert. Die Dame, beziehungsweise die Damen – vermutlich handelt es sich um zwei Frauen – haben die angeblichen Gewinne und Boni aus dem Geld der ersten Investoren bezahlt, die daraufhin noch größere Summen lockermachten und selbstverständlich noch höhere Rückzahlungen bekamen. Der simple Kettenbrief-Trick: Überzeuge fünf Menschen, dir fünf Euro zu schicken und jeder dieser fünf findet weitere fünf Mitspieler ... und so weiter." Emma lächelte den beiden Kolleginnen in der Runde zu und sagte: „Männer sind so unglaublich primitiv, oder?"

Die Damen lachten, die Herren versuchten sich in gespieltem Protest.

„Kennt jemand den Namen Bernie Madoff?"

Es gab keine positive Reaktion auf Emmas Frage.

„Niemand? – Okay, kurzer Blick nach New York: Am 11. Dezember 2008 verhaften Beamte des FBI dort den angesehenen Investor Bernie Madoff. Er galt als begnadeter Anleger, nicht nur bei den Superreichen, vor allem auch in der Mittelklasse und bei den sogenannten *einfachen* Leuten, denn Madoff kam von unten, hatte sich sein Imperium selbst aufgebaut, genoss also großes Vertrauen. Warum wurde er verhaftet? Weil er eben kein Finanzgenie war, sondern ein ziemlich erbärmliches Spiel mit den Leuten trieb, die ihm ihr Geld anvertraut hatten. Das alte Pyramiden-Spiel oder besser gesagt das Ponzi-Schema, benannt nach dem betrügerischen Erfinder Charles Ponzi. Funktioniert so: 1000 geben Madoff ihr Geld, nach kurzer Zeit zahlt er den ersten hundert Einzahlern etwas zurück. Die freuen sich, dass ihr Geld dank Madoff so schnell Renditen abwirft, das spricht sich rum, sein Kundenkreis wird immer größer, jetzt sind es schon 10 000, und solange die Kundenzahl exponentiell steigt, also immer schneller immer größer wird, kann man die angeblichen Gewinne von 10, 15, 20 Prozent aus dem immer größer werdenden Topf bezahlen. Sobald aber die Kurse fallen, wollen alle Einzahler möglichst schnell aussteigen und verlangen ihre Einsätze zurück – und das hat Herrn Madoff das Genick gebrochen. Man hat ihn wegen Betrugs zu 150 Jahren Gefängnis verurteilt, er ist vor kurzem mit 82 Jahren in einem Gefängniskrankenhaus in North Carolina gestorben."

Walter Gerwink sah sich in der Runde seiner Leute um und zog die Schultern hoch.

„Schön und gut, Emma, danke, dass du uns diesen Fall schilderst, ich glaube nur, er hat mit unserem Alltagsgeschäft wenig zu tun."

Zustimmung in der Runde, leichte Irritation bei der Oberkommissarin.

„Bin gleich fertig, Walter – es hat sehr viel mit unserem konkreten Fall zu tun, das werdet ihr gleich sehen. Denn um solche Betrugsfälle zu verhindern, beginnen zwei Computer-Nerds ein Geldsystem zu entwickeln, das ohne Banken auskommt: die Bitcoins, eine kompliziert verschlüsselte Internetwährung. Käufer und Verkäufer stehen sich gleichsam in Augenhöhe gegenüber, alles läuft anonym, im Grunde ein Tauschsystem – das erste Tauschgeschäft soll im Jahre 2010 der Kauf von zwei Pizzen gewesen sein, für 10 000 Bitcoins, damals ein Wert von wenigen Dollars. Heute würde man dafür seine eigene Pizzakette aufbauen können."

Emma bemerkte Walter Gerwinks erneute Unruhe und zeigte auf einen Punkt ihrer Power-Point-Weltkarte.

„Gleich, Walter, wir sind am entscheidenden Punkt: Betrug und Kryptowährung: Das hier unten, am persischen Golf, ist Dubai. Da hat – das können wir nachweisen – eine Verhandlung über Ölbohrrechte stattgefunden, diese Rechte sind mit der neuen Währung *Double-Coin* bezahlt worden ... also letztlich nicht bezahlt worden, weil es ja keine wirklichen Wertschöpfungen gegeben hat. Denn die Erfindung der beiden Damen, die wir suchen, war ja nur ein Abzocke-Spiel nach dem eben geschilderten Muster. Allerdings mit inzwischen tödlichen Folgen für Einzelne ... denn es ist doch völlig klar, dass sich ein arabischer Regionalfürst oder der Chef einer russischen Oligarchen-Familie nicht gern von einer Frau abkassieren lässt.

Und damit kommen wir zur letzten Markierung hier auf der Karte, dem eigentlichen Anlass meines Besuches bei Ihnen und zu meiner Bitte, die ich abschließend an Sie habe. Hier also, dieser Punkt ... ja, okay, das könnte bei der Größe der Karte ganz Nordrhein-Westfalen sein, gemeint ist aber Ladbergen, beziehungsweise Greven. In Greven gab es das Büro eines Finanzmaklers, die Firma heißt Oldenburg-Inter-Finanz, OIF – und ja, Sie haben es vielleicht schon direkt nach der Tat aus den Medien erfahren: Der Inhaber dieser Ein-Mann-Firma ist im Garten seines Hauses bei Ladbergen erschossen worden, in der Nähe des Flughafengeländes. Und klar ist, dass er einige der deutschen Geldgeber für *Double-Coin* akquiriert hat."

„Formulier doch mal deine konkrete Bitte", forderte Walter die Kollegin auf. „Der Fall bei Ladbergen, ist eindeutig ein Fall für die Kolleginnen und Kollegen vom Mord in Münster."

„Ja, Walter, sicher, die arbeiten auch schon dran. Lassen wir den Mord mal beiseite", schlug Emma vor. „Die Tatsache, dass dieses Finanzdienstleistungs-Büro hier im grenznahen Raum lag, könnte ein Hinweis darauf sein, dass auch niederländische Kunden auf diese *Double-Coin*-Masche reingefallen sind. Es gibt den Verdacht, dass eine Bank in Amsterdam beteiligt gewesen sein soll. Mehr wissen wir auch da bislang nicht, wir sind wirklich erst am Anfang, und ja, Walter: Wir stochern noch im Nebel, zugegeben. Aber meine Hoffnung ... nein, meine ganz konkrete Frage an euch ist: Gibt es hier im Raum vermögende Investoren, die Opfer von *Double-Coin* geworden sind? Solche, die sich vielleicht an diesen Finanzmakler Oldenburg gewandt haben könnten?"

Wieder machte sich die Skepsis der Anwesenden in Kopfschütteln und Gruppengesprächen bemerkbar.

„Reiche Investoren, ja, die gibt es natürlich auch hier. Aber glauben Sie wirklich, dass die uns sowas erzählen würden?", gab ein niederländischer Kollege zu bedenken.

Walter schüttelte demonstrativ den Kopf. „Die paar Drogenbarone hier diesseits und jenseits der Grenze, die kennen wir natürlich, und denen können wir auch ein wenig auf den Zahn fühlen. Aber jetzt unter den Besserverdienenden rumzufragen ...? Auch wenn der Mann in Greven sein Büro hatte, muss das doch alles mit der Gegend hier gar nichts zu tun haben! Das zeigt ja auch deine Karte da – darum heißt das ja world-wide-web, da liegen Aarloh, Ammeloe, Winterswijk, Amsterdam, New York, Moskau, Kuala Lumpur ganz dicht nebeneinander, die können doch von jedem Punkt der Welt aus ihre Spielchen spielen ... das ist doch aussichtslos."

„Ja, ja, danke, Walter, für die Aufklärung." Jetzt war die lächelnde Anmut der hübschen blonden Kollegin schlagartig verschwunden. „Auch die Abteilung Cyberkriminalität in der Landeshauptstadt weiß, dass ein regionaler Bezug überhaupt keine große Rolle mehr spielt. Und auch bis zu uns hat sich schon rumgesprochen, dass es sowas wie ein *Dark-Net* gibt, stell dir vor!" Emma erwartete zustimmende Lacher, es kam aber nichts. Ihre Ironie war nicht bei den Kollegen angekommen, die dazu übergegangen waren, all die offenen Fragen in kleinen Gruppen zu besprechen.

„Was ist denn mit dem Büro des Opfers? War da nichts mehr auf den Festplatten?", fragte Martin.

„Nein, da war nichts mehr zu finden", antwortete Emma mit sichtbarem Bedauern. „Möglicherweise hat der Besitzer die Bedrohung geahnt und das Wichtigste an Unterlagen vorher noch beiseitegeschafft oder seine Feinde haben dort gründlich aufgeräumt ... alles vage, die Kollegen vor Ort sind da nicht besonders hilfsbereit, ich hoffe, das ist hier bei euch anders."

Emma schaute in die Runde, aber keiner hörte ihr zu, alle waren noch in Gruppengespräche vertieft. Es hatte den Eindruck, dass sie wie ihr Chef, dessen vehementes Kopfschütteln ein deutliches Zeichen war, keinen Zugang zu diesem Thema und dem Fall fanden, der eindeutig außerhalb ihres Aufgabenfeldes lag.

„Das hat ja wohl alles keinen Zweck", murmelte Emma Ammann leise und packte ihr kleines Beamer-Gerät wieder in die Tasche. Martin sah, dass die ungeduldige und erfolgsverwöhnte Oberkommissarin, angesichts des Desinteresses bereits aufgegeben hatte.

„Liebe Kolleginnen und Kollegen, bitte!" Der Geräuschpegel senkte sich unmerklich, als Emma noch einmal laut das Wort ergriff. „Meine Abteilung klammert sich in diesem Fall an jeden Strohhalm, und ich hatte gedacht, das GPT hier in Borken könnte so einer sein. Da habe ich mich dann wohl getäuscht. Ich wünsche noch einen guten Tag."

Die beleidigte Haltung war unübersehbar. Was hatte sie denn erwartet? Dass die Lösung des Problems zwischen Borken, Enschede und Osnabrück zu finden sei oder im *Aarloher Sumpf*, wie sie immer noch gern sagte? Warum sollte ausgerechnet hier in der Provinz der Schlüssel zu diesem Fall mit weltweiten Dimensionen liegen?

Die Gruppe löste sich auf, die ersten waren schon wieder in ihren Büros verschwunden. Martin Gerwink sprach mit seiner Kollegin aus Bredevoort, wurde aber von Emma unterbrochen.

„Hast du noch ein paar Minuten, Martin. Ich würde da gern noch was klären."

Martin schwante nichts Gutes. Er verabschiedete sich von Tessa van Loon und sah, dass Emma auch Walter beiseite genommen hatte. Jetzt kam der Bruder auf ihn zu und zog die Schultern hoch.

„Keine Ahnung, was die von uns will."

18

Irgendwo hinter den Bäumen musste es sein. Marie parkte ihren roten Skoda auf dem kleinen Parkplatz am Ende der einzigen Zufahrtsstraße durch den Lüntener Wald. Das war der kürzere Weg zu Wardenaars Haus, sonst musste man den weiten Umweg über Haaksbergen nehmen. Sie ging über eine große Lichtung, an deren Rand eine Allee zu sehen war, die auf das Haus mit dem tiefgezogenen Reetdach zulief. Am Ende der Allee führte eine kleine Brücke über einen Arm des Moorsees. Das musste im Frühsommer, wenn die Seerosen blühten, eine Augenweide sein.

Die Brücke führte auf einen kleinen, mit dicken Kieseln gepflasterten Vorhof, um den herum einige Anbauten und eine offene Remise gruppiert waren. Aber eine Eingangstür war nicht zu erkennen. Sie ging auf dem kleinen Pfad am Rand des völlig verwilderten Gartens um das Haupthaus herum. Durch eine Reihe kleiner Fenster konnte sie in die Küche sehen, daneben entdeckte sie unter einem Vordach den niedrigen Eingang. Das Türschild mit dem schlichten Namenszug *Adrianus Wardenaar* war von einer Kletterrose überwuchert, offenbar benutzte niemand die Klingel. Auch Marie vermied es, ihre Hand durch das dornige Gestrüpp zu schieben und klopfte heftig auf das alte, reich verzierte dunkle Holz. Keine Reaktion. Als sie weiter zum Giebel ging, überraschte sie eine fast moderne Glasfront aus zahlreichen größeren Fenstern, die in die schwarzen Rahmen des Fachwerks gesetzt worden waren. Sie blickte in ein großes, helles Atelier und erkannte die Skizzen jenes Baumes, an dem sie sich vor zwei Tagen getroffen hatten. Vom Künstler aber keine Spur. Ein Geräusch aus dem Garten irritierte sie. Es klang, als klopfte jemand auf einen Topf. Sie ging in die Richtung, aus der das Geräusch kam und entdeckte den Maler. Er hockte am Boden und redete liebenswürdig auf eine Katze ein, der er aus einer Blechdose Futter in eine Schale füllte.

„Herr Wardenaar? Ari?"

Der Maler fuhr erschreckt auf, aber seine angespannten Gesichtszüge lockerten sich zu einem Lächeln, als er Marie erkannte.

„Sie halten also Wort! ", sagte er, „Das freut mich sehr, dass Sie Ihr Versprechen so schnell wahrmachen. Herzlich willkommen! Ich darf Ihnen meinen einzigen Hausgenossen vorstellen: Leo, seines Zeichens ein etwas verwilderter Kater. Wir haben uns nach einigen gescheiterten Versuchen und langen, zugegeben etwas einseitigen Diskussionen, auf eine friedliche Koexistenz geeinigt." Wardenaar lächelte, der Mann hatte also nicht nur ein Herz für Tiere, sondern auch einen feinen Humor. „Nein, wir haben getrennte Haushalte, er lebt hier in der Scheune. Da drinnen im Haus hat es ein paar kleinere und größere Unfälle gegeben – ich konnte dem Tier einfach nicht abgewöhnen, mit schmutzigen Pfoten über meine Skizzen und Bilder zu laufen, die ich gerne am Boden ausbreite."

Der Kater knurrte, als habe er die Worte seines Herrn verstanden – auch er schien Humor zu haben – und widmete sich gierig der vollen Futterschale.

„Haben Sie es leicht gefunden?"

„Ja, kein Problem. Ich habe auch versucht, Sie anzurufen – normalerweise überfalle ich die Leute nicht gern unangemeldet, aber ich konnte Sie nicht erreichen."

„Ja, das kann sein, das höre ich öfter." Der alte Mann lächelte. „Ich besitze keines dieser modernen kleinen Mobilgeräte und treibe mich manchmal stundenlang draußen herum oder sitze, wie Sie gesehen haben, vor einem großen Baum im Venn und zeichne."

Er erhob sich und beschrieb mit der Hand einen Halbkreis. „Ja, das hier ist mein kleines Reich, das Haupthaus drüben, einige kleinere Anbauten, eine Scheune, ein verwilderter Garten – das ist es."

„Es ist wunderschön hier, und so still. Sicher auch voller interessanter Motive im Wechsel der Jahreszeiten."

„Ja, in der Tat, manchmal sitze ich wie Monet unten am Wasser und male die Seerosen ... oder den Misthaufen ..." Ari lachte und wies in die entgegengesetzte Richtung, wo in der kalten Luft ein kleiner Dunghaufen dampfte.

„Das heißt, sie beackern diesen Garten auch ... Kartoffeln, Gemüse?"

„Nein, nein, da wachsen nur ein paar wilde Kräuter und Blumen, ich hab' nie einen richtigen Garten daraus gemacht." Sein verschmitzter Blick hatte etwas Spitzbübisches. „Ach, Sie meinen wegen des Haufens da ... das hat eine andere Bewandtnis." Er zögerte, als ob er die Erklärung lieber schuldig bleiben wollte. „Wenn Sie mir versprechen, mich nicht zu verpfeifen, erkläre ich Ihnen, wozu der gut ist."

Welches Geheimnis konnte denn ein Misthaufen bergen? Marie war gespannt, was der alte Maler ihr nun erklären würde. Er führte sie hinter die Scheune. In der kalten Luft stiegen leichte Wärmenebel aus einem Mistkegel auf, in dessen Mitte der Deckel eines Tontopfes zu erkennen war. Ein weißer Plastikkanister mit einem Warnaufkleber irritierte Marie ebenso wie eine Maske, die an einem Nagel im Balken hing und sehr professionell aussah. Maler und Lackierer trugen so etwas.

„Es geht um ein bestimmtes Weiß", begann er. „Bleiweiß, früher Standard, heute streng verboten und nirgendwo mehr zu bekommen." Er hob den Deckel des Tontopfes ab und wies auf den Kanister. „Essigsäure, die ist unten im Topf, darüber liegt auf einer anderen

Ebene eine Spirale aus Bleiblech, wie es manchmal noch Dachdecker benutzen. Das Blei bildet in den Säuredämpfen einen schneeweißen Belag. Bleihydroxydcarbonat. Ein chemischer Prozess, der eine gleichmäßige Temperatur braucht. Dafür sorgt der Mist. Der dampft, weil die Gärungsprozesse in ihm eine gleichmäßige Wärme erzeugen."

„Und die Dämpfe der Säure sind so gefährlich, dass Sie eine Maske tragen müssen?"

„Nein, es geht um den Staub." Er holte ein Einmachglas aus einer Nische, das mit einer Metallspange sicher verschlossen war. Es enthielt ein schneeweißes Pulver. „Nach drei, vier Wochen hat das Blei eine Schicht aus diesem Pulver. Einatmen verringert die Lebensdauer extrem. Also, nicht nachmachen. Aber manchmal brauche ich das für Restaurierungen alter Bilder." Ari stellte das giftige Pulver zurück. „Mein Gott, Sie sind kaum hier und kennen schon alle meine Geheimnisse." Er lachte. „Gehen wir ins Haus!"

Ein kleiner Pfad führte zurück in den Innenhof. In den alten Angeln knurrend und quietschend öffnete sich die niedrige, von Buschrosen umrankte Tür, und der fröhlich lächelnde Künstler bat sie ins Haus. Noch im stockdunklen Flur warnte er vor niedrigen Balken und den chaotischen Zuständen, die sie nun erwarten würden. Dann führte er sie in die Küche, die zu ihrer Überraschung aufgeräumt und blitzblank aussah. Die Wand, deren kleine Fenster den Blick auf den Garten freigaben, war mit modernen weißen und blauen Fliesen gekachelt, auf der dicken Eichenholzplatte der Anrichte glänzte eine chromblitzende Kaffeemaschine.

„Möchten Sie einen Kaffee? Espresso, Cappuccino? Das hier ist das einzige gut funktionierende Gerät in meiner Küche."

„Ja gern! Einen Cappuccino, bitte."

Marie war erstaunt über die offenbar italienische und sicher nicht ganz billige Maschine.

„Ja, ein Relikt aus besseren Zeiten. Die habe ich mir mal geleistet, als meine Arbeit noch Geld einbrachte. Mein Bedürfnis nach gutem Kaffee ist nahezu unstillbar. Manchmal, wissen Sie, wenn ich ganz intensiv arbeite, oft auch mitten in der Nacht, dann brauche ich diese Droge."

Die Maschine dampfte und zischte, Wardenaar stellte die beiden Tassen auf ein Tablett und legte einige holländische Honigwaffeln auf einen Teller.

„Folgen Sie mir – und passen Sie auf Ihren Kopf auf, die niedrigen Balken sind tückisch."

Sie folgte ihm durch einen dunklen Gang, der nur vom Licht der gegenüberliegenden, hellen Giebelwand beleuchtet war. Zu beiden Seiten dieses Korridors erkannte sie die gelagerten Bilder, gerahmt und ungerahmt, aufgereiht wie schmale Bücher in übergroßen Regalen. Der Weg führte über Holzplanken, die sich unter ihren Füßen bedenklich durchbogen, aus der Enge des Gangs in das große, helle Atelier.

„Das ist aber ein schöner Raum, Herr Wardenaar, hier lässt es sich sicher gut arbeiten."

„Ja, es ist der größte Raum des Hauses, etwa die Hälfte der alten Tenne. Ein Maler braucht natürlich Licht, darum habe ich hier im Südgiebel das Mauerwerk durch Fenster ersetzen lassen. Dieses Haus ist ein großer Glücksfall in meinem Leben. Alles lief sehr gut damals. Ich hatte den Lehrerberuf endlich an den Nagel gehängt, auch die privaten Malstunden, die langweiligen Hochschulkurse in Enschede ... weg damit. Bitte, setzen Sie sich doch!"

Wardenaar stellte das Tablett auf einen niedrigen Tisch und ließ sich in einen wuchtigen alten Ledersessel fallen, dessen Armlehnen abgewetzt und mit bunten Farbspuren übersät waren. Er forderte Marie auf, zuzugreifen und trank seinen Espresso.

„Ja, vor rund zwölf Jahren ... Ich war 60 geworden und wollte es noch einmal wissen, vor allem wollte ich es mir selbst noch einmal beweisen ... das Restaurieren ist ein Handwerk, das kann man lernen. Aber war ich auch wirklich ein guter Künstler? Hatten meine eigenen Bilder wirklich eine Bedeutung? Nicht nur für mich selbst? Das wollte ich unbedingt herausfinden ... Na ja, Sie sind noch jung, Sie verstehen das vielleicht nicht ..."

„Oh doch!“ Marie lachte. „Das Gefühl kenne ich ganz gut, und die 50 habe ich auch schon hinter mir.“

„So?“ Wardenaar gab sich überrascht, ganz Charmeur und Kavalier alter Schule.

Marie ließ den Blick noch einmal durch den Raum wandern, während sie ihren Cappuccino trank. An einigen der schwarzen Eichenständer hingen afrikanische Masken. Größere Ölgemälde, überwiegend Landschaften und einige wenige Porträts, schwebten an durchsichtigen Kunststoffschnüren und schaukelten sacht in der warmen Luft, die von einem großen Kamin in der mittleren Wand aufstieg, die das ganze Haus in zwei Hälften teilte. Diese Wand war fast zur Gänze mit kleineren Formaten behängt. Wardenaar folgte stumm ihren Blicken. „Ja, es kommt viel zusammen in so einem Künstlerleben. Eigentlich müsste ich mal ausmisten und mich auf die Werke beschränken, die mir wirklich wichtig sind. Aber das schiebe ich immer noch vor mir her, als hätte das noch sehr viel Zeit. Stimmt aber leider nicht. Was da rumhängt, das ist nicht alles von mir. Einige dieser Landschaften sind von meiner Großtante, Agatha Zethraeus ... ja, das könnte Sie vielleicht interessieren, wenn Sie auch journalistisch arbeiten.“

„Doch, durchaus. Ich habe mich sehr intensiv mit den Malerinnen der Haager Schule beschäftigt. Teilweise längst vergessen – Sientje Mesdag van Houten, zum Beispiel, Mesdags Frau.“

„Verstehe, dann sind Sie also vom Fach, sehr gut, sehr gut ...“ Er schlürfte den Rest seines Kaffees aus. „Soll ich noch einen machen?“

Marie lehnte dankend ab, er aber ging in die Küche. „Ich brauche noch einen. Sehen Sie sich gern um, wenn Sie mögen!“

Marie nahm die Einladung gern an. Eine Exkursion in eine fremde Welt.

19

„Etwas mehr Kooperation hätte ich dann doch von dir erwartet, Walter!"

Emma Ammann zog sich einen Stuhl heran und setzte sich an den runden Tisch. „Wir sind Profis, oder? Da sollten private Auseinandersetzungen aus der Vergangenheit keine Rolle spielen."

„*Aus der Vergangenheit* ...? Da ist jetzt nicht soviel Zeit vergangen, seit deiner Tirade über den *Aarloher Sumpf* und die *unfähigen Polizisten vor Ort*", konterte Walter. „Und mein Protest damals war durchaus professionell gemeint und keine Privatangelegenheit aufgrund einer persönlichen Beleidigung. Nein, nein, das war nichts Privates, das war dienstlich."

„Ja, meinetwegen ... lassen wir das, Walter, herrgottnochmal! Hier geht es doch um mehr, um viel mehr. Die Schatten der Vergangenheit – ja, eures Grenzland-Sumpfs, ich bleibe dabei! – die könnten durchaus bis in die Gegenwart reichen."

Walter wollte aufbrausen, aber Martin hielt ihn zurück und appellierte an Emma: „Das ist für dich vielleicht Vergangenheit, Emma, für uns ist das aber eine Realität, mit der wir erst mal fertigwerden müssen. Wir tun hier sehr viel, um die Bevölkerung wieder zusammenzubringen und ihnen das Gefühl zu geben, dass sie sicherer sind, wenn hier eine gewisse Solidarität untereinander herrscht, wenn alle hinschauen und ..."

„Sonntagsreden, Martin, spar dir das doch! Da ist ein Mann erschossen worden, ein kaltblütiger, sorgsam geplanter Mord oder Auftragsmord, keine Autostunde von hier entfernt. Kapiert doch endlich, dass das kein kleiner Jagdunfall war! Das war Mord, und es wird ein Riesending!"

„Na klar, *ein Riesending*!", kommentierte Walter abfällig. „Sonst hätte dich der Fall sicher nicht interessiert. Statements vor laufender Kamera, du kamst übrigens ganz gut rüber, Kompliment ..."

Emma schnellte hoch und baute sich drohend vor Walter auf. „Was bist du nur für ein selbstgefälliger Fatzke!", schrie sie ihn an und klopfte ihm mit dem Fingerknöchel ihres rechten Zeigefingers an die Stirn. Martin stand auf und versuchte sie zu bremsen, Emma machte aber weiter.

„Geht das in deinen Bauernschädel nicht rein, dass hier Mächte im Spiel sind, gegen die die Mafia oder die 'Ndrangheta oder albanische Familien-Clans Amateur-Vereine sind? Weißt du, wer in Dubai über Ölbohrrechte verhandelt hat und mit Double-Coins bezahlen wollte?"

„Nein, interessiert mich auch nicht", sagte Walter sehr ruhig, „ich habe hier zum Glück andere Aufgaben – und jetzt setz dich mal wieder hin und mach halblang!"

„Das war ein Mitglied der Bush-Familie, ein Verwandter von George Walker Bush, dem 43. Präsidenten der USA!"

„Ja, das mag ja sein!" Walter lächelte, als amüsiere ihn diese Vorstellung. „Meinetwegen auch Kim Jong-un, der kleine dicke Nordkoreaner ... meine Arbeit hier vor Ort ist eine andere, da gibt es keine ..."

„Weil das in eure bornierten Köpfe nicht reingeht!", schrie Emma ungebremst weiter.

„Bitte, Emma, lass uns doch in Ruhe darüber ..."

Martins Appell zeigte keine Wirkung.

„Nein, Martin, nicht in Ruhe ... das regt mich total auf. Wir suchen händeringend nach irgendeinem Strohhalm in diesem Ozean aus Gewalt und weltweiten Finanzschiebereien, und ich komme zu euch und bitte euch um Hilfe, und ihr zuckt nur mit den Schultern, als ginge euch das nichts an."

„Dann sag doch, was es uns angeht! Hättest doch eben Gelegenheit dazu gehabt", blaffte Walter zurück.

Martin schaute seinen Bruder streng an, der musste jetzt nicht noch mehr Öl ins Feuer gießen.

Emma zwang sich zur Ruhe und griff nach ihrer Tasche.

„Ich hatte nicht das Gefühl, dass deine Kolleginnen und Kollegen irgendein Engagement in dieser Frage zeigten. Kein Wunder, wenn der Chef das Ganze als das absurde Ansinnen einer übereifrigen Kollegin abtut."

„Hab' ich überhaupt nicht! Ein einziger kleiner konkreter Hinweis, Emma, das wäre es vielleicht gewesen, aber nein, du kommst mit einer Weltkarte an, erzählst was von globalen Verstrickungen, von den Herren Ponzi und Madoff ... konkret, Emma, nicht Dubai! Hier und jetzt! Was geht es uns und unsere Arbeit vor Ort an?"

Emma war schon an der Tür, drehte sich aber noch einmal um und sagte:

„Einer der ersten, die mit drei Paketen à 200 000 Euro bei *Double-Coin* eingestiegen sind, war Bernhard Droste-Terhahn. Ist das konkret genug im Hier und Jetzt?"

Sie ging durch die Tür, schlug sie aber nicht wütend zu.

Martin und Walter sahen sich an.

„Warum sagt die das denn nicht gleich? Warum muss sie denn erst die große Show hier abziehen?"

„Ich will dir keinen Vorwurf machen, Walter, aber sehr diplomatisch war das alles nicht heute."

„Kann sein, Martin, ist mir egal. Die soll mal schön wieder in die Landeshauptstadt zurückfahren. Wie sie das schon sagt: *wir, in der Landeshauptstadt* ..." Walter ging ans Fenster, als wollte er sich vergewissern, dass sie draußen in den Dienstwagen stieg. „Ja, fahr schön zurück nach fucking Düsseldorf. Und bleib vor allem da!"

Martin hatte den Kopf in seine Hände gestützt. „Die kommt wieder", sagte er. „Bernhard Droste-Terhahn ... alles kommt wieder."

„Das seh' ich anders!"

„Ach ja? Schön für dich! Sag mir lieber, wieviel ich Marie davon zumuten kann und was ich Eva sagen soll."

Aufgewühlt und nervös fuhr Martin nach Aarloh zurück. Vermutlich würde er es nicht lange verhindern können, dass Marie Wind von der Sache bekam. Natürlich war Greven ein ganzes Stück entfernt und der Bericht im *heute journal* mit Emma Ammann bei den Aarlohern bald kein großes Gesprächsthema mehr. Wenn aber Bernhard Droste-Terhahn in diesem Zusammenhang wieder ins Spiel kam, würde das anders werden und Marie sicher nicht bei der Überwindung ihrer Panik-Attacken helfen.

Noch immer schreckte Marie nachts auf, weil sie meinte ein Geräusch gehört zu haben oder wenn ein Tier draußen die Sensoren der Lichtanlage aktiviert hatte. Meist konnte er sie schnell beruhigen, und sie machten sich morgens beim Frühstück einen Spaß daraus, die Aufzeichnungen der Sicherheitskameras gemeinsam im Schnelldurchgang anzuschauen und dabei vorher zu wetten. Das Spiel hieß *Wildschwein oder Fuchs*? Meist gewann der Fuchs, sehr viel seltener die Wildschweine, die neugierig aus dem angrenzenden Kiefernwald kamen und ihre Wühlarbeit im Innenhof fortsetzen wollten, wo der Boden zwischen den Stelen aber gepflastert war.

Die zweite Sorge, die Martin plagte, war Emmas kurze Beschreibung der möglichen Täterinnen. Konnte es sein, dass die beiden gesuchten Frauen jene *bunten Vögel* waren, die gerade den Aarloher Dorftratsch bestimmten?

Für den Nachmittag hatte er Heiner Wienkämper in sein Büro eingeladen. Er wollte diese eher private Zusammenkunft nicht zu Hause abhalten. *Zu Hause* – noch immer kamen ihm diese Worte angesichts der neuen Wohnung etwas fremd vor. Es war besser, wenn Marie nicht dabei war. Martin hatte Kaffee gekocht und anstelle der staubtrockenen Kekse, mit denen er die Besucher seiner Sprechstunde früher beglückt hatte, stand nun Kuchen aus der Testproduktion der „Kleinen Konditorei“ auf dem Tisch. Schoko, Törtchen und Sahne machten ihren Namen alle Ehre. Sie boten – noch inoffiziell – ihre Kreationen zum Selbstkostenpreis an, solange sich die Eröffnung des Cafés im neuen Droste-Hof noch verzögerte.

Heiner breitete Kopien der Baupläne aus, die er sich bei Eva besorgt hatte. „Das wird ein ziemlicher Akt, Martin“, begann der Grünanlagen-Experte und Angestellte des Vredener Gartenbauamtes. „Wir haben ja den Baumbestand im angrenzenden Kiefernwald ausgedünnt. Da hat man jetzt fast einen freien Blick bis zu den Feldern. Aber klar, das hilft nachts auch nicht viel.“

„Nein, Heiner, leider nicht. Das Ganze ist auch mehr eine psychologische Angelegenheit. Henk Verbeek, der wäre ja nun fast ihr Mörder geworden ...“

„Ja, *Henk der Henker*, ein Arschloch weniger."

„... und der hat sich immer von hinten durch den Kiefernwald in den Innenhof geschlichen, wenn er zu Werner Droste-Terhahn ging. Überraschungsmoment, der Typ war wirklich ein übler Geselle. Architektonisch ist diese Offenheit Richtung Kiefernwald natürlich sehr schön, aber diese große Lücke in der Außenwand ... Marie hat eben Angst ..."

„Mehr als verständlich, Martin. Aber ..."

Heiner machte eine kleine Pause und atmete tief.

„Das wird teuer. Ich hab' Eva schon mal drauf angesprochen, aber die will da nicht richtig ran. Ich glaub', der geht so langsam das Geld aus."

„Über das Geld könnten wir reden, wir – aber behalt das bitte für dich – wir zahlen ja keine Miete hier. Was schlägst du denn vor?"

„Ein elektrisches Tor."

Martin schaute skeptisch.

„Das sind acht Meter, Heiner, wie soll das gehen?"

„Vier Meter von beiden Seiten, technisch keine große Sache."

„Und finanziell?"

„Ja, was soll ich sagen ... Kredite sind günstig zurzeit."

„Also fünfstellig?"

„Ich hab' noch keine Kalkulation, aber rechne mal mit 12 000."

Martin überlegte, während Heiner mit dem Finger über die Linien des Grundrisses fuhr.

„Das legen die wahrscheinlich hier parallel zu den Außenmauern. Die Frage ist, ob sie für die Schiene, auf der die Rollen laufen, noch ein Fundament bauen müssen. Aber auch das sollte kein großes ..."

Heiner rückte mit der Nase näher ans Papier.

„Wat is, Heiner?"

„... *sollte kein großes Problem sein*, wollte ich sagen. Ist es auch nicht. Ich stutze nur, weil hier etwas eingezeichnet ist, was für mich überhaupt keinen Sinn macht."

Er drehte das Blatt zu Martin und wies auf eine dickere Linie, die den Innenhof zwischen den Mauern nach außen abschloss.

„Könnte sein, dass da schon Beton liegt, oder das Fundament für eine Abschlussmauer. Vielleicht hatten die das schon eingeplant, dass man den Innenhof einfach dichtmacht."

Heiner suchte den Bauplan des Kellergeschosses und legte ihn über den Plan der großen, ebenerdigen Etage. „Oder die haben die hintere Grundmauer einfach durchgezogen."

Er schob die beiden Blätter genau übereinander, nahm sie hoch und ging zum Fenster. Das letzte Nachmittagslicht drang durch das transparente Architektenpapier. Sie sahen, wie die Grundmauern ein geschlossenes Quadrat unter dem Innenhof bildeten.

„Ich habe einen Verdacht ... Kannst du hier grad mal raus?", fragte Heiner und rollte die Pläne zusammen.

„Kein Problem."

„Dann lass uns rübergehen zum Bungalow, solange es noch etwas hell ist."

„Und vor sechs. Dann kommt Marie zurück."

Heiner schaute auf seine Uhr.

„Noch eine Stunde. Das sollte reichen."

20

Ari Wardenaar war noch immer in seiner kleinen Küche beschäftigt, als Marie langsam an den vielen Bildern in seinem Atelier vorbeiging und am Ende, ihrer größten Neugier folgend, vor seiner Staffelei stand und das Tuch vorsichtig anhob. Darunter kam zu ihrer Überraschung keine frische Ölfarbe zum Vorschein, sondern eine eher ramponierte Leinwand mit alten Farbresten, die unter einer neuen Grundierung durchschienen. Auf der schmalen Seite des Keilrahmens sah sie Rost an den kleinen Nägeln, mit denen die Leinwand befestigt war. Dort war noch die ursprüngliche Bemalung vollständig zu erkennen – er musste ein altes Bild als Malgrund benutzt haben.

„Na, *da* müssen Sie jetzt nicht gerade nachschauen!"

Sein Ton war scharf. Marie zuckte zusammen wie eine ertappte Diebin und ließ das Tuch wieder fallen. Er zeigte auf die große Mittelwand und die kleinen Formate. „Da drüben, da sind viel interessantere Sachen dabei!" Er ging wieder in die Küche zurück, wo das Gurgeln und Zischen der Kaffeemaschine den frischen Cappuccino ankündigte.

Als er ins Atelier zurückkam, hatte sein Blick sich verfinstert. Seine höfliche Offenheit war verschwunden.

„Ich wollte nicht unhöflich zu Ihnen sein, entschuldigen Sie, ich hatte Sie ja aufgefordert, sich umzuschauen."

„Nein, nein, keine Ursache – ich muss mich entschuldigen! Ich bin so gespannt auf das Bild, das Sie von dem alten Baum malen wollen. Die journalistische Neugier geht immer wieder mal mit mir durch, tut mir leid."

„Nein, nein, schon in Ordnung. Es ist nur so ..." Der Maler suchte nach den richtigen Worten. „Es ist mir peinlich. Ich habe nicht einmal mehr das Geld, mir neues Material zu kaufen. Ich muss alte Leinwände verwenden, das ... das wollte ich eigentlich nicht, dass Sie das sehen."

„Ist doch nicht schlimm! Nicht jedes Bild gelingt ... da verwendet man eben die Leinwand noch einmal, ist doch gut. Van Gogh und andere haben das auch gemacht, da sind Sie doch in bester Gesellschaft." Marie lächelte, aber Wardenaar verharrte in seiner betrübten Haltung, trank seinen Kaffee und starrte in die Tasse, als wollte er im Kaffeesatz lesen.

„Was ist das, Frau Gerster, was man am Ende dann sein *Lebenswerk* nennt? Ich heiße nicht Gerhard Richter oder Joseph Beuys. Von meinen eigenen Werken werden die meisten nicht in Museen oder Privatwohnungen hängen. Es wird auch keine Erben geben. Ich bin kinderlos und hatte keine Geschwister. Es wird mir nicht einmal so gehen wie meiner Großtante. Deren Nachlass habe ich gerettet, da war ich gerade mal 18." Er blickte stumm ins Leere, als hätten die Erinnerungen an seine Jugend ihn traurig gemacht. „Am Anfang ist alles schön, Marie, man will etwas ganz anderes machen als der Rest der Welt, man hat sogar ein wenig Erfolg und verdrängt den Gedanken, dass es auch mal schlechtere Zeiten geben könnte." Er trank den Rest seines Kaffees aus. „Diese ewige Geldnot, Marie, man kommt sich vor wie ein Bettler."

Marie war erstaunt über den plötzlichen Stimmungswandel, wusste aber nicht recht, womit sie den alternden Maler aufmuntern konnte.

„Ganz so schwarz würde ich nicht sehen. Sie haben ja dieses wundervolle Haus hier, das ist doch eine wertvolle Immobilie –"

„Gehört längst der Bank!", unterbrach sie Wardenaar. „Die Hypothek ist fast verbraucht, ich werde nichts mehr bekommen. Diese ewige Abhängigkeit von Galeristen, Mäzenen ... Bernhard Droste-Terhahn, das war einer der letzten seiner Art hier in der Gegend. Mit dem konnte man reden, der war großzügig. Ohne ihn hätte ich dieses Haus gar nicht ... ach, was soll's, irgendwann werden die mich hier demnächst raussetzen und die Bude verkaufen."

Marie rückte näher an ihn heran und legte ihre Hand auf seinen Arm. Alle lieb gemeinten Worte, die ihr in den Sinn kamen, erschienen ihr dumm. Sie brauchte eine Perspektive für den alten Maler, kein Trostwort.

„Nun mal nicht so düster, Herr Wardenaar! Sehen Sie, Sie sprachen von Bernhard Droste-Terhahn. Ganz ehrlich: Ob er wirklich so ein großer, uneigennütziger Kunstfreund war, das will ich mal ... also, ich kann das nicht beurteilen. Tatsache ist aber, dass seine Tochter Eva durchaus daran denkt, in Sachen Kunst weiterzumachen. Ich soll das für sie organisieren."

Ari Wardenaar hob interessiert den Kopf.

„Wir denken da an Kooperationen mit den großen und kleineren Museen in der Umgebung, aber auch an Einzelausstellungen regionaler Künstler. Und dazu gehören natürlich auch Sie. Also ... ich kann noch nichts Konkretes versprechen, aber wenn alles so läuft wie geplant, dann könnte das mit etwas Glück schon im kommenden Jahr losgehen. Im Moment sieht es allerdings nicht danach aus."

„Das wäre aber schade!"

Wardenaar war wieder aufgetaut.

„Woran liegt es denn?"

„Na ja, auch da liegt's am Geld, wie so oft. Bernhards Tochter hat das Erbe in eine gemeinnützige Stiftung verwandelt. Aber die Kosten für den Umbau fressen gerade das Stiftungskapital auf. Wir werden vermutlich gezwungen sein, Teile der Kunstsammlung zu verkaufen."

Wardenaar sah Marie an. Seine Trauer schien sich nun in Angst verwandelt zu haben.

„Ich vermute, Sie denken da etwa an das große Richter-Bild, das er uns bei einer der letzten Matineen gezeigt hat. Darauf war er besonders stolz. Ich hörte, Richter ist zurzeit der teuerste Maler weltweit."

„Ja, aber da sollen auch zwei Mondriaan-Bilder in der Sammlung gewesen sein, die sicher –"

„Sollen gewesen sein ...?", unterbrach sie Wardenaar. „Die Bilder kenne ich sehr gut! Sind die etwa nicht mehr da?"

„Sie tauchen in den Belegen auf, sind aber nicht auffindbar."

„Sie müssen Nijkerk fragen, Gerrit Nijkerk, Winterswijk, über den sind meines Wissens die meisten Ankäufe gelaufen. Wenn der sie nicht zurückgekauft oder weiterverkauft hat ... die können ja nicht einfach verschwunden sein ..."

Der Maler erhob sich aus seinem Sessel und ging nervös durch den Raum.

„Das würde mich persönlich treffen, die Bilder haben meiner Tante gehört. Agatha Zethraeus war Mondriaans Schülerin, ja, mehr als das. Die haben zusammen gemalt, in Südholland, auch in Schweden. Diese beiden Bilder kommen sozusagen aus meinem Bestand, Bernhard hat sie über die Galerie von mir gekauft, das kann ich jederzeit bezeugen, wenn Ihnen das hilft."

„Leider noch nicht, zuerst müssten wir sie mal finden."

„Das kann doch nicht so schwer sein! Es sei denn ... er hatte doch diesen merkwürdigen Sohn ..."

„Ja, Werner. Wir denken aber aufgrund der Unterlagen nicht, dass der die Bilder verkauft hat."

Wardenaar setzte sich wieder. Er wurde ruhiger.

„Die Bilder sind aus der berühmten Baum-Serie. Am Ende steht *Der rote Baum* oder auch *Avond*. Hängt im Gemeentemuseum in Den Haag. Wichtige Reihe, kurz vor Mondriaans Irrweg in die totale Abstraktion. Meine Großtante besaß mehrere davon. Die hat sie damals von ihm bekommen, er wollte sie nicht mehr haben."

Genauso plötzlich wie er traurig, dann ängstlich und nervös geworden war, saß der Maler jetzt aufrecht in seinem Sessel und dachte nach. Sein suchender Blick bewegte sich über die Wände seines Ateliers bis hin zu den hoch oben frei hängenden Bildern in der Dachspitze.

Dann stand er auf.

„Da muss noch ein drittes sein aus dieser Reihe, das wollte ich damals nicht verkaufen, ich hing sehr daran. Im Grunde ist es genau das Motiv meiner jetzigen Studien, der Baum im Lüntener Wald, da wo wir uns vorgestern trafen ... Manchmal ergibt alles einen Sinn!"

Er lächelte Marie an und ging in den dunklen Korridor. Sie hörte, wie er die Regale durchsuchte. Er zog Bilder heraus und schob sie wieder hinein, klappte die Rahmen der Reihe nach um, fand aber nichts. „Nein, das Bild muss woanders sein. Ich brauche dafür mehr Zeit."

Marie verstand nicht, worauf er hinauswollte.

„Mehr Zeit wofür?"

„Ich will es finden, ich will ... ich muss es mir noch einmal genau ansehen ... und dann ..."

Wardenaar kam wieder zu seinem Sessel zurück. Er zog die Schultern hoch. „Was spricht dagegen, auch dieses dritte Bild zu verkaufen? Sie hätten dann ein schönes Paket aus drei frühen Mondriaan-Bildern anzubieten. Und ich hätte ... nun ja, ich müsste mich dann für die nächste Zeit nicht um Geld kümmern."

Marie spürte ein gewisses Kribbeln. Nicht gerade die sprichwörtlichen *Schmetterlinge im Bauch*, aber die wohlige Spannung und produktive Unruhe, die sie manchmal bei Recherchen gespürt hatte, wenn sie einem Thema nachging, das eine kleine Sensation zu werden versprach. Auch wenn die beiden anderen Mondriaan-Bilder noch verschollen waren, könnte es am Ende mit etwas Glück zum Verkauf einer Dreierserie kommen. Und Wardenaar brauchte dringend Geld ...

„Sie meinen, Sie würden es uns verkaufen?“

„Warum denn nicht?“

„Weil wir das Bild möglicherweise dann gleich wieder verkaufen. Unser Projekt braucht, wie gesagt, neues Kapital.“

„Aber erstens würden wir doch beide davon profitieren und zweitens gäbe es meinerseits zwei Bedingungen: Sie versuchen, das Bild ... oder die Bilder, also die drei als Gruppe, an ein Museum zu verkaufen! Das wäre mir am liebsten. Wenn das nicht gelingt, müssen wir uns etwas anderes überlegen. Auf jeden Fall müsste es eine seriöse Galerie sein, ich möchte verhindern, dass ein privater Investor die Bilder nur als Geldanlage in seinen Tresor einschließt und der Öffentlichkeit entzieht. Zweitens: Ich bekomme für das neue Bild einen Festpreis, sagen wir 30 000 plus zehn Prozent vom Erlös, der Rest fließt in Ihre Stiftung.“

Marie war überrascht von der plötzlichen Klarheit der Gedankengänge im Kopfe des Malers, der eben noch sein trauriges Schicksal beklagt hatte. Aber das Angebot erschien ihr fair.

„Kommen Sie, Marie!“ Wardenaar streckte ihr seine Hand entgegen. „Schlagen Sie ein! Und dann lassen Sie uns endlich zum *Du* übergehen.“

Marie lächelte.

„Gut, Ari, das *Du* ist abgemacht. Wir werden aber noch mal einen Handschlag brauchen – wenn alle drei Bilder vorliegen und Eva einverstanden ist. Ich bin ja nur die Verwalterin.“

„... und eine Meisterin der vornehmen Bescheidenheit!“

21

Etwa zwanzig Stelen standen im Innenhof des Bungalows. Die meisten von ihnen trugen abstrakte Stein- oder Bronzeskulpturen, andere abstrahierte Tierfiguren, stehende und schreitende Menschen, die an Alberto Giacometti erinnerten, nebst einigen Masken und Köpfen aus Bronze in unterschiedlichen Grün- und Messingtönen. Nur eine dieser Kleinskulpturen erklärte sich selbst: Don Quichote und Sancho Pansa, selbst die kleinen Windmühlen waren in der dicken Bronzeplatte zu erkennen, auf der sie standen.

Heiner schaute beim Gang durch das Stelenfeld nach unten – nicht, weil ihn die Kunstwerke darauf nicht interessierten, es war für den leidenschaftlichen Sondengänger, der schon das Weiße und das Schwarze Venn mit seinem Metalldetektor nach historisch bedeutsamen Fundstücken durchforscht hatte, eine inzwischen eher natürliche Körperhaltung.

„Hörst du das auch? Dieses Surren?"

Martin schüttelte den Kopf, für ihn lag alles in abendlicher Stille.

Heiner hatte seinen Hausschlüssel aus der Tasche genommen und klopfte damit die schmalen, aufrechtstehenden Betonquader einzeln ab. Bei den meisten verursachte er damit nur ein leises Klicken, aber an den Stelen, die in den Ecken das quadratische Feld des Innenhofs begrenzten, entstand beim Klopfen ein metallischer, hohler Klang. Beim genauen Hinhören erkannte man sogar ein Echo, als klopfte man auf einen halb in der Erde verborgenen, leeren Tank. Martin und Heiner sahen sich an.

„Lüftungsschächte?", fragte Martin.

„Kann sein, aber wozu?"

Bei genauerer Betrachtung bestätigte sich der Verdacht: Sancho Pansa und der Ritter von der traurigen Gestalt standen auf einer etwa fünf Zentimeter dicken Bronzeplatte, die unten von Edelstahlstäben gestützt wurde und die Säule an den Rändern um etwa vier Zentimeter überragte. Heiner leuchtete mit seiner Taschenlampe unter den überstehenden Rand. „Ja, das Ding hier ist hohl."

Martin ging zu einer anderen Ecke des Innenhofs und schlug gegen den vermeintlichen Beton. Auch er erwies sich als hohl, ein Vierkantrohr aus Stahl, grau angestrichen wie die Betonsäulen.

„Die gehen eindeutig in die Tiefe", stellte Martin fest. „Das müssen Lüftungsschächte sein."

Heiner legte das Ohr an die Öffnung. „Vermutlich. Dieses Brummen wird lauter, wenn man näher rangeht. Könnte ein Ventilator sein."

„Aber wozu, Heiner? Was muss denn hier belüftet werden?"

Heiner blickte seinen Freund siegessicher an.

„Ein Raum!"

Diesmal hatte nicht sein Metalldetektor die Entdeckung gebracht, sondern sein gesunder Menschenverstand und das genaue Studium der Baupläne.

„Die durchgehende Linie auf dem Plan", sagte er lächelnd, „wir haben sie sozusagen gerade überschritten."

Martin zuckte die Schultern. Er verstand nicht, was sein Freund meinte.

Die Neonröhren im Keller des Bungalows flackerten und tauchten die weißgetünchten Wände des großen Vorraums in grünstichiges Licht. Heiner stand mit den Plänen vor der langen Kellerwand, die die darüberliegende Innenwand des Wohnzimmers stützte. Er wies mit dem Zeigefinger auf eine Stelle des Bauplans.

„Hier, das ist die durchgezogene Grundmauer. Wenn du mich fragst, dann liegt unter dem Innenhof ein großer Kellerraum ohne Fenster, aber mit Lüftungsschächten, die aussehen wie diese Stelen da oben."

„Aber wo ist dann der Eingang?"

Die etwa zehn Meter lange Wand schien aus vier soliden Betonteilen gegossen zu sein, zu erkennen waren nur die drei schmalen Nähte dazwischen, aber weder Schloss noch Tür.

„Wie sind die da reingekommen? Durch einen Tunnel, von der Garage aus?"

Heiner antwortete nicht. Er stand – in seiner bekannten Haltung mit gesenktem Kopf – vor dem dritten Segment der langen Wand und schaute auf die untere Kante. „Hier, schau mal!“

Martin kniete sich auf den Boden und betrachtete die Stelle, die Martin mit einer Taschenlampe beleuchtete. Eine mit graubraunem Fett geschmierte Metallrinne verlief vor dem dritten Segment bis zum Ende der Wand.

„Das ist unsere Tür, Martin. Eines der beiden mittleren Elemente hier. Keine Klinke, kein Schloss, also elektrisch.“

Heiner eilte zum Schaltkasten. Die einzelnen Automaten waren bis auf einen deutlich beschriftet. Er schaltete einige aus und wieder ein, das Neonlicht verlosch und flackerte nach kurzer Zeit wieder auf. Er studierte die Schaltpläne auf der Innenseite der Blechklappe, die den Schaltschrank verschloss. Sein Zeigefinger glitt über die dargestellten Hauptleitungen, bis sie an einem Punkt des Plans ins Leere liefen.

„Die müssen hier später noch zusätzlich eine Leitung gezogen haben, und dafür kann nur dieser Automat zuständig sein!“

Er beleuchtete das Schaltgerät mit seiner kleinen Taschenlampe. „Hier, der hier ist aus ... was mag denn wohl passieren, wenn wir den mal einschalten?“

Noch bevor Martin seine Bedenken äußern konnte, hatte Heiner bereits den Schalter umgelegt, erschreckte aber selbst, als jetzt ein Vibrieren unter den Füßen spürbar wurde. Zunächst war es nur ein leises tiefes Brummen, dass sich in der Tonhöhe schnell nach oben schraubte. Dann setzte sich mit einem ohrenbetäubenden Quietschen das dritte Wandsegment in Bewegung, zunächst ein kleines Stück nach vorn, dann ächzend und schabend nach rechts, bis es mit einem metallischen Klicken vor dem vierten einrastete und vom Boden bis zur Decke eine dunkle Öffnung von etwa zwei Metern Breite freigab.

Es wurde wieder still. Sehr still. Nur das leise Summen, das sie oben im Innenhof durch die Lüftungsschlitze gehört hatten, war lauter geworden.

Die beiden blickten angespannt in das dunkle Loch. Keiner traute sich, den ersten Schritt zu wagen.

„Geh du vor, Martin!"

„Wieso ich?"

„Du bist der Dorfpolizist, du musst Vorbild sein!"

Martin ließ sich nicht länger bitten und verschwand im Dunkeln. Es dauerte ein wenig, bis er rechts an der Wand einen Schalter gefunden hatte. Dann flackerten zwei lange Züge mit Neonröhren. Sie waren zwischen drei Reihen aus breiten Schränken aufgehängt. Die sahen aus wie überdimensionierte Spinde mit aufwendigen Verriegelungen und Öffnungen zur Decke, aus denen breite Schläuche kamen, die sich bündelten und zu Klimaaggregaten führten, die an der hinteren Wand vor sich hin summten. Am Boden standen Geräte mit elektronischen Anzeigen, die wohl die Luftfeuchtigkeit prüften und regelten.

„Das Depot", sagte Martin, „Marie hat lange danach gesucht."

Links und rechts waren die Schränke in der Mitte horizontal geteilt, sodass sich zwei Ebenen bildeten. Martin versuchte, einen der Drehhebel umzulegen. Die einzelnen Schränke waren nicht verschlossen. Er blickte auf die Rahmen senkrecht stehender Gemälde. In der Mittelreihe, wo die Schränke nicht unterteilt waren, lagerten die größeren Formate.

„Die Schatzkammer!" Bei Heiner klang dieses Wort wie bei Harrison Ford als *Indiana Jones*, in einer Mischung aus Verwunderung und Zweifel.

„Hast du irgendeine Ahnung, wie der alte Droste soviel Geld scheffeln konnte, dass er offenbar größere Mengen davon für Kunst übrighatte? Das passt doch irgendwie nicht zu ihm. Und zu seinem Sohn schon gar nicht."

„Nee, Werner hätte es direkt in seinen Autofriedhof gesteckt, von dem nur er felsenfest glaubte, es sei eine wertvolle Oldtimer-Sammlung." Martin ließ seinen Blick durch den Raum schweifen. „Sowas hier baust du dir nur, wenn du Kapital sichern willst und niemandem traust."

„Ein privates Fort Knox."
„Er wird gewusst haben, warum."

Martin hatte auf dem Rückweg ins Wohnzimmer schnell noch eine Flasche Sekt aus dem Keller mitgenommen. Er öffnete sie mit lautem Knall und ließ den Schaumwein in ihre beiden Gläser laufen. Ein drittes stand für Marie bereit, die eigentlich schon zu Hause sein sollte.

„Auf die Jäger des verlorenen Schatzes!"

„Auf das wiedergefundene Bernsteinzimmer!"

Sie stießen an und freuten sich, auf den Moment, wo sie Marie mit der frohen Botschaft überraschen konnten. Selbst wenn sich nur ein Teil der Sammlung in bare Münze verwandeln ließ, erhielt dadurch die Stiftung *Neuer Droste-Hof* ein solideres Fundament. Sie ließen sich entspannt in das große weiße Ledersofa fallen und waren schon bald wieder bei den noch gar nicht so lange vergangenen, alten Zeiten und lachten gemeinsam über Heiners damalige Verzweiflung bei der Bergung des alten Porsche aus dem Schwarzen Venn. Die kleine private Buddelei des Heimatforschers und Schatzsuchers Wienkämper hatte sich in Windeseile herumgesprochen und in eine dörfliche Gemeinschaftsaktion verwandelt, an deren Ende nicht nur ein riesiger Krater im Moor übriggeblieben war. Es war der Beginn einer großen Polizeiaktion geworden, in deren Verlauf Martins unrühmliche Vergangenheit beinahe vollständig zu Tage gefördert worden wäre. Walters Team, damals noch mit Emma Ammann, und aus Münster hinzugezogenen Einheiten hatten jeden Quadratzentimeter umgedreht und schlimme Dinge ans Licht geholt.

„Übrigens ... hast du das gesehen, im Fernsehen?"

Martin schaute den Freund fragend an.

„Emma Ammann war im *heute journal*!"

Martin grinste. „Ja, Emma ... wir haben doch alle gewusst, dass sie Karriere machen würde. Walters GPT in Borken war für sie von Anfang an nur eine Zwischenstation. Emma ist keine Frau für die Provinz."

„LKA Düsseldorf, Abteilung Cyberkriminalität ... Oberkommissarin ... große Nummer, oder?“

„Ja, ich fürchte, wir werden noch von der Dame hören ...“

„Und wisst ihr schon mehr über die neuen Untersuchungen?“

Martin zögerte. Heiners angeborene Neugier beschränkte sich in der Regel nicht auf das Erforschen der Moorböden ringsum und die Suche nach historischen Spuren. Wenn Martin zu viel verriet, wusste es morgen das ganze Dorf und damit auch Marie.

„Emma war übrigens wieder hier. Ist eigens aus Düsseldorf angereist. Sie meint, Walters Grenzübergreifendes Polizeiteam könnte in dem Fall nützlich sein.“

Heiners Augen wurden größer. „Aber der Mann ... also das Opfer ... das war doch ein Finanzmakler aus Greven. Was hat das denn mit Aarloh zu tun?“

„Darf ich dir nicht sagen, Heiner. Ist auch alles noch sehr vage.“

An dem speziellen Blick ins Leere, den Martin nur zu gut kannte, sah er, dass die kleinen Rädchen im Kopf seines Freundes sich schon wieder zu drehen begannen.

„Wenn du mich fragst, dann ist der Täter mit dem Flugzeug gekommen. Du kannst nämlich vom Flughafen Münster-Osnabrück zu Fuß da rüber laufen, bis zum Kanal. Der hat seinen Job erledigt und ist mit der nächsten Maschine zurück ... ganz klar.“

Sie hörten einen Schlüssel im Haustürschloss und kurze Zeit später Maries fröhliches „Bin wieder daha!“. Die beiden Männer lächelten sich verschwörerisch an, Martin füllte schnell das dritte Glas und hielt es der verdutzten Freundin entgegen, als sie das Wohnzimmer betrat.

„Hallo ... Heiner ...“ Marie schaute Martin etwas verwirrt an. „Mein Geburtstag ist im Mai ... Was feiert ihr hier denn gerade?“

„Das Rheingold!“, sagte Martin, schon leicht benebelt vom Perlwein.

„Den Gral!“, behauptete Heiner lachend.

„Die erfolgreiche Jagd nach dem grünen Diamanten.“

Marie schmunzelte.

„So, so, die Herren haben sich einen Abenteuerfilm auf unserer Riesenglotze angesehen und sich dabei ganz langsam diesen ...", sie griff nach der fast leeren Flasche und schaute auf das Etikett, „... diesen französischen *Crémant de Bourgogne* auf die Lampe gegossen."

„Nein, Marie, wir haben eine wunderbare Überraschung für dich!"

Marie blieb skeptisch. „Mhm, dann lasst mal hören."

„Sehen, Marie! Das musst du dir ansehen!"

„Und wo?"

„Im Keller."

Marie sagte nichts. Ihr Zögern war nicht gespielt.

„Ich gehe nicht mehr so gern in dunkle Keller."

Der alte Film ratterte im Zeitraffer durch ihren Kopf. Der Keller unter dem Ringlokschuppen ... der Lichtkegel der Akkuleuchte auf den weißgekachelten Wänden, wie in einem Schlachthaus ... der Schein der Lampe, der sich nur für Sekunden nach oben richtete ... der tote Spanier, aufgehängt an einem Heizungsrohr ...

„Das letzte Mal, als ich mit euch beiden Kellerräume inspiziert habe, lag ich anschließend im Koma ... nein, danke!"

Martin verstand sofort und schloss sie fest in seine Arme. „Nein, diesmal ist es etwas sehr Schönes, Marie, etwas, das dich freuen wird."

„Und alles ist hell erleuchtet, keine dunklen Geheimnisse in schummrigen Ecken", ermutigte sie Heiner.

An Martins Arm geklammert, stieg Marie die Treppen hinab. Ihre Angst verschwand von Stufe zu Stufe, als sie die große Öffnung und den hell beleuchteten Raum dahinter sah. Sie begriff sofort.

„Die Bilder!" Sie ließ Martin los, eilte durch die Reihen und öffnete die Schränke. „Sie sind alle noch da! Das ist wunderbar!"

„Ja, Marie, komm, nun feier mit uns." Er streichelte ihr zärtlich den Kopf und freute sich an ihrem überglücklichen Gesicht.

„Ja, meinetwegen, aber nur ein Glas, Jungs. Ich will nüchtern bleiben, das ist wie Weihnachten hier, ich mache heute eine Nachtschicht!"

Auch Martin machte eine Nachtschicht, er wollte so lange arbeiten, bis Marie aus der Schatzkammer zurückkam. Eine gute Gelegenheit, sich in der Zwischenzeit ungestört den letzten Aufnahmen der Sicherheitskameras zu widmen. Es war inzwischen fast zur Routine geworden. Die schwarz-weißen Bilder rauschten stark, zeigten aber alle Außenwände des Bungalows einschließlich des offenen Innenhofes. Keine ungewöhnlichen Ereignisse. Nicht einmal ein Fuchs oder eine Wildschweinrotte. Er wollte die Sichtung schon abschließen und zu Marie in den Keller hinuntergehen, als für einen kurzen Moment ein heller Schein durch alle vier Bilder der Kameras ging. Weit hinten musste ein Auto herangefahren und abgebogen sein. Aber alle Arbeiten auf dem nahegelegenen Hof waren längst beendet, die Zeitangabe zeigte 0:43 Uhr an. Hatte sich jemand auf dem Hofgelände verfahren? Er änderte die Geschwindigkeit des Zeitraffers und ließ die Bilder langsamer vorlaufen. Dann gefror ihm das Blut in den Adern: Zwei Gestalten, die die Kameras in der dunklen Schwärze als graue Silhouetten darstellten, schlichen sich am Haus vorbei und tauchten im Bild der Innenhofkamera wieder auf. Nur kurz und so weit entfernt von den Sensoren, dass die Beleuchtung nicht aktiviert wurde. Martin fuhr in einzelnen Bildern zurück. Die beiden grauen Phantome, die sich dort schemenhaft durch das Dunkel schlichen, konnten durchaus die beiden Frauen sein. Die beiden Geisterbilder verschmolzen zu einer Figur, aber die Umrisse der Köpfe waren erkennbar und erschienen in unterschiedlichen Höhen. Die Kleine und die Große? Auf nächtlicher Erkundungstour am Bungalow? Martin eilte nach draußen und prüfte die Sensoren. Alle lösten unverzüglich die grelle Beleuchtung aus, sobald er sich näherte. Aber was bedeutete das schon? Nur eines: Er durfte Marie nichts von seinem Verdacht erzählen, obwohl sie sich beide geschworen hatten, keine Geheimnisse mehr vor dem Anderen zu haben. Es würde ihm schwerfallen, dieses Versprechen zu brechen.

Inzwischen war es halb eins geworden. Martin ging in den Keller und fand Marie schlafend auf dem Boden sitzend und an die weißgetünchte Wand gelehnt. Vor ihr lag der Aktenordner mit den Belegen und Briefwechseln zu den bislang vermissten Kunstwerken, rechts und links von ihr standen zwei kleinere Gemälde, die Martin schnell an Motiv und Signatur identifizierte: Baumbilder von Piet Mondriaan, das eine aus dem Jahr 1910, das andere von 1911. Vorsichtig schob er das rechte Bild zur Seite und setzte sich neben die Frau, die er liebte. Sie schmiegte sich im Schlaf an ihn, und als sie wach wurde, sagte sie leise: „Wir haben sie gefunden, Martin, alles wird gut."

22

Die Struktur des Baumes, das Gewirr der schwarzen Äste und der monolithische Stamm mit seinen farbigen Schatten, stand schon klar vor dem blaugrauen Hintergrund, aber das Wurzelwerk war ihm nicht gut gelungen. Es sah aus wie ein undurchsichtiges, graues Knäuel, das eher an Hirnwindungen oder Gedärm erinnerte als an unterirdische Versorgungsleitungen, die nach einem komplizierten biologischen System das Astwerk und die Blätter hoch oben mit Nahrung versorgten und den komplexen Organismus des alten Baumes am Leben erhielten.

Ari hatte schon seit dem frühen Morgen an seinem neuen Bild gemalt, in völliger Trance, er hatte weder bemerkt, wieviel Kaffee er getrunken hatte, noch dass das künstliche Tageslicht seiner Atelierleuchten noch brannte, als es draußen hell wurde und seit langer Zeit wieder einmal die Sonne schien.

Ein letzter kritischer Blick auf das misslungene Wurzelgewirr, dann tränkte er einen Lappen mit Terpentinöl und verwischte damit die Arbeit der letzten zwei Stunden, bis nur noch ein Schatten der mit Umbra vermischten schwarzen Farbe zu sehen war, unter dem die Vorzeichnung wieder auftauchte.

Wie immer, wenn Ari nicht weiterwusste, musste er laufen. Es war ein milder Novembertag, die Sonne würde heute eine echte Chance bekommen, für längere Zeit das Grau zu durchdringen.

Aris neue Hoffnung hieß Marie. Wenn sie die Droste-Terhahn-Sammlung betreute und tatsächlich ein Konzept für eine öffentliche

Präsentation entwickelte, gab es vielleicht eine echte Chance für ihn. Am Ende doch noch einmal eine große Wardenaar-Ausstellung? Eine Retrospektive, wie seinerzeit bei seiner Großtante in Utrecht? Ein Rückblick auf ein Künstlerleben und mit etwas Glück Verkäufe, die die letzte Lebensphase erträglicher machten? Seine schmale Rente aus der Zeit seiner Lehrtätigkeiten finanzierte nicht viel mehr als das elektrische Licht. Wie oft hatte er sich in den letzten Jahren wie ein Holzfrevler durch die umliegenden Wälder schleichen müssen, um mit einer Säge und einem Sack nach brauchbarem Totholz zu suchen. Zum Glück waren die letzten Winter mild gewesen. Er erinnerte sich ungern an jenes Jahr, in dem er, in Decken gehüllt, die steifgefrorenen Finger nicht hatte kontrollieren können und ihm nichts gelungen war.

Er dachte, während er in zügigem Tempo über den Feldweg wanderte, an die beiden Mondriaan-Bilder. Wenn Marie sie im Droste-Bestand nicht gefunden hatte, wo waren sie dann? Im Grunde hatte er Gerrit Nijkerk noch nie vertraut und dessen grauer Eminenz, diesem Herrn Professor Dr. Paul Hahnemann, noch weniger. Hatten sie die Bilder vor Bernhards Tod noch zurückgenommen und dem Sammler angesichts rasant steigender Preise einen lukrativen Weiterverkauf schmackhaft gemacht?

Nijkerk, Hahnemann und er waren ein gut funktionierendes Team gewesen, aber er würde auch ohne die beiden auskommen. Nur war es überhaupt nicht in Ordnung, dass er damals nur einen Bruchteil der Gewinne abbekommen hatte, die Brosamen vom Tisch seiner beiden Herren, die ihn jetzt am Hungertuch nagen ließen.

Verlassen konnte er sich nur auf sich selbst, auf seine künstlerischen Fähigkeiten. Etwas anderes gab es für ihn nicht, und er musste mit aller Kraft an seinem neuen Bild arbeiten, es in kurzer Zeit zu Ende bringen und dann selbst verkaufen. Marie würde ihm dabei helfen, er brauchte diese beiden Geier nicht mehr.

Er überquerte die schmale Brücke zu seinem Haus und streifte auf dem Vorhof mit einem Büschel Gras die dicken Krusten aus Acker- und Walderde von seinen Schuhen. Drinnen war es noch angenehm warm, aber er schob noch ein Stück Holz nach, er wollte sich direkt wieder an die Arbeit machen.

„Versuch es gar nicht erst, Ari!"

Der Maler erschrak und drehte sich um. Er sah nur einen grauhaarigen Hinterkopf, der über den Rand seines abgewetzten Ledersessels ragte, aber die Stimme erkannte er sofort.

„Paul!? Wie kommst du in mein Haus und warum erschreckst du mich zu Tode?"

„Nun, zu deinen fragwürdigen Eigenarten, Marotten und Leichtsinnigkeiten gehört ja offenbar immer noch, dass du deine Haustür selten verriegelst."

„Na ja, die Zeit der marodierenden Landsknechte ist ja zum Glück vorbei. Kann mich nicht erinnern, dass hier in den letzten zwanzig Jahren mal jemand meine Gastfreundschaft in böser Absicht missbraucht hätte. Hast du denn böse Absichten, Paul?"

Der Professor stand auf und murmelte etwas, das Ari nicht verstand. Dann schaltete er eigenmächtig das Kunstlicht ein, schlug das Tuch über dem angefangenen Bild auf der Staffelei zurück und betrachtete es prüfend.

„Vergebene Mühe, Ari, lass es besser bleiben, es wird dir doch nur Ärger bringen."

Ari schnaubte verächtlich. „Berufsverbot? Willst du mir das Malen verbieten?"

„Nein, nein!" Hahnemann lächelte gekünstelt. „Mal so viel du willst, nur nicht so was. Ich weiß doch, worauf das hinausläuft."

„Wir verkaufen doch eh nichts mehr, und schon gar nicht gemeinsam. Da kann ich doch malen, was ich möchte."

„Was *du* möchtest? Du? Warum erkenne ich dann in dieser Vorzeichnung fremde Strukturen und nicht deine eigenen? Und die Strukturen kommen mir sehr bekannt vor."

„Zufall? Intuition, Kreativität ... Phänomene, von denen selten was in deinen Büchern steht."

„Weil ich mich an die Fakten halte! Und über Piet Mondriaan steht da einiges. Solltest du vielleicht mal lesen! Wenn du so kreativ und eigenständig bist, Ari, wieso ähnelt das denn alles dem frühen Mondriaan? Alles schon mal dagewesen! Das hier sieht aus wie sein *Grauer Baum* von 1911. Nur da unten, unter dem Stamm, da sieht die Vorzeichnung anders aus. Was soll das denn werden? Wurzelwerk? Das wäre in der Tat neu."

Ari schlug das Tuch wieder zurück über das Bild. „Ja, genau, Herr Professor. Neu, weil es ja *mein* Bild ist."

„Die Leinwand ist alt."

„Ich habe kein Geld für Material. Ihr habt mich ja leider nicht so fürstlich bezahlt, dass ich meinem sogenannten *Lebensabend* beruhigt und zufrieden entgegensehen könnte. Kennst du nicht jemanden, der Malunterricht braucht? Eine deiner betuchten Freundinnen vielleicht?"

„Warum sprichst du nicht mit Nijkerk? Er ist dein Galerist. Vielleicht nimmt der dir was ab."

„Zwecklos, und das weißt du genau."

„Trotzdem!" Hahnemann tippte mit dem Finger auf die Leinwand. „So was musst du bleiben lassen. Die alten Konzepte funktionieren nicht mehr. Du wirst dir nichts als Ärger einhandeln. Und nicht nur dir – uns allen!"

Der Professor zog einen Umschlag aus der Innentasche seines Mantels.

„Das hier sollte fürs erste reichen, zumindest für das Notwendigste."

Ari war überrascht, aber er zögerte. Es war keine Freude, die sich in seinem Gesicht spiegelte, eher Verärgerung, ein Ausdruck der Demütigung, die auf Trotz und Rache sann.

„Nimm es an, bitte, und meinen Rat auch. Du verschwendest deine Zeit, glaub mir! Mal Blumenbilder oder die Oostendorper Watermolen, sowas verkauft sich immer ... Aber mit diesem Bild da öffnest du die Tore zur Hölle."

Ari griff mit einer schnellen Bewegung den Umschlag. Er steckte ihn wortlos in seine Jackentasche und lachte kopfschüttelnd. „Die Tore der Hölle, Paul? Kleiner geht's nicht? Jetzt wollt ihr mir schon mit dem Fürsten der Unterwelt drohen? Ich wollte immer nur malen, das war vielleicht dumm. Meine Forderungen waren immer sehr bescheiden, im Gegensatz zu euren Umsätzen. Was ist denn los? Ist jetzt die Mafia hinter euch her? Habt ihr Angst, dass ich eure schmutzigen Geschäfte verraten könnte?"

Hahnemann drehte sich blitzschnell um und packte den Maler beim Kragen. „Ich bin nicht blöd, Ari, ich ahne, was du vorhast. Aber du ahnst nicht, was du damit anrichten wirst. Mafia, das war gestern. Jetzt bellen ganz andere Höllenhunde. Und wenn man die von der Kette lässt, werden sie uns alle zerfleischen."

Wardenaar schlug die Hände des Professors von seinem Kragen und wies ihm die Tür.

„Raus, Paul! Ganz schnell! Geh nach Hause und vertief dich in deine Bücher. In Hieronymus Bosch und seine Monster meinetwegen, da hast du deine Höllenhunde. Das ist ja lächerlich! Hättet ihr mich anständig bezahlt, müsste ich jetzt nicht betteln. Weißt du, wie demütigend das ist?"

„Die Tore der Hölle, Ari!" Hahnemann war schon an der Tür. „Halt die Füße still oder der ganze Plunder hier wird darin versinken!"

„Fahr *du* zur Hölle!", rief Ari ihm wütend nach, dann fiel die alte Tür quietschend ins Schloss.

In der Hochkonjunktur ihrer etwas einseitigen *Geschäftsbeziehung* war er mit Lob überschüttet und mit immer neuen Aufträgen bei der Stange gehalten worden. Hahnemann und Nijkerk hatten seinen Fleiß und seine Professionalität bewundert ... und jetzt war alles nur noch Plunder? Durch das Fenster seines Ateliers sah der Maler den Professor die kleine Brücke überqueren. An der höchsten Stelle drehte sich Hahnemann noch einmal um. Es schien, als beobachtete er Ari, er sah, wie er die Hand hob. Aber nicht, um dem Maler zum Abschied zu winken. Er hielt ein Feuerzeug in der Hand und ließ die Flamme eine Weile brennen, bevor er sich einen Zigarillo anzündete. Dann verschwand er in einer kleinen Wolke aus blauem Rauch.

23

Noch in ihrem Schlafgewand und in der wohligen Wärme ihres dicken blauen Bademantels stand Marie vor dem großen Fenster des Wohnzimmers und schaute über die Kleinskulpturen auf ihren hellen Stelen in den angrenzenden Kiefernwald. Sie hielt einen dampfenden Becher Kaffee in der Hand und genoss das gute Gefühl, nach der langen Nacht im wiederentdeckten Depot, der gemeinsamen Sache ein ganzes Stück näher gekommen zu sein. Eva würde sich freuen, denn ihre Hoffnung auf neues Kapital für die Droste-Stiftung war nun durchaus realistisch. Die beiden Mondriaan-Bilder waren gefunden und ließen sich eindeutig der späten impressionistischen Phase des Malers zuordnen, kurz bevor er sich nach Paris und in den Kreis der Expressionisten, Kubisten und Abstrakten begeben hatte.

Martin hatte das Haus schon früh verlassen, sie hatte vergessen, was auf seinem Tagesplan stand. Sie sollte das eigentlich wissen, daran würde sie noch arbeiten müssen – das neue gemeinsame Leben war schön, aber auch voller neuer Herausforderungen. Ihr Blick fiel auf den ihrer Meinung nach übergroßen Bildschirm rechts vom Kamin, an den sie sich wohl nie gewöhnen würde.

Marie ging in ihr Büro und fuhr den Computer hoch. Sie brannte darauf einschätzen zu können, zu welchem Preis ein Mondriaan-Bild dieser Phase aktuell gehandelt wurde. Mit wenigen Mausklicks hatte sie ein paar interessante Angaben gefunden, aber keine wirklich sachdienlichen für das Frühwerk. Eine der späteren, abstrakten Kompositionen mit Blau, Rot und Gelb, die Mondriaan berühmt gemacht hatten, war 2015 für umgerechnet 45 Millionen Euro bei Christie's versteigert worden, 20 Millionen über dem Schätzwert. Eine ungeheure Summe.

Aber für die früheren Werke aus der impressionistischen Phase fand sie keine genauen Angaben. Offenbar waren nur wenige dieser Landschaften und Baumbilder auf dem Markt. Bei einer Auktion eines niederländischen Galeristen hatte ein eher biederes Mondriaan-

Bild von einem Bauernhof aus der Achterhoek-Gegend von 1904 immerhin 210 000 Euro erzielt. Die späteren Werke bis zum Jahr 1912, die immer näher an die endgültige Hinwendung des Malers zur Abstraktion reichten, dürften deutlich höhere Preise erzielen – vorausgesetzt, man fand einen engagierten Galeristen und der wiederum einen zahlungskräftigen Käufer. Marie ahnte, dass spannende Wochen vor ihr lagen und freute sich darauf.

Dabei verdrängte sie die Frage, woher denn das Geld für all die Ankäufe in den Jahren 2017 bis 2019 wohl gekommen sein mochte. Sie hatte alle Zahlungen, die an die Galerie Nijkerk in Winterswijk gegangen waren, addiert und war auf insgesamt 496 000 Euro gekommen. Woher hatte Bernhard Droste-Terhahn eine halbe Million, die er in Kunst investieren konnte? Marie legte diese Frage mit all den schrecklichen Vorstellungen, die die Erinnerungen an die Drogenproduktion auf dem Droste-Hof in ihr auslösten, schnell in jene dunkle Schachtel im hintersten Winkel ihres Kopfes zurück, die sie nie wieder öffnen wollte. Dort lagen auch die Bilder ihres toten Bruders, vermutlich eines der ersten Opfer des brutalen Dealers Henk Verbeek. Und dort lagen nicht nur die schemenhaften Skizzen vergilbter Erinnerungsbilder, dort lagen auch Geräusche, Gerüche und Gefühle. Der chemische Geruch eines Klebebandes unter ihrer Nase, das schreckliche Gefühl einer Schlinge, die sich um ihren Hals zusammenzog und das Geräusch eines zischenden Feuerzeugs, mit dem sich *Henk der Henker* seine letzte Zigarette angezündet hatte.

Sie hatte lange geschlafen. Draußen lichtete sich schon der Nebel. Im letzten Dunst glaubte sie Ari Wardenaar hinter dem Kiefernwald an seinem Gepäck zu erkennen, dem Bündel aus seinem einbeinigen Klappstuhl, der großen schwarzen Zeichenmappe, den Stäben seiner Feldstaffelei, die wie Pfeile aus einem Köcher über seinen Rücken hinausragten. Ein Indianer, der letzte Mohikaner, ein Jäger und Sammler. Er jagte jenes scheue Reh, das er vorgestern das *Wesentliche* genannt hatte, und er sammelte Eindrücke in Form von Kohlestrichen und Pastellfarben, die in seiner Welt mehr bedeuteten als Auktionspreise und Verkaufserfolge. Ari würde ihr sicher helfen können bei der Identifizierung von einigen nicht ganz eindeutigen Bildern der nun kompletten Droste-Sammlung.

Für Heiner Wienkämper war die Nacht nicht mehr so lang geworden wie für die fleißige Marie. Auch er war an diesem Morgen als Spurensucher und Fährtenleser unterwegs. Dafür vernachlässigte er sogar seinen Dienst. Sie mussten mit dem geplanten Wiederaufbau des Backhauses weiterkommen, alle ehrenamtlichen Helfer standen schon in den Startlöchern. Nur das Denkmalamt wartete auf den exakten Nachweis der Herkunft – was nach Heiners Einschätzung eine reine Schikane war. Aber am frühen Morgen, direkt nach dem Aufstehen, war ihm eine Idee gekommen.

Marie hatte von Ari Wardenaar erzählt. Bewohnte dieser Künstler nicht ein aufwendig restauriertes Bauernhaus an der Grenze, fast schon auf niederländischer Seite, wunderbar an einem Moorsee gelegen? Es war *transloziert*, also irgendwo abgebaut und an dieser schwer zugänglichen Stelle wiederaufgebaut worden. Es hatte seinerzeit in Heimatpfleger- und Denkmalschutzkreisen für Aufregung gesorgt, weil der Umbau im Grunde von der alten Substanz nichts übriggelassen hatte als die Eichenständer. Der gesamte Giebel war mit modernen, großen Fenstern ausgestattet worden, damit der Künstler auf der Südseite möglichst viele Stunden Tageslicht in seinem Atelier hatte.

Heiners gewagte Idee war nun, den bremsenden Denkmalschützern das Backhaus als nicht wieder aufgebautes Teilstück der dortigen Wardenaar-Anlage zu verkaufen. Eine Tafel vor dem Backhaus würde das später den interessierten Gästen des neuen Bauernhof-Cafés erläutern. Vielleicht hatte der Künstler noch irgendwelche alten Dokumente, mit denen man den früheren Standort plausibel belegen oder zumindest behaupten konnte. Manchmal musste man kreativ sein. Sie hatten nicht ewig Zeit, es musste ja irgendwie weitergehen, wenn die Stiftung *Neuer Droste-Hof Aarloh* nach all den öffentlich geäußerten Lobeshymnen in der Realität nicht zu einem gescheiterten Versuch verkommen sollte.

Ein Geräusch störte den engagierten Heimatforscher: ein Surren wie von einem übergroßen Insekt, das sich unsichtbar irgendwo über den Bäumen bewegen musste, sich entfernte und leiser wurde, dann wieder näherkam. Er ging durch ein kleines Wäldchen auf eine Lichtung zu. Das Geräusch kam von einer Drohne. Er sah, wie sie dicht über das rietgedeckte Dach flog und in weitem Bogen über den kleinen See zog. Neue Zeiten.

Der Maler war nicht da.

Ohne wirkliche Erkenntnisse trat er den Heimweg an und überquerte die kleine Brücke, die von der vermutlich künstlich aufgeschütteten Halbinsel zurück zur Lichtung führte. Dort wo der Trampelpfad durch das hohe Gras der Lichtung in den Wald lief, hörte er ein Lachen, das ihm bekannt vorkam. Waren das nicht die beiden Frauen, deren ungebührliches Verhalten vor den Droste-Gräbern ihn irritiert hatte? Er war unsicher. Die krausen Locken der kleineren Person kamen ihm fremd vor. Hatte sie nicht gestern noch halblanges, blondes Haar gehabt?

„Eine Drohne?", fragte er freundlich lächelnd.

Die beiden Frauen sahen sich kurz an, dann nickte die größere ihm wortlos zu, klappte die vier Arme mit den kleinen Rotoren ein und beeilte sich, den Apparat in die Schaumstoffpolsterung zu legen und den Koffer zu schließen.

„Kein gutes Licht heute für Aufnahmen, zu diesig!"

Die Damen sahen sich ratlos an, als hätten sie Heiner nicht verstanden oder als suchten sie nach einer Antwort.

„Spreek je Nederlands?"

Wieder nur ein zögerliches Kopfschütteln und fragende Blicke.

„English!", sagte die größere der beiden.

Jetzt musste Heiner nach Worten suchen, fand aber schnell eines: „Film?"

„Yes, film", bestätigte die Kleinere und lächelte bemüht. „Touristfilm ... the Netherlands ... travelling." Sie unterstützte jedes ihrer Worte mit einem Kopfnicken, wie Heiner es nur von Japanern kannte.

„Weather not good“, versuchte es Heiner.

„No, not good“, bestätigte die Größere und stand auf. „We better come back tomorrow.“

„Morgen, besser ... vielleicht Sonne morgen“ übersetzte die Kleinere mit starkem Akzent, den Heiner irgendwo zwischen Litauen und Kroatien ansiedelte, so genau kannte er sich da nicht aus.

Die beiden Frauen gingen durch das Tannenwäldchen zu dem kleinen Parkplatz und verstauten den Drohnenkoffer in ihrem blauen Passat. Als sie die Türen geschlossen hatten, hörte Heiner, wie sie in schallendes Gelächter ausbrachen. Er war sich noch immer nicht ganz sicher, aber das mussten die Frauen vom Friedhof sein. Das Lachen war eindeutig. Ein Touristenfilm über die Niederlande? Ein Frauenteam beim Dreh eines Werbefilms? Die Schönheit des Achterhoeks im tristen November? Unwahrscheinlich.

Heiner war noch im Wald als sie losfuhren. Die Beifahrerin sah ihn aus dem Seitenfenster an und bemühte sich, ihr Lachen zu unterdrücken, was ihr aber nicht gelang. Heiner sah an sich herab. Nein, sein Hemd hing ihm nicht aus der Hose und seine Jeans war ordnungsgemäß geschlossen – was war denn an seiner Person so komisch?

24

Die Glöckchen an der Tür der Galerie Nijkerk spielten ihren fröhlichen Akkord. Marie schaute interessiert nach oben: blauweißes Porzellan, kleine Kelche in unterschiedlichen Größen.

„Ein kleines Spielzeug aus Delft, circa 200 Jahre alt und offenbar unverwüstlich!“ Gerrit Nijkerk kam freundlich lächelnd auf sie zu. „Herzlich willkommen, was kann ich für Sie tun?“

Marie schaute Nijkerk ins Gesicht. Woran hatte er bereits erkannt, dass sie Deutsche war? Und würde dieser Mann mit der aufgesetzten Verkäuferfreundlichkeit wirklich bereit sein, Details seines früheren Geschäftsgebarens preiszugeben? Es hatte keinen Zweck, um den heißen Brei herumzureden. Sie würde ihm ziemlich schnell etwas Lukratives anbieten müssen, etwas, das ihn interessierte und seinen Jagdinstinkt weckte.

„Nun, kaufen möchte ich im Moment nichts."

„Kein Problem, Mevrouw, was nicht ist, kann ja noch werden. Schauen Sie sich in aller Ruhe um."

„Aber vielleicht muss ich etwas verkaufen."

Sofort wandelte sich Nijkerks Gesichtsausdruck von freundlich anbiedernd in distanziert skeptisch. Das Gesicht eines Händlers, der alle Erwartungen des Verkäufers von vornherein dämpfen musste, andererseits nicht arrogant oder abweisend wirken wollte, solange er nicht sicher war, ob das Angebot nicht doch ein lohnendes Geschäft werden könnte.

„Wenn Sie uns ein Kunstwerk anbieten möchten, dann können wir dazu gern eine Expertise in Auftrag geben – vielleicht haben Sie ja auch schon eine, sonst ... also, wir arbeiten da mit namhaften Kunstexperten zusammen, unter anderen mit wissenschaftlichen Mitarbeitern des Kröller-Müller-Museums – wenn Ihnen der Name etwas sagt."

„Oh doch!" Marie kramte in ihrer Tasche und präsentierte ihre neue Visitenkarte. Nijkerk betrachtete sie interessiert.

„*Journalistin – Umwelt und Bildende Kunst* ... interessant, ja, interessant und ungewöhnlich ..." Nijkerk war verunsichert. „Sie recherchieren zu einem bestimmten Thema? Beabsichtigen Sie wirklich einen Verkauf oder möchten Sie mir nur ein paar Fragen stellen? Auch kein Problem, aber vielleicht sollten Sie dann doch lieber gleich mit einem Kunstexperten ...?"

„Nein, nein, Herr Nijkerk. Also, Fragen habe ich schon, aber die sind – sagen wir – eher unkünstlerischer Natur."

Nijkerks fragender Gesichtsausdruck verwandelte sich in ein leichtes, aber für Marie deutlich sichtbares Erschrecken, als er sein eigenes Firmenlogo auf dem Briefkopf einer Rechnungskopie sah, die Marie jetzt aus einer Mappe in ihrer Tasche zog.

„Sehen Sie hier: Das ist eine Rechnung aus dem Jahr 2018."

Mit deutlichen Stirnfalten warf Gerrit Nijkerk einen Blick auf das Papier.

„Oh ja, das waren wir. Bernhard Droste-Terhahn, ja, ja, ich erinnere mich. Sind Sie ... gehören Sie zur Familie? Ich hörte, er ist vor einigen Monaten gestorben. Mein – wie sagt man auf Deutsch – mijn oprechte medeleven ... mein Mitleid?"

„Mein aufrichtiges Beileid", half Marie, „aber nein, er war kein Verwandter. Auch sein Sohn ist inzwischen verstorben ... Werner. Und nun will die Erbin, Frau Eva van den Goore, den Droste-Hof in eine Stiftung umwandeln und muss dazu möglicherweise Teile der Sammlung veräußern – sie ist die Tochter von Herrn Droste-Terhahn."

„Veräußern?", fragte Nijkerk, „dat betekend wat?"

„Nun, sagen wir schlicht: verkaufen."

„Ah, verstehe, ja, natürlich ... da helfen wir gern. Ich muss nur direkt ein wenig warnen: Die Erwartungen der meisten Anbieter sind in der Regel viel zu hoch. Alle lesen von diesen gigantischen Summen, die bei großen Auktionshäusern aufgerufen werden. Aber wir können da natürlich nicht mithalten. Sie sehen ja, unser Haus ist klein, wir arbeiten vornehmlich im regionalen Bereich, diesseits und jenseits der Grenze. Na gut, manchmal ist auch etwas dabei, das dann am Ende einen Käufer in Amsterdam oder Antwerpen findet, und wir haben auch schon mal etwas über Christie's und Sotheby's in Keulen ... wie sagt ihr: Köln ... oder Londen zur Versteigerung gebracht, aber in der Regel geht es bei uns um kleinere Werke van de nederlandse Kunst des 20. Jahrhunderts. Sehen Sie sich um: Karel Appel, CoBrA, de Stijl, Willem de Kooning, Informell ... nun, Sie sind ja vom Fach. Wo, wenn ich fragen darf, haben Sie denn schon veröffentlicht?"

Achtung, dachte Marie, *ein Test*. Sie überlegte kurz.

„Nun ja ... erwähnenswert sind vielleicht meine Katalogbeiträge zu niederländischen Malerinnen der Jahrhundertwende, vor allem über die weniger bekannten Frauen der Haager Schule. Vielleicht erinnern Sie sich an die große Ausstellung in Groningen?"

Nijkerk suchte angestrengt nach einem Erinnerungssplitter, musste aber passen und schüttelte nur stumm den Kopf.

„Sientje Mesdag-van Houten?", half Marie.

„Ah ja, Mesdag, klar, Den Haag."

Nijkerk konnte seine Skepsis nur schlecht verbergen.

„Ja ... wir haben uns auf eine etwas spätere Zeit spezialisiert, bei uns geht es im Grunde erst in den 20er-Jahren los, dann bis Anfang 1960 ... klassische niederländische Moderne, kann man sagen."

„Aber nicht nur, oder?"

Nijkerk schaute sie fragend an. Marie präsentierte ihm eine weitere Rechnungskopie und legte den Finger auf die Stelle, an der die damalige Lieferung aufgelistet war.

Der Galerist nahm die Kopie, schob seine Brille auf die von Falten zerfurchte Stirn und zog das Blatt sehr nah an die Augen, als habe ihm eine spontane Kurzsichtigkeit die Sehkraft getrübt.

Marie half nach:

„Da lese ich Mondriaan, oder? Es geht um zwei Baumbilder ..."

„Ja, ja, das sehe ich ja ..."

Nijkerk wurde nervös. „In welchem Jahr soll denn das gewesen sein?" Wieder glitt Maries Zeigefinger über das Papier auf das deutlich sichtbare Datum. „April, 2018, hier. Und das da ..." – Marie tippte auf den ausgedruckten Namen unter der Unterschrift – „Gerrit Nijkerk, das sind Sie selbst, oder?"

„Ja, doch, das mag ja alles sein aber ... ich erinnere mich nicht!"

„Zwei schöne, frühe Mondriaan Bäume, datiert 1910 und 1911, 70 mal 100 Zentimeter ..."

„Ja, Frau Gerster, lesen kann ich auch, steht ja da."

Die Stimmung des Galeristen begann zu kippen. „Sie müssen mir schon etwas Zeit geben ... allein hier, da stehen, hängen, liegen ..." – seine ausladende Handbewegung beschrieb einen großen Halbkreis – „Zeichnungen in Mappen, Gerahmtes, Ungerahmtes, wie soll ich denn das alles im Kopf haben? Vor allem, wenn das schon Jahre her ist! Wenn ich mich an alle meine Verkäufe noch genau erinnern könnte, dann wäre ich entweder ein Genie oder längst pleite."

2018, dachte Marie, gerade mal drei Jahre, da sollte es bei dem Preis doch klingeln.

„Die Summe ist ja doch recht hoch, damals haben Sie –"

„Ja, ja, ...", unterbrach sie Nijkerk und quittierte Maries Einschätzung mit einem arroganten Schnauben. „Bei allem Respekt, Frau Gerster, mit den derzeitigen Preisen auf dem Markt kennen Sie sich offenbar nicht aus! Diese 84 000 für zwei Bilder ... immerhin Mondriaan! ... Das war eher ein Freundschaftspreis damals. Ich erinnere mich wieder: Ja, die stammten aus Privatbesitz, der Besitzer war ... sagen wir: in einer kurzfristigen finanziellen ... ein Engpass, er wollte die Bilder eigentlich ... ach, ich möchte dazu nichts weiter sagen. Diskretion! Sie würden von mir auch nicht erfahren, wo hier in der Nachbarschaft ein Picasso hängt ... hab' ich nämlich auch schon verkauft ..."

Irgendetwas hatte ihre eigentlich einfache Frage bei Gerrit Nijkerk ausgelöst und ihn nachhaltig verunsichert.

„Worum geht es denn nun eigentlich? Schreiben Sie eine neue Story? Ist Ihre Verkaufsabsicht nur vorgeschoben? Dann gehen Sie besser ... Was soll denn sein mit den beiden Bildern? Sind die gestohlen worden, werden die gesucht oder was? Dann hat er sie vielleicht weiterverkauft, über einen Konkurrenten, was weiß ich ...?"

Marie verstand die plötzliche Unfreundlichkeit und Aufgeregtheit des Galeristen nicht. Er wusste ja noch gar nicht, worum es ihr wirklich ging. Warum war er jetzt schon verärgert? Marie überlegte, wie sie ihn beruhigen konnte. Nijkerk hyperventilierte immer noch.

„Es ist im Grunde recht einfach, aber ich verstehe, dass Sie vorsichtig sein müssen ... Können wir uns vielleicht setzen?"

Er räumte unwillig einige Papiere und Musterleisten von seinem Sofa, setzte sich aber in seinen Schreibtischsessel hinter den großen Tisch. Marie dankte und nahm Platz.

„Glauben Sie mir bitte, ich meine es ernst mit dem Verkauf. Sehen Sie: Ich bin mit Frau van den Goore ... also Eva, geborene Droste-Terhahn ... wir sind befreundet. Ich will ihr helfen, den aktuellen Wert der Sammlung zu ermitteln." Wieder kommentierte Nijkerk dieses

Ansinnen mit einem arroganten Schnauben. „Ja, das ist schwer, das weiß ich, Voraussetzung ist ja zum Beispiel, für alle Werke, die wir möglicherweise verkaufen wollen, die Provenienz zu klären. Damit fange ich gerade erst an und deswegen bin ich hier. Die beiden Mondriaan-Bilder ..."

Nijkerk blätterte jetzt wie abwesend in einem der Papierstapel auf seinem Tisch.

„... könnte es sein, dass sie aus dem Besitz der 1966 verstorbenen Malerin und Mondriaan-Freundin Agatha Zethraeus stammten?"

Nijkerk schaute nicht einmal auf, sondern blätterte weiter in den Papieren, eher verlegen, es hatte nicht den Anschein, dass er wirklich etwas suchte.

„Kann sein, Frau Gerster. Sobald Sie Ihre Verkaufsabsichten offiziell machen, bekommen Sie von uns ein Angebot ... ich sage schon jetzt, es wird keinesfalls höher sein als der damalige Preis ... und dann erfahren Sie auch, woher die beiden Bilder stammen, das ist doch wohl selbstverständlich."

Hatte sie das richtig verstanden? *Keinesfalls höher als der damalige Verkaufspreis*? War nicht ein ähnliches Bild unlängst für 210 000 versteigert worden? Hatte Nijkerk soeben die Verkaufsverhandlung schon begonnen und demonstrierte Desinteresse, um den Preis niedrig zu halten?

„Ich sagte ja, meine Absichten ... unsere Absichten sind durchaus ernst. Aber angesichts der aktuellen Preise für Mondriaan-Bilder aus dieser entscheidenden Phase, also vor seiner Hinwendung zur radikalen Abstraktion ... da erscheint mir der alte Preis nicht mehr angemessen."

„Das überlasse ich Ihnen!"

„Sie haben ja selbst von einem Freundschaftspreis gesprochen. Waren Sie mit Bernhard Droste-Terhahn befreundet."

„Nein."

„Dann vielleicht mit dem Vermittler der Bilder?"

„Vermittler? Wer sollte das gewesen sein?"

„Ich habe da so einen Verdacht ..."

„Oder etwas zu viel Phantasie, Frau Gerster? Ich habe da auch einen Verdacht: Sie können sich nicht zwischen Ihrem Forscherdrang als Journalistin und Ihrer Aufgabe als Verwalterin einer Kunstsammlung entscheiden. Das werden Sie aber wohl müssen."

Marie ließ sich nicht beirren.

„Mein Verdacht ist ... also die Kunstszene im Achterhoek ist ja überschaubar ... da gibt es einen Maler namens Ari Wardenaar, vermutlich haben Sie den Namen schon einmal gehört."

Nijkerk reagierte nicht.

„Mein Verdacht ist, dass er die Bilder von seiner Großtante geerbt hat, eben jener Agatha Zethraeus."

Jetzt war wieder nur das abfällige Schnauben des Galeristen zu hören, er schaute nicht einmal auf. Marie versuchte es erneut und viel direkter, sie musste diesen arroganten Kunsthändler aus der Reserve locken.

„Also noch mal: Ari Wardenaar ... klingelt es da bei Ihnen?"

Nijkerk erhob sich. „Ja, da klingelt was bei mir." Er ging zur Tür und öffnete sie. Es klingelten die Delfter Glöckchen. Marie hatte verstanden. Sie packte ihre Tasche und stand auf. Nijkerk hielt ihr die Tür auf, schaute sie aber nicht an.

„Ich habe zu tun, Frau Gerster. Machen Sie uns ein Angebot, dann reden wir weiter. Das Richter-Bild sollten Sie dabei nicht vergessen, daran wären wir wirklich interessiert."

Sie hatte das Richter-Bild ja noch gar nicht erwähnt. Nijkerk wusste also genau Bescheid über die Droste-Terhahn-Sammlung und hatte offenbar sein Erinnerungsvermögen wiedererlangt.

„Zu spät, Herr Nijkerk! Wer mich rauswirft, darf alles von mir erwarten, nur kein freundliches Angebot."

„Ihre Entscheidung!"

In der Tür drehte sich Marie doch noch einmal um. „Wissen Sie, als Journalistin gehört es zu den ersten beruflichen Erfahrungen, dass man hier und da abgewiesen wird. Meistens haben die Menschen dafür einen triftigen Grund, und meistens kommt man irgendwann dahinter. Tot ziens, Meneer Nijkerk."

Der Galerist schloss die Tür, und während noch die Abschiedsglöckchen läuteten, drehte er sein open-Schild um und schloss ab.

Er musste dringend den Professor erreichen.

25

Der deutsche Professor war immer pünktlich. So pünktlich, dass es Gerrit Nijkerk manchmal schon amüsierte. Draußen schlug die Glocke der Winterswijker Jacobskerk zwei Uhr, als der Galerist aufsperrte, und ihr sonorer Klang verband sich mit dem Gebimmel der Delfter Türglöckchen und dem feinen Klirren der Teetassen, die Nijkerk auf einem Tablett trug, zu einem kleinen Konzert.

„Keine lange Teezeremonie, Gerrit, ich habe wenig Zeit."

Der Kunsthistoriker machte keinen Hehl daraus, dass ihm die ungeplante Zusammenkunft nicht recht passte.

„Nur ein Tässchen Tee, dann spricht es sich leichter. "

„Ich hoffe es ist wichtig", brummelte Hahnemann und folgte ihm nach hinten, wo sie vor hartnäckigen Kunden geschützt waren, die das Türschild ignorierten. Die meisten wollten dann ohnehin nur schauen oder ein paar Kunstpostkarten kaufen.

„Seit wann hast du nachmittags zu?"

„Nur heute, Paul."

Hahnemann setzte sich in das Sofa, wo wenige Stunden zuvor Marie gesessen hatte. Er schaute sich um und strich mit dem Finger über eine der Leisten an der Wand.

„Staub, Gerrit, viel Staub. Hast du mich hergebeten, weil du deinen Laden endgültig dichtmachen willst?"

„Nein, nein, so schlimm ist es auch wieder nicht. Ich kann nicht sagen, dass der Laden gut läuft, aber ich habe gestern noch einen Karel Appel verkauft. Übrigens an Mevrouw Avenarius, die dich herzlich grüßen lässt."

„Diskretion, Gerrit! Oberstes Gebot! Vergisst du so langsam die alten Gepflogenheiten?"

Der Professor nahm ein Stück Rahmenholz von der Wand und blies den Staub ab. „Ja, die Avenarius ... manchmal gut, dass der Herr Doktor seiner Frau freie Hand lässt. Geld scheint ja immer noch vorhanden zu sein. Einen Karel Appel, ja?"

„Eines der Katzenbilder, fürs Kinderzimmer."

„Gut so, die nächste Avenarius-Generation, die nicht weiß wohin mit dem Geld und nette Bilder kauft. War denn alles zu Mevrouws Zufriedenheit?"

„Nein, der Rahmen war falsch."

Hahnemann grinste den Galeristen an.

„Nur der Rahmen, Gerrit?"

Aber dem Galeristen war nicht nach Ironie zumute.

„Kleiner Scherz, Gerrit, schau mich nicht so an, wo ist denn dein Humor geblieben?"

„Schlagartig verschwunden! Seit Ari Wardenaar hier aufgetaucht ist. Und kurze Zeit später diese Journalistin."

Jetzt verfinsterte sich auch Hahnemanns Gesicht.

„Was wollten die denn?"

„Ari wollte Geld, was sonst?"

„Hab ich ihm doch gegeben! Tausend Euro. Was will er denn noch? Macht der alte Sack dir Druck?"

„Reg dich nicht gleich auf, Paul. Und wenn, dann macht er *uns* Druck, Paul, *uns*! Mach mich hier nicht zum Einzeltäter!"

„Nein, ich will ja nur wissen, ob er auf die dumme Idee gekommen ist, dich ... also uns ... ob er uns droht, ob er uns erpressen will." Hahnemann trank hastig seinen Tee aus.

„Ich hab' sowas immer befürchtet! Mit Künstlern kannst du nicht arbeiten, die sind einfach immer unberechenbar."

„Der ist schlicht pleite, ist doch klar. Wann hat Droste-Terhahn das letzte Bild bei uns gekauft? Das muss zwei, drei Jahre vor seinem Tod gewesen sein."

Hahnemann schaute über die Mustersammlung der Bilderrahmen. Seine Hand glitt über die Sofalehne.„Mein Gott, Gerrit! Die reichsten Niederländer haben schon in diesem abgewetzten Biedermeier-Sofa gesessen." Nijkerk nickte, trank seinen Tee und stellte die leere Tasse auf den Arbeitstisch.

„Ja, und über diesen Tisch haben wir sie gezogen!"

„Mhm, wichtiges altes Möbel, das mochten sie, den Blick in deine Rahmenwerkstatt. Hauptsache die Atmosphäre stimmt, dann sind die Fragen nach der Herkunft des Produkts obsolet, dann ist automatisch alles echt und rein." Hahnemann grinste diabolisch.

„Tempi passati! Was tun wir, Paul, wenn Wardenaar durchdreht?"

„Ich werde nochmal mit ihm reden, klar."

„Das nützt aber nichts, der braucht einfach dauerhaft Geld! Habt ihr im Museum nichts für ihn zu restaurieren?"

„Ich habe Mühe, unseren eigenen Restaurator angemessen zu beschäftigen. Der hat inzwischen Angst um seinen Job, da kann ich nicht Aufträge an Externe abgeben."

„Was ist denn mit deiner *Kriegskasse*?"

„Die ist leer, schon lange. Die Stiftung spart, wo sie kann."

„Apropos Stiftung: Wusstest du, dass aus dem Droste-Hof eine Stiftung werden soll?"

Der Kunsthistoriker sah kurz erschreckt auf, dann goss er sich Tee ein und hielt die feine Tasse aus dünnem chinesischen Porzellan lange in beiden Händen, als müsste er sich daran wärmen.

„Das habe ich befürchtet, ich hatte das gerüchteweise schon gehört, aber es ist nicht gut, Gerrit, gar nicht gut. Woher hast du das? Und was haben die da vor?"

Nijkerk zögerte mit der Antwort, als fürchtete er eine heftige Reaktion des Professors. Hahnemann trank, stellte seine Tasse ab und blickte in das sorgenvolle Gesicht des Galeristen.

„Nun sag schon!"

„Die Tochter, eine gewisse Eva van den Goore, braucht offenbar Geld für diese Idee. Sie will einen Teil der Droste-Sammlung verkaufen. Eben war ihre Mitarbeiterin hier, eine neugierige Journalistin, unangenehme Person, schnüffelt hier rum ..."

Der Professor überlegte.

„Das ist verdammt ungut, Gerrit. Du musst alle Belege verschwinden lassen, wir tun so, als hätten wir nie etwas mit Bernhard Droste-Terhahn zu tun gehabt. Das ist ganz wichtig, das ist –“

„Zu spät, Paul. Die hatte Kopien dabei, vermutlich hat der Großbauer über alles lückenlos Buch geführt. Der hatte wenig Kunstverstand, aber einen übersteigerten Ordnungssinn.“

Ein leiser, unterdrückter Fluch entfuhr dem Professor, dann ließ er sich kraftlos und stumm ins Sofa sinken.

„Und ich fürchte, sie kennt Ari bereits.“

„Was?“ Hahnemann schnellte wieder nach vorn. „Wie heißt die Frau?“

Hahnemann schob Maries Karte über den Tisch.

„Marie Gerster“, las Hahnemann leise, *„Journalistin – Umwelt und Bildende Kunst* ... Wollte die irgendwas Konkretes von dir?“

„Ich denke, sie will die beiden Mondriaans verkaufen. Aber ich habe so getan, als wenn ich den Namen Wardenaar noch nie gehört hätte.“

„Nein, nein, nein, Gerrit.“ Hahnemann stand auf und machte nervös ein paar Schritte. „Die ist Journalistin, die recherchiert und kommt natürlich sofort auf Agatha Zethraeus und von da aus auf Ari Wardenaar, ist doch sonnenklar. Die macht eine Riesenstory, sollst sehen.“

„Nein, ich hatte viel mehr das Gefühl, dass sie im Moment hauptsächlich dieses Stiftungsprojekt betreut, und da brauchen sie halt Geld. Wenn der Bauer die Bilder noch hatte, dann werden sie die auch verkaufen, ob wir wollen oder nicht!“

Hahnemann setzte sich wieder aufs Sofa. Er blickte auch nicht mehr ständig auf seine Uhr. Mangelnde Zeit schien nicht länger sein Problem zu sein. Er hatte jetzt ein größeres.

„Ich werde mit beiden sprechen, mit dieser Gerster und mit Ari. Kannst Du nicht irgendwas von ihm ankaufen, Gerrit, nur damit er erstmal die Klappe hält? Was Kleines, Zeichnungen, Drucke, was weiß ich. Kleine Summen, ich beteilige mich.“

„Das kauft doch kein Mensch ... er hat da diesen Zyklus, Dantes *Inferno*, den bietet er mir schon seit Jahren immer wieder an, früher schwarzweiß, jetzt farbig – Müll, wenn du mich fragst."

„Kauf ihm den trotzdem ab! Bitte! Komplett auf meine Kosten, meinetwegen."

„Halte ich für keine gute Idee, Paul, wenn wir dem jetzt den kleinen Finger reichen ..."

Hahnemann versuchte sich zu beruhigen, dann sagte er in leiserem Ton: „Doch, Gerrit, das würde uns etwas Zeit verschaffen. Wir müssen überlegen, wir müssen sehr klug agieren, das geht hier nicht um ein paar krumme Geschäfte, da ist weit mehr im Spiel. Wenn diese Journalistin das Schnüffeln anfängt, Gerrit ... das wird dann ..."

Er sprach nicht weiter und der Galerist sah zum ersten Mal, dass der immer selbstsichere, gut gekleidete, arrogante Kunstprofessor Angst hatte.

„Was wird es denn dann, Paul ...?"

„*Unser* Inferno."

26

Nein, ihr neues Café würde definitiv kein Gourmet-Stübchen und auch kein *Oh-là-là-Bistro* mit vorgefertigten, tiefgekühlten Backrohlingen für schnelle Croissants und Baguettes. Sie würden auch keinen *coffee to go* durch ein offenes Fenster direkt an die Radwanderer verkaufen und keine *American Cupcakes* in klimaneutralen Tüten!

„So weit kommt dat noch!", hatte Törtchen dem schleimigen Abgesandten einer Kette für Muffin-Backlinge entgegnet. „In der Mikrowelle aufbacken? Wir sind gelernte Konditoren und Bäcker, kommt überhaupt nicht in die Tüte!" Törtchen hatte dem geschwätzigen Vertreter mit seinen Stars-and- Stripes-Werbebannern die Tür gewiesen.

„Dafür ham'wer nicht beim alten Borkgrewe gelernt und die besten Jahre unserer kostbaren Jugend geopfert, dass wir hier amerikanisches Fast-Food-Zeug verticken! Kommt überhaupt nicht in Frage!"

„Nee, dat können wir besser", pflichtete ihm Schoko bei.

„Is 'n uralter Hof ... Tradition ... hier gehören die alten Rezepte hin - wo sonst?", meinte Sahne-Schulte.

Die drei Altgesellen des Bäcker- und Konditorenhandwerks hatten sich nach zahlreichen, teils absurden und unsinnigen Vorschlägen von diversen Handelsvertretern, selbsternannten Beratern und Franchise-Anbietern überregionaler Ketten darauf geeinigt, dass am besten alles so bleiben sollte, wie es war. Kein nachgemachtes Mobiliar im Wiener Kaffee-Haus-Stil, keine schrillen Farbkombinationen, die vor allem die Jugend ansprechen sollten ... nein, ein einfaches, schlichtes, aber ehrliches Bauernhof-Café, das durch die Qualität des Angebots überzeugte.

Die drei hatten während ihrer langen Arbeitslosigkeit zum festen Inventar des *Heidekrugs* gehört, aber ihren Verstand trotz des erheblichen Konsums von Landbier und Wacholder nicht zur Gänze verloren.

Was den neuen Namen anging, war die Sache doch ganz einfach: Die Aarloher hatten das Trio immer scherzhaft *Die kleine Konditorei* genannt, und das sollte auch weiterhin ihr Name bleiben. Man ging künftig in *Die kleine Konditorei*, wenn man das neue Café im Droste-Hof meinte. Ein entsprechendes Schild war schon in Arbeit, Kaffee machten sie noch mit kleineren Maschinen, schlichten, ehrlichen Filterkaffee – Espresso- und Cappuccino gab es erst, wenn die neue große, professionelle Kaffeemaschine installiert war. Das sollte dann vor allem Schokos Arbeitsbereich sein. Er hatte sich schon im Selbststudium gewisse Kenntnisse aus dem Bereich der modernen Kaffeezubereitung angeeignet, unterstützt von Luigi aus der Dolomiti-Eisdiele in Vreden. Aber alles musste seine Grenzen haben, und die waren für ihn schon überschritten, als Luigi ihm eine Ausbildung zum Barista empfohlen hatte. „Hab' ich mir mal bekuckt, dat Spiel: Kaffeepulver auf das Hundertstelgramm abwiegen, exakte Wassertemperatur, sekundengenaue Brühzeiten ... nee, da sitzt du an so ’nem Minitässchen ’ne Viertelstunde, dat is nix für mich.“ Mit den neuesten Modetrends in der Kaffeehaus-Kultur sollten sich die schickeren Etablissements in Ahaus, Münster oder Enschede gern beschäftigen, in der *Kleinen Konditorei* würde es Altbewährtes und Vergessenes geben, Struwen, Ieserköökskes, Olliekläppkes ...

Und der Betrieb lief schon. Überhaupt herrschte vor allem an den Wochenenden reges Treiben im Projekt *Neuer Droste-Hof*. Alte Spezialisten für Fachwerkbau, Zimmerleute, Schreiner, Maler und Lackierer, pensionierte Garten- und Landschaftsbauer aus der Umgebung hatten sich zu Arbeitsgruppen zusammengefunden, Konzepte erstellt und unter Leitung von Heiner Wienkämper mit der Umsetzung begonnen.

Der hatte eine alte lange Theke besorgt und zwei Glasvitrinen mit historischen Tortenplatten und sogenannten *Sammeltassen* dekoriert, wie sie in den 50er- und 60er-Jahren modern gewesen waren, nebst alten Kaffeemühlen, die er im Laufe der Zeit zusammengetragen hatte. Das älteste Ausstellungsstück war ein schon sichtlich vom Rost angefressenes Gerät zur Kaffeeröstung, das er mit seinem Metalldetektor im Weißen Venn gefunden hatte.

Wer also von den zum Glück zahlreichen Unterstützern des Projektes zwischendurch eine Kaffeepause machen wollte, testete den Probebetrieb der *Kleinen Konditorei*, wo es neben westmünsterländischen Backspezialitäten auch solide Schinken- und Wurstbrote gab.

Auch die beiden *bunten Vögel*, die inzwischen zum Hauptthema des Dorfklatsches geworden waren, fanden sich an diesem Tag dort ein. Zunächst gingen sie vorsichtig schauend und wiederum kichernd durch die Tenne, wo die Schreiner mit Möbelrestaurierungen beschäftigt waren. Dann setzten sie sich auf eine alte Kirchenbank, die Teil der improvisierten Bestuhlung des Cafés war – ein Umstand, der die beiden Frauen natürlich erneut amüsierte.

Törtchen hatte alles im Blick. Es war ein gutes Gefühl, hinter einer Theke zu stehen und die Bestellungen entgegenzunehmen. Die größere der beiden Frauen kam auf ihn zu, hob zwei Finger und sagte ein Wort, das Törtchen nur mit Mühe als *cappuccini* deutete. Er gab die Bestellung an Schoko weiter, der sie mit einem zackigen „Zweimal Milchkaffee, kommt sofort!“ quittierte.

Wenig später brachte er den Damen die beiden Tassen, stellte sie auf ein wackeliges Tischchen vor ihnen, das ganz und gar nicht zu der massiven Kirchenbank passen wollte. Er verwies noch auf die beigelegten Kekse, wollte zu einer Beschreibung und Erklärung ausholen, aber es fehlten ihm die englischen Worte, mit denen man die Besonderheiten dieses Backwerks aus eigener Herstellung anpreisen konnte. Schoko wunderte sich über die Luftaufnahmen, die auf dem Notebook zu sehen waren, das die beiden auf das Tischchen gestellt hatten. Sie zeigten abwechselnd mit dem Finger auf bestimmte Details, die Kleinere zeichnete Skizzen in ihr Notizbuch und schrieb Anmerkungen dazu.

Heiner Wienkämper, inoffizieller aber von allen Beteiligten akzeptierter Leiter der Umbaumaßnahmen, betrat die Tenne und bat um Aufmerksamkeit. „Die anderen Möbel sind da, Leute! Eine Bitte an die, die gerade nichts zu tun haben oder abkömmlich sind: Wir haben da draußen Tische und Stühle auf dem Wagen, die sollen hier ins Café - vorher müssen aber die alten Sachen hier raus. Die stellen wir vorübergehend in die Remise. Wer allerdings noch ’ne schöne Kirchenbank für die Hauskapelle braucht, darf sich auch gern eine mitnehmen.“ Kurzes Gelächter, dann begann die erste Gruppe mit dem Ausräumen, während die andere den LKW entlud.

Heiner war so in seinem Element, dass er die beiden Frauen nicht gleich wiedererkannte, die sich durch die plötzliche Unruhe nicht stören ließen. Erst als er auf sie zuging, um sie höflich zu bitten, den Platz zu räumen, sah er, dass es die beiden Frauen vom Vormittag waren. Er sah die Luftaufnahmen, erkannte die Umrisse der Seen und Teiche im Venn, konnte sich aber nicht vorstellen, dass diese Aufnahmen Teil eines Werbefilms für Touristen werden könnten. Kahle Bäume im November, etwas Moor und Wasser ...? Gerade glitten die Umrisse des Wardenaar-Ensembles vorbei, was aber von oben betrachtet auch nicht gerade animierend war.

„For your film?“, fragte er.

Die beiden Frauen schauten sich irritiert an, es dauerte etwas, bis auch sie sich an die gemeinsame Begegnung vom Vormittag erinnerten.

„Yes, yes", sagte die Kleinere hastig. „Old farmhouses, beautiful."

Heiner versuchte es mit einem Tipp: „Old painter", sagte er und versuchte pantomimisch seine Hand über eine imaginäre Leinwand zu ziehen als hielte sie einen Pinsel. „In this house, living there, interesting. Perhaps ... visit him? ... Interview?"

Die beiden Frauen hörten ihn nicht mehr, sie rafften eilig ihre Sachen zusammen und steckten sie mit dem Notebook in eine große Ledertasche. Sie waren kaum aufgestanden, als zwei kräftige Helfer die Bank anhoben und heraustrugen. Bevor sie aber auch das kleine Tischchen heraustragen wollten, gebot Schoko ihnen Einhalt und nahm mit dem Geschirr einen Zehn-Euro-Schein von der Platte, den die Damen als Bezahlung hinterlassen hatten.

„Geld!" Schoko wedelte mit dem Schein vor Törtchens Nase. Er heftete den Schein an die Pinnwand hinter der Theke. „Historischer Moment", schwärmte er, „das erste Geld von ausländischen Touristen!"

Die Kirchenbänke und das zusammengewürfelte Mobiliar verschwanden nach und nach zugunsten einer einheitlichen Möblierung, die Heiner Wienkämper aus einem alten Café in Ahaus besorgt hatte.

„Original 50er-Jahre! Nierentischchen und bunte Sesselchen!" Man merkte, dass der Sammler und Heimatforscher stolz auf seinen Fund war.

Törtchen und Sahne guckten skeptisch, während Schoko mithalf, die restlichen alten Stühle fortzuschaffen.

„Jetzt sagt bloß nicht, dass euch das nicht gefällt!?"

„Doch, doch, Heiner, es ist nur ..." Törtchen bemühte sich, eine gewisse Enttäuschung zu verbergen. „Ich hatte es mir, ehrlich gesagt, etwas moderner vorgestellt."

„Was willst du denn mit diesen modernen Wegwerfmöbeln? Mit der Einrichtung hier, da seid ihr in der ganzen Gegend einzigartig.

O-ri-gi-nal, Törtchen.“ Heiner zelebrierte die einzelnen Silben wie ein zweitklassiger Gebrauchtwagenhändler. „Diese Schätze hier haben gut verpackt ein halbes Jahrhundert in einer Scheune in Ahle überwintert. Man wird euch dafür lieben, ich verspreche es euch!“

Heiner machte sich nichts aus der fehlenden Begeisterung, Manches musste erst mal eine Zeitlang reifen. Er zog sich seine Arbeitshandschuhe an und stapelte die letzten Stühle aufeinander. Dabei fiel sein Blick auf etwas Neongrünes auf dem Fußboden, wo zuvor die Kirchenbank gestanden hatte. Er beugte sich hinunter. Ein Notizbuch. Es wanderte ohne großes Zögern in seine Jackentasche. Eine fast mechanische Handlung, die seinem Sammeltrieb entsprang. Die angeborene Neugier, die Entdeckerlust, das Kribbeln, das er auch spürte, wenn er mit seinem Detektor durch das Venn lief und das Gerät zu knurren und zu pfeifen begann. Er konnte einfach nichts liegen lassen, was möglicherweise ein Geheimnis beinhaltete, ganz gleich, ob es ein rostiges Stück Eisen war, das vielleicht einmal Teil einer Waffe aus dem 30-jährigen Krieg gewesen war ... oder das Notizbuch geheimnisvoller Damen.

Er hatte auch keine großen Skrupel, als er zu Hause über das in Leinen gebundene Buch strich und mit dem Öffnen in jenes verbotene Terrain eindrang, das man gemeinhin Privatsphäre nennt. Die Schrift war kaum lesbar, teilweise auch deswegen, weil einzelne Zeilen in kyrillischen Schriftzeichen geschrieben waren. Zwei komplett unterschiedliche Handschriften, und mit der Zuordnung des Akzents in Richtung Osten hatte er wohl richtiggelegen. Es fiel ihm aber niemand ein, der diese Buchstaben übertragen konnte. Ihm fiel auch nicht ein, dass es anständiger wäre, das Büchlein zuzuklappen und es Törtchen zu übergeben, denn die Besitzerinnen würde es doch sicher dort suchen, wo sie es aller Wahrscheinlichkeit nach verloren hatten. Warum waren sie überhaupt so hastig aufgebrochen? Sicher, es war ungemütlich gewesen. Man hatte ihnen im Grunde die Bank unter dem Hintern weggezogen. Aber Heiner hatte eine gewisse Unruhe im Blick der Kleineren bemerkt, als er den Frauen das Haus des Malers, seine Kunst und sein Atelier als Motive für ihren Film nahelegen wollte. Arbeiteten sie wirklich an einem Film? Sollten diese Skizzen, die er jetzt beim Durchblättern sah, mögliche Drehorte sein?

Auf einer Doppelseite waren deutlich die Umrisse des Moorsees zu erkennen, an dem Wardenaars Haus lag. Der Parkplatz am Wäldchen war eingezeichnet, eine gestrichelte Linie führte auf eine schraffierte Fläche, das musste die Lichtung sein. Aber was bedeuteten ein dickes Kreuz und ein langer Pfeil in Richtung des Hauses?

Der hintere Teil des Notizbuches bestand aus einer langen Liste von Namen und Adressen, einige davon in lesbaren Buchstaben geschrieben, einige auch mit einem gelben Marker hervorgehoben. Parallel dazu gab es lange Zahlenreihen, die meisten sechsstellig, einige sogar siebenstellig.

Das waren keine Telefonnummern. Und die beiden Frauen wollten definitiv keinen Film drehen, so viel war klar.

Dennoch, das ging ihn alles nichts an. Seine Neugier und sein Schatzsuchertrieb hatten ihn überwältigt. Jetzt schämte er sich dafür. Es war an der Zeit, sich auf den kurzen Weg in die *Kleine Konditorei* zu machen und das Fundstück bei Törtchen zurückzugeben, der sicher noch dort arbeitete. Trotz seines starken Forscherdranges und seiner kaum zu bezwingenden Neugier war er kurz davor, das ungehörige Schnüffeln in den fremden Notizen aufzugeben, wäre sein Argusblick kurz vor dem endgültigen Zuklappen nicht an einem schwarzen Gekritzel hängengeblieben. Am Rand der doppelseitigen Geländeskizze war eindeutig ein Totenkopfsymbol zu erkennen, darunter ein rotes Fragezeichen und zwei Namen in leserlichen Druckbuchstaben: A. Wardenaar und P. Hahnemann.

27

Die beiden Frauen lagen in der Kuhle ihres durchhängenden Pensionsbettes, dessen alter Federrahmen bei der kleinsten Bewegung knarrte und quietschte. Sie setzten die Arbeit fort, die sie beim Kaffee im Droste-Hof begonnen hatten. Die fliegende Kamera überquerte den kleinen See, den Parkplatz, die Bäume des Wäldchens und die Lichtung.

„Stop it!", sagte die Größere und hielt das Video an. Dann zoomte sie in das Bild hinein bis am Rand der Lichtung ein quadratisches, graues Feld zu erkennen war.

„Must be a ladder stand ... for hunting."

Die Kleinere zoomte das Bild noch stärker ein und ließ die Aufnahme bildweise vorlaufen. Im Vorbeiflug waren unter dem quadratischen Wellblechdach die leicht abgespreizten Stützbalken eines Hochstands zu erkennen und eine Leiter. „Yes", sagte sie, „looks good, will not break, I think, no danger to use it."

„Okay", sagte die andere und ließ den Film weiterlaufen. Am unteren Bildrand wurde die Entfernung der Drohne vom Startpunkt angegeben.

„It's 80 meters from the parking-lot and – wait – 220 to the house. So its 140 meters from the stand to the door. You better write that down in your notebook."

Die Kleinere kramte in ihrem Lederbeutel. Nach kurzem Wühlen und Tasten verdunkelte sich ihr Blick, die Bewegungen der suchenden Hand wurden hektischer, dann zog sie ihr iPad aus dem Beutel und schüttete den restlichen Inhalt auf das Bett.

„What are you doing?", fragte die Größere genervt und blickte auf den kleinen Haufen aus Münzen, kleineren Geldscheinen, Kugelschreibern, Papietaschentüchern, Taschenspiegel, Lippenstift, Akkulader und Handy.

„Don't make a mess!"

„Can't find it. It's not in my bag."

„No!", schrie die Größere. „You lost it?"

„Don't know."

Die Kleinere lag auf den Knien vor dem Bett und beugte sich tiefer hinab, konnte aber auf den alten Holzdielen außer dickem Staub nichts erkennen. Sie sprang hektisch auf und zog eine alte Kommode von der Wand. Die Bodenbretter knarrten und die alte Wasserkanne, die die Wirtin darauf – zur Erinnerung an alte Zeiten ohne fließend Wasser – in eine ebenso alte Waschschüssel gestellt hatte, schwankte bedenklich und schlug mit dem satten Klang einer Porzellanglocke auf den Rand der Schüssel, bevor beide zerschellten.

„Be careful, you idiot!", keifte die Große, während ihre Freundin wieder auf die Knie sank und verzweifelt den dunklen, schmutzigen Bereich vor der vergilbten Fußleiste hinter der alten Kommode absuchte.

„It's not here!", sagte sie mit Angst im Blick, und sie schien zu wissen, warum. Denn im selben Moment schrie sie die Größere an: „Don't say you lost it!"

Die Kleinere ging nachdenklich ans Fenster. Die Erinnerungsbilder, die in schneller Folge hinter ihren geschlossenen Lidern auftauchten, zeigten ihre Hand beim Schreiben einer Notiz, den kleinen Tisch auf dem ihr Büchlein lag, Männer, die bunte Sessel hereintrugen, den fragenden Blick des Friedhofgärtners und ihren Lederbeutel, in den sie hastig iPad und Notizbuch geworfen hatte, während die Kirchenbank unter ihnen weggezogen wurde.

„Don't panic!", sagte sie, „I know where it is."

„Ich hab' ja nur kurz durchgeblättert ..., da fiel mir das auf ..."

Heiner versuchte die Angelegenheit herunterzuspielen. Natürlich war ihm klar, dass es nicht die feine Art war, in fremden Notizbüchern herumzuschnüffeln. Jetzt blätterte es Martin – irritiert durch die Totenkopfsymbole – Seite für Seite durch, fotografierte einzelne Stellen mit seinem Handy und machte sich Notizen.

„Ich sage dir, Martin, mit diesen beiden Frauen stimmt was nicht!"

„Bauchgefühl, Heiner? Ist eigentlich *mein* Spezialgebiet, von Amts wegen."

„Lacht man so vor dem Droste-Grab, dass es bis über den Kirchplatz schallt? Wechselt man täglich die Haare?“

„Die Frisur, die Farbe oder wirklich die Haare?“

„Ja, mal kurz, mal lang ... das müssen Perücken sein ... oder die haben beide noch Zwillingsschwestern ... was weiß ich?“

Martin schaute auf und schob Heiner das Buch hin. Sein Zeigefinger lag auf der doppelseitigen Skizze des Moorsees.

„Und da hast du sie getroffen?“

„Ja, da haben die mit ihrer Drohne Aufnahmen gemacht. Angeblich für einen Film. Glaub' ich aber nicht. Die Größere von den beiden hat das gesagt, Tourismus-Film oder so ähnlich. Du verstehst die ja kaum, das Englisch, was die sprechen, das klingt wie Russisch.“

Heiner beugte sich vor und zeigte auf das Totenkopfsymbol.

„Das schwarze Gekritzel hier, das hat mich eben stutzig gemacht. Sonst hätte ich das Buch ja sofort wieder zu Törtchen zurückgebracht. Aber manchmal, Martin, da kann ich nicht anders, da muss ich den Dingen auf den Grund gehen.“

„Ist bekannt, Heiner. Manchmal sogar metertief, und dann kommt plötzlich ein alter Porsche zum Vorschein, der dreißig Jahre lang im Moor gelegen hat.“

„Komm, fang bloß nicht wieder damit an! Wir haben beschlossen, diese Aktion als Erfolg zu werten und sie für alle Zeiten zu vergessen. Sag mir lieber, was dieser Totenkopf hier zu bedeuten hat.“

„Tja, Pech, meine dienstliche Kristallkugel hab' ich im Büro gelassen... nein, mit Raten und Vermuten kommen wir hier nicht weiter. An diesem See da im Lüntener Wald, da wohnt doch dieser Maler, oder?“ Heiner nickte. „Marie kennt den. Der heißt Wardenaar, wie's hier steht. Aber wer ist der andere? Martin stand auf und ging in den Flur der neuen Wohnung, an dessen Ende Maries Büro lag. „Marie“, rief er, „hat du gerade mal 'ne Minute?“

Marie erschien in der Tür und lächelte. „Wenn die Polizei ruft, komme ich natürlich sofort, über den kleinen Dienstweg.“ Sie hüpfte heran und setzte sich mit an den Küchentisch. „Ach, Heiner, du schreibst Tagebuch?“, schmunzelte sie. „Aber da bleibt ihr beide doch besser unter euch, intime Enthüllungen unter Männern im besten Alter ... nicht mein Ding."

„Wir rätseln nur über einen Namen", sagte Martin und bemühte sich um einen halbwegs amtlichen Ton. Er schob ihr das Notizbuch hinüber und deutete auf die Druckbuchstaben der beiden Namen, deckte aber das Totenkopf-Gekritzel mit dem Daumen ab.

„Ich dachte, ihr beide seid das unschlagbare *Sherlock Holmes und Watson Team*, aber heute will ich mal nicht so sein ... wenn man helfen kann! ... Wardenaar ist der Maler, klar, und Hahnemann ein Professor der Kunstgeschichte."

Die Männer sahen sich erstaunt an. Marie zog das Notizbuch an sich und erkannte jetzt das Piratensymbol aus Totenschädel und gekreuzten Knochen. Ihre Fröhlichkeit verschwand schlagartig. „Wenn ihr mich hier schon zum Hilfssheriff macht, dann müsst ihr mir auch den Zusammenhang erklären." Ihre Stimme wurde leise und ernst. „Was sind das für Notizen? Und was hat dieser Totenkopf zu bedeuten?"

Das neue Mobiliar war vielleicht gewöhnungsbedürftig, aber selbst Törtchen erkannte, dass die klassische Nierentisch-Einrichtung aus den späten 50er-Jahren mit ihren bunten Sesseln und einem s-förmig geschwungenen Sofa etwas sehr Eigenes und Schönes hatte. Ja, das würde sich sicher auch in der überregionalen Presse und in allen Landlust-, Landliebe- und Landgefühl-Magazinen gut machen. Ebenso erfreulich war der erste Kassensturz, es waren knapp zweihundert Euro an diesem Tag in der Kasse gelandet, der Probebetrieb lief vielversprechend. Vroni Kamps hatte als Wirtin des örtlichen *Heidekrugs* auf Evas Bitten hin das Unternehmen *Die kleine Konditorei* unter ihre Fittiche genommen. Eva hatte zugesagt, im ersten Jahr für alle finanziellen Defizite aufzukommen, wenn Törtchen, Sahne und Schoko nicht über das Arbeitsamt finanziert werden konnten. Dann sollten zumindest die wichtigsten Versicherungen für die drei geregelt sein, eine Vorsichtsmaßnahme, die sich an diesem Abend als weise herausstellen sollte.

„Guter Tag also", freute sich Schoko, „und ich will auch gar nicht meckern, Kollegen, aber ein Café, das Sahne aus Aldi-Sprühflaschen auf den Kuchen sprotzelt, das sollte nicht unser Stil sein."

„Stimmt", bestätigte Egon Schulte, genannt Sahne, „das beschädigt vor allem meinen Ruf."

Törtchen war ein Mann der Praxis, er mochte langes Gerede und Fachsimpeleien nicht. Er drückte den beiden Vronis Einkaufskarte in die Hand.

„Hier, fahrt zum GCM und fragt nach, wann die Sahnemaschine kommt. Die ist seit vier Wochen bestellt. Fragt nach 'm Chef, sagt 'nen schönen Gruß von Vroni Kamps – die kennt den persönlich: So langsam müsste das Gerät nun mal kommen, und er soll euch übergangsweise so Sahnespender oder Siphons geben. Macht der bestimmt."

Die beiden ließen sich nicht lange bitten und fuhren los. Sich ein wenig im großen Betrieb eines nahen Gastro-Ausrüsters umschauen zu dürfen, war kein schlechter Tagesabschluss. Das Aufräumen und Saubermachen konnte Törtchen übernehmen, wenn er sich schon zum Chef aufspielte.

Nein, Törtchen hatte keine Chef-Gelüste. Aber den kleinen, neuen Laden betrachtete er als seine letzte Chance. Die drei hatten lange Jahre an Vronis *Heidekrug*-Theke ihre Lebern an die Belastungsgrenze gebracht. Es war wirklich ein Segen, dass Eva und Vroni ihnen diese neue Chance gaben, sie würden sie nicht verspielen. Er putzte Theke und Küche, dann ging er durch den neu möblierten Gastraum, ließ sich in einen der Sessel sinken und betrachtete den langen Tresen von der anderen Seite.

Doch! Das neue Mobiliar war ganz schön.

Es überraschte, weil man in einem alten Bauernhof anderes erwartete, und es war sogar bequemer als er gedacht hatte. Und dann waren immerhin fast zweihundert Euro in der Kasse gewesen. Der lange Weg zum erfolgreichen Neuanfang war ein gutes Stück kürzer geworden.

Leider hatte er vergessen, die Tennentür abzuschließen, und man konnte sich seine Gäste nicht immer aussuchen. „Es hätte ein schöner Abend werden können", fluchte Törtchen leise vor sich hin, als Oswald Potthoff, selbsternannter Chef der *Aarloher Bürgerwehr*, mit zwei jüngeren, bullig dreinschauenden Männern die *Kleine Konditorei* betrat. Die beiden Begleiter schauten bewundernd durch die alte Tenne, während Potthoff seine Lieblingsrolle spielte: den Führer.

„Alter Bauernhof aus dem 17. Jahrhundert, Vierständerhof, klassische westfälische Bautradition, und darin hier unser neues Café." Schon bei seinen ersten Worten wandelte sich Törtchens gute Stimmung in Ärger. Der kleine Schreihals tat so, als wäre er aktiv an der Initiative beteiligt und schon Stammgast im Café. Dabei hatte er das Projekt entschieden abgelehnt und sich noch nie hier blicken lassen. Trotz seines Ärgers ließ sich Törtchen nicht aus der Ruhe bringen, getreu seinem Motto: *Lass ihn reden, der wird auch noch ruhiger.*

„Ja, das Ganze hier hat eine Vorgeschichte", erklärte Potthoff seinen Männern, „wir hatten hier einige Probleme mit dem alten Droste-Hof, das jahrelange Wegschauen der Verantwortlichen und die allgemeine Verrohung der Sitten hat zu einem großen Skandal geführt, ich sage nur: die Drogenküche im alten Reitstall ... es hat ja überall in den Zeitungen gestanden. Nun, wir mussten hier also etwas tun, und ich – das darf ich sagen – habe nicht unmaßgeblich dazu beigetragen, dass wir –"

Das Maß war voll. Törtchen schnellte aus dem Sessel.

„Wir, wir, wir!", unterbrach er den Aufschneider.

„Wie bitte, Herr Brockmann?" Potthoff gab sich irritiert.

„Wir, wir, wir ..." wiederholte Törtchen trocken, um dann doppelt so laut anzuhängen: „*WIR* haben leider schon geschlossen, Herr Potthoff. Auf Wiedersehen. Morgen um zehn sind *WIR* wieder für Sie da. Sie können Ihre Jungs da gleich mitbringen, *WIR* haben hier nämlich noch viel zu tun!"

„Aber ... was soll das heißen? Schmeißen Sie uns jetzt raus oder was?"

Potthoff wies auf das handgeschriebene Schild an der Tür.

„Da steht bis 18 Uhr 30." Er schaute auf seine Uhr. „Und es ist erst zehn vor sechs!"

„Ja, aber mir fehlen zwei Leute, ich musste betriebsbedingt früher schließen."

Er ging mit ausgebreiteten Armen auf die drei zu, als müsste er Hühnern den Weg versperren und in die Gegenrichtung treiben. Törtchen hatte in den vergangenen Wochen so viel gearbeitet, dass sein Bierbauch fast verschwunden und seine Arme gestählt waren. Er machte auch wegen seiner Größe von einem Meter neunzig und seiner kompromisslosen Geste durchaus Eindruck auf die verdutzten Heimatschützer von eigenen Gnaden. Potthoff stammelte wieder etwas von *Nachspiel* (Lieblingsvokabel) und *Beschwerde* (zweite Lieblingsvokabel), ein gewerblicher Betrieb müsse sich nun mal an die eigenen Öffnungszeiten halten, man lebe schließlich nicht in einer Bananenfabrik, wo jeder machen könne, was er wolle.

„Sie meinen Bananen-*Republik* ... aber der Vergleich passt hier nicht." Er öffnete den Herren die Tür, schob den immer noch wie Rumpelstilzchen protestierenden Potthoff mit einem *Schönen Abend noch!* hinaus und schloss ab.

Törtchen atmete auf. Aber die Erleichterung war nur von kurzer Dauer. Denn während die drei Männer noch heftig gestikulierend ihre unrechtmäßige Abweisung diskutierten, näherten sich schnellen Schritts die beiden bunten Damen, die hier am Nachmittag zu Gast gewesen waren. Törtchen beobachtete durch ein Seitenfenster, wie die aufgeregten Frauen näherkamen, kritisch beäugt von Potthoff und seinen Begleitern. Dann rüttelten sie an der Klinke, drückten sich links und rechts an den beiden Fenstern die Nasen platt und hämmerten heftig gegen die Scheibe, als sie ihn auf der Tenne gesehen hatten.

Törtchen sah sich genötigt zurückzugehen und die Tür einen Spalt weit zu öffnen, um – allerdings höflicher als zuvor – um Verständnis dafür zu bitten, dass schon geschlossen sei. Aber die flehenden Blicke der Damen und die verzweifelten Worte der Kleineren, denen er entnahm, dass etwas Wichtiges gesucht wurde, ließ ihn dann doch die Tür öffnen. Sie traten ein und aus dem Hintergrund eilte Potthoff heran. Törtchen schloss die Tür blitzschnell wieder ab und ignorierte Potthoffs Gehämmer und sein Gezeter von Ungleichbehandlung, die auf jeden Fall ein Nachspiel haben werde ...

Als Törtchen sich umdrehte, lagen die beiden Damen schon auf den Knien und krochen unter die neuen Tische, dort, wo vorher die Kirchenbank gestanden hatte.

„Kann ich Ihnen helfen?“, fragte er freundlich.

„Her book“, sagte die Große, „lost.“

Er hatte verstanden und zog die Schultern hoch.

„Wir haben aber nichts gefunden“, sagte er mit Bedauern, „es tut mir leid.“

Als die beiden Frauen unbeirrt weiterkrochen, sah auch er sich genötigt, auf die Knie zu gehen. Er schaute sogar hinter der Theke nach, und in den noch leeren Regalen, vielleicht hatte ja jemand das offenbar wichtige Buch, um das es ging, gefunden und hier abgegeben.

„Book must be here!“, sagte die Größere und ihr Ton nahm eine fordernde Schärfe an.

„Griene Buch, bitte!“ Die Kleinere sprach also durchaus etwas Deutsch. „Very important.“

Brockmann hob noch einmal die Schultern. „I'm sorry, but ...“ Es war zwecklos, die Damen gaben nicht auf.

„Möchten Sie vielleicht etwas trinken?“, fragte er verlegen. „A drink?“

Die Frauen lehnten ab und gingen in verschiedenen Richtungen durch den Raum, um die dunklen Ecken vor den Fußleisten zu überprüfen.

„Meine beiden ... Mitarbeiter müssten gleich zurück sein, vielleicht hat einer von denen Ihr Buch gefunden und beiseitegelegt.“

Die Größere reagierte nicht auf die leise Hoffnung, die Brockmann gerade in den Raum gestellt hatte. Sie schlug wütend mit der Faust auf die Theke und stieß schreiend ein paar Laute aus, die Törtchen durch Mark und Bein gingen. Es musste ein sehr böser Fluch gewesen sein. Die Kleinere zischte der Freundin, begleitet von beruhigenden Gesten, einen Satz zu, der wohl um Mäßigung bat, aber genau den gegenteiligen Effekt hatte.

Wie eine Kampfkatze schoss die Größere auf ihre Freundin zu (oder waren sie gar nicht befreundet?) und schrie auf die am Boden Kauernde ein: „You stupid bitch lost it! So don't tell me what to do!"

Die Angegriffene stand auf und versuchte erneut zu besänftigen, wiederum ohne Erfolg.

„We have to find this fucking book!", schrie sie und zeigte auf Törtchen, der immer noch völlig verunsichert hinter der Theke stand. „It must be here, and he knows exactly where it is!"

Am liebsten hätte sich Heinrich Brockmann hinter dem soliden alten Eichentresen flach auf den Boden gelegt, aber das erschien ihm unmännlich.

„Please, please, ladies", bat er lächelnd, „just cool down, have a drink and wait. My friends ... just five minutes ... my friends back, then we ... we will ..."

Er wusste nicht, wie er den angefangenen Satz unfallfrei beenden sollte, aber es war nicht der Mangel an passenden englischen Worten, der ihm die Sprache verschlug. Es war der kurze Lauf einer Pistole, in den er schaute. Die Größere der beiden fuchtelte mit der Waffe vor seiner Nase herum und schrie ihn an: „Give us the book! Now!"

Törtchen stand starr vor Schreck hinter der Theke und wollte in seiner Hilflosigkeit noch einmal die Schultern hochziehen, als er am Hintereingang Geräusche hörte. „My friends!", sagte er erleichtert und wiederholte seinen Appell: „Please, cool down."

Schoko und Sahne hatten die Tenne durch den Seiteneingang betreten und diskutierten lautstark über die neue Sahnemaschine.

„Wir sind gerettet, Törtchen", rief Schoko aus der Küche, „die neuen Maschinen bauen sie uns nächste Woche auf, dann hat der Behelf ein Ende."

Törtchen stand noch immer wie angewurzelt, hörte nur das Scheppern von Edelstahl aus der Küche und Egon Schultes Stimme.

„Sie haben uns leihweise zwei Spitzen-Sahnesiphons mitgegeben, komm mal rüber, wir schrauben die gerade zusammen."

„Nee, haltet mal die Klappe", befahl Törtchen leise, aber eindringlich. „Kommt ihr mal rüber hier zur Theke, aber vorsichtig und nicht erschrecken!"

„Hä?", fragte Dierkes und schob sich durch die Tür zum Gastraum, die beiden Geräte in den Händen. Neben ihm tauchte Schulte auf, eine Frage auf den Lippen, die er aber herunterschluckte, als er die merkwürdige Situation begriffen hatte.

„Wir suchen Buch, kleine Buch, grien", sagte die Kleinere mit hörbarer Verzweiflung und rollendem R. „Griene Buch", wiederholte sie, „sehr wichtig! Bitte!"

„Ja, wichtig, so sieht das auch aus", bemerkte Schoko trocken und starrte auf die Waffe in der völlig ruhigen Hand der immer noch wütenden Frau. „Give it back", schrie sie, „now!"

„Ganz ruhig jetzt mal!" Sahne hatte all seinen Mut zusammengenommen und versuchte es mit einem Appell. „Jetzt mal vernünftig sein, die Damen! Wir haben euer Scheißbuch nicht! No book, verstanden? And no gun, not good, don't like it."

Die Größere grinste spöttisch und wehrte ihre Freundin ab, die versuchte, ihr die Hand mit der Waffe langsam herunterzudrücken.

„Also, ganz ruhig, ja, easy, you understand?"

Sahne versuchte es – soweit sein Englisch reichte – erneut mit Appellen und gutmütiger Bereitschaft, als hätte er an einem Deeskalationstraining teilgenommen. Während er mit der rechten Hand beruhigend herumfuchtelte, zog er mit der anderen Schoko am Ärmel zurück in die Küche. Die beiden Sahnesiphons schlugen aneinander und läuteten. „We look in kitchen, we help you."

„Meinst du, die Knarre ist echt?", fragte Schoko leise, „die sieht aus wie Martins Dienstwaffe. Verdammt, wo ist der Dorfpolizist, wenn man ihn braucht?"

28

Martin Gerwink stand am Kopierer in seinem Dienstbüro und lichtete das merkwürdige Notizbuch ab. Noch ergaben all die Skizzen, Zahlen, Namen und Telefonnummern wenig Sinn. Aber die Totenköpfe beunruhigten ihn, und nicht nur sein Bauchgefühl, auch die Bilder der Überwachungskameras, die er Marie vorenthalten hatte, ließen die Alarmglocken läuten. Zwei Frauen im kleinen Skulpturengarten, die eine einen Kopf größer als die andere. Die beiden Damen hatten sich vielleicht bei der Erkundung des Dorfes nur verlaufen, aber die Uhrzeit unter der Aufnahme ließ Schlimmeres befürchten: 0:43 Uhr, nicht unbedingt die Zeit für Spaziergänge, es sei denn, man litt an Schlaflosigkeit.

Er kopierte weiter. Noch immer fiel ihm nichts zur zweiten doppelseitigen Skizze ein. Die gestrichelten Linien einer möglichen Bahnverbindung und grobe Pfeile in Richtung einer Hofanlage – einige rechteckige Kästchen ließen das vermuten – erlaubten keine eindeutige Ortsbestimmung. Auch hier tauchte wieder das Totenkopfsymbol auf.

Im rhythmischen Summen des Kopierers, der Seite um Seite ablichtete und vergrößerte, war ein Störgeräusch zu hören, das von außen kam. Jemand schlug heftig gegen die Tür des Gemeindebüros, neben dem Martins Dienststelle untergebracht war. Er ging die Treppe hinunter zum Eingang, zögerte aber, bevor er aufmachte. Im Licht der schwachen Außenbeleuchtung waren nicht nur die unverwechselbaren Konturen von Oswald Potthoff zu erkennen, sondern auch zwei bullige Begleiter, die den Eindruck erweckten, dass eine geschlossene Tür für sie nicht unbedingt ein Hindernis sein musste.

„Worum geht's denn?", rief Martin von innen durch die Glastür.

„Um eine Beschwerde!", schallte es zurück.

„Ja, morgen!" Martin Gerwink drehte sich um und wollte zurück ins Büro. Das heftige Geboller an der Tür nötigte ihn aber zur Umkehr.„Kommen Sie morgen wieder, Herr Potthof, da habe ich meine Sprechstunde."

„Aber Sie sind ja im Dienst, das sehe ich doch!"

„Ja, stimmt, genau: Ich habe Dringendes zu tun, dienstlich. Deshalb habe ich leider keine Zeit für Sie! Bis morgen dann!"

Jetzt nahm der wütende kleine Mann seine Füße zur Hilfe. Er trat so heftig gegen die Tür, dass im Nachbarhaus die Lichter angingen und hinter den Fenstern die Silhouetten der Bewohner auftauchten. Martin öffnete und sagte nur: „Worum geht's, aber in aller Kürze bitte!"

Potthoff ließ sich nicht an der Tür abwimmeln, wie ein lästiger Vertreter. Er ging schnurstracks die Treppe hinauf und durch die Tür des Dienstbüros, seine beiden Helfer im Schlepptau. Martin fluchte und folgte ihm. Potthoff bestand darauf, dass der *Beamte im Bezirksdienst* seine doppelte Beschwerde zu Protokoll nahm und erläuterte in viel zu vielen Worten den willkürlichen Umgang der neuen Betreiber mit den Öffnungszeiten ihres Cafés – ein Fall für das Gewerbeaufsichtsamt, wie er meinte – und die ebenso willkürliche Ungleichbehandlung von Gästen. Denn während er mit seinen Kameraden abgewiesen worden sei, hätte man zwei weiblichen Gästen den Eintritt gestattet.

„War's das?", fragte Martin, sichtlich genervt.

„Ja ... wollen Sie denn nicht meine beiden Kameraden hier als Zeugen anhören?"

„Nein."

„Aber ... ich meine ..."

Potthoff begann schon wieder, gefährlich zu hyperventilieren und zeigte auf seine stiernackigen Begleiter, denen der Aufenthalt in einem Polizeibüro sichtlich unangenehm zu sein schien. Sie verzogen keine Miene und wechselten nervös ihre Haltung auf den Plastikstühlen, als seien die mit Stacheldraht gepolstert.

„Ich meine, die beiden hier können ja bezeugen, dass dieser Vorfall ..."

„Is gut, Potthoff ... *Herr* Potthoff", korrigierte sich Martin, „wir spielen heute mal nicht unser beliebtes, altes, gemeinsames Spiel *Wie mache ich aus einer Mücke einen Elefanten*. Erstens bin ich nicht das

Gewerbeaufsichtsamt, zweitens läuft der Betrieb dort erst probeweise und drittens habe ich jetzt einen eigenen Einsatz."

Potthoff schnappte wieder nach Luft, aber zu seiner eigenen Überraschung waren seine Helfer schon aufgestanden und verließen das Büro. Potthoff folgte ihnen, nicht aber ohne sich in der Tür noch einmal umzudrehen und mit vorgestrecktem Zeigefinger eine Drohung auszusprechen.

„Glauben Sie ja nicht, Herr Gerwink, dieser Vorfall, diese Art der Behandlung würde kein –"

„– Nachspiel haben", ergänzte Martin.

„Ganz genau!"

„Ja, ich bin wahnsinnig gespannt! Tschüss!"

Martin wartete, bis die drei den Marktplatz überquert hatten, dann ging er zurück in den Nebenraum, wo das grüne Notizbuch immer noch auf dem Kopierer lag. Er kopierte die restlichen Seiten, musste aber immer wieder in den Vergrößerungsmodus gehen, weil die Kritzeleien und Zeichnungen nicht deutlich genug abgebildet wurden.

„No book!", wiederholte Schoko und lud sie winkend ein, in die Küche zu kommen und sich selbst ein Bild zu machen.

Die beiden Damen wirkten unschlüssig, entließen Törtchen aber nicht aus seiner Geiselhaft und blieben steif vor der Theke stehen. Die Größere hatte ihre Waffe immer noch im Anschlag.

„Die spinnt doch, die Alte", zischte Sahne leise, „und ihre Knarre ist harmlos, sieht aus wie Kleinkaliber, ist aber eine Luftpistole, haben zwei von unseren Sportschützen im Verein, Walther CP99, nicht wirklich gefährlich."

„Diese Sahnesiphons, die sie uns mitgegeben haben", rief Schoko aus der Küche, „die sind übrigens allererste Sahne."

Er lachte über sein eigenes Wortspiel, als sei nichts gewesen und hantierte mit den Einzelteilen der Sahnespender herum.

„Die fassen einen Liter, funktioniert mit Stickoxyd-Patronen, erst füllen ..."

Man hörte wie Schoko den Kühlschrank öffnete. Offenbar füllte er die flüssige Sahne ein, dann hörte man den Wasserhahn. Das Gesicht seines Freundes war ein einziges Fragezeichen.

Auch Törtchen schaute irritiert in die Küche. Offenbar hatte Schoko die Lage überhaupt nicht begriffen. Nun schauten sich auch die beiden Frauen ratlos an. Wurden sie nicht ernst genommen? Die Situation brauchte jetzt irgendwie eine Lösung.

„Und dann die Patrone hier aufschrauben ..." Man hörte das Schraubgeräusch. „Fertig!"

Schoko kam aus der Küche. „Echt super die Teile", sagte er lachend, als freute er sich über ein verfrühtes Weihnachtsgeschenk. Als er an Törtchen hinter der Theke vorbeiging, flüsterte er ihm zu. „Die is nich echt, die Knarre, halb so wild." Dann lud er ein Stück Kuchen aus dem Buffet auf einen Teller und hielt ihn der Großen vor die Nase. Die wich einen Schritt zurück und brüllte ihm ein lautes *Stopp!* entgegen.

„Ach, Mädchen, hör doch auf mit dem Quatsch! Komm, ich spendier Apfelkuchen mit Sahne und wir vergessen den Scheiß! Wir haben euer Buch nicht, etwas Schwund ist immer! Na komm, lecker Apfelkuchen zum Trost?"

Keine Reaktion, Schoko ging zurück in die Küche und raunte seinem Freund zu: „Los, Mann, die sind zu zweit, wir zu dritt." Dann hantierte er pfeifend weiter, man hörte es klappern. Die beiden Frauen sahen sich hilflos an.

„Edelstahl!", schwärmte Schoko erneut, während er offensichtlich noch einmal Wasser laufen ließ, „deutsches Fabrikat, nicht dieser billige Alu-Scheiß aus China, kommt mir nicht ins Haus! Und da sind drei verschiedene Düsen dabei."

Die kleinere schaute zu ihrer Freundin und zog die Schultern hoch. Sie drehte ihre Augen nach links und ruckte mit dem Kopf, offenbar war sie dafür, aufzugeben und den geordneten Rückzug einzuleiten.

Doch dann stürmte Friedhelm Dierkes, der Mann, den sie Schoko nannten, in bester John-Wayne-Manier aus der Küche auf sie zu, einen der Sahnespender hoch über seinem Kopf in beiden Händen haltend. „Nimm ihr die Knarre ab, Törtchen“, schrie er, „ich geb’ dir Feuerschutz!“

Er drückte ab und ein satter gezielter Strahl aus einem wässrigen Sahnegemisch ergoss sich von hoch oben über die erschreckte Frau, die jetzt versuchte, ihre Waffe auf den Angreifer zu richten und mit der anderen Hand seine Spritz-Attacke abzuwehren, aber das milchige Gemisch hatte schon ihre Brille getroffen und ihr die Sicht vernebelt. Törtchen sprang auf einen Stuhl und dann über die Theke und stürzte sich auf die Hand mit der Pistole, Egon Schulte hielt die Kleinere fest, die sich tretend und beißend wehrte. Schoko hatte seine Munition verschossen, zusammen mit Törtchen warf er sich auf die nun sehbehinderte und überraschte Frau. Sie versuchten, ihr die Pistole zu entwinden, aber mit schrillen Schreien kämpfte sich die Kleinere, von Schulte zurückgehalten, bis zu ihrer Freundin vor. Bald hatten sich alle fünf hoffnungslos ineinander verkeilt.

Ein kleiner, gedämpfter Knall und der Schrei des mutigen Siphon-Schützen beendeten das Gerangel. Sie gingen auseinander. Schoko hielt sich mit schmerzverzerrtem Gesicht den Oberschenkel und sank zu Boden. Die beiden Frauen sahen sich kurz an und entschlossen sich endgültig zur Flucht. Törtchen beugte sich über Schoko, während Sahne-Schulte den Frauen hinterherlief.

„Lass sie laufen!“, rief Törtchen ihm nach, „wir müssen uns um Friedhelm kümmern. Wo hat sie dich getroffen?“

Schoko zeigte stumm auf seinen linken Oberschenkel. Das Loch in seiner Jeans war kaum zu sehen, dafür aber der immer größer werdende Blutfleck.

„Was war das denn jetzt für ’ne Nummer? Die lustigen Weiber von Windsor? Zwei Frauen am Rande des Nervenzusammenbruchs? Scheiße, tut das weh!“

Kleinlaut und schuldbewusst versuchte Sahne seine Fehleinschätzung zu rechtfertigen. „Is wirklich nur ’ne Luftpistole, ganz kleine Diabolo-Geschosse.“

„Hör bloß auf, du Waffenexperte“, protestierte der Angeschossene, „das tut scheißenweh! Das hätte böse ins Auge gehen können!“

„Kannst du laufen?“ Törtchen half ihm auf die Beine. „Wir müssen ins Krankenhaus!“

Links und rechts auf seine Freunde gestützt humpelte der Held des Tages durch die Küche zum Seiteneingang wo Törtchens alter Golf geparkt war.

Sahne schloss die Tür hinter ihnen ab, griff sich Wischlappen und Eimer und ging zurück in den Gastraum, um die Spuren der Schlacht zu beseitigen. Dann nahm er eines der beiden Siphon-Geräte in die Hand und strich zärtlich über den gebürsteten Edelstahl. „Gutes Gerät, wirklich allererste Sahne!“

„Angeschossen? Nicht dein Ernst, oder?“

Martin konnte es nicht fassen und schaute Egon an, als glaubte er nicht, dass der ehemalige Quartalssäufer inzwischen wieder trocken war.

„Zwar nur ’ne Luftpistole, aber: Ja, die hat damit geschossen. Völlig irre, die Frau!“

Martin schüttelte nachdenklich den Kopf. Körperverletzung, Schusswaffe ... das konnte er nicht als Bagatelle auf sich beruhen lassen, da musste er dienstlich aktiv werden.

„Und ich sag’ noch zu Schoko *Is keine echte Wumme*. Die sieht nämlich so aus wie ’ne echte Walther 99. Und dann hat er aber doch ziemlich gejault. Und geblutet hat’s auch ordentlich, Törtchen fährt ihn gerade zum Krankenhaus.“

Martin zog das grüne Notizbuch aus der Tasche.

„Um dieses kleine Buch hier geht’s. Aber das ist jetzt beschlagnahmt.“

Er legte das Notizbuch auf die Theke, klappte es auf und zeigte Sahne die doppelseitige Skizze, in der eine Bahnlinie zu erkennen war und offenbar mehrere Zufahrten zu einem größeren Hofgelände – falls die um einen großen Innenhof verteilten Rechtecke und Quadrate tatsächlich die Bebauung symbolisieren sollten. Kleinere Kritzeleien waren erkennbar, die wohl Tiere auf einer Weide darstellten.

„Das sieht aus wie Ziegen, oder?“

Martin zog die Schultern hoch. Egon dachte nach.

„Ein Ziegenhof? Wüsste nicht, wo der sein sollte. Was willst du mit Ziegen?"

„Ziegenmilch, Ziegenkäse …", schlug Martin vor.

„Muss hinter der Grenze sein. Die Ökobauern, die Ziegen halten, sind alle drüben. Hier im näheren Umraum gibt's keinen, das wüsst' ich. Schon gar nicht an einer Bahnlinie. Wo sollte das hier sein?"

Martin packte das Notizbuch wieder ein und verabschiedete sich. Es war Blut geflossen, er musste noch einmal zurück ins Büro und eine offizielle Meldung wegen des Vorfalls machen. Er bat Schulte, dem angeschossenen Helden des Tages seine besten Genesungswünsche auszurichten.

„Meinst du, die behalten den da?"

„Glaub nicht. So 'ne kleine Luftgewehrkugel …?"

„Eine Bitte noch, Egon: Kein Wort an die Presse, ja?"

„Nee, geht klar!"

Schulte nickte zwar heftig, es half aber nichts: Zwei Tage später war die abendliche *bewaffnete Auseinandersetzung* der Aufmacher des Vredener Landboten. *Mit dem Sahnesiphon in die Flucht geschlagen* lautete die Schlagzeile, darunter der in die Kamera grinsende Friedhelm Dierkes, in der Haltung eines Wildwest-Helden, der anstelle eines Revolvers dem imaginären Feind die Spritztülle seines Sahnespenders entgegenstreckt. Der Fotograf hatte bei der Inszenierung ganze Arbeit geleistet.

Auch die überregionale Presse fand Gefallen an der skurrilen Geschichte. Allerdings war man so fair, den Überfall auf die *Kleine Konditorei* stets mit den großen Plänen und den bisherigen Erfolgen der Initiative *Stiftung Neuer Droste-Hof* in Verbindung zu bringen. Das schwierige Projekt konnte die kostenlose Werbung gut gebrauchen.

29

Als Ari Wardenaar an diesem Morgen in den Zug stieg, ahnte er nicht, dass er schon unterwegs in den neunten Kreis der Hölle war.

Mit dem eigenen Auto wäre die Fahrt zur Zaanse Schans bei Amsterdam in weniger als zwei Stunden zu bewältigen gewesen, aber er hatte nie einen Führerschein gemacht und auch nie das Bedürfnis gehabt, ein eigenes Auto zu fahren – ganz abgesehen davon, dass das Geld in vielen Phasen seines Künstlerlebens oft nur für das Nötigste gereicht hatte. Sein Atelierhaus im Lüntener Wald, das er an diesem Morgen frohgelaunt verlassen hatte, war im Grunde alles, was er mit seiner Malerei wirtschaftlich erreicht hatte. Es ermöglichte ihm seine künstlerische Existenz, aber er war sich durchaus bewusst, dass es in der letzten Phase seines Lebens immer schwerer werden würde, mit Leinwand, Pinsel und Farben seinen Unterhalt zu bestreiten.

Der Bus hatte ihn zum Enscheder Bahnhof gebracht, von da aus ging es jetzt mit dem Zug bis Duivendrecht, südlich von Amsterdam, von wo aus ihn der Sprinter-Zug bis Zaandam-Koog bringen würde.

Im Zug vergewisserte er sich noch einmal, ob er 200 oder 300 Euro eingesteckt hatte. Auch wenn das ihm von Hahnemann zugesteckte Geld lange reichen musste, sollte sich der weite Weg doch lohnen. Er brauchte Vorräte für die bevorstehenden Projekte. Die Begegnung mit Marie Gerster hatte seine Phantasie beflügelt.

Spezielle Pigmente wie Kobalt-Coelinblau mit hoher Lichtechtheit kaufte er immer in der Farbenmühle „De Kat“ auf der Zaanse Schans. Nur das Pigment. Das Anreiben der Ölfarbe besorgte er selbst, mit den alten Leinölbeständen und Malmitteln aus dem Erbe seiner Großtante.

Hinter Deventer, jenseits der IJssel, blieb der Horizont eine konstante gerade Linie vor seinem Fenster. Es regnete leicht, aber durch die grauen Wolken hindurch war gelegentlich etwas Blau zu erkennen, genau jenes Blau, für das er Kobalt-Coelin brauchte. Für ein Pfund dieses Pigments würde er allein bereits knapp 100 Euro loswerden. Zypernumbra hingegen, das er für das Wurzelwerk seines gerade entstehenden Baumbildes einsetzen wollte, war erheblich billiger. Er musste gut haushalten. Zusammen mit dem helleren Zink-Coelinblau würde das Kobaltblau dem Himmel hinter dem Astwerk einen schönen Verlauf von dunkel zu hell und eine gewisse Leichtigkeit geben.

Er hatte das komplette Bild in allen Details genau im Kopf. Für einen ersten vollständigen Entwurf würde er nur noch wenige Stunden brauchen und er freute sich bereits auf seine Rückkehr und die Fortsetzung seiner Arbeit an der Staffelei.

Hinter Apeldoorn ließ der Regen nach. Er schaute auf die vorbeiziehenden Wolken, das Grau hatte sich mehr und mehr aufgelöst und den verschiedenen Blautönen des dahinterliegenden Himmels Raum gegeben. Wie viele Farbnuancen die Natur bot und wie unsinnig doch dagegen jede theorieschwangere Abstraktion und der selbst auferlegte Verzicht auf Vielfalt war! Wardenaar konnte und wollte nicht leugnen, dass der stets mit Feuereifer vorgetragene Protest seiner Großtante gegen die Hinwendung Mondriaans zur – wie sie sagte – *seelenlosen* Abstraktion seine eigenen künstlerischen Ziele beeinflusst hatte. Ari hatte sich nie für die abstrakte Moderne interessiert. Für seine eigenen Bilder hatte er oft die Kritik einstecken müssen, dass man heute so nicht mehr male. Was hieß das schon? Musste man denn immer den jeweiligen Moden folgen? War es nicht eher ein Kompliment als eine negative Kritik, wenn jemand sagte: *Sie malen wie der frühe Mondriaan*?

Er musste schmunzeln, als der Zug nun durch Utrecht fuhr und er sich an den flammenden Protest seiner Großtante während ihrer Rede zu ihrer großen letzten Einzelausstellung erinnerte, die in Utrecht stattgefunden hatte. Wie hatte sie gewettert gegen den Scharlatan Yves Klein, der es doch tatsächlich gewagt hatte, ein damals schon seit über hundert Jahren künstlich hergestelltes Ultramarinblau zu seiner alleinigen Werbefläche zu machen! Welche Hybris, was für ein billiger Trick, sich eine allgemein gebräuchliche Farbe als *Internationales Yves-Klein-Blau* patentieren zu lassen, nur weil man anstelle von Leinöl oder Eigelb ein chemisches Bindemittel aus

Kunstharz verwendete! Die Bravorufe und der Applaus der Weggefährten seiner Tante waren ihm noch im Ohr, vor allem nach ihrem Schlusssatz: „Nun, liebe Freunde, unsere Zeit, die Zeit der echten Kunst, die mit Sehen, Fühlen und handwerklichem Geschick zu tun hatte, ist vorbei. Es reicht heute, mit einem tropfenden Pinsel über eine Leinwand zu hüpfen, wie dieser betrunkene Jack the Dripper." Gemeint hatte sie die seinerzeit umstrittenen Bilder von Jackson Pollock, den ausgerechnet Piet Mondriaan der Sammlerin und Mäzenin Peggy Guggenheim empfohlen hatte.

Der plötzliche Halt in Duivendrecht riss Wardenaar aus seinen Erinnerungen. Er musste aussteigen und den Regionalzug in Richtung Alkmaar finden, der ihn östlich um Amsterdam herum bis Zaanse Schans brachte. Die letzten anderthalb Kilometer bis zur Farbenmühle „De Kat" wollte er zu Fuß gehen.

Von der Julianabrug aus, die über die Zaan führte, hatte man ungefähr den Blick, den Claude Monet gehabt haben musste, als er die Windmühlen am Zaanstreek 1871 gemalt hatte. Trotz vieler Umbrüche im Zuge der Industrialisierung war noch immer etwas vom alten Charme dieses Windmühlen-Ensembles spürbar, auch wenn es heute ein touristischer Anziehungspunkt geworden war und der ganze Zaandam ein Freilichtmuseum.

Karel van Rietbeek war einer der letzten Meister seines Faches und seine Farbenmühle eine wichtige Anlaufstelle für Maler mit speziellen Techniken und Wünschen. Die Mahlsteine seiner alten, fein restaurierten Mühle drehten sich immer noch und zerrieben farbige, mineralische Oxyde und Carbonate zu feinem Pulver. Sein Geld verdiente er allerdings eher mit Kursen für Freizeitkünstler, die lernen wollten, wie man sich eigene Farben aus den gemahlenen Pigmenten herstellen konnte.

Van Rietbeek begrüßte Wardenaar mit einem Lächeln, bat den alten Bekannten aber stumm mit einem Fingerzeig auf seine Uhr um fünf Minuten Geduld. Unter den alten Balken der Mühle herrschte eine konzentrierte, ruhige Atmosphäre. Etwa ein Dutzend Lernwillige zerstampfte in Mörsern gelbe, rote oder blaue Pigmentklumpen, andere vermischten das Pulver auf einer Platte mit etwas Leinöl und verrieben es mit schweren, abgeflachten Steinen zu einem zähen Brei. Van Rietbeek ging durch die Reihen und machte mit einem kleinen Spachtel die Konsistenzprobe: Wenn er sein Werkzeug in den Farbbrei stieß und nach oben zog, musste die Spitze des kleinen Kegels aus eigener Kraft stehenbleiben. Sank sie zu schnell zur Seite, war das Gemisch zu weich und musste mit mehr Pigment angedickt werden.

Van Rietbeek kam aus der Farbenküche, reinigte seine bunten Finger mit feuchtem Papier und begrüßte Wardenaar mit einer herzlichen Umarmung, sichtlich erfreut, dass der alte Maler nach langer Zeit wieder einmal den Weg an die Zaanse Schans gefunden hatte.

„Du lebst also noch", sagte er lächelnd, „das ist gut."

„Und bei dir herrscht Hochbetrieb, das ist auch gut!"

„Aber mühsam", flüsterte der Farbenmüller, „man muss viel Geduld haben und auch die dümmsten Fragen beantworten. Und wenn sie es dann hier einmal selbst probiert haben, ist den meisten anschließend das Selbermachen der Farben doch nicht mehr so wichtig, und sie kaufen wieder den fertigen, billigen Schund aus der Fabrik. Manchmal sind sie gnädig mit mir und nehmen mir fünfzig Gramm Umbra ab."

„Ich brauche mindestens ein Pfund davon, Karel, und ich hab' noch viel mehr auf meiner Liste!"

„Oh, dann ist der arme Maler entweder zu Geld gekommen oder er hat ein neues Projekt und große Hoffnungen."

„Ja, Letzteres vielleicht ... wer weiß ...?"

Karel van Rietbeek führte Wardenaar ins Farbenlager, wo alle Varianten und Nuancen der Grundfarben als fein gemahlene Pigmente in großen Drogeriegläsern standen.

„Was kostet Kobalt-Coelinblau zurzeit?"

„Also für dich ..."

Rietbeek notierte einige Zahlen auf einem Block.

„500 Gramm kriegst du für 92 Euro von mir."

Ari schaute in seine Geldbörse, als müsse er die mehrfach abgezählten Scheine noch einmal prüfen.

„Zypernumbra, auch ein Pfund."

„Das ist nicht so teuer, sagen wir 22. Was noch?"

„Malachit vielleicht, aber nur 250."

„Gut."

„Schweinfurter Grün?"

„Papageiengrün? Ja, davon hab' ich noch was. Aber dass das Zeug hochgiftig ist, muss ich dir ja nicht sagen."

„Hilft leider nichts! Ich restauriere gerade ein Werk aus der Jahrhundertwende", log Wardenaar. „Da war das Zeug noch im Gebrauch."

„Gut, meinetwegen, verkauf ich aber nur als fertige Farbe und in kleinen Mengen, eine Tube, 250 Milliliter. Und zieh Handschuhe an, das Arsen da drin raubt dir die letzten Haare vom Kopf ... und noch mehr, wenn du nicht aufpasst!"

„Ja, ja, kein Problem. Wie sieht's mit echtem natürlichem Ultramarinblau aus?"

„Schlecht, wie immer. Ist einfach zu teuer, teurer als Gold, immer schon gewesen. Lapislazuli, Halbedelstein ... Brauchst du das wirklich? Was sollst du denn restaurieren? Sakralkunst?"

Wardenaar zögerte. „Ja, hab' gerade verschiedene Aufträge. Das Blau ist für ein altes Altarbild, Mantelmadonna auf Holz, da fehlt ein Stück im Faltenwurf."

„Nimm Ägyptischblau, das gibt's schon seit viereinhalbtausend Jahren. Den Unterschied merkt kein Mensch."

„Gut, 250 Gramm, bitte. Rechne mal eben zusammen."

Van Rietbeek notierte und addierte.

„Ich bin bei 147 Euro."

„Gut, einverstanden. Hast du dunkles Kobaltviolett?"

Van Rietbeek zog die Brauen hoch.

„Nein, tut mir leid, da muss ich zurzeit passen, das wird so selten verlangt. Da kannst du aber auch Manganviolett nehmen."

Wieder musste Ari kurz überlegen.

„Gut. Wie teuer?“

„So mittel, 500 Gramm geb’ ich dir für ... 45 Euro.“

„Ich brauche nur 250.“

„Ist notiert.“

„Nach fertigem Bleiweiß brauche ich dich ja nicht zu fragen ...“

Van Rietbeeks verzog das Gesicht.

„Ari, was willst du denn mit dem Giftzeug? Da fragst du jedes Mal danach. Das kann ich dir nicht geben, die machen mir den Laden sofort dicht, wenn das rauskommt. Kann ja verstehen, wenn du kein Titanweiß nehmen willst, aber stinknormales Zinkweiß ... das dunkelt auch etwas nach und du stirbst nicht davon. Wär’ doch schade um dich!“

„Auch nicht ein kleines Tübchen ...?“

„Nee, Ari, kann ich nicht mehr machen. Is echt zu gefährlich, tut mir leid.“

„Na gut, war nur ein Versuch.“

Van Rietbeek ging die Bestellung auf seinem Zettel noch einmal durch. „Alles klar, Ari, ich stell dir das zusammen. Gib mir eben noch eine Viertelstunde, dann machen die Damen da unten Mittagspause und ich mach’ dir dein Paket fertig.“

Ari nickte und ging nach draußen. Eine Gruppe junger Japanerinnen hatte den Blick auf die alten Mühlen als Fotomotiv entdeckt. Nun posierten die Mädchen abwechselnd für Handyfotos und lächelten um die Wette. Im Westen war im Mittagslicht die Skyline von Amsterdam zu erkennen. Ari überlegte, ob er nach seinem erfolgreichen Einkauf noch mit der Regionalbahn in die Metropole fahren sollte, er war lange nicht mehr dort gewesen. Aber beim Gedanken an das großstädtische Treiben verging ihm gleich wieder die Lust. Er würde direkt zurückfahren und am späten Nachmittag wieder zu Hause sein. Dann würde er sich in seiner Werkstatt aus den frischen Pigmenten nach seinen eigenen Rezepten die Farben anreiben, die er für das neue Bild brauchte. Unter Hochsicherheitsbedingungen, mit Maske und einem starken Staubsauger, der die giftigen Stäube absaugte und nach draußen blies, würde er dann morgen auch eine kleine Menge Bleiweiß herstellen. Unverzichtbar für den Hintergrund. Kobalt-Coelin, Bleiweiß und eine Spur Manganviolett, das könnte die Richtige Mischung ergeben ... er freute sich darauf.

„So, mein Freund – für dich!“ Van Rietbeek schob ihm die Bestellung über den Tisch. Auf der gut gefüllten Baumwolltasche war das Motiv der Windmühlen auf dem Zaandam zu erkennen. „Ich hab abgerundet auf 160 Euro, Freundschaftspreis. Scheint ja ein größerer Auftrag zu sein. Gut für dich!“

„Ja, es gibt ... gute Aussichten, sagen wir's mal so. Ein paar Restaurierungen, ein paar neue eigene Ideen ... ja, es läuft. Und du? Malst du selbst noch?“

„Ach, Ari, machen wir uns nichts vor: Seit Monet hier draußen gemalt hat, sind inzwischen 150 Jahre vergangen, und wir beide malen noch immer so. Das will doch keiner mehr haben. Ich plage mich hier mit Kursen für Schulklassen, untalentierte Frührentner und reiche Damen ab ... sieben Tage die Woche ... da habe ich abends keine Lust mehr auf eigene Werke. Aber für dich freue ich mich. Hat Nijkerk dir die Aufträge verschafft? Oder unser großer Professor?“

Ari ließ sich etwas Zeit mit der Antwort.

„Ja, ja ... nach längerer Zeit mal wieder. Warum fragst du?“

„Nur so. Nostalgie, Ari, Erinnerung an alte Zeiten. Bessere Zeiten!“

„Ja, vielleicht. Der Professor, der ...“

Ari brachte den Satz nicht zu Ende.

„Was ist mit dem großen Hahnemann?“ Van Rietbeek lachte. „Hat er wieder einen bislang unbekannten Mondriaan oder einen auf dem Dachboden versteckten Kees van Dongen entdeckt?“

„Keine Ahnung, Karel. Unser Kontakt ist ... nun ja ... nicht so gut.“

„Ja, so ist das manchmal ... Aber du kommst ja, wie ich sehe, auch so ganz gut klar.“

„Ich gebe mir Mühe, Karel, und wünsche dir das Beste! Mach's gut. Tot ziens!“

Ari nahm seine Tasche und ging hinaus.

„Tot ziens, Ari, bleib gesund!“

Karel van Rietbeek sah dem alten Maler nach, dann ging er durch den großen Arbeitsraum, wo sich die ersten Kursteilnehmer an eigenen Bildern mit ihren selbstgemachten Farben versuchten. Hier und da blieb er stehen, kommentierte und korrigierte bei Bedarf, dann ging er in sein kleines Büro und griff zum Telefon. Nach wenigen Sekunden war ein unpersönliches *Ja* zu hören.

„Bist du es, Paul?"

„Ja. Wer fragt?"

„Karel."

„Karel-wer?"

„Van Rietbeek. Hast du mich nicht erkannt?"

„Ehrlich gesagt nicht. Ist lange her."

„Na, so lange auch wieder nicht, ich dachte, ich ..."

„Mach's kurz, Karel!", unterbrach ihn der Professor.

„Ja, ich wollte mich mal wieder melden. Ich hörte, ihr habt wieder was zu tun?"

„Ich verstehe nicht?"

„Na ja, Ari Wardenaar war gerade hier, hat einiges eingekauft. Da dachte ich ... also, wenn ihr wieder mehr braucht, ich mache euch gute Preise, das weißt du ..."

Van Rietbeek hörte nur ein leises Rauschen in der Leitung, nach einer langen Pause fragte Hahnemann: „Was hat Ari denn erzählt?"

„Nicht viel, hat nur gesagt, dass er wieder zu tun hat. Hat mich gefreut für ihn."

Wieder entstand eine lange Pause.

„Er hat also eingekauft bei dir?"

„Ja, und er hat auch nach den alten Pigmenten gefragt, den teuren oder verbotenen, Lapislazuli für ein altes Kirchenbild und so weiter ... scheint wieder zu Geld gekommen zu sein, der Meister. Und Bleiweiß wollte er haben, hab' ich ihm aber verweigert."

„Bleiweiß?"

„Ja, hat mich auch gewundert, hat er natürlich nicht gekriegt. Nur die einfachen Sachen, Ägyptischblau, Manganviolett, Zypernumbra ..."

„So, Manganviolett und Zypernumbra ..."
„Ja, ziemliche Mengen."
„Und warum erzählst du mir das alles, Karel?"
„Na, ich wollte mich kurz in Erinnerung bringen, weißt du, mir geht's ja auch nicht so gut, und wenn die Produktion jetzt wieder losgeht ... also bevor ihr euch da einen anderen Lieferanten sucht ... du weißt, über Preise können wir –"
„Vergiss es, Karel. Da läuft nichts, und da wird nie wieder etwas laufen. Und quatsch nicht so viel, das ist nicht gut, schon gar nicht über die alten Zeiten. Okay? Halt besser die Klappe, wir haben nie Geschäfte miteinander gemacht, ist das klar? Red' dich nicht um Kopf und Kragen, das ist gefährlich."
Karel van Rietbeek wollte um eine Erklärung bitten. Er war enttäuscht, beleidigt und vor allem verunsichert.
Aber die Leitung war tot.

30

An diesem Morgen fühlte sich Martin Gerwink ein wenig an das Theaterstück vom *Zerbrochenen Krug* erinnert und es dauerte eine Weile, bis er die Klage der Pensionswirtin verstanden hatte. In Ida Böhlers Dachmansarde waren ein, wie sie sagte, *antiker* Krug und eine alte Waschschüssel zu Bruch gegangen. Was Martin wie ein Fall für die Haftpflicht- oder Hausratversicherung vorkam, entpuppte sich, je länger die alte Dame darüber sprach, jedoch als ein wichtiger Mosaikstein in seinen aktuellen Ermittlungen. Zwei Gäste hatten die Porzellanscherben hinterlassen, aber schlimmer war, dass sie abgereist waren, ohne zu bezahlen.
„Die Namen kann ich nicht lesen", klagte Ida Böhler und schob Martin das Gästebuch hin. Es waren kyrillische Buchstaben. „Ich habe noch gesagt: *Das kann ich ja gar nicht lesen!*, aber da haben die nur gelacht. Wissen Sie, ich hatte mal einen russischen Ingenieur,

der hat so ähnlich geschrieben und gesprochen, Englisch, aber mit diesem rollenden R."

„Zwei Leute, ein Paar, ein Ehepaar?", fragte der Dorfpolizist.

„Na ja, Ehepaar? Das kann man heute ja gar nicht mehr so eindeutig sagen, aber ich glaube nicht. Jedenfalls zwei Frauen, mit ziemlich viel Gepäck."

„Zwei Frauen?" Jetzt schoss das Adrenalin in Martins Adern. Er griff nach seinem Block. „Irgendwelche anderen Anhaltspunkte, Frau Böhler? Wie sahen die denn aus?"

„Bunt, würde ich sagen ... die eine etwas größer als die andere. Und immer anders gekleidet, die zogen sich mehrmals um am Tag. Auch die Haare, mal kurz, mal lang ... das müssen Perücken gewesen sein."

Martin erinnerte sich an seine Kontrollfahrt mit dem Fahrrad vor wenigen Tagen, als er das fremde Auto mit Münchner Nummernschild vor der alten Pension im Lüntener Wald gesehen hatte. Er hatte zwar ein ziemlich gutes, fotografisches Gedächtnis, aber die Nummer hatte er sich nicht gemerkt, nur das kleine Schild des Autoverleihers.

„Die waren seltsam, Herr Gerwink, das sage ich Ihnen. Manchmal gingen die mitten in der Nacht spazieren. Und in deren Koffern waren nicht nur Kleider. Ich schnüffele nicht im Gepäck meiner Gäste, aber als ich einmal in ihr Zimmer kam, um nach Wünschen für das Abendessen zu fragen, da habe ich gesehen, wie die eine von ihnen ganz schnell ein Gewehr in eine Hülle schob. Mein Mann war ja Jäger, wissen Sie, das habe ich gleich erkannt. Wir haben noch gescherzt über Entenjagd im Venn und so, da hab' ich ihnen gesagt, dass das verboten ist und ..."

„Ja, Frau Böhler, gut, gut ...", unterbrach der Dorfpolizist. „Ich brauche ein paar Daten, die Namen können falsch sein, aber irgendwas ... Heimatadresse, Autonummer ..."

„Ja, genau", sagte sie wie zur Bestätigung, „die Autonummer! Ich muss ja irgendwie an mein Geld kommen, immerhin fünf Übernachtungen, und dann die antike ... also die alte Waschgarnitur, sowas kriegen Sie ja heute nur noch antiquarisch ..."

„Wie gesagt, Frau Böhler, wenn die bei Nacht und Nebel abgereist sind, ohne zu bezahlen, wie Sie sagen, dann haben wir wenig in der Hand ... ohne Adresse oder Autonummer ..."

„Genau, das Auto, das müssen Sie suchen lassen!"

Martin legte die Stirn in Falten, um sein Bedauern zu unterstreichen, aber auch seine Hilflosigkeit. Die alte Dame verstand ihn offenbar nicht.

Ida Böhler blätterte im hinteren Teil ihres Gästebuchs, dann schob sie es Martin zu und zeigte mit dem Finger auf ihre letzte Eintragung.

„Hier, M wie München oder?"

Martin verstand nicht recht. „Aber Sie sagten doch, die hätten keine Angaben gemacht."

„Nein, nein, das habe *ich* draußen kontrolliert und aufgeschrieben." Die alte Dame lächelte stolz. „Seit mein Mann tot ist, muss ich das ja alles selber machen, ich kann mich ja auf niemanden mehr verlassen ..." Sie schaute Martin an und korrigierte sich. „Das ist natürlich nicht persönlich gemeint, Herr Gerwink!"

„Regional zur Fahndung ausschreiben, Martin? Das wird schwierig. Wegen einer unbezahlten Rechnung und einer kaputten Wasserkanne?"

Walter Gerwink war nicht gerade begeistert, als er über den Vorschlag seines Bruders nachdachte. „Du hast nicht viel mehr als eines deiner Bauchgefühle, ein Notizbuch und das Diabolo-Projektil einer Luftpistole, das man Friedhelm Dierkes aus dem Oberschenkel gezogen hat. Und dass sie über die Grenze sind, wie sicher ist das?"

„Sicher, Walter, was ist schon sicher? Aber für mich ist sonnenklar, dass die hier was vorhaben in der Gegend. Die kundschaften manche Stellen mit einer Drohne aus, die eine hat ein langes Gewehr im Gepäck, was wollen die am Droste-Grab? Hier ist was im Gange, das spür ich. Wenn du dich nicht traust, dann rede ich mit Emma!"

Diese Bemerkung hatte gewirkt. Walter wurde schlagartig ruhig.

„Nein, Martin, das machen wir sicher nicht! Wir haben zu wenig in der Hand, wir machen uns nur lächerlich ... *in der Landeshaupt-*

stadt ..." Er versuchte den Tonfall der wenig geschätzten Oberkommissarin nachzuäffen. „Aber damit du meinen guten Willen siehst ... wir können das Auto suchen lassen. Wenn das vom Verleiher ist, weiß der auch, wer es bezahlt hat."

„Dein *guter Wille*, Walter? Du musst *mir* keinen Gefallen tun, darum geht's nicht."

„Ja dann sag mir doch bitte, worum es hier wirklich geht!"

„Willst du nicht hören, ist ein Bauchgefühl."

„Sag's trotzdem!"

„Es geht, wie Emma vermutet hat, um Bernhard Droste-Terhahns langen Schatten."

„Der ist tot, Martin! Mach dich doch nicht selbst verrückt! Und sein blöder Sohn auch, und Henk Verbeek ebenfalls."

Martin stand auf. Er dachte nur noch an Marie und an ihre Angst und ihren wiederholten Albtraum, den sie ihm oft beschrieben hatte, wenn sie nachts schweißgebadet aufwachte: Die dünne Eisschicht auf einem See, über den sie laufen musste. Es knarrt und knackt unter ihren Füßen und wenn sie sich umschaut sieht sie den Riss im Eis, der sich hinter ihr bildet und sie einzuholen droht. Aber sie ist noch lange nicht am anderen Ufer, sie muss weiter, in der ständigen Angst nach wenigen Metern einzubrechen und im kalten Wasser zu versinken.

„Ja, die drei sind tot, Walter, und ich wollte, du hättest recht. Aber es ist nicht zu Ende!"

Martin schaute ihn so traurig an, als er durch die Tür ging, dass Walter seinem Bruder am liebsten nachgelaufen wäre.

Martin fuhr nach Aarloh zurück und suchte während der Fahrt nach einem sinnvollen nächsten Schritt. Aber er konnte seine Gedanken nicht ordnen, sie schossen wild durcheinander und kreisten immer um denselben Pol: Marie. Sie durfte von der neuen Situation nichts erfahren. Und nichts von seinen Ängsten. Es mochte ein Bauchgefühl sein, nichts, was man zwischen Dubai, Greven oder Antigua ausgerechnet in Aarloh verorten konnte ...

Die Verbindung musste, wie Emma Ammann vermutete, tatsächlich Bernhard Droste-Terhahn sein. Was sollten die beiden Frauen sonst in Aarloh?

Der Großbauer hatte vermutlich nicht zu den Verlierern der *Double-Coin*-Affäre gehört. Woher kam sonst das Geld, das Droste-Terhahn für Kunst ausgegeben hatte? Neuer Bungalow, mit einem geheimen Depot für seine Bilder im Keller ... das sah eher nach Gewinn aus, nicht nach Verlust.

Martins eigentliches Problem war seine Haltung zu Marie: Er durfte sie nicht belügen, er wollte ihr Vertrauen nicht aufs Spiel setzen. Mit seinen eigenen Ängsten würde er allein fertig werden müssen, aber wie konnte er Marie ganz konkret schützen und was musste er über die möglichen Hintergründe preisgeben, bevor alle möglichen Horrorgeschichten in Aarloh erzählt wurden und die Spekulationen ins Kraut schossen?

Aber er kam zu spät. Als er die Küche betrat und in Maries Gesicht sah, wusste er, dass die neuen Ängste bereits in ihr tobten. Ihr Blick war vorwurfsvoll.

„Warum hast du mir nicht gesagt, dass man auf Friedhelm Dierkes geschossen hat?"

Martin fühlte sich hilflos, er versuchte, die Angelegenheit herunterzuspielen.

„Geschossen auf Schoko? Glaub doch nicht alles, was du hörst, Marie! Du weißt doch, wie gern die Aarloher tratschen und aus einer Mücke einen Elefanten machen. Das war doch nur eine harmlose Luftpistole. Das hat vielleicht etwas weh getan, aber so eine Kugel ist nicht viel größer als ein Stecknadelkopf."

„Stecknadel? 4,5 Millimeter Diabolo ... also eher Stricknadel."

Es hatte keinen Sinn, sie hatte sich schon informiert und war mehr als beunruhigt.

„Was sind das für Frauen, Martin, sag es mir!"

„Das waren zwei ... vermutlich russische, oder sagen wir osteuropäische Frauen ... was weiß ich ... vielleicht reiche Oligarchen-Töchter, die sich hierher verirrt haben ..."

„... und in der billigsten Pension absteigen?"

„Die lachen gerne, die fanden die alte Frau Böhler und ihre heruntergekommene Pension vielleicht lustig, die wollten hier ein bisschen Spaß haben ..."

„Ja, *Spaß haben*, ausgerechnet am Grab von Bernhard und Werner Droste-Terhahn."

Martin wusste, dass er verloren hatte. Er gab auf.

„Ich kann auch bis drei zählen, Martin! Und dann kommt das alles wieder hoch. Was wollen die hier? Warum lassen die eine Drohne steigen? Warum schleppen die soviel Gepäck mit und setzen sich Perücken auf? Alles nur, um ein bisschen Spaß zu haben? Ausgerechnet in Aarloh? Wenn die so reich sind, warum fliegen die dann nicht nach Florida oder auf die Bahamas?" Sie wusste alles. „Ich kann auf diese Sorte Spaß gerne verzichten. Du musst mir das sagen, Martin! Versuch nicht, mich zu beruhigen, antworte mir ehrlich und sag mir, was du weißt, bitte. Wenn du mir wirklich helfen willst, ist das das Beste, was du tun kannst: Was wollten die auf dem Droste-Hof? Suchen die was?"

Marie begann zu zittern. „Und waren sie dann vielleicht auch schon hier bei uns? Das ist alles noch zu frisch, Martin."

Er drückte sie an sich, aber das Zittern wollte nicht aufhören.

„Hab' keine Angst, Marie. Niemand wird dir je wieder ein Haar krümmen. Ich habe mein Schießtraining wieder aufgenommen, und ich schieße nicht mit Luftpistolen."

„Das hilft mir gar nicht, Martin! Im Gegenteil: Damit bestätigst du mir nur, dass wir beide immer noch gefährdet sind, dass die Hintermänner oder -frauen von Henk Verbeek und dem Droste-Umfeld keine Ruhe geben ..."

„Langsam, Marie, es gibt kein Droste-Umfeld, bleib ruhig."

Sie atmete zu schnell und ihre Stimme wurde lauter.

„Aber das bedeutet vor allem, dass diese verdammte Geschichte noch lange nicht vorbei ist."

Martins Versuche, sie zu besänftigen, schlugen fehl. Schöne Worte reichten ihr nicht, er musste konkreter werden.

„Sieh mal, das Haus ist durch die neuen Anlagen optimal geschützt ... hier kann keiner rein, Marie, glaub mir." Jetzt hatte er doch das Gefühl, dass sie etwas ruhiger atmete und er entließ sie aus seiner festen Umarmung.

„Soll ich uns etwas kochen?"

Aber Marie wollte nicht essen. Sie zog sich still in ihr Büro zurück.

Auch Martin setzte sich in sein Arbeitszimmer und rief die Bilder der Überwachungskameras auf. Er hoffte, im Material der letzten Tage wieder einen herumstreunenden Fuchs oder ein Wildschwein zu finden. Nach zwei Stunden wurde er fündig, der Fuchs war wieder da gewesen. Er versuchte es mit ihrem alten, gemeinsamen Spiel. „Wildschwein oder Fuchs?" rief er laut in den Flur, aber Marie antwortete nicht, und als er in ihr Büro ging, fand er sie nicht. Sie lag schon im Bett und starrte an die Decke.

„Fuchs!", sagte er.

Marie weinte, die Tränen liefen ihr über beide Wangen. Er setzte sich zu ihr auf die Bettkante und streichelte sie. „Es war wieder der Fuchs, das wollte ich dir nur sagen."

Marie klammerte sich an ihn. „Kannst du nicht ins Bett kommen, bitte?"

„Ich bin gleich bei dir, ich schaue mir nur noch die letzten Stunden von gestern Nacht an, nur zur Sicherheit, im Schnelldurchgang. Dann komme ich."

„Mach schnell, Martin, bitte!"

Er löste sich aus ihrer Umarmung.

„Komm bald, ja?"

„Bin gleich wieder hier, versprochen!"

„Machst du das nur wegen mir?"

Martin überlegte kurz und grinste.

„Nein, wegen John Wayne." Martin verstellte seine Stimme und imitierte den Westernhelden. „Ein Mann sollte stets zu Ende bringen, was er einmal angefangen hat!"

Sie lächelte ihn an und wischte sich die Tränen weg.

„Na gut, John!"

Der Bildschirm war in vier Rechtecke unterteilt, Martin konzentrierte sich, er bemühte sich, alle Kameras gleichzeitig im Blick zu halten. Die flachen, kontrastarmen Nachtaufnahmen ermüdeten die Augen, aber er musste sichergehen, dass die beiden Frauen nicht noch einmal aufgetaucht waren. Es war wahrscheinlicher, dass sie nach ihrem gestrigen Desaster im Droste-Hof-Café noch in der Nacht den schnellsten Weg über die Grenze genommen hatten. Aber er wollte absolute Sicherheit.

Ihm fielen fast die Augen zu, als er plötzlich weiße Silhouetten durch die dunklen Bilder huschen sah. Die unterschiedliche Körpergröße ließ nur einen Schluss zu: Die beiden Frauen waren wieder dagewesen. Die Zeitangabe am unteren Bildschirmrand blieb auf 01:22 stehen, als er den Schnelldurchgang anhielt. Die Schemen der Figuren verschwanden aus dem oberen linken Rechteck des Bildschirms, um wenige Sekunden später im Bild der nächsten Kamera aufzutauchen. Zwei hellgraue Schatten gingen um das Haus herum, beugten sich zum Boden hinab, offenbar suchten sie nach den Kellerfenstern, aber die gab es zum Glück nicht. Am Ende standen sie wieder im Innenhof. Warum kamen sie nun schon zum zweiten Mal, sie hatten das doch alles schon erkundet? Dann sackte Martin das Blut in die Magengegend: Von der Seite näherte sich ein dritter Schatten.

Genaue Bewegungsabläufe waren wegen der geringen Auflösung und der Einzelbildtechnik schwer zu erkennen, aber es war sicher kein Schleichen, was er da ausmachte, eher ein selbstbewusstes Erkunden. Das Sicherheitslicht war angegangen und hatte die drei nicht gestört.

Es war eher unwahrscheinlich, dass die beiden Frauen noch einen Komplizen hatten. Die ungebetenen nächtlichen Besucher mussten drei Männer sein.

Martin kontrollierte alle Türen und Fenster. Er ging durch die Terrassentür in den Innenhof. Die Sensoren reagierten sofort und setzten alles in taghelles Licht. Martin ging zurück, schloss ab und kontrollierte alle Fenster. Mit unguten Gefühlen legte er sich zu Marie ins Bett, die sich sofort an ihn schmiegte.

„Na, John Wayne, hast du es zu Ende gebracht?“, fragte sie schläfrig.
„Na klar, alles in bester Ordnung.“

Martin spürte, wie Marie sich entspannte und gleich wieder einschlief. Er selbst fand nur wenig Schlaf. In der trügerischen ländlichen Nachtruhe hallte seine Lüge lange nach. Es war gar nichts in bester Ordnung.

31

Zum Glück gab es keine Nachbarn weit und breit. Sie hätten Ari für einen Außerirdischen oder bestenfalls für einen Imker halten können, wie er mit seinem weißen Schutzanzug und der Atemschutz-Vollmaske das weiße Pulver, das die Essigsäure erzeugt hatte, von der Spirale aus Bleiblech kratzte. Er machte das draußen, unter dem Vordach der Remise.

Das giftige Pulver musste gleichmäßig mit Leinöl und dem alten Dammarharz seiner Großtante zu einer pastosen Substanz vermengt werden. Niemand würde ihm nachweisen können, ein falsches Weiß benutzt zu haben. Das Leinöl bestand zwar nur noch zur Hälfte aus den alten Beständen seiner Großtante, aber das Dammarharz war uralt. Wohl musste er neues, industrielles Terpentin zufügen, damit der Trocknungsprozess kürzer wurde, aber das verflog und hinterließ keine Rückstände.

Die Arbeit ging gut voran. Er war froh, die Sicherheitskleidung ablegen zu können und seinen alten Kittel überzuziehen, als er das neue Bleiweiß nach altem Rezept sicher in eine Tube gefüllt hatte. Diese anstrengende und gefährliche Arbeit brauchte er nun lange Zeit nicht mehr zu machen.

Danach wurde es leichter. Er empfand es als ein tiefes Glück, endlich wieder in der Lage zu sein, aus dem Vollen schöpfen zu können und sich aus den neuen Pigmenten die Farbtöne herzustellen, die er für sein Bild noch brauchte.

Sein neuer Baum würde genau auf der Grenze zwischen Impressionismus und Abstraktion stehen. Das Manganviolett gab den schwarzen, groben Strichen von Ast- und Wurzelwerk an den Rändern einen magischen, unrealistischen Schein. Jenseits aller Regeln und Definitionen. Er war gespannt, ob jemand das erkennen würde.

Ari malte weiter in dem motivierenden Gefühl, eine neue Stufe seiner Kunst erreicht zu haben. Immer wieder kontrollierte er die Arbeit, feilte an Details, korrigierte Fehler und veränderte die Mischungen, wenn ihm ein Farbakzent zu heftig erschien. Der Hintergrund hatte durch zahlreiche Korrekturen und Übermalungen mit immer neuen, experimentellen Blau- und Weißtönen eine dicke, pastose Struktur angenommen. Mehr durfte es nicht sein. Es war gefährlich, das Ende nicht zu finden. Es gab einen Punkt, wo jeder zusätzliche Pinselstrich das Werk nicht mehr verbesserte, sondern es zu ruinieren begann.

Aber war er schon fertig? Er ließ sich in seinen Sessel fallen und betrachtete das Bild aus der Entfernung.

Ja, hier stimmte alles.

Schon öfter hatte er gedacht, seine Baumreihe sei zu Ende, das Motiv ausgemalt und ausgereizt. Beim Anblick seines jüngsten Werkes war er an diesem frühen Nachmittag sehr sicher, dass ein langer Schaffensprozess, ein Weg mit Hindernissen, Rückschlägen, voller Zweifel und Teilerfolge nun endlich an ein gutes Ende gekommen war. Er griff nach einem Mondriaan-Katalog in dem kleinen Regal unter seinem Maltisch und betrachte die Abbildungen der Baumreihe, samt den Vorstufen. Die gezeichneten Studien zum *Grauen Baum* waren von seinen eigenen Entwürfen kaum zu unterscheiden, und auch sein Endresultat konnte diese Reihe nahtlos fortsetzen, es konnte sich mit den Bildern des Meisters messen. Er hatte die Idee nicht nur begriffen, er hatte in all den Jahren nicht nur die Technik bis zur Vollendung verfeinert, er hatte Mondriaans Idee weitergedacht, vor allem durch die Andeutung der Wurzeln, die es beim

Meister nicht gab. Ja, er hatte dessen Werk fortgesetzt, er hatte im Grunde Mondriaans letzten Baum gemalt. Ari erschrak selbst ein wenig über diesen kühnen Gedanken, aber letztlich war auch das nur eine Reminiszenz und eine tiefe Verbeugung vor dem Werk seines Lehrmeisters, dem er nie begegnet war, der immer nur aus den Belehrungen und Anweisungen seiner Großtante gesprochen hatte.

Nein, keine Korrekturen mehr ... dieses Bild war fertig, er würde es *De laatste boom* nennen, *Der letzte Baum*. Und es musste ans Licht der Öffentlichkeit. Marie Gerster und die Stiftung *Neuer Droste*-Hof würden ihm helfen. Diesmal musste es gelingen, sollten sich die Kunsthistoriker und Spezialisten, allen voran Professor Dr. Paul Hahnemann, der große Hahnemann ... sollten sie sich daran die Zähne ausbeißen, es würde ihm ein Vergnügen sein. Er war alt, er wusste nicht, was noch kommen konnte, und er gehörte doch in eine Reihe mit den letzten Impressionisten und in die direkte Nachbarschaft zum frühen Piet Mondriaan, warum wollte ihm das niemand zugestehen? Warum verweigerte man ihm dieses Recht? Weil er sich zeitlebens keinen Namen gemacht hatte? Weil er wie ein Handwerker die Aufträge für Hahnemann und Nijkerk erledigt hatte und dafür mit einem Hungerlohn abgespeist worden war? Das war nicht seine Kunst gewesen, das waren Anstreicherarbeiten, bestenfalls Kopierarbeiten. Aber hier vor ihm auf der Staffelei stand sein eigenes Meisterwerk, ein Bild, das ihn überleben würde. Irgendwann würde man das erkennen.

Ari erhob sich wie in Trance aus seinem Sessel, nahm einen dünnen Pinsel der Stärke 2, tauchte ihn in den letzten Rest des gebrannten Umbras auf seiner Palette und signierte sein Werk: MONDRIAAN 1912.

Er musste eingeschlafen sein, konnte sich auch nicht erinnern, wann er das neue Bild in den Trockner gelegt hatte. Jetzt nahm er es aus der selbst konstruierten Maschine und kontrollierte die Oberfläche. Zwei elektrische Radiatoren ließen auf niedriger Stufe die Farben schneller aushärten und sorgten mit ihrer warmen, trockenen

Luft auch für die feinen Risse in der Farbschicht, die Alterssprünge, das Krakelee, das älteren Bildern manchmal einen besonderen Reiz gab. Blaues, ultraviolettes Licht aus zwei UV-Röhren beschleunigten das Nachdunkeln der helleren Teile und verwandelten das frisch strahlende Bleiweiß in einen angenehmen, milden Crème-Ton. Er hatte sich all das bei seinen Aufträgen als Restaurator selbst mühsam angeeignet, hatte oft in den technischen Abteilungen des Amsterdamer Rijksmuseums hospitiert oder sich dort bei schwierigen Aufgaben fachlichen Rat geholt. All das kam ihm jetzt bei seiner eigenen Malerei zugute. Er senkte die Temperatur des Trockners ab. Dann programmierte er die Zeitschaltuhr auf drei Stunden, schob das Bild wieder ein und schloss den Kasten. Die besten Ergebnisse erzielte man seiner langjährigen Erfahrung nach mit Intervallen von jeweils drei Stunden und längeren Pausen dazwischen. Er drückte den Hauptschalter. Das blaue UV-Licht drang von innen durch die Ritzen des selbstgebauten Gehäuses, und die Ventilatoren, die er in einem Fachmarkt für Computerzubehör gekauft hatte, begannen zu summen. Irritierend aber war ein quietschender Ton, der sich darüberlegte. Es war die Haustür, und Sekunden später schaute ihm der Professor über die Schulter. Ari erschrak und fühlte sich ertappt.

„Das ist privat, Paul, das ist nur für mich ...“

„Ja, so hab’ ich mir das gedacht“, sagte Hahnemann ruhig aber mit einem drohenden Unterton, den Ari allzu gut kannte. „Lass doch mal sehen!“ Er drängte sich an Ari vorbei, öffnete eigenhändig den Kasten und zog das Bild aus der Wärmevorrichtung.

„Vorsicht!“, schrie Ari und schaltete das Gerät ab. „Was fällt dir ein!“

Hahnemann prüfte die Oberfläche. „Nur für dich, was?“ Er richtete seinen Blick auf die rechte untere Ecke. „Aber du heißt doch gar nicht Mondriaan.“

„Ja, ich sag ja ... nur eine Übung ...“

„Lüg’ mich nicht an, Ari. Sag mir, was du vorhast!“

„Gar nichts. Ich bin Maler, mein Gott, ich male! Ich habe draußen einen interessanten Baum gefunden, hab’ ihn oft skizziert und dann auf die Leinwand gebracht. Sowas machen Maler!“

„Du hast von dem Geld, das ich dir gegeben habe, Farben bei van Rietbeek gekauft. Das ist der einzige weit und breit, der die alten Pigmente verkauft und, wenn man lange genug bettelt, auch noch Bleiweiß.“

„Woher weißt du ... Ich habe kein Bleiweiß gekauft! ... und überhaupt, was geht dich das an?“

„Nimm doch Zink- oder Titanweiß, dass ist billiger, farbbeständiger und weniger giftig!“ Hahnemann schaute Ari in die Augen und fuhr unbeirrt fort: „Willst du dich umbringen, Ari?“

„Nochmal: Ich habe kein Bleiweiß gekauft!“

„Willst du uns alle drei umbringen, Ari? Die ganze alte Mannschaft, Gerrit, mich und dich selbst gleich mit?“

Hahnemann ging mit dem Bild ins Licht und stellte es auf Aris Staffelei, um es näher zu prüfen.

„Solltest du jemals versuchen, dieses Bild zu verkaufen, Ari, dann gnade dir Gott!“ Der Professor sah ihn nicht an, während er ihm drohte. Sein prüfender Blick strich über jedes Detail des neuen Bildes. „Du weißt offenbar nicht, welche Teufel du damit aus der Hölle holst, das sagte ich dir schon, aber offenbar willst du das nicht glauben.“

Ari Wardenaar kochte innerlich, versuchte aber ruhig zu bleiben. Hatte der reiche Herr Professor, Oberlehrer, Scharlatan, vergessen, dass er sich auf fremdem Terrain bewegte? Das hier war sein Atelier, musste er sich im eigenen Haus maßregeln und herumschubsen lassen wie ein Schuljunge?

„Du holst Erkundungen über mich ein, du schleichst dich hier rein und drohst mir ... Du mir? Muss ich dich daran erinnern, dass ich mehr von euren Machenschaften weiß, als euch lieb sein kann? Also, wer kann hier wem drohen? Ja, ich, ich werde die Teufel aus der Hölle holen, wenn ihr mich hier verhungern lasst! Kann sein, dass die Teufel mich dann mitnehmen, aber ich habe sehr viel weniger zu verlieren als ihr.“

„Du meinst ernsthaft, dem kleinen Kunstfälscher wird man seine Betrügereien als Schelmenstreich, als Spaß durchgehen lassen, ihm das Kavaliersdelikt gnädig verzeihen und ihm sogar während der Haft das Malen gestatten, weil die Welt auf dieses Talent nicht verzichten kann ...?" Der Professor schüttelte den Kopf und lachte falsch. Ari blieb ganz ruhig.

„Ich erwarte nichts von der Welt da draußen, Paul."

Hahnemann quittierte den pathetischen Satz mit einem verächtlichen Schnauben.

„Mir bleibt nur die Hoffnung! Die Hoffnung, dass es da draußen andere gibt, bessere Kritiker und Kunsthistoriker, als du einer bist, wohlwollende Betrachter meiner Bilder, meines Lebenswerkes, mit einem professionellen, aber menschlichen Blick, der nicht auf das schnelle Geld aus ist und auch nicht auf den zweifelhaften Ruhm. Du bist vielleicht stolz darauf, dass dich die Welt als Spezialisten für die klassische niederländische Moderne kennt, der Bücher schreibt, indem er abschreibt, erfindet und hohle Phrasen drischt." Ari merkte am Nachhall seiner Worte, dass er laut geworden war. Aber der Professor saß unbeeindruckt in Aris großem Ledersessel und zog ein silbernes Zigaretten-Etui aus seinem Kamelhaarmantel. Er nahm einen Zigarillo heraus und spielte mit seinem Feuerzeug. Das Klicken beim abwechselnden Ein- und Ausschalten der Flamme strapazierte Aris Nerven.

„Du spielst mit dem Feuer, Ari. Du weißt es nur noch nicht. Da sind immer schon ganz andere Mächte im Spiel gewesen, wir haben dich nur nicht eingeweiht. Wir wissen, dass du für die weltlichen Dinge nicht gemacht bist, es wäre viel zu gefährlich gewesen, dich über alles in Kenntnis zu setzen. Betrachten wir unser kleines, längst abgeschlossenes Spiel weiterhin als die Geschäfte eines Trios. Aber wir waren nur die Dominosteine in einem viel, viel größeren Spiel, Ari, in einer Reihe von Dominosteinen: Wir halten uns noch aufrecht, aber wenn einer fällt, fallen alle. Kettenreaktion." Hahnemanns Zeige- und Mittelfinger trippelten über das farbfleckige Leder des Sessels. „Klack, klack, klack, klack, klack ..." Der Professor simulierte das Fallen der Dominosteine, um am Ende der Lehne die Faust zu ballen und sie mit lautem Gezisch wieder zu öffnen. „Kettenreaktion, Ari, wie im Atomkraftwerk – wenn einer fällt, fallen alle und es gibt den Super-GAU."

Aris Wut hatte sich verzogen. Der Mensch, der da vor ihm saß, war ein armseliger Wicht, der das Leben trotz seines Alters noch nicht begriffen hatte. Hahnemann war eine leere Hülle in teuren Kleidern, der in seinem Sessel saß und den Großfürsten spielte.

„*Ein großes Spiel*, Paul ...? Für euch vielleicht, ihr seid die Profiteure! Gerrit hat seine Galerie und seine Millionärskundschaft, du hast deine Professur, jettest durch die Welt und verdienst Tausende mit deinen sogenannten Expertisen und Gutachten. Ich habe nichts, in wenigen Monaten ist für mich der Ofen aus."

Jetzt zündete sich der Professor endlich den Zigarillo an. „Noch brennt das Feuer hier doch ganz gut, der Kamin geht, es ist warm ... Das Haus hier hat einmal dir gehört, Ari, du hättest besser wirtschaften müssen!" Er blies eine Qualmwolke aus und schien sich darüber zu amüsieren, dass seine Provokation funktionierte. Ari trat wütend auf ihn zu, als wollte er ihn am Kragen aus seinem Sessel ziehen. „Ich bin blank, verdammt nochmal, kapier das doch endlich! Ich muss mir das Kaminholz demnächst wieder hier aus dem Wald klauen. Sorgt dafür, dass ich anständig leben kann!"

Hahnemann stand auf und grinste ihn an. „Ich sagte doch: Mal ein paar Stillleben, Ari, das kannst du doch, oder nette Landschaften und alte Bauernhäuser. Das hat deine Großtante dir doch beigebracht. Aber lass dieses alberne Spiel mit falschen Motiven und falschen Signaturen, das ist lächerlich!"

Hahnemann ging näher ans Bild. „Es gibt aller Wahrscheinlichkeit nach keinen einzigen Mondriaan mehr, den ich nicht begutachtet hätte." Er zeigte mit dem Zigarillo auf die Signatur und streifte die Asche an der Staffelei ab. „1912, Ari, da war Piet Mondriaan schon in Paris und suchte die Nähe zu Bracque und Léger, da hat er keine Bäume mehr gemalt. Und seinen Namen hat er da auch schon mit nur noch einem A geschrieben. Das wird schwierig, tut mir leid." Er legte dem Maler süffisant lächelnd die Hand auf die Schulter. Ari schlug sie weg und drehte sich wütend um. Draußen sah er einen

Schatten vorbeihuschen, dann stand Marie vor dem großen Südfenster und winkte.

„Geh jetzt, ich bekomme Besuch!“

„Gut, Ari, ein letztes Mal: Noch brennt dein Kamin, und wir werden eine Lösung finden – solange du dich still verhältst und kooperierst. Also, sorg dafür, dass alles so bleibt und mach keine unüberlegten Alleingänge!“

Hahnemann ging durch den dunklen, schmalen Flur auf die niedrige Haustür zu, drehte sich aber noch einmal um, Ari sah nur den kleinen roten Punkt seines brennenden Zigarillos.

„Geduld, Ari, ich weiß, du willst es noch einmal wissen, als Maler, als Künstler, da brennt noch immer ein Feuer in dir, das weiß ich. Aber es wäre schade, wenn du die Flammen nicht mehr kontrollieren könntest und dein ganzes Lebenswerk hier zu Asche zerfällt.“

Er lachte blechern und öffnete die Tür, erschrak, als er Marie direkt vor sich sah und rief Ari zu: „Kundschaft, Herr Wardenaar!“ Er schob sich an Marie vorbei, das Tageslicht erhellte kurz ihre beiden überraschten Gesichter, dann fiel die Tür zu und Marie tastete sich durch den dunklen Flur ins helle Atelier.

Ari hatte sich in seinen Sessel gesetzt und atmete schwer.

„Da ist ja richtig was los bei dir! War das ein reicher Kunde? Ich hoffe es doch.“

Der Maler brauchte eine Weile, um seine Erregung und seinen Zorn auf ein erträgliches Maß zu reduzieren. Ganz gelang es ihm nicht.

„Aasgeier, Marie, alles Aasgeier. Sie schauen, wo etwas zu holen ist ... *ah, ein mittelloser Künstler, der dringend Geld braucht, da haben wir leichtes Spiel* ... Bilder sind nur noch Spekulationsobjekte, der Künstler dahinter gilt nicht viel, der ist oft nur lästig ...“

Marie war überrascht. Sie trat näher heran und setzte sich ins Sofa.

„So schlecht zurecht, heute? Hast du dich aufgeregt?“

„Ja, sehr!“

„Soll ich uns einen Kaffee machen? Ich kenn’ mich ja inzwischen aus.“

Sie stand auf und wollte in die Küche gehen, stutzte aber, als sie das Bild auf der Staffelei sah.

„Wow!" Marie trat näher heran. „Du hast es also gefunden!"

Es war, als weckte Marie ihn aus einem schlechten Traum.

„Was? ... Ach so, das Bild, ja, ja ..." Er wirkte fahrig und nervös.

„Mondriaan 1912", las Marie, „Mensch, Ari, das ist doch großartig!"

Sie legte dem Maler die Hand auf die Schulter und wunderte sich, dass der alte Mann sie festhielt, als suchte er Halt.

„Freust du dich gar nicht?"

„Na, ja, doch. Es ist nur ..."

Er machte eine Pause und schien nachzudenken.

Maries Gesicht verlor das Lächeln.

„Lass mich mal raten", sagte sie ernüchtert. „Der Mann da gerade ist ein Konkurrent, und jetzt möchtest du dein großzügiges Angebot uns gegenüber noch einmal überdenken ...?"

Wardenaar wirkte desorientiert.

„Ach so, nein, der Mann ... nein, nein, keine Sorge, der kriegt das Bild nie und nimmer."

„Dann bleibst du also bei deinem Angebot?"

„Ja, ja ... ich denke ... also, es würde mit besser gefallen, wenn die drei Bilder, die dann in der Droste-Sammlung wären ... also zusammen mit den beiden, die Bernhard damals gekauft hat ... also, die will ich ungern auseinanderreißen, wär' doch schöner, wenn die als Dreiergruppe zusammenblieben. Wir haben das ja schon besprochen"

„Auf jeden Fall!" Marie setzte ihre Lesebrille auf und betrachtete die Details.

„Ja, schau es dir ruhig genau an ..." Ari stand auf und ging in die Küche. „Ich mache uns einen leichten Tee, starken Kaffee vertrage ich zurzeit nicht gut, hab' mich zu sehr aufgeregt." Er blickte noch einmal zurück und hoffte, Marie würde nicht bemerken, dass die Farbe an einigen Stellen noch nicht durchgetrocknet war. Hahnemann hatte es eigenmächtig viel zu früh aus der Trockenkammer gezogen.

Marie rückte sehr nah an die Leinwand heran. Ein echter Mondriaan aus der Frühphase – oder, anders betrachtet, der Schlussphase seiner realistischen Malerei. 1912, das Jahr des Übergangs. Sie versuchte, sich an Details der beiden ähnlichen Bilder aus dem Droste-Depot zu erinnern. Sie trugen die Jahreszahl 1910 und 1911 und die gleiche Signatur unten rechts. Marie spürte Gänsehaut auf den Armen, ein angenehmes Kribbeln stieg in ihr auf. Die drei Mondriaan-Bilder könnten wirklich zur Sensation werden, nicht nur auf dem Markt. Kunsthistoriker könnten an den drei Baumbildern den Übergang Mondriaans zur Abstraktion studieren und neu bewerten. Auf was hatte er schrittweise verzichtet, wie waren aus den groben schwarzen Ästen langsam nur noch geometrische Strukturen geworden ...?

Die Provenienz war mit der Zuordnung zum Bestand von Agatha Zethraeus eindeutig und unzweifelhaft. Marie ging hinter die Staffelei. Der Rahmen wirkte, als hätte Piet Mondriaan ihn aus alten Latten selbst zusammengezimmert. Die Leinwand war mit kleinen, rostigen Nägeln am Holz befestigt und sah von hinten graubraun aus. Nur an einigen Stellen war die weiße Grundierung durch das Gewebe gedrungen. Staub hatte sich in den unteren Ecken gesammelt, das Bild musste lange Zeit im Lager verbracht haben. Ein mit schwarzer Farbe auf die Mittelstrebe des Rahmens geschriebener Name irritierte Marie. Sie war so nah herangegangen, dass ihre Nase fast das Holz berührte. Das hieß nicht Mondriaan.

Arie kam mit einem Tablett aus der Küche und balancierte die Teekanne auf ihrem Stövchen, zwei Teetassen und eine Schale mit Keksen vorsichtig über die Kanten seiner dicken, mit Farbe vollgekleksten Teppiche.

„Was grübelst du?“, fragte er.

„Der Namenszug hier ...?“

Ari war kurz irritiert. Hatte er etwas übersehen? Er stellte das Tablett auf den niedrigen Tisch und trat selbst hinter das Bild.

„Ach so“, sagte er erleichtert, „das ist ein A, das hier ein Z wie ...“

„Zethraeus“, ergänzte Marie. „Agatha Zethreaus, deine Großtante.“

„Ja, sie hat am Ende ihres Lebens alle Bilder in ihrem Besitz – also die eigenen Werke, dann die Ankäufe, die Geschenke befreundeter Künstler ... die hat sie alle nochmal sortiert und namentlich gekennzeichnet. Zuerst hat sie Klebe-Etiketten benutzt, aber die lösten sich schnell ab. Hier klebt noch ein Rest, siehst du?"

Sie gingen zum Tisch und setzten sich, Ari schenkte Tee ein.

„Sag mal, da waren doch ziemliche Werte in diesem Erbe. Hast du darum kämpfen müssen?"

„Nein, im Gegenteil. Die hätten das alles fast auf den Müll geworfen. Die eigenen Bilder meiner Tante waren schon in den 1960er-Jahren nicht mehr viel wert, die wollte keiner haben ... Landschaften, Straßenszenen aus Amsterdam ... Und die wichtigen Bilder, Geschenke anderer, berühmter Künstler aus ihrem Kreis, die haben mein Onkel und seine Familie nicht erkannt. Die konnten damit überhaupt nichts anfangen."

„Gut so!", sagte Marie und trank einen Schluck Tee. „Nun sag mal, Ari: Was hat denn der feine Herr da eben geboten für den Mondriaan?"

Wieder schaute der Maler Marie irritiert an.

„Na ja, das Bild hattest du ja offensichtlich schon rausgesucht, es stand ja schon da auf der Staffelei, als ich reinkam. Und du warst etwas ungehalten ... also ich hatte den Eindruck, ihr hättet mit einander verhandelt und wärt euch nicht einig geworden. Was also muss die Droste-Stiftung auf den Tisch legen, um die Konkurrenz zu überbieten?"

„Nein, nein, der kann bieten, was er will – der wird es nicht kriegen!"

„Aber du brauchst Geld, hast du gesagt."

„Wenn schon, der kriegt es nicht! Ich hatte dir meine Wünsche ja schon genannt: Ihr versucht, die Dreierreihe zu verkaufen, am besten an ein Museum, das wäre mir am liebsten, sonst über eine seriöse Galerie. Bilder sollten keine Aktien sein, die in Depots verschwinden und im Dunklen darauf warten, bis sie der nächste für ein Vielfaches verkauft. Die sollen sich meinetwegen Goldbarren in den Safe legen oder Diamanten, aber keine Kunst! Die anderen beiden Mondriaan-Bilder sind ja schon bezahlt, damit könnt ihr machen, was ihr wollt – und dieses Bild da gebe ich euch, wie abgemacht, für 30 000 plus zehn Prozent vom Verkaufserlös."

„Auch, wenn ich über dein Angebot froh sein sollte, Ari ... ich fürchte, du verkaufst dann weiter unter Wert."

„Nein, das sehe ich anders. Ihr seid eine Stiftung, die Gutes im Sinn hat. Das ist allemal besser, als es diesen Spekulanten zu überlassen."

„Du weißt, ich bin nur die Verwalterin der Sammlung und des neuen Kunst-Projektes innerhalb der Stiftung, aber ich denke, ich kann Eva van den Goore, also ehemals Eva Droste-Terhahn, überzeugen. Deine Bedingungen sind einleuchtend, und ich werde versuchen, 40 000 als Grundpreis für dich auszuhandeln."

„Plus zehn Prozent!"

Ari sah ihr in die Augen und lächelte. Dann nahm er ihre Hand. „Drei oder vier Jahre, Marie! Davon kann ich mindestens drei Jahre Leben, und wenn ihr es erfolgreich verkauft, noch viel länger. Ich bin ein sparsamer Mensch, und noch habe ich Wohnrecht hier."

„Genau, Ari. Du sollst ungestört arbeiten können. Das ist das Mindeste. Was macht denn dein eigenes Bild? Du hattest doch schon angefangen."

Marie wunderte sich, dass sich Aris Gesicht mit dem dankbaren Blick plötzlich abwandte.

„Hätte ich das nicht fragen dürfen?"

„Nein, doch, doch ... es ist nur ... ja, ich hatte angefangen, dann alles wieder verworfen, neu angefangen ... wie's so geht. Und als ich dann den Mondriaan suchte, ihn endlich fand und anschaute, da wusste ich wieder ... nun, dass ich diese Klarheit und diese Stärke nicht erreichen werde ... mein Tun ist nicht frei von Selbstzweifeln, Marie, ist es nie gewesen ... ich schaute mir das Bild an und dachte: Lass es, Ari, da kommst du nie hin ..."

„Na, na, na! Warum so pessimistisch. Deine Zeit kommt noch, irgendwann bekommst du die Anerkennung, die du verdienst, ich bin ganz sicher."

Ari musste sich zwingen, dieser gutmütigen Frau wieder in die Augen zu schauen. Sie war ein Engel, das unverhoffte Licht, auf das er all die letzten Jahre gewartet hatte.

Er dagegen nur ein Lügner.

Ein Judas, der sich selbst verriet, für 40 000 Silberlinge. Plus zehn Prozent.

32

Ganz wohl war Marie nicht bei ihrer neuen Aufgabe. Das alles war Neuland für sie. Schreiben ging einfacher. An- und Verkauf hatten sie noch nie interessiert. Und doch fand sie sich jetzt plötzlich in der Rolle der Kunstagentin, die akquirieren und verkaufen sollte.

Sie zeigte Eva auf ihrem Handy das neue Mondriaan-Bild, das sie bei Ari fotografiert hatte.

„Er will 40 000 plus zehn Prozent des Erlöses. Das wäre ein guter Deal."

Eva schaute Marie an und dachte nach. „Aber dir ist schon klar, dass wir dann alle drei Mondriaan-Bilder verkaufen, möglicherweise die Highlights der Sammlung?"

„Leicht fällt mir mein eigener Vorschlag nicht, ich habe lange überlegt. Die Frage ist eben: Was wollen wir mit der Sammlung deines Vaters anfangen? Bilder aus so vielen verschiedenen künstlerischen Strömungen ... Nur zu sagen: *Das hier hat jemand zusammengetragen, schaut's euch an*, das wird nicht reichen. Daraus ein attraktives Angebot zu machen, wird schwer, sehr schwer sogar. Gut, wir könnten diese drei Mondriaan-Bilder zum Schwerpunkt machen, aber das ist ja noch lange kein Ausstellungskonzept. Außerdem stünden wir in der Konkurrenz zur *Villa Mondriaan* in Winterswijk, keine 20 Kilometer entfernt."

„Vielleicht fragst du da einfach mal vorsichtig an, ob die vielleicht Interesse an den Bildern hätten."

„Ich halte das für sehr wahrscheinlich. Unsere Mondriaans wären dann ja aus den Jahren 1910, 1911 und 1912. Die würden dort hervorragend in die Sammlung passen."

„Versuch es, Marie! Nur mal angenommen, die wollen die tatsächlich haben: Was meinst du, was die zahlen würden?"

„Keine Ahnung, wie die finanziell ausgestattet sind. Ich glaube, die werden von der Stadt und der Provinzregierung unterstützt, nebst privaten Förderern. Aber auf dem freien Markt lägen die Bilder irgendwo zwischen 300 und 500 Tausend?"

„Bis zu einer halben Million, glaubst du?"

„Ja. Pro Bild."

Die Museumsleiterin Rita Dijkstra war eine freundliche Frau. Sie führte Marie durch die älteren Teile des Museums *Villa Mondriaan* am Winterswijker Zonnebrink, dem ehemaligen Wohnhaus der Familie Mondriaan, als Piets Vater hier Leiter einer evangelischen Grundschule gewesen war.

Die beiden Frauen fanden schnell zu einander. Rita Dijkstra hörte mit Interesse, dass Maries Arbeit ein wesentlicher Teil des Projekts *Neuer Droste-Hof* in Aarloh war und empfand ihre Pläne einer eigenen Kunstsammlung keinesfalls als Konkurrenz. Im Gegenteil, sie bot Marie an, sie in allen anstehenden Fragen zu beraten. Auch das Museum *Villa Mondriaan* war aus einer Bürgerinitiative hervorgegangen und gegen die Pläne der damaligen Stadtverwaltung durchgesetzt worden, die den Abriss des alten Hauses vorsahen. Das Grundstück in Zentrumsnähe war sehr lukrativ, aber am Ende hatte die Privatinitiative der Bürger und Sponsoren gesiegt. Das alte Haus war nicht nur erhalten geblieben, man hatte das Nachbarhaus dazugekauft und die Anlage durch einen architektonisch interessanten Neubau erweitert, der beide Häuser harmonisch miteinander verband.

Marie studierte interessiert die ganz frühen Landschaften und die Straßenszenen aus Winterswijk, die der junge Piet vor allem unter der Anleitung seines Onkels Frits gemacht hatte. Von ihm hingen einige Zeichnungen und Ölbilder neben den ersten Studien seines Neffen. Marie musste an Ari und seine Großtante Agatha denken, es war vermutlich ein ähnliches Verhältnis gewesen.

Rita Dijkstra verschlug es die Sprache, als Marie beim Kaffee die drei Fotos ihrer Mondriaan-Bilder auf den Tisch legte. Sie betrachtete sie sehr genau und schob sie in der zeitlichen Reihenfolge der Jahre 1910, 1911 und 1912 nebeneinander, als plane sie schon eine neue Wand in ihrem Museum.

„Dit is fantastisch!", entfuhr es ihr, nachdem sie eine lange Weile in stiller Andacht vor den Abbildungen gesessen hatte.

„Die Farben sind natürlich im Original noch besser, intensiver, viel frischer und strahlender", entschuldigte sich Marie, „das sind keine professionellen Fotos."

„Ja, ich sehe, was ich sehe – und ich bin auch so schon sehr begeistert, das muss ich sagen. Die letzten Bilder in Mondriaans Werk, in denen noch Impressionismus und reale Abbildung erkennbar ist! Auch wenn wir uns am Ende nicht einig werden sollten – ich kann Sie nur dringend bitten diese einzigartige Dreierreihe nicht auseinanderzureißen."

Sie griff noch einmal das Foto des neuen Mondriaan-Bildes heraus und schaute auf Signatur und Datum. „1912 ... das ist dann wohl das letzte seiner Baumbilder gewesen!"

„Ja, vermutlich aus der Nähe von Domburg, wo er ja oft mit Agatha Zethraeus war."

Die Museumsleiterin überlegte.

„Wenn Sie – was ich für eine sehr gute Idee halte – den Schwerpunkt Ihrer neuen Sammlung auf die Malerinnen der Haager Schule legen wollen, käme dann für Sie auch ein Tausch in Frage? Wir haben einige interessante Bilder aus dieser Zeit im Depot."

Marie war unsicher. Sie war es nicht gewohnt, zu verhandeln und zu taktieren.

„Vielleicht ... ja ... aber wir denken da schon eher an einen Verkauf, Frau Dijkstra. Unser Stiftungsvermögen ist nicht so groß. Der Umbau des alten Hofes verschlingt Hunderttausende."

„Ich verstehe schon, und ich bin interessiert, ganz klar. Aber vielleicht können wir die Verhandlungen beschleunigen, wenn wir ein mögliches Tauschgeschäft mit einbeziehen. Das würde für uns die Kaufsumme niedriger halten und unseren Geldgebern eine schnelle Entscheidung wahrscheinlich erleichtern."

„Gut, ich denke, das lässt sich irgendwie regeln. Was meinen Sie, wie wollen wir vorgehen?"

„Wie lange können Sie denn warten? Bis ich meine Leute alle auf meine Seite gebracht habe, das kann etwas dauern."

„Die van den Goores, also meine Freundin Eva, die Erbin ... ist eine angesehene Geschäftsfrau, die haben einen großen Reiterhof in Nijverdal. Da sind gewisse Sicherheiten ... also die Bank wird uns so schnell nicht hängen lassen. Dennoch, bei uns sind jetzt so viele engagierte Leute freiwillig bei der Arbeit, die dürfen nicht durch einen Baustopp frustriert werden. Zumindest eine Aussicht auf neues Geld wäre schon wichtig."

„Ja, gut, ich kann Sie nur bitten, uns ein wenig Zeit zu geben und vorher nicht an eines der großen Auktionshäuser heranzutreten. Erwartungsgemäß würden Sie da am Ende mehr erzielen, aber dann würde dieses einmalige Dreier-Ensemble sicher auseinandergerissen und an einzelne Privatleute verkauft. Das wäre doch sehr, sehr schade."

„Und auch nicht im Sinne des Verkäufers. Es ist übrigens der Großneffe von Agatha Zethraeus, ich glaube, so viel darf ich Ihnen verraten."

Rita Dijkstrats Gesicht hellte sich auf.

„Ach! Ari Wardenaar! Hat der alte Mann endlich einmal seinen Bestand durchforstet?"

„Sie kennen ihn?"

„Sicher, schon seit vielen Jahren. Wir haben ihn immer ermuntert, seine Schätze mal gründlich zu sichten und zu katalogisieren. Wir haben ihm auch unsere Hilfe dabei angeboten, da sind sicher noch einige höchst interessante Werke darunter. Aber der gute Mann ist – ich sag es mal so – ein wenig eigensinnig."

Marie musste lachen. „Ja, das kann man so sagen ... Also, können wir Folgendes vereinbaren ...?“ Sie zögerte, denn nun war der Zeitpunkt gekommen, wo das muntere Gespräch in konkrete Abmachungen übergehen und sie in die Rolle der geschäftstüchtigen Kunsthändlerin schlüpfen musste. „Wir lassen die drei Bilder zusammen, sie lagern in unserem klimatisierten Depot, wir werden sie niemandem anbieten, Ihr Museum hat die erste Option. Wir müssten nur eine Frist ausmachen. Wie lange werden Sie für eine endgültige Entscheidung brauchen?“

„Oh, in diesem Fall werde ich sehr schnell sein, Sie werden sehen! Geben Sie mir ein paar Tage, dann machen wir eine erste Sitzung mit unseren Experten, und kurz danach rufe ich den Stiftungsrat zusammen und die Vertreter der Stadt und der Provinzregierung. Auch die werden verstehen, dass man eine solche Chance nicht ungenutzt verstreichen lassen sollte.“

Marie sah in das strahlende Gesicht von Rita Dijkstra. Sie genoss diesen kleinen, wichtigen Moment. Dann streckte sie ihre Hand aus und die beiden Frauen besiegelten ihre Abmachung mit einem Handschlag. Frohgelaunt durchschritten sie noch einmal die halbdunklen Ausstellungsräume und verabschiedeten sich.

Glück, dachte Marie, fühlt man, wenn einem etwas geglückt ist. Und sie fühlte noch mehr: Offenheit, ehrliches Interesse bei Rita Dijkstra und ihre gegenseitige Wertschätzung. Ja, dieser Tag war ein glücklicher Tag.

33

Herman DeWitt schloss die schwere Tür seines Mahagoni getäfelten Büros in der Amsterdamer Heerengracht und goss Heebing und sich einen Whisky ein. Der Anwalt wollte ablehnen, hatte aber keine Chance.

„Komm, Heebing, ein Glengoyne aus den Schottischen Highlands, 25 Jahre, so was kriegst auch du nicht alle Tage.“

Sie tranken, stehend und schweigend. Heebings Blick ging durch die lange Reihe von Fotos, die auf dem glänzenden Schellack des Biedermeierschranks standen, der als Hausbar diente. Der Bankier am Steuer seiner Yacht, DeWitt im Jagd-Dress irgendwo in Afrika hinter einem toten Nashorn, mit Freunden, auf dem Golfplatz, einen Pokal in der Hand ... es fehlten die Familienfotos. Kein Bild, das ihn etwa als geliebten Großvater im Kreise seiner Kinder und Enkelkinder zeigte, kein Bild seiner Frau ...

„Ich habe Angst, Heebing."

DeWitt ließ sich kraftlos in sein Chesterfield-Sofa fallen, nach einer Weile richtete er sich wieder etwas auf, beugte sich vor und trank einen großen Schluck, während er unverwandt auf seine Schuhe schaute.

„Sie macht Ernst! Sie hatte es angekündigt, aber wir haben ihr nicht geglaubt."

„Ich würde mir da keine allzu großen Sorgen machen", sagte Heebing. „Sie weiß ja inzwischen längst, dass sie selbst gesucht wird. Weltweit. Sie muss sich verstecken, die ist bald wieder verschwunden."

„Nein, Heebing. Die geht auf Nummer sicher. Die ist knallhart. Die beseitigt alles, was ihr im Weg stehen könnte."

„Na, da wird sie viel zu tun haben in den nächsten Jahren. Man klaut nicht bei Freunden, schon gar nicht, wenn sie aus dem Iwankow-Clan stammen! Das ist nicht besonders schlau."

„Schlau ist sie schon, aber auch gierig. Und rachsüchtig." Er stand auf und goss sich einen weiteren Whisky ein. „Ich war mir eigentlich ziemlich sicher, dass alle verdächtigen Unterlagen und Dateien vernichtet sind." Er trank und schaute aus dem Fenster auf die gegenüberliegenden Häusergiebel. „Und dann knallt sie Oldenburg ab! Oldenburg, Heebing! Einen unserer kleinsten Zulieferer."

„Aber einer der ersten, die bei *Double-Coin* aktiv waren."

„Genau, die macht eine Reise in die Vergangenheit. Zu den Anfängen. Und putzt alles weg, was ihr aus dieser Zeit gefährlich werden könnte.

Elena vertraut niemandem nicht mal ihrer Freundin. Die traut nur sich selbst.“ DeWitt zeigte mit dem Glas in der Hand auf die alten Backsteingiebel am anderen Ufer der Amsterdamer Heerengracht. „Kann sein, dass sie sich dort drüben schon einquartiert hat, zweite oder dritte Etage, mit freiem Blick auf diese Fenster hier. Ein Schuss, Heebing, die braucht nur einen Schuss!“

„Spekulieren bringt nichts, Herman, das macht dich nur kirre. Hast du noch direkten Kontakt zu ihr.“

„Ja, leider.“

„Und hat sie dir neue Anweisungen gegeben?“

„Nein, bisher nicht. Sie fragt mich nur nach Namen, nach den ganz frühen Kunden in Sachen *Double-Coin.* Ich kann das nicht, Heebing, ich kann diese Leute nicht ans Messer liefern.“

„Und was sagst du ihr dann?“

„Ich erfinde Namen. Irgendwelche ...“

„Ich halte das nicht für besonders schlau, ehrlich gesagt.“

„Aber sie ist dann erstmal mit dem Suchen beschäftigt.“ Er schaute seinen Anwalt an, und es war ein flehender Blick. „Ich brauche Zeit, und Elena rückt immer näher.“

Heebing nickte stumm, dann machte er einen Vorschlag.

„Gib ihr echte Namen, Herman.“

„Wie meinst du das.“

„Wie ich es sage: echte Namen mit Telefonnummer und Adresse. Namen, die auch wir dann von der Liste streichen können.“

DeWitt schaute seinen Anwalt fragend an. Hatte er ihn richtig verstanden?

„Das kann ich doch nicht machen, Heebing! Was ich tue, mag illegal sein, aber ich bringe keine Menschen um!“

„Machst du ja nicht, macht sie ja für dich. Nennen wir es Selbstschutz, Herman. Notwehr. Bei der Gelegenheit: Wir haben noch gar nicht über unser Geschäftsessen neulich gesprochen: Ich hatte übrigens wieder mal nicht den besten Eindruck von unserem Professor!“

„Ach, Hahnemann ist harmlos. Ja, er weiß, wie das alles damals gelaufen ist, aber der wird sich jetzt wieder voll auf seine Expertisen und seine sogenannte Forschung konzentrieren. Der hatte längst abgeschlossen mit der ganzen Sache."

„Bandenmäßige Kriminalität, Herman. Zehn Jahre Verjährungsfrist. Das heißt: alles seit 2011."

Heebing machte eine Pause, dann schaute er dem Bankier kalt ins Gesicht. „Gib ihr seinen Namen! Der Mann spielt nicht fair. Die haben mit den gefälschten Bildern ihr eigenes Süppchen gekocht. Im Grunde haben sie dich reingelegt. Falsche Bilder! Das hätten wir doch nie akzeptiert, viel zu gefährlich."

„Nein, Heebing, vergiss es. Paul und ich sind, trotz allem, immer noch Freunde!"

„Dann gib ihr den von diesem Künstler."

„Den muss man nicht beseitigen, der hat das Wort *Bitcoin* garantiert noch nie gehört, und der weiß auch nichts. Um seine gefälschten Mondriaans geht es doch hier überhaupt nicht. Es geht um Iwankow, Kutschma, Luschkow ... deren Gelder haben wir gewaschen, ich, Heebing, ich habe das getan, und dann nicht aufgepasst. Das ist jetzt Elenas Geld. Und die werden es sich von diesem gerissenen Luder zurückholen, sobald sie wissen, wo es liegt."

Heebing lächelte kopfschüttelnd. „An einer geheimen Stelle auf dem Meeresboden, in Gold! Mein Gott, diesen Scheiß hat sie ihnen erzählt, und selbst die Mafiosi haben es geschluckt. Reihenweise. Ich gehe da von keiner allzu großen Intelligenz aus."

„Das machen die mit simpler Gewalt wett. Und mit Kaltblütigkeit. Genau wie Elena."

„Dann warte einfach, bis sie Elena gefunden haben. Dann hat sich das Problem erledigt. Vielleicht braucht da jemand einen Tipp. Wo steckt sie denn gerade?"

„Nein, nein, nein, Heebing! Das machst du nicht! Das macht doch alles nur noch schlimmer. Ich will, dass das aufhört."

„Das hört aber nicht auf, das weißt du selbst am besten. Wenn die drei jetzt wieder in Winterswijk falsche Mondriaans verkaufen und die Sache fliegt auf, dann reicht ein Blick auf die damaligen Verkäufe, und schon haben sie die ersten Einzahler und Profiteure in unserem schönen Pyramidenspiel. Und da führt dann der berühmte *Fluss des Geldes* ganz schnell bis hier ans Ufer der Heerengracht, dann hat dich die Finanzaufsicht beim Kragen."

„Das weiß ich doch!", schrie DeWitt ihn an. „Die kommen von drei Seiten: Die Bullen von links, Elena von rechts und die Russen von hinten. Was soll ich denn tun?"

„Gib ihr einen Namen!"

„Nein, nicht Hahnemann!"

„Dann den Künstler."

„Ich weiß nicht mal, wie der heißt."

„Oder den Galeristen!"

„Nijkerk? Das bringt doch auch nichts!"

„Doch, einer muss weg, Herman. Drei sind einer zu viel. Nochmal: bandenmäßige Kriminalität, Verjährungsfrist zehn Jahre ..."

DeWitt starrte wieder zum Fenster hinaus, als müsste er die gegenüberliegenden Fenster kontrollieren.

„Ich will dir keinen Vorwurf machen, Herman. Du hast deinem Freund und Jagdkumpel Bernhard Droste-Terhahn den Tipp gegeben, seine Gewinne aus eurem Millionenspiel möglichst schnell wieder anzulegen – in Kunst, weil da die größten Gewinne zu machen sind. Und als das gut funktionierte, hat uns die Kunst das russische Schwarzgeld gewaschen. Das war vielleicht ein Fehler."

Noch einmal verlor DeWitt die Fassung. „Nein, das war überhaupt kein Fehler! Ich konnte doch nicht ahnen, dass die in Winterswijk ihre eigenen krummen Geschäfte machen. Ohne das mit uns abzusprechen. Falsche Bilder für echtes Geld – das war der Fehler! Von *falschen* Bildern wusste ich nichts!"

Er trank wieder und starrte ins Nichts.

„Ja, vielleicht bin ich ein Idiot, Heebing, natürlich hätte ich stutzig werden müssen. Weißt du, wenn's um sowas geht, da ist der gute Herman immer gefragt, da wirst du hofiert, da sind sie sich alle gleich in ihrer Gier, egal ob Kunstprofessor, Landbaron oder Staatsanwalt. Freundschaftsdienste! Ja, ja ..." DeWitts Aufregung ließ langsam nach. Er goss sich den dritten Whisky ein und setzte sich wieder in das schwere Ledersofa. „Und was haben die für Gewinne gemacht mit ihrem Kunsthandel! Davon kannst du selbst als Banker nur träumen. Sotheby's! Und alle haben das gedeckt, da wollte keiner irgendwas wissen, aufdecken, die Bilder physikalisch prüfen – nein, hat niemanden interessiert. Die wollten sich alle das schöne Geschäft nicht kaputt machen lassen. Was meinst du, wieviel falsche Niederländer jetzt weltweit an den Wänden hängen!?"

„Das will ich gar nicht wissen, Herman. Ich will nur, dass das nicht wieder losgeht. Aus der Lawine, die die dann lostreten, kann uns auch dein Freund der Staatsanwalt nicht mehr rausziehen."

Heebing griff eines der Fotos heraus: vier Männer und zwei Frauen in knappen Bikinis auf einer Segelyacht, die größere musste Elena sein. DeWitt am Steuer, Bernhard Droste-Terhahn neben ihm, dann der Staatsanwalt und weiter hinten der Professor. Dieser Hahnemann war eindeutig die Schwachstelle im System. Kein Teamplayer, arrogant und unfähig, die größeren Dimensionen zu durchschauen. Heebing hielt dem Bankier den silbernen Rahmen hin. „Das Bild hier, das solltest du auch besser verschwinden lassen. Da seid ihr alle drauf." DeWitt zog nur die Schultern hoch, drehte sich wieder zum Fenster und nippte an seinem Whisky, während sein Blick die Fenster der gegenüberliegenden Giebel absuchte. Er sah nicht, wie Heebing das Foto samt Rahmen in seinem Aktenkoffer verschwinden ließ.

34

„Ich sage es gleich vorweg: Ich bin keine Kunstexpertin", eröffnete Marie das Gespräch in der *Villa Mondriaan*. Eine erste Kontaktaufnahme mit den wichtigsten Mitarbeitern des Museums sollte die grundsätzliche Bereitschaft zum Ankauf klären. Die Hauptverhandlung würde dann später vor dem erweiterten Kreis, zusammen mit den Vertretern der Stadt und der Provinzregierung sowie den Hauptmäzenen und Sponsoren stattfinden.

„Kurz zu meiner Person ...“, fuhr sie fort, „... ich habe als freie Journalistin bereits über einige Malerinnen der Haager Schule geschrieben, unter anderem über Sientje Mesdag-van Houten und war an der Ausstellung *Een andere look* in Groningen oder wie es übersetzt dann parallel in der Kunsthalle Emden hieß *Ein anderer Blick* ... also an diesem Projekt war ich beteiligt, vielleicht erinnert sich jemand daran ...“ Marie schaute kurz unsicher in die kleine Runde, konnte aber keine Zustimmung entdecken. Nur Rita Dijkstra lächelte ihr freundlich zu.

„Jedenfalls ... ja, ein großer Teil der Katalogtexte zu dieser Ausstellung stammt von mir ... nur, damit Sie ungefähr wissen, wo Sie mich einordnen können ... ja, also ...“

Rita Dijkstra spürte Maries Nervosität. „Das war großartig damals, ich war da“, sprang ihr die Museumsdirektorin zur Seite, „Sie doch sicher auch, Herr Professor Hahnemann?“

Der Angesprochene hob den Kopf, als sei er aus dem Schlaf geweckt worden. Er nickte nur kurz und setzte ein mildes, etwas herablassendes Lächeln auf.

Hahnemann, der Name hallte nach. Marie sah ihn an, und als ob er Maries Blick auf seinem Gesicht spürte, hob er den Kopf und wandte sich ihr zu.

„Ja, die Ausstellung damals im Nannen-Museum, ja, erinnere mich“, murmelte Hahnemann vor sich hin, so nebensächlich es überhaupt ging. Wie ein Blitz schoss Marie die kurze Begegnung durch den Kopf: Helles Tageslicht, das auf ein Männergesicht fällt; der Mann kommt gerade aus dem Dunkel der kleinen Tür zu Ari Wardenaars Haus, genau in dem Moment, als sie hinein will, und der Mann ruft *Kundschaft, Herr Wardenaar*. Professor Hahnemann. Er war es gewesen, der an diesem Tag Aris Laune so gründlich verdorben hatte!

Hahnemann hatte sich eines der Detailfotos gegriffen und betrachtete es. Während der langen Pause, die nun folgte, meinte Marie ein leichtes Kopfschütteln bei ihm zu sehen. Dann stand er auf und verglich das Foto mit der entsprechenden Stelle des Bildes, das auf der anderen Seite des Tisches lag. Es war ruhig in diesem Konferenzraum, man wollte dem Experten die Zeit lassen, die er brauchte. Er schob die Nase ganz dicht an die Leinwand, als müsse er den Geruch der Farbe überprüfen.

„Herr Professor, was sagen Sie denn nun dazu?" Rita Dijkstra riss ihn aus seiner Denkpause. „Ja, ja ... Haager Schule, Groningen, Emden, gut", murmelte er und bemühte sich, den eigentlichen Faden wiederzufinden. „Ja ... jetzt also, hier und heute, Museum Villa Mondriaan, Winterswijk ... erzählen Sie uns doch bitte, wie Sie auf die Bilder gestoßen sind."

Er legte die Fotos auf den Tisch und ging zurück an seinen Platz. Marie verdrängte ihre Angst, dass dieser Hahnemann vielleicht schon direkt mit Ari verhandelt hatte oder dass er irgendein intrigantes Spiel trieb. Da war es gut, jetzt ein Thema zu haben, auf das sie sich konzentrieren und ihre Hemmungen überwinden konnte. Marie erzählte von ihrer Begegnung mit Ari Wardenaar, vom Suchen und glücklichen Auffinden der beiden anderen Mondriaan-Bilder im versteckten Droste-Depot. Man hörte ihr aufmerksam zu, stellte kleine Zwischenfragen. Alles lief gut, bis Paul Hahnemann aufstand und das dritte, jüngste Bild in der Reihe in Augenschein nahm.

„Nun, Sie haben uns, glaube ich, die Herkunft dieses neuen Bildes glaubhaft geschildert ... gut, ja ... wir kennen ja alle Ari Wardenaar und die Geschichten von seiner Großtante Agatha ..." Ein kleines Raunen ging durch die Runde. „Ja, Ari ... übrigens auch ein guter Restaurator, wir nehmen seine Dienste hier gern in Anspruch, hervorragender Handwerker, der Mann ..."

Auch in der Betonung des Wortes Handwerker glaubte Marie eine gewisse Missachtung zu hören: ein Techniker, kein Künstler. Nun wandte sich der Professor direkt an Marie.

„Die Frauen der Haager Schule ... ja, zeitlich passt das in etwa, aber von Sientje Mesdag zu Piet Mondriaan ... ich meine, das ist ja doch ein weiter Weg, oder?"

Fragende Blicke der Anwesenden, Marie zitterte wieder ein wenig. Sie befürchtete, jetzt würde die Examensstunde beginnen, mit kleinen Testfragen zur niederländischen Kunst Anfang des letzten Jahrhunderts, und am Ende würde sie durchfallen.

„Ich meine", begann der Professor die Erklärung seiner verdeckten Frage, „war Ihnen gleich klar, dass es sich hier um ein Bild aus einer sehr wichtigen Phase Mondriaans handelte?"

„Ja, seine Baum-Reihe, überwiegend in Domburg entstanden", sagte Marie, „und biografisch im Grunde auf der Zielgeraden seines Weges in die Abstraktion."

„In den Neo-Plastizismus, ja. Aber ist Ihnen nichts aufgefallen, irgendetwas, das Sie stutzig machte?"

Ein fragender Blick legte nun auch die Stirn der Museumsdirektorin in Falten. Aber Marie hielt sich wacker.

„Die Jahreszahl vielleicht", sagte sie, „die anderen Bilder stammen aus den Jahren 1910 und 1911. Dieses ist mit 1912 signiert, und seinen Namen hat er noch in Großbuchstaben und mit Doppel-A geschrieben. Das hat mich, ehrlich gesagt, etwas irritiert."

„Und, konnten Sie das prüfen und verifizieren, Frau ...?"

„Gerster", ergänzte Marie. Der Mann war die Arroganz in Person.

„Ehrlich gesagt hatte ich ein wenig darauf gehofft, dass wir solche Fragen vielleicht heute hier gemeinsam klären, dazu sind wir ja ..."

„Nein, nein, gute Frau!", grätschte der Experte dazwischen. „Wir sind nicht hier, um Ihre Hausaufgaben zu machen! Sie sind die Verkäuferin, da muss ich schon davon ausgehen, dass Sie uns alle möglichen Zweifel zerstreuen und alle strittigen Fragen vorher geklärt haben."

„Natürlich ... also ich weiß natürlich, dass Mondriaan Ende 1911 nach Paris ging und von da an seinen Namen nur noch mit *einem* A schrieb, und ..."

„... sein Pariser Atelier wieder während des Krieges verließ, ja ..." Der Professor zog das Tempo an. „Nun, er kam nach dem Ersten Weltkrieg zurück und fand alles noch genauso vor, wie er es verlassen hatte. Danach, Frau ... äh ... Gerster, danach wandte er sich der Abstraktion zu, verlor sich etwas in der Theosophie, er wollte – um es hier mal abzukürzen – ein Anderer sein und schrieb seinen

Namen fortan mit nur einem A. Aber ich kann Sie beruhigen: Ja, er war 1912 noch einmal in Domburg, mit Agatha Zethraeus, und er hat danach noch einige Bilder mit der alten Namensschreibung signiert. Ich persönlich zweifle also nicht an Ihrer Geschichte."

„Es ist ja nicht *meine* Geschichte", versuchte sich Marie zu rechtfertigen, „ich kann ja nur wiedergeben, was mir der Vorbesitzer erzählt hat oder was sich in der Literatur dazu findet. Ich will natürlich keinesfalls, dass vor einem Verkauf etwas im Unklaren bleibt oder in ein falsches Licht gerät."

Rita Dijkstra sah, dass Maries Hände leicht zitterten und beobachtete die Hilflosigkeit ihrer fahrigen Gesten.

„Ich denke, es ist alles gut, Frau Gerster", beruhigte sie Marie. „Ich glaube, niemand in diesem Raum hegt größere Zweifel." Sie blickte kurz fragend in die Runde. „Dennoch ist es natürlich notwendig, dass Professor Hahnemann noch einmal alles intensiv prüft und eine abschließende Expertise macht. An Herrn Hahnemann kommt in Sachen Mondriaan bekanntlich niemand vorbei."

Ein zustimmendes Raunen ging durch den kleinen Kreis. Hahnemann setzte wieder sein mehrdeutiges Lächeln auf.

„Kein Problem, das mache ich natürlich gern", sagte er ebenso großzügig wie herablassend. „Sie müssten uns die Bilder für ein paar Tage überlassen, wir machen dann auch eine physikalische Prüfung in einem Labor in Amsterdam, mit dem wir zusammenarbeiten. Da die Sache eilt, werden wir da Mitte nächster Woche sicher ein Ergebnis haben."

Marie schaute unsicher zu Rita Dijkstra, die ihr aber beruhigend zunickte.

„Reine Routine, Frau Gerster", beruhigte sie nun auch der Professor, es passiert nichts mit den Bildern, dafür kann ich garantieren. Es geht nur um die hundertprozentige Sicherheit vor dem Verkauf – und Sie wollen doch verkaufen, oder?"

Warum fragte er das nun noch einmal? Der ganze Sinn und Zweck dieser Zusammenkunft war doch der geplante Verkauf. Und warum ließ sie sich ständig von diesem Mann verunsichern?

„Ja, natürlich ... also, klar ... wenn ...“

Rita Dijkstra übernahm. „Ich habe das vorgeklärt: Ja, es gibt die Absicht des Verwaltungsrats, der Stiftung und unserer Sponsoren, die Bilder anzukaufen ... wir überlegen auch, ob ein Tausch möglich ist, denn diese Mondriaan-Bilder hier gehören inzwischen einer neuen Stiftung, und dort – nicht wahr, Frau Gerster? – dort überlegt man, eine eigene Sammlung einzurichten, mit Werken der Haager Schule ... und da hätten wir im Tausch einiges anzubieten. Aber, liebe Mitarbeiter, Herr Professor, für solche Details ist es noch etwas zu früh, warten wir die anstehenden Prüfungen und Herrn Hahnemanns abschließende Expertise ab – er hat hier eben vor Zeugen versprochen, dass das nur einige Tage dauern wird! Wir sehen uns also demnächst in großer Runde wieder und ich freue mich darauf. Vielen Dank für heute!“

Die kleine Versammlung löste sich auf, zwei der Anwesenden aus dem Bereich Technik und Restauration zogen sich weiße Baumwollhandschuhe an und trugen die Bilder aus dem Raum. Hahnemann folgte ihnen, ohne sich von den Frauen zu verabschieden.

Marie blieb erschöpft an dem großen Tisch sitzen und packte ihre Unterlagen in die Tasche.

„Sie haben das sehr gut gemacht, Marie. Wir werden uns doch von einem eitlen älteren Herrn nicht ins Bockshorn jagen lassen! Der Mann braucht gelegentlich eine Bühne. Das wird bei der größeren Sitzung noch schlimmer werden, leider. Da müssen wir wohl durch. Aber, wie gesagt, die entscheidenden Damen und Herren des Stiftungsrats habe ich schon auf meiner Seite. Ach, ich freue mich ... Kommen Sie, wir trinken jetzt erstmal einen Genever zur Feier des Tages, und dann einen Kaffee!“

Es war ein sehr schönes Gefühl, nicht wie eine Erstsemesterstudentin, sondern wie eine Freundin behandelt zu werden, dachte Marie. Aber sie fühlte sich nicht wohl nach dieser ersten Verhandlung. Das Geschäftliche, das Taktieren, das Einstecken kleiner Beleidigungen und die spontane Suche nach schnellen Kompromissen – nein, das alles war nicht ihre Welt. Und in wenigen Tagen würde schon die größere, die entscheidende Sitzung stattfinden.

35

Agnieszka tobte vor Wut. Ihre Freundin hatte nach der nächtlichen Flucht aus Aarloh und der Pension der Witwe Böhler das Ahauser Land- und Golfhotel abgelehnt. Jetzt bog der blaue Passat in die Einfahrt zum Erve Covers, einer zum Hotel umgebauten Hofanlage bei Haaksbergen auf niederländischer Seite.

„I hate these farm-hotels!“, zeterte sie, „And you know that.“

Die Anlage hatte außen große Ähnlichkeit mit dem alten Droste-Hof, vielleicht war Agnieszkas Abneigung darum so heftig. Sie erinnerte sich nicht gern an die kurze Zeit mit Werner, sie hatte überhaupt der ganzen Reise nur zugestimmt, weil Elena ihr klargemacht hatte, wie wichtig es sei, Schlussstriche zu ziehen. Gerade am Anfang hatten sie Fehler gemacht, wer dem Fluss des Geldes folgte, würde am schnellsten über die allerersten Einzahler auf die Spuren der Verbindung Ibiza – Dubai – Sint Maarten kommen und damit an die dort und anderswo gehorteten Millionen. Das musste verhindert werden. „We have to erase them!“, hatte Elena gesagt, auslöschen, es musste sichergestellt sein, dass keinerlei Unterlagen und digitale Links überprüft werden konnten. Der große Schritt ins Neue konnte nur mit der vollständigen Auslöschung des Alten gelingen – das war Elenas Credo.

Auslöschen? We have to erase them? Die Spuren oder die Beteiligten? Die Totenköpfe in ihrem verlorenen Notizbuch hatte sie anfangs für eine Spielerei gehalten, nun aber erhielt Elena plötzlich Anweisungen – woher kamen die?

Agnieszka hatte das Bedürfnis, sie noch einmal direkt zum wirklichen Zweck ihrer Reise zu befragen, aber sie fürchtete sich vor einem erneuten Wutausbruch, der den Graben zwischen ihnen noch tiefer machen würde. Sie fügte sich in ihr Schicksal und ließ den

Blick durch das öde Hotelzimmer schweifen. Auch hier war das Alte ausgelöscht und dem Neuen gewichen – Holzvertäfelungen an den Wänden und billige Möblierungen neu-rustikaler Art. Das Bad war mit creme-beigen Fliesen gekachelt, eingefasst von dunkelbraunen Rändern. An den Türen fehlten unten schon Teile des Kiefernfurniers, die Tische und Stühle imitierten dunkel gebeiztes Eichenholz – ein abgewohnter Mix aus irgendeinem Möbelgroßhandel ohne erkennbaren Gestaltungswillen.

„How many nights?", fragte Agnieszka verzweifelt und ließ sich auf die grüne Tagesdecke des quietschenden Doppelbetts fallen. Elena zog nur die Schultern hoch.

„Not more than three!" Agnieszka hielt ihr drohend drei Finger ins Gesicht. „Maximum!"

Elena wischte ihre Hand weg wie eine lästige Fliege. „It takes as long as we need", sagte sie beiläufig, zog ihr Notebook aus der Reisetasche und gab das WLAN-Codewort ein. Mit Erfolg. „It's not too bad here, they've got internet!"

Elena öffnete ihren VPN-verschlüsselten Mail-Account und klickte sich über verschiedene Adressen bis zu den aktuellen Meldungen vor.

„Relax!", sagte sie kurze Zeit später, „we have to stay here only two nights. Maybe there is another job to do."

Ein weiterer Job? Agnieszka versuchte, ihre Enttäuschung nicht zu zeigen, aber sie brauchte endlich eine verlässliche Angabe, wann das hier alles erledigt war.

„So, when will we go to Schiphol?"

„Stop it!", befahl Elena, „don't always ask like a little girl!"

Sie scrollte weiter durch die Flugangebote, fand aber keinen Direktflug nach Sofia. Ein Umsteigen in Wien war zu gefährlich, ebenso ein Flug nach Ibiza, wo die Polizei vermutlich schon ihre Finca überwachte.

Agnieszka täuschte einen inneren Zusammenbruch vor, was Elena vollends auf die Palme trieb. Sie schrie sie an und erinnerte sie an den Verlust des grünen Notizbuches, der die plötzliche Flucht aus

Aarloh nötig gemacht hatte. Dann warnte sie sie eindringlich: „You have to stop your childish behaviour, got me? Are you nine years old, or what?"

„And you are not my mother", gab Agnieszka zurück.

„No, thank god, I'm not."

Agnieszka starrte nur noch stumm an die Decke. Sie sah nicht, dass auf dem Bildschirm das Gesicht eines Mannes erschien, verbunden mit dem in Großbuchstaben geschriebenen Zusatz: WAIT FOR NEW ORDER! Elena kopierte das Bild auf ihr Handy, dann löschte sie die Nachricht und öffnete google-maps. Sie würden direkt nach dem Job die N18 nehmen und in Usselo, südlich von Enschede auf die A35 fahren, dann auf die A1 bis Schiphol.

Zwei Stunden. Ihre Verfolger würden nicht die geringste Chance haben.

36

„Marie, übernimm dich nicht!"

Martin hatte nicht mitgezählt, wie oft er diesen wohlmeinenden Appell in den vergangenen Tagen freundlich an sie gerichtet hatte. Nun saß sie schon wieder kurz vor Mitternacht zwischen ihren Büchern und Konzeptpapieren vor ihrem Notebook und recherchierte zu Mondriaans Frühwerk. Er trat hinter sie und legte ihr seine Hände auf die Schultern.

„Könntest du vielleicht genau da oben auf den Schultern etwas kneten? Ruhig fester."

Martin massierte die verspannten Muskeln in Richtung Halswirbelsäule. Es schien ihr gutzutun.

„Ist ja nur noch morgen, Martin, dann ist die erste Hürde sicher genommen."

„Das hoffe ich auch, Marie. Für dich."

„Es geht aber gar nicht um mich, Martin."

„Natürlich, um wen denn sonst?"

„Nein, im Ernst: Ich muss denen die Bilder verkaufen, das rettet die Stiftung."

„Dann verkauft doch das Gerhard-Richter-Bild. Du hast selbst gesagt, dass der Preis dafür inzwischen bei über 500 000 liegt. Dann seid ihr doch alle Probleme erst mal los."

„Ja, möchte ich aber nicht. Das muss unsere eiserne Reserve bleiben." Marie schaute zu ihm auf und zog spielerisch eine Schnute wie ein eigensinniges Kindergartenmädchen. „Außerdem will ich den behalten! Der hängt so wunderbar auf der Wand im Wohnzimmer ... Geh mal mehr auf die Nackenwirbel, bitte, aber jetzt sanfter, nicht mehr so fest."

Martin bewegte seine Daumen kreisförmig über die Nackenmuskulatur und überlegte, ob es Sinn machte, ihr noch einmal ins Gewissen zu reden. Aber er schwieg und strich ihr am Ende seiner Massage zärtlich über den Kopf, in dem irgendwo zwischen den Gehirnwindungen ein Areal sein musste, in dem ihr starker Wille wohnte. Sicher war dieses Areal doppelt so groß wie sein eigenes.

„Meinst du wirklich, die kleinen Details, die du da jetzt noch herausarbeitest, sind entscheidend für den Verkauf? Da werden ein paar Verwalter und die Geldgeber sitzen, und die fragen sich vor allem, ob eine Investition sich lohnt. Und da muss man sich doch bei dem Namen Mondriaan vermutlich gar keine Sorgen machen."

„Ja, aber die haben da diesen Professor Hahnemann, ein furchtbarer Mensch, glaube ich, aber Experte." Marie tippte mit dem Finger auf eines der Bücher, das neben dem Bildschirm lag. „Der lehrt Kunst an den Unis in Enschede und Arnheim. An dem kommt keiner vorbei. Nicht mal ich." Sie lächelte ihn an. „Geh einfach schon mal ins Bett, ich komme gleich nach, versprochen. Du hast ganz recht, Entweder, sie beißen an oder sie lassen's. Auf jeden Fall ist morgen Nachmittag erstmal der ganze Spuk vorbei."

„Na, das will ich dann mal hoffen", sagte Martin mit einem schweren Seufzer. Dann schob er schnell ein „Wird schon, Marie!" hinterher. Aber wie er es sagte, klang es nicht nach Trost, da schwang ein zweifelnder Unterton mit.

Marie hatte an diesem Morgen keine Lust auf zusätzlichen Stress. Sie fuhr so rechtzeitig los, dass sie schon eine halbe Stunde vor ihrem Termin um zehn auf dem kleinen Parkplatz hinter dem Museum *Villa Mondriaan* stand. Sie beobachtete, wie drei Männer mit weißen Baumwollhandschuhen unter Rita Dijkstras Anweisung jeweils eines der drei Mondriaan-Bilder aus einem kleineren Lieferwagen nahmen und ins Haus trugen. Marie stieg aus und folgte den Männern. Als sie das Haus betrat, kam ihr die Museumsleiterin entgegen, aber Rita Dijkstras freundliches Lächeln schien zu gefrieren, als sie näherkam. Offenbar standen Marie die Anstrengungen der letzten Tage und die schlaflosen Nächte deutlich ins Gesicht geschrieben.

„Nur Mut! Alles läuft, alles ist gut vorbereitet. Wir präsentieren die Bilder einzeln auf Staffeleien, dann kann man auch die Rückseiten betrachten. Kommen Sie, wir haben noch Zeit, lassen Sie uns noch einen Kaffee trinken."

Marie nahm das Angebot dankend an und folgte der Museumsleiterin in ihr Büro.

„Es gibt gar keinen Grund zur Aufregung!", sagte sie, während sie eine kleine Espresso-Maschine bediente. „Ich habe bereits mit unseren wichtigsten Geldgebern verhandelt", flüsterte sie, während die Maschine knurrend und zischend arbeitete. „Wir müssen das ganze Paket, also alle drei Bilder, unter anderthalb Millionen verhandeln." Sie reichte Marie die kleine Tasse. „Irgendwas zwischen 1,2 und 1,5. Meinen Sie, das wird die Besitzerin akzeptieren?"

„Natürlich, das wäre völlig in Ordnung und sogar ein großer Glücksfall für unsere Stiftung."

Dijkstra bemerkte die ungute Mischung aus Müdigkeit und innerer Anspannung bei Marie.

„Kommen Sie, Marie, haben Sie keine Angst. Ich stehe hinter Ihnen. Ich bin so froh, dass wir beide uns gefunden haben!"

Doch dann verfinsterte sich ihr Blick wieder. Draußen vor dem Fenster hatte sie etwas irritiert. Marie drehte sich um und schaute auf den Parkplatz. Der Porsche Cayenne des Professors war vorgefahren. Mit ihm stiegen zwei Männer aus, die die Museumsleiterin nicht kannte. Offenbar waren die beiden Begleiter des Professors nicht angemeldet.

„Gibt es ein Problem?", fragte Marie.

Rita zog die Schultern hoch. „Unser Professor ist manchmal ... wie sagt man bei euch: eigenwijs?"

„Eigensinnig?"

„Ja, exakt. Wir kennen ihn nicht anders."

Rita Dijkstra hatte ihr gewinnendes Lächeln wiedergefunden. Sie nahm Marie die leere Tasse ab, legte den Arm um ihre Schulter und führte sie zur Tür. „Aber wir beide, Marie, wir werden uns weder von einem arroganten Professor noch von seinen zwei unbekannten Anzugträgern irritieren lassen! Kommen Sie, auf in den Kampf!"

Die drei Mondriaan-Bilder erstrahlten in perfektem Licht. Sie standen auf Staffeleien vor dem neutralen Grau der Wand, die Lamellenvorhänge vor den Fenstern des größeren Konferenzraumes ließen nur eine geringe Menge Tageslicht durchscheinen. Das Anthrazit des langen Sideboards und des ovalen Tisches, an dem etwa zwanzig Personen sitzen konnten, verliehen dem Raum zusätzlich etwas Ernstes und Dezentes. Nur der tiefblaue Teppich setzte einen Farbakzent. Die drei Bilder auf ihren Staffeleien, von sorgsam ausgerichteten Punktstrahlern an der Decke beleuchtet, ließen keinen Zweifel aufkommen, dass hier in diesem Raum eine wichtige Entscheidung anstand.

Die Museumsleiterin legte ihre Unterlagen auf die Mitte des Tisches und bat Marie, den Platz neben ihr einzunehmen. Marie setzte sich und nahm zitternd die wichtigsten Unterlagen und ihre akribisch durchgeplanten Konzeptpapiere aus der Tasche. Sie fühlte sich schwach und verzichtete darauf, sich noch vor dem Beginn der eigentlichen Verhandlung direkt bei den Mitgliedern des Fördervereins und den übrigen Funktionsträgern vorzustellen und sich mit etwas Small Talk bekannt zu machen.

Rita Dijkstra führte ein auffallend gut gekleidetes Paar hinter die Staffeleien und zeigte ihnen die alten Rahmen, die den Eindruck erweckten, als habe der Künstler sie eigenhändig zusammengenagelt. Marie verstand nicht viel von dem leisen Gespräch, das die drei führten, hörte aber zweimal deutlich den Namen Agatha Zethraeus. Einen weiteren Espresso lehnte sie ab, die wachsende Aufregung hatte die Müdigkeit verdrängt, und in ihrem Magen rumorte es. Sie wusste, dass das Leben von Zeit zu Zeit solche Prüfungen bereithielt, nicht immer aber ging es dabei um so viel Geld.

Mit ihrem kurzen, klaren und humorvollen Vortrag über die wundersame Auffindung der zwei verschollenen Mondriaan-Bilder im geheimen Depot gewann sie die Aufmerksamkeit der versammelten Entscheidungsträger. Sie meinte zu registrieren, dass der Name Bernhard Droste-Terhahn bei einigen der Anwesenden positive Reaktionen auslöste. Auch der Name Ari Wardenaar schien den meisten nicht fremd zu sein. Sie nahmen Maries Erzählung von den ersten Begegnungen mit dem Erben des Zethraeus-Vermächtnisses und den Fund des dritten Bildes amüsiert zur Kenntnis. Marie hatte es in Absprache mit Ari Wardenaar *Mondriaans letzter Baum* getauft und diese Namensfindung fundiert begründet.

Die Dreiergruppe des Professors blieb davon allerdings unbeeindruckt. An Hahnemanns linker Seite saß ein vergleichsweise junger Mann, er mochte Anfang vierzig sein, zu seiner Rechten ein älterer Herr, der seinen gesenkten Kopf nur gelegentlich aufrichtete und dann etwas unsicher in die Runde schaute, als habe er sich im Raum geirrt. Die drei reagierten mit keiner Miene auf Maries gut gesetzte Pointen und ihre ironischen Bemerkungen. Sie hatte das Gefühl, sie warteten gelangweilt auf das Ende ihrer Einleitung. Nur die gelegentlichen unsicheren Blicke des Älteren irritierten sie. Saß da ein zweiter Gutachter, den Hahnemann zur Verstärkung mitgebracht hatte? Würde er neue, knifflige Fragen stellen? Um was zu beweisen? Um ihre Kompetenz zu diskreditieren? Um den Preis zu drücken? Sie sprach zu ihrer eigenen Überraschung flüssig und suchte den Blickkontakt der, wie ihr schien, überwiegend wohlwollenden Vorstandsmitglieder, ohne auf ihre Notizen zu schauen. Noch drei Sätze und sie war am Ende. Es wurde applaudiert und auf die Tischplatte geklopft. Dieser unerwartet deutliche Zuspruch nahm Marie etwas von ihrer Anspannung, sie atmete tief durch und setzte sich. Der anerkennende Blick der Museumsleiterin, signalisierte ihr, dass all ihre Vorbereitungen offenbar nicht umsonst gewesen waren. Wieder war eine entscheidende Hürde genommen.

Ohne dass ihm Rita Dijkstra das Wort erteilt hätte, erhob sich der Professor. Er bedankte sich bei seiner *Kollegin* (es war nicht nur Maries Eindruck, dass er diese Bezeichnung in ironischer Absicht überbetont hatte) für ihre Ausführungen, schaute Marie aber dabei nicht an. Sie versuchte, die gleich wieder aufflammende Angst und die Irritation zu unterdrücken, die das perfide, arrogante Lächeln des Professors erneut in ihr aufsteigen ließen.

„Ja, gut, also ... die neuen Mondriaans ...", sagte er lächelnd und vergewisserte sich der Aufmerksamkeit der hier versammelten Kunstfreunde, Verwalter und Geldgeber. „Ja, sicher, *Mondriaans letzter Baum*, das ist ein griffiger Titel für dieses Bild – wir sprachen ja bereits vor einigen Tagen darüber." Hahnemann ging an die dritte Staffelei mit dem Bild des *letzten Baums* und zeigte auf die Signatur.

„Sie selbst, Frau Gerster, hatten Zweifel, ob die Datierung 1912 und die Schreibweise des Namens mit Doppel-A richtig sein kann. Nun, ich habe Sie bei unserem ersten Gespräch beruhigen können: Piet Mondriaan hat das möglicherweise noch so gemacht, ja, er war da nicht immer ganz konsequent." Auch das Wort *möglicherweise* irritierte Marie. „Ab 1912, auf dem Weg zum Neo-Plastizismus, schrieb er – das ist für Sie alle hier im Raum sicher keine neue Erkenntnis – seinen Namen nur noch mit einem A. Aber, wie gesagt, lassen wird das mal als Möglichkeit offen und kommen wir zur Herkunft des Bildes und zu seiner angeblich sicheren Provenienz."

Angeblich? Marie schaute mit weit geöffneten Augen Rita Dijkstra an und suchte Unterstützung, aber auch die Museumsleiterin zog den Mund zusammen und zuckte mit den Schultern. Was war hier gerade im Gange?

„Ja, ich wäre damit einverstanden, wenn man die Herkunft des Bildes – wie es schon bei einigen anderen Exponaten unseres Museums der Fall ist – auf Mondriaans langjährige Freundin Agatha Zethraeus zurückführt." Jetzt trat er hinter das Bild und drehte es auf der Staffelei um, sodass alle die Rückseite sahen. „Denn diese Rahmen", sein Zeigefinger glitt über das alte Holz und tippte auf die schlecht lesbaren Buchstaben, „lassen im Grunde gar keinen anderen Schluss zu: Es sind ihre Rahmen!"

Marie sank innerlich zusammen. Auch der immer noch freundliche Blick der Museumsleiterin, der Marie signalisieren sollte, Ruhe zu bewahren, konnte sie nicht beruhigen. Unruhe machte sich auch unter den Anwesenden breit. Der langjährige Hochschullehrer wusste, wie man die Aufmerksamkeit seiner Zuhörer erreichte.

„Was meine ich damit? Es sind tatsächlich Rahmen aus dem Besitz von Agatha Zethraeus. Und nicht nur das. Es sind – oder besser: es waren – auch ihre Bilder."

Einige der Anwesenden schauten sich fragend an und zuckten mit den Schultern. Problematische Eigentumsfragen, Erbschaftskonflikte – was sollte hier nun verhandelt werden? Alles wartete gespannt auf den kunsthistorischen Clou, den der Professor gleich präsentieren würde. Hatte etwa der arme mittellose Maler Mondriaan, bevor er zu Weltruhm aufstieg, Rahmen und Leinwände der Freundin benutzen müssen? Hatte Agatha Zethraeus sich die Bilder widerrechtlich angeeignet, sie als ihren Besitz ausgegeben und dann ebenso widerrechtlich vererbt? War Ari Wardenaar am Ende gar nicht der rechtmäßige Erbe? Maries Nerven lagen blank.

„Nein, was wir hier sehen, meine Damen und Herren, sind nicht die Bilder von Agatha Zethraeus!" Der Professor machte eine Pause. Die Anspannung wuchs. „Es sind aber auch nicht die Bilder von Piet Mondriaan."

In Marie krampfte sich alles zusammen.

„Jetzt kommen Sie mal zur Sache", forderte Dijkstra den Professor auf, „Spannung haben Sie genug erzeugt! Jetzt mal konkret: Nicht von Piet Mondriaan? Nicht in seinem Besitz oder nicht von ihm autorisiert? Wollte er sie vielleicht vernichten, weil er sich ab 1912 neu erfinden wollte und mit seiner Vergangenheit schon abgeschlossen hatte? Und was bedeutet das alles für uns? Sind seine Bilder dadurch weniger wert? Also, reden Sie Klartext, bitte!"

„Sehr gerne, und sehr einfach: Alte Leinwände von Zethraeus wurden abgeschliffen und neu bemalt."

Der Mann des auffallend vornehm gekleideten Ehepaares, mit dem Rita Dijkstra zu Anfang gesprochen hatte, hob die Hand. „Das kann doch auch Mondriaan getan haben, er war, wie man hört und auch in Ihren eigenen Büchern, Herr Professor, nachlesen kann, ständig in Geldnöten damals."

Hahnemann sprach ihn direkt an.

„Ja, das stimmt, Meneer Avenarius, zeitweise war unser Mondriaan sehr arm. Aber erlauben Sie mir einen persönlichen Rat: Wenn Sie Ihr eigenes Geld nicht in den Sand setzen wollen, dann lassen Sie besser die Finger von diesen Bildern."

Die Einzelgespräche der Anwesenden, wurden lauter. Kopfschütteln, fragende Blicke, einige waren aufgestanden und wollten das Bild jetzt noch einmal aus nächster Nähe sehen. Erst als Hahnemann sich direkt an Marie Gerster wandte, als seine Stimme leiser und sein Ton kälter wurde, hörten wieder alle aufmerksam zu:

„Es ist nicht verwerflich, wenn ein westfälischer Großbauer in Unkenntnis ein Bild erwirbt, das er für das Werk eines großen Meisters hält oder weil es so nett zur Einrichtung passt. Verwerflich oder – sagen wir – zumindest fahrlässig ist es allerdings, wenn eine durchaus gut informierte Journalistin uns diese Bilder als echte Mondriaan-Werke verkaufen will."

Marie sank weiter in sich zusammen.

„Ich muss doch sehr bitten, Herr Hahnemann", ermahnte ihn die Museumsleiterin. „Wir haben uns vor wenigen Tagen hier in einer ersten Besprechung mit Ihnen vor genau diesen Bildern versammelt und Sie haben keinerlei Bedenken gehabt!"

„Dann hätte ich ja gar keine Laboruntersuchung durchführen lassen müssen."

„Frau Gerster hatte durchaus ihre Zweifel, und Sie haben sie in dem guten Glauben gelassen, dass ..."

„Guter Glaube, Frau Dijkstra", unterbrach sie der Professor, „das ist keine wissenschaftliche Kategorie!"

Er ging noch einmal zum Bild und deutete mit dem Finger auf die Ränder des Baumstamms und der Äste.

„Diese rötlichen Schattierungen hier, die sind mit Manganviolett gemalt, einem Farbstoff, den es in dieser Form erst ab 1925 im Handel gab."

Noch einmal ging ein Raunen durch die Gruppe, das nach Empörung klang.

„Das ist kein Glaube, Frau Dijkstra, Frau Gerster, das ist Wissenschaft, das kann man chemisch untersuchen. Für anderes brauche ich nach über vierzig Jahren in diesem Metier nicht mal eine Lupe." Wieder streckte er seinen Zeigefinger aus. „Diese feinen Risse, das sehe ich mit dem bloßen Auge, sind keine echten Altersrisse. Die sind durch eine Schnelltrocknung erzeugt. Im Falle dieses *letzten Baumes* wird man trotz seines angeblichen Alters von über hundert Jahren schnell feststellen, dass die dickeren Farbschichten noch nicht durchgehärtet sind. Das Bild ist frisch, meine Damen und Herren. Ich bin kein Sherlock Holmes, aber ich habe so meine Quellen, und ich könnte Ihnen sogar verraten, wo dieses Manganviolett, von dem ich eben sprach, vor wenigen Tagen gekauft wurde."

Der Professor tänzelte mit spielerischer Leichtigkeit vor den Anwesenden, während sie das Gefühl hatte, wie ein immer wieder provozierter Stier mit gesenktem Kopf stampfend auf der Stelle zu treten. Sie wusste nicht weiter. Es war ganz still im Raum. War das schon die Stille vor dem finalen Todesstoß des Toreros, der, nachdem er ein wenig virtuos getänzelt hatte, den Stier unter dem Applaus der begeisterten Zuschauer in der Arena zusammenbrechen ließ? Marie war zu keiner Regung mehr fähig. Die Museumsleiterin versuchte, sie aufzumuntern, aber sie hatte innerlich abgeschaltet, ihr Herz raste, sie hörte die letzten Worte des Professors nicht mehr, mit denen der Matador seinen tödlichen Stich ausführte:

„*Mondriaans letzter Baum*, Frau Gerster, ja... guter Titel, schöner Versuch ... Man hört, Sie brauchen Geld für Ihre neue Stiftung, und

Sie wollen eine eigene Galerie eröffnen. Dafür sollten Sie sich allerdings nicht auf kriminelles Terrain begeben."

Wie eine Ertrinkende, die noch einmal aus dem Wasser aufsteigt und nach Luft ringt, schoss Marie nun aus ihrer gekrümmten Haltung nach oben und schrie den Professor an: „Ich habe Sie gesehen! Sie waren bei Ari Wardenaar, als genau dieses Bild dort in seinem Atelier auf der Staffelei stand. Kurze Zeit später frage ich Sie nach kritischen Details und äußere meine Zweifel, die Sie als Mondriaan-Experte von der Hand weisen. Das war die Voraussetzung für den Verkauf und für diese Zusammenkunft. Und erst heute kommen Sie mit diesen Behauptungen!? Was ist das für ein gemeines Spiel, das Sie hier aufführen?"

„Kein Spiel, Frau Gerster, beileibe nicht!"

Er hatte wieder das arrogante Lächeln aufgesetzt und sprach ruhig und leise.

„Bleiben wir sachlich! Ich verfolge als Mondriaan-Experte, der ich nun einmal bin, seit langer Zeit die Angebote auf dem Kunstmarkt. Jahrzehnte lang gab es aus der frühen Phase gar nichts von ihm zu kaufen, und jetzt plötzlich, hier in der Provinz, gleich drei Werke? Sie sind nicht die glückliche Finderin, Frau Gerster, für mich sind Sie höchstens eine *Er*-Finderin kluger Geschichten und damit, das muss ich leider sagen, auch eine Hehlerin."

„Jetzt reicht es aber!", schrie Rita Dijkstra, „Wenn Sie vor ein paar Tagen gleich nein gesagt hätten, säßen wir heute gar nicht hier! Was erlauben Sie sich!?"

Die ersten packten kopfschüttelnd ihre Sachen zusammen und brachen auf, auch das Ehepaar Avenarius verließ indigniert den Raum.

„Was erlaube ich mir? Ja, ich erlaube mir, Ihnen meine beiden Begleiter vorzustellen: Herrn Rechtsanwalt Heebing und Staatsanwalt Burmeester aus Amsterdam, der seit Jahren die niederländische Kunstfälscher- und Hehler-Szene verfolgt. Die beiden sind somit Zeugen dieses gescheiterten Versuchs und hätten da noch ein paar Fragen an Frau Gerster."

Einige der Anwesenden, die schon protestierend den Raum verlassen wollten, blieben bei diesen Worten in der Tür stehen. Aus Maries Gesicht wich die letzte Farbe. Bleich und reglos nahm sie hinter den halbgeschlossenen Lamellen-Vorhängen die blauen Blinklichter eines niederländischen Polizeiwagens wahr, der langsam in den Innenhof fuhr. Die drei Bilder auf den Staffeleien verkleinerten sich zu hellen Flammen, die langsam verloschen, der Raum wurde grau und immer dunkler, das Anthrazit des Sideboards verband sich mit dem dunklen Oval des Tisches, bis alles um sie herum wie in schwarzem, zähen Pech versank.

37

Manchmal hasste Martin seine Bauchgefühle. So nützlich sie ihm mitunter waren – heute konnte er sie nicht gebrauchen. Er machte sich Sorgen um Marie und hoffte, dass die Sitzung im Museum *Villa Mondriaan* erfolgreich sein mochte, damit sie endlich wieder an etwas anderes denken konnte und vor allem wieder zu Kräften kam. Sie schien ihm völlig überarbeitet zu sein.

Er hatte sie nicht direkt belogen, er hatte sie in all ihrer Anspannung nicht zusätzlich beunruhigen wollen und ihr etwas verschwiegen, um sie zu schonen. Das musste ein Ende haben, sie hatten sich fest versprochen, alles miteinander auszutauschen und zu besprechen. Keine Geheimnisse mehr, nichts, was aus der Vergangenheit störend in die Gegenwart reichte.

Am Morgen hatte er die schweigsame Marie mit den besten Wünschen für ein glückliches Gelingen nach Winterswijk verabschiedet. Dann hatte er die nächtlichen Bilder der Sicherheitskameras überprüft. Das Ergebnis war niederschmetternd. Es hatte tatsächlich schon wieder nächtlichen Besuch gegeben, und es waren vermutlich wieder drei Personen gewesen. Männer, soweit man das von Statur und Bewegung her einschätzen konnte. Was suchten sie? Diesmal war auch das Auto erkennbar, aber nur seitlich, sodass die Kennzeichen nicht zu lesen waren. Der Wagentyp war Martin unbekannt. Irgendein Van oder SUV. Sie waren nicht geschlichen, es war ihnen offenbar egal gewesen, ob sie jemand hörte oder sah, denn trotz des Lichts und der Sicherheitskameras hatten sie das Gelände rund um den Bungalow in aller Ruhe Gänze abgesucht. Alle vier Kameras hatten sie erfasst.

Die Bedrohung kam also gleich von zwei Seiten. Nicht nur die beiden Frauen hatten offenbar ein Interesse an Bernhard Droste-Terhahns Hinterlassenschaften. Ging es um das Depot, suchten sie die lange verschollenen Bilder? Die meisten davon hätten tatsächlich in den Van gepasst. Hatten die beiden Frauen Komplizen geschickt, Fachleute für Einbruch und Diebstahl?

Martin ließ die deutlichsten der nächtlichen Aufnahmen ausdrucken und nahm sie mit in seine Sprechstunde. Carola Witte und Vroni Kamps hatten sich angekündigt.

„Die haben so Tarnanzüge getragen", begann Carola, und Martin glaubte, auf der richtigen Spur zu sein.

„So Anzüge, wie sie damals die Polen auf dem Droste-Hof getragen haben", ergänzte Vroni Kamps und meinte die als Erntehelfer deklarierten Drogenköche, die noch vor der damaligen Großrazzia verschwunden waren.

„Ja, mit so Flecken drauf. Jäger tragen die manchmal."

„Oder die Vogelbeobachter. Fällt wohl weniger auf, wenn man scheue Tiere im Venn beobachten will."

„Wie Vogelfreunde sahen mir die aber nicht aus", widersprach Carola der Freundin. „Die haben meinen Laden fast leergekauft, die wollten ins Manöver oder so."

„Ja, mit diesen Geländewagen. Die haben doch auch so alte Jeeps gefahren."

Martin wurde stutzig. Sollte er den Frauen die Ausdrucke zeigen? Er wartete noch.

„Aber die hatten ja gar keine Namensschilder oder irgendwelche Zeichen auf ihren Uniformen. Also Soldaten waren das nicht."

Martin musste einige Zwischenfragen stellen, bis klar war, dass es sich um eine größere Gruppe von etwa zwölf Männern unterschiedlichen Alters gehandelt hatte, die sich in Carola Wittes kleinem Tante-Emma-Laden mit Proviant eingedeckt hatten. Sie waren mit drei Jeeps vorgefahren.

Martin dachte nach. Eine ganze Gruppe, die sich öffentlich zeigte. Und die hatten nachts einen dreiköpfigen Spähtrupp entsandt, um den Bungalow auszukundschaften? Nein, das machte keinen Sinn. Das Auto, das er gehört hatte und das auf den nächtlichen Sicherheitsaufnahmen zu sehen war, musste ein schwarzer Van sein, kein alter Jeep.

„Die waren gut drauf!", sagte Vroni. „Die haben lange im Heidekrug gesessen, und doofe Witze erzählt."

„Doofe Witze?", fragte Martin.

„Ja, so irgendwas mit Negern und Juden. Also, nett waren die nicht."

„Aber die haben deutsch gesprochen oder?"

„Ja", bestätigte Vroni, „aber mit Akzent. Da war auf jeden Fall ein Bayer dabei."

„Und Sachsen!", ergänzte Carola. „Bei mir war einer der immer fragte, ob ich nur kleine Flaschen Köla hätte. Hat etwas gedauert, bis mir klar war, der meint Cola."

„Und das war ein ganzes Dutzend?"

„Ja, im *Heidekrug* saßen die an zwei Tischen."

„Und auf dem Kirchplatz hatten die die Autos geparkt. Drei so Jeeps."

„Also nicht solche Autos hier?" Martin schob ihr den schwarzweißen Ausdruck der nächtlichen Aufnahme vor, auf dem aber nur die Umrisse des Autos erkennbar waren. Carola und Vroni beugten sich darüber und verneinten. „Nee, deren Kisten waren kantiger."

„Alte Land Rover Jeeps würde ich sagen. Wie bei *Daktari*. Grün und etwas verbeult."

Das Bild des schielenden Löwen Clarence schoss Martin durch den Kopf. Wilddiebe im Schwarzen Venn? Sicher nicht.

„Gut, ich danke euch!“

„Was ist denn das für eine Kopie?“, fragte Carola und zog den Ausdruck an sich, bevor Martin ihre Neugier stoppen konnte. Jetzt keinen Fehler machen, dachte er, sonst würden die Gerüchte wieder ins Kraut schießen. Er musste schnell etwas erfinden.

„Keine Ahnung“, log er. „Hat Walter mir geschickt, kann ich aber nichts mit anfangen.“

„Aber die weiße Kante hier, das ist doch euer Bungalow.“

Martin schaute selbst noch einmal auf das Bild, als habe er dieses Detail noch nicht bemerkt.

„Nee, Walter sagt, das Auto wäre aus Holland, hat auch ’n niederländisches Kennzeichen. Aber sagt mal: Hat denn jemand gesehen, wo die drei Jeeps – ihr sagtet doch, es waren drei oder? – wo die hingefahren sind?“

„Richtung Lünten, heißt es.“

„Ja, die sollen da irgendwo im Wald verschwunden sein. Was sind das denn für Leute, Martin? Wat wollen die hier?“

„Keine Ahnung, Vroni, aber habt bitte ein Auge drauf.“

Diese Aufforderung Martins war natürlich völlig überflüssig. Alle im Dorf würden fortan ein Auge drauf haben. Er bedankte sich bei Carola und Vroni und bat, der Form halber, um schnelle Information, wenn sie Neues erfahren sollten.

Die beiden Frauen waren aus Aarloh verschwunden, aber was war, wenn sie nachts zurückkamen oder Komplizen schickten? Was, wenn hier gleich eine ganze Gruppe unterwegs war? Aber die hätten sicher nicht Bayerisch oder Sächsisch gesprochen. Das machte alles überhaupt keinen Sinn.

Er musste seine Gedanken sortieren. Immer wieder dachte er an Maries schwierige Sitzung mit dem Stiftungsrat des Museums Villa Mondriaan. Wie weit waren die Ermittlungen im Grevener Mordfall?

Er überlegte Emma Ammann anzurufen, zögerte aber, da er keine präzisen Fragen hatte, sondern nur sein heute wenig hilfreiches Bauchgefühl. Nein, er konnte besser direkt Eugen Veerkamp anrufen, kleine Erinnerung an das gemeinsame Seminar und die Bitte um Amtshilfe auf dem *kleinen Dienstweg.*

Er rief die Dienststelle an, aber Eugen Veerkamp war nicht zu sprechen und seine Kollegen waren nicht sehr auskunftsfreudig. Es schien, als sei die Angelegenheit für sie erledigt. Mord sei nicht ihre Sache, das liefe über Münster. Aber dort würde Martin keine Chance haben, wenn er nicht handfeste Details und ein nachvollziehbares dienstliches Interesse nachweisen konnte. Bauchgefühle waren auch dort keine anerkannte Währung.

Er blätterte in seinem schwarzen Notizbuch, von denen er immer eines in der Tasche hatte. Er suchte seine Notizen vom Seminar zur *Effektiven Polizeiarbeit im Bezirksdienst*, und fand Veerkamps Handynummer. Aber der Hauptkommissar war ein wenig erbost, dass Martin ihn privat anrief und antwortete sehr ungern und recht sparsam auf Martins Fragen.

„Wir haben damit nichts zu tun. Die Leiche ist erst am nächsten Morgen gefunden worden. Von einem Jogger, der da seinen Lauf machte, am Kanal. Warum fragst du, Kollege?“

„Ich will nur sichergehen ... hier bei uns in der Gegend treiben sich ein paar merkwürdige Leute rum ... ist nur so ein Gefühl.“

„Die Kollegen gehen davon aus, dass das ein einzelner Killer war. Vermutlich Scharfschütze. Ein Schuss. Von der Brücke aus.“

„Mann oder Frau?“

„Keine Ahnung, ein Mann, vermutlich. Frauen sind in dem Bereich eher selten. Gefunden haben die Kollegen gar nichts, nur das Projektil, sonst nichts, keine Patronenhülse, keine Spuren, nichts. Der Schusswinkel legt nahe, dass der Mann von der Brücke aus erschossen worden ist, leicht schräg von oben. Du kannst ja die Münsteraner mal fragen, aber wenn die was Neues hätten, dann wüssten wir's auch.“

Martin bedankte sich und geriet gleich wieder ins Grübeln.

Vielleicht war es nur der Zwang, sich selbst zu beschäftigen. Er konnte seine Gedanken an die völlig gestresste Marie, die gerade vermutlich ziemlich angespannt war, nicht verdrängen. Sie hatte angedeutet, dass es bei dem Bilderverkauf um mindestens eine Million ging. Und sie war so schwach und fahrig gewesen, dass er um ihre Gesundheit fürchtete. Wenn sie siegreich zurückkehrte, würden sie feiern.

Vielleicht konnte er sich auch selbst beruhigen, wenn er klärte, was die drei Männer nachts gewollt haben konnten und ob sie Komplizen der beiden Frauen waren. Emma Ammanns These war gewesen, dass eine der beiden, die größere, Elena, aller Wahrscheinlichkeit nach für den Mord am Grevener Finanzmakler verantwortlich war. Was machte sie so sicher? Er musste sie anrufen. Walter würde ihn dafür verfluchen. Aber er erreichte Emma nicht, sie war in einer Besprechung.

Martin war ganz dankbar, dass Heiner Wienkämper ihn in seiner Sprechstunde besuchte und von seinen wirren Gedanken ablenkte. Die Pläne für den Bau des Tores, das den Innenhof sicher vom angrenzenden Kiefernwald trennen sollte, waren fertig. Wenn die Finanzierung gesichert war – was Martin bejahte, er würde diese Sicherheitsmaßnahme von seinem eigenen Geld bezahlen –, musste nur noch Eva als Hausbesitzerin zustimmen. Aber das war eine reine Formsache, denn es war alles bereits einvernehmlich besprochen. Also konnte er grünes Licht geben und Heiners Leute konnten anfangen. Je eher, desto besser, dachte er, nachdem er die Bilder der Überwachungskameras gesehen hatte. Aber diesen neuen Hintergrund verschwieg er Heiner gegenüber. Er fragte ihn, ob er etwas von Jeeps und einem Dutzend Männern in Camouflage-Anzügen im Lüntener Wald gehört oder gesehen hatte und war überrascht, dass Wienkämper das bejahte.

„Die sollen sich oben an Hintfelds alter Scheune rumtreiben. Wir haben anfangs gedacht, das sind Forstarbeiter, die sich um die Bäume kümmern, die der letzte Sturm umgeworfen hat. Aber die würden nicht solche Anzüge tragen."

Martin bat auch ihn, die Augen offenzuhalten, und auch dieser Appell war völlig überflüssig. Heiners Neugier stand der von Carola und Vroni in nichts nach.

Er versuchte noch einmal die Verbindung zu Emma Amman nach Düsseldorf herzustellen. Er musste irgendwie weiterkommen und in Erfahrung bringen, ob es Neues im Grevener Mordfall gab und ob Emma inzwischen vielleicht von ihrer These, Elena selbst könnte den Finanzmakler erschossen haben, abgerückt war. Vielleicht gab es ein ganz anderes, dreiköpfiges Killerkommando. Diesmal wurde er zu ihr durchgestellt, aber schon ihr zweiter Satz war wieder eine Ohrfeige.

„Hör mir bloß auf mit Greven, die Dienststelle da ist genauso verschnarcht wie ..."

Emma zwang sich zu einer Pause, aber Martin ahnte, dass sie seine eigene Dienststelle meinte. „wie ... wie all diese kleinen überflüssigen Dienststellen auf dem Land", fuhr Emma fort. „Nicht zuständig, nichts gesehen, nichts gehört. Der Chef von denen ..."

„Veerkamp?", fragte Martin dazwischen, „Eugen Veerkamp?"

„Ja, ich glaube, so heißt der. Stur und stumm wie ein Fisch!"

„Ich kenne den! Ich war neulich mit ihm zusammen auf einem Seminar."

„So? Worum ging's? Um die besten dienstlichen Wege zum vorgezogenen Ruhestand, um Urlaubsanträge und Abbau von Überstunden, um die medizinischen Vorteile eines gesunden Büroschlafs ...?"

„Ach, Emma, es ist immer wieder schön, mit dir zu reden! Nein, es ging um *effektive Polizeiarbeit im Bezirksdienst.*"

Emma lachte laut auf. „Na, da warst du ja goldrichtig!"

„Ja, ich war einer der Referenten."

Der Rest ihres Lachens blieb Emma im Halse stecken. Martin nutzte die Lücke.

„Soll ich mal mit Veerkamp reden?", bot Martin an. „Ich komme vielleicht besser an den ran, so auf der persönlichen Schiene."

Emma schwieg kurz. Sie hatte Martin leichtfertig beleidigt, sie musste ein wenig zurückrudern.

„Du weißt, was ich von diesen *persönlichen Schienen* halte. Wir sind Profis, Martin, an dieser Sache sind außer uns Interpol und Europol dran. Es geht um Geldwäsche in Verbindung mit Kunstfälschung, letztlich auch um Cyberkriminalität, was diese erfundene Kryptowährung *Double-Coin* angeht. Da geht es um Millionen und letztlich auch um die Sicherheit des europäischen Digitalnetzes, und da kann es einfach nicht sein, dass wir uns wichtige Informationen vor Ort zusammenbetteln müssen, nur weil ein verschlafener Hauptkommissar 'ne ruhige Kugel schieben will."

„Reg' dich nicht gleich wieder auf, Emma, ich biete dir ja an, mit dem Mann zu reden. Lass mich einfach machen."

„Ja, bitte, meinetwegen, versuch dein Glück. Du hast ja Zeit!"

„Ach, Emma, ja, ich weiß, der Dorfbulle hat immer so eine entsetzliche Langeweile ... soll ich nun mit ihm reden oder nicht?"

„Ich glaub einfach nicht, dass das viel bringt, aber ... ja, mach, viel Glück!"

„Du hast eine wunderbare Art ...", *deine Kollegen zu motivieren*, hätte Martin noch sagen wollen, aber sie hatte schon aufgelegt und hätte seine Ironie vermutlich gar nicht verstanden.

Er überlegte, seine Patrouille mit dem Fahrrad heute früher zu machen, um sich von den Sorgen um Marie abzulenken und seine Bauchgefühle loszuwerden, die an seinen Nerven nagten.

Dann läutete das Telefon.

Mit jedem Wort versank Martin kraftloser und tiefer in seinem Schreibtischstuhl. Die Nachrichten aus Winterswijk bestätigten seine dunklen Ahnungen: Marie ging es schlecht. Die Leiterin des Mondriaan-Museums setzte ihn vorsichtig und schonend davon in Kenntnis, dass sie einen Schwächeanfall erlitten hatte. Auf seine Frage, was denn passiert sei, erklärte sie ihm, dass die Echtheit der Bilder in Zweifel gezogen worden sei. Martin war so schweigsam geworden, dass Rita Dijkstra befürchtete, auch er habe einen Schwächeanfall erlitten. Sie bat ihn inständig, sofort nach Winterswijk zu kommen und auch Eva van den Goore Bescheid zu geben. Es braue sich da etwas zusammen, was Marie sehr schaden könne. Man versuche gerade, ihr Hehlerei anzuhängen.

Hehlerei? Ein ungeheurer Vorwurf. Martin brauchte nur wenige Sekunden, dann waren seine ungute Bauchgefühle schlagartig einem entschiedenen Kampfgeist gewichen. Er hatte nur noch ein Ziel, an Maries Seite zu sein und sie aus ihrer unangenehmen Situation zu befreien.

Nach weiteren zwei kurzen Telefonaten saß er im Auto. Er wartete, bis er die Gemeindegrenze passiert hatte – die Aarloher sollten nicht Stoff für neue Gerüchte bekommen. Dann stellte er sein Blaulicht ein und gab Vollgas.

38

„Godzijdank!“ war das erste Wort, das Marie wieder verstand. Sie schaute in das freundliche Gesicht von Rita Dijkstra, die auf einem Stuhl neben ihr saß und ihr mit einem feuchten Tuch den Schweiß aus dem aschfahlen Gesicht tupfte.

Marie brauchte etwas Zeit, dann erkannte sie den Raum wieder. Sie lag auf dem kleinen Sofa in Ritas Büro und wollte direkt aufspringen, als ihr die Szenerie des Konferenzraums wieder durch den Kopf schoss, das Gesicht des arrogant lächelnden Professors, das Kopfschütteln der überraschten Kunstfreunde und Förderer, das blaue Blinklicht eines Polizeiwagens im Hof ...

„Wo sind sie alle?“

„Ruhig, Marie, bleiben Sie noch eine Weile liegen, Sie hatten einen Schwächeanfall.“ Rita Dijkstra griff nach ihrer Hand. „Wir haben uns Sorgen um Sie gemacht! Aber eines unserer Vorstandsmitglieder, Dr. Hovesaat, ist ein erfahrener Unfallchirurg, er hat Sie kurz untersucht. Nur ein Schwächeanfall, Marie, Sie haben fast eine Stunde tief geschlafen.“

„Sind die Leute alle weg?“

„Die meisten schon, aber ...“

„Die Mondriaans sind Fälschungen, oder?“ Sie kam zu vollem Bewusstsein und wollte sich aufrichten, sank dann aber doch wieder zurück.

„Es sieht leider so aus, ja."

„Aber glauben Sie mir, ich hatte überhaupt keinen Zweifel, dass ..."

„Psst, Marie, regen Sie sich nicht auf. Ich weiß, ehrlich gesagt, nicht, was hier gespielt wird. Aber das finden wir noch heraus. Sie trifft dabei sicher keine Schuld, davon bin ich überzeugt, und ich habe das alles eben auch genau so zu Protokoll gegeben."

Nun richtete Marie sich doch auf und sah der Museumsleiterin voller Angst ins Gesicht.

„Rita, bitte: Schuld, Protokoll ...?" Sie atmete viel zu schnell. „Der Polizeiwagen im Hof ..."

„Ruhig, Marie, bitte. Sie müssen langsamer atmen ..."

„Aber die Polizei ... sind die meinetwegen ...?"

„Nur zwei Streifenpolizisten aus Winterswijk ... harmlos."

„Aber warum? Wollen die mich ... soll ich etwa ...?"

„Bitte, Marie, versuchen Sie ruhig zu bleiben. Ich weiß nicht, was Hahnemann vorhat, aber er wird keinesfalls damit durchkommen. Er hat einen Rechtsanwalt mitgebracht und einen Staatsanwalt. Aber wir haben auch einen Anwalt, und der ist inzwischen da. Keine Sorge, Ihnen passiert nichts."

„Staatsanwalt, Rechtsanwälte ... was soll das alles?"

„Ich glaube, dieser arrogante Experte will seine erste Fehlentscheidung zu den beiden Mondriaan-Bildern aus dem Droste-Depot rückwirkend korrigieren. Deshalb macht er jetzt bei dem dritten Bild so ein Riesending daraus, spricht von Hehlerei in großem Stil ... lächerlich! Mein Gott, da hat die große Koryphäe der niederländischen Malerei des 20. Jahrhunderts einfach mal falsch gelegen ... kommt vor! Muss man deswegen so ein Theater machen? Ich bin sicher, das alles wird sich gleich ganz schnell aufklären, und Sie werden selbstverständlich unbehelligt nach Hause fahren!"

„Und wenn nicht?"

Marie sank wieder auf das Sofa zurück und starrte an die Decke.

„Dann nehmen die mich gleich mit, oder?"

„Nein, nein, die werden nur mit Ihnen sprechen, das wird keine Vernehmung, nur eine Anhörung. Und die wird in Anwesenheit unseres Anwalts stattfinden ... Ich kann aber auch sagen, Sie sind weiterhin ohnmächtig.

„Nein, nein, geben Sie mir noch ein paar Minuten, dann klären wir das."

Die Museumsleiterin seufzte.

„Ach, Marie, das tut mir alles so leid. Für Sie und auch für uns – ich hatte den neuen Raum schon so klar vor Augen ... eine Wand mit drei frühen Mondriaans ..."

„Daraus wird nun wohl nichts", sagte Marie traurig und versuchte, die tiefe Enttäuschung zu unterdrücken, die in ihr aufstieg.

Wie immer nach einer intensiven Arbeitsphase, schwebte Ari Wardenaar an diesem Morgen in einem Zustand entspannter Muße. Er hatte lange geschlafen, Marie musste schon mit seinen Bildern im Museum sein. Nur gelegentlich flammten kleine Zweifel in ihm auf, aber was sollte schon passieren, wenn Hahnemann als der Experte im Stiftungsrat die Entscheidung maßgeblich prägte? Der hatte die beiden anderen Mondriaan-Bilder ja schon vor drei Jahren, als Bernhard Droste-Terhahn sie gekauft hatte, mit seinen Expertisen für echt erklärt. Er würde wohl kaum seinen wissenschaftlichen Ruf aufs Spiel setzen wollen, indem er die Echtheit derselben Bilder nun anzweifelte. Nein, Hahnemann würde mitspielen und auch das dritte Bild absegnen, es würde ihm nichts anderes übrigbleiben. Ari rieb sich intuitiv die Hände. Er hatte sie beide gelinkt, Nijkerk und den Professor. 40 000 plus zehn Prozent der Kaufsumme, ohne Umwege und Abzüge direkt an ihn ... mit etwas Glück würden am Ende rund 80 000 auf seinem Konto sein. Das würde die Bank besänftigen und ihn für die kommenden Jahre von finanziellen Sorgen befreien. Vermutlich würde die Entscheidung des Stiftungsrats noch vor dem Mittagessen fallen. Danach würden die Damen und Herren gemeinsam speisen, und schon am frühen Nachmittag würde Marie ihm das positive Ergebnis mitteilen.

Eine neue Freiheit! Was würde er als nächstes malen? Auf jeden Fall etwas gänzlich anderes. Er zog einen Bildband aus dem Regal neben seinem Sessel und blätterte darin. Stillleben, die alten Motive der *Nature morte*, im wahrsten Sinne zeitlos, seit dem 17. Jahrhundert ... er konnte die Tradition fortsetzen, in kleinen, leichter verkäuflichen Formaten und in der alten Technik, aber vielleicht in einer anderen Farbigkeit, in seiner eigenen Farbgebung ...

Nature morte, Vanitas ...

Ari Wardenaar hatte keine Angst vor dem Tod, solange er unsichtbar blieb. Er war alt genug zu wissen, dass er überall lauerte, das war eine Gewissheit, eine Tatsache und kein dräuendes Unheil, vor dem man sich täglich neu fürchten musste. Die alten Meister hatten das begriffen und ihre Zeichen gesetzt, wie in jenem Stillleben, das er vor langer Zeit kopiert hatte, um seine alten Fertigkeiten und Techniken nicht zu verlieren, das Blumenmalen und die Lichtverteilung der alten Meister aus dem 17. Jahrhundert. Es war ein Vanitas-Bild von Adriaen van Utrecht gewesen, mit vergänglichen Tulpen und Rosen, einem Totenschädel auf einem Buch liegend und den Insignien des vergänglichen Wohlstands – kostbare Gläser, Perlen, Münzen und eine der frühen Taschenuhren ... Die Zeit ... nichts blieb ewig, nicht einmal der Name des Künstlers war in Stein gemeißelt: Man hatte das Bild lange Zeit einem anderen zugeschrieben, Pieter van de Venne, geboren im südholländischen Middelburg. Was bedeutete schon ein falscher Name? Das Bild musste im Mittelpunkt stehen, nicht der Name des Malers. Wenn das Bild das Wesentliche traf, konnte ihm kein falscher Name die Kraft nehmen.

Das Wesentliche. Die Sinnlosigkeit menschlicher Eitelkeit innerhalb einer kurzen Lebensspanne ... Er selbst musste nicht bewundert werden, es reichte ihm, wenn irgendwo auf der Welt eine einzige Wand seine zwölf besten Bilder zeigte. In der Obhut eines sensiblen, mitfühlenden Menschen, der dieses Dutzend als sein eigenes Erbe annahm, so wie er das Erbe seiner Großtante angenommen hatte und dafür von der Familie verlacht worden war. So einen Menschen musste er finden. Dann konnte der Tod kommen.

Als sei er aus seinen weitschweifenden Gedanken plötzlich erwacht, klappte Ari das Buch zu. Er fühlte eine tiefe Trauer, die langsam in ihm aufstieg und seinen frischen Tatendrang schon wieder lähmte. Vielleicht hatte er gerade diesen einen Menschen ja schon gefunden ... und ihn durch eigene Schuld verloren. Er hatte das Glück dieser schicksalhaften Begegnung und die Hoffnung, die er in Marie gesetzt hatte, verraten und verkauft. Die Bilder seines eigenen Dante-Zyklus stiegen vor ihm auf, die bestraften Kreaturen in den verschiedenen Kreisen der Hölle. Der Tod war schon da. Er lauerte überall, im alten Gebälk seines Hauses, zwischen den Flaschen mit Terpentin, Säuren und Ölen, den Malmitteln und Tinkturen nach den Spezialrezepten der Großtante. Er verbarg sich in ihren alten Farben, im Bleiweiß und im Arsen des Schweinfurter Grüns, in den alten Apothekergläsern mit feingeriebenen, giftigen Harzen und im trügerischen Schein leuchtender, toxischer Farbpigmente.

Noch war der Tod unsichtbar. Aber er schlich nicht mehr. Er kam in großen Schritten auf ihn zu.

39

Nicht nur die beiden Beamten der Winterswijker Polizei machten den Eindruck, dass sie sich hier fehl am Platze fühlten. Sie waren von einem Diebstahl im Museum oder einer Sachbeschädigung ausgegangen und telefonierten mit ihrer Dienststelle. Aber offenbar war die Erwähnung eines Staatsanwaltes vor Ort Grund genug, sie nicht direkt abzuziehen.

Rita Dijkstra vergewisserte sich, dass Marie wieder halbwegs zu Kräften gekommen war und bot ihr erneut einen Kaffee an, den sie jetzt dankend annahm. Ihre Lebensgeister wurden aber erst in dem Moment vollständig geweckt, als es klopfte und Martin in der Tür stand, neben ihm sein Bruder Walter. Martin und Marie sahen sich an und verharrten lange in einer stummen Umarmung, während Walter Gerwink sich als Martins Bruder und als leitender Hauptkommissar des Grenzübergreifenden Polizeiteams in Borken vorstellte. Er ließ sich von der Museumsleiterin die nötigen Informationen geben und schüttelte den Kopf, als er erfuhr, dass aufgrund eines bloßen Verdachts schon ein Staatsanwalt und zwei Kollegen der Winterswijker Polizei anwesend waren.

„Wir gehen schon mal vor“, sagte Rita und begab sich mit Walter zur Tür. „Wir holen euch dann!“

Jetzt war es ganz still in Ritas privatem Büro. Martin und Marie mussten nicht lange reden, um sich ihrer Gefühle zu versichern, Martin hatte die Not und die Enttäuschung beim ersten Blick in Maries Gesicht gelesen.

„Die wollen mich verhaften, Martin. Könntest du das bitte freundlicherweise verhindern?“

„Auf jeden Fall! Völliger Blödsinn! Wir sind hier in Holland und nicht in irgendeiner Bananenfabrik – um ein falsches Bild unseres ebenso falschen Aarloher Rädelsführers Oswald Potthoff zu zitieren.“

Marie lächelte schon wieder, ihre Kampfbereitschaft kam zurück. Martin war ihre Rettung. Er munterte sie weiter auf.

„Weißt du noch, wann wir das letzte Mal in der Löwengrube saßen?“, fragte er.

„Oh ja, das war in diesem nach Öl stinkende Auto in Werner Droste-Terhahns Schrottlager. Gut, er nannte es seine Oldtimer-Sammlung. Danach haben wir ihnen ein paar schöne Beweisstücke aus ihrer Drogenküche geklaut.“

„Jetzt kann ich's ja sagen“, gestand Martin, „ich hätte mir vor Angst fast in die Hosen gemacht. Dagegen wird das hier ein Spaziergang!“

„Aber damals war Alkohol im Spiel, da war ich mutiger.“

„Du hast nichts zu befürchten, Marie, überhaupt nichts!“

Marie setzte sich bewusst auf ihren alten Platz, zwischen Rita Dijkstra und Martin. Der Raum hatte die dezente, edle Würde des Vormittags verloren, die Bilder waren abgeräumt, die sorgsam auf sie gerichteten Scheinwerfer ausgeschaltet. Wie beliebiger Wandschmuck, den man beim Umzug vergessen hat, lehnten die drei Leinwände in der Ecke.

Hahnemann wollte sich zum Leiter der Befragung aufschwingen, wurde aber immer wieder von seinem Anwalt zurückgepfiffen, der sich als Cornelius Heebing vorgestellt hatte. Der war sichtlich irritiert, dass mit Martin und Walter plötzlich zwei deutsche Polizisten mit im Raum saßen, die eine gewisse Ähnlichkeit und den gleichen Nachnamen hatten. Martin hatte nur seinen Dienstgrad und seine Funktion preisgegeben, sein Bruder hatte behauptet, er sei aufgrund seiner Leitungsfunktion im GPT an der Sache interessiert. Heebings skeptische Nachfrage, ob die Namensgleichheit genauso zufällig sei wie das plötzliche Erscheinen der beiden, quittierte Walter mit der Bemerkung, das sei kein Zufall, sondern ein Zeichen für effiziente Polizeiarbeit. Es handle sich dabei um eine Zusammenarbeit mit dem LKA Düsseldorf, über die Hintergründe könne er aus ermittlungstechnischen Gründen nichts sagen. Das klang gut, auch wenn es nicht unbedingt den Tatsachen entsprach, und es trug deutlich zur Verunsicherung der Dreiergruppe bei.

Hahnemann wartete sichtlich ungeduldig auf den Moment, wo er seine Version eines versuchten Betruges noch einmal detailliert ausbreiten konnte, ungebremst von seinem Amsterdamer Anwalt. Staatsanwalt Burmeester wand sich allerdings auf seinem Stuhl als sei ihm die Sitzfläche zu heiß, was durchaus zu den gut erkennbaren Schweißperlen auf seiner Stirn passte. Und die Irritation wurde noch größer, als Ritas Sekretärin die Tür öffnete und – nach kurzem Blickkontakt mit ihrer Vorgesetzten – Eva und Ruud van den Goore in Begleitung ihres Anwalts aus Enschede einließ. Marie atmete sichtlich auf und umarmte ihre Freundin, während Heebing – nunmehr Anwalt einer Minderheit – darauf bestehen wollte, dass der Kreis viel zu groß sei und reduziert werden müsse. Ruuds Anwalt, Julius van Houten, machte allerdings kurz und unmissverständlich klar, dass er hier die rechtmäßige Besitzerin der in Rede stehenden Bilder verträte und damit auch Marie als weisungsgebundene Verwalterin der Droste-Sammlung. Er werde ihr ansonsten empfehlen kein Wort mehr in dieser Angelegenheit zu äußern. Heebing wandte sich Hilfe suchend an den Staatsanwalt, sie steckten kurz die Köpfe zusammen. Dann begann er unvermittelt mit einer Einleitung, die wie eine sorgfältig vorbereitete Anklageschrift klang.

„Nun, es geht darum, dass wir hier heute Zeugen eines versuchten Betrugs geworden sind.“ Gleich zwei vehemente Einsprüche schallten ihm entgegen, er ließ sich allerdings nicht bremsen und fuhr mit lauterer Stimme fort: „Frau Marie Gerster hat eindeutig versucht, gefälschte Bilder zu verkaufen. Es ging dabei immerhin um eine Summe von 1,5 Millionen Euro.“

„Woher wollen Sie das denn wissen?“, fragte Rita Dijkstra erbost. „Von Preisen ist doch überhaupt noch nicht die Rede gewesen!“

Heebing stutzte sichtlich, wandte sich dann kurz flüsternd zu Hahnemann und fuhr fort: „Stellen wir uns doch nicht dümmer, als wir sind: Es ist doch völlig eindeutig, dass hier heute falsche Bilder für echtes Geld verkauft werden sollten, zu welchem Preis, in welcher Höhe ... das tut doch gar nichts zur Sache. Wir hier waren jedenfalls als Zeugen dabei, und ich bin sehr froh, dass auch Staatsanwalt Burmeester anwesend war, das könnte, denke ich, das Prozedere etwas beschleunigen.“

„Stopp, stopp, stopp!“, griff Julius van Houten ein, „beschleunigt wird hier gar nichts! Und da wir etwas später dazugestoßen sind und die Vorstellungsrunde nicht mitbekommen haben, will ich erst mal wissen, was der Staatsanwalt hier überhaupt zu suchen hat.“

Erboste Blicke von Hahnemann und Heebing, Ratlosigkeit im Gesicht des Staatsanwalts. Die drei steckten wieder die Köpfe zusammen, dann erklärte sich Burmeester:

„Ich bin ein Kunstfreund ...“

Weiter kam er nicht, denn das laute Lachen der Museumsleiterin und ihres Rechtsbeistands verschlugen ihm die Sprache.

„Ja, also ...“, fuhr er unsicher fort, „zum einen ist es wirklich mein Interesse an Kunst, auch professionell, ich war an einigen Kunstfälscherprozessen beteiligt ... ja, gut, ich kann nicht behaupten, dass ich zufällig hier bin. Ich wurde über das bevorstehende Geschäft informiert und da ich, wie gesagt, bereits in andere kriminelle Aktivitäten in diesem Bereich be...“

„... die hier aber gar keine Rolle spielen!“, unterbrach ihn van Houten.

„Mal im Ernst, Herr Kollege Heebing, Herr Staatsanwalt: Was soll das hier? Warum steht da draußen ein Polizeifahrzeug und was machen die beiden niederländischen Beamten in Uniform hier? Sie hatten doch nicht etwa vor, Frau Gerster direkt in Gewahrsam nehmen zu lassen? Das wäre aus meiner Sicht ein so ungeheuerlicher und gravierender Vorgang, den wir sicher nicht stillschweigend hinnehmen würden.“

„Nochmal“, begann Heebing und schlug zur Betonung seiner Behauptung mit der flachen Hand auf den Tisch während er überlaut deklamierte: „Es ging hier eindeutig um illegalen Kunsthandel mit gefälschten Bildern! Das ist doch unbestritten!“

„Keinesfalls, im Gegenteil!“, intervenierte der Anwalt des Museums, „Uns sind zwar diese Bilder angeboten worden, alle drei wurden bereits zuvor von Herrn Professor Hahnemann begutachtet, und bei der allerersten Besprechung zum Ankauf – da war ich anwesend, ebenso wie Frau Dijkstra und zwei ihrer engeren Mitarbeiter – hat die international bekannte Koryphäe in diesem Bereich keinerlei Zweifel an der Echtheit geäußert!“

„Das war vor der technischen Untersuchung!“, rechtfertigte sich Hahnemann.

Die beiden uniformierten Polizisten schauten auf die Uhr und besprachen sich mit Walter, der nur den Kopf schüttelte.

„Das ist doch alles lächerlich!“

Julius van Houten war sichtlich erbost.

„Das hält doch alles einer ernsthaften juristischen Prüfung in keinem Punkte stand! Ich will es mal kurz machen: Hier sind heute Bilder vorgelegt worden, die eine Kaufabsicht zur Folge hätten haben können – ich hoffe, mein Deutsch ist hier korrekt – hätten haben können.“

„Ja“, bestätigte Rita Dijkstra, „nach physikalisch-technischer Prüfung in einem Amsterdamer Labor und anschließender, letzter Begutachtung von Herrn Hahnemann. Die letzte Begutachtung! Denn es war, das muss jetzt auch mal raus, in der Tat die letzte sogenannte Expertise, die wir von ihm eingeholt haben."

Ein bitterböser Blick des Kunstexperten traf die Museumsdirektorin.

„Da brauchen Sie gar nicht so zu schauen, Herr Professor. Sie können doch nicht ernsthaft davon ausgehen, dass Sie nach diesem Vorfall noch weitere Aufträge von uns erhalten."

Hahnemann erhob sich wütend, als wollte er den Raum verlassen.

„Ich bin auf Ihre Aufträge nicht angewiesen! Außerdem können Sie solche Entscheidungen ohne ihr oberstes Gremium gar nicht treffen, da ist das letzte Wort noch lange nicht gesprochen." Er setzte sich wieder. Heebings Gesten deuteten an, dass er ihn um Ruhe und Mäßigung bat.

„Mein oberstes Gremium ... gut, dass Sie mich daran erinnern", fuhr Rita Dijkstra fort, „auch die Damen und Herren, die hier heute versammelt waren, sollten zunächst informiert und überzeugt werden – die definitive Entscheidung zum Ankauf hätten wir heute noch gar nicht treffen können. Es hätte der endgültigen Zustimmung zweier politischer Gremien bedurft, der Stadt und der Provinzregierung, und die hätten sich erst in der nächsten Woche getroffen."

„Und damit ist es denn auch wirklich genug", griff Dijkstras Rechtsbeistand ein, „es hat hier höchsten ein negativer Beschluss stattgefunden, keinesfalls ein Verkauf. Das heutige Treffen hat die Beteiligten nicht von der Echtheit der Bilder überzeugt, aber wir fühlen uns in keiner Weise von Frau Gerster hinters Licht geführt."

„Das sehe ich anders! Es ist ..."

„Nein, es ist genug!", ging van Houten laut dazwischen. „Ich habe heute der Dringlichkeit wegen einen Termin mit einem Mandanten unterbrochen und bin hier hergeeilt, da werde ich hier jetzt meine Zeit nicht weiter verschwenden! Wir sind doch keine Fallensteller! Die Präsentation dieser Bilder ist im Auftrag mit Frau van den Goore als der rechtmäßigen Besitzerin erfolgt, und – wie ich den Äußerungen von Frau Dijkstra entnehme – nach Vorgesprächen in Anwesenheit des Professors und auf ausdrücklichen Wunsch der

Museumsleiterin. Der Vorwurf der Hehlerei ist ebenso gegenstandslos wie ehrenrührig, und das, meine Herren, wird meinerseits zu einer Klage führen!"

„Ha! Gegen wen denn wohl?", rieft Heebing aufgebracht.

„Gegen Ihren Mandanten, also ihn da, den Professor – entschuldigen Sie, ich hatte Ihren Namen nicht richtig verstanden."

„Eine Unverschämtheit!", protestierte Hahnemann laut, schaute aber irritiert auf den Staatsanwalt, der sich nun von seinem Sitz erhob.

„Ich war, das möchte ich hier noch einmal betonen, aus rein privatem Interesse hier und auf Einladung des Professors."

„Herr Hahnemann hat hier niemanden einzuladen", erklärte die Museumsleiterin, „das mache immer noch ich in Absprache mit dem Museumsvorstand!" Dann fügte sie leiser, aber noch deutlich hörbar an: „Auch in diesem Punkt überschätzt der Experte offenbar seine Kompetenzen."

In diesem Moment konnte Heebing den Professor nur noch mit Gewalt zurückhalten, der befreite sich wutschnaubend und stürmte grußlos hinaus.

Auch die beiden Polizisten verließen angesichts des offenbar falschen Alarms kopfschüttelnd den Raum, nachdem sie sich noch einmal kurz mit Walter Gerwink beraten hatten. Staatsanwalt Burmeester sprang auf und folgte ihnen, er hatte wohl noch privaten Erklärungsbedarf den Beamten gegenüber. Nur Cornelius Heebing raffte sich noch zu einem letzten Versuch auf.

„Dennoch ist ja nicht von der Hand zu weisen, dass hier ein Betrug in Vorbereitung war!"

Van Houten ging ruhig auf ihn zu. „Es reicht nun wirklich, Herr Kollege, denken Sie nochmal über alles in Ruhe nach, und dann reichen Sie meinetwegen Ihre Klage ein. Viel Glück!"

„Das werde ich auch, und das wird weder für die Museumsdirektorin noch für Ihre Mandantinnen gut ausgehen."

Die Museumsdirektorin mochte nicht mehr auf diese Drohung eingehen, sie tippte sich nur mit dem Finger an die Stirn.

Van Houten aber stieg die Zornesröte ins Gesicht.

„Ein Komplott oder was wollen Sie da konstruieren? Eine Museumsdirektorin, die sich bewusst falsche Kunst an die Wände hängen will, und ein Förderverein, der das mit überwiegend privatem Geld finanziert? Sie spinnen doch!"

Heebing rang um Luft, sie reichte aber nur für den kurzen Satz:

„Alles schon vorgekommen!" Dann packte er seine Tasche und ging.

Rita Dijkstra bedankte sich bei Julius van Houten für seine mutige Beendigung des unschönen Debakels. Eva setzte sich neben Marie und nahm ihre Hand.

„Was habe ich dir nur angetan, Marie!?"

„Gar nichts, Eva, gar nichts! Es hätte alles auch ganz schön werden können."

„Das wird es noch, glaub mir! Vaters Sammlung besteht sicher nicht komplett aus gefälschten Bildern. Unsere Stiftung geben wir noch lange nicht auf!"

Rita Dijkstra hatte Genever geholt und bot den noch im Raum Verbliebenen einen Schnaps an. „Es gibt nichts zu feiern, leider, aber immerhin haben wir den Feind gemeinsam in die Flucht geschlagen!"

Ruud van den Goore, Walter und Martin sahen sich an, tranken ihren Genever und schüttelten stumm die Köpfe. Sie fühlten sich wie Albtraumopfer, die sich nach dem Aufwachen verwundert die Augen reiben.

Und das Wundern wollte nicht aufhören, denn draußen auf dem Parkplatz sahen sie Hahnemann und den Staatsanwalt wie Kampfhähne mit geballten Fäusten aufeinander losgehen. Heebing konnte sie gerade noch von einer öffentlichen Prügelei abhalten – Kesselflicker im feinsten Zwirn.

40

„Du hast uns das alles eingebrockt!“, schrie der Staatsanwalt den Kunstprofessor an. „Spielt den großen Experten, lächerlich!“

„Wenn du nicht so ein Feigling wärest, Burmeester, wenn du dich genau an meinen Plan gehalten hättest, wäre die Sache jetzt erledigt. Aber du musstest ja vorher den Schwanz einziehen ... *Ich bin nur als Privatmann hier, als interessierter Kunstfreund* ... ha!“ Der Professor lachte gequält. „*Als feiger Hasenfuß*, hättest du besser sagen sollen, Meneer aanklager!“

Der Staatsanwalt ging mit erhobener Faust auf den Professor zu, aber Heebing warf sich dazwischen und schob die Kontrahenten in Hahnemanns Auto. Er schloss die Türen, wie ein Chauffeur und setzte sich in den Fond.

„Seid ihr von allen guten Geistern verlassen? Wollt ihr euch jetzt prügeln oder was? In aller Öffentlichkeit? Fahr los, Paul!“

„Wohin denn?“

„Irgendwo hin, nur weg von hier. Und schnell.“

Eine Weile war es still. Hahnemann kurvte wortlos durch die Innenstadt von Winterswijk. Als sie am Bahnhof vorbeikamen, wies Heebing ihn an, auf einem kleinen Parkplatz in der Nähe der Taxis anzuhalten.

„So, nun nochmal in aller Ruhe und in aller Kürze!“, begann Heebing, „Diesen absoluten Reinfall hätten wir verhindern können.“

„Ja, wenn der große Professor vorher mit uns geredet hätte! Ich wusste doch überhaupt nicht, was der vorhat.“

„Ich auch nicht“, bestätigte Heebing. „Alleingänge dieser Art können wir uns in der jetzigen Situation keinesfalls leisten. Das ist zu gefährlich.“

„Mein Gott, eine Einschüchterung! Das war der Plan, mehr wollte ich doch gar nicht“, beteuerte der Professor, „und das hätte gewirkt, sie hätten das Interesse verloren und die Bilder verschwinden lassen, fertig. Natürlich habe ich nicht damit gerechnet, dass man diese Gerster direkt festnimmt, so naiv bin ich auch nicht.“

„Das glaube ich aber doch!" Burmeester war immer noch aufgebracht.

„Du hast mich komplett zum Idioten gemacht, Paul!"

„Ich wollte nur eine möglichst massive Drohkulisse aufbauen. Ich konnte die Aktion nicht mehr stoppen, sie war schon in vollem Gange. Wardenaar hatte das Bild schon abgegeben, obwohl ich ihn strengstens verwarnt hatte. Das ist alles seine Schuld! Ich wollte nicht, dass alter Staub aufgewirbelt wird! Und schon gar nicht neuer Staub!"

„Staub?", fragte Heebing und sah den Professor mit strenger Miene an. „Sie glauben immer noch, es wird ein bisschen Staub aufgewirbelt? Da draußen hat ein Krieg begonnen! Und er hat schon ein erstes Opfer gefunden, verdammt nochmal, warum geht das in Ihren Schädel nicht rein. Von Greven bis Winterswijk sind es gerade mal 80 Kilometer – hier, Herr Hahnemann, nicht im fernen Dubai oder in Sofia, hier direkt vor unserer Nase liegt die Bedrohung!"

„Was soll das denn jetzt?", fragte Hahnemann irritiert. Burmeester zischte den Anwalt an: „Laat et, Cornelius! Hij hoeft het niet te weten!"

„Doch, ich will das wissen!"

„Dann lies die Zeitung!", fuhr ihn der Staatsanwalt an.

„Ich lese die Zeitung! Ich will wissen, was dieser Mord in Greven mit unserer Sache zu tun hat."

Burmeester und Heebing schauten sich an. Nach einer Pause wandte sich der Rechtsanwalt in ruhigem Ton an Hahnemann. „Ich nehme an, Sie wissen inzwischen, woher das Geld kam, mit dem der Aarloher Großbauer seine Kunstsammlung finanziert hat?"

„Nein, ich hab' die Bilder besorgt! Woher er das Geld hatte, war mir egal, ihr habt mir bislang ja die Hintergründe konsequent verschwiegen. Ich habe aber Phantasie genug, mir vorzustellen, dass das mit seinen Drogengeschäften zu tun hatte, mit der inzwischen aufgeflogenen Drogenküche in seinem ehemaligen Reitstall. Droste-Terhahns Vermögen kam sicher nicht vom mühsam zusammengesparten Milchgeld. Ja, ich lese schon auch die Zeitung!"

Noch einmal sahen sich Heebing und Burmester in die Augen. Der Staatsanwalt schüttelte den Kopf.

„Gut", sagte Heebing, „also Drogengelder, meinetwegen."

„Was heißt hier: *meinetwegen*? Also nicht?"

„Egal, nehmen Sie an, es waren Drogengelder, dann ..."

„Verdammt, Heebing, ich will nichts annehmen", schrie der Professor, „ich will das genau wissen!"

„Das müssen Sie nicht", sagte Heebing trocken. „Sie müssen nur zuhören, mit uns reden und tun, was wir Ihnen sagen. Sonst geht die Sache für uns alle böse aus."

„Sagt mir jetzt endlich, was da draußen los ist, verdammt nochmal." Hahnemann schlug vor Wut mit der Faust auf sein Lenkrad. „Warum ist da Krieg?"

„Also gut. Erster Schritt: abregen und zuhören!"

Heebing sprach mit dem Professor wie mit einem ungezogenen Kind.

„Diese Marie Gerster ist Journalistin und keine Kunsthändlerin. Ihr Plan, sie zur Hehlerin zu machen, war mit uns nicht abgesprochen und darum ein Scheißplan."

„Wie oft soll ich das noch sagen: Es hätte funktioniert, wenn ..."

„*Hätte ... wenn*!", unterbrach ihn Heebing. „Also nochmal. Erster Schritt: durchatmen und zuhören, nicht phantasieren! Zweiter Schritt: unsere Anweisungen durchführen, präzise! Sie fahren als erstes zu diesem Maler, diesem Wamenar oder so ähnlich."

„Ari Wardenaar", soufflierte ihm der Staatsanwalt.

„Den dürfen Sie meinetwegen so einschüchtern, dass er keinen Pinsel mehr anfasst, mir egal, jedenfalls darf er am Ende den Mund nicht mehr aufmachen. Drittens: Alles, was eine Spur zwischen ihm und uns sein könnte, muss verschwinden! Hat der noch mehr gefälschte Mondriaans, die er demnächst zu Geld machen will?"

„Was weiß ich, was der in seinem Atelier macht und was der in seinem Lager noch gehortet hat. Der Mann ist nun mal Maler, der hat sein Leben lang nichts anderes gemacht. Und geerbt hat er auch, ganz gute Stücke darunter. Nijkerk und ich haben beide sehr ernst mit ihm geredet, wir haben ihm Geld gegeben, und eingeschüchtert habe ich ihn auch schon."

„Den Erfolg haben wir heute gesehen. Dann müsst ihr ihm vielleicht einfach etwas mehr Geld geben. Würde mich wundern, wenn der nicht käuflich wäre!"

„Ja, ja, so habt ihr euch das vorgestellt ... Sagen Sie das Ihrem Bankier, der sitzt an der Quelle."

„Zuhören und abgestimmt handeln! Soll ich es Ihnen aufschreiben?"

Der Professor knurrte einen unverständlichen Fluch.

„Der Maler muss schweigen wie ein Grab. Und bei ihm darf nichts zu finden sein, was eine Spur zu uns legt. Nur nette Blumenbilder und Heidelandschaften für die Touristen. So, das ist Ihre Aufgabe. Wann werden Sie das erledigen?"

„Werde ich jetzt von euch überwacht oder was?"

„Wann werden Sie das erledigen?"

„Es reicht, Heebing!"

„Nein, beantworten Sie meine Frage: Wann werden Sie das erledigen?"

„Ihr spinnt doch komplett!"

„Wann?"

„Morgen!", schrie Hahnemann. „Sonst noch was?"

„Ja: morgens, mittags, abends?"

„Mittags! Und jetzt raus aus meinem Wagen!"

Heebing und der Staatsanwalt stiegen aus und gingen auf das nächste Taxi zu.

Paul Hahnemann saß eine Weile ruhig da, dann spürte er eine gewaltige Wut. Die Aktion im Museum war kläglich gescheitert, er wurde behandelt wie ein Schuljunge, irgendwo da draußen sollte angeblich Krieg sein, aber man sagte ihm nicht warum und wo die Front verlief. Die Wut begann zu kochen, er schlug wie ein Irrer auf sein Lenkrad ein, dann stieß er einen langen Schrei aus – so laut, dass eine Passantin verschreckt zur Seite sprang, als sie an seinem Auto vorbeiging. Nach einigen Metern drehte sie sich noch einmal um.

Eine Mischung aus Panik und Hilfsbereitschaft lag in ihrem Blick. Hahnemann startete seinen Wagen und öffnete das Fenster, als er an ihr vorbeifuhr. „Glotz nicht so blöd!“, rief er ihr zu und wunderte sich, dass die alte Dame ihm den gestreckten Mittelfinger zeigte.

Cornelius Heebing hatte auf der Rückfahrt nach Amsterdam keinen klaren Kopf. Die Bilder der unsäglich peinlichen Aktion im Museum *Villa Mondriaan* drängten sich immer wieder vor die dringenden Entscheidungen, die er jetzt treffen musste. Er war Mitte vierzig, er hatte sich als junger Fachanwalt für internationales Steuerrecht in die Hände der älteren Herren begeben, aber darum hatte er ja keinen ewigen Pakt mit dem Teufel geschlossen.

Bislang war alles problemlos gelaufen. Burmeester hatte als väterlicher Freund seine Karriere gefördert und ihn mit DeWitt zusammengebracht. Der war dankbar und finanziell sehr großzügig gewesen, als Heebing ihm bei der Einrichtung seiner Briefkastenfirma auf der Karibikinsel Sint Maarten geholfen hatte. In Wirklichkeit bestand dieses Teilunternehmen seiner Bank aus nicht viel mehr als einem glänzenden Messingschild unter vielen anderen an der Tür eines billig hochgezogenen Bürogebäudes nebst einer einheimischen Sekretärin, die die internationale Kundschaft am Telefon abzuwimmeln hatte und pro forma die Geschäftsführerin von einem guten Hundert solcher Unternehmungen war. Die Wahrheit war auch, dass Sint Maarten mit der Auflösung der Niederländischen Antillen im Jahre 2010 ein eigenes kleines, leicht zu kontrollierendes Parlament besaß, mit einem Gouverneur, der offiziell den niederländischen König vertrat. Für DeWitts Finanzdienstleistungen war vor allem entscheidend, dass seine sogenannte *Niederlassung* keine Steuern zahlte, weder Eigentums- noch Kapitalertragssteuern. Der Norden der Insel war französisch und gehörte zur EU, der Süden ein niederländisches Hoheitsgebiet außerhalb der EU. Dazwischen verlief eine zehn Kilometer lange Grenze, die niemand kontrollierte. Das alles war juristisch nicht ganz einfach, aber Heebing hatte sich sehr in das Thema vertieft und sich Spezialwissen angeeignet, um die rechtlichen

Vorteile dieser Konstruktion gewinnbringend ausnutzen zu können. Und der dankbare Bankier hatte ihm diese Dienste fürstlich entlohnt.

Ob beim Hurrikan Irma 2017 auch DeWitts Nierdelassung in Philipsburg, Sint Maarten, bei einem Erdrutsch infolge des Sturms im Meer versunken war, hatte niemand jemals überprüft. Er hatte fortan jedoch behauptet, damit seien auch alle Unterlagen und Millionenwerte in Form von dort gelagertem Bargeld, Gold und Wertpapieren für immer vernichtet worden.

Wen interessierte im modernen Bankwesen schon die Wahrheit? Es ging um Täuschung. Mit Heebings Hilfe waren die Scheinfirmen auf der Insel Sint Maarten, die sich hinter den Namen SIMAARFIN-Immo und SIMAARFIN-Trans versteckten, zur finanztechnischen Drehscheibe geworden, über die große Vermögenswerte in andere Steuerparadiese verschoben wurden, bis jede Fährte sich auflöste wie Fußspuren am karibischen Strand.

Tarnung, Täuschung, Verschleierung ... und ein gutes Narrativ: Das Sturmtief Irma von 2017 war so eine Geschichte, die man bei kritischen Nachfragen gut erzählen konnte. Ein Sturm hatte alles zerstört ... das klang nach höherer Gewalt und unvorhersehbarem Pech. Kleinere Kundenn konnte man damit vielleicht besänftigen, nicht aber die russische Mafia.

Auch in seinem Amsterdamer Appartement auf dem IJdok fiel Heebing die Konzentration schwer. Er wusste nicht, ob der Zeitpunkt für harte, einschneidende Maßnahmen bereits gekommen war. Es war einer der wenigen rabenschwarzen Tage, die Heebing in seinem bisherigen Berufsleben hatte erleben müssen. Hahnemanns selbstkonstruiertes und gescheitertes *Einschüchterungsmanöver* würde sicher auch noch ein Nachspiel seitens der Museumsleitung haben. Den ohnehin schon verängstigten DeWitt wollte er nicht auch noch mit diesen schlechten Nachrichten konfrontieren. Der Bankier neigte dazu, übereilte und wenig durchdachte Entscheidungen zu treffen, wenn er sich in die Enge getrieben fühlte.

Heebing öffnete seinen Aktenkoffer und betrachtete das Foto, das er aus DeWitts Büro in der Heerengracht vorsorglich konfisziert hatte. Der Großbauer und Großwildjäger aus der Provinz, der Bankier, der Staatsanwalt und der Professor – alle auf einem Boot, dazu auch noch die beiden Frauen, die im Hintergrund auf dem Vorderdeck lagen, aber nicht zu identifizieren waren. Ein Bild wie ein Geständnis. Die komplette Mannschaft.

Am Ruder von DeWitts Dehler-Yacht hatte Heebing zeitweise selbst gestanden. Er erinnerte sich sehr gut an den Törn: Von Amsterdam aus war es entlang der Küste nach Norden Richtung Texel gegangen. Zwei Tage waren geplant gewesen. Die beiden Frauen hatten sich freiwillig in die kleinste der drei Kabinen begeben, Burmeester und DeWitt teilten sich die zweite, der Rechtsanwalt und Berhard Droste-Terhahn die dritte. Heebing war selbst passionierter Segler und hatte in den schwierigeren Passagen um Den Helder herum, wo die Tidennavigation ihre Tücken hatte, das Steuerruder übernommen.

Ein schöner Sommertag, die beiden Frauen, Agnieszka und Elena, hatten ohne Scheu vor den Blicken der Männer nahezu nackt ihr Sonnenbad genossen. Elena, die größere, hatte den durchtrainierten, athletischen Körper einer Bodybuilderin, die kleinere Agnieszka hingegen die sehr viel hübschere, natürliche Figur. Heebing war an Frauen nicht interessiert und hatte damals ein bisschen Zeit gebraucht, um sein Vorurteil zu revidieren, die deutlich jüngeren Damen seien nur aus amourösen Interessen der älteren Herren eingeladen worden.

Eigentlich hätte Paul Hahnemann schon ab Amsterdam mit an Bord sein sollen, der Professor hatte aber wegen drohender Seekrankheit darum gebeten, für die gemeinsame Besprechung ein kleines Hotel in einem Hafenort zu finden, den er mit dem Auto erreichen konnte. Man hatte sich auf das Strandhotel *Vigilante* in Makkum geeinigt, am östlichen Ende des Afsluitdijks, und Heebing hatte das Schiff sicher durch die große Schleuse bei Kornwerderzand ins IJsselmeer gebracht.

DeWitt hatte immer von seinen *Geschäftspartnerinnen* gesprochen. Erst am Abend, als Hahnemann, wie geplant, zu der gemeinsamen Besprechung mit dem Auto eintraf, hatte Heebing verstanden, worum es eigentlich gehen sollte – im Grunde um nichts anderes als um Geldwäsche. Elena hatte größere Summen in Aussicht gestellt, aus – wie sie es formuliert hatte – *nicht ganz unproblematischen Quellen*. Was Bernhard Droste-Terhahn anging, war die Sache einfach. DeWitt hatte ihm geraten, seine zu erwartenden Gewinne aus diesem Finanzmanöver direkt in Kunst zu investieren und hatte den befreundeten Professor zur Beratung eingeladen. Heebing hatte zu diesem Zeitpunkt nicht die leiseste Ahnung gehabt, wie ein solches Geschäft aussehen könnte, bei dem der Bauer als Investor zu größeren Gewinnen kommen sollte. Auch Elena hatte sich sehr bedeckt gehalten, was die Details anging. Es war immer nur von zu erwartenden Millionen die Rede, deren Herkunft und deren weiterer Weg absolut geheim bleiben müssten. Klar war nur, dass dieser geheime Weg über Sint Maarten und DeWitts dortige *Niederlassung* führen sollte, die natürlich – das war an diesem Abend allen Anwesenden klar – de facto doch nur eine Briefkastenfirma war und ausschließlich der Verschleierung diente. Ein Versteckspiel.

Erst nach und nach hatte Heebing die ganze Wahrheit erfahren: Angeblich war Elena die erfolgreiche Gründerin einer neuen Kryptowährung. Bernhard Droste-Terhahn war nicht wirklich eingeweiht. Elenas Freundin, die kleine Agnieszka, sollte dessen Schwiegertochter werden, wie es hieß. Heebing hatte sich das nicht recht vorstellen können, denn eigentlich verhielten sich die beiden Frauen wie ein Paar. Der westmünsterländische Großbauer, so stellte es sich ihm im Nachhinein dar, war gleichsam der Testballon gewesen. Sie erprobten im Kleinen, was dann im Großen funktionieren sollte. Das Kleine waren Droste-Terhahns 200 000. Er freute sich, dass dieses Geld schon nach wenigen Monaten fast 25% Rendite abgeworfen hatte, angeblich durch die immense Wertsteigerung der von Elena erfundenen *Double-Coins*. DeWitt hatte Heebing gegenüber kein Geheimnis daraus gemacht, dass die ganze Sache ein Betrugsmanöver nach dem Ponzi-Schema war, immer mehr Einzahler schufen ein immer größeres Geldvolumen, woraus die ersten Teilnehmer an diesem Pyramidenspiel bezahlt wurden. Über diverse Finanzmakler, eine georgische Bank und DeWitts Nieuwe Amstel Bank wurde das Geld – es war damals schon ein hoher zweistelliger Millionenbetrag gewesen – weiter verschoben, unter anderem auf ein Konto von DeWitts Niederlassung auf der Insel Sint Maarten.

Die russischen Einzahler hatten sich ganz auf die großen Verheißungen der Krypto-Spezialistin verlassen, als die Elena in ihren Kreisen galt. Heebing erinnerte sich sehr gut an den Schock, den DeWitts lachende Bemerkung bei ihm ausgelöst hatte: „Diese Frau ist ein Phänomen, die werfen ihr die Millionen nur so zu, und dabei hat sie als Sicherheit nur eine Geschichte anzubieten – das Märchen von den Goldbarren, irgendwo auf dem Meeresgrund." Kryptowährungen wurden durch aufwändige Blockchain-Verfahren gesichert, geschützt durch komplizierte Rechensimulationen, die von großen, Energie fressenden Computer-Anlagen geleistet werden mussten. Die Sicherheit dieser Währungen bestand in ihren komplexen mathematisch-digitalen Verschlüsselungen, nicht in Goldreserven.

Heebing machte sich Vorwürfe. Er hätte sich stärker einmischen sollen. Das Ganze hätte im Verborgenen bleiben müssen, jede Öffentlichkeit war Gift. Die Herren waren leichtsinnig geworden: Mit Bernhard Droste-Terhahns angeblichem *Gewinn* von 50 000 (man hatte ihm schlicht ein Viertel seines eigenen Geldes zurücküberwiesen) war man auf den Vorschlag des Kunstprofessors eingegangen: Wunderbare Geldvermehrung durch Kunsthandel, mit der für Elena reizvollen Option der Geldwäsche. Geplant zunächst als Experiment, ein Test: Über die kleine, unbedeutende Galerie Nijkerk in Winterswijk wurde Droste-Terhahn pro forma zum Käufer eines Gemäldes, das bei einer Auktion dann den dreifachen Wert erzielte. Der etwas einfältige, aber gutmütige Bauer war so begeistert, dass er auch die weiteren *Gewinne* sofort wieder bei Elena in *Double-Coins* verwandelte. Von den neuen Einkünften erwarben sie über Nijkerk weitere Kunstwerke und verkauften sie eine Weile später wieder für das

Dreifache, mitunter sogar für das Fünffache. Das System war denkbar einfach: Droste-Terhahn verkaufte die Bilder als Strohmann, Elena ersteigerte sie mit ihren erschwindelten Millionen zu unglaublich überteuerten Preisen, und alle waren zufrieden: Die Millionen wurden nach und nach gewaschen, Droste-Terhahn und DeWitt an den Gewinnen beteiligt und Hahnemann hatte als Kunstexperte in diesem Spiel für seine Beratungen und Echtheits-Expertisen gut abkassiert. Natürlich ging das nur mit wertvollen Gemälden alter Meister oder der sogenannten klassischen Moderne. Da kannte sich Hahnemann aus und traf die Auswahl. Aber dann wurden die Herren leichtsinnig und es kam zum Sündenfall, der das funktionierende System ins Wanken brachte: Der Maler Ari Wardenaar hatte tatsächlich einige wertvolle Bilder aus dem Besitz seiner Großtante geerbt, aber als der Vorrat erschöpft war, hatte er nachgeholfen. Zunächst mit leicht zu fälschenden, grob gemalten Werken niederländischer Künstler der 30er- und 50er-Jahre, dann hatte er sich auf den frühen Mondriaan spezialisiert.

Heebing lief unruhig in seinem Appartement herum. Manchmal blieb er am Fenster stehen und schaute hinunter zum Yachthafen, wo sein Segelboot lag. Es war zu spät. Er war Teil des Komplotts und hatte zwei entscheidende Fehler gemacht: Er hatte die Gelddruckmaschine einfach laufen lassen und vom Fälschertrio Hahnemann, Nijkerk und Wardenaar nichts gewusst. Sein zweiter Fehler war der größere: Er war nicht entschieden genug gewesen. Das Geld floss, niemand hatte die Kontrolle übernommen und er hatte den richtigen Moment des Absprungs verpasst. Nun saß er so tief drin, dass ein Ausstieg einem Selbstmord gleichkam. Jetzt schlugen die um ihre Millionen geprellten Geldgeber zurück und trieben die gerissene Märchenerzählerin in die Enge. Die wenigen gesicherten Informationen ließen vermuten, dass eine russische Mafia-Organisation mit guten Verbindungen zu politisch hohen Kreisen und Geheimdiensten in Georgien, Bulgarien, der Russischen Föderation und der Ukraine im Auftrag der Oligarchen, Waffen- und Drogenhändler auf dem Weg war, ihre verlorenen Millionen von Elena zurückzuholen.

Der Mord an Gerd Oldenburg in Greven war nichts anderes als eine Kriegserklärung.

Welche Rolle dabei Elenas Freundin Agnieszka spielte, war Heebing nicht klar. Sicher war nur, dass die beiden Frauen im Grunde auf der Flucht waren, und es hatte den Anschein, dass die einst als Königin der neuen Währung *Double-Coin* gefeierte Betrügerin alle alten Spuren beseitigen und nichts als verbrannte Erde hinterlassen wollte.

DeWitt hatte Angst, das hatte er gesehen und gespürt. Der sonst eiskalte Bankier hatte gezittert und es tatsächlich für möglich gehalten, dass er das nächste Opfer werden könnte.

Heebing öffnete eine Flasche Rotwein, Chateau Petrus Pomerol, zu schade eigentlich, aber sein Magen war in Aufruhr und Whisky oder Cognac vertrug er nicht. Doch diese Ungewissheit, die ihn innerlich zerriss, ließ sich nicht mit Rotwein bekämpfen. Sein missglückter Auftritt im Museum *Villa Mondriaan* konnte schlimmste Konsequenzen nach sich ziehen, ganz abgesehen von den unkalkulierbaren Entwicklungen auf der größeren Bühne. Wenn die Russen schon solche eigentlich unbedeutenden Figuren wie Oldenburg ins Visier nahmen, sah es für DeWitt schlecht aus. Und damit auch für ihn selbst.

Hahnemann war der Brandstifter. Und nun war der arrogante Kunstprofessor nicht einmal in der Lage, einen Schwelbrand zu löschen, der zum Großbrand werden konnte. Heebings Angstschübe wurden immer wieder von Hassattacken begleitet, aber auch die ließen sich mit gutem Rotwein nicht lindern. Hahnemann, dieser Gockel, und ein kleiner, völlig unbedeutender Maler waren auf dem besten Wege, das ganze, über Jahre gut funktionierende System zum Einsturz zu bringen. Mit wenigen tausend Euro hätte man den Maler kaltstellen können. Stattdessen war heute diese Schmierenkomödie gespielt worden. Und er selbst hatte darin widerwillig eine Hauptrolle spielen müssen.

Er schaute auf das Foto: Bernhard Droste-Terhahn war tot, DeWitt war sein väterlicher Freund, Burmeester war ihm egal und ein unzuverlässiger Feigling, aber der Kunstprofessor war nicht nur ein unberechenbarer Angeber, sondern eine echte Gefahr. Den Törn hatte er damals nicht mitgemacht, weil er seekrank geworden wäre. Dennoch hatte er sich kurz im kleinen Hafen von Makkum für das Foto ans Ruder gestellt, in Kapitänspose, als sei er der Skipper – nur sein beiger Trenchcoat zwischen den weißen Polohemden und Pullovern wollten nicht recht ins Bild passen. Er sah nicht wie ein Kapitän aus, eher wie ein blasser Pariser Clochard, der gerade unter einer Seine-Brücke seinen Rausch ausgeschlafen hatte.

Er betrachtete das Bild eine Weile. Es war Zeit, sich für eine Seite zu entscheiden. Die Seite der Gewinner.

Er entschied sich für die beiden Frauen im Hintergrund.

Dann nahm er einen Folienschreiber, durchkreuzte Droste-Terhahn, dessen Tod das Gesamtproblem bereits reduziert hatte, und zeichnete einen Pfeil über den Kopf des Professors. Er legte das Foto auf seinen Scanner, und als er die Datei abgeschickt hatte und die Meldung *Datei gesendet* erschien, wusste er, dass er eine weitere Grenze überschritten hatte. Es gab nun endgültig kein Zurück mehr.

41

Auch in der zweiten Nacht nach dem Debakel in der Villa Mondriaan hatte Marie keinen Schlaf gefunden. Martin hatte sie nur mit Mühe davon abhalten können, mitten in der Nacht zu Ari Wardenaar zu fahren, um ihn zur Rede zu stellen und ihm ihre tiefe Enttäuschung deutlich zu machen. Der besorgte Martin schlug ihr vorsichtig vor, ihre Therapeutin um eine vorgezogene Sitzung zu bitten. Zu seiner Überraschung willigte Marie ein.

Sie sprach wenig während der knapp einstündigen Fahrt nach Münster. Sie lehnte sich müde an Martins Schulter und ließ das vom Raureif weiße Land an sich vorbeiziehen.

„Wie konnte er das tun, Martin? Ich habe ihm so sehr vertraut."

„Der ist eben Maler, Künstler durch und durch. Der lebt in einer anderen Welt. Die hat mit unserer vermutlich gar nicht viel zu tun. Und er steht mit dem Rücken zur Wand."

„Ja, das mag sein. Aber darf man das Vertrauen eines anderen Menschen deswegen mit Füßen treten? Ich wollte ihm helfen! Ich kann doch nichts dafür, dass er von seiner Malerei nicht leben kann, dass er lieber im vorletzten Jahrhundert geboren worden wäre! Er mag ja aus der Zeit gefallen sein, aber warum muss er *mich* dann so tief fallen lassen?"

Die Gründerzeitvilla von Frau Dr. Klein lag am nördlichen Stadtrand. Von da aus waren es nur wenige Minuten Fahrt bis Greven. Martin hatte seinen Bezirksdienstleiter informiert, dass er einen Termin bei den Grevener Kollegen hätte – was so nicht ganz stimmte. Es war eher ein privater Termin. Auch Marie gegenüber hatte er den wirklichen Grund für den Abstecher verschwiegen. Ebenso wie die verdächtigen Bilder der Überwachungskameras. Damit konnte er sie jetzt unmöglich konfrontieren. Er würde darüber mit ihr sprechen, wenn sich sein Verdacht als unbegründet herausstellte.

Agnieszka wischte mit der Hand das beschlagene Fenster ihres kleinen Zimmers in der Pension Erve Covers frei. Grauer Dunst lag über dem Haaksbergerveen am Buurser-Bach. Drei langhaarige Rinder einer ihr unbekannten Rasse standen auf der Wiese hinter dem Parkplatz, aus ihren Nüstern stiegen weiße Atemwolken auf. Raureif hatte das Gras am Ufer weiß überzogen.

Sie wühlte in ihrer Reisetasche und zog Ski-Unterwäsche heraus. Elena lag noch im Bett und beobachtete sie.

„Did you bring yours?" Agniszka hielt ihr die wärmende Funktionskleidung entgegen. „It will be cold out there."

„I will wear my jogging outfit under my jeans. That will do." Elena drehte sich noch einmal auf die andere Seite und räkelte sich verschlafen. Dann griff sie zu ihrer Uhr auf dem Nachttisch und zog es vor, direkt aufzustehen.

„When?“, fragte Agnieszka.

„Between twelve and three.“

„That's not very precise.“

„We wait in the car. They will call us, when he get's to the house.“

Agnieszka atmete tief durch und ergab sich ihrem Schicksal. Die Vorstellung, am Abend endlich das Flugzeug in den Süden besteigen zu können, war die einzige Motivation an diesem trüben Tag und tröstete auch über das karge Frühstück hinweg.

Beim Auschecken bemühte sich die Hotelwirtin um nett gemeinte englische Worte, die sie ihren derzeit einzigen Gästen mit auf den Weg geben wollte.

„Where do you go next?“, fragte sie. „Amsterdam?“

„Yes, yes, Amsterdam“, antwortete Elena trocken.

„To Schiphol“, ergänzte Agnieszka fröhlich und breitete ihre Arme wie Flügel aus. „Back home.“

„Where do you live? Bulgaria?“

Die beiden Frauen sahen sich kurz an.

„No, not Bulgaria“, sagte Elena. „Only passport is from Bulgaria.“

„We live in Ukraina“, log Agnieszka.

„And in Spain“, fügte Elena hinzu, „in winter.“

„Have a good trip then“, wünschte die Wirtin und winkte einen jungen Mann heran, der gleich den langen Waffenkoffer greifen wollte. Aber Elena kam ihm zuvor.

„Sorry ... it is ...“ Elena fiel keine plausible Ausrede ein. „Technical equipment ... very fragile.“

Der Kellner verstand sie nicht und griff zwei kleinere Koffer. Auch die Wirtin half beim Tragen und verabschiedete die merkwürdigen Gäste noch einmal auf dem Parkplatz. Sie hatte allerdings die sichere Ahnung, dass ein herzliches Wiedersehen eher unwahrscheinlich war.

„Schiphol?“, schimpfte Elena im Auto, „why did you tell her? Idiot!“

„Sorry. It's just because ... I really long to leave this fucking place. I could kill someone to get out of here.“

„Kill someone?“, wiederholte ihre Freundin.

„That's just what we do. What I do, to be precise."
„Yeah, let's be precise ... I mean: You, you have to be precise. Just finish the job and then we will go to Schiphol directly!"
„I will do my very best ... thank's for reminding me, but I've already done more complicated jobs. Successfully."

„Am liebsten würde ich Ihnen vorübergehend ein Benzodiazepin verschreiben, Frau Gerster. Sie müssen sich entspannen, ich befürchte, dass Sie uns sonst zusammenbrechen."
Marie schüttelte den Kopf. „Ich muss klar bleiben! Es gibt so viele Entscheidungen zu treffen."
Frau Dr. Klein sah sie streng an. „Frau Gerster, ich will Ihnen gerne helfen, aber Sie müssen da mitspielen. Sie müssen sich kurzfristig ausklinken, und da würde Lorazepam zum Beispiel ..."
„Wie soll ich mich denn ausklinken, Frau Klein? Ich stehe mittendrin! Die wollen mir Hehlerei anhängen, ich soll gefälschte Kunstwerke zum Verkauf gebracht haben, absichtlich."
„Ist das wirklich alles?"
„Reicht das nicht?"
„Da ist diese gewaltige Anspannung, Ihre Arbeitsüberlastung, von der Sie mir berichtet haben, das verstehe ich alles. Aber da ist vermutlich auch noch etwas auf der rein emotionalen Ebene: Ihre tiefe menschliche Enttäuschung. Da ist dieser Maler, den Sie mir als liebenswerte, vielleicht etwas schrullige Persönlichkeit beschrieben haben ... aber dieser Mensch hat Sie – sagen wir es, wie es ist – er hat Sie schlicht reingelegt, hat Sie belogen und in eine Situation gebracht, die nicht nur peinlich war, sondern durchaus gefährlich, angesichts der beträchtlichen Summen, die da zur Disposition standen. Und trotzdem spüre ich in allem, was Sie mir erzählen, immer noch mehr Mitgefühl mit diesem Mann als Aggression gegen ihn."
„Ja, ich mag den alten Mann. Ari tut mir leid, trotz allem. Er hat für seine Malerei gelebt. Jetzt, mit Mitte siebzig, kann er davon nicht mehr leben, und es gibt niemanden, der ihn unterstützen könnte."

Frau Dr. Klein machte sich eifrig Notizen, die vielen Fragezeichen dazwischen sah Marie nicht, auch nicht das große Fragezeichen, das immer deutlicher im Gesichtsausdruck der Therapeutin zu lesen war.

„Ari Wardenaar ist ein ernstzunehmender Künstler, ich bleibe dabei. Trotz allem!"

Dr. Hildegard Klein hörte Marie aufmerksam zu, machte aber keine Notizen mehr. Offenbar hatte sich ihre Meinung gefestigt.

„Dieser Mann hat etwas gesucht", fuhr Marie fort, „sein Leben lang. Sein Ziel war nicht, Mondriaan perfekt zu fälschen. Es ist etwas Eigenes darin, viel mehr Wardenaar als Mondriaan, verstehen Sie? Ich denke, er hat den bekannteren Namen nur als Vehikel gebraucht, er wollte wahrgenommen werden, er wollte mit dieser Tat die Kunstwelt aufhorchen lassen." Marie machte eine nachdenkliche Pause. „Nicht, um zu betrügen, auch nicht, um reich zu werden ..."

„Frau Gerster, bei allem Respekt: Sie verteidigen – um es mal etwas krasser zu sagen – einen Kriminellen, dessen Opfer Sie gerade geworden sind. Warum können Sie nach diesem Vorfall, in dem ganz eindeutig Sie die Leidtragende sind, nicht er, warum können Sie denn nach alldem Ihre Haltung zu diesem Mann nicht verändern? Auch Ihr Vater war gewiss ein liebenswerter Mensch, aber er hat – nach allem, was Sie mir von ihm erzählt haben, einen großen Fehler gemacht. Er hat sich schuldig gemacht und ist dafür verurteilt worden. Gibt es da irgendeine Parallele. Ist dieser Maler für Sie vielleicht in gewisser Weise auch eine Vaterfigur?"

„Nein!" Marie begründete ihre Antwort nicht und blieb still. Es war keine nachdenkliche Stille, es war die Leere. Eine dunkle Leere, schwarz, mit Bildern darin, die sie nicht unterdrücken konnte: kleine, blaue Flammen, die aufstiegen und sich zu einem großen rotgelben Feuer vereinigten.

„Woran denken Sie gerade, Marie."

„An Flammen."

42

Eugen Veerkamp, den Martin vor vier Wochen beim Seminar über Effektive Polizeiarbeit im Bezirksdienst kennengelernt hatte, kannte die kriminellen Geschehnisse in Aarloh rund um den Droste-Hof und war voll des Lobes für Martins Arbeit gewesen, hatte seinen Mut bewundert und sich erleichtert gezeigt, dass Martin das sicherlich schwere Trauma seiner Entführung und seiner im letzten Moment verhinderten Ermordung so gut überstanden hatte. Jetzt stand Martin in der Grevener Polizeidienststelle am Grünen Weg und wunderte sich, dass Veerkamp für ihn nicht zu sprechen sein sollte. Sie hatten doch am Vortag noch miteinander telefoniert und den Termin ausgemacht. Martin blieb hartnäckig. Schließlich ging die Kollegin noch einmal in das Büro des Hauptkommissars, und wenige Sekunden später stand Veerkamp in der Tür.

„Ach, du bist das! Pardon, ich hatte beim ersten Mal deinen Namen nicht richtig verstanden. Bist du auf der Durchreise ... oder hattest du in Münster zu tun?"

„Ist kein privater Besuch, Eugen, ist schon dienstlich."

Veerkamp war sichtlich irritiert.

„Dienstlich? Ich denke, du bist im Bezirksdienst und sitzt da oben an der Grenze ... irgendwo bei Vreden."

„Aarloh, um genau zu sein, ja."

Veerkamp schloss die Tür und bat seine Kollegin, ihn für die nächsten zwanzig Minuten nicht zu stören.

„Hier geht schon den ganzen Tag das Telefon, man kommt zu nichts ... Ja, unsere angebliche Fortbildung, das Seminar ..." Veerkamp lächelte. „War gut, dass du dem Herrn Doktor von der Polizeiakademie in Münster-Hiltrup ein wenig die Augen geöffnet hast ... von der praktischen Arbeit vor Ort verstehen wir doch mehr als diese Akademiker. Mann, Mann, Mann ... dieser Spruch ... wie war das noch: *Der ruhige Landwind wird schnell zum Sturm ... oder so ähnlich*?"

„*Die Ruhe auf dem Lande ist oft nur stille Wut.*"

„Oder so ... ja. Und? Ist es inzwischen wieder ruhig bei euch? Oder gibt's schon wieder stille Wut?"

„Na, wenn ich das so genau wüsste ... darum bin ich hier."

Veerkamp schaute ihn fragend an.

„Zwei Sachen, Eugen, und du kannst mir vielleicht sagen, ob die zusammenpassen, ich weiß es nämlich nicht. Zum einen: Es laufen bei uns – oder besser gesagt liefen, denn seit einigen Tagen sind sie nicht mehr aufgetaucht – also, es geht um zwei Frauen, die hatten irgendwas vor bei uns, und die waren auffällig. Also auffällig nicht nur von ihrer ganzen Art her, Kleidung, merkwürdiges Verhalten und so weiter – nein, die haben offenbar etwas gesucht und waren nicht zimperlich. Die eine hat jemanden angeschossen."

„Oh, geschossen?"

„Ja, war nur eine Luftpistole, aber vermutlich kann die auch anders. Denn das ist die zweite Sache: Es gibt Vermutungen, dass diese beiden Frauen hier in Münster-Osnabrück gelandet sind und dann euren Finanzmakler erschossen haben."

Veerkamp blieb still, nur sein Mund spitzte sich zu und seine Augenbrauen gingen nach oben.

„Interessante These. Kann ich weder bestätigen noch dementieren. Wieso interessiert ihr euch plötzlich alle für diesen Mord?"

„Alle?"

„Ja, erst haben die Münsteraner alles auf den Kopf gestellt, in Oldenburgs Büro und in seiner Privatwohnung, dann rief das LKA Düsseldorf an ..."

„Eine Kollegin namens Emma Ammann?"

„Ja, ein unglaublich penetrantes Weib, wenn du mich fragst."

„Genau die vertritt eben die These, dass es zwei Frauen waren ..."

„Tja, was soll ich da machen, Kollege. *These*, schön und gut. Was wir hier rausgefunden haben, wissen die auch. Und ob das zwei Frauen waren ... wieso eigentlich zwei, hat die andere Schmiere gestanden oder was? Ein Schuss, *eine* Kugel, das war's." Veerkamp begann sich aufzuregen. „Woher, warum, wieso, wie viele ... ja, es kommt nicht so oft vor, dass hier jemand so brutal abgeknallt wird, und ja, wir sind

Polizisten und helfen gern bei den Ermittlungen der Kollegen vom Mord – aber muss ich deswegen hellsehen können?"

Zu allem Überfluss klopfte nun auch noch seine Kollegin vorsichtig an die Tür und öffnete sie einen Spalt.

„Eugen, tut mir leid, aber wir brauchen dich mal kurz."

Veerkamp stand auf, blieb aber in der offenen Tür stehen. Die Kollegin sprach leise, doch Martin bekam deutlich mit, worum es ging.

„Düsseldorf möchte nun wissen, wer an diesem Tag Dienst hatte."

„Meines Wissens Haarlammert."

„Nein", widersprach die Kollegin, „also: ja – Franz war morgens vor Ort, aber –"

„Was denn jetzt", unterbrach sie Veerkamp unfreundlich, „ja oder nein?"

„Es geht um den Vorabend, Eugen."

„Bitte, Anni, guck auf die Dienstpläne, und lass –"

„Hab' ich doch längst ... 22. November!"

Die Kollegin senkte die Stimme und flüsterte: „Da hattest du selbst Dienst!"

Veerkamp schloss die Tür. Dahinter hörte Martin einige laute Worte und die Verteidigungen seiner beiden beleidigten Kolleginnen. Einige Male fiel das Wort *Düsseldorf*.

Es war nur ein brauner Fleck auf einem Stück Papier, aber er zog Martins Blick magisch an. Er ging näher heran: Getrocknetes Blut, groß wie ein Fingerabdruck, aber ohne erkennbare Papillarleisten. Von einer Fingerkuppe, die in einem Gummihandschuh steckte? Er zog das Blatt ein Stück vor. Ein gelber Klebezettel ragte oben über den Rand des Papiers hinaus, die beiden Heftlöcher waren ausgerissen. Auf dem Zettel erkannte Martin handschriftliche Notizen. Das Schreiben kam, soweit er die geschwungenen Schriftzeichen im Briefkopf deuten konnte, aus Georgien. Die lateinischen Buchstaben darunter bestätigten ihn: TGB Tiflis Georgia Bank. Tiflis war unterstrichen.

Das Gespräch im Vorraum wurde leiser, dann öffnete sich die Tür und Veerkamp kam kopfschüttelnd zurück.

„Die machen mich noch fertig mit ihrer ständigen Fragerei. Wir haben hier gar nichts mehr! Alles, was wir hier gefunden haben, liegt schon in Münster oder in Düsseldorf, die sollen mich zufriedenlassen oder mich am Arsch ..."

Martin lächelte freundlich. „Und jetzt auch noch ich ... aber, wenn es dich tröstet, mich löchern die Düsseldorfer auch."

Veerkamp sah demonstrativ auf seine Uhr.

„Der ist draußen erschossen worden, vor seinem Haus, oder?"

„Ja, vermutlich von einer Kanalbrücke aus, in seinem Garten, hatte offenbar gerade noch versucht, brisante Akten verschwinden zu lassen, wollte die wohl verbuddeln, was weiß ich."

„Ist es denn sicher, dass dieser Oldenburg Kontakte zu Russen, Tetschenen ... Georgiern hatte?"

„Sicher ist hier mal gar nichts. Nochmal: alles, was wir gefunden haben bei der Leiche, haben wir liegenlassen für die Spurensicherung oder weitergegeben." Veerkamp wurde grundlos lauter. „Der Typ war ein Windei! *Finanzmakler*, wenn ich das schon höre! Der hatte ein kleines Schieberbüro ... zufällig bei uns in Greven. Und ich sag dir auch warum: weil er hier hängengeblieben ist und weil er es nirgendwo auf der Welt zu etwas Anständigem gebracht hätte."

„Du kanntest den persönlich?"

„Ja, leider ... schon seit der Schulzeit. Der hat noch nie was auf die Kette gekriegt! Nicht mal seine Banklehre bei der Grevener Sparkasse hat der abgeschlossen. Aber dann den großen Börsenmakler spielen wollen ... Ich möchte nicht wissen, wie viele seiner Kunden der um ihr Vermögen gebracht hat ..."

Auf Veerkamps Stirn bildeten sich kleine Schweißperlen.

Er setzte sich in seinen Bürostuhl und atmete tief durch um sich zu beruhigen.

„Ich wüsste wirklich nicht, wie ich dir helfen kann, tut mir leid. Sollen die Münsteraner und die Düsseldorfer das meinetwegen zum zehnten Mal prüfen .... Warum sind da so viele Fußspuren auf dem Rasen, wenn den morgens ein Jogger vom Kanalweg aus entdeckt hat? ... Ja, mein Gott, der wird einmal ums Haus gegangen sein und dann geschaut haben, ob er noch lebt ... Und ob er denn wohl noch andere Akten im Haus gehabt haben könnte? Ich kann auch nicht mehr als nachschauen! Bitte, sollen sie den Garten umgraben, wenn sie im Haus nichts mehr gefunden haben oder einen Wünschelrutengänger einsetzen, mir egal ... nicht meine Aufgabe!" Veerkamp stand wieder auf und ging zum Fenster. „Ich kümmer' mich nicht mehr um diesen Scheiß. Wir haben hier anderes zu tun, für mich ist die Sache abgeschlossen." Er sah Martin an. „Und dir kann ich leider auch nicht helfen. Wenn deine beiden auffälligen Frauen damit was zu tun gehabt haben sollten, sind die längst über alle Berge, wenn du mich fragst. Also, hak's ab. Mach ich auch."

Oldenburgs Haus war leicht zu finden. Es gab nicht so viele Neubauten am Kanal in Schmedehausen. Von der Brücke aus konnte Martin in den Garten schauen. Er ging die Stufen hinunter zum Radweg. Die Rasenfläche, auf der Oldenburg gelegen hatte, war komplett einsehbar. Die ganze Gartenanlage war noch relativ neu, die Hecke kaum einen Meter hoch. Martin ging zum Ende der Stichstraße, die zum Kanal führte, dann zum Hauseingang mit dem schlichten, kleine Messingschild *OIF Oldenburg-Inter-Finanz, Gerhard Oldenburg.* Man musste nicht um das Haus herumlaufen, wenn man direkt auf den Rasen wollte. Es gab überall Durchgänge. Der Jogger, der ihn frühmorgens entdeckt hatte, wäre vermutlich direkt vom Kanalweg aus zu ihm gegangen, selbst das kleine Gartentor stand offen.

Aus einiger Entfernung kam ein älterer Herr auf ihn zu, der damit beschäftig gewesen war, das letzte Herbstlaub vom Bürgersteig vor seinem Haus wegzufegen.

„Sind Sie von der Polizei?", rief er Martin zu. Der nickte nur, lächelte freundlich und zeigte auf seine Uniform. „Dann hätte ich da mal eine Frage", begann der Mann noch im Gehen. „Da waren jetzt schon so viele Kollegen von Ihnen hier, aber um sein Boot hat sich noch keiner gekümmert."

Er zeigte mit dem Stiel seiner Harke in Richtung Kanal. „Soll das den ganzen Winter über da liegen bleiben?"

43

Professor Dr. Paul Hahnemann konnte sich nicht erinnern, wann er das letzte Mal so schlecht gelaunt gewesen war. Im Seminar in Enschede glaubte er gespürt zu haben, dass seine Autorität bei den Studierenden bereits abnahm. Es war nur ein Gefühl, denn die jüngsten Ereignisse in der Villa Mondriaan konnten sich aus Winterswijk noch nicht herumgesprochen haben. Aber sie stellten merkwürdige Fragen, zogen seine Thesen in Zweifel, wollten ihn mit schnell gegoogelten Wikipedia-Informationen aufs Glatteis führen und seine Kompetenz testen.

Er war Realist: Das Museum würde seine Dienste nicht mehr in Anspruch nehmen. Der finanzielle Verlust war zu verschmerzen, aber der Renommeeverlust in Expertenkreisen beträchtlich. Es war an der Zeit, das Alte hinter sich zu lassen. Er musste dringend sein Buch über Theo van Doesburg und De Stijl beenden. Ein neues Standardwerk aus seiner Feder würde vielleicht ein wenig ablenken von seinen mehr als peinlichen *Fehleinschätzungen* zu den frühen Mondriaan-Bildern. Der Super-GAU wäre allerdings, wenn ihm jemand nachweisen würde, dass diese angeblichen Falschurteile nichts weiter als Gefälligkeitsexpertisen waren, die seiner persönlichen Bereicherung gedient hatten. Das musste auf jeden Fall verhindert werden. Und der sture Maler musste ein für alle Mal kapieren, dass seine Fälschungen nichts mehr auf dem Kunstmarkt zu suchen hatten. Hahnemann glaubte, Ari Wardenaar schon bei seinem letzten Besuch nachdrücklich gewarnt zu haben, offenbar ohne Erfolg. Schuld war ganz eindeutig diese Journalistin. Auch von ihr war nach der fehlgeschlagenen Verhaftung nichts Gutes zu erwarten. War für ihn auch hier der Angriff oder ein längeres Abtauchen in seine Studien die bessere Verteidigung?

Alles der Reihe nach. Zunächst Ari Wardenaar. Er hatte den Lüntener Busch schon erreicht, als sein Handy vibrierte. Es war Heebing, Hahnemann fluchte leise und fuhr rechts ran.

„Ja?“

„Sie wollten heute die Sache mit dem Maler klären."

„Ja, ich stehe praktisch schon vor seinem Haus."

„Gut. Von den Hintergründen muss er nichts wissen, klar?"

„Ja, natürlich. Ich bin nicht blöd! Was soll das eigentlich? Hört mal auf, mich zu kontrollieren!"

„Ich mache nur meinen Job, Herr Hahnemann, und anders als Sie versuche ich, ihn überlegt und gut zu machen. Dazu gehört inzwischen leider auch, dass ich Sie kontrollieren muss! Nur dann kann alles noch einmal wieder gut werden. Und das wollen wir doch alle, nicht wahr?"

Er beendete das Gespräch ohne Gruß.

„Sicher, sicher, alles wird gut!", wiederholte Hahnemann leise. Alles konnte auch noch sehr viel schlechter werden. Es war wirklich höchste Zeit, das alles hinter sich zu lassen.

Noch immer hing der Nebel über den Wiesen. Die beiden Frauen beschlossen, zunächst die Waffe auf dem Hochstand aufzubauen und dann wieder zurück ins warme Auto zu gehen. Vielleicht kam ja noch eine neue Anweisung und der Plan wurde in letzter Minute verworfen.

Im Unterholz war es noch recht trocken, aber beim Gang durch die Wiese drang die feuchte Luft durch ihre viel zu dünnen Jacken und die Nässe des Grases durch das Schuhwerk. Elena kletterte die wackelige Leiter des Hochstandes hinauf, Agnieszka öffnete den Koffer und reichte ihr von unten die einzelnen Teile der zerlegten Waffe an. Elena setzte sie zusammen, verzichtete aber aus Platzgründen auf das Stativ. Der Querbalken zwischen den Pfosten würde reichen. Aber die Sicht durch das Zielfernrohr war milchig. Auch jetzt noch, um die Mittagszeit, war der Nebel so dicht, dass auf die große Entfernung nichts klar zu erkennen war. Wie sollte sie da einen gezielten Schuss abgeben? Schoss sie daneben, war der Mann gewarnt und würde Deckung suchen. Das war hier überall möglich, nicht nur hinter den dicken Buchen. Selbst, wenn er sich nur flach auf den Boden werfen würde, war er im Gras nicht mehr zu erkennen.

Im Auto schaute sie noch einmal auf das Foto und prägte sich das Gesicht ein, das mit einem Pfeil gekennzeichnet war. Aber noch bevor sie das Bild aus dem Fotoordner ihres Handys zur Seite wischen konnte, hatte sich Agnieszka herübergebeugt.

„That's him?", fragte sie.

„Not your business", lautete die schroffe Antwort der Freundin, bevor sie den Löschbefehl gab.

„So what is my business?" Agnieszka fühlte sich unwohl in der Rolle der Assistentin und stummen Zeugin. Sie bezweifelte die Notwendigkeit brutaler Gewalt, sie bezweifelte vor allem ihr Verhältnis zu Elena. War sie wirklich immer noch bereit, zu teilen? Mit ihr? Nicht nur das Geld, sondern das Leben? Gab es wirklich eine gemeinsame Zukunft?

Elena hatte das Handy abgelegt, jetzt begann es zu vibrieren und Agnieszka erkannte den Namen des Anrufers, verstand ihn aber nicht. Auf dem Display erschien das Wort *Cleaner*. Es war eine Textnachricht, die Elena schnell las und dann ebenfalls wegwischte.

„Who was it?", fragte Agnieszka, „what does it mean: *Cleaner*?"

„Not your business."

„Stop! I want to know that and you will tell me!"

„He is my new cleaner. Helps me to find the dirt."

„I do not understand. I need more information."

„No more information, not now. I have to go! You can stay in the car, if you don't want to come with me. I don't need you."

Agnieszka überlegte kurz, wie sie auf die abweisende Haltung der Freundin reagieren sollte. Sie würde nicht gebraucht? Trotzig verließ sie das warme Auto und folgte Elena in einigem Abstand.

Der Nebel hatte etwas Feuchtigkeit auf der Waffe hinterlassen. Elena wischte alles mit einem Lappen ab und versuchte, mit einem Papiertuch die Vorderlinse und das hintere Okular des Zielfernrohrs zu trocknen. Die Sicht war ohnehin schlecht genug. Agnieszka beobachtete gleichzeitig mit ihrem Fernglas die Zufahrt zu Wardenaars Haus und entdeckte den Maler am Schuppen.

„He is near the barn!"
„What does he do?", fragte Elena.
Agnieszka ließ sich etwas Zeit mit der Antwort. Es war nicht ganz klar, was der Maler dort am Schuppen machte. Dann sah sie die Katze im Gras und den kleinen Futtertrog. „He's feeding the cat."
Hinter dem Gras sah Agnieszka das Dach eines größeren Autos vorbeiziehen, es kam von der niederländischen Seite.
„He's coming."
Elena erkannte den Wagen jetzt auch.
„Can't get him. He's too far away."

Die beiden Männer begrüßten sich kurz. Wardenaar schien keine Anstalten zu machen, ihn ins Haus zu bitten. Er spielte lieber weiter mit der Katze und ignorierte den ungebetenen Gast. Schließlich gingen die beiden doch über den Hof zur Tür, Wardenaar heftig mit den Armen gestikulierend, Hahnemann mit scheuen Blicken nach links und rechts, als habe er Angst vor Beobachtern. Seine Handbewegungen sollten den Maler wohl auffordern, sich zu beruhigen, verfehlten aber ihre Wirkung.
„They are too close together. Better I shoot them both!"
„No!", schrie Agnieszka und fing sich eine heftige Ohrfeige der Freundin.
„Are you crazy? Do not shout! Not even speak!"
„I'm sorry", entschuldigte sich Agnieszka und hielt sich die Wange.
„You are sorry, you are sorry! You are always sorry!"
Die beiden Männer waren im Innenhof stehen geblieben. Elena nahm sie wieder ins Visier, sprach aber weiter, während sie die Waffe langsam mitschwenkte.
„You should have stayed in the car, you are absolutely not fit for this job! What are you good for? Nothing! Why did I take you with me?"
Nach dieser erneuten Abfuhr kamen Agnieszka die Tränen.
„Because you love me!", schluchzte sie.
Sie umarmte die Freundin, die immer noch konzentriert hinter der Waffe hockte.

Der kleine Hochstand begann zu schwanken.

„Don't move! I can't get him when it's shaking!" Elena stieß sie weg.

„They are already in the house, you can't hit them anyway", sagte Agnieszka beleidigt.

Dieses Geräusch trieb den Maler in den Wahnsinn. Paul Hahnemann hatte sich in den dicken Ledersessel in Aris Atelier fallen lassen und spielte mit seinem Feuerzeug. Er öffnete die Kappe mit dem Daumen, um sie mit dem Zeigefinger wieder zu schließen. Manchmal zündete er auch die Flamme und erstickte sie wieder mit dem Schließen der Kappe. In der anderen Hand drehte der Professor einen Zigarillo zwischen den Fingern.

„Nun steck dir das Ding endlich an!", zischte Ari, „du weißt zwar ganz genau, dass ich es nicht mag, wenn in meinem Atelier geraucht wird, aber bitte! Mach, meinetwegen ... ich ertrage dieses Geklapper keine Sekunde länger!"

Hahnemann spielte sein Spiel unbeeindruckt weiter und schwieg.

„Warum bist du hergekommen, wenn du nichts zu sagen hast?"

„Es ist längst alles gesagt, Ari. Schon beim letzten Mal war alles gesagt. Da stand das Bild hier auf dieser Staffelei, und ich sagte: Lass es, versuch es gar nicht erst! Und wenige Tage später finde ich es im kleinen Konferenzraum der Villa Mondriaan und soll einem Ankauf zustimmen, bei dem es um anderthalb Millionen gehen soll. 500 000 für jedes der drei Bilder! Was hat sie dir denn geboten für das neue ... Werk, oder besser: Machwerk ... deine kleine, gerissene Journalistin?"

„Das geht dich nun endgültig nichts mehr an, Paul. Ihr habt mich ignoriert und wusstet dabei ganz genau, dass es mir schlecht ging. Ich habe euch um Hilfe gebeten. Um echte Hilfe. Aber ihr wolltet mich mit kleinen Almosen abspeisen, um die ich betteln musste. Da bin ich meinen eigenen Weg gegangen."

„Ich habe dir 1000 Euro gegeben, Ari. Das ist kein Almosen. Du solltest es nicht gleich für Farben ausgeben, so war das nicht geplant."

„Was ihr geplant habt, interessiert mich nicht länger, ihr hättet es mir sowieso nicht erzählt. Schade, der Verkauf hätte mich die nächsten Jahre ernährt, das kann ich jetzt vergessen. Aber ich kann malen, Paul, ich kann mir ein anderes Feld erarbeiten. Ich sehe ja ein, dass das der letzte Mondriaan-Baum war, den ich gemalt habe ... es war auch der beste ... aber das Thema ist jetzt wohl endgültig verbrannt."

Hahnemann führte langsam seinen Zigarillo zum Mund, zündete sein Feuerzeug und hielt die kleine blaue Flamme unter die Spitze. Als er kräftig gezogen hatte, lehnte er sich im Sessel zurück und blies den Rauch steil in die Luft.

„Ja, das Thema ist sicher verbrannt", sagte er ruhig. „Es brennt schon lichterloh, Ari! Die Vergangenheit holt uns gerade ein. Und wenn wir nicht alle ganz vorsichtig sind, die Köpfe einziehen und auf Tauchstation gehen, dann werden die Flammen uns fressen und nichts hinterlassen als Asche und verbrannte Erde. Sieh zu, dass diese Marie dich nicht weiter behelligt!"

„Pah! Die Frau war meine allerletzte Hoffnung, und die hast du zerstört! Du glaubst doch nicht im Ernst, dass die nochmal freiwillig mein Haus betritt nach dieser Geschichte. Ich kann froh sein, wenn sie mich nicht verklagt. *Verbrannte Erde* ... es brennt doch schon alles!"

„Noch könntest du die Flammen löschen."

Paul Hahnemann stand auf und spielte wieder mit seinem Feuerzeug. Er ging zu einer der kleineren Staffeleien, auf dem Aris Skizzenblock stand.

„Vergiss die Bäume", sagte er, „mal Blumen, das hat dein großer Piet Mondriaan auch gemacht, wenn er Geld brauchte. Noch als er bei den Abstrakten in Paris war. Blumen gehen immer."

Hahnemann hob ein Blatt mit einer Baum-Skizze vom Block ab, zündete sein Feuerzeug, hielt es eine Weile unter das Papier und ging wortlos zur Tür.

„Was machst du da?", schrie Wardenaar.

Ein schwarzer Saum zog sich von unten über die Zeichnung, auch die darunterliegenden Blätter begannen zu schwelen. Wütend stürmte Ari hinter dem Professor her.

„Bist du völlig verrückt geworden!?"

Er trat nach ihm, aber Hahnemann konnte ihm ausweichen.

„Raus hier!“, schrie er, „Und lass dich bloß nicht mehr hier blicken!“

„Du musst dich um die Flammen kümmern, Ari. Das sagte ich doch eben. Du musst einfach tun, was ich dir sage!“

Hahnemann ließ die Tür offen. Der Luftzug erreichte den Skizzenblock und gab dem glimmenden Schwelbrand einen neuen Schub. Helle Flamen schlugen aus dem dicken Papier, der ganze Block brannte. Vorne krümmten sich die Zeichnungen von der großen Eiche im Lüntener Wald unter der Hitze, die dunklen Striche verschwanden im schwarzverkohlten Papier. Ari nahm einen Malstock und stieß den brennenden Block von der Staffelei. Sein Herz raste. „Was soll denn das alles noch?“, schrie er und trampelte wie von Sinnen auf das lodernde Papier, Funken stoben durch den Raum. „Es ist ja doch alles längst vorbei, es gibt keinen neuen Anfang ...“ Er ließ sich in seinen Sessel fallen. Schmerzen stiegen in seinem linken Arm auf und engten ihm die Brust ein. Dann wurde ihm schwarz vor Augen.

Der Kater hatte die offene Tür entdeckt und witterte die Chance, verbotenes Terrain zu betreten. Neugierig huschte er ins Atelier. Der Brandgeruch irritierte ihn, hielt ihn aber nicht davon ab, auf Aris kleinen Malwagen neben der Staffelei zu springen. Eine Terpentinflasche fiel zu Boden, dann das größere Glas mit Leinöl. Interessiert beobachtete der Kater, wie beide Behälter sich gluckernd entleerten. Das Tier erschrak, als sich das Gemisch am schwelenden Papier entzündete und ihm zischend eine Stichflamme entgegenschoss. Er sprang auf den Boden und lief zurück ins Freie.

Immer noch war die Sicht so schlecht, dass Elena nur das dunkle Loch sah, in dem die beiden Männer vor zwanzig Minuten verschwunden waren. Das musste die Haustür sein, also würde der Besucher dort auch wieder herauskommen, hoffentlich allein und als erster.

Die Kälte wirkte in der luftigen Höhe des Hochstands und durch die Reglosigkeit des Wartens doppelt scharf. Aber Agnieszkas verkrampfte Haltung war nicht nur der Kälte geschuldet. „How long will it take?", fragte sie flüsternd.

„Stop asking these childish questions!", fuhr Elena sie wütend an. „How should I know? Be quiet now, I have to concentrate!" Dann nahm sie das Auge vom Okular des Zielfernrohrs, schaute kurz zu Agnieszka rüber und sah ihre angespannte Haltung in der Ecke des Hochstands. „What's wrong?"

„Nothing. It's just ... I have to pee."

„Then pee!", befahl Elena. Sie sah wieder durch das Zielfernrohr. Etwas tat sich am Hauseingang.

Agnieszka wand sich in der Enge des Hochstandes. „I can't pee here." Sie stand auf und stieg die Leiter hinab. Schon die geringe Bewegung versetzte den Hochstand in Schwingungen und ließ das Fadenkreuz im Zielfernrohr auf und ab tanzen. Elena fluchte, es hatte keinen Sinn zu schießen. Der Professor ging über den Hof und durch die kleine Allee zurück in Richtung seines Autos. Agnieszkas vorsichtiger Abstieg ließ die Präzisionswaffe zittern, Elena kam nicht zum Schuss, auch weil Hahnemanns Kopf immer nur für wenige Sekunden zwischen den Stämmen der Alleebäume auftauchte. Dann erschütterte ein lautes Krachen die Stille. Eine der Stufen war beim Abstieg unter Agnieszkas Füßen zerbrochen. Sie fiel mit einem kurzen Schrei ins nasse Gras.

In diesem Moment hielt Hahnemann irritiert inne und schaute in Richtung des Hochstands. Elena zögerte keine Sekunde und schoss, sah aber durch ihr Okular nur, wie sich ein Fetzen Baumrinde von der Buche löste, hinter der Hahnemann nun verschwand und nicht wieder auftauchte.

Der Professor hatte sofort verstanden, dass der Schuss ihm gegolten hatte. Er wagte nicht, seinen kurzen Weg zum Auto fortzusetzen. Als sich seine Schockstarre langsam löste, kroch er tief am Boden nach hinten bis zum Ufer des Sees, dann wartete er im langen Gras. Schließlich sprang er doch auf und versuchte zum Auto zu rennen. Aber Elenas zweiter Schuss traf ihn am Kopf, er fiel zurück ins Gras, wo er reglos liegenblieb.

Mit schnellen Griffen nahm Elena die Waffe auseinander.

„The case, Agnieszka, quick!“

Aber die Freundin hockte jammernd am Boden und rieb sich den verstauchten Knöchel. Elena fluchte. Schnell setzte sie die Waffe wieder zusammen und versuchte, mit dem langen Gewehr die schmale, brüchige Leiter hinabzusteigen, was ihr nur mit Mühe gelang. In rasender Eile nahm sie die Langwaffe unten wieder auseinander, legte die empfindlichen Einzelteile in den Koffer und rannte damit zum Parkplatz, ohne sich um die Freundin zu kümmern. Agnieszka humpelte mit schmerzverzerrtem Gesicht durch das kleine Wäldchen und sah, wie Elena den Kofferraum schloss, sich hinter das Lenkrad setzte und den Wagen startete. Mit weit aufgerissenen Augen beobachtete Agnieszka, dass sie nicht nur zurücksetzte, sondern in einem großen Bogen vom Parkplatz auf den Weg fuhr. Ohne sie. Sie blieb vor Schreck stehen.

Nach etwa fünfzig Metern Fahrt leuchteten die Bremslichter auf. Elena fuhr im Rückwärtsgang zurück auf den Parkplatz und öffnete von innen die Beifahrertür. Agnieszka stieg ein und schlug Elena heftig ins Gesicht.

„You tried to leave me behind!“, schrie sie, und Tränen rannen über ihre Wangen. Elena antwortete nicht. Mit ernster, regungsloser Miene fuhr sie wieder an, bremste aber nach etwa zweihundert Metern erneut. Sie stieg aus, zertrat ihr Prepaid-Handy auf dem Rand des Asphalts, fischte die Sim-Karte heraus und schob die restlichen Trümmer mit dem Fuß zur Böschung, wo sie in einem Tümpel versanken. Dann setzte sie die Fahrt in schnellem Tempo fort.

Agnieszka weinte laut und atemlos. Es war nicht der Schmerz ihres verstauchten Knöchels, der sie so untröstlich schluchzen ließ, es war das verzweifelte Weinen einer Frau, die wusste, dass sie ihre Gefährtin verloren hatte. Durch das Seitenfenster glaubte sie Rauch zu sehen, der hinter den Bäumen aufstieg.

„You set the house on fire!“

Agnieszka wischte sich die tränenverschleierten Augen.

„Bullshit!“

„There is smoke!"
„It's just the fog. How could I set the house on fire?"
„There was a big gas-tank."
„Shut! Your! Stupid! Mouth!", schrie Elena sie an. „I am a sniper, I don't shoot gas-tanks, you ignorant bitch! Me! I have to do all the work. The dirty work, that is the problem with us."

Sie raste über die Landstraße und fluchte leise, als sie eine rote Ampel überfuhr und eine Blitzanlage auslöste.

„You saw that? Congratulations!"

Elenas Antwort auf die unverhohlene Schadenfreude waren drei herausgebrüllte Worte, die sie mit Schlägen in Agnieszkas Gesicht unterstrich: „Shut! Up! Now!"

44

Martin hatte sich beeilen müssen, um Marie noch rechtzeitig bei Frau Dr. Klein im Norden Münsters abholen zu können. Nach einem kurzen Blick ins Boot war ihm sofort klar gewesen, warum der tote Oldenburg zwischen seinen Akten gefunden worden war. Er hatte sie sicherstellen und vermutlich mit dem Boot fliehen wollen. Martin rief die Dienststelle der Münsterschen Wasserschutzpolizei an und erklärte den Grund seines Anrufs. Als er das Datum 22. November nannte, wurde der Kollege am anderen Ende so still, dass Martin nachfragen musste, ob er noch in der Leitung war. „Das' ja wohl 'n Ding!", staunte der Münsteraner, als ihm klar wurde, dass sie an diesem Abend den etwas verwirrten niederländischen Bootsmann der Regenboog befragt hatten. Die merkwürdige Geschichte mit dem angeblichen Schuss an der Kanalbrücke in Schmedehausen. Der Bootsmann war sich sicher gewesen, den Schützen und sein Opfer beobachtet zu haben, er hatte sich dafür sogar dafür verprügeln lassen, als er den vermeintlichen Täter zu stellen versuchte. Aber beide Nachfragen bei den Grevener Kollegen, nachweislich um 19:10

und dann noch einmal eine Stunde später, seien negativ beantwortet worden.

„Entweder sind die blind und taub oder schlampig!", fluchte der Kollege der Wasserschutzpolizei am Telefon und versprach Martin, das kleine Boot in Schmedehausen sofort zu sichern. Er wunderte sich allerdings über Martins Wunsch, alle im Boot befindlichen Akten direkt nach Düsseldorf zu überstellen, Abteilung Cyberkriminalität, Oberkommissarin Emma Ammann.

Marie saß fast apathisch im Auto und schaute auf die vorbeiziehende, nun schon fast winterliche Landschaft. Martin hatte das Gefühl, die Sitzung sei wohl nicht positiv verlaufen, aber er wollte nicht danach fragen. Es fiel ihm aber auch kein Thema ein, das so weit von ihren eigentlichen Problemen entfernt war, dass es sie hätte aufmuntern können.

„Vielleicht musst du einfach eine Zeitlang etwas schonender mit dir selbst umgehen. Ich weiß nicht, was deine Frau Dr. Klein dazu meint, aber sich gleich in ein neues Großprojekt zu stürzen, ist vielleicht nicht die richtige Therapie."

„Ja, Martin, vielleicht ist es das nicht", sagte Marie leise, „aber was Traumabewältigung angeht, sind wir wohl beide nicht auf dem richtigen Weg. Du arbeitest auch weiter, als sei nichts geschehen und spielst den Starken. Du hast gefesselt in diesem Moortümpel gelegen, und wenn du nachts deine Hustenattacken bekommst, dann hab' ich immer das Gefühl, du musst noch ganz viel Dreck ausspucken, nicht nur den aus deiner Lunge."

Marie weinte. Martin legte ihr die Hand aufs Knie und fuhr den nächsten Parkplatz an. Dann schloss er sie fest in seine Arme.

„Es hilft doch nichts, dass wir uns beide gegenseitig an diesen Scheiß erinnern, Martin. Henk Verbeek ist tot, der tut uns nichts mehr, das weiß ich, aber ich habe Angst, dass hinter diesem Verbeek noch andere Leute stehen, die jetzt nochmal aktiv werden. Und ja, es stimmt, ich habe mich mit aller Kraft in dieses neue Projekt gestürzt. Ich will einfach, dass etwas Neues anfängt. Hat aber nicht geklappt."

„Klappt aber noch, da bin ich ganz sicher. Evas Idee vom neuen Droste-Hof wird sich realisieren lassen, auch wenn jetzt nicht mehr damit zu rechnen ist, dass durch die Bilder sofort neues Geld reinkommt. Vielleicht dauert's etwas länger, aber es wird ... jetzt ist wieder Leben im Dorf, neue Aufgaben, denk alleine mal an unsere drei Konditorgesellen. Gib den Menschen eine sinnvolle Aufgabe und sie blühen auf."

„... wenn ihnen nicht korrupte, kriminelle, geldgeile Arschlöcher im Weg stehen!" Marie schien wieder zu Kräften zu kommen; Martin hatte wohl doch den richtigen Dreh gefunden, sie aufzumuntern. „Ja, es stimmt, ich bin traumatisiert, ich bin enttäuscht und traurig und ich bin ungeduldig, ja, alles richtig. Aber ich bin zurzeit vor allem wütend! Wütend auf diese alten Säcke in ihren Armani-Anzügen, die Zigarillo-Raucher und aalglatten Anwälte, die dem Mädchen mal eben zeigen wollen, wo der Hammer hängt."

„Ja, sei wütend! Ich bin es auch! Die wollten dich reinlegen, ist ihnen aber nicht gelungen, und das Ganze wird ein Nachspiel haben. Dieser niederländische Staatsanwalt ist in meinen Augen eine sehr dubiose Figur. Und dein Fälscherfreund –"

„Stopp, Martin, sag nicht *Fälscherfreund.* Das lasse ich nicht zu." Maries Gesicht ließ keinen Zweifel daran, dass Martin eine ernsthafte Auseinandersetzung riskierte. „*Freund* ja, aber nicht *Fälscherfreund.*"

„Entschuldige, aber wenn ich ein Bild male und es als Picasso verkaufe, dann bin ich ein Fälscher, das ist nun mal so."

„Ari hat Fehler gemacht, ja, aber wenn du seine Lebensverhältnisse kennst und seine berechtigte Angst vor einem Alter in Armut, dann verstehst du, warum er das macht."

„Nein, pardon, das verstehe ich nicht! Ich verstehe auch Bankräuber nicht oder Erpresser, und wenn sie das Geld noch so dringend nötig haben! Darf ich gar nicht verstehen, von Berufs wegen."

„Sein Beruf ist Künstler. Da läuft das anders. Die arbeiten nach eigenem Plan und auf eigene Rechnung, und was sie herstellen, bringt manchmal nichts ein, aber dennoch ist es harte Arbeit. Du müsstest mal all die Zeichnungen sehen, die er zu diesem verdammten Baum angefertigt hat oder all die Vorstufen und Fehlversuche zu seinem Dante-Zyklus ... er kommt nur mit all dem hundert Jahre zu spät, das ist sein Problem."

„Bei allem Respekt, Marie, aber da bist du wirklich zu großzügig. Künstler hin oder her, und ob ernsthafte Arbeit oder nicht: Er wusste sehr genau, was er tat, und er hat dich da mit reingezogen. Das machen Freunde nicht. Du kennst ihn doch kaum. Vielleicht ist er ja doch nur berechnend und abgebrüht."

Im stehenden Auto waren die Scheiben inzwischen vollständig beschlagen. Martin beugte sich zu Marie und küsste sie.

„Lass uns nicht streiten!", bat er. Marie ließ nicht locker.

„Einer, der die schnelle Kohle machen will und malen kann, der geht nicht bei Minustemperaturen in den Lüntener Wald und gräbt die Wurzeln eines Baumes aus, den er verstehen will, um ihn malen zu können. Und dann zeichnet er zig Entwürfe, bis er seiner Vorstellung näherkommt. Arbeit eben, die Arbeit eines Künstlers."

„Wir werden uns da nicht einig, Marie, tut mir leid. Kunstfälschung ist ein sehr lukratives, kriminelles Gewerbe. Ein uraltes obendrein. Ich bleibe dabei: Wer fälscht, betrügt."

Marie wollte ihm nicht länger widersprechen, das hatte keinen Sinn.

Nach einer Pause wischte sie sich die letzten Tränen weg und atmete tief durch.

„Vielleicht erinnert er mich doch an meinen Vater. Der war ein guter Tierarzt. Ich habe Briefe an ihn gelesen, da bedanken sich Pferdebesitzer für seine – wörtlich – segensreiche Arbeit. Was ist davon übriggeblieben? Gar nichts. Und ich werde immer nur die Tochter des kriminellen Tierarztes von Aarloh sein, der den geldgierigen Kälbermästern 1989 ihre illegalen Masthilfen besorgt hat. Der *Salbutamol-Doktor.* Ja, mein Vater hat das gemacht, der hat sich auf diese krummen Geschäfte eingelassen. Weil meiner blöden Mutter das Leben als Tierarzt-Gattin im Achterland nicht gut genug war. Wenn schon kein Herzchirurg, dann wenigstens eine Villa in Düsseldorf oder zumindest in Münster, teure Einkaufsfahrten nach Amsterdam, kleine Wochenendflüge nach London ..."

Martin grinste, er war froh über das neue Thema, das sie aus ihrem Stimmungstief gezogen hatte. Dann wischte er den Dunst von der Scheibe und fuhr los.

„Sobald die Seele den Verrath vollzieht, wie ich gethan, wird ihr der Leib entrissen von einem Teufel, der dann drin regiert ..."

Zum 33. Gesang des Infernos hatte Ari Wardenaar eine Eislandschaft gezeichnet, in dem die Verräter zur Hälfte im Eis des Kaina-Sees stecken. Jetzt sieht er, wie sich die Zeichnungen seines Dante-Zyklus langsam auflösen, kann aber, wie in einem Traum, die Hand nicht danach ausstrecken, um sie vor den Flammen zu retten. Seine eigenen Gestalten erscheinen ihm, sie bewegen sich, so gut sie können, ducken sich vor dem eisigen Wind. Auch Paul Hahnemann meint er unter den eingefrorenen Verrätern zu erkennen, aber um ihn herum ist Gras, und es ist rot wie Blut.

Als er die Augen aufschlägt, sieht er die Flammen. Die Staffelei, auf der sein Skizzenblock gestanden hat, steht rußgeschwärzt in einem brennenden See. Offene Flaschen liegen am Boden, die Flammen tanzen auf der Lache und fressen Löcher in den dicken Teppich. Die Glastüren seines Farbenschranks zerplatzen in der Hitze, Tuben blähen sich auf, das Bleiweiß und das Schweinfurter Grün, und explodieren wie kleine Bomben, Brandgeschosse, die ihren bläulich lodernden Inhalt auf dem Holz verteilen. Der Lack bildet Blasen unter den Flammen, dann bricht das Holz und die Apothekengläser seiner Großtante, gefüllt mit Harzen und öligen Malmitteln, stürzen zu Boden. Die gläsernen Pfropfen, mit denen sie verschlossen waren, rollen durch die Flammen.

Aris Herz rast, aber er ist zu schwach sich aufzurichten, er gleitet aus seinem Sessel auf den Boden und beginnt zu kriechen. Seine versengten Hände zu Fäusten geballt, schleppt er sich zum dunklen Korridor, an dessen Ende das Tageslicht durchscheint. Er spürt den Luftzug durch die offene Haustür, der den Brand weiter anfacht und kriecht zur Schwelle. Der chemische Gestank ist unerträglich, alles um ihn herum ist ein Flammenmeer, ein Querbalken seines Bilderregals löst sich, die Rahmen kippen nach vorn und fallen wie Domino-Steine der Reihe nach auf den Boden.

Ein eisiger Wind schlägt Ari ins Gesicht, aber seine Beine sind ganz heiß. Das Inferno. Er ist an der Schwelle zum neunten Kreis der Hölle, aber er will nicht im eisigen Wasser des Kaina versinken bis zum Hals. Ari bewegt sich in seinen eigenen Bildern, er weiß, wenn er sich weiter vorwärts schleppt, hinab nach unten, zum Mittelpunkt der Erde, kann er wieder ans Licht kommen. Aber Dante und Vergil weigern sich, ihm zu helfen. Sie zeigen ihm nur einen Gang, durch den er zurück in den achten Höllenkreis kann. Aber dieser Gang ist voll beißendem Rauch, und je weiter er geht, desto deutlicher spürt er die Hitze der Flammen in den oberen Höllenkreisen. Ja, er hat Strafe verdient, er ist, wie alle anderen hier, auch ein Verräter. Aber sein Verrat hat noch niemanden getötet. Darf er keine Gnade erwarten?

Mit letzter Kraft zieht er seinen Oberkörper über die Türschwelle, spürt das Licht und die frische Luft, die ihm aber keine Kraft mehr gibt. Er hört das Heulen der Feuersbrunst, die hinter ihm schon die ersten Ständer des alten Fachwerkhauses zu fressen beginnt. Die rote Glut der Eichenbalken leuchtet im Sog des Windzugs hell auf.

Er liegt auf der Schwelle, auf der Grenze zwischen zwei Höllenkreisen. Hinter ihm ist der Graben des achten Kreises, wo die Fälscher und Alchemisten büßen, vor ihm die Kälte und das Eis des neunten Kreises der Verräter. Aber er spürt die Qualen nicht mehr, eine neue, dunklere Schwärze steigt in ihm auf, dann wird alles still.

„Ich kann ihn nicht einfach abschreiben und vergessen, Martin. Ich muss mit ihm reden. Er wird mir das erklären. Ich kann mir einfach nicht vorstellen, dass er mich diesen Hyänen absichtlich zum Fraß vorwerfen wollte. So ist der Mann einfach nicht."

Martin wollte nicht mehr argumentieren. Für ihn war die Sache klar: Ari Wardenaar war ein geschickter Fälscher. Aber Marie musste eine Chance haben, sich mit dieser Kränkung abzufinden. Am besten gleich jetzt. Er fuhr an Aarloh vorbei in Richtung Lüntener Busch.

„Vielleicht ist es gut, wenn du direkt mit ihm sprichst. Bevor sich da wieder ..."

Er schaute sie an. Ihr Gesicht war blass und versteinert. Erst als sie die rechte Hand hob und auf den Waldrand zeigte, wusste er warum: Brandwolken, und es gab nur ein einziges Haus im nördlichen Lüntener Busch. Martin beschleunigte und setzte noch während der Fahrt seinen Notruf ab. Sie hatten den kleinen Parkplatz kaum erreicht, als Marie die Tür aufriss und durch das Wäldchen über die Wiese auf Aris Haus zulief. Es stand in hellen Flammen. Martin rief ihr nach, sie solle warten, es sei zu gefährlich, aber Marie hatte schon die kleine Brücke erreicht. Martin alarmierte zur Sicherheit auch die Feuerwehr im niederländischen Haaksbergen, das Feuer durfte nicht auf die Bäume überspringen. Dann rannte er los und fand Marie am Boden kauernd vor der halbgeöffneten Tür. Sie hatte den Maler gefunden. „Er lebt", rief sie, „hilf mir, Martin." Das niedrige Dach vor dem Eingang, unter dem er lag, stand noch nicht in Flammen, aber Martin befürchtete, dass die Statik des alten Hauses bereits gefährdet war. Wenn die Hauptständer unten die Tragfähigkeit verloren, würde das ganze Bauwerk in sich zusammenbrechen. Sie zogen den reglosen Mann weiter ins Freie, durch das feuchte Gras seines verwilderten Gartens. Marie rollte ihre Jacke zusammen und schob sie unter Aris Kopf. Martin legte seine Hand an Aris Hals. Der Puls war schnell und schwach.

Von fern waren die Sirenen zu hören, sie näherten sich von beiden Seiten.

Sanitäter und Notarzt schoben Marie behutsam fort und trugen Ari Wardenaar in den Rettungswagen. Sein Kopf und seine Arme schienen nahezu unversehrt zu sein, aber die Verbrennungen an den Händen waren deutlich zu sehen, und als einer der Sanitäter die Schutzdecke anhob, sah Martin unterhalb der Brust und an den Beinen die verbrannte Haut zwischen den schwarz-verkrusteten Kleidungsfetzen. Er blickte den Notarzt an. Der legte die Stirn in Falten, schob die Lippen zu einem schmalen Strich zusammen und schüttelte kaum merklich den Kopf.

45

Wann hatte das Lachen aufgehört, wann das Reden? Elena war bei Holten stumm zu einer größeren Raststätte an der niederländischen A1 abgebogen und nach dem Tanken so lange verschwunden, dass Agnieszka nach ihr suchte. Sie fand sie bei den Prepaid-Telefonen im Shop. Überall glitzerte und blinkte es – der übliche Weihnachtswahnsinn mit der unendlichen, immer gleichen Musikschleife, die überall nur noch aus *Last Christmas* und *Jingle Bells* zu bestehen schien. Sie beobachtete Elena eine Weile unbemerkt, dann ging sie zum Auto zurück.

Sollte sie das Gespräch suchen und Elena um Verzeihung bitten? Agnieszka wusste, dass sie Fehler gemacht hatte, unverzeihliche, gefährliche Fehler. *Double-Coin* war auch Agnieszkas Spiel gewesen, und sie hatte es gern mitgespielt. Das hier war aber kein Spiel mehr. Inzwischen war sie mitschuldig an einem Mord.

Wie sollte es nun weitergehen? Die neue Kälte zwischen ihnen, die längst die alte Fröhlichkeit eingefroren hatte, war unerträglich.

Elena kam aus dem Tankstellenshop und lief, den Blick auf ihr neues Mobiltelefon gerichtet, über den Parkplatz. Einem Niederländer, der sie anhupte, nachdem er ihretwegen eine Vollbremsung hatte machen müssen, streckte sie ohne aufzuschauen den Mittelfinger entgegen.

Sie legte den kleinen Apparat in die Ablageschale der Mittelkonsole und fuhr los. Noch immer hatte sie kein versöhnliches Wort für Agnieszka übrig, das das Schweigen hätte beenden können.

Nach wenigen Kilometern vibrierte das neue Handy.

„Take it!", befahl Elena, und als Agnieszka sich nicht rührte, wiederholte sie ihre Anordnung lauter. Agnieszka schaute nur auf das Display und sagte: „It's only a text."

„Then read it! What does ist say?"

Agnieszka versuchte das niederländische Wort zu entziffern, das sie zunächst nicht verstand.„It's just one word and it's dutch!"

„Tell me, damn!"

„Don't know it, don't know, how to speak it."

„Than spell the letters, for heaven's sake!", schrie Elena.

„N-I-J-V-E-R-D-A-L"

„Nijverdal, fuck it!", fluchte Elena und erwischte gerade noch rechtzeitig die Abfahrt Apeldoorn-Zuid, fuhr dann auf der Landstraße unter der Autobahnbrücke durch und nahm die Zufahrt in Gegenrichtung.

„Why did you turn? Are we going back?", fragte Agnieszka besorgt.

„Yes, new order!"

Elena gehorchte neuen Anweisungen? Auf wessen Stimme hörte sie jetzt? Der Schuss am Haus des Malers war kurzfristig erfolgt und ein Befehl ihres *Cleaners* gewesen. Wer war das? Elena hatte bislang immer nur ihren eigenen Weg verfolgt und die Ziele selbst vorgegeben, jetzt gehorchte sie offenbar einem gewissen *Cleaner*, und dieser Saubermann hatte sie zur Auftragskillerin degradiert. So kannte sie ihre Freundin nicht.

„We are not going to Schipol?", fragte sie vorsichtig.

„No", schrie Elena zurück und wies mit der rechten Hand in Fahrtrichtung. „This is south-east, Schiphol lies north-west. Got it?"

Agnieszka versuchte, die maßlose Enttäuschung herunterzuschlucken. Es war abzusehen, dass sie die schon gebuchte Maschine nach Bulgarien nicht mehr erreichen würden.

„So we are not going back to Warna?"

„No, you stupid bitch!", schrie Elena und verlor in ihrer Wut fast die Kontrolle über das Auto. „We have to change our plans, we have a fucking new job to do, idiot! I'm really fed up with your childish questions!"

Elena war so aufgebracht, dass sie den nächsten Parkplatz ansteuern musste. Sie fuhr das Seitenfenster herunter und atmete mehrmals tief durch. Agnieszka befürchtete, die Reise sei für sie zu Ende, Elena würde sie hier, auf einem Parkplatz an der A1 irgendwo zwischen Apeldoorn und Deventer, aus dem Auto werfen.

Aber es war keine wirkliche Angst. Manchmal waren es die plötzlichen, harten und schmerzhaften Schnitte, die am schnellsten heilten. Sie musste ohnehin wieder lernen, für sich selbst zu sorgen. Zu ihrer Überraschung zwang sich Elena zur Beruhigung und begann in sachlichem Ton mit einer Abrechnung. Sie hielt Agnieszka ihre Fehler vor, machte ihr klar, dass es falsch gewesen war, mit Werner Droste-Terhahn eine Scheinehe einzugehen, um an das Geld seines Vaters zu kommen. Falsch war es auch gewesen, nach Aarloh zu fahren, um Vater und Sohn nachdrücklich klarzumachen, dass alle Spuren ihrer Kunst- und Autokäufe sorgfältigst vernichtet werden mussten, damit man den Weg des Geldes nicht nachvollziehen konnte. Dass die beiden gar nicht mehr lebten, hätte man über eine Internet-Recherche rausbekommen, nun waren sie eigens angereist und in dem kleinen Dorf bekannt wie die sprichwörtlichen bunten Hunde.

Die Reise war im Grunde überflüssig gewesen, dennoch hatten sie vor dem Droste-Grab immerhin noch herzlich lachen können. Auch die Dorfleute hatten sie amüsiert, der Abstecher in die tiefe Provinz war im Grunde eine lustige kleine Tour gewesen, bis Agnieszka ihr grünes Notizbuch verloren hatte.

Am Ende machte ihr Elena, sehr gefasst und ruhig klar, dass man zur Sicherheit den Hof in Nijverdal absuchen musste. Möglicherweise lagerten dort nach Bernhard Drostes Tod wichtige Akten mit Hinweisen auf Kontoverbindungen und verdächtige Namen.

Als sie näherkamen und Agnieszka die Gegend wiedererkannte, entstand ein neues Bild in ihrem Kopf. Sie hatten Elenas Präzisionsgewehr in der Nähe genau dieses Hofes ausprobiert, obwohl es andere unbewohnte Heidegegenden auch in der Nähe von Aarloh gegeben hätte. Warum hatte sie ihre ersten Übungen mit der neuen Waffe ausgerechnet dort gemacht? Und warum hatten sie dort die Drohne gestartet und Skizzen gezeichnet? Gab es einen größeren Masterplan in Elenas Kopf, den sie vor Agnieszka geheim hielt? Oder hatte Elena längst alle Entscheidungen an ein Mastermind abgegeben. Wer steckte hinter dem Decknamen *Cleaner*?

Agnieszka traute den Worten ihrer Freundin nicht mehr.

„These papers or computers can be everywhere", sagte sie ruhig. „That's a big farm."

„Yes, it is", antwortete Elena mit einem Seufzer. Agnieszka war überrascht, dass sie nicht wieder gleich beschimpft wurde. „The most important thing is to find their hard disks."

Die Festplatten? Agnieszka gab sich Mühe, die Notwendigkeit einer solchen Aktion einzusehen, wollte aber sichergehen, dass nicht wieder jemand erschossen werden sollte.

„Will we have to kill someone?"

„I don't think so."

Elena schaute ins Leere.

„Listen: I have been trained as a sniper, but, believe me, I do not like this job."

Agnieszka reagierte nicht. Es fiel ihr schwer zu glauben, dass Elena das Schießen nicht mochte, diese Macht, die sie empfand, wenn sie aus großer Entfernung unerkannt ein Leben auslöschen konnte. Aber als Elena ihre Hand nach ihr ausstreckte, nahm sie nach kurzem Zögern das Versöhnungsangebot an.

„Let's find a nice Hotel", schlug Elena vor. „It's enough for today."

Ein weiteres Hotel? Sie waren auf der Flucht!

„Do you think, we are safe?"

Elena nickte. Agnieszka sah ihr in die müden Augen. Dann küssten sie sich. Aber auch das Küssen hatte die Leichtigkeit verloren. Es überwand die Distanz nicht mehr.

Aris Zustand war kritisch, er war noch immer nicht bei Bewusstsein. Die ersten Diagnosen deuteten auf einen schweren Herzinfarkt hin. Die erheblichen Verbrennungen machten die medizinische Entscheidung, was zuerst zu behandeln sei, nicht einfacher.

Marie gab den Ärzten alle Informationen zu Ari, die sie geben konnte. Dann setzte sie sich auf eine der unbequemen Plastikbänke im Warteraum. Martin blieb immer dicht in ihrer Nähe. Er hielt ihre Hand und suchte nach Trostworten. „Alles wird gut, Marie!", behauptete er, wusste aber dass diese Floskel Marie nicht trösten konnte.

„Gar nichts wird gut, Martin, überhaupt nichts!", fuhr sie ihn völlig überreizt an. „Was soll denn da jetzt noch gut werden?"

Sie fragte so laut, dass die anderen Wartenden erschreckt zu ihnen herüberblickten.

„Hast du seine Beine nicht gesehen?"

„Ja, Marie, das habe ich ... aber ... beruhige dich, bitte!"

„Glaubst du etwa, dass er damit je wieder laufen wird?"

„Das weiß doch noch keiner."

„Halt einfach die Klappe, Martin, ich muss nicht getröstet werden."

Martin hatte sich abgewöhnt, nach solchen Attacken den Beleidigten zu geben. Die kleine Gewitterwolke würde sich in der stickigen Luft des überheizten Warteraums verziehen, und Marie würde ihn um Verzeihung bitten. Aber als er ihr blasses Gesicht sah, erschrak er: Ihre Augen waren halb geschlossen, sie atmete zu schnell und begann zu schwanken, dann sackte sie kraftlos zusammen. Martin konnte sie gerade noch stützen, er ließ sie langsam auf die Bank sinken und schob ihr seine Jacke unter den Kopf.

„Wir brauchen hier einen Arzt", rief er zur Theke hinüber.

Wieder richteten sich alle Blicke auf sie. Ein junger Arzt kam angerannt, fühlte Maries Puls und schob vorsichtig ihr linkes Augenlid hinauf.

„Ihre Frau?", fragte er Martin.

„Nein ... ja ..."

„Egal", sagte der Arzt, „Name?"

„Gerster, Marie Gerster."

„Hören Sie mich, Frau Gerster?"

„Sie wird schnell ohnmächtig", versuchte Martin zu erklären, was der Arzt aber ignorierte und Maries Beine anhob. „Hier, halten Sie! Etwas höher."

Marie kam zu sich, schaute etwas verwirrt den Arzt an, dann Martin.

„Alles in Ordnung", behauptete sie. „Was ist mit Ari Wardenaar?"

„Tut mir leid, das weiß ich nicht. Ich weiß nur, dass Sie jetzt auch Hilfe brauchen."

„Nein, nein", wehrte Marie ab und versuchte aufzustehen. Weder Martin noch der Arzt konnten sie dazu bewegen, sich wieder hinzulegen.

„Gut", sagte der Arzt, „dann versuchen wir, ein Stück zu gehen. Wir stützen sie."

Die beiden Männer stützten Marie links und rechts.

„Am besten legen Sie sich drüben auf die Liege, da werden sich dann die Schwestern um Sie kümmern. Nichts Ernstes, vermute ich, kleiner Schwächeanfall, aber wir müssen Sie ein wenig im Blick behalten."

Zu Martins Überraschung ließ sie sich bereitwillig in einen Behandlungsraum führen, wo eine Schwester nach kurzem Dialog die weitere Versorgung übernahm. Martins Angebot, bei ihr zu bleiben, lehnte sie ab. „Bin ja gleich wieder da", sagte sie kraftlos.

In diesem Moment kamen Eva van den Goore und Heiner Wienkämper über den Flur. Sie sahen gerade noch, wie Marie hinter einer Tür verschwand und standen jetzt mit besorgten Gesichtern vor Martin.

„Hat Marie auch etwas abbekommen?", fragte Eva.

„Nein, nein", beruhigte sie Martin, „ein kleiner Schwächeanfall ... hat sie allerdings in letzter Zeit öfter."

„Kein Wunder!", sagte Eva.

„Woher wusstet ihr, dass ...?"

„Donnerstag, Hofsitzung", erklärte Heiner knapp, „und du weißt doch, dass es in Aarloh keine Geheimnisse gibt. Was ist denn mit dem Maler?"

„Muss wohl einen Herzinfarkt erlitten haben ... konnte sich aber noch zur Tür retten, er war schon fast draußen, aber die Beine sind schlimm verbrannt."

„Brandstiftung?", fragte Eva.

„Schwer zu sagen, als wir kamen, stand das Haus schon in Flammen."

„Ich meine nur ... wegen diesem anderen Mann, den sie gefunden haben?"

Martin schaute sie fragend an. „Einen anderen Mann, ist der auch verletzt?"

„Und wie!", antwortete Heiner etwas zu jovial, „Volltreffer, mitten in die Zwölf!"

Martins Stirn kräuselte sich und er schüttelte den Kopf. „Ganze Sätze, Heiner, bitte!"

„Da lag ein Toter im Gras, soweit ich weiß: Kopfschuss. Und sein Auto stand auch noch auf dem Hof."

„Woher willst du das wissen?"

„Na ja, der Maler hat keins, und der Fahrer wird sich nicht selbst erschossen haben. Und wenn's dem Schützen gehört, dann wird er seinen teuren Porsche Cayenne da sicher nicht dauerparken wollen."

Jetzt sahen sich Eva und Martin an.

„Porsche Cayenne?", fragte Eva, „dieser Kunstprofessor fuhr doch so einen. Zufall?"

„Weißt du wie der hieß, der Tote? Hieß der Hahnemann?"

Heiner zog die Schultern hoch.

„Ich muss telefonieren!" Martin zog sein Handy aus der Tasche und ging vor die Tür.

In diesem Moment kam Marie, langsam und immer noch leicht schwankend aus dem Behandlungszimmer, gefolgt von einer Krankenschwester mit einer aufgezogenen Spritze in der Hand. „Seien Sie doch vernünftig, Frau Gerster!", rief sie Marie nach, drehte aber kopfschüttelnd wieder ab, als sie sah, dass Marie Eva in die Arme sank und sich dann wieder auf der Bank ausstreckte.

„Die wollten mir was spritzen, hab' ich aber abgelehnt."

„Du musst aber dringend zur Ruhe kommen, Marie, das geht sonst irgendwann schief", warnte Eva.

„Keine Zeit!" Marie versuchte ein Lächeln. „Schön, dass ihr gekommen seid! Wie war das gerade mit dem Toten, Heiner?" Ihr Kreislauf mochte schwach sein, aber ihr Gehör schien ausgezeichnet zu funktionieren. „Hast du doch gerade gesagt, oder?"

Heiner wollte die Antwort lieber Martin überlassen, der gerade wieder von draußen hereinkam.

„Weißt du was Neues?"

„Ja, vielleicht. Aber lasst uns von hier verschwinden!"

Er beugte sich zu Marie hinunter und streichelte ihr den Kopf. „Bist du okay."

„Halbwegs. Bring mich nach Hause, bitte! Und verzeih, wenn ich grob zu dir war."

„Schon vergessen ... Kommt, lasst uns fahren, hier können wir nichts tun, und ich glaube, wir müssen ein paar Dinge besprechen."

Heiner zeigte stumm mit fragendem Gesicht auf sich selbst. Martin nickte.

46

Die späte Nachmittagssonne stand schon tief, die Stelen im Innenhof des Bungalows warfen lange Schatten, und die Skulpturen darauf erschienen auf den weißen Hauswänden in grotesken Verzerrungen.

Marie hatte sich sofort lang auf das weiße Sofa gelegt. Sie hatte nicht bemerkt, dass draußen im Hof Bauarbeiten begonnen hatten. Links und rechts der Außenmauer türmten sich kleine Erdhügel auf.

„Also ...", begann Martin, „ja, sie haben vor dem brennenden Haus einen Toten gefunden. Und es ist ..." Martin überlegte kurz, ob die nun schon angekündigte Nachricht Marie erneut in Ohnmacht fallen lassen würde. „Es ist der Professor, Paul Hahnemann."

Eva atmete tief. Ihr Verdacht hatte sich bestätigt.

„Dieser Kunsthistoriker?", fragte Heiner. „Hatten die beiden Streit?"

„Ist noch zu früh, Heiner, Spekulationen bringen uns da nicht weiter“, bremste Martin seinen Freund.

„Jedenfalls ist er keinesfalls von Ari erschossen worden, dafür lege ich meine Hand ...“ Marie brachte den Satz nicht zu Ende. Die Flammenbilder und der Brandgeruch stiegen wieder in ihr auf.

„Hier läuft gerade etwas entsetzlich aus dem Ruder“, fuhr Marie fort. „ich kriege es nur nicht zusammen: Erst diese Schmierenkomödie im Museum, wo genau dieser Herr Professor plötzlich von Fälschungen spricht ... zwei Bilder, die er schon vor Jahren als echte Mondriaans klassifiziert hat. Und auch das neue Bild hat er mir gegenüber und vor Zeugen als Original bestätigt. Und ich frage ihn noch: *Was ist mit der Jahreszahl, was ist mit der Signatur?* ... Alles kein Problem! Und keine zehn Tage später spielt er sich als der Entdecker eines großen Fälschungsskandals auf und will mich vor den Kadi zerren ...“

„Und jetzt ist er tot“, fuhr Eva fort, „da muss man nicht Sherlock Holmes heißen, wenn man da was Krummes vermutet.“

Martin dachte nach.

„Könntest du mir morgen früh helfen, Heiner?“

„Oh, offizieller Polizeieinsatz?“

„Nein, nein, höchst inoffiziell. Die Kollegen sind schon bei der Arbeit, die werden das Gelände vermutlich bis tief in die Nacht hinein absuchen und ihre Ergebnisse erstmal für sich behalten. Das dauert mir zu lange! So wie es aussieht, war das Mord, und der Maler wird ihn nicht erschossen haben, selbst wenn die beiden im Streit lagen.“

„Völlig absurd. Ari bringt niemanden um!“ Marie richtete sich mühsam auf und flehte Martin an: „Bitte, lass uns abhauen, Martin, ich ertrage das alles nicht mehr. Lass uns irgendwo ans Meer fahren, ein paar Tage nur.“

Martin sah sie an und schüttelte bedauernd den Kopf.

„Keine Chance, Marie, tut mir leid, ich kann hier jetzt unmöglich weg. Das musst du verstehen.“

„Aber ich kann mit dir ans Meer fahren“, schlug Eva vor. „Du erholst dich und ich arbeite dort. Ich will endlich wissen, woher der Alte das Geld für seine Kunstsammlung hatte. Das könnte der Schlüssel sein."

„Ja, follow the money. Alter Journalisten-Grundsatz." Marie schien die Idee zu gefallen. Martin weniger. Er sorgte sich um die Sicherheit der Frauen, sagte es aber nicht.

„Wo wollt ihr denn wohnen? Die meisten Ferienwohnungen sind im Winter dicht."

„Ferienwohnung?", fragte Eva lächelnd, „Die van den Goores haben da ein Haus, in den Dünen, zwischen Egmond und Bergen."

„Ach, Eva, das wäre wunderbar."

„Ja, Ruud ist zu Hause, wir haben zwei nette Helferinnen, die werden sich um die Enkelkinder kümmern. Eine Woche ausspannen und gleichzeitig etwas Klarheit schaffen ... das ist jetzt vielleicht die beste Medizin, Marie."

„Das ist ein toller Plan, Eva. Ich muss hier wirklich weg. Das wird mir alles zu viel. Manchmal sehe ich schon Gespenster. Nein, nein, ich leide nicht an Verfolgungswahn ..." – Marie lächelte und hatte ihren Humor wiedergefunden – „aber vielleicht ist ja doch jemand hinter mir her."

Die beiden Frauen lachten.

Auch Martin bemühte sich um ein Lächeln, konnte aber seine Sorge nicht verbergen.

„Und die beiden Männer hier, können endlich wieder mal ihr eigenes Ding machen."

„Machen wir", sagte Martin und schaute seinen Freund Heiner konspirativ an, „gleich morgen früh, nach Sonnenaufgang."

Aris Haus war fast bis auf die Grundmauern abgebrannt. Sein Farbenlager hatte wie ein Brandbeschleuniger gewirkt. Verkohltes Ständerwerk stand schwarz im Morgennebel, an einigen Stellen stieg noch Rauch aus den Trümmern auf.

Noch am Abend hatte Martin die ersten Ergebnisse der Spurensicherung auf dem *kleinen Dienstweg* von seinem Bruder erhalten. Neue Erkenntnisse gab es nicht.

Es war keine Waffe im Haus oder auf dem Gelände gefunden worden, man ging nicht davon aus, dass Ari auf Hahnemann geschossen hatte.

Martin zeigte Heiner das Foto.

„Sauberer Schuss, wenn man das so sagen darf ..."

„Darfst du, Heiner, und eindeutig nicht von einem ungeübten Schützen."

Die Männer gingen durch die Allee in Richtung Parkplatz und schauten nach links, wo das Gras niedergetreten und noch ein Absperrband gespannt war.

„Da ist der Parkplatz", Martin wies mit ausgestrecktem Arm auf die Lichtung, „hinter uns der Hauseingang und der Hof. Aber da ..." – Martins Arm schwenkte um 90 Grad nach links – „da hat er gelegen. Warum?"

„Weil hier etwas fehlt!" Martin war immer wieder verblüfft über Heiners Adleraugen und seine Kombinationsgabe. Der Hobbyarchäologe legte seinen Zeigefinger in die verletzte Rinde einer Buche. „Der erste Schuss ist danebengegangen, dadurch war er gewarnt und wollte sich nach hinten in Sicherheit begeben. Instinktiv, quasi. Du läufst von der Gefahrenquelle weg ... der hat gehört, woher der Schuss kam, aber als er sich zurückzog, hatte er keine Bäume als Deckung mehr, nur das Gras."

Martin fotografierte die zerfetzte Stelle, die der Streifschuss in der Baumrinde hinterlassen hatte. Eine längliche Vertiefung war im Holz zu erkennen, aber der Schusswinkel wollte nicht recht passen, das Projektil hätte demnach leicht schräg von oben kommen müssen. Wieder war sein Freund schneller als der Polizist. Heiner schaute mit seinem kleinen Fernglas über die angrenzende Wiese. „Der Schuss ist tatsächlich von oben gekommen, Martin!" Er reichte ihm das Glas herüber und zeigte in Richtung Waldrand. Mit dem bloßen Auge konnte man die Streben des Hochstands, die sich schlecht von dem dunklen Hintergrund abhoben, kaum erkennen, aber im Fernglas waren sie gut sichtbar.

„Aber ist dieser Hochsitz nicht viel zu weit weg?"

„Knapp zweihundert Meter", schätzte Heiner. „Für einen geübten Schützen und mit einer Langwaffe ... Zielfernrohr und so weiter ... kein Problem."

Martin skizzierte die Lage des Hochstands im Verhältnis zur Allee, dem Hauseingang, dem Parkplatz und dem Ort, wo man den toten Professor gefunden hatte.

„Zwischen den Allee-Bäumen durch?" Martin blieb skeptisch. „Meinst du nicht, der Schütze hat viel weiter vorne auf der Lichtung im Gras gelegen? Je näher er dran war, desto sicherer war der Treffer."

„Darum der Fehlschuss!", hielt Heiner dagegen, „Der hat von da hinten geschossen, leicht von oben, glaub mir."

„Oder es war eine dieser ganz modernen Killerdrohnen", scherzte Martin und wunderte sich, warum die flapsige Bemerkung Heiner plötzlich so nachdenklich machte.

„Die beiden Frauen!", entfuhr es ihm. „Das grüne Notizbuch, Martin! Die Skizzen!"

„Mit dem Totenkopfsymbol ..." ergänzte Martin nachdenklich.

„Die haben die Gegend ganz genau ausspioniert, die wussten exakt, was sie zu tun hatten!"

Alles war plausibel, nur die Zeitfrage nicht. Martin hielt es nicht für wahrscheinlich, dass die beiden Frauen hier bei der Kälte tagelang auf der Lauer gelegen hatten, um auf ihr Opfer zu warten. Selbst wenn sie den Tatort gut vorbereitet hatten, mussten sie einen Informanten gehabt haben, der genau gewusst hatte, wann sich Maler und Professor treffen wollten. Es musste Hintermänner geben.

Sie gingen über die Wiese und standen am Ende vor der frisch gebrochenen Stufe des Hochstandes. Martin konnte seinen Bruder nicht erreichen, machte aber ein Handy-Foto und schickte es ihm. Sein kurzer Text war ebenso kryptisch wie alarmierend: *Sag deinen Leuten, sie sollen diesen Hochstand in der Nähe des Tatorts untersuchen. Der Professor ist von hier aus erschossen worden. Tatverdächtig sind aus meiner Sicht die beiden Frauen. Wir sollten reden. Bald.*

Eine Stunde später saß Martin in seinem Büro, blätterte im grünen Notizbuch der beiden Frauen und verglich die Zeichnungen mit den vergrößerten Kopien in der Hoffnung, übersehene Details zu entdecken. Der zweite Totenkopf ließ ihm keine Ruhe.

47

„Dieses Haus wäre noch schöner, wenn man nicht bei jeder Ankunft erstmal kräftig putzen müsste!“

Eva zog die Vorhänge auf. Die großen Fenster vor einer breiten Terrasse aus grau verwittertem Holz gaben den Blick über die Dünen frei.

„Schade, dass es Winter ist, man sitzt da draußen im Sommer sehr schön und kann die Sonne untergehen sehen. Da ist Westen.“ Eva deutete mit der einen Hand in Richtung Horizont, mit der anderen zog sie die Hussen von den Sesseln.

Marie stand am Fenster und genoss den Ausblick. Hinter dem grünen Strandhafer sah man zwischen dem beigen Sand der Dünen einen schmalen Streifen des dunkelblauen Meeres. Am Horizont zog ein Containerschiff vorbei, und einige Unerschrockene nutzten die leichte Brise trotz der Kälte zum Kiten. Die bunten Segel wie große Lenkdrachen vor sich, hüpften sie auf ihren Surfbrettern über das gekräuselte Wasser. Nur manchmal sah man sie abheben, für größere Sprünge war der Wind zu schwach.

Marie ging näher ans Fenster und schaute nach links, wo unterhalb der Terrasse ein mit Backsteinen gepflasterter Weg zu einem Gebäude begann, das aussah wie ein Haus mit einem kleinen Turm.

„War das mal ein Leuchtturm, da drüben?“

„Ja, gehört hier zum Grundstück, ist aber nicht mehr in Betrieb. Gibt einen größeren, etwas weiter nördlich, der leuchtet noch. Diesen haben sie in den fünfziger Jahren stillgelegt, deswegen stand das Gelände zum Verkauf, und da hat Ruuds Mutter gleich zugeschlagen.“

„Und das gehört alles euch?“

„Ja, Marie, tut mir leid, ich kann nichts dafür", sagte Eva, aber das schlechte Gewissen war nur gespielt. „Wie gesagt: Pfeffersäcke! Die van den Goores haben gut gewirtschaftet. Wir sprechen in der Familie nicht gern über die Vergangenheit, über Kolonialgeschichte und die Arbeitsbedingungen in Indonesien ... mein Gott, was haben sich unsere Kinder schon an diesem Tisch hier mit uns gefetzt! Als sie die historischen Hintergründe kapiert haben, hätten sie am liebsten alles gleich verschenkt. Ich, ehrlich gesagt, nicht."

Eva verstaute die Überzüge in einem Wandschrank und ließ sich ins Sofa fallen.

„Nein, ich liebe es hier! Ich habe die Vergangenheit hinter mir gelassen. Klingt egoistisch, ist mir aber egal."

„Wir können uns unsere Eltern nicht aussuchen, wir werden irgendwo reingeboren und laufen so mit, wehren uns beizeiten, so gut es geht, aber letztlich, haben wir's nicht in der Hand. Da ist eine Mutter, der die Welt des Achterlands zu piefig ist, da ist ein Vater, der sich deswegen überarbeitet und viel Geld dafür bekommt, dass er illegale Mastmittel an die Kälberbarone verkauft ... Ich habe immer geglaubt, ich sei stark. Hab' meinen Vater gepflegt und alles als mein Schicksal angenommen ... Mutter hatte ja schon frühzeitig das Weite gesucht ... und sich nie wieder gemeldet. Ich weiß nicht mal, wo sie ist und ob sie überhaupt noch lebt."

Eva stand auf und ging zu Marie, die immer noch ins Weite schaute. „Und zu allem Überfluss ist da noch ein verloren gegangener, drogensüchtiger Bruder, der seine Schwester beizeiten gebraucht hätte ..."

„Nein, nein, nein, das brechen wir mal hier ab ... Du sollst dich entspannen, nicht Grübeln! Ja, uns beide hat im letzten Sommer die Vergangenheit wieder eingeholt, stimmt, da haben wir einiges gemeinsam. Es ist, wie du sagst: Familie ... man sucht sie sich nicht aus. Meine Mutter starb, als ich 16 war, mein Vater, der allseits geschätzte Landbaron, hatte sowieso immer schon gemacht, was er wollte, ging auf Jagdreisen mit seiner französischen Freundin, von der wir dann irgendwann erfuhren ... und von unserer Halbschwester Michelle ..."

Eva schüttelte den Kopf und setzte sich wieder ins Sofa. „Und dann mein Bruder Werner, dieses verzogene, große Kind, das immer dem Vater nachlief, den es nie hatte, und ihn nie einholen konnte. Der spendierfreudige Kumpel auf der Aarloher Kirmes und den Schützenfesten. Vorsitzender des Oldtimerclubs ... dabei besaß er nur einen Haufen Schrottautos ..."

Evas Stimme wurde leiser, als zählte sie all diese Erinnerungen nur sich selbst auf. „Werner lebte in dieser halbseidenen Parallelwelt, bis er selbst das Opfer wurde ... aufgeknüpft über seinen Schrottautos ... die Selbstmordthese habe ich von Anfang an nicht geglaubt – das war natürlich dieser Verbeek, Henk Verbeek, *Henk der Henker* ..."

Eva bemerkte nicht, wie Marie am Fenster plötzlich zu zittern begann. Erst als sie sich schwankend einem der Sessel näherte und sich bleich und kraftlos hineinfallen ließ, sprang Eva auf und ging zu ihr.

„Entschuldige, Marie, ich rede mich immer in Rage, wenn ich daran zurückdenke. Ich habe nicht an dich gedacht. Ich bin so blöd, verzeih mir. Warte, ich hole uns was zu trinken."

Eva ging zu einem Sideboard, holte zwei Gläser und eine Flasche Bourbon heraus und schenkte ein. Marie nahm das Glas mit zitternder Hand.

„Komm, hau weg!", sagte Eva und stieß mit ihr an. Sie leerte ihr Glas in einem Zug, während Marie nur vorsichtig daran nippte. „Es ist nur ... wenn ... wenn ich ...", stotterte sie, „wenn ich dieses Bild vor Augen habe, das Seil, den Karabinerhaken ... das ist, als wenn bei mir einer einen Schalter umlegt und ausschaltet oder einen Stöpsel zieht und alle Kraft aus mir abfließt."

„Kein Wunder, du warst sein Opfer und bist nur knapp ..." Eva hielt es für besser, diesen Satz nicht zu beenden.

„Inzwischen gibt es noch so einen Schalter."

Eva schaute sie fragend an.

„Feuerzeuge, Streichhölzer, Brandgeruch ..."

Als Eva das zitternde Glas sah, setzte sie sich zu Marie auf die Sessellehne. „Komm, trink mal – ich weiß, das ist keine Medizin, wirkt aber so ähnlich."

„Ich mache übrigens gerade eine Therapie."
„Gut so."
„Weiß noch nicht ... bin auf dem besten Weg, ein psychisches Wrack zu werden. Phobien, Angstzustände, Schlaflosigkeit, Albträume, böse Vorahnungen ... der ganze elende Scheiß!"
Eva goss noch einmal nach. „So, runter damit, und dann Mantel an, Schal um – wir gehen ans Meer, und dann weiter bis Egmond, wenn du magst. Da schauen wir mal, ob wir was zu essen bekommen. Und dann durch die Dünen zurück. Und für den Rest des Tages arbeiten wir dann! An der neuen Zukunft!"

„Hätte nicht gedacht, dass wir uns so schnell wiedersehen", begann Walter Gerwink wenig erfreut das Gespräch mit Emma Amann. Der Leiter des Grenzübergreifenden Polizeiteams gab sich keine große Mühe, seine schlechte Laune mit netten Floskeln zu überspielen. Aber auch die Gegenseite bemühte sich nicht um Sympathie.
„Na ja, Dienst ist Dienst, Walter. Allzu gern komme ich nicht her, wie du dir vorstellen kannst."
Emma begann, einige Unterlagen aus ihrer Tasche zu kramen und erweckte nicht den Eindruck, dass sie an Entschuldigungen, Erklärungen oder an einer Aufarbeitung jener Ereignisse interessiert wäre, die vor nicht mal einem halben Jahr zum Bruch zwischen den beiden geführt hatten.
„Lass uns nach vorne schauen, Walter, war keine gute Zeit damals. Du hattest deine Gründe, ich hatte meine, ja, aber trotz allem wirst du verstehen, dass mich dein Rauswurf damals sehr gekränkt hat."
„War ja kein Rauswurf."
Emma atmete tief durch und wollte zum Gegenangriff übergehen, aber Walter kam ihr zuvor.
„Okay, meinetwegen *Rauswurf*, ja, gut. Aber denk bitte daran, dass mein Bruder damals ganz knapp gerettet worden war. Martin hat über eine Stunde lang in diesem Moortümpel um sein Leben gekämpft. Marie haben sie zur gleichen Zeit in letzter Sekunde vom Seil geschnitten ... Ja, da war ich emotional etwas am Rande, das

gebe ich zu, und meine Reaktion ist wohl heftiger ausgefallen, als es sonst meine Art ist. Gut, bitte, dafür entschuldige ich mich. Aber von der Sache her ..."

„... von der Sache her", unterbrach ihn Emma, „von der Sache her, muss ich leider an meiner Behauptung festhalten, dass ich dabei war, den Aarloher Sumpf trockenzulegen und du dich im Gegensatz zu mir eifrig bemüht hast, die gute alte Ordnung in der Region aufrechtzuerhalten und ja nicht weiter zu hinterfragen." Walter schluckte seinen aufkeimenden Protest herunter. „Genau das wäre aber nötig gewesen", fuhr Emma fort, „denn das, was wir hier jetzt erleben, ist genau aus diesem Sumpf aufgestiegen. Entschuldige Walter, aber hier stinkt schon wieder alles zum Himmel."

„Werd' mal konkret, Emma: Warum schickt dich das LKA Düsseldorf ... wie heißt nochmal deine Abteilung?"

„Cyberkriminalität."

„Ja, gut, meinetwegen. Warum schicken die dich denn nun schon zum zweiten Mal hierher? Oder ist das wieder einer deiner Alleingänge?"

„Alleingänge? Nein, das ist ja wohl eure Spezialität hier ... aber keine Angst, Walter, ich bin nicht auf irgendeinem Rachefeldzug. So wichtig ist das kleine Aarloh auch nicht auf der großen Weltkarte des internationalen Verbrechens."

Walter schüttelte den Kopf. „Ach, Emma, immer dieser Zug ins Große ... bleiben wir doch bei den kleinen Dingen: Hier sind ein paar gefälschte Gemälde aufgetaucht, stimmt. Und es kann sogar sein, dass auch vorher schon mal ein falscher Mondriaan aus unserer Region bei Sotheby's in London aufgetaucht ist. Aber internationale Cyberkriminalität? Das scheint mir schon wieder weit übers Ziel hinausgeschossen zu sein."

Emma grinste nur und schüttelte ebenfalls den Kopf.

„Geht nicht um ein paar gefälschte Bilder, Walter, sonst wäre ich gewiss nicht hier. Aus meiner Sicht geht es um die Nachwirkungen, die sich hier innerhalb der jahrelangen oder besser jahrzehntelangen Sumpfentwicklungen gebildet haben, aus den Machenschaften und der Großmannssucht eines Landbarons und dem konsequenten Wegschauen der Beamten vor Ort."

Als Walters Gesicht sich verfinsterte, ertappte sich Emma dabei, schon wieder in das alte Fahrwasser abgedriftet zu sein. Aber Walter bremste die Kollegin.

„Ach ja, Emma, allmählich langweilt mich die alte Leier: die Gebrüder Gerwink, die vieles nicht blicken und das, was sie blicken, unter dem Mantel dörflicher Verschwiegenheit und Vetternwirtschaft vertuschen ... und so weiter und so fort ... die aktiv dazu beitragen, Kriminelles im sumpfigen Bermudadreieck zwischen den Niederlanden, Niedersachsen und NRW still und heimlich für ewig und alle Zeit untergehen zu lassen ... Nein, nein, nein! Das hast du doch gesehen:

Das Moor schweigt nie! Wir holen hier nach dreißig Jahren noch einen Porsche raus und kommen sogar dahinter, wer ihn damals gefahren hat und was der heute macht. Schon vergessen? Wir, Emma, mein Bruder und ich, wir haben hier den Droste-Terhahns und dem niederländischen Drogenhandel den Hahn abgedreht, das ist eine Tatsache."

„Geschenkt, Walter, du weißt, ich sehe das anders ... da werden wir uns nicht einig. Lass uns nicht zu viel Zeit verlieren."

Emma fuhr ihr Notebook hoch und drehte Walter den Bildschirm zu. „Also, fangen wir vorn an, mit deiner Frage, warum mich das LKA Düsseldorf im Verbund mit Interpol ausgerechnet zu euch schickt."

Emma klickte eine Videodatei an, und der Bericht aus der *heute*-Sendung vom Mordanschlag am Dortmund-Ems-Kanal in Höhe des Flughafens Münster-Osnabrück erschien.

„Komm, Emma!", intervenierte Walter,

„Du willst Zeit sparen, dann müssen wir uns das jetzt nicht nochmal anschauen! Gibt's neue Erkenntnisse zu dem Fall oder möchtest du mir nur nochmal zeigen, wie telegen du bist und wie gut du rüberkommst ...?"

Emma stutzte, riss sich dann aber zusammen.

„Das wiederum langweilt mich jetzt, Walter! Ich bin nicht so eitel, wie du glaubst, aber ich bin eine gute Polizistin, so selbstbewusst bin ich dann doch."

„Ja, ja, komm zur Sache!"

„Ein kleiner Finanzdienstleister wird erschossen, mit Sitz in Greven und weltweiten Verbindungen, vor allem nach Dubai, Amsterdam und auf eine karibische Insel namens Sint Maarten. Warum wird dieser Mann erschossen, und wer klaut seine Computer-Festplatten? Wer kann daran Interesse haben?"

„Ein verzweifelter, korrupter Finanzbeamter mit Kontakten zum gefährlichen Aarloher Sumpf, ein geprellter Drogendealer, die westmünsterländische Mafia? Du wirst es mir gleich sagen."

Emma klickte noch einmal, und auf dem Bildschirm erschien jetzt das Video von der *Double-Coin*-Party, das Emma bei ihrem ersten Besuch schon gezeigt hatte.

„Es geht um diese Frau ..."

„Ja, ich weiß", unterbrach Walter, „das hast du uns doch vor zwei Wochen schon gezeigt. Die *Double-Coin*-Geschichte, Betrug mit einer angeblichen Kryptowährung, die überhaupt nicht existiert."

Emma klappte genervt ihr Notebook zu und beschleunigte das Tempo.

„Das Geld, das hier gewaschen werden sollte, kommt zum großen Teil aus Kreisen der russischen Mafia. Sie nennen sich *Diebe im Gesetz*, leben nach eigenen Ordnungen und haben eine Gemeinschaftskasse. Daraus sind die *Double-Coins* gekauft worden, die es gar nicht gab. Gab auch keine Renditen, sie haben nur zum Schein einiges von den eingesackten Millionen zurückfließen lassen. Da waren die Russen beruhigt – musste ja alles toll sein, wenn schon wenige Monate später Gewinne überwiesen wurden. Und vermutlich waren sie auch stolz: Das mit den ersten Bitcoins, das hatten sie verpasst, aber jetzt hatten sie aufs richtige Pferd gesetzt, auf den ganz heißen Scheiß, Kryptowährung, *Double-Coins*, sicherer als Bitcoins. Aber nach und nach erhärtete sich bei ihnen dann doch der Verdacht, dass diese Lady ihr schönes russisches Schwarzgeld gar nicht wusch, sondern es schlicht privat eingesackt hatte. Sie hatte die Herren stumpf abgezockt. Aber wenn man seine Hand in den Bienenstock steckt und eine Honigwabe klaut, dann gibt es ein großes Gesumme und Gebrumme, dann schwärmen die Bienchen massenhaft aus. Die können vielleicht ihre Honigwabe nicht zurückholen, aber stechen können sie, wenn's sein muss sogar tödlich."

„Nee, Emma, das ist mir dann doch zu schnell. Was uns hier angeht, spielt zuerst mal das Geld von Bernhard Droste-Terhahn eine Rolle. Das sind vermutlich ein paar Hunderttausend gewesen, sicher nicht mehr als eine halbe Million, maximal."

„Ja, Peanuts im Vergleich zu den Millionen, die von den Russen gekommen sind."

„Kann mir nicht vorstellen, dass die Droste-Terhahns russisches Schwarzgeld gewaschen haben. Und es fällt mir auch schwer zu glauben, dass diese Dame die Russen-Mafia beklaut? Die ist doch nicht blöd!"

„Blöd sicher nicht, aber gierig! Und sie überschätzt sich. Sie war die erste Frau in der bulgarischen Armee, die zur Scharfschützin ausgebildet wurde und blieb lange Zeit die einzige. Sie glaubt wahrscheinlich, ihre Schießkünste und ihr Präzisionsgewehr machen sie unverwundbar."

„Mir fehlt die Verbindung zu den gefälschten Bildern. Geht's hier um falsche Bitcoins oder um gefälschte Gemälde? Das kriege ich nicht zusammen."

„Wir auch noch nicht, Walter! Da bin ich ganz ehrlich."

„Das tröstet mich."

„Aber darum bin ich hier. Wir sollten gemeinsam versuchen, diese Verbindung herzustellen. Aus dem Finanzbüro in Greven ist nichts mehr zu holen. Da haben die Diebe ganze Arbeit geleistet."

„Aber wie ich dich kenne, hast du natürlich einen Verdacht."

„Na klar, dahinter stecken die beiden Frauen, die bei euch aufgetaucht sind. Danke übrigens für die Fotos!"

„Welche Fotos?"

„Die aus der Überwachungskamera."

„Welche Überwachungskamera? Ich hab' dir keine Fotos geschickt."
„Stand aber Gerwink drauf."
Walter musste schon wieder seinen aufkeimenden Ärger still herunterschlucken. Martin! Sein Bruder kooperierte ohne Not freiwillig mit Emma Ammann? Er betrachtete das als Verrat. Wie aufs Stichwort erschien unten auf dem Parkplatz Martins Dienstwagen.
„Ja, ja, die Gebrüder Gerwink", sagte Walter so leise, dass Emma es nicht verstand. „Immer für eine Überraschung gut."
„Was meinst du?"
„Ach nichts, kleine Überraschung: Martin kommt gerade. Ich vermute, er wird dir gleich sagen, was es mit den Fotos auf sich hat."

48

Der lange Weg durch die Dünen, der frische Wind und der Blick aufs Meer, das Essen in einem netten chinesischen Lokal in Egmond und die Erinnerungen an die früheren Zeiten – das alles hatte den beiden gutgetan. Eva war etwas jünger als Marie, konnte sich aber auch noch gut an den fahrigen und stets schlecht frisierten Kunstlehrer Ari Wardenaar am Vredener Gymnasium erinnern. Und an dessen feurige Predigten zum Unsinn der gegenstandslosen Malerei und der absoluten Abstraktion, einschließlich des fatalen Irrwegs eines gewissen Piet Mondriaan, der sich – wie Ari stets meinte – auf dem Höhepunkt seines Schaffens ohne Not an falschen Künstler-Freunden orientiert hatte und einen Irrweg gegangen war, mochten seine abstrakten Farbkästchen nun auch in den größten Museen der Welt hängen.

Nach einer letzten großen Putzaktion hatte Eva das Herdfeuer angezündet, jetzt saßen sie gemeinsam am alten Tisch im Wohnzimmer vor dem großen Computerbildschirm, den sie aus Nijverdal mitgebracht hatten. Sie gingen die bereits eingescannten Rechnungen und Verträge durch. Einige Kartons mit noch ungeordnetem Material standen auf dem Fußboden, zwei externe Festplatten surrten leise vor sich hin. Sie waren fest entschlossen, alle restlichen Unterlagen in den kommenden Tagen durchzuarbeiten, um sich danach in Ruhe auf das Weihnachtsfest freuen zu können. Marie beneidete Eva, die in diesem schönen Haus in wenigen Tagen mit ihrem Mann Ruud, ihren beiden Kindern und deren Familien das Fest feiern würde. Allein die drei Enkelkinder würden dieses Haus mit Glanz und Fröhlichkeit erfüllen. Aber mit etwas gutem Willen konnten Martin und Marie das in ihrer neuen Wohnung auch hinbekommen.

„Hab' ich mich eigentlich jemals richtig bei dir bedankt, Eva, für deine Großzügigkeit und für die gewagte, aber wunderbare Idee, Martin und mir gemeinsam den Bungalow zu überlassen?"

„Natürlich hast du das", antwortete Eva, während sie einen Stapel Kontoauszüge durchblätterte, „es war soeben genau das 122. Mal." Eva lachte. „Glaub mal ja nicht, dass das die reine Großzügigkeit war – du arbeitest für mich. Und zwar hart."

„Wir verstehen uns übrigens sehr gut, Martin und ich."

„Das war mir klar. Reine Menschenkenntnis, Marie."

„Egal, was die Leute reden – Martin und ich sind ein gutes Team, glaube ich."

„Was die Leute reden, hat mich noch nie interessiert. Die Mäuler werden sie sich zerrissen haben, klar. Was meinst du, was damals los war, als ich *den armen, alleinstehenden, hilflosen Vater zurückgelassen habe ... mit gerade mal 20 ... und zieht zu diesem Holländer, das undankbare Kind! ... aber die teuren Pferde, die ihr der Vater bezahlt hat, die nimmt sie natürlich mit* ... Ich glaube, die meisten Aarloher sehen mich immer noch lieber von hinten als von vorn."

„Das glaube ich nicht, Eva. Das hat sich zumindest mit deiner Entscheidung für den neuen Droste-Hof völlig geändert. Nein, die schätzen dich, glaub mir, die sehen jetzt, was man alles mit etwas eigenem Engagement auf die Beine stellen kann, wenn man den dörflichen Gemeinsinn mal ernst nimmt und nicht nur rumtratscht und über diesen oder jene herzieht, weil's sonst so langweilig ist."

„Ja vielleicht ... hoffentlich! Und hoffentlich sind diese Beine, auf die wir das Projekt gestellt haben, demnächst etwas stabiler. Noch sind sie leider sehr dünn und gebrechlich. Und ich kann nicht von Ruud verlangen, dass er das alles ewig mitträgt und mit seinem Familienbesitz absichert. Obwohl ... erstens sind die van den Goores reiche Pfeffersäcke, wie du weißt, und zweitens hat er bisher nur Bürgschaften unterzeichnet. Brenzlig wird's, wenn ich demnächst Insolvenz beantragen müsste."

„So weit lassen wir es nicht kommen. Eher verkaufen wir das Gerhard-Richter-Bild, das ist garantiert nicht gefälscht."

„Nein, da scheint damals alles ordnungsgemäß abgewickelt worden zu sein ... warte mal." Eva bückte sich und hob einen der Kartons auf die Tischplatte. Nach kurzem Blättern hatte sie das gesuchte Papier gefunden. „Hier, das ist auch über die Galerie Nijkerk gelaufen. Mhm. Die haben allerdings auch die falschen Mondriaan-Bilder verkauft. Wenig vertrauenswürdig, wenn du mich fragst. Ich vermute, die wussten ganz genau, was da lief. Die haben Ari Wardenaar die Bilder abgekauft und vermutlich für das Zehnfache weiterverscherbelt. Und der Professor hat ihnen immer den Persil-Schein ausgestellt. *Gestempelt und für echt befunden, bitte 20 Prozent auf mein Konto, mit freundlichen Grüßen, Professor Dr. Hahnemann ...*" Marie schaute nochmal auf die Rechnung. „Aber hier waren sie offenbar nur Zwischenhändler. Den Richter haben sie über eine Düsseldorfer Galerie bezogen, Bruckdorff, Königsallee, auf jeden Fall eine noble Adresse."

„Aber diese Preise, Marie. Ich verstehe nichts davon, aber schau mal: 64.425 Euro ... das hat er tatsächlich dafür bezahlt! Das stimmt mit den Überweisungen überein. Es fällt mir so unglaublich schwer, mir meinen Vater als kunstsinnigen Menschen vorzustellen. Als Großwildjäger, das passte, aber Kunst? Warte mal!"

Eva wühlte kurz in einem der anderen Kartons und präsentierte ein Foto. Ihr Vater in Jagdkleidung, zusammen mit zwei anderen Herren, alle etwa Mitte fünfzig.

„Das muss in den 90er-Jahren gewesen sein, vermutlich Südafrika. Vor ihnen liegt ein totes Nashorn, ekelhaft!"

Marie sah sich das Foto genauer an.

„Sag mal, der hier ... Als du an diesem entsetzlichen Tag in die Villa Mondriaan kamst, war der da noch da?"

Jetzt sah Eva auch genauer hin.

„Denk dir den kleinen Bart mal weg ... es gab zwei alte Männer dort, ihn hier und unseren Professor. Das muss der Staatsanwalt gewesen sein."

Eva war sich nicht sicher. „Vielleicht ... ich kann mir den ohne Bart und über zwanzig Jahre jünger schlecht vorstellen. Aber warte mal, die alten Herren haben sich öfter fotografiert. Einer von denen muss eine Yacht gehabt haben ..." Eva durchwühlte die Fotos und fand, was sie suchte.

„Hier schau mal ... ja, du hast Recht. Das Bild hier ist nicht so alt, da kann man ihn besser erkennen. Neben dem Kapitän, wer immer das sein mag. Und auf der anderen Seite ist mein Vater, hier."

Marie war sich sicher. „Das ist der Typ! Der Staatsanwalt, der kaum ein Wort gesagt hat ..."

Wieder griff Eva in die Schachtel mit den Fotos. „Hier ist noch ein aktuelleres glaube ich ..."

Marie betrachtete die Aufnahme und stöhnte auf. „Die ganze verdammte Bande!" Sie zeigte mit dem Finger auf die Gesichter. „Hier, dein Vater, den neben ihm kenne ich nicht; am Steuerrad – ja, das passt zu ihm! – unser Professor ... sieht komisch aus, alle anderen in Segel-Weiß, nur er leicht schielend und im Trenchcoat, wie Peter Falk als Inspector Columbo. Und ganz rechts wieder unser Staatsanwalt. Gibt's irgendeine Notiz?" Sie drehte das Bild um. „Leider nicht, schade."

„Aber das kann nicht so alt sein, mein Vater wird da vielleicht 75 sein, mit 82 ist er gestorben."

„Wer mag dieser vierte Mann sein?"

„Auf dem anderen Bild steht er am Steuer, passt auch besser, der wird der Besitzer der Yacht sein."

„Also vermutlich stinkreich."

„Ja", bestätigte Eva. „Reiche alte Kumpel ... Wie passt das zusammen, Marie? Die knallen in Südafrika seltene Tiere ab, vermutlich auch damals schon höchst illegal, und wenige Jahre später werden sie kunstsinnig und sammeln schöne Bilder?"

„Mit Moral kommst du zurzeit in Sachen Kunst nicht weiter. Da geht es nur noch um Geld, und da sind die größten Arschlöcher unterwegs ... womit ich nichts gegen deinen Vater gesagt haben will."

„Doch, doch, sag's ruhig, das passt schon. Und dass er sich ein geheimes Kunst-Depot anlegt in seinem neuen Bungalow, spricht auch eher dafür, dass er nur sein Geld vermehren wollte, egal was auf den Bildern zu sehen war."

„Der Weg des Geldes, Eva, wo kam es her, wo ging es hin?"

„Im Grunde hat mein Vater seine Geldsachen alle über die alten Verbindungen abgewickelt, sehr solide, sehr konservativ, Sparkasse Vreden. Bei den abgehefteten Kontoauszügen und Computerausdrucken seiner Sparkassen-Ordner gibt es keine Hinweise auf Kunstkäufe oder größere Summen, die wie Lottogewinne plötzlich dagewesen wären. Da taucht nie irgendwas außer der Reihe auf, selbst die Finanzierung des Bungalows – alles Sparkasse Vreden, ganz sauber."

„Zeig mir nochmal die Rechnung für das Richter-Bild, bitte!"

Marie suchte nach der Bankverbindung und fand sie kleingedruckt am unteren Rand. „Hier ... Nieuwe Amstel Bank, Amsterdam.

Na, da schauen wir doch mal!"

In Eva war die Detektivin erwacht. Sie tippte den Namen der Bank ein und wurde wenig später fündig. „Gibt's noch!" In Windeseile hatte sie andere Suchbefehle eingegeben, und nach wenigen Minuten klatsche sie spontan in die Hände. Sie hatte den Yacht-Kapitän gefunden, drehte den Bildschirm Marie zu und drückte ihr zum Vergleich noch einmal das Foto ihres Vaters im Kreis seiner Freunde in die Hand. Dann stand sie auf und ging ans Sideboard. „Ich denke, wir brauchen nochmal was zu trinken!"

Es gab keinen Zweifel. Der Mann auf dem Foto hieß laut Internet Herman DeWitt und war Direktor der Nieuwe Amstel Bank. Er musste der vierte Mann in diesem Millionenspiel sein, aus dem jetzt blutiger Ernst geworden war.

49

Walter hatte Emma allein im Besprechungsraum gelassen und war durch den Flur geeilt, um seinen Bruder am Eingang abzufangen und ihn zur Rede zu stellen.

„Warum hast du Emma da mit reingezogen?"

„Reingezogen? Die ist hierhergeschickt worden, Walter. Die musste man nicht ziehen. Der Fall hat offenbar tatsächlich größere Dimensionen."

„Du kennst sie doch: Sie würde aus jedem Ereignis in Aarloh einen Fall mit größeren Dimensionen machen. Zum einen, weil sie sich rächen will, zum andern, weil sie grundsätzlich nur groß und wichtig kann, drunter macht sie's nicht."

„Ja, Walter, aber hier ist Marie involviert, und da mache ich keine Alleingänge."

Walter eilte schnaubend durch den Gang. „*Alleingänge* ... jetzt fang du auch noch an!"

„Martin, unser Retter!"

Warum wurde der Dorfpolizist aus dem *Aarloher Sumpf* so überschwänglich begrüßt?

„Wenn ich gewusst hätte, dass du heute hier bist, hätte ich Sekt besorgt!"

Walter schaute auf die beiden und machte ein Gesicht, als ob er die Welt nicht mehr verstünde. Emma tippte auf die Kopien, die auf dem Tisch lagen. „Weißt du eigentlich, dass du damit sogar Interpol begeistert hast?" Walter sah seinen Bruder streng an. Im Gesicht des Hauptkommissars las Martin nicht nur ein großes Fragezeichen, sondern einen ganzen Fragenkatalog. „Das sind nämlich die aktuellsten Bilder dieses Phantompaars. Die große und die Kleine, die waren bisher unsichtbar. Es gibt nur diese Szene von der Party, die jemand ins Netz gestellt hat – vermutlich einer der Gäste dieser großen Eröffnungsshow auf Ibiza, beim Starschuss für *Double-Coin*. Der hat sich sicher nichts dabei gedacht, die Bilder zu veröffentlichen, der wusste ja nicht, dass er zusammen mit vielen anderen einem gewaltigen Schwindel aufgesessen war. Deine Bilder sind jedenfalls die aktuellsten von den beiden Frauen ... etwas grobkörnig, aber unsere Leute haben da einiges rausgeholt. Die haben auch anhand der Daten den Größenunterschied der beiden Frauen berechnet, und siehe da: passt perfekt zu den Video-Aufnahmen." Emma holte die digitalen Bearbeitungen aus ihrer Tasche.

„Meine Freude darüber hält sich in Grenzen", dämpfte Martin Emmas Höhenflug. „Offenbar sind die beiden nicht ganz ungefährlich, und sie haben nachts unsere Wohnung ausspioniert. Warum?"

„*Eure* Wohnung?", fragte Emma überrascht.

„Ja, die beiden leben doch jetzt in der Droste-Villa, in dem Neubau", erklärte Walter, „das hab' ich dir doch eben erzählt."

„Nein, hast du nicht", entgegnete Emma knapp, was Walter mit einem hingemurmelten *Na, dann eben nicht!* kommentierte und desinteressiert aus dem Fenster sah.

„Also du und Marie Gerster?", fragte Emma. Martin nickte. „Na, herzlichen Glückwunsch! Ihr beide seid also ein Paar geworden."

„Waren wir auch vorher, aber jetzt ... jetzt ist es anders. Marie ist sehr gefährdet ... also ... psychisch! Wär' gut, wenn du mir sagtest, was ihr wisst, Emma. Was wollen die beiden hier?"

„Wir denken, sie wollen aufräumen und Spuren vernichten. Bernhard Droste-Terhahn war einer der ersten Einzahler. Wir wissen nicht viel, wir wissen bislang nur, dass er einen Teil seines Barvermögens umgeschichtet hat, von der Vredener Sparkasse über den Finanzmakler in Greven auf die Nieuwe Amstel Bank in Amsterdam. Und wem verdanken wir das? Auch dir, Martin. Das ging aus den Akten hervor, die wir im Boot dieses Finanzmaklers gefunden haben. Genial, deine Kombination: Der Mann wohnte direkt am Kanal, also hatte er vielleicht ein Boot! Und dann diese Verbindung zum Wasserschutz in Münster ... Martin, das war wirklich gute Polizeiarbeit, und ich bin bereit, alles zurückzunehmen, was ich jemals über einen gewissen Dorfpolizisten in Aarloh gesagt habe."

Während Martin zufrieden lächelte, wurde es in Walters Gesicht immer dunkler. Sein eigener Bruder! Wer von Emma Ammann belobigt wurde, konnte nur auf der falschen Seite stehen. Und warum hatte ihm Martin nichts von diesem Boot erzählt?

„Kann mich auch mal jemand ins Boot holen? Ich kann sonst nicht mitreden."

„Ja, entschuldige, Walter, eigentlich bin ich deswegen heute gekommen, ich wusste nicht, dass Emma hier ist."

„Also ein Boot?"

„Ja, kleines Holzschiff."

„Das gehörte diesem Oldenburg?"

„Ja, es sieht so aus, als wenn er damit abhauen wollte, samt seinen wichtigsten Akten ... hat er aber nicht mehr geschafft."

„Das Boot hat Martin entdeckt und gleich geschaltet", setzte Emma ihre Lobeshymne fort, „und als er die Kollegen der Wasserschutzpolizei in Münster deswegen informierte, fiel denen wieder ein, dass es einen Zeugen gab, einen niederländischen Bootsmann." Walter Gerwink sah seinen Bruder so böse und enttäuscht an, dass Martin Angst bekam und um Bruderliebe und Familienfrieden fürchtete.

„Gut, in diese Geschichte komme ich so schnell nicht rein", sagte Walter sichtlich beleidigt, „können wir bitte nochmal konkret werden und kannst du mir – oder könnt *ihr* mir – die nötigen Informationen geben, damit mein Team an dem Fall weiterarbeiten kann ... falls das überhaupt noch wichtig ist ... Sonst wüsste ich nämlich nicht, was ich hier soll ... aber das ist ja vielleicht auch schon völlig egal ..."

„Walter!", ermahnte Martin seinen Bruder, „jetzt sei doch nicht beleidigt. Wir arbeiten doch alle an dem Fall. Ich vor allem wegen Marie, da mache ich gar kein Geheimnis draus. Und ja, es kann sein, dass ich dabei meine Kompetenzen schon wieder erheblich überschritten habe, ist mir aber egal."

„Früher hast du deine eher privaten Fragen zunächst mit mir besprochen, wenn du dich erinnerst? ... Nein? ... Soll ich dir kurz auf die Sprünge helfen?"

„Jedenfalls geht es um insgesamt 600 000 Euro", bremste Emma die beginnende Eskalation im Streit der Brüder und fuhr sachlich fort: „Angefangen hat Bernhard Droste-Terhahn mit 200 000, das lief dann gut, weil ihm diese Elena einfach Geld aus dem großen Topf zurückgezahlt hat, mit der Behauptung, das seien seine ersten Gewinne. Dann hat er zwei weitere Pakete à 200 000 nachgelegt.

Die Urheberin des Ganzen, also diese Bulgarin, die bei uns unter dem Namen Elena geführt wird, die hat Bernhard Droste-Terhahn sogar zu Werbezwecken eingesetzt, mit Bild, zusammen mit dem Bankdirektor der Nieuwe Amstel Bank, über den die Zahlungen weiterliefen, sobald das Geld über die Oldenburg-Inter-Finanz aus Greven ankam. Dass wir das jetzt alles schon wissen, ist großartig, Martin, und das verdanken wir vor allem dir und den gefundenen Akten."

Walter hatte nun doch interessiert zugehört und fühlte sich um so stärker hintergangen und fehl am Platz. Er versuchte Gegenwehr:

„Dass Bernhard Droste-Terhahn da dick involviert war, hast du uns doch schon bei deinem ersten Besuch hier erzählt. Was soll denn da jetzt neu sein an der Situation?"

„Das war erstmal nur meine Vermutung, aber jetzt kennen wir die Wege, die das Geld genommen hat, damit kommen wir bis in die Karibik, das ist großartig. Wenn wir das mit den Erkenntnissen aus den Panama-Papers abgleichen, haben wir vielleicht die ganze Struktur."

Sie ging auf Walter zu und machte ein versöhnliches Gesicht.

„Ist doch alles gut, Walter. Wir sind einen großen Schritt weitergekommen, freu dich doch mit uns."

Walter konnte sich ein höhnisches Grinsen nicht verkneifen. Emma sah es, und ihre Heiterkeit war schlagartig verflogen.

„Wenn du ehrlich bist, Walter, dann hast du meine Idee neulich vor deinen Kollegen als ... na sagen wir ... nicht als Hirngespinst, aber doch als absolut irrelevant hingestellt und damit alle Recherchen hier vor Ort im Grunde abgelehnt."

Walter sah seinen Bruder an, und als der bestätigend nickte, drehte er sich auf dem Absatz um und verließ den Raum mit den Worten:

„Ich sehe, ihr versteht euch, dann macht mal schön alleine weiter. Ich bin vorne in meinem Büro!"

Martin überlegte, ob er seinen Bruder Emma gegenüber in Schutz nehmen müsste, aber die junge Oberkommissarin der Düsseldorfer LKA-Abteilung Cyberkriminalität ignorierte Walters demonstrativen Abtritt und machte nahtlos weiter.

„Droste-Terhahn war einer der ersten, die mitgemacht haben und die sogar profitiert haben. Er ist ja nicht reingelegt worden, er hat im Grunde mehr herausbekommen, als er eingezahlt hat. Das war ganz klar Elenas Absicht. Sie hatte für verschiedene Länder jeweils ein Musterbeispiel, quasi einen *Double-Coin*-Repräsentanten. Einen Winzer in Südfrankreich, einen Viehzüchter in Texas, einen Immobilienmakler in New York, einen mittelständischen Fabrikanten in Japan und so weiter. Das waren die Lockvögel, die sollten die reichen Russen und Araber animieren, auch zu investieren. Wenn so ein bodenständiger westfälischer Bauer da mitmacht und seine Einlagen 25% Rendite abwerfen ... na, da will man doch auch dabei sein. Passieren kann ja nichts, *Double-Coin* ist ja mit Goldreserven abgesichert." Emma schüttelte den Kopf. „Immer noch schwer vorstellbar, wie sich die Leute da haben verarschen lassen. Natürlich hat sie die sogenannten *Gewinne* einfach aus den Einzahlungen der nachfolgenden Gierhälse bezahlt. Und als viele der späteren Einzahler nichts mehr von ihr hörten und peinliche Fragen stellten, da hat sie schnell den vollen Geldtopf genommen und ist verschwunden."

Sie machte eine Pause. Etwas schien ihr im Kopf umzugehen.

„Sieh mal, Martin, mein Verhältnis zu deinem Bruder war nicht gut, als ich mit ihm gearbeitet habe. Ja, ich wollte mehr, ich wollte schneller ... ich habe ehrlich gesagt, noch immer nicht durchschaut, warum er so ein Geheimnis um die Sache mit dem Porsche im Moor gemacht hat ... sei's drum. Aber im Nachhinein bin ich ganz froh über diese Zeit. Ich kam nach Düsseldorf, interessierte mich für den Fall *Double-Coin*, und als diese Bilder auftauchten, der Bankier und der Bauer, mit denen diese Elena Werbung machte, da konnte ich direkt sagen: Den da kenn' ich, das ist Bernhard Droste-Terhahn, aus Aarloh im Westmünsterland! Da haben die neuen Kollegen in Düsseldorf nicht schlecht gestaunt. Manchmal muss man eben auch Glück haben."

Martin blieb in seiner nachdenklichen Haltung. *Glück haben.* Es gab dieses berufliche Glück, das dann, wie in Emmas Fall, manchmal mit Finderlohn in Form eines Karrieresprungs belohnt wurde. Das aber hatte ihn nie interessiert. Hier war sein ganz privates, neues Glück gefährdet.

„Sag mir doch bitte, wie gefährlich die beiden Frauen sind. Die haben in Aarloh drei Männer bedroht, einen davon angeschossen; die haben möglicherweise den Kunstprofessor umgebracht, die haben nachts vor unserer Wohnung gestanden ... wie nah waren wir dran, Marie und ich? Warum könnten wir ihre Opfer sein?"

„Schwer zu sagen, Martin. Die wussten nicht, dass ihr in Bernhards Bungalow eingezogen seid. Ich kann mir nur vorstellen, dass sie bei euch irgendwas vermutet haben, Bank-Dokumente, die teuren Bilder im Depot ... irgendwas, das eine Spur legte, die sie verwischen mussten, den *Weg des Geldes* über das Grevener Finanzbüro zur Nieuwe Amstel Bank in Amsterdam und von da aus weiter zu einer dubiosen Bank-Filiale auf der Karibikinsel Sint Maarten, ehemals Niederländische Antillen. Elena hat die Millionen eingesackt, also vornehmlich die Russen beklaut, und will nun sich selbst und die Kohle retten. Deswegen ist alles schlecht, was auf diese Strukturen hinweist. Denn wenn die Russen wissen, wo ihr Geld am Ende gelandet und gebunkert ist, dann finden die auch Wege, es sich wiederzuholen. Die sind bei sowas nicht zimperlich."

„Aber der Kunstprofessor? Überhaupt macht das mit den gefälschten Bildern für mich immer noch keinen Sinn."

„Kunsthandel ist Teil des Konzepts, damit kannst du heute sehr bequem Geld waschen. Ein Picasso steigt stetig im Wert, und da sprechen wir von zweistelligen Millionenbeträgen, die dann irgendein anonymer Telefonanrufer bei einer Auktion bietet. Das ist sehr viel ungefährlicher als Drogenhandel oder Waffenschieberei. Da fließt Schwarzgeld rein und kommt sauber wieder raus. Du kannst dann ja seltene, teure Bilder für den doppelten Preis weiterverkaufen. Die Nachfrage ist groß. Aber die Menge an echten Picassos ist eben begrenzt, also malst du selber welche und lässt sie für echt erklären. Nur ist Bernhard Droste-Terhahn für das ganz große Geschäft etwas zu früh gestorben, sonst wäre – nach meiner Einschätzung – noch einiges aus seinem Depot auf den Kunstmarkt gewandert, vermittelt vermutlich über die Galerie in Winterswijk, mit der er zusammengearbeitet hat."

„Galerie Nijkerk?"

„Ja, genau. Bislang hatte der Professor immer dafür gesorgt, dass ihre Mondriaans, die Toorops und van Dongens saubere Herkunftspapiere und Echtheitszertifikate bekamen. Dass einige der abgesegneten Bilder Fälschungen waren, ist der Schönheitsfleck im sauberen Plan. Damit haben sie nicht gerechnet. Wenn aber rauskommt, dass ein teurer van Gogh in Wahrheit nur eine gute Kopie ist, dann bricht das System zusammen und der Goldesel scheißt nicht mehr."

„Aber warum dann den Kunstprofessor erschießen und nicht gleich den Bänker? Wäre das nicht logischer?"

„Nein, den Bänker brauchen sie noch! Aber so weit sind wir noch nicht. Tatsache ist – danke übrigens auch für deine schnelle Weitergabe der Ermittlungen zu diesem neuen Mordfall – Tatsache ist also, dass dieser Kunstprofessor aus größerer Entfernung von einem erhöhten Standpunkt aus erschossen worden ist. Das ist genau ihre Visitenkarte. Unsere Elena, ehemals einzige Scharfschützin der bulgarischen Armee, sucht sich gern einen erhöhten Standpunkt. Das war bei dem Finanzmakler in Greven genauso."

Martin schwieg und dachte nach. Ein wenig zu lange für die junge Kollegin.

„Was grübelst du?"

„Es gibt da aus meiner Sicht in dem Grevener Mordfall ein paar Probleme. Das erste ist ein sprachliches." Emma war sichtlich irritiert. „Es gibt ja das Protokoll der Kollegen vom Wasserschutz. Danach hat dieser junge, kampflustige Schiffer gehört, wie der vermutliche Schütze ..."

„Oder die Schützin ...“, unterbrach Emma. „Ich habe das Protokoll auch schon gelesen, ich weiß: Die hat, genau wie Elena, Englisch mit Akzent gesprochen, *away!, away!* hat sie gerufen.“

„Aber dieser junge Schiffer hat nie von einer Frau gesprochen, und der wird vermutlich engen Kontakt mit dem mutmaßlichen Täter gehabt haben. Die haben ja, wie es im Protokoll steht, miteinander gekämpft.“

Emma setzte ein süffisantes Grinsen auf.

„Klar, Martin, der junge, durchtrainierte Bootsmann wollte einfach nicht zugeben, dass er von einer noch durchtrainierteren Frau besiegt wurde. Für mich mehr als verständlich.“

Martin schüttelte den Kopf.

„Da ist das Protokoll der Kollegen vielleicht einfach nicht genau genug, da fehlt was.“

„Was soll denn da fehlen?“

„Die Lautschrift. Was ist, wenn er nicht *away, away* gerufen hat, sondern *dawai, dawai* ...? Wir können nicht sicher sein, was der Bootsmann gehört hat, und vor allem nicht, wie das der Kollege von der Wasserschutzpolizei zu Protokoll genommen hat. *Dawai* oder *away*? *Dawai* heißt sinngemäß auch weg da!, ist aber weder Englisch noch Bulgarisch.“

„Nein, das wäre dann Russisch“, sagte Emma und wurde nachdenklich.

Walter hatte die Dienststelle in Borken direkt nach dem Gespräch frühzeitig verlassen. Nicht mal seine engsten Mitarbeiter wussten warum, er war ohne Gruß oder Begründung gegangen. Das war nicht seine Art, er musste tief getroffen sein. Martin fragte sich, ob sie in den nächsten Tagen wieder zueinanderfänden, und sei es nur um des vorweihnachtlichen Friedens willen.

Martin hatte sowohl Emmas Entschuldigung als auch das Lob für seine gute Arbeit dankend angenommen, auch wenn seine – wie Emma meinte – *geniale Verbindung* zwischen dem Auffindungsort der Leiche und dem Kanal für Martin weniger genial als einfach naheliegend war. Und dass sich der Kollege der münsterschen Wasserschutzpolizei an den 22. November erinnert hatte, war angesichts der Besonderheit dieses Vorfalls auch nicht gerade sensationell. Nur Oldenburgs Boot, voll beladen mit wichtigen Akten, hatte niemand entdeckt. Wirklich mysteriös blieb für Martin sein Grevener Kollege. Veerkamp war nachweislich am Abend des Mordes im Dienst gewesen, hatte also die Anfrage der Wasserschutzkollegen wahrscheinlich angenommen. Und war dann nicht die wenigen Kilometer nach Schmedehausen gefahren, um selbst nachzuschauen? Hinzu kam Veerkamps unverhohlene Abneigung gegenüber dem Finanzmakler, den er als *Windei* bezeichnet hatte. Vor allem musste Martin aber an die zerknitterte Aktenseite mit dem blutigen Fleck in der Größe eines Fingerabdrucks und der georgischen Adresse auf Veerkamps Schreibtisch denken. Es war sehr wahrscheinlich Oldenburgs Blut, aber der hatte sicher keine Latexhandschuhe getragen und war nach dem Kopfschuss nicht mehr in der Lage gewesen, in seinen eigenen Akten zu blättern und eine Seite herauszureißen. Was immer Veerkamp in dieser Nacht getan oder unterlassen hatte, welche notwendigen Recherchen oder Weitergaben er verzögert oder verhindert hatte – der Kollege hatte ein Problem. Aber es war nicht Martins Problem, er hatte eigene. Dennoch entschloss er sich trotz des heiklen Themas, Veerkamp privat anzurufen.

„Was soll das heißen *gewisse Ungereimtheiten*? Was bildest du dir denn ein, Kollege!?"

Martin hatte das Gefühl, dass Veerkamp nicht mehr ganz nüchtern war. „Deinetwegen hab' ich jetzt die Düsseldorfer gleich doppelt am Arsch, du Kollegenschwein, diese Emma Ammann und eine interne Prüfung."

„Ich glaube, dafür kann ich nichts!", versuchte Martin zu erklären, „Lass mich dir bitte nur einen ganz persönlichen Rat geben, aus eigener Erfahrung."

„Schieb dir deine eigenen Erfahrungen in den Arsch, Gerwink, wir haben uns auf einem Seminar getroffen und ein Bier zusammen getrunken, wir sind nicht verheiratet!"

„Ich habe fast 30 Jahre lang einen Fehler aus meiner Jugend verschwiegen“, setzte Martin unbeirrt fort, „und habe wahnsinnig darunter gelitten. Ich dachte bis vor kurzem noch, für den Tod eines Menschen verantwortlich zu sein. Das wirst du nicht los, das ist wie eine stetig wachsende Saat, die immer weiter wuchert, auch wenn man das, was oben aus der Erde kommt, abschneidet oder zudeckt, diese Saat geht immer wieder auf, bis irgendwann ...“

„Jetzt ist es aber gut, Gerwink!“, schrie Veerkamp am anderen Ende. „Bist du Jesus, dass du mir ein Gleichnis erzählen willst? Mir geht auch gleich was auf, aber keine Saat, sondern mein Klappmesser!“

Martin hörte noch sein falsches Lachen, dann legte Veerkamp auf.

50

„Das kannst du nicht machen, Martin!“

Heiner setzte ein sehr ernstes Gesicht auf.

„Du bist doch als Dorfpolizist seit unserer gemeinsamen Aktion im Schwarzen Venn quasi Ehrenvorsitzender unseres Vereins. Dein Bruder und du, ihr habt die Sache mit dem Porsche damals glattgebügelt, als wir den da nicht ganz legal aus dem Moor gebuddelt haben! Die Jungs erinnern sich noch sehr gern daran, war 'ne gute Nummer.“

„Ich hab' wirklich keine Zeit, Heiner.“

„Komm wenigstens am Anfang mit, Martin. Sieht besser aus. Kannst dich ja nach 'ner Stunde wieder verdrücken. Aber Osterfeuer, Schützenfest und Grünholen, Martin, komm, da darfst du nicht fehlen ... die alten Traditionen.“

Das örtliche Schlagen der Weihnachtsbäume im Lüntener Busch und das Einholen der grünen Fichtenzweige war tatsächlich ein schöner alter Brauch, mit dem in der Vorweihnachtszeit der grüne

Schmuck für Kirche und Marktplatz aus dem Wald geholt wurde. Dass dabei Glühwein, Schnaps und diverse Leckereien in nicht unbeträchtlichen Mengen an die Mitglieder des Heimatvereins ausgeschenkt und verteilt wurden, war ein schöner Nebeneffekt. Vroni Kamps vom *Heidekrug* versorgte die zahlreichen Männer und die wenigen Frauen mit Kaffee und Glühwein. Neu im Angebot, so hörte man, sollte das Weihnachtsgebäck und ein großer Topf Pfefferpotthast aus der *Kleinen Konditorei* sein. Törtchen, Schoko und Sahne wollten zeigen, dass sie nicht nur süße Backwaren nach alten, weihnachtlichen Rezepten in ihrem Repertoire hatten, sondern auch die traditionellen Eintöpfe, die früher vor allem zur kalten Jahreszeit gekocht wurden, wenn die Hausschlachtungen begannen. Nun wollte Heiner Martin aus seinem Polizeibüro am Marktplatz abholen und musste ihn überreden, bei diesem Highlight im dörflichen Jahreskreis dabei zu sein.

„Es ist Samstag, Martin, heute wird Grün geholt, da hast du einfach keine wichtigen Termine zu haben!"

„Doch, Heiner, immer im Dienst. Es gibt noch zu viele Ungereimtheiten im Fall des erschossenen Professors, und ich muss sehen, dass ich Marie beruhigen kann. Die ist zu Zeit gar nicht gut drauf. Hat Albträume, schreit nachts im Schlaf und kann sich am Morgen an nichts mehr erinnern ... ich mache mir Sorgen."

„Komm, Martin, erzähl mir nichts: um den toten Professor kümmert sich die Mordkommission und Marie ist mit Eva an der Küste, da kann ihr doch gar nichts passieren."

„Na, hoffentlich!"

Martin schob Heiner eine Kopie der Zeichnung aus dem grünen Notizbuch rüber und tippte mit dem Finger auf eines der Totenkopfsymbole.

„Das hier ist die Skizze von Aris Haus mit dem Hochstand, du erinnerst dich."

Heiner nickte und Martin blätterte weiter.

„Aber das hier muss woanders sein, hat aber leider auch dieses schreckliche Zeichen."

„Du meinst diesen Ziegenhof? Wir sprachen schon drüber. Der kann nicht hier in der Nähe sein, Martin, das wüsste ich."

„Das sind keine Ziegen, Heiner, das sind schlecht gezeichnete Pferde! Und diese angedeutete Bahnlinie hier ist die Strecke von Enschede nach Zwolle, parallel zur N35. Ich hab' das mit der Karte verglichen. Das passt. Nach meiner Einschätzung ist das genau hier." Er legte den Finger auf die Karte, nördlich eines kleinen Ortes, etwa auf halber Strecke zwischen Zwolle und Hengelo.

Heiner beugte sich herab und fluchte leicht. „Scheiße, ist das Nijverdal, Evas Hof?"

Martin nickte. „Sieht ganz so aus. Die Skizze passt nahezu perfekt, die Wiesen, hier, die große Reithalle, die Villa in der Mitte und die Nebengebäude. Alles da. Einschließlich Totenkopf. Ich fürchte, da muss ich was tun."

„Aber neben dem Totenkopf ist ein Fragezeichen. Das heißt, sie hatten das vielleicht nur vor ... eventuell."

„Das beruhigt mich nicht, Heiner."

„Ja, aber diese beiden verrückten Weiber sind längst weg, die haben diesen Professor abgeknallt und sind jetzt auf der Flucht. Kann doch sein, dass sie vorher verschiedene mögliche Szenarien durchgespielt und mit ihrer Drohne das entsprechende Gelände abgesucht haben. Dann haben sie am Lüntener See, vor dem Haus des Künstlers, zugeschlagen, und ab durch die Mitte. Die haben doch gar nicht die Zeit, sich ein zweites Mal irgendwo auf die Lauer zu legen, viel zu gefährlich, die haben jetzt andere Sorgen, die müssen weg! Wenn du mich fragst, sind die längst wieder Richtung Süden unterwegs, und zwar mit dem Auto, nicht mit dem Flieger – viel zu riskant, ihr fahndet doch nach denen, oder?"

„Ja, schon. Aber sicher ist das nicht, dass die abgereist sind."

„Aber wahrscheinlich! Der Anschlag war vor drei Tagen, Martin, die sind längst über Frankreich nach Spanien gen Süden garantiert. Die fahren da lang, wo offene europäischen Grenzen sind. Zielrichtung Ibiza, vermute ich mal, da kam doch auch diese Agnieszka her."

Martin schwieg, sein Gesicht war ernst. Auch Heiner dachte nach.

„Was kannst du tun? Eva und Marie sind nicht in Nijverdal, das ist doch schon mal gut. Kann dein Bruder die niederländischen Kollegen da hinschicken?"

„Unwahrscheinlich. Das ist wieder so ein unkonkreter Verdacht, und das Verhältnis zu meinem lieben Bruder ist zurzeit etwas ... sagen wir: frostig."

„Was ist passiert?"

„Nichts, ich habe Emma Ammann Unterlagen zukommen lassen, das hat Walter als Verrat gewertet. Was diese Frau angeht, hat er seit unserer Porsche-Aktion wirklich einen Schaden."

„Ruf doch einfach an in Nijverdal, dann sind die wenigstens gewarnt. Das ist doch ein großer Hof, die haben da doch Leute ... die werden doch mit zwei komischen Vögeln fertig werden ..."

„Das sag mal nicht. Ruud hab' ich schon angerufen, aber nicht erreicht. Da geht nur irgendeine Mitarbeiterin ran, der konnte ich die Sachlage nicht richtig klarmachen. Ruud wird zurückrufen, hat sie versprochen."

„Na also, dann steckst du jetzt dein Handy in die Tasche und gehst mit, wenigstens ein, zwei Stündchen, komm!"

51

Wenn man den Hof in Nijverdal von dem nahegelegenen Hügel aus betrachtete, auf dem Elena vor einigen Tagen ihre Schießübungen gemacht hatte und von dem aus die Drohne über das Gelände geschwebt war, so verstand man schon beim einfachen Hinschauen, warum Eva van den Goore, geborene Droste-Terhahn, eine zufriedene Frau sein konnte. Und das nicht nur, weil sie mit Ruud einen liebenswerten Mann geheiratet hatte. Das war die Hauptsache, sie hatte sich schon mit 19 in ihn verliebt und nur ein Jahr später geheiratet – den einzigen Erben der wohlhabenden Van den Goore-Familie, was eine gewisse finanzielle Absicherung bedeutete. Aber den Reiterhof, mit Reitschule und Pferdezucht, hatte sie im Grunde selbst aufgebaut. Das Leben hatte es genau von dem Zeitpunkt an gut mit ihr gemeint, als sie sich von ihrem despotischen und, wie sie später schmerzhaft hatte feststellen müssen, auch kriminellen Vater gelöst hatte. Das war nun über dreißig Jahre her, und sie hatte allen Grund ihr gemeinsames Leben mit Ruud in Nijverdal als ein großes Glück zu empfinden. Sohn und Tochter würden gemeinsam dieses Lebenswerk übernehmen, die drei kleinen Enkelkinder erlebten hier eine Bilderbuchkindheit, zwischen unzähligen großen und kleinen Tieren. Die Älteste, Joke, ritt mit ihren fünf Jahren schon ihr eigenes Pony, und selbst bei schlechtem Winterwetter bot eine alte Remise, die Ruud mit seinem Sohn für die Kinder hergerichtet hatte, mehr als jeder kommerzielle Indoor-Spielplatz. Hier konnte man Toben, Töpfern, Malen und hatte viele, viele Freunde, die sich darum stritten, mit Joke befreundet zu sein und sogar über Nacht bleiben zu dürfen.

Niemand hatte bisher dieses Idyll ernsthaft gestört.

Heute aber saßen zwei Krähen auf dem Hügel, die das Treiben unten im Tal genau beobachteten: Elena hatte angeordnet, dunkle Sachen und Sturmhauben zu tragen. Ihr Plan war, unbemerkt ins Haus zu gelangen und nach Computern und Unterlagen zu suchen.

Eine Frau kam aus der Villa und zwei Kinder rannten auf sie zu. Nach kurzem Gespräch stiegen die drei in einen Range Rover und verließen das Gelände. Dann war es still. Nur weit entfernt am äußeren Ende der Weide legte ein Mann den Tieren dunkelblaue Pferdedecken auf. Es war kalt. Weißer Dampf stieg aus ihren Nüstern, sonst bewegte sich nichts.

Die beiden Frauen stiegen im Schutz des dichten Kiefernwaldes ins Tal hinab und schlichen an der Rückseite der großen Reithalle auf die alte Villa zu. Sie hatten ihre Hausaufgaben gemacht und die Bilder der Dohnen-Aufnahmen sehr genau studiert. Vom hinteren Giebel der Reithalle war es nur ein kurzer Weg entlang einer hohen Hecke, die sich mit einem schmiedeeisernen Tor zum Park öffnete. Eine breite Treppe führte vom barocken Garten auf der Rückseite der Villa zu einem Salon mit großen Fenstern.

Elena gab Agnieszka per Handzeichen das Kommando, die Treppe hinaufzugehen und zu prüfen, ob die Tür zum Salon offen war. Agnieszka schlich hinauf, drückte die Klinke, aber die Tür war verschlossen. Keuchend und kopfschüttelnd kehrte sie in den Schlupfwinkel an der Treppe zurück. Elena überlegte kurz. Es musste einen Zugang zum Garten über den Keller geben, und wenn er nicht auf dieser Seite war, musste er auf der gegenüberliegenden Seite sein. Dort führte eine schmale, kurze Treppe zu einem dunklen Kellereingang, ebenfalls verschlossen, aber Elena hatte das alte Schloss nach wenigen Versuchen mit diversen Haken geknackt.

Der Gang war stockdunkel, nur das zischende und bollernde Geräusch einer Heizungsanlage wies den Weg. Von da aus musste es eine Treppe nach oben geben. Sie fanden sie, gingen hinauf und horchten an der Tür, bevor sie sie vorsichtig öffneten und vor sich die schwarzen und weißen Marmorplatten auf dem Fußboden der großen Eingangshalle sahen. Es war absolut still. Sie betraten das Foyer und schauten durch die offenen Türen in die anliegenden Räume. Hinter ihnen lag der Salon, dessen Innenwand parallel zur Gartenfront ebenfalls Fenster hatte. Agnieszka starrte staunend durch eines dieser inneren Fenster: Ein großer langer Tisch zog sich durch den halben Raum, die schmalen Regale mit alten Büchern zwischen den hohen Außenfenstern reichten bis zur Decke, in deren Mitte ein venezianischer Kristallleuchter hing. Hinter einem Flügel stand ein hoher, aber noch ungeschmückter Weihnachtsbaum. Sie brauchte nicht viel Fantasie, um sich ein prächtiges Weihnachtsessen an diesem Tisch vorzustellen ... jemand spielt Klavier ... die Enkelkinder packten vor dem strahlend geschmückten Baum ihre Geschenke aus ...

„Come on!“, zischte Elena sie an.

Auf der linken Seite des Flures war die große Küche, ein türloser Durchgang führte in ein kleineres Esszimmer, dahinter ging es in den Salon.

Elena hatte keine Zeit für die Schönheiten des alten Hauses. Sie ging zielstrebig in einen Raum gegenüber der Küche, der wie ein Büro aussah. Es gab zwei große, gegenüberliegende Tische, der vordere war frei, nur einige leere Ablageschalen standen darauf. Aus einer halbrunden Öffnung in der Tischplatte ragten die Enden von Computer-Kabeln. Auf dem gegenüberliegenden Tisch leuchtete der große Bildschirm eines iMacs. Offenbar war an ihm noch vor kurzer Zeit gearbeitet worden. Aktenregale, metallene Büroschränke, Stapel bunter Aktendeckel und Fachzeitschriften aus den Bereichen Landwirtschaft und Pferdezucht ... ein herber Kontrast zu den alten großen Stillleben an den Wänden, die aus dem 17. Jahrhundert stammen mochten. Während Agnieszka noch die Blumendarstellungen und die überquellenden Obstschalen mit exotischen Früchten betrachtete, lag Elena bereits unter den Tischen. Zu ihrer Enttäuschung sah sie nur eine leere Halterung für einen Rechner und einige abgezogene Kabel. Dann untersuchte sie den iMac, fand aber keine Öffnung oder Klappe, aus der eine Festplatte herauszuziehen gewesen wäre. Das gesamte technische Innenleben musste im Bildschirmgehäuse sein. Während Sie versuchte, den großen Rechner komplett abzubauen, forderte sie Agnieszka schimpfend auf, nicht länger vor den Bildern rumzustehen, sondern die Aktenbestände zu durchsuchen.

„We need the years 2018 and 2019. Don't care for the rest."

Aber auch das versprach wenig Erfolg. Die ersten Ordner mit der Jahreszahl 2018, die Agnieszka herauszog, enthielten Rechnungen mit dem Logo eines Hufschmieds, andere schienen Futterkosten und Handwerkerrechnungen für Umbauten zu enthalten. Elena schaute auf Agnieszka, die so langsam durch die Ordner blätterte, als lese sie jedes Blatt einzeln.

„Don't read, just look into it! We need bank accounts, we need the transfers, the money for the pictures, Galerie Nijkerk, that's what we need, and Nieuwe Amstel Bank."

Agnieszka hatte die beiden Namen, die Niederländisch sein sollten, aber aus Elenas Mund auch Kiswahili hätten sein können, nicht verstanden. Wieder nur ein fragender Blick der irritierten Freundin. Elena stand auf, riss Agnieszka wütend den Ordner aus der Hand und warf ihn zu Boden. Dann zog sie nach und nach alle Akten mit den beiden Jahreszahlen 2018 und 2019 heraus, schlug sie kurz auf und warf sie ebenfalls auf die Erde.

Agnieszka schaute wie apathisch aus dem Fenster und sah den blauen Range Rover zurückkommen, sagte aber nichts. Sie empfand auch keine Angst. Erst als die Haustür zu hören war und dann Stimmen, hörte Elena auf zu suchen und ging vorsichtig an die Tür.

Eine Frau, die vom Alter her die Mutter der beiden Kinder hätte sein können, trug Einkaufstüten in die Küche. Die beiden Kinder halfen ihr beim Auspacken. Die Frau war sehr freundlich zu den Kindern, die fragten, ob sie ihr die Bilder ihrer Kaninchen zeigen könnten, die sie vormittags gemalt hatten. Die Frau, die offenbar Rieke hieß, gab sich sehr interessiert, und die Kinder liefen aus dem Haus in den Spielbereich der Scheune.

In der Küche klapperten die Schranktüren, auch der Kühlschrank wurde gefüllt. Dann hörte man Wasser laufen, ein Topf wurde aufgestellt. Rieke ging über den Flur ins Arbeitszimmer, brachte mit einigen Mausklicks den Computer wieder in Gang und wollte sich gerade auf ihren Bürostuhl setzen, als sie hinter sich aus der Ecke des Raumes eine Stimme hörte.

„Very nice pictures!"

Sie fuhr erschreckt herum und sah eine Frau in einem engen, schwarzen Sportdress und einer Sturmmaske, die nur die Augen erkennen ließ.

„The pictures!", wiederholte Agnieszka und deutete zaghaft mit dem Finger auf eines der alten Stillleben.

„Who are you?", fragte Rieke, mehr erbost als verängstigt. „And how did you get into this room?"

„Through the door", antwortete Elena trocken und schnellte vom Boden herauf, zwei der abgezogenen Computerkabel in der Hand.

„Hold her!", befahl sie Agnieszka. Aber als ihr auch das zu lange dauerte, schlug sie Rieke heftig ins Gesicht, drückte sie zurück in ihren Bürosessel und band ihre Handgelenke mit den Kabeln an den Lehnen fest. Rieke begann zu schreien und wurde mit weiteren Ohrfeigen zur Ruhe gebracht. Dann drehte Elena den Schreibtischsessel zu sich und versuchte ruhig, aber ernst und bestimmt mit Rieke zu reden. Sie erfuhr, dass Rieke die Hausangestellte war, die sich um das Büro des Hofes kümmerte und auch Arbeiten im Haushalt übernahm, wenn die Eltern der Kinder nicht da waren und auch die Großeltern sich nicht kümmern konnten. Elena verstand, dass Eva die Großmutter war und mit Rieke dieses Büro teilte, wenn sie nicht, wie heute, verreist war. Die Antwort auf ihre Frage, wo denn der zweite Computer sei, überraschte Elena nicht: Den habe Eva mitgenommen.

Es würde weitere Schläge geben, Agnieszka hielt die Spannung nur sehr schlecht aus. Sie musste sich ablenken und studierte wieder die Gemälde, die Details der Blütenblätter und das fein wie Seide gemalte, alte Trinkglas, hinter denen der Maler, vom Glas leicht verzerrt, die alten Bücher, eine Mandoline und einen Totenschädel hatte durchschimmern lassen.

„Eva!", sagte Elena, „Where is she?"

„I don't know", sagte Rieke und zitterte in Erwartung eines neuen Schlags, der sie dann auch traf.

„You are her secretary, you cook the meal, you care for the children – so you know exactly, where she is!"

„I can't tell you."

„But you will!", schrie Elena und schlug wieder zu.

Ob das Bild für ihn sei, fragte Ruud, als die kleine Joke an ihm vorbeilief. Er betrachtete den grinsenden Hasen mit den viel zu langen Ohren und simulierte tiefstes Bedauern, als Joke sagte, das Bild sei für Rieke. Dann sah sie den Großvater an und fragte, ob er denn auch eines wolle. Ruud bejahte, und Joke versprach, der nächste Hase sei für Opa. Dann lief das Kind fröhlich über den Hof in die Villa.

Rieke war nicht in der Küche, aber Joke hörte eine fremde Stimme aus dem Büro.

„Where is Eva?", fragte Elena zum wiederholten Mal, und die Kälte in ihrer Stimme signalisierte, dass sie dabei war, die Geduld zu verlieren.

Das Kind ging langsam zur Bürotür. Rieke saß mit dem Rücken zum Computer und konnte ihre Hände nicht bewegen, die fremde, schreiende Frau hatte kein Gesicht. Auch die zweite nicht, die stumm in der Ecke stand. Nur die Augen starrten aus den Öffnungen ihrer schwarzen Überzüge. Die Frau hielt eine Pistole in der Hand, die andere hatte sie zum Schlag erhoben, aber ihre Bewegung erstarrte, als sie hinter sich eine Kinderstimme hörte. „Ich habe Angst, Rieke!" Sie rollte das Bild aus und hielt es Rieke hin, wagte aber nicht, zu ihr zu gehen. Joke sah Riekes Tränen. „Bist du traurig?", fragte sie. „Ist die Frau böse?"

Rieke nickte ihr zu. „Lauf zurück! Schnell, geh zu Opa."

Joke zögerte, sie verstand die Situation nicht. Sie hatte ihre liebe Rieke noch nie weinen sehen. Und warum trugen die Frauen diese Strümpfe im Gesicht, aus denen nur die Augen herausschauten?

„Hold her!" befahl Elena, aber Agnieszka schüttelte nur stumm den Kopf. „Hold her!" schrie sie lauter, und als Joke verängstigt rückwärts auf den Flur ging, Agnieszka sich aber nicht bewegte, ging Elena dem Kind mit vorgestreckter Waffe nach. „No!", rief Agnieska und stürzte sich auf sie. „Lauf, Joke, lauf!", schrie Rieke in panischer Angst, und Joke ließ ihr Hasenbild fallen und rannte zur Eingangstür am Ende der Halle. Während Agnieszka versuchte, Elena die Waffe zu entreißen, zerrte Rieke an ihren Fesseln, konnte sich aber nicht befreien. Aber ihre Beine waren frei und sie rollte mit dem Schreibtischstuhl zur Tür. Elenas Tritt brachte sie aus dem Gleichgewicht, sie stürzte nach vorn auf die am Boden kämpfenden Frauen.

Ruud fand die kleine Joke kreidebleich bei den Pferdeboxen. „Rieke weint!" sagte sie und hatte selbst Tränen in den Augen. „Da ist eine ganz böse Frau!" Ruud verstand nicht recht, aber eine dunkle Ahnung stieg in ihm auf. Er trug Joke in das Spielzimmer zu ihrem Bruder, der malend am Tisch saß. Ruud wies sie an, den Raum nicht zu verlassen, dann hastete er, so schnell er konnte, die Treppe am Reitstall hinauf und durch den großen Aufenthaltsraum für die Reiter, der mit Trophäen, Hufeisen und altem Zaumzeug dekoriert war. Unten sah er zwei Mitarbeiter. Dem einen rief er zu, er solle auf die Kinder aufpassen, sie dürften nicht ins Haupthaus gehen. Den anderen wies er an, in der Villa nach dem Rechten zu sehen und die Tür zu verschließen, mit der gebotenen Vorsicht, es könnten Einbrecher im Haus sein. Die beiden Männer verstanden nicht recht, ahnten aber an der Hektik und der Bestimmtheit ihres Chefs, dass er es ernst meinte und offenbar Gefahr im Verzug war. Ruud öffnete den Stahlschrank mit den Jagdwaffen und ging mit einer geladenen Schrotflinte zurück zum Haus. Er hämmerte gegen die Haustür, die sein Mitarbeiter aber, wie angeordnet, verschlossen hatte.

Dann hörte er den Schuss.

52

Die beiden Freunde fuhren in Heiners kleinem Fiat über Lünten Sand zum Wanderparkplatz am Schwatten Gatt, wo schon volksfestartige Stimmung herrschte. Vroni schenkte Glühwein aus, der gern genommen wurde, denn es war kalt und etwas innere Wärme konnte nicht schaden. Zumindest reichte das als Grund, den Abend schon am Nachmittag einzuläuten. Auch Martin und Heiner wurden gleich bei der Begrüßung mit Vronis Spezialgebräu versorgt und konnten nicht ablehnen. Martins entschuldigende Ankündigung, dass er leider nur kurz bleiben könne, wurde schlicht ignoriert.

Die ersten Weihnachtsbäume aus einer nahegelegenen Schonung waren schon geschlagen und wurden auf einen Ackerwagen geladen, der dann mit dem Traktor zum Droste-Hof fahren sollte. Der Weihnachtsbaumverkauf würde hoffentlich das nötige Geld für die große Weihnachtsfeier der Initiative *Neuer Droste-Hof* einbringen. Egal, was für Schwierigkeiten und bürokratische Hürden sich noch auftaten, die emsigen ehrenamtlichen Restaurateure, die Maler und Tischler, die Gartenbauer und Zimmerleute, sie alle würden noch vor Weihnachten zumindest einen Etappensieg feiern.

Sie bildeten kleinere Gruppen, die in die nahe Fichten-Schonung ausschwärmten. Martin und Heiner schlossen sich einer größeren Gruppe an, die in Richtung der kleinen Waldpension von Ida Böhler gingen, wo auf dem brachliegenden Gelände des verlassenen Hintfeld-Hofes ohnehin mal unter fachkundiger Leitung von Heiner der Wildwuchs bekämpft werden musste. Martin erinnerte sich an das merkwürdige Firmenschild dort und den Briefkasten neben der alten Hoftür. Er nahm Heiner beiseite. „Komm mal eben mit, ich muss dir was zeigen!"

Zu Martins Verwunderung parkten vor dem Hoftor drei größere Geländewagen, grüne, leicht verbeulte Land Rover, die breite Spuren auf dem unbefestigten Gelände hinterlassen hatten. Martin führte Heiner zum Hoftor und zeigte auf den neuen Briefkasten und das Firmenschild.

„Sagt dir dieser Name irgendwas?"

„*Aquila Unity*?", las Heiner, „nee, nie gehört. Hier ist doch schon seit sechs Jahren kein Betrieb mehr."

„Ja, eben!"

„Hat der Hintfeld den alten Hof denn verkauft?"

„Keine Ahnung."

Sie schauten durch die Fenster, und als sie dort nichts sahen, kehrten sie um und schlossen sich der Gruppe wieder an.

Ziel war eine dichte Ansammlung kleiner Birken, zwischen denen sich die Frauen bückten, um stacheligen Ilex mit roten Beeren oder spezielle Moose zu sammeln, die für Weihnachtsgestecke und für die große Krippe in der Kirche gebraucht wurden. Plötzlich erschütterte ein heller Schrei die nachmittägliche Waldesruhe, eine der Frauen hatte sich offenbar mächtig erschreckt, dann rief eine zweite ängstlich um Hilfe. Aus der nahen Umgebung liefen die ausgeschwärmten Männer zusammen und trauten ihren Augen nicht. Langsam erhoben sich zwischen den Birken Soldaten in weiß-grünen Tarnanzügen. In die Netze ihrer Helme waren Zweige und welke Blätter gesteckt, die Gesichter mit erdfarbenen Streifen unkenntlich gemacht. Sie hielten Sturmgewehre in den Händen. Niemand konnte sich die absurde Konfrontation der harmlosen Grünsammler mit den schwerbewaffneten Soldaten erklären, einige vermuteten, sie seien in ein Manöver der Bundeswehr oder niederländischer Streitkräfte geraten. Aber niemand schien das Kommando zu haben. Die vermeintlichen Soldaten standen unschlüssig zwischen den Birken, einige sahen sich an und zuckten nur mit den Schultern – ein schwerbewaffnetes Dutzend ratloser Männer. Schließlich ergriff Martin die Initiative. „Wer hat denn hier das Kommando?“, rief er, bekam aber keine Antwort. Nur einer von ihnen hob den Arm und deutete nach hinten, worauf sich die kleine Schar in Bewegung setzte, aber nach hinten nicht ausweichen konnte, dort war das Gelände zu sumpfig.

„Halt, halt, halt!“, rief Martin, „ihr bleibt mal alle schön hier. Was soll das? Spielt ihr hier Krieg oder was?“

Wieder kam keine Antwort. Die Moossammlerinnen steckten die Köpfe zusammen, und eine der Frauen zeigte auf die kleinste Figur in diesem grotesken Partisanenregiment. „Da sind sogar Kinder dabei!“

Ausgerechnet das *Kind* in dieser Gruppe setzte den Helm ab und ging zum verbalen Angriff über. „Sie haben hier gar nichts zu befehlen, Herr Gerwink!“, kreischte eine vor Anspannung nach oben verrutschte Stimme, „Sie sind überhaupt nicht im Dienst, und dies ist öffentliches Gelände.“ Manche glaubten die Stimme zu erkennen und flüsterten sich einen Namen zu, dann beendete Martin das absurde Spiel.

„Das ist noch lange kein Grund hier im Wald mit Sturmgewehren rumzuspielen, Herr Potthoff!“ Jetzt ging ein lautes Raunen durch die Aarloher, einige lachten und wiederholten mehrfach den Namen Potthoff.

„Wir spielen nicht, Herr Gerwink! Machen Sie den Weg frei!“

„Kommt überhaupt nicht in Frage! Sind die Waffen etwa geladen?“

„Natürlich, ich sage doch, wir spielen nicht. Die Zeiten sind vorbei, wir wissen, wie wir –”

„Nein, nein, so geht das nicht“, sagte einer der Krieger, nahm seinen Helm ab und ging zu Potthoff. Er redete leise auf ihn ein und duldete keinen Widerspruch, als Potthoff wieder zu zetern beginnen wollte. Dann ging der Mann auf Martin zu und zeigte sich kooperationsbereit.

„Es handelt sich um eine ... private Übung. Alle Waffen sind ordnungsgemäß registriert. Mein Name ist Overberg, ich bin Leiter eines kleinen Unternehmens, das sich auf Selbstverteidigung spezialisiert hat. Das Gelände ist von mir gepachtet worden, wir bieten hier Wochenendseminare an."

„Die Waffen sind also angemeldet?", fragte Martin. Der Mann im Tarnanzug nickte. „Und jeder von Ihnen hat einen Waffenschein?"

Der Mann zögerte, zischte Potthoff aber ein deutliches *Nun seien Sie doch still!* entgegen, als der erneut protestieren wollte und mit seinen immer noch gestressten Stimmbändern blechern kreischte: „Das geht Sie gar nichts an, Herr Dorfpolizist außer Dienst, Sie haben doch gehört, dass alles in Ordnung ist."

„Das wird sich noch zeigen!", sagte Martin und drehte sich zu den Aarlohern. „So, Leute, jetzt wird es ernst! Tut mir den Gefallen und lasst hier keinen durch." Etwas zögerlich schlossen die Grünsammler die Lücken und bildeten einen Kreis um die Freizeitsoldaten.

„Das darf der gar nicht!", krächzte Potthoff ein letztes Mal, „der ist überhaupt nicht im Dienst."

„Ach, Herr Potthoff! Wie oft hatten wir beide diese Diskussion schon? Allmählich wird's langweilig, schreiben Sie sich das doch einfach mal auf: Paragraf 163 der Strafprozessordnung, eigenes Eingreifen außerhalb der Dienstzeit, wenn der entsprechende Sachverhalt keinen Aufschub zulässt und Verdunkelungsgefahr besteht. Nennt sich Legalitätsprinzip, das Ganze. Also: Ob Uniform oder nicht, ich kann Straftaten auch in meiner Freizeit ermitteln, ich kann, ich muss nicht. Aber heute will ich."

„Pah, *Straftaten, Verdunkelungsgefahr!*", wiederholte Potthoff mit demonstrativem Kopfschütteln, „*Legalitätsprinzip*! Dass ich nicht lache! Das ist doch reine Willkür!"

„Jetzt hören Sie doch einfach mal auf", schrie ihn der Leiter der Gruppe an, „Sie machen doch alles nur noch schlimmer!"

Aber Potthoff gab keine Ruhe.

„Was soll denn daran wohl schlimm sein, wenn ich hier auf geltendes Recht poche, das wird ja noch wohl erlaubt sein. Das ist das private Jagdrevier von Heinz Hintfeld, und wir sind seine Jagdgäste und machen hier lediglich ein paar Übungen."

Das Gelächter der Aarloher verunsicherte den Anführer der Aktion, stachelte Potthoff aber zu neuen Tiraden an.

„Das ist alles mit Hintfeld besprochen, der Hof ist ordnungsgemäß gepachtet, einschließlich des Reviers. Also Privatgelände, Sie haben hier nichts zu suchen!"

„Ja, ja, ja", wiegelte Martin ab, „das werden wir jetzt alles mal klären und dann sehen wir weiter."

Die Aarloher begleiteten Martin, teils aus Neugierde, teils aus Hilfsbereitschaft ihrem Dorfpolizisten gegenüber – und diese Hilfsbereitschaft war neu, was Martin freute. Sie eskortierten die Freizeitsoldaten bis zu den leerstehenden Gebäuden des Hintfeldhofes, wo der Anführer der Wehrsportgruppe auf der Motorhaube seines Land Rovers brav alle Papiere präsentierte, die das wachsame Adlerauge im Briefkopf trugen, *Aquila Unity*. Jeder der Tarnanzugträger musste Namen und Adresse angeben, Martin verglich ihre Ausweise mit den Angaben auf den Papieren. Die meisten präsentierten stolz ihre Jagd- und Waffenscheine, die aber selbstverständlich nicht berechtigten, am Rande eines Naturschutzgebietes Wild-West zu spielen. Nach kurzer Prüfung stellte sich heraus, dass Oswald Potthoff der einzige in der Gruppe war, der keinerlei Legitimation zum Führen einer geladenen Waffe besaß.

„Um mal einen Ihrer Lieblingssätze zu benutzen: Das wird ein Nachspiel haben!", sagte diesmal Martin zu Potthoff.

Die Aarloher mussten den Schock, unversehens in ein Kriegsgebiet geraten zu sein, mit hochprozentigen Beruhigungsmitteln kurieren, begleitet von Kopfschütteln und deftigen Witzen.

Potthoff war still.

53

Der Schuss war nicht aus dem Innern des Haupthauses gekommen. Er hallte noch nach, als Ruud Deckung hinter einem der Backsteinpfeiler am Vordereingang seines Hauses suchte. Er musste irgendwo zwischen dem Reitstall und der Remise abgegeben worden sein, in der die Kinder ihre Spielräume hatten. Seine Angst, Joke sei vielleicht doch nach draußen gelaufen, bestätigte sich zum Glück nicht. Der zur Wache abgestellte Mitarbeiter öffnete ein Fenster und rief, es sei alles in Ordnung, die Kinder wohlauf. Ruud war dennoch ratlos. Sollte er die örtliche Polizei alarmieren? Er rief Martin an, erreichte aber nur dessen Mailbox. Er bat ihn, auf dem schnellsten Wege nach Nijverdal zu kommen.

Dann öffnete sein zweiter Mitarbeiter hinter ihm die große Haustür. Ruud sah in der Eingangshalle gleich den umgekippten Bürostuhl und lief zu Rieke, die am Boden saß, den Rücken an die Wand gelehnt. Sie rieb sich ihre Handgelenke. Ruud beugte sich zu ihr hinab und fragte, ob sie verletzt sei. Sie zeigte ihm ihre roten Handgelenke und hielt sich den Kopf, der einige harte Ohrfeigen abbekommen hatte. Riekes Stimmung hellte sich in dem Moment auf, in dem die beiden Kinder die Halle betraten und auf sie zuliefen. Sie schloss sie in die Arme. Das Hasenbild war mit dem Öffnen der Tür vom Windzug in eine hintere Ecke geweht worden. Joke hob es auf und brachte es Rieke, die sich bedankte und heftig zu weinen begann.

Nach dem Bericht von Ruuds Mitarbeiter waren zwei dunkel gekleidete und vermummte Frauen vom Park aus an der Reithalle vorbei und dann geduckt unter den Fenstern der Remise hergelaufen. Er hatte eines der Fenster aufgerissen und die flüchtenden Frauen aufgefordert stehenzubleiben, was die größere von ihnen mit einem ungezielten Schuss in seine Richtung beantwortet hatte. Er hatte das Fenster schnell wieder geschlossen und sich mit den Kindern flach auf den Fußboden gelegt.

Ruud dachte kurz nach und lief dann die Treppe hinauf. Die Reithalle versperrte ihm die Sicht auf den hinteren Teil des Anwesens, aber weiter oben auf dem Hügel meinte er am Rand zwischen den Sträuchern Bewegung zu erkennen. Schwarze Gestalten, das konnten nur die beiden Frauen sein.

Es hatte keinen Sinn, sie zu verfolgen. Sie würden oben irgendwo geparkt haben, jetzt in ihr Auto springen und auf Schleichwegen die Landstraße zur Autobahn erreichen.

Ruud fragte Rieke, ob sie einen Arzt brauche, aber sie lehnte ab. Ihr Kopf brummte und drohte zu zerspringen, als sie sich nach den heruntergeworfenen Akten bückte. Ruud ging zu ihr, nahm ihr kopfschüttelnd den Ordner aus der Hand und begleitete sie zum Sofa im Foyer, wo Rieke sich hinlegte und die Decke, die Ruud ihr aus dem Salon holte, gern annahm. Ihr war kalt, sie zitterte, die Kopfschmerzen waren unerträglich.

Ruud fiel auf, dass die am Boden verstreuten Ordner alle aus den Jahren 2018 und 2019 stammten. Er ließ sie liegen. Es fiel ihm schwer einen klaren Gedanken zu fassen. Er nahm seinen Enkelsohn auf den Arm, die kleine Joke klammerte sich an sein Bein. „Waar is Oma?“, fragte sie.

54

Im Lüntener Busch am *Schwatten Gatt* verlief der Rest des Nachmittags ausgesprochen heiter. Noch am selben Abend würden die Geschichten in Vronis *Heidekrug* und beim Dekorieren im Droste-Hof die Runde machen, und Oswald Potthoff würde darin die Witzfigur spielen.

Der schlaue, mit einer angeborenen Neugier ausgestattete Heiner Wienkämper hatte natürlich sofort Internetrecherchen gemacht und Erstaunliches zu Tage gefördert. *Aquila Unity* war ein kommerzielles Unternehmen, das, wie es in der Werbung hieß, *auf spielerische Weise Häuserkampf, Nahkampf und Überlebenstraining* anbot und über ein großes eigenes Gelände verfügte, auf dem auch mehrere Schießstände geplant seien.

„Eigenes Gelände? Schießstände? Hier bei uns? Mitten im naturgeschützten Erholungsgebiet? *Auf spielerische Weise*?", fragte kopfschüttelnd Erwin Rotering, Ahauser Stadtrat und Landtagsabgeordneter, „das Spiel spiel' ich wohl mit, und ich weiß auch schon, wer die rote Karte kriegt!"

Es dämmerte schon. Martin hatte seine Sorgen um Marie in der allgemeinen Heiterkeit dieses Nachmittags und auch mit einer gehörigen Menge von Vronis Glühwein verdrängt, als er die Vibration seines Handys spürte. Es gab zwei Nachrichten von Ruud van den Goore in seiner Mailbox. Die jüngste, von 17:15 sollte offenbar eine Beruhigung sein, sie bewirkte allerdings das Gegenteil – *Entwarnung, wir haben alles im Griff*. Eine frühere versetzte Martin in sofortige Alarmbereitschaft. Sie war um 16:46 eingegangen, als er sich um Potthoffs Wehrsportgruppe gekümmert hatte:

Martin, auf dem Hof passieren merkwürdige Dinge! Kannst du bitte sofort herkommen?

„Kannst du noch fahren, Heiner?", fragte Martin, aber als er in die glasigen Augen seines Freundes schaute, konnte er sich die Antwort selbst geben.

„Ich kann fahren!", behauptete Heiner, „Aber nur hier über die Schleichwege durchs Moor bis nach Aarloh, und das auch nur, wenn der Dorfpolizist neben mir sitzt."

Den Gedanken, mit etwa einem Liter von Vronis stärkstem Kaffee am selben Abend noch nach Nijverdal zu fahren, gab er schnell auf. Das hatte alles keinen Zweck. Mit seinem Bruder zu reden auch nicht.

Marie und Eva waren in Sicherheit, das war gut. Er rief Ruud an, der am Telefon noch immer einen verstörten Eindruck machte, es aber angesichts der Tatsache, dass die beiden Frauen ohnehin nicht mehr zu finden sein würden, für ausreichend hielt, erst am anderen Morgen gemeinsam das weitere Vorgehen zu besprechen und dann auch gegebenenfalls die Polizei zu informieren. Marie rief er nicht an. Sie war in Sicherheit und musste nicht unnötig beunruhigt werden.

Inzwischen waren die Eltern der Kinder zurück. Ruud spielte den Vorfall etwas herunter und sprach von einem missglückten Einbruchsversuch. Aber als sein Sohn und seine Schwiegertochter die Verwüstungen im Büro sahen, spiegelte sich blankes Entsetzen in ihren Augen. Ruuds Sohn Floris, der Vater von Joke, verstand nicht, warum Ruud nicht direkt die Polizei informiert hatte und zog schon sein Handy aus der Tasche, um das schleunigst nachzuholen. Nur mit Mühe und einigen lauten Worten gelang es Ruud, ihn davon abzubringen.

Ruuds Schwiegertochter nahm kopfschüttelnd die beiden Kinder zur Seite und ging mit ihnen zum Weihnachtsbaum im Salon. Sie setzten sich zu dritt in einen der großen Sessel, und die Kinder ließen sich von den lustigen Geschichten der Waldtiere ablenken, die sich auf die Ankunft der weitgereisten Rentiere freuten und auf den über und über mit Geschenken bepackten Schlitten des Weihnachtsmanns.

Derweil drohte der Streit zwischen Ruud und seinem Sohn Floris zu eskalieren. Auch wenn Ruud und Eva keine Details des Vorfalls in der Villa Mondriaan erzählt hatten, sah ihr Sohn einen direkten Zusammenhang. Evas Erbe war kontaminiert. In Abwesenheit seiner Mutter bezeichnete er Bernhard Droste-Terhahn und dessen Sohn Werner, den er nie gemocht und niemals *Onkel* genannt hatte, als Kriminelle. Sicher sei das gefälschte Mondriaan-Bild nur ein winziger Baustein in diesem Lügen- und Betrugsgebäude der beiden unrühmlichen Verwandten. Ruud könne doch gar nicht ausschließen, dass es da einen Zusammenhang mit dem heutigen Überfall gebe – diese Frauen hätten Rieke körperlich attackiert, eine Schusswaffe getragen und ganz offenbar nach Rechnungen und Bankbelegen gesucht. Das könne man doch nicht einfach hinnehmen, das müsse man anzeigen. Ob Ruud das denn alles im Sande verlaufen lassen wolle und weitern Konsequenzen in Verbindung mit diesem unseligen Erbe des kriminellen deutschen Schwiegervaters tatenlos zusehen wolle? Dann sicher nicht mit ihm und seiner Familie, die Kinder seien dann in Nijverdal nicht mehr sicher.

Ruuds Beruhigung, es würde ja morgen ein Gespräch mit Martin Gerwink geben, akzeptierte Floris nicht. Was sollte denn der Aarloher Dorfpolizist in dieser Angelegenheit schon ausrichten können?

Die Auseinandersetzung mit seinem Sohn drohte zu eskalieren. Ruud sah keine andere Möglichkeit, als seinen Rechtsanwalt anzurufen.

Julius van Houten war nicht besonders begeistert über die Störung am Samstagabend. Auch nicht über die Tatsache, dass offenbar ein Überfall stattgefunden und Ruud nicht die Polizei informiert hatte. Ruud verwies auf das für den Sonntag geplante Gespräch mit Martin Gerwink, was allerdings auch bei seinem Rechtsbeistand keine Begeisterung hervorrief. Die Sache sei offenbar von größerer Dimension, als dass ein Dorfpolizist dort wirklich helfen könne. Ruuds Bitte, ihm dann doch wenigstens die Hintergründe dieser größeren Dimensionen zu erklären, kam van Houten nur zögernd nach. Es gebe Hinweise darauf, dass die gefälschten Bilder nur die Spitze des sprichwörtlichen Eisbergs seien und sich dahinter möglicherweise größere illegale Finanzgeschäfte verbargen. Für Details sei es zu früh. Aber dieser Überfall sei ein weiterer deutlicher Hinweis darauf, dass das Vermögen des Aarloher Großbauern und damit Evas Erbe nicht unproblematisch sei.

Noch einmal musste Ruud versprechen, die Polizei zu informieren und van Houtens nächsten Anruf abzuwarten, bevor er eigenständig weitere Schritte unternahm.

Van Houten dachte nach. Als langjähriger Rechtsbeistand der Familie van den Goore konnte er die schwierige Aufgabe nicht einfach anderen überlassen. Er würde klären müssen, wie es um Evas Erbe wirklich stand. Es konnte nicht angehen, dass er – seitens der Familie sicherlich unbeabsichtigt – hier zum Makler möglicherweise illegal erworbenen Besitzes wurde. Der zum Glück gescheiterte Verkauf der falschen Mondriaan-Bilder an das Winterswijker Museum war ein deutliches Alarmsignal. Van Houten brauchte Klarheit über die Kunstverkäufe aus dem Besitz von Bernhard Droste-Terhahn.

Machte es Sinn, auf kollegialer Ebene den Anwalt des Kunstprofessors anzurufen? Offenbar hatte dieser Heebing gute Kontakte zur niederländischen Staatsanwaltschaft und verfügte vielleicht über Informationen zur Organisation des illegalen Kunsthandels in den Niederlanden. Allerdings hatte er seinen Mandanten in Sachen Überheblichkeit und Arroganz noch übertroffen. Widerwillig rief er ihn an.

„Zwei Dinge vorweg", begann Heebing das Telefonat. „Erstens: Ich vertrete die Gegenseite, Herr Kollege. Zweitens: Ein wichtiger Zeuge in Sachen Bilderverkauf ist tot – Professor Dr. Paul Hahnemann wird keine erhellenden Details über diese Angelegenheit mehr liefern können."

Van Houten musste diese Nachricht erst einmal verdauen.

„Wie ist er ...?"

„Erschossen!"

Jetzt schrillten bei Van Houten die Alarmsirenen. „Es hat einen Überfall auf den Hof der van den Goores gegeben, zwei Anschläge innerhalb von drei Tagen und beide stehen in unmittelbarem Zusammenhang mit dem Erbe von Frau van den Goore. Da sind wir doch nahezu gezwungen, an einem Strang zu ziehen ...!"

Heebing blieb still, dann sagte er ohne erkennbare Beunruhigung: „Der Mord wir ja noch untersucht, wir wissen nicht, ob es da einen unmittelbaren Zusammenhang gibt. Gut, es wäre in jedem Fall angeraten, das Erbe Ihrer Mandantin zu prüfen, möglicherweise gibt es da eine Vorgeschichte, die wir beide kennen sollten, bevor wir da in Dinge hineingezogen werden, die uns schaden könnten."

„Die Immobilien sind unverdächtig, das kann ich garantieren. Von diesen Bildern und einem Depot habe ich bis vor wenigen Tagen nichts gewusst. Genau da scheint mir aber das Problem zu liegen."

Wieder brauchte Heebing eine längere Bedenkzeit.

„Ja, das scheint mir auch so. Gibt es denn eine Möglichkeit, an die Konten heranzukommen. Ich meine, diese Bildersammlung wird ja Geld gekostet haben. Wo kam es her? Warum wurden die Fälschungen nicht entdeckt uns so weiter."

Auch van Houten machte eine Pause. Nicht weil er nachdenken musste, sondern weil er sich überwinden musste, den nächsten Satz zu sagen: „Ich wäre angesichts der jüngsten Entwicklungen zu einer Zusammenarbeit bereit." Er war über seinen Schatten gesprungen, aber er konnte das Bild vom hochnäsigen, schleimigen Advokaten am anderen Ende der Leitung nicht unterdrücken.

„Das könnte etwas einseitig werden, van Houten."

„Warum? Ich gehe selbstverständlich davon aus, dass Ihre Seite zunächst alle erhobenen Vorwürfe gegen Frau van den Goore und Frau Gerster fallen lässt." Heebing schwieg. „Das wäre die generelle Voraussetzung. Meine Mandantin ist an einer Aufdeckung der finanziellen Vorgeschichte interessiert, wir müssen wissen, woher die Millionen stammen, mit denen ihr Vater seine Bilder gekauft hat."

Da war es wieder, dieses aufgesetzte Lachen. „Mein lieber Kollege, warum sollte ich denn der Polizei zuarbeiten? Mein Mandant ist der Geschädigte ... war der Geschädigte, besser gesagt. Der Ruf des Professors stand auf dem Spiel, möglicherweise hätte es Schadenersatzforderungen an ihn gegeben, wegen seiner falschen Expertisen. Das Problem ist ja nun – so makaber es klingt – gelöst, es wird keine Forderungen mehr an ihn geben können."

Van Houten sah ein, dass seine Idee falsch war. Mit diesem Heebing würde es keine sinnvolle Zusammenarbeit geben. „Gut", sagte er enttäuscht, „vergessen wir's, war nur ein Versuch. Lassen wir die Arbeit tatsächlich die Polizei machen. Auf deutscher Seite ist übrigens, wie ich hörte, die Arbeit schon in vollem Gange."

Wieder kam nur ein Lachen von Heebing. „Sie meinen diese beiden Brüder, den Dorfpolizisten und den Hauptkommissar dieser grenzübergreifenden Polizeistelle in Borken? Ist das Ihr Ernst?"

„Ja, Herr Heebing, mein voller Ernst, denn inzwischen ist, wie man hört, auch das LKA Düsseldorf involviert, Abteilung Cyberkriminalität."

Stille auf der anderen Seite. Kein falsches Lachen, kein abfälliges Schnauben, nichts.

„Woher haben Sie denn diese Information?"

„Ist doch egal, wenn Sie ohnehin nicht kooperieren wollen ..."
„Moment! Was heißt hier kooperieren? Natürlich bin ich an einer Klärung der Hintergründe interessiert. Wer immer den Professor erschossen hat, wird dafür seine Gründe gehabt haben, und möglicherweise liegen die Motive nicht im Privaten und sind von überregionalem Interesse. Wie Sie wissen, arbeite ich ja sehr eng mit der niederländischen Staatsanwaltschaft in Sachen Kunstfälschung und Hehlerei zusammen ..."

Jetzt konnte sich auch van Houten ein falsches Lachen nicht verkneifen: „Oh, ja, Herr Kollege, ich konnte mir ja von dieser *engen Zusammenarbeit* in Winterswijk selbst ein Bild machen. Eine echte Schmierenkomödie, die Sie da gespielt haben! Gut, lassen wir es also dabei und warten wir ab, was die deutschen Ermittler ..."

„Moment, Moment, jetzt warten Sie mal, mein Gott, wir reden doch gerade erst miteinander. Ja, ich wiederhole, an einer Aufklärung der Hintergründe bin ich genauso interessiert wie Sie. Reden ist immer gut, also lassen Sie uns reden. Ich sage, was ich weiß, und Sie müssen ihre Mandanten davon überzeugen, dass Sie sich für einen solchen Dialog – sagen wir – etwas öffnen müssten ..."

„Öffnen ... inwiefern?"

„Wir sollten beide offen auf den Tisch legen, was wir wissen. Frau van den Goore müsste bereit sein, Einblick in die Bankgeschäfte von Herrn Bernhard Droste-Terhahn zu gewähren. Und diese Mitarbeiterin, diese Gerster, die weiß vielleicht auch mehr als sie bisher zugegeben hat."

Van Houten überlegte. Ein solches Gespräch war vielleicht sinnvoll und auch unproblematisch. Er würde dabei sein und rechtzeitig bremsen, wenn er das Gefühl hatte, die geforderte Öffnung ginge zu weit. Außerdem gab es noch einen dritten Kollegen, den Rechtsbeistand des Museums, den man hinzuziehen konnte und der vermutlich eher auf van Houtens Seite stand. „Einverstanden, lassen Sie es uns konkret machen: Wir können schon morgen oder am Montag mit Frau van den Goore und der Journalistin Marie Gerster reden, wenn Sie wollen. Sie sind zurzeit in der Nähe von Egmond und arbeiten genau an diesem Thema, von Amsterdam aus ein kurzer Weg für Sie."

„Gut, am Montag, übermorgen! Und die haben dort alle nötigen Unterlagen?"

„Die haben, was sie haben, Herr Kollege, ob das am Ende ausreicht, weiß ich nicht, aber es wäre ein Anfang."

„Einverstanden, ich kann um zehn Uhr in Egmond sein. Wo genau soll denn dort dieses Gespräch stattfinden?"

55

Eva und Marie hatten beschlossen, den Sonntagmorgen mit einem späten Brunch in einem der wenigen auch im Winter durchgehend geöffneten Strandpavillons zu beginnen, um sich danach mit voller Kraft wieder in ihre Arbeit zu stürzen. Die hatte sich als mühsam herausgestellt, es war ihnen nur in wenigen Fällen gelungen, Bilderankäufe mit Zahlungen und entsprechenden Überweisungsbelegen zusammenzubringen. Geld war an die Galerij Nijkerk geflossen, das war klar, erklärte aber im Grunde nichts. Es war kein direkter Zusammenhang mit den drei großen Zahlungen von jeweils 220 000 Euro an den Grevener Finanzmakler Gerd Oldenburg herzustellen. Aber sie gaben nicht auf. Auch wenn ihre Initiative *Neuer Droste-Hof* ein gemeinnütziges Projekt war, also die besten Absichten verfolgte, sollte es doch nicht mit schmutzigem Geldern finanziert werden.

Marie hatte in der Nacht zum ersten Mal seit langer Zeit tief und lange geschlafen. Sie war nicht von Albtraum-Chimären heimgesucht worden, sie fühlte sich in der Nähe ihrer alten Freundin Eva wohl und in dem abgelegenen Haus in den Dünen, das nur über einen Fußweg erreichbar war, absolut sicher.

Alles roch hier nach Ferien. Das Restaurant Zeepardje war gut besucht, sie fanden dennoch einen Fensterplatz und schauten aufs Meer, während der Sekt in ihren Gläsern perlte.

„Das muss ich sagen, Eva: Ich beneide dich schon, wegen deiner Familie. Das kann ich nicht leugnen. Du hast etwas gewagt, und es hat sich gelohnt. Du hast es besser gemacht als ich."

„Glück, Marie! Wir sind von größeren Schicksalsschlägen verschont geblieben, unsere beiden Kinder haben nette Partner gefunden, wir sind relativ junge Großeltern und die drei Enkelkinder, die sind wirklich ein reiner Segen."

Eva schenkte noch einmal nach und hob ihr Glas.

„Komm, wir stoßen an, auf die guten Zeiten, die noch kommen. Auch für dich, daran glaube ich ganz fest!"

Der singende Klang der schlanken, hohen Gläser schwebte kurz im Raum und versank in der Grundmelodie der Gespräche an den Tischen.

Martin war mit schwerem Kopf aufgewacht. Er hatte es natürlich nicht geschafft, die fröhliche Dorfgemeinschaft nach dem ereignisreichen Nachmittag im Lüntener Busch frühzeitig zu verlassen. Der Ausklang hatte in der *Kleinen Konditorei* stattgefunden, nachdem die im Wald erbeuteten Bäume, Zweige und Moose im Droste-Hof deponiert worden waren. Törtchen, Schoko und Sahne hatten sich alle Mühe gegeben, ihren guten Ruf als versierte Köche, Bäcker und Gastgeber zu untermauern. Und natürlich mussten sie zum hundertsten Mal den genauen Ablauf jenes Abends schildern, an dem sie zwei *schwer bewaffnete und weltweit gesuchte Killerinnen* – diese Bezeichnung hatte sich inzwischen in den Köpfen der Aarloher festgesetzt – mit zwei Sahnesiphons in die Flucht geschlagen hatten.

Erst gegen Mittag erreichte er den Goore-Hof in Nijverdal, wo er am sonntäglichen Mittagessen teilnahm und es sehr genoss, im Kreise der großen Familie sein zu dürfen. Die kleine Joke war sehr still, alle bemühten sich, die Ereignisse des vorherigen Tages nicht zu erwähnen.

Rieke hatte gekocht. Sie war nicht nur die Sekretärin des Hofbetriebs, sie war der gute Geist des Hauses und offenbar von zäher, kämpferischer Natur, denn auch sie ließ sich die Ereignisse vom Vortag nicht anmerken. Aber als sie eine Schüssel weiterreichte, sah Martin das wundgescheuerte Handgelenk.

Beim Kaffee nach dem Essen machte sie den Eindruck, dass sie den Überfall gut überwunden hatte. Die ausgestandene Angst und die Demütigungen hatten sich in Aggression verwandelt. Dass diese Frau es gewagt hatte, die Waffe auf ein unschuldiges Kind zu richten, verdiente allertiefste Abscheu. Für Martin ging es vor allem um die Frage, was das genaue Ziel des Überfalls in Nijverdal gewesen sein mochte. Hatte diese Elena nicht nur eine Komplizin, sondern Hintermänner, die sie mit Informationen versorgten und kannten diese Hintermänner vielleicht auch den Zweitwohnsitz der van den Goores in Egmond? Waren Marie und Eva dort wirklich sicher?

„Die Ordner, die sie offenbar interessiert haben, waren alle aus den Jahren 2018 und 2019. Was kann in den Jahren Wichtiges passiert sein?", fragte Ruud.

Martin zog die Schultern hoch. Er musste passen.

„Keine Ahnung, aber ich denke, es war in Ordnung, dass wir gestern nicht gleich die niederländischen Kollegen informiert haben. Allein schon der Kinder wegen, die waren ja genug geschockt. Aber dennoch, eine Anzeige muss sein. Mein Bruder ist informiert, der klärt das morgen früh mit seinen Leuten vom Grenzübergreifenden Polizeiteam. Das scheint mir der beste Weg zu sein, der kennt ja inzwischen die Hintergründe. Die werden vermutlich gleich morgen anrücken, einschließlich Spurensicherung.Vielleicht gibt's DNA-Spuren, die wir dann mit denen abgleichen können, die an dem Hochstand sichergestellt wurden, von dem aus auf den Kunstprofessor geschossen worden ist."

„Okay", sagte Ruud und schaute Rieke an, „dann lassen wir alles im Büro so, wie es ist, sorgen dafür, dass die Kinder morgen woanders sind."

„Aber, Ruud, sind wir sicher, dass Eva und Marie nichts passieren kann?" Martin musste diese für ihn alles entscheidende Frage doch noch einmal stellen. „Ist euer Haus dort sicher?"

„Na ja, so sicher, wie viele andere Ferienhäuser auch. Es liegt in den Dünen, man kommt nicht mit dem Auto heran und muss die letzten 200 Meter zu Fuß gehen ... es gibt keine direkten Nachbarn ..."

Ruud sah, dass Martin immer noch grübelte. Offenbar fand er diese Informationen nicht besonders beruhigend.

„Außer uns weiß ja niemand, dass sie in Egmond sind. Und selbst wenn, dann wäre die Adresse immer noch schwer ausfindig zu machen, offiziell ist das Haus unter dem Namen meiner Mutter registriert. Und die hieß Boermans, als sie es damals kaufte."

Auch diese Angabe entspannte Martins sorgenvolles Gesicht nicht. Er hielt inzwischen vieles für möglich, diese Elena war brutal, sie hatte viel zu verlieren. Um so eifriger würde sie suchen und notfalls auch töten. Als er in Riekes Gesicht sah, fühlte er sich in seinem Zweifel bestätigt: Sie schien die Angelegenheit doch noch lange nicht verdaut zu haben, saß verkrampft in ihrem Sessel und erweckte den Eindruck, als müsse sie doch noch dringend etwas loswerden.

„Ich habe einen Fehler gemacht", bekannte sie schließlich und schaute die Männer an, wie ein geprügelter Hund. „Es tut mir leid, aber diese Frau hat mich geschlagen, immer wieder, und hat ständig gefragt, wo Eva ist."

Martin sackte das Blut in die Magengegend. Er schaute sie fragend an, und in seinem Gesicht spiegelte sich nicht die geringste Hoffnung.

Auch Ruud sank mehr und mehr in sich zusammen.

„Aber ich habe nur Egmont gesagt und eine Adresse erfunden: Zeepardjestraat 195."

Ruud lachte erleichtert. „Gut gemacht, Rieke! Sehr gut!" Er ging zu ihr und klopfte ihr auf die Schulter. „Da können sie lange suchen!"

Martin verstand den jovialen Freudenausbruch nicht. Selbst, wenn sie nur den Ort wussten, waren Marie und Eva keinesfalls sicher.

Elena war zäh, aber diese Sucherei war schwer zu ertragen. Sie hatten die Nacht in einem billigen Motel an der Autobahn verbracht und beide kaum geschlafen, weil der permanente Autolärm durch die Fenster drang. An diesem Sonntag waren sie sehr früh aufgebrochen, hatten nicht gefrühstückt und bislang kein Wort miteinander gewechselt. Agnieszka schaute nicht einmal mehr durch das Fenster auf den langsam vorüberziehenden, flachen Horizont. Sie saß zusammengesunken auf dem Beifahrersitz und reagierte auch nicht mehr, wenn Elena sie anschrie. In ihrem Kopf tanzten die Bilder der Vergangenheit. Die rauschenden Feste, damals, mit ihrer neuen Freundin Elena, ihrer Nachbarin auf Ibiza, in der Finca, die sie Werner Droste-Terhahn gleichsam als Mitgift abgerungen hatte, die Grundbedingung dafür, dass sie der formalen Eheschließung zustimmte. Das waren die jüngeren Bilder aus dem Luxus. Aber sie konnten die anderen nicht verdrängen, die alten, aus der frühen Kindheit: die armselige Bauernkate in Zaborówek an der Landstraße nach Warschau. Die große Stadt lag nur 20 Kilometer ostwärts und war für sie doch unerreichbar gewesen. Ihr Bruder Ryszard hatte es geschafft, hatte die Fachschule besucht und hätte Chemiker werden können, wenn er nicht in die falschen Kreise geraten wäre. Er war schlau, wusste nicht nur, wie man mit einfachen Mitteln Ecstasy herstellte, sondern auch, wie man die Wirkung noch steigerte, wenn man die Partydroge mit anderen Stoffen kombinierte. Ryszard hatte sie nach Deutschland geholt, sie Werner vorgestellt und ihr Reichtum und ein besseres Leben versprochen ...

Ein besseres Leben ... Agnieszka spürte, wie ihr die Tränen über die Wangen liefen. Sie hörte Elenas Flüche nicht mehr, die immer noch verzweifelt die Adresse suchte und das Haus mit der Nummer 195 nicht fand, weder in Egmond aan Zee, noch in Egmond aan den Hoef und auch nicht in Egmond Binnen. Elena war in solchen Situationen unberechenbar. Agnieszka überlegte, ob sie aussteigen sollte, bevor Elena sie hinauswarf. Nicht nur aus dem Auto, sondern aus ihrem Leben.

Agnieszka war keine Killerin. Der alte Professor, den Elena vom Hochsitz aus erschossen hatte, war ihr egal gewesen. Aber gestern hatte sie auf ein kleines Mädchen gezielt, auf ein unschuldiges, glückliches Kind, aufgehoben in einer großen, guten Familie. Sie selbst hatte nur einen Bruder gehabt, der es gewiss gut gemeint hatte, als er sie herüberholte nach Deutschland und sie mit dem reichen Bauernsohn Werner zusammenbrachte, seinem damaligen Arbeitgeber. Es war keine Liebe gewesen, aber sie hatte sich doch eine Zeit lang wohlgefühlt in Werners Armen. Noch lieber wäre ihr der Vater gewesen, Bernhard, der tapsige alte Bär mit der tiefen Stimme. Es hatte nur eine kurze Begegnung mit Werners Schwester Eva gegeben, auf dem Droste-Hof, in dem schönen, neuen Bungalow des alten Herrn. Eva hatte damals mit ihrem Bruder gestritten. Agnieszka hatte angenommen, es handle sich um Erbschaftsstreitereien. Der Vater, soviel hatte Werner ihr verraten, sei todkrank. Aber Agnieszkas geringe Deutschkenntnisse hatten nicht ausgereicht, um zu verstehen, worum es wirklich gegangen war.

Sie beobachtete, wie Elena verzweifelt auf eine Passantin einredete und ihr immer wieder den Zettel mit der Adresse vor die Nase hielt, aber nur ein Kopfschütteln als Antwort bekam.

Sie kam zurück und schlug wütend die Autotür zu. Dann nahm sie ihr Handy und versuchte jemanden anzurufen. Agnieszka wusste nicht, wer Elena in dieser Situation helfen sollte. Möglicherweise der Mann, den sie den *Cleaner* genannt hatte? Als Elena niemanden erreichte, tippte sie eine Nachricht ein und wartete auf eine Antwort, die nicht kam. Dann zerbrach unter ihren wütenden Faustschlägen ein Teil des Armaturenbretts. Wutschnaubend griff sie das kleine Navigationsgerät und gab nicht mehr die gesamte Adresse ein, sondern nur *Egmond* und *Zeepardje*. Zu ihrer eigenen Überraschung erhielt sie einen Treffer in Egmond aan Zee.

Es war nur eine kurze Fahrt dorthin, aber sie endete in einem neuen Ausbruch Elenas. Sie standen mitten in der kleinen Stadt vor einem Restaurant, das *Zeepardje* hieß und unmöglich die richtige Adresse sein konnte. Elena sank über dem Lenkrad zusammen, richtete sich aber nach einer Weile wieder auf, als sich ihr Handy meldete. Eine Nachricht des *Cleaners*: *Wrong address! Duinweg 2!* „I need something to eat!“, sagte sie müde, und als Agnieszka nicht reagierte, verließ sie ohne zu zögern allein das Auto und stieg die Stufen zum Lokal hinauf.

Es war gegen 15 Uhr. Die Köche und Kellner räumten das Brunchbuffet ab. Das Lokal war gut gefüllt, aber Elena sah, wie zwei Frauen ihren Tisch am Fenster räumten. Sie wartete, bis die beiden ihre Sachen gepackt hatten und ihr mit einem Lächeln den freiwerdenden Platz anboten.

Elena setzte sich und schaute in die Karte, wurde aber vom Geschehen vor dem Fenster irritiert: Sie sah, wie Agnieszka das Auto verließ und sich neben die Tür stellte. Die beiden Frauen, die ihr gerade ihren Platz überlassen hatten, blieben bei ihr stehen. Agnieszka sprach sie offensichtlich an. Was hatte die dumme Polin vor? Warum sprach sie wildfremde Menschen an? Elena verließ eilig das Lokal, blieb aber draußen an der Treppe stehen und beobachtete die Szene.

„Can you help me? Can you take me with you?“

Marie und Eva sahen sich an, Eva schüttelte den Kopf.

„A problem with the car?“

„No. It's ...“

„What is it?“

Die Frau sah völlig übernächtigt aus. Sie machte einen verwirrten Eindruck.

„Do you need money?“

Sie sah Eva in die Augen. „I know you!“

„I know your brother! Please take me with you!“, flehte die Frau leise. Sie blickte kurz voller Angst zur Treppe hinauf, dann sah sie Eva mit stechendem Blick in die Augen. „I know your brother!“

Marie zuckte mit den Schultern.

„It's okay“, rief in diesem Moment eine Stimme von oben. Es war die Frau, der sie ihren Platz überlassen hatten. „Don't bother, I will take care of her!“

Eva nickte der Frau kurz zu und öffnete die Autortüren. Die beiden stiegen ein und fuhren los.

„You know her brother! Interesting! Go to your new family then!I don`t need you!“

Der strenge Blick aus Elenas stahlblauen Augen ließ Agnieszka frieren. Sie wusste, sie hatte die letzte Grenze überschritten. Elena ließ sie stehen und fuhr den beiden Frauen nach.

Agnieszka stieg die Treppe zum Lokal hinauf und beobachtete die beiden Autos von oben, bis sie in den Dünen verschwanden.

„Merkwürdige Frau!“ Eva schüttelte den Kopf, als sie am Ortsrand in den schmalen Dünenweg einbog, an dessen Ende der kleine Parkplatz war.

„Ich hab die überhaupt nicht verstanden, die sprach so undeutlich.“ Ein schmaler, mit Betonplatten befestigter Pfad führte zum Ferienhaus der van den Goores. Der Weg war an vielen Stellen von Sandwehen verengt, es hatte in der Nacht etwas gestürmt.

„Entweder war die komplett verwirrt, oder – was ich eher annehme – es waren Drogen im Spiel.“

„Du meinst, die hat gebettelt?“

„Vielleicht. Wüsste gar nicht, wo man die hier Drogen kriegen könnte.“

„Na, vielleicht bei einem von den netten Kellnern im Lokal ... *Ich bringe Ihnen dann mal die Sonderkarte* ... wie im Coffee-Shop.“

Sie lachten, streiften den Sand an ihren Schuhen ab und gingen ins Haus.

Elena hatte das Auto der beiden Frauen mit dem gebotenen Abstand verfolgt. Von der Kuppe des Dünenweges aus sah sie unten den kleinen Parkplatz und in einiger Entfernung zwei von den Sanddünen halb versteckte Häuser. Sie legte den Rückwärtsgang ein und fuhr auf der schmalen Straße zurück, bis sie in die größere, asphaltierte Straße einbiegen konnte, dann weiter, bis sie einen geeigneten, unverdächtigen Parkplatz gefunden hatte.

Sie stieg aus und ging, ohne Rücksicht auf die Verbotsschilder, hinter der Absperrung den Sandhügel hinauf. *Kwetsbaar duingebied...* die Verletzlichkeit der Natur interessierte sie momentan am wenigsten.

Von oben hatte sie den gesamten Weg im Blick. Der schmale Pfad unten führte vom Parkplatz aus an dem ersten Haus vorbei zu einem zweiten, das etwa zweihundert Meter weiter in den Dünen lag und von dem nur ein Teil des Daches zu sehen war. Spätestens nach Einbruch der Dunkelheit würde ihr das Zielfernrohr zeigen, ob die beiden Frauen in dem ersten Haus waren. Das hoffte Elena, die hohe Position war für sie ideal. Andernfalls würde sie ihren Standort wechseln müssen.

Agnieszka ging an den letzten Häusern der Stadt vorbei und kam auf einen schmaleren, mit Backsteinen gepflasterten Weg. Das Fischgrätmuster der Steine schwamm unter ihren Füßen. Sie stellte sich vor, still zu stehen und über der Erde zu schweben, die sich unter ihr langsam drehte. Sie hatte kein Ziel mehr. Über das regelmäßige Muster der unter ihr vorbeiziehenden Steine legten sich Erinnerungsbilder. Die Strände der Sonneninsel, das weiße Haus, die Finca, die ihr einmal gehört hatte. Ein fester, heller Punkt auf dieser Welt. Der erste Ankerpunkt in ihrem Leben. Sie hatte Werner nie im Zweifel darüber gelassen, dass sie ihn nicht liebte. Sie machte sich nichts aus Männern. Er hatte das akzeptiert, hatte seine eigenen Pläne. Seine Autos, seine Verbindungen in Aarloh, diesem abgelegenen Winkel der Welt, wo er glaubte, einen Namen zu haben, etwas zu sein. Er hatte mit Geld um sich geworfen, ihr – wie versprochen – den teuren Mercedes geschenkt und brav monatlich seine zweitausend Euro überwiesen. Davon hatte sie gut leben können. Bis plötzlich nichts mehr gekommen war, kein Brief, keine SMS, kein Anruf – nichts mehr. Sie hatte ihn nicht mehr erreichen können. Seine Handynummer galt nicht mehr.

Ihre Phantasie war groß genug sich vorzustellen, dass er im Knast gelandet war. Aber selbst dann hätte er anrufen können. Auch ihr Bruder war mit seinen drei Freunden nicht mehr auf dem Hof. Ryszard hatte ihr nur gesagt, sie hätten die Arbeit für Droste-Terhahn abgebrochen und seien wieder in Polen. Sie wollte nicht zurück nach Polen. Sie wollte auf Ibiza bleiben. Zum Glück war ihr Bruder dann auf die Insel gekommen und geblieben. *Ein neuer Job*, hatte er nur gesagt. Er hatte gar nicht mehr sagen müssen, sie wusste, womit er sein Geld verdiente. Und er hatte sie mitgenommen, zu den Partys der Reichen und Schönen ...

Das plötzliche Ende der Backsteinpflasterung riss Agnieszka aus ihren Erinnerungen. Sie hatte die Orientierung verloren. Ein Sandweg führte einen Hügel hinauf. Sie erklomm ihn und blickte über das Dünenland.

Im Westen konnte sie das Meer sehen, im Osten den Rand eines großen Kiefernwaldes, der sich über die sandigen Täler erhob. Dann erschrak sie: Auf dem Nachbarhügel erkannte sie Elena. Eine Weile sahen sie sich reglos an. Die Entfernung zwischen ihnen mochte 70 Meter betragen, aber die Distanz zwischen ihnen war viel größer und tief wie der Ozean.

Mit einer Kanne Tee und holländischen Honigwaffeln setzte sich Eva vor den Bildschirm und ging die Dateien der externen Festplatte durch, während Marie die losen Blätter aus den Kartons verschiedenen Stapeln auf dem Fußboden zuordnete, sortiert nach Jahreszahlen und Verwendungszwecken. Die Arbeit war mühsam, der Erkenntnisgewinn gering, aber immerhin fand sie noch einige fehlende Belege für Ankäufe über die Galerie Nijkerk, was bei einem späteren Verkauf der Bilder von Nutzen sein konnte.

„Das hier ist interessant", freute sich Eva und hielt den Zeigefinger auffordernd auf eine Stelle des Bildschirms. Marie stand vom Boden auf und schaute auf die lange Reihe der Zahlen. „Hier, der hat dieser Agnieszka tatsächlich monatlich 2000 Euro überwiesen!" Eine Mischung aus Überraschung und Empörung klang aus Evas Worten.

„Na ja, es gab die Ansicht in Aarloh, dass die beiden offiziell verheiratet waren. Zumindest hat Werner wohl damals im Vredener Standesamt die nötigen Unterlagen besorgt. Dann hat er ihr Unterhalt gezahlt. Ist doch nett."

Eva scrollte weiter und fluchte.

„Vonwegen *nett* ... hier! Der hat meinen Vater beschissen! Das sind regelmäßige Überweisungen der Nieuwe Amstel Bank Sint Maarten an eine Agnieszka Cimoszcewicz. So blöd kann der Alte doch nicht gewesen sein! Mein Gott! Der hat ihm Prokura gegeben. Werner konnte an Vaters Konten ran! Jetzt wird mir langsam manches klar. Die Finca auf Ibiza, der dicke Mercedes und 2000 monatlich, alles über diese Bank."

„Sint Maarten?", fragte Marie, „Ich dachte die Bank säße in Amsterdam."

„Eine Filiale? Es gibt ein Sint Maarten hier im Norden, kleines Kaff Richtung Den Helder."

Marie gab *Sint Maarten* in ihr Notebook ein. Nach einigen Mausklicks schüttelte sie den Kopf. „Nee, gibt keine Filiale dort. Aber warte mal ... nein, nein, das ist in der Karibik."

Eva schaute erstaunt auf Maries Notebook.

„Nieuwe Amstel Bank Sint Maarten ... Ich sage nur Steuerparadies Niederlande. Hoch lebe unsere glorreiche Kolonialzeit."

Sie klickte sich durch mehrere angebotene Websites, bis sie Neues fand: „Die Niederlassung in der Karibik gibt es nicht mehr! Hör mal, hier:

Einen schweren Schlag musste das Finanzunternehmen verkraften, als die 2011 gegründete, eigenständige Filiale der Nieuwe Amstelbank auf Sint Maarten am 6. September 2017 nach dem Hurrikan Irma unterging, der mit fast 300 km/h über die Insel fegte. Sämtliche Unterlagen und ein großer Teil der Vermögenswerte in Form von Anleihen und Fondspapieren versank unwiederbringlich im Atlantik, andere Werte gingen bei den anschließenden Plünderungen verloren.

Untergegangen? Das ist doch Bullshit, Marie! Die hatten ihr Geld doch nicht in Goldbarren da liegen, die dann geklaut wurden oder im Meer versunken sind. Ein paar Fondspapiere, Bargeld, Diamanten, was weiß ich, in den Schließfächern vielleicht, aber damit ist so 'ne Bank doch nicht pleite. Das kann mir doch keiner erzählen!"

„Na ja, alles eine Glaubensfrage. Vermutlich haben sich viele Kunden dieser Bank auch als stolze Besitzer einer neuen Kryptowährung gesehen und gedacht, sie hätten jetzt gewinnbringende Double-Coins. War auch erstunken und erlogen!"

„Lächerlich! Untergegangen im September 2017, wie ein Schiff aus dem 17. Jahrhundert mit Tausenden Golddublonen an Bord?" Eva war sichtlich aufgebracht. Die Augen dicht am Bildschirm, ging sie die Zahlen durch. „Dacht' ich mir's doch: Hier, die Abbuchungen sind munter weitergegangen, Oktober, November und Dezember 2017, und ebenso 2018 und '19. Da ist gar nichts im Meer versunken! Selbst, wenn es die Bank damals nicht mehr gegeben haben sollte, was ich bezweifle, sind die Zahlungen definitiv erfolgt." Sie drehte Marie den großen Bildschirm zu und tippte auf die entsprechenden Stellen in der Spalte. „Die Bank hat es weiterhin gegeben, ich schwör's dir, vermutlich unter einem anderen Namen. Ab Oktober 2017 ist da so ein neues Kürzel vor der Kontonummer ... PCCB. Das Internet weiß doch fast alles, das kriegen wir raus!"

Martin spürte die innere Unruhe wie ein aufsteigendes Fieber. Er hatte den Hof in Nijverdal verlassen und war Richtung Aarloh gefahren, nun aber hielt er an einer Bushaltestelle an, um sich selbst Klarheit zu verschaffen und eine Entscheidung zu treffen. Fast zwanghaft stieg ein Bild immer wieder auf, das Foto auf dem Kaminsims im Bungalow: Marie fröhlich lachend zwischen den Birken im Moor.

Seine Marie. War sie in Gefahr?

Es war Sonntag. Die Chance, ohne Stau über den nordöstlichen Amsterdamer Ring zu kommen, war groß. Dann könnte er in gut zwei Stunden in Egmond sein. Alles besser, als untätig zu warten. Machte er sich selbst verrückt? Reichte nicht ein Anruf um Marie und Eva in Egmond zu warnen?

Egmond war klein. Wenn Agnieszka und Elena nun doch nicht auf der Flucht waren und die Suche nach entlarvenden Unterlagen noch nicht aufgegeben hatten, lag es nahe, dass sie Eva und Marie im Visier hatten.

Martin überprüfte seine Dienstwaffe. Dann drehte er und fuhr in Richtung Autobahn.

Agnieszka hatte so lange im Sand gesessen und die beiden Häuser beobachtet, dass ihr die feuchte Kälte den Rücken hinaufstieg. Die Dämmerung kam, und sie glaubte im Haus, das dem Parkplatz am nächsten lag, Bewegung zu sehen. Als drinnen das Licht anging, erkannte sie die Silhouetten zweier Menschen am Fenster. Das zweite Haus weiter hinten blieb dunkel. Sie schaute hinüber zur benachbarten Düne, konnte Elena aber nicht mehr dort entdecken, vielleicht hatte sie ihren Standpunkt gewechselt. Sie ließ sich ein paar Meter den steilen Hang hinunterrutschen. Auch von unten war Elena nicht zu sehen. Dennoch hielt sie sich geduckt und blieb im Schatten der Düne. Würde Elena auf sie schießen? Es fiel ihr schwer, das zu glauben, aber das nahm ihr nicht die Angst.

56

Marie hatte nach längerer Recherche einen neuen Hinweis gefunden: „NABSM ... ist die Nieuwe Amstel Bank Sint Maarten, das hört dann tatsächlich im Oktober auf. Im September war dieser Wirbelsturm, danach heißen sie Philipsburg Columbus Credit Bank, die Kennziffern sind vorne identisch. Die haben nur den Namen gewechselt, jetzt nur noch vier Buchstaben: PCCB ...“

Marie hatte, während sie sprach, den Blick nicht vom Bildschirm genommen. Sie rieb sich die Augen, das konzentrierte Schauen auf die Zahlenreihen strengte an. Tanzten die Ziffern vor ihren Augen schon wild durcheinander oder war das real, was sie sah? Sie brauchte eine Weile, bis ihr klar wurde, was da zu lesen war.

„In schlechten Filmen sagen sie jetzt immer *bingo*, aber sieh dir das mal an.“

Eva rückte nahe an den Bildschirm und vergaß plötzlich zu atmen. Ihr Vater hatte zweimal im Abstand weniger Tage 1,2 und 1,4 Millionen US-Dollar erhalten.

„Und zwei Wochen später überweist er 960 Tausend zurück, und dann mit etwas zeitlichem Abstand nochmal 1,12 Millionen, beide Summen gehen auf ein neues Konto. Er behält also ... Moment 2,6 minus 2,08 ... 520 Tausend."

Die Suchmaschine der Software, mit der die Bankdaten erfasst waren, erlaubte die Rückwärtssuche mit der Kontonummer, von der die Einzahlungen stammten. Sie scrollte zurück und vor und notierte die gelb markierten Ergebnisse ihrer Suche. Ähnliche Transfers in Millionenhöhe hatten mehrmals in den Jahren 2018 und 2019 stattgefunden, immer kam das Geld von diesem einen Konto und wurde, nach Abzug von 20% auf diverse andere zurücküberwiesen. Am Ende blieben insgesamt knapp 2,8 Millionen auf Bernhards Konto bei der PCCB.

„Mein Vater – oder vielleicht auch schon mein Bruder–, die haben jeweils 20% Prozent kassiert, bevor sie die Beträge wieder auf die anderen Konten geschickt haben. Das sind fast drei Millionen, Marie! Wofür? Soviel können die doch an diesen Partydrogen gar nicht verdient haben.

„Steckt vielleicht doch ... Verbeek dahinter?" Marie stockte, als die Bilder dieses brutalen Henkers, deren Opfer sie beinah geworden wäre, wieder in ihrem Kopf aufstiegen.

„Nein, garantiert nicht über Vaters Konto. Der hatte mit Sicherheit eigene Verbindungen ..."

Marie überlegte und schaute in Evas zerknirschtes Gesicht.

„Komm, wir rufen jetzt Emma Ammann an!", schlug Marie vor.

„Das wird aber deinem Schwager nicht gefallen."

„Egal, Martin und Walter sind eh zurzeit deswegen zerstritten. Ich will irgendeinen plausiblen Grund: Wieso kriegt der plötzlich diese Millionensummen auf das Konto einer ... was auch immer, Offshore-Bank, Briefkastenfirma ... auf der Insel Sint Maarten in der Karibik?"

„Okay, rufen wir sie an."

Um unnötige Diskussionen zu vermeiden, war Martin nicht mit dem Dienstwagen, sondern in Maries rotem Skoda Fabia unterwegs.

Das schon in die Jahre gekommene Fahrzeug war durchaus zuverlässig, hatte aber kein eingebautes Navigationsgerät. Den Weg nach Egmond und Bergen war er schon so oft gefahren, dass er das externe Tomtom-Gerät gar nicht erst mitgenommen hatte. Jetzt hätte er es gut gebrauchen können, denn so sicher, welche der sechs Spuren auf der niederländischen A1 vor Diemen er nehmen musste, um auf den östlichen Amsterdamer Ring zu kommen, war er nicht. Aber es gelang ihm, sich richtig einzufädeln. Wenig später verlor er allerdings wegen einer Vollsperrung bei Volendam Zeit und Orientierung, weil ihm die Umleitungsempfehlungen nicht sinnvoll erschienen. Schließlich gelangte er auf Umwegen nach Alkmaar und war froh, wieder eine ihm besser bekannte Gegend erreicht zu haben.

Je näher er kam, desto kleiner wurden seine Sorgen. Sicher war alles in Ordnung. Inzwischen stand die Sonne schon sehr tief, aber mit etwas Glück würden sie in der Dämmerung noch einen langen Spaziergang am Strand machen können.

Es war sehr viel wahrscheinlicher, dass Elena und ihre Komplizin nach dem Mord am Kunstprofessor und ihrer ergebnislosen Aktion in Nijverdal doch die Flucht angetreten hatten. Auch wenn ihnen die verfänglichen Dokumente und Dateien, die sie suchten, gefährlich werden konnten – die weitaus größere Gefahr einer Verhaftung lauerte überall. Inzwischen hatten die niederländischen Medien Phantombilder der beiden publiziert, jeder Halt an einer Raststätte konnte ihnen gefährlich werden.

Vielleicht war es nur Martins größter Weihnachtswunsch, aber er sehnte sich danach, diese unheilvolle Geschichte – beginnend mit dem versunkenen Porsche im Moor bis zu den schrecklichen Ereignissen rund um den Droste-Hof, in dessen Zentrum der brutale Henk Verbeek gestanden hatte – endlich hinter sich zu lassen. Der erhoffte Neubeginn, der gemeinsame Weg mit Marie hatte mit dem Debakel im Museum *Villa Mondriaan* einen schlimmen Dämpfer bekommen. Schlimmer noch: Er musste sich vorwerfen, dass letztlich seine eigene, viel zu lange verschwiegene Vergangenheit Marie erst in diese heikle Lage gebracht hatte.

Marie setzte sich viel zu sehr unter Druck, sie wollte ihre neue Aufgabe in der Initiative *Neuer Droste-Hof* mit Bravur bewältigen, trotz aller Widerstände. Vielleicht konnte er diesen Besuch heute dazu nutzen, mit Marie und Eva gemeinsam zu reden. Der neue Droste-Hof würde entstehen, es musste doch aber nicht binnen weniger Monate sein. Sowas brauchte Zeit. Marie musste endlich in eine Phase der Entspannung kommen, sie musste die Chance haben, die traumatischen Erlebnisse des vergangenen Spätsommers zu verarbeiten. Stattdessen warf die gemeinsame Aarloher Initiative immer neue Probleme auf, die, wie man jetzt deutlich sah, auf den alten Problemen aufbauten. Woher kam Bernhard Droste-Terhahns Geld? Wusste Emma Ammann mehr, als sie bisher verraten hatte und hatte ihr Bild von Aarloh als einem großen Sumpf möglicherweise doch einen wahren Kern?

„Marie Gerster? Das ist eine echte Überraschung!" Emma Ammann klang fröhlich und entspannt, als sie Maries Anruf am Sonntagnachmittag entgegennahm. „Was gibt's Neues aus den Aarloher Sümpfen?"

Nach dieser Begrüßung wollte Marie das Gespräch gleich wieder beenden, sie zwang sich aber dazu, Emma Ammanns Worte mit Humor zu nehmen.

„Nun, ich habe eine eidesstattliche Erklärung meines Vaters gefunden, in der er bekennt, der alleinige Drahtzieher im illegalen Kälbermast-Geschehen des Jahres 1989 gewesen zu sein."

Auf der anderen Seite der Verbindung war Stille, bis Emma plötzlich in lautes Lachen ausbrach. „Ach, Marie, Sie kommen zu spät mit diesem Bekenntnis, alles längst verjährt, aber Sie haben immerhin Humor!"

„Mord verjährt doch nicht, Frau Ammann, sie wollten meinem Vater doch sogar die Mitschuld am Tod des –"

„Ach, kommen Sie, Marie ... was ist denn los?", unterbrach Emma sie, und ihre Stimme hatte die Leichtigkeit schlagartig verloren. „Ja, ich gebe zu, ich hätte damals gern weiter recherchiert und hatte das deutliche Gefühl, die Gerwink-Brüder wollten das unbedingt verhindern. Aber ich denke jetzt ein wenig anders darüber. Martin Gerwink ist ein hervorragender Polizist!"

Marie war verblüfft, was war los mit Emma?

„Was hat Sie denn zum Umdenken bewogen, wenn ich fragen darf?"

„Seine Kombinationsgabe, seine Menschenkenntnis, seine wertvollen Detailkenntnisse der Region ... na ja, er hat uns jedenfalls einen guten Schritt weitergebracht in diesem neuen Fall."

„Freut mich wirklich, das zu hören. Und deswegen rufe ich an. Ich habe mich hier mit Eva van den Goore in ein Ferienhaus bei Egmond zurückgezogen, wir gehen gerade die Kontoauszüge ihres Vaters durch. Da gibt es ein Problem, vielleicht können Sie uns da helfen."

„Also los! Fragen Sie!"

„Haben Sie eine Idee, warum Bernhard Droste-Terhahn in den Jahren 2018 und 2019 insgesamt 14 Millionen US-Dollar auf das Konto einer Bank namens PCCB, Philipsburg Columbus Credit Bank, auf der Karibikinsel Sint Maarten bekommen hat?"

Emma antwortete erst nach einer längeren Pause.

„Das ... das ist ja ... wissen Sie, was das bedeutet?" Emmas Stimme konnte ihr Erstaunen nicht verbergen.

„Eben nicht, deswegen rufe ich Sie ja an."

„Sie haben eine Bankverbindung gefunden, nach der wir seit langem suchen. In den Panama-Papers wird zwar diese Bank, diese PCCB, erwähnt, aber wir haben noch nie konkrete Zahlen bekommen. Bitte unbedingt sichern! Das ist das letzte Mosaiksteinchen in einem möglichen Gesamtbild, das uns noch fehlte."

„Dann wissen Sie, woher das Geld kommt?"

„Vielleicht – im Moment ist das alles noch Theorie, aber es könnte folgendermaßen sein: Wir wissen ..."

„Warten Sie", unterbrach Marie, „darf ich kurz auf Mithören stellen? Eva sitzt neben mir ..."

„Aber sonst niemand, oder?"

„Nein, nur wir beide!“

„Also, um es kurz zu machen: Es hat nie eine echte Kryptowährung namens *Double-Coin* gegeben. Das steht inzwischen fest. Das alleinige Ziel dieser Unternehmung war, in möglichst kurzer Zeit möglichst viel Geld anzuhäufen, vermutlich neben arabischen Ölmillionen überwiegend russisches Schwarzgeld. Es verdichten sich die Anzeichen dafür, dass hier eine niederländische Bank eine zentrale Rolle gespielt hat, allerdings nur als Verschiebebahnhof. Zu lokalisieren sind diese Millionen nicht mehr, die sind vermutlich gestückelt worden und breit verstreut – möglicherweise weiß nicht einmal diese Elena, wo genau einige dieser Millionenbeträge überall noch liegen. Wenn wir vom LKA das wüssten, wäre es auch sehr schnell weg, denn wir könnten die Konten einfrieren lassen und das Geld konfiszieren. Obendrein muss Elena schnell sein, denn auch die betrogenen Russen sind ihr längst auf den Fersen. Außerdem muss sie vermutlich noch einen großen Teil des Geldes waschen. Das geht zurzeit am besten mit Kunst – mit Bildern bekannter Maler, je älter und je teurer, desto besser. Sie kauft also Kunst, und zahlt dafür auch gern völlig überhöhte Preise, denn Geld – eben das einkassierte Schwarzgeld – ist ja in Fülle vorhanden. Je höher die Auktionsgebote steigen, desto mehr Geld kann sie waschen. Rechtmäßig erzielte Einnahmen aus Kunstgeschäften, alles wasserdicht. Stehen denn diese hohen Summen, die Sie entdeckt haben, in irgendeiner Weise im Zusammenhang mit Kunst?“

Evas Gesicht verfinsterte sich. Eine Ahnung wurde langsam zur Gewissheit.

„Mein Vater hat vor einigen Jahren angefangen, Kunst zu sammeln.“

„Sind das namhafte Künstler?“

„Gerhard Richter, Mondriaan und einige aus der zweiten Reihe international bekannter Maler.“

„Dann ist die Sache relativ einfach. Nehmen wir einmal an, Ihr Vater, kauft einen Mondriaan, vielleicht aufgrund einer privaten Empfehlung, vielleicht über eine Galerie, egal. Wichtig ist nur, dass die Echtheit bewiesen und dass die Herkunft des Bildes plausibel ist. Es darf nicht aus dubiosen Sammlungen kommen – Stichwort *Nazi-Kunst* und so weiter. Dann bietet er das Bild zum Weiterverkauf an, wieder über eine Galerie oder über ein Auktionshaus. Natürlich zu einem weitaus höheren Preis. Ich vermute mal – bildende Kunst ist nicht gerade mein Spezialgebiet – solche Mondriaan-Bilder sind selten, der Maler ist berühmt, also kann er dafür vielleicht das Zehn- oder sogar Zwanzigfache rausschlagen. Die Geschichte, neudeutsch das *Narrativ*, ist einfach. Jemand hat, ohne es zu wissen, ein wertvolles Bild auf dem Dachboden gefunden, geerbt, auf dem Flohmarkt ein Schnäppchen gemacht und so weiter, je nachdem wie lebhaft die Phantasie und wie plausibel das entsprechende Lügengebäude des verkaufenden Besitzers ist. Da kommt Elena ins Spiel, die ihre schwarzen Millionen waschen muss. Sie ist bereit, dieses Bild zu kaufen. Also macht die Galerie ein völlig überteuertes Angebot und Elena kauft es mit ihren schwarzen Millionen. Oder es läuft über ein Auktionshaus und sie treibt den Preis beim Bieten künstlich in die Höhe. Am Ende erhält sie den Zuschlag ... wie gesagt: Je höher der Preis, desto mehr Geld kann sie waschen." Emma machte eine Pause. „Bis dahin alles klar?"

Marie sah Eva an, die offenbar skeptisch war.

„Gut", sagte Marie, „dann sind aber einige Hunderttausend ihres Geldes plötzlich in Kunst verwandelt. Sie wird sich damit nicht die Wände dekorieren wollen."

„Die Bilder interessieren sie überhaupt nicht. Sie gibt sie sogar Bernhard Droste-Terhahn zurück!"

Wieder schauten sich Eva und Marie fragend an.

„Warum sollte sie das tun?", fragte Eva.

„Das ist das System, es geht ihr nur ums gewaschene Geld: Bernhard Droste-Terhahn kauft die Bilder für mittlere Summen, sagen wir im fünfstelligen Bereich, ist dann also der rechtmäßige Besitzer. Die Auktion treibt den Preis in die Höhe und er bekommt von der neuen Eigentümerin, also Elena, dann aber sechsstellige oder gar siebenstellige Summen, also den bei der Auktion erzielten Preis. Er behält davon aber nur ... sagen wir 20 Prozent, den Rest überweist er über eine Bank und am besten über ein anderes Konto wieder an Elena zurück. Sie verliert dadurch einige der geklauten Millionen, aber das ist der Preis für die Geldwäsche. Droste-Terhahn dürfte mindestens 15% der Kaufsumme eingesackt haben. Elena hat dann das Bild offiziell von ihm ersteigert, die Zeitungen berichten über einen sensationellen Bilderfund und die Millionen, die dafür erzielt wurden. Es gehen noch Gebühren für die Auktionshäuser ab, aber Elena kriegt am Ende vielleicht 80 Prozent ihrer Schwarzgeldmillionen zurück und kann damit ganz offiziell zum Beispiel teure Immobilien in New York erwerben."

„Und hat obendrein noch auf dem Papier ein begehrtes Bild erworben ... was macht sie damit?", fragte Marie.

„Nun, Bernhard Droste-Terhahn hat es für sie gelagert, und wenn er nicht zu früh verstorben wäre, hätte man das Spiel noch einmal spielen können ... es für einen wiederum viel höheren Preis an einen anderen Strohmann verkaufen, der wiederum mindestens 80 Prozent an Elena zurücküberweist. Und so weiter und so fort ... es gibt inzwischen überall auf der Welt von Basel bis Shanghai Depots, in denen die teuersten Bilder aufbewahrt werden. Das sind quasi Freihandelszonen, denn die entsprechenden Finanzämter sehen natürlich keinen einzigen Steuer-Cent von diesen Millionensummen."

„Mein Vater hatte sein eigenes kleines Depot", verriet Eva, „der traute nur sich selbst."

„Wahrscheinlich wusste er warum. Die Gewinnspannen im sogenannten Kunsthandel sind nur noch mit den illegalen Gewinnen aus Drogen-, Menschen- oder Waffenhandel vergleichbar. Mir scheint das durchaus plausibel: Droste-Terhahn fungierte als Strohmann in dieser Geldwäsche. Und wenn Sie beide jetzt Belege für solche Transfers haben, dann ist das für unsere Ermittlungen natürlich großartig! Dann wird es sehr eng für diese Elena und für die Banken, die mit ihr kooperiert haben. Damit wären wir dann schon wieder einen großen Schritt weiter ..." Man hörte die Hauptkommissarin der Abteilung Cyberkriminalität des LKA Düsseldorf schwer atmen.

„Aber ich muss sie beide ausdrücklich warnen: Es gibt keine Anzeichen dafür, dass die schießwütige Dame inzwischen mit ihrer Freundin außer Reichweite wäre. Und es ist sehr wahrscheinlich, dass die geprellten Russen sie entführen oder ihr ein Killerkommando auf den Hals hetzen wollen. Auch für die wären solche Daten von großer Wichtigkeit, dann wüssten die nämlich, wo sie ihr Geld suchen müssen. Und die finden dann Wege, da ranzukommen. Auch ohne Dynamit und Tresorsprengungen. Das machen die subtiler, aber selten schmerzfrei. Sie müssen also gut auf sich aufpassen! Aber da oben an der Küste, gut versteckt im Dünensand, da sind Sie, denke ich, sicher! Ich danke Ihnen sehr für Ihre Arbeit und für Ihren Anruf. Ich melde mich wieder, gleich morgen!"

„Wir danken Ihnen auch", sagte Eva von der Seite aus, aber ihre Stimme klang schwach und enttäuscht. „Je mehr ich weiß, desto leichter wird dieses schwere Erbe."

„Alles Gute Ihnen beiden! Und ich verspreche, nie wieder vom *Aarloher Sumpf* zu reden."

Marie zwang sich bei dieser Bemerkung Emmas zu einem kleinen Lachen. Eva und Marie sahen sich an, und es war wenig Fröhlichkeit in ihren Blicken. Sie hatten nun mehr Klarheit, aber weniger Hoffnung: Man musste davon ausgehen, dass an den meisten der Bilder im Depot des Bungalows schmutziges Geld klebte und dass das ererbte Vermögen nicht rechtmäßig erworben war. „Na gut", sagte Eva mit einem tiefen Seufzer, „dann will ich mal die Daten sichern." Sie schob einen USB-Stick in die entsprechende Buchse, klickte ein paar Mal und ließ den Rechner seine Kopierarbeit machen. Dann ging sie zum Sideboard.

„Jetzt hab' ich keine Lust mehr! Gin oder Whisky?"

„Gin!"

Sie setzten sich ins bequeme Sofa, stießen an und ließen die Sonne hinter den Dünen untergehen. Aber Marie konnte noch nicht abschalten.

„Wir machen das genau richtig, Eva. Egal, was bei diesem ganzen Debakel am Ende herauskommt, egal wieviel von dem Geld möglicherweise konfisziert wird – es wird etwas übrigbleiben, und daraus entsteht etwas Gutes. Das Projekt *Neuer Droste-Hof Aarloh* wird weitergehen, es wird weitere Sponsoren geben, öffentliche Gelder ... kein Grund, jetzt schon aufzugeben!"

„Nein!", sagte Eva entschieden. „Ach, warum ist diese Welt so voll von selbstgewissen, arroganten, korrupten Arschlöchern?

„Die sich für so schlau halten", ergänzte Marie, „dass sie meinen, sie könnten auch noch die Betrüger betrügen." Marie schaute in die Dünen, der Gin in ihren Gläsern spiegelte das blaue Licht vor dem Fenster und tat seine Wirkung.

„Die blaue Stunde, Eva, beliebtes Motiv bei den Jugendstilmalern und Impressionisten. Professor Doktor Doktor honoris causa Paul Arschloch Hahnemann würde sicher spontan einen kleinen Vortrag dazu aus dem Ärmel schütteln und damit vor seinen Studenten oder seinen schwerreichen Kunstfreunden glänzen."

„Tja, nun sagt er nichts mehr."

„Aber vorher musste er noch Aris Hütte abfackeln ..."

Eva füllte nach.

„Lass uns nicht mehr grübeln!"

„Nein, und – auch wenn's noch zu früh ist: Lass uns auf ein neues, aber bitte etwas ruhigeres Jahr trinken!"

„Oh ja, bitte!", stöhnte Eva. „Ich wäre auch schon mit zwei absolut ruhigen Wochen Weihnachtsferien zufrieden."

Eva trank und schaute in die dämmrige Weite vor dem Fenster, die langsam die letzte Farbe verlor und ins Graue absank.

„Ach, Marie ... es hätte doch alles so schön werden können!"

„Erstens wird es das noch, und zweitens haben wir gerade beschlossen, nicht länger zu grübeln."

„Fällt mir verdammt schwer. Wahrscheinlich ist ein Großteil des Droste-Vermögens russisches Drecksgeld."

„Um so besser, dass du es für einen guten Zweck ausgibst. Ich finde das nicht unmoralisch, im Gegenteil."

„Wenn das Ganze vor Gericht kommt ... wer weiß, was die dann von mir zurückfordern ...

Und wenn die Bilder im Depot vielleicht zum großen Teil gefälscht sind ... ich mag gar nicht dran denken."

„Komm, gieß nochmal ein!" Marie spürte die Wirkung des Alkohols. Aber er half nicht gegen das Grübeln und die dunklen Gefühle, die wieder in ihr aufsteigen wollten.

„Für mich ist Ari Wardenaar so ein authentischer Künstler, durch und durch, ich hätte nie geglaubt, dass er ein Fälscher sein könnte. Der Kunstprofessor war ein echtes Arschloch, und dieser Galerist ist es in meinen Augen auch. Ich meine, die hätten doch auch für echte Bilder ihre Anteile bekommen! Das hätte doch gereicht. Warum mussten sie denn einen talentierten Maler zum Fälschen anstiften ...?

„Das schnelle Geld, die Raffgier! Guck dir meinen Vater an, meinen Bruder ... überall dasselbe Muster: *Wir nehmen uns, was wir kriegen können, weil wir schlauer sind als alle anderen*!"

Eine Weile herrschte absolute Stille im Raum, aber die jüngsten Erinnerungen wollten sich nicht im Gin ertränken lassen.

„Ein Maler, ein Galerist und ein Kunstprofessor ...", begann Eva erneut. „Eine Verbrecherbande stellt man sich eigentlich immer anders vor."

„Die waren ja nur der Ableger oder die Vorhut. Das Verbrecher-Gruppenbild ist damit noch nicht vollständig. Fehlt noch ein korrupter Bankier."

„Und dieser schleimige Rechtsanwalt, dieser Heebing, und dann der merkwürdige Staatsanwalt ... es würde mich sehr wundern, wenn die nicht zum Komplott gehörten."

„Unfassbar! Und mein Vater mittendrin!"

Eva leerte ihr Glas, dann stand sie auf, dehnte und streckte sich.

„Gut!", sagte sie entschlossen, als wollte sie dem Grübeln ein Ende setzen und zum Alltag zurückkehren.

„Wenn wir hier in wenigen Tagen mit der ganzen großen Familie van den Goore Weihnachten feiern wollen, muss aber noch viel passieren."

„Ihr wollt hier feiern? Wie schön. Wir können morgen mit den Vorbereitungen anfangen, ich helfe dir gern."

„Na, sag das nicht zu früh, die großen Fenster hier zu putzen, das ist 'ne Schweinearb..." Sie blieb mitten im Satz stecken. „Da draußen ist jemand!"

Eva stand auf und ging ans Fenster. Aus dem Halbdunkel näherte sich langsam eine Gestalt. Marie begann wieder zu zittern. Am liebsten wäre sie hinter das Sofa gekrochen. Eva erkannte eine Frau, sie erkannte auch das Gesicht, das jetzt sichtbar wurde. „Ach du Scheiße", fluchte sie, „das ist die verwirrte Frau!"

„Die unten am Auto stand, vor dem Restaurant?"

„Ich glaube schon."

Marie zwang sich, die Ruhe zu bewahren. Flucht oder Angriff? Ihre Therapeutin hatte zum Angriff geraten. Leichter gesagt als getan. Emma Ammanns Aufforderung zur Vorsicht stand dem im Wege.

„Hat die uns gesucht? Woher weiß die ...?"

Eva öffnete die Kippvorrichtung eines Fensters und schrie durch den seitlichen Spalt: „Go away!" Aber die Frau verschwand nicht, sie kam langsam näher. „My name is Agnieszka", sagte sie, „are you Eva?"

„Die kennt deinen Namen", flüsterte Marie.

„What do you want?"

„Talk ... talk with you ... your brother ... Werner ... my husband!"

Eva und Marie sahen sich ratlos, aber alarmiert an.

„Are you alone?", fragte Marie.

„Yes!"

In Maries Kopf lief ein kurzer, verstörender Film ab.

„Lass sie nicht rein, Eva, das ist eine Falle. Die andere lauert irgendwo hinter ihr."

„Please let me in!"

Die Hände der Frau verkrampften sich. Ihre Angst schien echt zu sein, mit flehendem Blick erwartete sie eine Antwort.

„Sie soll nach vorne kommen", schlug Marie vor, „dann geht die Außenbeleuchtung an, und wir sehen, ob sie wirklich allein ist."

„Come to the front door."

Elena hatte einen Schatten am Haus gesehen. Sie wartete auf weitere Bewegungen. Als das Licht vor der Eingangstür anging, sah sie sich in ihrer Vermutung bestätigt. Durch ihr Zielfernrohr erkannte sie deutlich Agnieszkas Profil.

„Sie scheint allein zu sein", sagte Marie vom Fenster der Küche aus.

„Okay, ich lass sie rein."

Agnieszka stand ganz dicht vor der Tür und schlug panisch mit der Faust auf das Holz. „Let me in, please!", schrie sie. Eva öffnete.

Es war kein Knall, eher ein Peitschenschlag, mit einem metallischen Zischen. Der Verputz sprang von der Wand, im selben Moment fiel ihr die Frau entgegen. „Hilf mir, Marie!" Eva zog die zusammensinkende Agnieszka in den Flur. Als Marie die Tür mit einem schnellen Fußtritt schloss, blieb ein zweiter Schuss im dicken Eichenholz stecken. Marie ging instinktiv auf die Knie und drehte von unten den Schlüssel im Schloss.

„In den Keller!", schlug Eva vor.

Gemeinsam schleppten sie Agnieszka in den Heizungsraum und verschlossen die dicke Stahltür.

„Verdammt!", fluchte Eva keuchend. „Was läuft hier?" Dann sah sie das Blut, das als schwarzer Fleck durch Agnieszkas blauen Mantel drang.

„Wir müssen ihr die Sachen ausziehen, hilf mir!"

Sie legten Agnieszka auf den Boden und knöpften den Mantel auf. Das Blut trat irgendwo unter dem Schlüsselbein aus, aber es war dunkel und pulsierte nicht. Es schien keine Arterie verletzt zu sein. Kleinere Mörtelstücke hatten sich in Agnieszkas Haar verfangen.

„Dic Kugel ist von der Wand abgeprallt."

„Blutet trotzdem ganz schön!"

„Nebenan ist noch ein Spielzimmer für die Kinder, und auch ein Bad. Ich hole mal Handtücher und ein paar Kissen."

„Stopp, stopp, langsam!", bremste Marie, „Wir müssen sicher sein, dass niemand im Haus ist!"

„Na, du machst mir Spaß!"

Eva öffnete vorsichtig die Stahltür. Das Geräusch der Heizung war zu laut, alles Horchen war zwecklos. „Ich geh nur kurz rüber ins Bad, sind nur wenige Meter."

„Ja, aber schließ erst oben die Tür zur Kellertreppe ab, bitte."

„Gut, mach ich."

Eva ging hinaus, und Marie drehte gleich wieder den Schlüssel im Schloss der Stahltür um. Sie hatte Angst, aber die dicke Metalltür vermittelte Sicherheit.

Agnieszka kam zu sich und schaute sich irritiert in dem fremden Raum um.

„Du bist in Sicherheit, keine Angst ... you are safe!"

Agnieszka griff sich mit schmerzverzerrtem Gesicht an die Schulter und erschrak, als sie das Blut an ihrer Hand sah.

„Nicht schlimm!" Marie versuchte, sie zu beruhigen. „It is not dangerous, just a little blood, don't worry. Eva brings ... was heißt Verbandsmaterial? ... Eva is outside, she comes back ..."

„No!" Agnieszka riss erschreckt die Augen auf. „Don't go outside. She will kill her."

„Nein, nein, it's okay, she is down here. Not outside."

Agnieszka sank wieder zurück.

Es klopfte an der Stahltür und Marie öffnete. Eva hatte Mullbinden, Pflaster, Handtücher und Kissen mitgebracht. Sie richteten Agnieszka auf und zogen ihr vorsichtig den Pullover aus. Die geringste Bewegung schmerzte. Agnieszka stöhnte laut.

„Not so bad, the wound", sagte Eva.

„Is it deep?", fragte Agnieszka.

„No, looks okay for me. The bleeding will stop, I'm sure." Eva versuchte ihr einen Verband anzulegen, musste aber die Binden oberhalb der Brust bis über die andere Schulter ziehen, damit der Verband Halt bekam. Auch das war eine schmerzhafte Prozedur für Agnieszka.

„Da haben wir hier unten schon Schlimmeres verarztet. So manche Kinderwunde hat stärker geblutet. Das wird wieder."

Sie sah in Maries bleiches Gesicht.

„Und du? Muss ich dich auch versorgen?“

„Ja, bitte, am besten mit der Medizin aus deiner Hausbar. Ich kann kein Blut sehen!“

Eva grinste. Sie war froh, dass die Freundin nicht zusammengebrochen war und noch ein wenig Resthumor besaß.

„Nach oben geh’ ich besser nicht.“

„What do you think“, fragte Marie, „the shot, who was it?“

„Elena“, sagte Agnieszka, ohne zu zögern. Dann zitterten ihre Lippen, ihre Gesichtszüge verschoben sich und sie begann zu weinen. „Elena, my friend ... she was my friend ... now she want’s to kill me.“

„Why? What do you think?“

„Don’t love me no more“, schluchzte Agnieszka. „And I know too much!“

„Hat sie gesagt, sie weiß zu viel?“

„Ja, klang so“, bestätigte Marie.

„Na, dann haben wir ja etwas gemeinsam! Wenigstens in einem –“

„Psst!“, unterbrach sie Marie. „Da oben tut sich was!“

Über ihnen waren jetzt trotz des brummenden Grundtons der Heizung deutlich Schritte zu hören, dann ein Rütteln.

„Verdammt“, zischte Marie, „das Fenster war noch auf Kipp.“

Das Rütteln wurde stärker, dann beendete ein weiterer, trockener Schuss diese Arbeit, und man hörte Scherben auf den Boden fallen.

Sie war über ihnen im Wohnzimmer.

„Scheiße, Eva, die klaut die Festplatte.“

Zu Maries Überraschung lächelte Eva; keine Spur von Verbitterung, eher von Triumph. Sie grub im Sitzen in der Hosentasche ihrer Jeans und zog ihren türkisblauen USB-Stick heraus. „64 Gigabyte, alles drauf!“

Marie hob den Daumen und schaute sich im Heizungskeller um. Keine Kellerfenster, nur Lüftungsschlitze und eine solide Stahltür. Sicher gab es auch irgendwo nebenan noch einen Vorratsraum. Hier ließ sich selbst eine mehrtägige Belagerung aushalten. Sie lächelte Eva an und zeigte ihr die ausgestreckte Hand. Sie schwebte ruhig in der Luft, ohne das geringste Zittern.

Die Geräusche über ihnen wurden lauter. Das waren nicht mehr nur die Schritte einer Frau, das mussten schwere Stiefel sein. Dann drang ein heller spitzer Schrei durch den Beton und die dumpfen Laute männlicher Kommandos, immer wieder unterbrochen von den Schreien der Frau.

Agnieszkas ganzer Körper begann zu beben. Mit weit aufgerissenen Augen starrte sie ins Leere und ihre Lippen formten ein leises „No, no, no."

„We are safe, don't worry!" Eva versuchte sie zu beruhigen, aber dass schnelle „No, no, no" hörte nicht auf und wurde immer lauter. Als sie zu schreien beginnen wollte, legte Marie ihr die Hand auf den Mund. Oben fiel etwas zu Boden und zerschellte. Es hörte sich an, als würden Schränke durchwühlt, dann wieder die Schreie der Frau, Elenas Schreie.

Plötzlich wurde es stiller.

„Sie ziehen ab", flüsterte Marie.

„Na hoffentlich!"

Ein dumpfer Schlag, näher als die vorherigen Geräusche über ihnen, zerstörte die Hoffnung. Holz splitterte, und es waren schnelle Schritte auf der Kellertreppe zu hören. Marie und Eva hielten Agnieszka, die immer heftiger zitterte, Marie drückte ihr die Hand fest auf den Mund. Die Schritte auf der Treppe näherten sich. Jemand musste jetzt irgendwo in ihrer Nähe sein. Aus dem nahen Kinderzimmer hörten sie Poltern und das schnelle Öffnen und Schließen von Schränken. „Was wollen die in den Kinderzimmern? Lego-Steine?", zischte Eva leise, und ihr Gesicht versteinerte sich. Die Schritte kamen näher. Marie wurde bleich. Die Klinke senkte sich, ein heftiger Tritt versetzte die Stahltür in Schwingungen, aber es reichte nur für einen tiefen, sonoren Ton, der kurz nachhallte. Die Tür hielt stand. Wieder liefen verstörende Bilder durch Maries Kopf – die Spitze eines Stahlbohrers, die sich langsam durch den Schlosszylinder arbeitete, kleine Ladungen eines Plastiksprengstoffs, die die gesamte Zarge aus dem Beton sprengen konnten ... aber es gab nur eines dieser lauten Kommandos, die sie nicht verstanden – offenbar im Gegensatz zu Agnieszka, die sich plötzlich aus ihrer Starre löste und ruhiger zu atmen begann. Es waren wieder Schritte auf der Treppe zu hören, aber sie bewegten sich nach oben. Nach wenigen weiteren Kommandos, waren nur noch Elenas Schreie zu hören, die sich mit den Geräuschen der Männerstiefel nach draußen bewegten.

Als es wieder ganz ruhig war, nahm Marie ihre Hand von Agnieszkas Mund. Wieder begannen deren Lippen zu beben, sie begann leise zu schluchzen, dann immer heftiger. Sie ließ sich nicht beruhigen, dicke Tränen liefen ihr unaufhaltsam über die Wangen. Da musste ein größeres Leid in ihr sein, als der Schmerz einer Querschlägerwunde.

57

Martin war irritiert, als er Maries roten Fabia neben Evas Range Rover einparkte. Der niedrige Holzzaun, der den Parkplatz zur Düne abgrenzte, war auf beiden Seiten des schmalen Fußweges gesplittert. Er stieg aus und sah breite Reifenspuren im Sand. Ein größeres und schwereres Fahrzeug hatte die Absperrung durchbrochen. Ein Rettungsfahrzeug? Panik stieg in ihm auf, er setzte sich wieder hinters Steuer und versuchte, das kleine Auto auf den eingefahrenen Spuren durch die Sandwehen zu steuern. Er kam nur bis zum ersten Hügel, dann hatte sich der kleine Wagen hoffnungslos festgefahren. Er entsicherte seine Dienstwaffe und ging zu Fuß weiter, aber als er aufblickte rollte aus der Dunkelheit ein schwarzer Van mit tief donnerndem Motor rückwärts auf ihn zu. Der Fahrer schrie ihn an, er verstand ihn nicht. Martin schob seine Pistole in den Hosenbund, stieg aus und hob entschuldigend die Hände, dann sprangen zwei dunkel gekleidete Männer aus den beiden hinteren Türen ihres Vans. Für einen kurzen Moment sah er eine Frau auf der Rückbank.

Als die Männer auf ihn zukamen, wich er erschreckt einige Schritte zurück. Zu seiner Überraschung kümmerten sie sich aber gar nicht um ihn. Sie griffen links und rechts unter die Kotflügel der

Vorderräder und versuchten den Kleinwagen aus dem Sand zu heben. Der Fahrer des Vans, dem dieser Versuch offenbar unsinnig vorkam, schob den Kopf aus dem Fenster und brüllte ihnen ein paar Kommandos zu. Da war es wieder, dieses „Dawai! Dawai!" Die beiden Männer stiegen ein, und mit lautem Röhren setzte das bullige Auto weiter zurück. Die wuchtige Stoßstange drückte die Front des roten Fabias ein und schob ihn tiefer in den Sand, mit einem schrillen Quietschen schabte der Geländewagen an dem kleinen Auto vorbei, Sand spritzte ihm ins Gesicht, als die großen Räder durchdrehten, dann bekamen sie wieder Halt und der dunkle Wagen fuhr rückwärts den Hügel hinunter, riss unten am Parkplatz weitere Latten und Pfähle der Umzäunung ab, drehte und fuhr auf den gepflasterten Weg zur Straße. Martin versuchte sich das niederländische Kennzeichen zu merken, ließ aber keine Zeit verstreichen, sondern rannte zum Haus.

Die Tür war nicht aufgebrochen und stand offen. Sie mussten also eingelassen worden sein oder einen anderen Eingang gefunden haben.

„Marie!", rief er so laut er konnte, hörte aber keine Antwort. Seine Panik verstärkte sich, als er das verwüstete Wohnzimmer und die aufgebrochene Terrassentür sah. Auch die Küchenschränke waren durchwühlt worden, überall lag Porzellan auf dem Fußboden. Keine Spur von den Frauen. Dann sah er die zersplitterte Kellertür und eine Blutspur, die hinabführte. Sein Schrei nach Marie ließ das Haus erzittern.

Als er unten an der Treppe war, öffnete sich langsam die Stahltür zum Heizungskeller. Er hob seine Waffe.

„Willst du mich erschießen?", fragte Marie.

Martin ließ die Pistole sinken. Mit einem tiefen Seufzer der Erleichterung ging er zu ihr und schloss sie in seine Arme.

„Warum schreist du denn so?", fragte sie lächelnd.

„Na, weil ich vielleicht ausnahmsweise, für einen kurzen Moment mal Angst hatte!?"

Jetzt erschien auch Eva in der Tür.

„Kein Grund zur Sorge, Martin, wir haben alles im Griff!"

„Ich muss dir etwas sagen", flüsterte er in Maries Ohr. „Zwei Dinge!"

„Ah, das bekannte Spiel mit der guten und der schlechten Nachricht?"

„Ja, ungefähr."

„Nur Mut, mich kann heute nichts mehr erschüttern. Aber zuerst die gute, bitte."

„Ich liebe dich wahnsinnig, Marie."

„Okay, akzeptiert. Und weiter?"

„Dein schöner roter Fabia ... der ist jetzt wohl Schrott."

Maries Gesicht verfinsterte sich, aber es war nur ein Spiel.

„Macht doch nichts, Martin! Ist doch bald Weihnachten!"

Nachdem Notarzt und Rettungswagen mit Blaulicht und Sirene im südlichen Dünengebiet verschwunden waren, rückte die Polizei mit vollem Aufgebot an. Große Scheinwerfer beleuchteten die Szenerie wie ein Filmset. Zum Glück lag das alte Ferienhaus der van den Goores so weit in den Dünen versteckt, dass die Bewohner der umliegenden Häuser und auch die Egmonder im Ortskern nur einen merkwürdigen Lichtkegel in der Dunkelheit ausmachten, aber nicht in Scharen zur Quelle dieses nächtlichen Spektakels liefen.

Agnieszka wurde in Begleitung einer Polizistin ins Krankenhaus nach Alkmaar gefahren. Sie würde dort zunächst ärztlich untersucht und versorgt, dann aber in Gewahrsam genommen werden.

Zunächst war eine gewisse Skepsis erkennbar: Ein deutscher Polizist kommt zufällig zu Besuch, als mehrere bewaffnete Männer ein Ferienhaus verwüsten und aller Wahrscheinlichkeit nach eine Frau als Geisel nehmen, eine andere anschießen? Für die ansonsten ruhige Küstengegend war das etwas viel auf einmal. Mit Evas Hilfe versuchte Martin den niederländischen Beamten die Sachlage darzulegen. Nach den Schilderungen von Marie und Eva war sich Martin ziemlich sicher, dass die Frau, die er kurz auf der Rückbank des Vans gesehen hatte, nur Elena gewesen sein konnte. Sie hatte aber nicht wie eine Komplizin der Russen ausgesehen, sondern eher wie ihre Gefangene.

„Wie auch immer“, sagte Marie ohne jedes Anzeichen von Stress, Schock oder Trauma, „auf jeden Fall hat sie mein Notebook geklaut!“ Fast schien es, als hätte das gemeinsame Überstehen dieser neuen bedrohlichen Situation sie psychisch eher gestärkt als geschwächt.

Spätestens als mit Martins Hilfe die Phantombilder der beiden europaweit gesuchten Frauen auf ihren Smartphones erschienen, wurde den niederländischen Kollegen die Dimensionen des Vorfalls bewusst. Der brutale Einbruch war sekundär, es ging um viel mehr.

Das Ferienhaus war ein einziges Chaos, und alles musste so liegenbleiben wie es lag. Die Kollegen der Spurensicherung rückten an, fotografierten und pinselten Staub auf die herumliegenden Porzellanscherben vor den ausgeräumten Küchenschränken und auf den Rahmen der Terrassentür, um Fingerabdrücke erkennbar zu machen und DNA-Spuren sicherzustellen.

Nachdem Eva, Marie und Martin unabhängig voneinander die Fragen der Beamten beantwortet und all das zu Protokoll gegeben hatten, was ihnen vor dem Hintergrund der größeren Zusammenhänge wichtig erschien, begaben sie sich nach draußen, in das gleißende Licht der Scheinwerfer. Ein Polizeifotograf machte einige Aufnahmen von Maries zerknautschtem Auto.

„Mein schönes, altes Auto“, sagte Marie mit gespieltem Bedauern.

„Oh, ja, und sicher ein echtes Sammlerstück“, scherzte Martin, „schon allein wegen des immer noch funktionstüchtigen Kassettenrecorders im Autoradio. Sammler hätten allein dafür bestimmt ein Vermögen gezahlt.“

„Wie steht es denn mit deinem Vermögen, mein Freund?“ Martin zog die Brauen hoch. „Ist ja wohl klar, dass ich Ersatz verlange.“

„Aber ich war’s nicht, das waren die Russen!“

Marie grub sich tiefer in seine Arme. „Nicht immer alles auf die bösen Russen schieben, Martin, das ist zu einfach. Du bist doch ein großer Junge, du musst lernen, Verantwortung zu übernehmen! Nicht nur für dich!“ Sie küsste ihn. Und es war ein langer Kuss.

Knirschend und quietschend zog die Seilwinde eines Abschleppwagens das Wrack aus dem Sand und dann mit einiger Mühe auf den Tieflader. Maries Auto wurde zur Kriminaltechnik in Alkmaar gebracht, wo man sich vor allem Lackspuren des schwarzen Vans erhoffte.

Die Spurensicherung würde noch einige Stunden zu tun haben. Eva schlug vor, nach Nijverdal zurückzufahren. Sie händigte dem leitenden Beamten ihre Schlüssel aus und bat ihn, die defekte Terrassentür so zu sichern, dass niemand hineinkonnte. Wohnungseinbrüche hatten sie schon einige hinter sich, deswegen befanden sich keine Wertgegenstände im Haus.

Ansonsten hatte sie nichts zu verbergen. Nur den blauen USB-Stick in ihrer Jeanstasche.

58

„Ist die böse Frau jetzt tot, Oma?"

Die kleine Joke war die erste, die ihre Sprache wiederfand. Die Schilderungen von Marie und Eva machten an diesem späten Abend die Hausgemeinschaft auf dem Nijverdal-Hof sprachlos, obwohl Eva der Kinder wegen nur in Andeutungen gesprochen hatte.

„Nein", sagte Martin, „aber keine Angst, die böse Frau kommt nicht zurück. Nie mehr, großes Ehrenwort."

Eva wollte die Kinder ins Bett bringen, aber die Mutter wollte das nach all den Aufregungen, die sie den Kindern gern erspart hätte, lieber selbst übernehmen.

Der Vater der Kinder, Ruuds Sohn Floris, begann mit kritischen Fragen und Vorwürfen. Wäre es nicht doch besser gewesen, sofort die Polizei einzuschalten?

„Nicht unbedingt", sagte Martin. Ruud hatte auf die direkte Verständigung der Polizei am Abend des Überfalls verzichtet, weil Martin ihn darum gebeten hatte. Jetzt musste er Evas Mann den Rücken stärken, aber eigentlich fehlten ihm die Argumente. Er hatte im Grunde nur Marie vor neuen Angstzuständen bewahren wollen. Zu seiner Überraschung und Erleichterung hatte er aber schon auf der Rückfahrt gemerkt, dass sie keinen Rückfall in ihre traumatischen Zustände erlitten hatte. Im Gegenteil, sie wirkte stark und gefasst.

„Die Kollegen hätten hier bei euch vielleicht einen Einbruch zu Kenntnis genommen und die nötigen Vorkehrungen getroffen, aber sie hätten keinesfalls die Gesamtlage durchschaut.

Ruuds Sohn Floris rümpfte demonstrativ die Nase. „Und wer sagt uns, dass sie nicht doch zurückkommen? Die Russen, diese beiden Frauen ...?“

„Das ist nicht wahrscheinlich, die eine ist bereits in Gewahrsam.“

„Bleibt die andere – wer sagt uns, dass die nicht mit ihren drei russischen Komplizen zurückkommt?“

„Das waren nach Lage der Dinge gewiss nicht ihre Komplizen!“, korrigierte Martin. „Die Russen haben sie verfolgt, die sind quasi ihr schlimmster Albtraum.“

„Meine Tochter hat auch Albträume!“, entgegnete Floris sichtlich ungehalten. „Sollen wir Stacheldrahtzäune ziehen, uns verbarrikadieren? Keiner von euch weiß, ob das alles wirklich vorbei ist! Wenn die noch nicht gefunden haben, was sie suchen, dann ...“

„Die haben schon alles, was wir auch haben“, unterbrach Eva ihren Sohn und zog ihren USB-Stick aus der Tasche. „Alles, was hier drauf ist, könnten sie auch auf der erbeuteten Festplatte und auf Maries Notebook finden. Aber das Suchen wird dauern, und wir sind im Vorteil, wir wissen schon genau, wo die Reise hingehen muss.“

„In die Karibik!“, ergänzte Marie, „auf die Insel Sint Maarten.“

„Und darum werden wir sehr viel schneller sein als diese drei Herren.“

„Was hat das alles mit Sint Maarten zu tun?“, fragte Floris. „Ist das deren Fluchtziel oder was?“

„Nein“, erklärte Marie, „über eine niederländische Bank ist dahin Geld verschoben worden, und von da aus wiederum vermutlich ganz woanders hin.“

„Wahrscheinlich sind die drei schwarzen Herren in ihrem schwarzen Van im Auftrag ihres Herrn unterwegs. Die müssen ihren Auftraggebern die geklauten Millionen zurückbringen. Und nur Elena und vielleicht noch irgendein korrupter Bankier wissen, wo es jetzt liegt. Darum haben sie sie wahrscheinlich gekidnappt."

„Was soll noch groß passieren, Floris? Die Russen haben, was sie suchten, und die Damen sind aus dem Verkehr gezogen. Agnieszka kommt in Untersuchungshaft, und Elena hat vermutlich ihr letztes Ass im Ärmel ausgespielt ... und ihr hochpräzises Gewehr lag wahrscheinlich irgendwo im Egmonder Dünensand und ist von den Polizisten vor Ort sichergestellt worden."

Martin zog ein kurzes Resumee: „Es besteht hier für euch nach Lage der Dinge keine echte Gefahr mehr."

Floris zog wieder nur die Brauen hoch, er schien nicht wirklich überzeugt zu sein. *„Nach Lage der Dinge ... keine echte Gefahr ..."*, wiederholte er. „Beruhigend finde ich das nicht ..." Dann wandte er sich an seinen Vater. „Und du? Hast du auch eine Meinung, oder willst du lieber wieder zusehen und abwarten!"

„Ich habe nicht tatenlos zugeschaut und abgewartet!", verteidigte sich Ruud. „Ich habe doch unseren Anwalt eingeschaltet! Ich will, dass van Houten die dubiosen Verhältnisse um dieses Bilderdepot klärt. Denn da drin steckt ja wahrscheinlich auch ein Teil des russischen Schwarzgeldes, das liegt doch auf der Hand. Das muss geklärt werden, Eva, sonst baut ihr euer Droste-Hof-Projekt auf Sand. Möglicherweise werden die Bilder konfisziert ... unser Anwalt muss das klären."

Mit krauser Stirn schaute Eva ihren Mann an.

„Wie soll van Houten das denn klären, Ruud?"

„Indem er mit diesem anderen Anwalt spricht – der, der für die Kunstverkäufe verantwortlich ist, der hat doch auch bei der Verhandlung im Museum gesessen, in Winterswijk."

Martins Stirnfalten verengten sich. Er witterte Unheil.

„Doch nicht etwa dieser Lackaffe, der zwischen dem Kunstprofessor und dem Staatsanwalt saß?", protestierte Marie.

„Doch der!“, bestätigte Ruud.

„Aber warum?“

„Weil dieser Kunstprofessor sein Mandant war und weil er eng mit diesem Staatsanwalt zusammenarbeitet, der sich auf kriminellen Kunsthandel spezialisiert hat. Van Houten hielt das für eine gute Idee, der hat Kontakt mit ihm aufgenommen und es wird ein gemeinsames Gespräch geben.“

Während Eva und Marie sich kopfschüttelnd ansahen, wurde Martin trotz der späten Stunde und den anstrengenden Ereignissen dieses Sonntags sehr hellhörig und wach.

„Weißt du denn, was die beiden Anwälte vereinbart haben?“

„Das läuft! Van Houten hat mich heute am angerufen“, erklärte Ruud, „und er hat mir berichtet, dass dieser Heebing sehr an einem Gespräch mit euch beiden interessiert ist?“

„Mit uns?“, fragten Marie und Eva wie aus einem Mund.

„Doch, das muss jetzt einfach mal sein, Eva! Beide Seiten müssen jetzt aufeinander zugehen. Ihr erzählt dem, was ihr inzwischen wisst, und gemeinsam mit van Houten können wir dann weitersehen.“

„Ganz sicher nicht!“, protestierte Eva.

„Doch, ich möchte, dass da mal Bewegung in die Sache kommt, ich will, dass die Rechtmäßigkeit deines Erbes geklärt wird. Alles andere bringt doch nichts! Da müssen beide Seiten jetzt einfach mal zusammenarbeiten!“

Eva versuchte ruhig zu bleiben. „Ruud, bei aller Liebe, aber das hättest du mit uns absprechen müssen!“

„Das hätte ich doch noch gemacht, Eva, selbstverständlich, du warst ja nicht da! Aber du musst doch verstehen: Es geht hier auch um mich!“, wehrte sich Ruud, „die ganze Sache belastet uns alle hier, schau dir die Kinder an ... Ich will nicht, dass du dich da in was verrennst. Wir brauchen Klarheit über die Finanzen deines Vaters, auf welchem Weg auch immer, dabei bleibe ich, da wird nichts unter den Teppich gekehrt, das muss sein, und ja – dann muss man eben auch Kompromisse machen!“

„Aber doch bitte nicht mit diesem Heebing!“, bat Marie.

„Doch!“, beharrte Ruud, „lass das die Rechtsanwälte untereinander vorklären, das scheint mir ein gangbarer Weg zu sein!“

„Nein, Ruud, tut mir leid, dieser Heebing ist nicht ehrlich, glaub es mir, und dieser Staatsanwalt, der in Winterswijk neben ihm saß, ist es garantiert auch nicht. Dein Weg ist ein Holzweg!“

Jetzt wurde Ruud laut. „Ihr sollt doch nur mit den beiden reden, verdammt nochmal, van Houten ist doch *unser* Anwalt, der ist doch dann dabei! Was soll denn da ein Holzweg sein!?“

„Wann soll das Gespräch denn stattfinden?“

„Morgen früh, in Egmond, dieser Heebing wohnt in Amsterdam.“

„Morgen früh?“ Eva sah Marie an und beide schüttelten die Köpfe.

„Nicht mit uns, Ruud! Und sicher nicht in Egmond!“

„Außerdem ist euer Haus dort noch Tatortgebiet“, ergänzte Marie, „die sind morgen garantiert noch da beschäftigt.“

„Wir sagen das ab, Ruud!“, entschied Eva. Floris verließ unter Protest den Raum.

„Aber es wäre ein Anfang!“

„Sicher nicht mit diesem Heebing!“, entgegnete sie.

Die Auseinandersetzung stagnierte. Auch Martin fand die Idee falsch, Heebing und van Houten gemeinsam um Klärung zu bemühen. Ein beunruhigender Gedanke stieg in ihm auf. „Kennt der Heebing denn euer Haus in Egmond?“

„Nein.“

„Und wie wollte er uns dann morgen dort finden?“, fragte Eva.

„Van Houten hat ihm die Adresse gegeben.“

Als Ruud in die Runde blickte, schaute er in drei versteinerte Gesichter.

Eva und Marie sahen ihn mit weit aufgerissenen Augen an, Martin saß steif in seinem Sessel und sah aus, als schaute er ins Leere. Zwei Szenen eines Films liefen in seinem Kopf ab: Heebing beendet das Gespräch mit van Houten ohne sein Handy abzulegen und wählt direkt eine neue Nummer. Wenig später setzt sich ein schwarzer Van in Bewegung. In ihm sitzen drei Männer, die genau wissen, wohin sie fahren müssen ...

59

Sie hatten ihm die Augenbinde abgenommen. Heebing brauchte eine Weile, bis er zu sich kam und bis das, was er sah, einen logischen Zusammenhang bildete: Ein junger Mann in der Arbeitskleidung eines Küchengehilfen ging an ihm vorbei, ohne von seinen Fesseln Notiz zu nehmen. Er öffnete einen Kühlschrank und nahm einen Fisch von der Größe und dem Aussehen eines Zanders heraus und legte ihn in eine längliche Schale aus Edelstahl. Dann ging er zurück, schaute Heebing sogar an, aber ohne erkennbare Irritation darüber, dass in der Ecke dieses Schiffsrumpfes ein gefesselter Mann hockte, dem Blut aus seiner Nase lief.

Heebing erkannte die grob vernieteten Stahlträger, aber es war eigentlich dieser Geruch, dieses Gemisch aus Küchendünsten und Metall, der ihn an das Restaurant erinnerte, in dem er so häufig mit DeWitt gespeist hatte. *Pier 13.* Der Bankier hatte es stets als sein Lieblingslokal bezeichnet, nun ahnte er, warum.

Hierher waren auch die Bargeldpakete gegangen, die er mit seinem Boot aus Lelystad abgeholt hatte. Oben im Gastraum mit dem dicken, alten Dampfkessel hatten die stets streng vertraulichen Gespräche mit Gästen stattgefunden, die ihm nicht immer vorgestellt worden waren. Nun saß er hier gefesselt auf dem kalten, harten Eisenboden.

Sein Plan war nicht so glatt aufgegangen, wie er sich erhofft hatte. Noch nicht.

Es war nicht seine Schuld. Vom Kunsthandel zum Zweck der Geldwäsche hatte er gewusst, nicht aber, dass es sich um gefälschte Bilder handelte. Mit dem Versuch, das lukrative alte Spiel mit angeblich echten Mondriaan-Bildern noch einmal zu beginnen, hatte die Zündschnur wieder angefangen zu brennen. Heebing war viel zu spät eingeschaltet worden, um eine Detonation verhindern zu können. Er hatte sich wirklich bemüht und in alle Richtungen gedacht, immer alles im Blick, 360 Grad, das war seine Stärke, das wusste er. Er war ein guter Schachspieler und hatte gelernt dreidimensional zu denken und alle Manöver des Gegners vorauszusehen. Es war nur ein zeitliches Problem gewesen, man hatte ihn zu spät informiert. Und es war so banal: Ein falscher Mondriaan, 70 mal 100 Zentimeter, hatte das Gleichgewicht in seiner Denkmatrix gestört.

Nun ging es nicht mehr nur um Geldwäsche und die Rettung der Nieuwe Amstel Bank seines väterlichen Freundes DeWitt. Da war jetzt auch die Fälscherbande, da war Elena und da waren die Russen, die hinter ihr her waren. Er hatte all diese Fäden so gezogen, dass niemand vom anderen wusste – bis der letzte gescheiterte Bildverkauf, Mondriaans letzter Baum, sie zu einem unentwirrbaren Knäuel verwoben hatte.

The Cleaner hatte Elena ihn genannt. Nein, er war nicht der Ausputzer, er war das Hirn in diesem Plan gewesen. Er hätte auch diesen gordischen Knoten noch lösen können, wenn er nur zwei Wochen mehr Zeit gehabt hätte. Mit nur einem einzigen heftigen Hieb.

Nijkerk als Galerist, Hahnemann als Gutachter und Wardenaar als Fälscher. *Bandenmäßiger Betrug.* Mit Hahnemanns Tod war es leichter geworden, diesen Vorwurf anzufechten und auf einfachen Betrug zu plädieren. Damit reduzierte sich das Gesamtvolumen der möglichen Betrugsfälle wegen der kürzeren Verjährungsfrist etwa um die Hälfte.

Das russische Killerkommando war in Amsterdam. Sie hatten ihm gedroht. Plötzlich war auch er zur Zielscheibe geworden. Aber Elena würde den Wettlauf gegen die Russen gewinnen. Er hatte sie am frühen Sonntagnachmittag angerufen, die Russen erst drei Stunden später. Zeit genug für Elena, die Sache vorher zu erledigen: zum Ferienhaus der van den Goores inEgmond zu fahren, sich dort die Daten zu holen und schnellstens zu verschwinden.

Das Glück würde ihm treu bleiben. Elena würde den Russen rechtzeitig entkommen sein. Und dann brauchten sie ihn, er war der Einzige, der ihnen ihr Geld wiederbeschaffen konnte, dafür hatte er gesorgt.

Der Anruf des offenbar völlig ahnungslosen Kollegen van Houten war einer dieser glücklichen Zufälle ... wie naiv konnte man sein?

Das Angebot einer Zusammenarbeit ... Seine letzte Chance. Der doppelte Schachzug, das geniale Timing: Elena hatte die Informationen früher von ihm bekommen, sie würde schneller in Egmond sein als die Russen. Denen aber hatte er mit der Adresse des Ferienhauses seine Loyalität bewiesen.

Sie mussten ihn verschonen. Wenn Elena mit dem gesuchten Material entkommen war, war er der letzte Garant für die Rückeroberung ihrer Millionen.

Er hatte die verbindenden Informationen, er kannte die verschlungenen Geldwege, er hatte die geheimen Zugangsdaten. Das war seine Lebensversicherung. Er war in der Lage, die Verbindungen zwischen den Zahlen herzustellen, juristische Hürden zu überspringen ... Nicht alles war mit bloßer Gewalt zu erreichen. Sie würden ihn brauchen.

Ein dumpfes Vibrieren stoppte Heebings sinnlose Rotation aus strategischen Überlegungen und nackter Angst. Es war der Motor eines kleineren Schiffes, das draußen manövrierte. Er zitterte. Die Tritte fester Stiefel waren zu hören. Sie kamen eine Leiter hinauf und setzten sich über ihm auf dem Achterdeck fort. Waren sie gekommen, um ihn zu holen?

Nein, sie würden ihm nichts antun. Er war wichtig für sie ...

Die Schritte wurden lauter, dumpfe, schnelle Schläge über seinem Kopf, die nachhallten, aber dann in einiger Entfernung verklangen.

Eine Tür öffnete sich quietschend. Sie kamen näher ... drehten aber ab und stoppten erst am anderen Ende dieses dunklen Schiffsbauches. Es klang, als legten sie etwas ab. Dann gingen sie zurück. Wieder schloss sich quietschend die Stahltür.

Die Angst wurde unerträglich, sie zersetzte seinen Verstand. Gebetsmühlenartig wälzte er immer die gleichen Sätze in seinem Hirn: *Sie brauchen mich, ich kenne den Zugang zu den Millionen, Elena sitzt schon im Flieger, Agnieszka ist unwichtig, sie brauchen mich, sie brauchen DeWitt, niemand wird uns umbringen ...*

Ein leises Stöhnen von der anderen Seite dieses halbdunklen Hohlraums irritierte ihn. Es wurde schnell lauter und endete in einem markerschütternden Schrei, der in dem großen stählernen Unterdeck gespenstisch widerhallte.

Die Tür zur Küche öffnete sich und ein Mann in Kochkleidung eilte an ihm vorbei als sei er Luft. Er sah, dass der Mann etwas in der Hand hielt, das aussah wie ein Verbandskasten. Nach wenigen Minuten kam er wieder an ihm vorbei. Das Stöhnen war nicht mehr zu hören, aber das zersetzende Mahlwerk in seinem Kopf kam nicht zum Stillstand. War das der Schrei einer Frau gewesen? Wen hatten sie in der Ferienwohnung in Egmond erwischt? Elena, Agnieszka, Eva, Marie ...? Hatte Elena ihre Freundin zurückgelassen? Agnieszka wusste nichts. Auch Eva und Marie waren wertlos.

Die Frau, die sie am anderen Ende des Schiffsbauchs abgelegt hatten, kam wieder zu sich, sie wimmerte und halluzinierte, Worte, die er nicht verstand ... aber dieser tiefe Ton, er kannte ihn von seinen kurzen Gesprächen mit Elena.

Sie hatten Elena und mit ihr vermutlich auch die im Ferienhaus erbeuteten Daten. Sein Marktwert fiel ins Bodenlose.

Wieder hörte er die Tritte schwerer Stiefel auf der stählernen Wendeltreppe.

Es waren zwei dunkel gekleidete Männer.

Sie kamen nicht aus der Küche.

Und sie gingen diesmal nicht an ihm vorbei.

60

Die Adventsfeier im neuen Droste-Hof schien ein voller Erfolg zu werden. Die richtige Entspannung und ein willkommenes Erfolgserlebnis für alle Beteiligten, die an diesem Nachmittag kein Wort mehr über zu langsame Bürokraten und unsinnige, bremsende Vorschriften verlieren wollten.

Törtchen, Schoko und Sahne hatten die Landjugend um Mithilfe beim Bedienen gebeten, sie hatten Berge von Lebkuchen und Weihnachtstorten nach alten Rezepten gebacken, die neue Kaffeemaschine lief und natürlich auch die inzwischen installierte Sahnemaschine. Die Behelfszeit mit den Siphons war vorüber, alles machte einen sehr professionellen Eindruck. Dennoch musste Schoko nahezu bei jeder Portion Sahne, die bestellt wurde, noch einmal die Geschichte von den zwei *wildgewordenen* Frauen erzählen, die er mit dem zweckentfremdeten Gerät und sehr viel Mut in die Flucht geschlagen hatte. Er wusste zu berichten, dass zumindest eine der beiden Frauen in Untersuchungshaft saß. Von der anderen fehlte jede Spur.

Marie und Eva saßen im hinteren Teil der alten Tenne auf den Stufen zur Upkamer und betrachteten das bunte Treiben von ihrem leicht erhöhten Standpunkt aus. So viele Menschen! Vieles war schon restauriert, auch die neue Café-Möblierung wurde allgemein bewundert.

Der Fotograf des Vredener Landboten schoss emsig Bilder von den zufriedenen Gästen der inoffiziellen Einweihung des Projekts *Neuer Droste-Hof Aarloh*. Heiner wurde gerade interviewt. Die Kunde vom gelungenen Projektanfang würde die Runde machen.

Marie und Eva hatten allen Grund zufrieden zu sein und die hinter ihnen liegenden Strapazen und die nicht ganz ungefährlichen Abenteuer sowie die vor ihnen liegenden Finanzierungsprobleme wenigstens an diesem dritten Adventssonntag zu vergessen.

„Sie sind alle gekommen!“, sagte Eva, als ob sie selbst nicht recht daran geglaubt hätte.

„Das ist erst der Anfang, Eva, und allein dafür hat es sich schon gelohnt. Es ist wieder was los in Aarloh und die Leute hier scheinen genau das gebraucht zu haben.“

Die Aarloher redeten wieder miteinander, natürlich über diesen und jenen, aber auch über die Missstände im Ort und in der Umgebung, die schlechten Verbindungen im Öffentlichen Personennahverkehr, die schlechten Internetverbindungen und wie man das alles aktiv und gemeinsam bekämpfen konnte.

Mit Oswald Potthoff sprach allerdings offenbar niemand mehr. Der hatte sich seit der merkwürdigen Aktion im Venn während des Grünholens kaum noch blicken lassen im Ort. Vom kleinen

Napoleon war die Rede, der nun den Nahkampf studieren wollte. Einige Aarloher, die sich anfangs seiner Initiative angeschlossen hatten, überlegten nun öffentlich, wohin man ihn in die Verbannung schicken könnte. Es gab Gerüchte, er würde das bald selbst übernehmen – Sein St. Helena sollte aber nicht im Südatlantik liegen, sondern irgendwo im Osten.

Die Ermittlungen in Sachen Geldwäsche schienen sich jetzt auf die Nieuwe Amstel Bank und ihren Direktor DeWitt zu konzentrieren. Walters GPT wurde auf Nijkerk angesetzt. Die Glöckchen aus Delfter Porzellan an der Eingangstür seiner Galerie in der Winterswijker Catharina-Straat würden für lange Zeit schweigen.

Während die sangesfreudigen Aarloher, begleitet von den Bläsern des Vredener Posaunenchors, *Tochter Zion, freue dich* anstimmten, ging Martin zu Heiner Wienkämper und fragte seinen Freund, wie es denn mit den Bauarbeiten stünde. Heiner verstand ihn zunächst nicht und brauchte einen Moment, bis er begriff, dass die privaten Bauarbeiten am Bungalow gemeint waren, die er für Martin und Marie organisiert hatte. Als er mit lauter Stimme, über die Musik der Bläser hinweg, den termingerechten Abschluss vermeldete und die Details einschließlich aller aufgetretenen Probleme schildern wollte, nahm ihn Martin beiseite. Sie setzten das Gespräch in einer stilleren Ecke fort, verstummten aber, als Marie auf der Suche nach ihrem Martin den stillen Winkel entdeckt hatte und sich plötzlich näherte. Sie verstand nur einzelne Worte wie *Verankerungen, Betongießen* und *Antriebsmotoren*, aber schließlich auch *Bungalow*, was sie stutzig machte.

„Bei uns wird gearbeitet?", fragte sie überrascht. Martin und Heiner gaben sich unwissend. „Wo soll denn am Bungalow Beton gegossen werden?" hakte sie nach.

„Ach so, nein ..."

Heiner suchte nach einer plausiblen Ausrede. „Als wir das Depot gesucht haben, da ist mir nur aufgefallen, dass in der einen Kellerwand ein Setzriss ist, da kommt Feuchtigkeit durch, das wird gerade abgedichtet."

„Die Stelle am Innenhof, hab' ich dir ja gezeigt ...", log Martin, „die buddeln das kurz auf und dichten das ab, dann ist wieder Ruhe."

„Unserem Maler geht es übrigens nicht gut, wie man hört", versuchte Heiner abzulenken, denn das Ergebnis der Bauarbeiten sollte eine Weihnachtsüberraschung für Marie werden. Leider hatte er mit dieser Ablenkung das falsche Thema angeschnitten. Maries Blick wurde traurig und leer. Ari hatte zwar ihr Vertrauen missbraucht und aufwendige Recherchen und Vorbereitungen mit einem lauten Knall zerplatzen lassen, aber Marie war dennoch nicht bereit, ihn einfach abzuschreiben und aus ihrem Gedächtnis zu streichen.

Schon am Montagmorgen brachte der Vredener Landbote eine Doppelseite mit den Fotos von der Adventsfeier im *Neuen Droste-Hof*. Besonders das Bild der drei stolzen Konditoren, deren weihnachtliche Kreationen im Text in den höchsten Tönen gelobt wurden, freute Marie, ebenso wie der glückliche Umstand, dass die Überfälle auf den Hof in Nijverdal und im Egmonder Ferienhaus der van den Goores kein Thema waren und auch die Drogenküche im alten Droste-Hof und die spektakuläre Großrazzia im Spätsommer in diesem Artikel nicht mehr erwähnt wurden. Das war sehr gut so.

Martin war schon früh ins Büro gegangen, es gab viel zu klären und zu koordinieren, mit Emma in Düsseldorf und mit Walters Team in Borken. Inzwischen fragte auch niemand mehr, ob denn der Dorfpolizist wohl seinen Pflichten nachkomme und ob er denn überhaupt noch gebraucht würde. Im Gegenteil. Martins Aufmerksamkeit und seine hartnäckigen Nachfragen bei den zuständigen Ämtern zur Firma *Aquila Unity* hatte dazu geführt, das ganze Ausmaß der als harmlose Selbstverteidigungskurse getarnten Aktivitäten offenzulegen. Selbst der Besitzer der alten Hofanlage hatte sich bedankt und legte großen Wert darauf, nicht als Unterstützer dieser rechtsgerichteten Spinner verdächtigt zu werden, die schon vom bewaffneten Kampf und vom Volkssturm träumten. Als kleines Signal in die richtige Richtung hatte er den Pachtvertrag vorzeitig gekündigt und die Einnahmen dem Projekt Neuer Droste-Hof gestiftet.

Mit unguten Gefühlen und mit dem Linienbus, da ihr roter Skoda in Egmond irreparable Schäden davongetragen hatte, fuhr Marie nach Ahaus. Sie verspürte den dringenden Wunsch, Ari Wardenaar zu sehen, nicht um ihm zu verzeihen – das konnte sie nicht –, aber um ihm zu zeigen, dass sie trotz allem Verständnis für ihn hatte.

Sie kam nicht weit. Die leitende Stationsschwester wollte sie mit dem Verweis abwimmeln, Marie gehöre nicht zur Familie. Als Marie hartnäckig blieb und darauf hinwies, dass Ari ihres Wissens nach gar keine Familie mehr habe, fragte die Schwester, ob sie denn in einem engeren Verhältnis zu ihm gestanden habe. Ein wenig zögernd bejahte sie die Frage. Die Schwester begleitete sie in den Warteraum und versprach, den Stationsarzt zu benachrichtigen. Der kam nach einer halben Stunde, und der junge Mann, der offenbar noch wenig Erfahrung im Umgang mit Angehörigen hatte, bat sie in sein Büro. Er schaute ständig auf seine Uhr, unterbrach seine Erklärungen aller medizinischen Arbeitsschritte *in diesem besonders schweren Fall*, wie er immer wieder betonte, für kurze Telefonate. Die Verbrennungen seien so gravierend gewesen, dass angesichts seines fortgeschrittenen Alters Hautverpflanzungen in dieser Größenordnung auch von den Spezialisten der Fachklinik in Münster-Hornheide als aussichtslos eingestuft worden waren. Im Übrigen habe sich auch sein Herz nicht erholt, der Patient habe ja kurz vor dem Brand oder vielleicht auch während des Feuers einen Infarkt erlitten, sodass lange Operationen unter Vollnarkose äußerst problematisch geworden wären. Wie ein Faustschlag traf Marie dann sein letzter Satz, vorgetragen wie die logische Konsequenz aus den zuvor geschilderten Umständen: „Es war wohl besser für ihn, dass er aus dem Koma nicht mehr erwacht ist."

Sie kam zu spät. Ari Wardenaar war in der Nacht gestorben.

61

So einsam und allein, wie Ari Wardenaar gelebt hatte, getrieben von seinen künstlerischen Zielen und umgeben von seinen Farben und Werken, so einsam war er letztlich auch gestorben. Das meiste, was er geschaffen hatte, war verbrannt. Welche seiner Bilder noch mit falschem Namen an irgendwelchen Wänden privater Häuser oder gar anerkannter Museen hingen, würde wohl niemand herausfinden. Und auch nicht herausfinden wollen. Welcher Galerist, Museumsdirektor oder Privatsammler wollte sich schon selbst die Blöße geben, viel Geld in den Sand gesetzt zu haben? Da gab man doch eher die Fälschungen, solange sie noch nicht als solche öffentlich gemacht waren, zu einem höheren Preis an den nächsten Gutgläubigen weiter. Oder an einen Geldwäscher.

Die Trauergemeinde, die sich am Freitag vor dem vierten Advent zusammengefunden hatte, ließ sich an einer Hand abzählen. Heiner Wienkämper hatte das kleine Urnengrab vorbereitet und Marie die nötigen Formalitäten dafür abgenommen. Martin war mitgekommen, er wollte Marie nicht allein lassen. Überrascht war man über die Anwesenheit der Witwe Böhler, die Marie gegenüber bedauerte, dass sie sich nicht besser um ihren *lieben, alten Nachbarn*, wie sie sagte, gekümmert habe. Ari und sie mussten etwa gleich alt sein und hatten offenbar gelegentlich den kurzen Weg durchs Venn zueinander gefunden. Für alle unbekannt war ein Mann, der sich als Karel van Rietbeek vorstellte.

Sie verließen gemeinsam den Friedhof und gingen in den *Heidekrug*, wo Vroni ein kleines Mittagessen vorbereitet hatte. Als Karel van Rietbeek von seiner Farbenmühle „De Kat“ sprach, konnte nur Heiner Wienkämper einen Zusammenhang herstellen. Der Kreisheimatpfleger kannte den kleinen Betrieb in der historischen Mühle an der Zaanse Schans bei Amsterdam. Er habe Ari seine oft sehr speziellen Farben- und Pigment-Wünsche erfüllt, sagte van Rietbeek, und es sei eine Schande, dass man den alten Maler betrogen habe.

Der Fälscher und Betrüger als Opfer? Vor allem Martin wurde hellhörig und hakte nach. Der Galerist Gerrit Nijkerk habe ihn angerufen, sagte van Rietbeek, und etwas verstört, wie dem Farbenmüller schien, vom Tod des Kunstprofessors und dem großen Brand in Aris Haus erzählt, dabei zum Schluss seinen kurzen Bericht mit einer deutlichen Warnung an ihn abgeschlossen: Van Rietbeek solle tunlichst für sich behalten, dass er jemals etwas mit Ari Wardenaar zu schaffen gehabt habe und unter keinen Umständen die Namen Hahnemann und Nijkerk erwähnen. Der Galerist habe sich danach nie wieder gemeldet und sei auch heute nicht erschienen. Wenn der Tod dazwischentrete, müsse man doch alte Streitereien ruhen lassen! Das sei doch das Mindeste, was man diesem alten Maler schulde, von dem gerechten Anteil an den Gewinnen, die man mit seinen Bildern gemacht hätte, einmal ganz abgesehen.

Marie musste sich zwingen, seine Erzählungen zu ignorieren, sie mochte von Details aus Aris Leben und vom widerlichen Geschacher mit überteuerten Bildern nichts mehr hören. Sie unterhielt sich lieber mit Ida Böhler und lauschte den Anekdoten der alten Pensionswirtin.

Martin hingegen erfuhr, dass dem Farbenhändler nicht entgangen war, dass Galerist und Kunstprofessor, in wessen Auftrag auch immer, Aris Bilder auf den Markt geworfen hätten. Er habe von Berufs wegen den niederländischen Kunstmarkt sehr genau verfolgt, und ihm sei aufgefallen, dass es eine gewisse zeitliche Abfolge gegeben habe: Immer, wenn Feuilletons und Fachzeitschriften von Versteigerungen oder angeblich zufällig wiedergefundenen Mondriaan-Bildern aus der Zeit vor 1920 berichteten, habe es einige Monate, manchmal auch halbe Jahre vorher Ari Wardenaars sehr spezielle Anfragen gegeben – nach dem seit langem verbotenen Bleiweiß oder alten Pigmenten, die schon inzwischen durch moderne, chemische Substrate ersetzt worden waren. Das gleiche Phänomen habe er beobachtet, wenn alte Bilder der Maler Kees van Dongen oder Anton Mauve aufgetaucht seien, die sehr viel schwerer als Mondriaan zu kopieren seien und seiner Meinung nach sehr viel mehr handwerkliches Können voraussetzten. Man müsse kein Detektiv oder Hellseher sein, um dahinter die Absichten zu erkennen. Aber er habe geschwiegen. Nun könne er diesen Fehler nicht mehr rückgängig machen. Wardenaars Künstlerleben sei im Grunde eine Tragödie. Ein großes Talent sei da verloren gegangen, ein Jammer. Man habe ihn zum Fälscher gemacht – und ja, er, van Rietbeek, habe ihm letztlich Farben und Pigmente geliefert, wohl wissend, dass damit nicht nur Restaurierungen entstehen würden. Aber deswegen müsse dieser Galerist Nijkerk nicht glauben, ihm drohen zu können.

Martin sah dem Farbspezialisten sehr ernst in die Augen. „Sie sollten unbedingt eine Aussage machen – der Gerechtigkeit wegen. Für Ari kommt sie zu spät, aber sie kann ihm auch nicht mehr schaden." Er reichte ihm die Karte seines Bruders und hoffte, van Rietbeek würde es ernst meinen und seiner Reue Taten folgen lassen. Die inzwischen gegründete Sonderkommission *Mondriaan*, an der auch Walter Gerwinks GPT und Emma Ammans Düsseldorfer LKA-Abteilung beteiligt waren, würden mit diesen Informationen sicher entscheidende Schritte weiterkommen.

Nein, Marie mochte von all dem nichts mehr hören. Im neuen Jahr würde sie mit Eva entscheiden, was mit den Bildern ihres Vaters passieren sollte. Aus dem Traum von einer eigenen Galerie mit einem Grundbestand und wechselnden Ausstellungen war sie jäh erwacht, hatte aber deswegen ihr Interesse an der Kunst nicht verloren.

Schon kurze Zeit später, nachdem sie Martin überredet hatte, trotz seiner Mehrarbeit für die Sonderkommission *Mondriaan* wenigstens zwei Tage frei zu nehmen, streiften sie in Südholland (nach Egmond stand ihnen nicht mehr der Sinn) auf der Halbinsel Walcheren durch das Städtchen Domburg. Sie gingen natürlich nicht an der Windmühle, der Kirche oder dem Relikt des Leuchtturms vorbei, ohne die entsprechenden Gemälde Mondriaans vor Augen zu haben – alle aus der Zeit um 1910, als dort auch seine letzten Baumbilder entstanden waren.

Die Kunstgeschichte musste nicht umgeschrieben werden, Mondriaans allerletzter Baum war nunmehr gefällt. Verbrannt war er nicht, und Rita Dijkstra hatte Marie mitgeteilt, sie würden die drei Baum-Fälschungen trotz allem gern als Dauerleihgabe an einer weniger prominenten Stelle der Villa Mondriaan ausstellen – nicht nur als anekdotische Episode am Rande des Mondriaan-Werks, sondern auch als Reminiszenz an den leidenschaftlichen Künstler Ari Wardenaar.

Die kalte trockene Luft trieb den feinen Sand wie Bodennebel durch die langen Reihen der muschelbewachsenen Buhnen am Strand von Domburg. Sie wärmten sich mit heißem Kaffee und Oude Genever, bevor sie in den Läden an der Domburger Ooststraat und an der Grote Kerk im benachbarten Veere nach Weihnachtsgeschenken Ausschau hielten – sie hatten die Einladung von Eva und Ruud für den ersten Weihnachtstag angenommen.

Im festlich geschmückten Salon des Nijverdal-Hofes spürte man fast nichts mehr von den Turbulenzen, die die Überfälle dort und in Egmond ausgelöst hatten. Der große Weihnachtsbaum strahlte in seinem bunten Schmuck, die drei Kinder tobten und lachten bei den immer neuen Spielen, die sie mit ihren Geschenken erfanden, und schon während des langen Weihnachtsessens (dem ein Truthahn aus eigener Aufzucht zum Opfer gefallen war) drängte die kleine Joke ungeduldig darauf, den Gästen in der Reithalle einige Figuren vorzureiten, die sie mit ihrem Pony für die alljährliche, öffentliche Weihnachtsfeier des Hofes einstudiert hatte. Es war schön, das kleine Mädchen unbeschwert im weißen, mit Silber- und Goldpapier beklebten Engelskostüm ihre Bögen, Kreise und Achten reiten zu sehen.

Nach dem Kaffee saß man noch einmal in großer Runde beisammen und vermied alle Anmerkungen, die die Gespräche wieder auf die beiden kriminellen Übergriffe der letzten Tage hätten leiten können. Ruud, Eva und ihr Sohn Floris hatten, das wusste Marie, sehr ernste Gespräche über die Zukunft des Droste-Hofes in Aarloh geführt. Es war soweit gekommen, dass Ruud und Floris gemeinsam auf den Abbruch des *Experimentes*, wie sie es nannten, gedrungen hatten. Am Ende aber hatte sich Eva durchgesetzt und Sohn und Ehemann überzeugt, die ihr dann ihre volle Unterstützung zugesichert hatten.

Es war zu früh, auf das neue Jahr anzustoßen. Das konnte Unglück bringen, und davon hatte man im laufenden Jahr genug erlebt. Aber die van den Goores entließen Marie und Martin nicht ohne einen letzten Genever, mit dem auf die hoffentlich unbeschwerteren Zeiten im neuen Jahr angestoßen wurde.

Beide redeten nicht viel auf der Rückfahrt nach Aarloh. In den letzten Jahren – ja, eigentlich konnten beide sagen: in den letzten Jahrzehnten – waren ihre Weihnachtstage eher abgelaufen wie unwillkommene Tage des Leerlaufs, bestenfalls wie zusätzliche Sonntage. Martin war stets der Einladung seines Bruders nachgekommen, das Fest im Kreis seiner Familie zu feiern. Aber dieses Ritual war Martin oft genug wie eine Pflichtübung vorgekommen, auch das würde sich ändern müssen. Nach den letzten Auseinandersetzungen wollte Martin wieder einen engeren Kontakt zu seinem Bruder, dem er sehr viel verdankte. Das fröhliche Weihnachtstreiben in der großen Familie der van den Goores hatte ihn sehr berührt.

Ebenso wie Marie, die in den viel zu ruhigen Weihnachtstagen der vergangenen Jahre der Enge des alten, elterlichen Hauses entflohen war und das Weite gesucht hatte. Vor allem in jenen Phasen, in denen es mit Martin nicht gut lief, hatte sie die Einsamkeit vorgezogen und lange Wanderungen an den winterlichen Stränden Nordhollands gemacht. Ihre Beziehung war damals eher die zweier Einsiedler gewesen, unter Wahrung ihrer jeweils sehr eigenen Bedürfnisse. Das war nun ganz anders.

Zu Hause angekommen, ließ sich Marie in das schöne große, weiße Sofa fallen. Zu ihrer Überraschung stand da ein bereits geschmückter Weihnachtsbaum, der fast bis an die Decke reichte.

„Wie ist der denn hier reingekommen?", fragte Marie freudig verwundert.

Martin hantierte gerade mit Holz am Kamin und setzte die Anzünder in Brand. „Oh ja", sagte er und spielte den Überraschten. „Jemand muss im Haus gewesen sein! Ich fürchte, wir müssen die Spurensicherung kommen lassen." Er lag auf den Knien und lugte nach oben in den Kamin. „Ja, ganz eindeutig: Spuren von Glitzerzeug und Ruß, der muss vom Zwarten Piet stammen. Aber komm, wir können dem niederländischen Weihnachtsmann nicht vorwerfen, dass er sich in der Adresse geirrt hat – hier, so nah an der Grenze ..."

„Ja, meinetwegen, auf die Völkerverständigung!"

Ein Korken knallte und Marie versuchte, schnell den überschäumenden Champagner aufzufangen und ihn vom Sofa fernzuhalten. Sie stießen an.

„Ach, Weihnachten ist doch besser als sein Ruf!", sinnierte Marie, „zumindest dieses erste – sagen wir: *gemeinsame* – Weihnachten in der neuen Wohnung, das ist schon etwas Besonderes, mein Freund!"

„Übrigens: Wenn du mein Geschenk sehen willst, musst du zuerst auf ein paar Knöpfe drücken."

Marie sah ihn fragend an. „Knöpfe drücken? Ich denke, wir hatten einen neuen Skoda vereinbart ..."

Mit einem schelmischen Lächeln ging Martin zum Fenster und schob den Vorhang ein Stück zur Seite. Zunächst zeigte er auf einen Fußschalter am Boden. „Den hier, Knopf eins."

Mit einem leichten gezielten Tritt schaltete Marie die Beleuchtung des Weihnachtsbaumes an. Gleichzeitig löschte Martin das Raumlicht. Außer den Lichterketten im Weihnachtsbaum warfen nur noch die brennenden Holzscheite im Kamin ihr flackerndes, warmes Licht in den Raum.

„Jetzt den hier, Nummer zwei."

Martin zeigte auf ein frisch installiertes Edelstahlblech in der Wand, Marie drückte auf einen runden Knopf mit dem Symbol einer Glühbirne. Im Innenhof ging eine neue, dezente Außenbeleuchtung an und bestrahlte die Stelen mit ihren kleinen Skulpturen.

„Ja, schön!“, sagte Marie, konnte aber eine gewisse Enttäuschung nicht verbergen. „Neue Leuchten?“

Martin antwortete nicht, er zählte nur weiter und sagte: „Drei!“, während er auf einen weiteren Knopf zeigte, über dem die beiden Buchstaben Z und U standen. Marie betätigte auch diesen Knopf und erschrak. Mit ihrem Knopfdruck hatte sie ein dunkles Brummen ausgelöst und spürte ein leichtes Vibrieren unter ihren Füßen. Der Knopf in der Wand begann zu blinken, und als Marie ihren Martin immer noch fragend anblickte, zeigte er stumm nach draußen. Dort schoben sich von links und rechts die beiden Teile eines großen stählernen Tores langsam bis zur Mitte vor, ächzend und quietschend, bis sie mit einem kurzen, metallischen Schlag ihren Anschlag fanden. Die breite Öffnung in der Außenmauer, die bislang den freien Zugang vom Kiefernwald zum Innenhof ermöglicht hatte, war komplett abgeriegelt.

„Zwei Meter zwanzig hoch“, sagte Martin leise, „da kommt ohne Leiter niemand mehr rüber.“

Marie spürte, wie die armdicken Streben des neuen Tores ihr eine Angst nahmen, die sie Martin gegenüber nie eingestanden hätte.

„Wann habt ihr das denn ... Martin, das muss doch ein Vermögen gekostet haben ...“

„Nun ja, da war ja dieser Setzriss in der Wand, du weißt, die Feuchtigkeit, die Handwerker vor zwei Wochen ...“, log Martin, „... die drang ja in den Keller, und da dachten wir, wenn die Jungs schon mal da sind mit ihrem Betonmischer, da sollen sie doch gleich das Fundament für das Tor legen.“

„Und wir, das sind dann wohl Heiner und du?“

„Ja, er hat das geregelt, er hat ja seine Leute, ich dachte, wenn wir drei Tage weg sind, dann kann ich dich damit vielleicht ...“

Martin erschrak, als ihm während des Sprechens ein Gedanke kam: Hatte er wieder einen Fehler gemacht? Einen Alleingang, wie seinerzeit mit dem Großbildfernseher? Hätte er besser auf die Überraschung verzichten sollen und Marie vorher einbeziehen müssen?

„Ich dachte nur ... also ... du hättest das ja sicher nicht ...“

„Doch, doch, doch, hätte ich!“ Marie befreite ihren fürsorglichen Freund mit einem Kuss und einem Lächeln aus seiner Hilflosigkeit. „Das ist wunderbar, Martin, und es stimmt, du hast recht: Ich hätte das sicher nicht haben wollen, wenn du mich gefragt hättest. Aber jetzt finde ich es wunderbar. Vor allem, dass du mich schon besser kennst, als ich mich selbst.“

„Nicht so feierlich!“, lenkte Martin sichtlich verlegen ab und füllte die Gläser.

„Doch! Feierlich! Es ist Weihnachten, wann, wenn nicht heute?“

Sie stießen an und Martin zeigte nach draußen.

„Schwedenstahl, Marie, Cantilever Slide-System, Zahnstangenmodule, Antriebsmotoren von der Firma Sommer, ca. 15 cm Vortrieb pro Sekunde ...“

„Ja, ja, schon gut, mein Freund. Ich liebe dich trotzdem!“

62

Der zweite Weihnachtstag war kalt, aber sonnig.

Marie, noch im Schlafanzug, schaltete in der morgendlichen Dämmerung die Lichterketten des Weihnachtsbaums ein. Dann ging sie, freudig wie ein Kind, das noch einmal seine Geschenke betrachtet, zu dem kleinen Edelstahlkästchen in der Wand hinter dem Vorhang und drückte auf den Knopf, der mit *AUF* beschriftet war. Wieder vibrierte es leise unter ihren nackten Füßen und ein tiefes, sanftes Brummen begleitete das langsame Öffnen, bis die beiden Teile des neuen Tores seitlich links und rechts hinter den Mauern verschwanden.

Nach einem ausgedehnten Frühstück brachen sie zu einem *Zug durch die Gemeinde* auf. Beiden war schnell klar, dass dieser Spaziergang länger dauern würde als geplant, denn schon am *Heidekrug* wurden sie ausgebremst. Vroni Kamps und Carola Witte winkten sie hinter dem großen Panoramafenster herein. Die ersten Gäste hatten sich schon versammelt.

„Einige halten es immer noch für ihre *Christenpflicht*, am zweiten Weihnachtstag den Stephanus zu steinigen", sagte Vroni lachend. „Alte Tradition, da kannst du nichts machen."

Zwar lag auf einem der Tische tatsächlich ein faustgroßer Stein, die trinkfesten Männer darum herum machten aber nicht den Eindruck, als habe ihre rituelle Zusammenkunft am Tag des heiligen Stephanus irgendetwas Katholisches an sich.

„Immerhin kommen sie jetzt wieder in den *Heidekrug*, das ist gut!", sagte Vroni, „da bin ich ganz ehrlich."

„Und im neuen Droste-Hof läuft's auch ganz prima!", ergänzte Carola, „und das haben wir auch euch zu verdanken!"

Bevor sich Martin und Marie noch in aller Bescheidenheit für das Lob bedanken und ihren Weg fortsetzen konnten, hatte Vroni schon zwei Gläser ihres allseits geschätzten Glühweins in der Hand. Sie stießen an und vermieden es, all die Fragen zu den Ereignissen des vergangenen Jahres und den daraus resultierenden Vorfällen der letzten Wochen zu beantworten. Marie bemühte sich stattdessen, die Vergangenheit auszublenden und lieber die nächsten Schritte des Projekts *Neuer Droste-Hof* zu skizzieren. Sie wollte unbedingt nach vorne schauen, die Realität würde sich ungefragt von selbst wieder einstellen, aber nicht in den nächsten Tagen. Wenigstens die Zeit *zwischen den Jahren* sollte ein Freiraum für Pläne, Phantasien und Projektionen bleiben.

Innerlich gewärmt und durchaus schon etwas angeheitert erreichten sie am *Schwatten Gatt* die Pension der Witwe Böhler. Zu ihrer Überraschung stand sie neben einem deutlich jüngeren Mann, von dem sie sich herzlich verabschiedete, bevor er in seinen Jaguar stieg und davonfuhr.

Ida Böhler winkte den beiden erfreut zu, als sie Marie und Martin auf der Straße sah. Sie näherten sich und freuten sich über die Heiterkeit der alten Dame.

„Mein Sohn hat mich besucht", sagte sie lachend, „das hat er seit Jahren nicht mehr gemacht!"

„Das freut mich!“, sagte Martin, „Dann waren Sie über Weihnachten nicht allein, das ist gut.“

„Noch viel besser!“, antwortete Ida Böhler, „Er hat mir ein großes Geschenk gemacht.“

„Sie machen uns neugierig“, sagte Marie.

„Er hat mir angeboten, nach Stuttgart zu ziehen, er will mich in sein Haus nehmen, ich freue mich riesig darauf.“

„Das ist ja wunderbar.“ Marie freute sich mit ihr. „Schon bald?“

„Ja, er hat gesagt, er bereitet alles vor. In Stuttgart, da hat er seine Kanzlei. Ein großes Haus, meine Enkelkinder habe ich seit Jahren nicht mehr gesehen.“

„Ja, manchmal erlebt man schöne Überraschungen. Ist vielleicht noch zu früh, aber ich wünsche Ihnen viel Glück im neuen Jahr!“

„Oh, ja, danke, das werde ich brauchen können.“

„Und wenn Sie Hilfe benötigen, dann kommen Sie einfach in den *Neuen Droste-Hof*“, schlug Marie ihr vor. „Wir haben da regelmäßige Sprechstunden, und es gibt inzwischen viele Leute, die sicher mit anpacken, wenn Sie Hilfe beim Umzug brauchen!“

Die Witwe Böhler bedankte sich und ging winkend ins Haus zurück.

„Wusstest du, dass sie einen Sohn hat?“, fragte Marie.

„Ja, ja, ich habe mehrfach mit ihm telefoniert.“

Marie schaute ihn ungläubig an.

„Doch, doch! Ich hielt es für meine Dorfpolizistenpflicht, ihm mitzuteilen, dass gelegentlich international gesuchte Killerinnen mit Präzisionsgewehren in der Pension seiner Mutter absteigen. Vielleicht habe ich etwas übertrieben, mag sein. Zuerst war er abweisend, dann nachdenklich, und nach einer langen Schweigeminute hat er mir dann versprochen, dass er über eine Lösung nachdenkt. Nun hat er sie offenbar gefunden.“

Marie blieb stehen und sah ihren Freund bewundernd an.

„Irgendwann benennen sie hier doch noch eine Straße nach dir, oder sogar einen Platz, sollst sehen.“

„Gerwink-Heideweg? Martin-Gerwink-Gedächtnisplatz? Dorfpolizisten-Gässlein? Nee, klingt doch alles blöd."

Am alten Hintfelt-Hof fehlten inzwischen der neue, stahlblanke Briefkasten und das polierte Firmenschild. Die angeblichen Selbstverteidigungssportler hatten nach dem peinlichen Auftritt im Venn offenbar die Lust am Kriegspielen in Aarloh verloren und sich einen anderen Kampfplatz gesucht.

Als sie den kleinen Parkplatz erreicht hatten, schlug Martin vor umzukehren. Er habe kalte Füße. Aber Marie blickte hinüber zu der Stelle hinter dem Wäldchen, wo jetzt nur noch die Trümmer des abgebrannten Hauses von Ari Wardenaar lagen. Martin überlegte, mit welchem Argument er sie davon abhalten könnte, den traurigen Platz noch einmal aufzusuchen, aber da war Marie schon auf der Lichtung und ging zielstrebig wie unter einem Zwang auf die Brücke zu, die über den Arm des großen Teiches führte. Er folgte ihr.

Marie setzte sich auf die verrußte Grundmauer und ließ den Blick über die verbrannten Balken streifen, die man zu einem Haufen aufgeschichtet hatte.

„Wie wenig manchmal von einem Leben bleibt!", sagte sie leise. „Wir sollten das nicht machen, Martin!"

„Was meinst du?"

„Nicht in irgendwelchen Parallelwelten leben. Lieber jetzt und hier."

Martin wollte der drohenden Melancholie mit einem Scherz zuvorkommen.

„Leben, jetzt und hier?", fragte er mit krauser Stirn. „Mitten in den Trümmern, wo ich mir allmählich den Arsch abfriere und meine eisigen Füße nicht mehr spüre?"

Marie holte aus und boxte ihn heftig. „Du bist so ein Blödmann, Martin Gerwink, und du nimmst mich überhaupt nicht ernst ... aber: Macht nichts!"

Sie küssten sich so lange, bis ein klägliches, leises Wimmern sie ablenkte. Es kam aus den aufgeschichteten Brandresten. Sie gingen näher heran, und das Jammern wurde lauter. Etwas bewegte sich in dem schwarzen Haufen, bis es zitternd vor ihnen stand.

„Mein Gott“, sagte Marie, „das ist Aris Kater, Leo!“

Das völlig abgemagerte Tier kam vorsichtig näher. Ein Bild des Elends, das nasse Fell völlig verfilzt. Der Kater war so ausgehungert und kraftlos, dass er mit flehendem Blick vor ihren Füßen niedersank und reglos liegen blieb.

„Was sollen wir jetzt tun?“ Marie war ratlos, aber Martin war schon aufgestanden und suchte etwas in den Trümmern. Er zog ein Stück Teppich heraus, schlug es kräftig aus und riss den verbrannten Rand ab so gut er konnte. Er legte er den Kater hinein, formte vorsichtig eine handliche Rolle und trug sie auf den Unterarmen vor seinem Bauch.

Dann kehrten sie dem Unglücksort den Rücken.

Am Abend lag das Tier schlafend neben dem Kamin. Der Kater hatte sich gierig auf eine Portion kleingeschnittener Weihnachtsgans gestürzt, die Marie aus Vronis *Heidehof*-Küche besorgt hatte. Dann hatte er sich ohne zu zögern auf die alte Wolldecke gelegt, die Martin aus einer der noch nicht ausgepackten Umzugskisten im Keller gezogen hatte.

Sie hatten nicht viel gesprochen auf dem Rückweg. Auch das war ein neuer, für beide ungewohnter Zustand: Es gab nun öfter ein stilles, wortloses Einverständnis zwischen ihnen, nicht die Art von Sprachlosigkeit, die sie früher manchmal auseinandergebracht hatte.

Alles war still und friedlich, bis ein Anruf diese Ruhe beendete. Es war Walter. Nach einem recht kurzen Wortwechsel holte Martin sein Notebook, suchte nach einer Webadresse, die Walter ihm genannt hatte und zeigte Marie nach einem ersten Blick und einem Kopfschütteln den Bildschirm.

Eine niederländische Zeitung berichtete von einer vermutlichen Entführung. Der Direktor der Nieuwe Amstel Bank, Herman De-Witt, war entführt worden. Gleichzeitig war eine weitere Person spurlos verschwunden, vermutlich sein Anwalt oder juristischer Berater. Man wusste nicht, ob dieser Mann als Vermittler oder Unterhändler aufgetreten war, Lösegeldforderungen waren nicht bekannt. Beide sahen sich an und sagten nichts. Martin klappte den Bildschirm herunter.

Im letzten Licht dieses Dezembertags schloss sich knurrend das große Tor. Sie schauten auf den mageren und zerzausten Kater, der friedlich auf seiner Decke schlief. Sie waren ganz bei sich und teilten schweigend die gleiche Hoffnung: Die Welt da draußen möge ihnen im neuen Jahr mit einem freundlicheren Gesicht begegnen.

Nachbemerkung des Autors

Natürlich ist die ganze Handlung dieses Romans frei erfunden, einschließlich aller Namen und Ereignisse. Sollte es doch Parallelen in der Wirklichkeit geben, so sind sie zufällig und unbeabsichtigt.
Der Hintergrund der kriminellen Ereignisse ist aber real. Es hat tatsächlich einen großangelegten Betrug mit einer völlig frei erfundenen Kryptowährung gegeben, und der Handel mit Kunstwerken, vor allem mit gefälschten Bildern, gilt als effektive Methode der Geldwäsche.
Auch wenn unser *Aarloh* irgendwo zwischen Vreden und Winterswijk liegt, ist es im Zeitalter des Worldwide Web mit Dubai und Sint Maarten verbunden und die kriminellen Wege dazwischen sind vielleicht verschlungen, aber kurz.

Dank

Für Kritik und tatkräftige Unterstützung möchte ich meinen Erstlesern danken, die das Manuskript im Rohzustand geprüft haben und wertvolle Anregungen hatten: Petra Schmitz, Alexander Buske, Maureen Sodmann, Anne Paikert, Jan Bühren, Frank Rentmeister – und vor allem Timothy Sodmann, der den Mut hatte, eine Krimi-Reihe in seinem Achterland-Verlag einzurichten und zu betreuen.